Die Heilerin der Kelten

von

Sabine Altenburg

Impressum

1. Auflage – Februar 2016
Coverdesign: Alexander Kopainski (Kopainski Artwork)

Sabine Altenburg
Hauptstraße 2c
53604 Bad Honnef
die.priesterin.der.kelten@web.de

Inhaltsverzeichnis

Manchmal findet man die wahre Liebe dort,

wo man sie nicht erwartet.

Und dann muss man einen hohen Preis dafür zahlen.

Verzeichnis der Personen

Historische Persönlichkeiten sind mit einem * gekennzeichnet.

Abala	ein Waisenmädchen
Adbogios	Krieger der Eburonen
Adiemara	Eburonin
Ambiorix*	König der Eburonen
Aresa	Biturigerin
Attius	ein stummer Waisenjunge
Bellogenus	Krieger der Eburonen
Betuus	ein adeliger Suessione
Bucco	Licnos' und Rennas Sohn
Caratunna	Cassivalus' Frau
Cassivalus	Caratunnas Mann
Catmelus	Krieger der Eburonen
Convictolitavis*	Stammesoberhaupt der Aeduer
Cotuatus*	König der Carnuten
Critognatus*	Krieger der Arverner
Dannovarus	Sironas Vater
Decca	Mutter eines Säuglings
Ebunos	Druide der Eburonen
Gaius Iulius Caesar*	Proconsul und römischer Oberbefehlshaber
Gaius Iulius Gallicus, nennt sich selbst Marcus	ein römischer Legat
Galatos	oberster Druide der Bituriger
Gnaeus Tertinius	ein ehemaliger Legat und Weinhändler

Iccius	Dannovarus' Begleiter
Licnos	Wirt in Avariko
Linna	eine Magd
Lucterius*	König der Cadurcer
Lugotorix	König der Mandubier
Medurix	König der Bituriger
Milevisa	Sironas Mutter
Nantomaris	Segocondus' Vater
Renna	Frau des Wirtes Licnos
Roveci	Sironas Bruder
Sannos	ein Knecht
Sedullus*	König der Lemovicer
Segastes	oberster Druide der Mandubier
Segocondus	Krieger der Eburonen
Sirona	Eburonin mit einer besonderen Gabe
Targotaurus	oberster Druide der Arverner
Tasos	Sklave des Gnaeus Tertinius
Tassia	Sironas Schwester
Teutomatus*	König der Nitiobroger
Tinco	ein Knecht
Tittia	ein Waisenmädchen
Titus Labienus*	ein römischer Legat
Uronertus	der Mann, dem Sirona zur Frau versprochen ist
Valetiacus	Krieger der Eburonen
Vercingetorix*	König der Arverner,

	Oberbefehlshaber der verbündeten keltischen Stämme
Vercingetos	Sironas Sohn
Vibia	Frau des Gnaeus Tertinius

Verzeichnis der geografischen Bezeichnungen

Agedincum	Stadt der Senonen; Sens
Alisiia	Hauptstadt der Mandubier; Alise-Sainte-Reine
Aquae Sextiae	Aix-en-Provence (Gallia transalpina)
Arduenna Wald	Gebiet zwischen dem Rhein im Osten und der Maas im Westen
Arnava	Erft
Atuatuca	Hauptstadt der Eburonen
Avariko	Hauptstadt der Bituriger; Bourges
Bibracte	Hauptstadt der Aeduer; Mont Beuvray
Britannia	die England, Wales und Schottland umfassende Insel Großbritanniens
Cardena	(Treis-)Karden
Cenabum	Stadt der Carnuten; Orléans
Decetia	Stadt der Aeduer; Décize
Elaver	Allier
Druentia	Durance
Gallia cisalpina	römische Provinz in Norditalien
Gallia transalpina	römische Provinz in Südfrankreich
Gergovia	Hauptstadt der Arverner; Gergovie
Gorgobina	Stadt der Boier; Lage unsicher
Italia	Kernregion des Römischen Reiches
Liga	Loire

Mare britannicum	Ärmelkanal
Mare internum	Mittelmeer
Mare tyrrhenum	Tyrrhenisches Meer
Mosea	Mosel
Nordmeer	Nordsee
Baltisches Meer	Ostsee
Massalia	Marseille
Mosa	Maas
Noviodunom	Stadt der Bituriger, südlich von Orléans an der Loire gelegen
Nerviodunom	Hauptstadt der Nervier (Name von mir erfunden, da nicht überliefert)
Atlanticus	Atlantischer Ozean
Renos	Rhein
Rodanus	Rhône
Roma	Rom
Sicauna	Seine
Souconna	Saône
Vellaunodunom	Stadt der Senonen; Lage unsicher

Mein Grafiker hat eine wunderschöne Karte erstellt, deren Detailreichtum im Buchformat jedoch nicht zum Tragen kommt. Daher stelle ich sie auf meiner Website http://die-priesterin-der-kelten.jimdo.com/ unter »Downloads« bereit. Sie können sie ausdrucken und beim Lesen neben Ihr Buch legen, um Sironas Reiseweg zu verfolgen.

Glossar

Bache	weibliches Wildschwein
Bracke	Jagdhundrasse, die auf die Kelten zurückgeführt wird
Caliga, Plural: Caligae	Militärschuh des römischen Legionärs
Carnyx, Plural: Carnyces	keltische Kriegstrompete, deren Schalltrichter wie der Kopf eines Tieres, z.B. eines Ebers oder Wolfes, gestaltet sein konnte
Castrum, Plural: Castra	römisches Militärlager
Centurio	römischer Offizier, der eine Centuria (Hundertschaft) befehligte
Cohorte	Untereinheit der römischen Legion, einem Zehntel ihrer Größe entsprechend
Dunom	befestigte, stadtartige Siedlung der Kelten
Falerner	beliebter Wein des Römischen Reiches
Genius	persönlicher Schutzgeist (römische Religion)
Gladius	römisches Kurzschwert
Legat	Befehlshaber einer Legion
Liburna	römischer Schiffstyp
Pilum, Plural: Pila	römischer Wurfspeer
Porta Praetoria	Haupttor eines römischen Militärlagers
Principia	Verwaltungsgebäude eines römischen Militärlagers

Prostituta, Plural: Prostitutae	Prostituierte
Reiterpraefect	Anführer einer römischen Kavallerieeinheit
Sagon	keltisches, mantelartiges Kleidungsstück aus Wolle
Schildbuckel	Metallstück unterschiedlicher Form im Zentrum der Vorderseite des Schilds
Schildfessel	auf der Rückseite gelegener Griff des Schilds
Testudo, Plural: Testudines	»Schildkröte«; hölzernes Schutzdach auf Rädern
Torques	keltischer Halsreif
Triclinium, Plural: Triclinia	antikes Speisesofa
Tuba, Plural: Tubae	römische Signaltrompete
Via Praetoria	eine der zentralen Straßen eines römischen Militärlagers

Prolog

Winter des Jahres 53 vor Christus, Gergovia

»Und ich sage Euch noch einmal, der Zeitpunkt könnte nicht günstiger sein.« Vercingetorix' Faust donnerte auf die schartige Tischplatte. Die Becher der Männer erbebten. Wein schwappte über und bildete tiefrote Lachen, ehe er im trockenen Holz versickerte. »Unruhen halten Caesar in Italia fest. Er wird nicht so bald zu seinen Legionen zurückkehren. Das gibt uns einen Vorsprung von Wochen, wenn nicht gar Monaten, um unseren Aufstand ins ganze Land hinauszutragen. Lasst uns jetzt handeln, ehe es zu spät ist!«

»Der Krieg währt nun schon sechs Jahre.« Ein älterer Arverner, der in einer Schlacht gegen die römischen Eindringlinge sein rechtes Auge eingebüßt hatte, lehnte sich vor. »Tausende Männer sind gefallen, Tausende wurden gefangen genommen und fristen als Sklaven ein jämmerliches Dasein. Die Zeit ist ein strenger Meister, und sie hat mich gelehrt, dass wir die Römer nicht besiegen können.« Voller Bitterkeit richtete er den Blick seines gesunden Auges auf Vercingetorix. »Muss ich Euch an Ambiorix erinnern? Im vergangenen Winter ist es dem König der Eburonen gelungen, eineinhalb Legionen auszulöschen, und alle Kelten zwischen dem Renos im Osten und dem Atlanticus im Westen setzten ihre Hoffnungen auf ihn. Und was geschah dann? Vor Nerviodunom verweigerten ihm die Götter den Sieg, und unsere Hoffnungen starben im Staub des Schlachtfelds. Was wollt Ihr, Vercingetorix, besser machen als er?«

Dem jungen König der Arverner gelang es nur mit Mühe, seine Ungeduld zu zügeln. Seine Finger schlossen sich fester um seinen Becher, bronzen wie die seiner Männer. »Ich will das gewaltigste keltische Heer um mich scharen, das je gegen Rom angetreten ist. Jeder, der in der Lage ist, ein Schwert zu führen, soll sich mir anschließen, und gemeinsam werden wir die Legionen für immer aus unseren Gebieten vertreiben.«

Critognatus, der Anführer des bedeutendsten Stammesgaus der Arverner, meldete sich zu Wort. »Wohl gesprochen. Und Ihr, Targotaurus? Was ratet Ihr uns?«

Der Druide trat aus den Schatten im Hintergrund der Halle in den Schein der Feuer. »Ich habe Teutates einen Widder geopfert und in seinen Eingeweiden gelesen. Die Zeichen stehen günstig, die Zeit ist reif. Unter uns weilt der Mann, dem es bestimmt ist, die Stämme der Kelten zu einen und gegen Rom zu führen. Nur er ist Caesar ebenbürtig, nur ihm kann es gelingen, ihn zu besiegen.«

Stille hatte sich über den Raum gesenkt, nur durchbrochen vom Knistern der Scheite in den eisernen Kohlebecken und dem jähen Aufheulen des Windes, der durch die offene Tür fuhr und die Flammen auflodern ließ.

Targotaurus legte eine wohlbemessene Pause ein, ehe er seinen Druidenstab hob und mit der goldenen Spitze auf den jungen König wies. »Dieser Mann seid Ihr, Vercingetorix.«

Kapitel 1

zwei Monate zuvor, Arduenna Wald

»Da sind sie!« Die Warnung ihres Bruders Roveci, der neben Sirona kauerte, war nur ein Flüstern, weniger noch: ein Hauch. Eindringlich, und doch beinah lautlos.

Behutsam bog sie einen Zweig des Haselnussstrauchs gerade so weit beiseite, dass sie auf die Straße spähen konnte. Bloß kein Rascheln jetzt, keine hastige Bewegung. Nichts, was die Römer auf sie aufmerksam machen würde.

Das war eben noch einmal gut gegangen. Sirona bemühte sich, ihren fliegenden Atem unter Kontrolle zu bringen, und war dankbar dafür, dass ihre braune Kleidung ihnen erlaubte, mit der Umgebung zu verschmelzen. Nie hätte sie sich verziehen, wenn Roveci etwas zugestoßen wäre. Die Mutter hatte ihr den Zehnjährigen anvertraut, und sie, die sechs Jahre ältere Schwester, würde sich dieses Vertrauens als würdig erweisen.

Dann sah sie die Feinde ebenfalls. Das knappe Dutzend Reiter tauchte aus den Schatten zwischen den hohen Kiefern auf und kam geradewegs auf sie zu. Ein Sonnenstrahl brach sich auf der silbernen Maske, die das Gesicht eines der Männer verdeckte. Jeweils zwei Legionäre ließen ihre Tiere im Schritt nebeneinandergehen, während ihre Blicke über den Waldrand zu beiden Seiten der Straße zuckten. Sie hatten allen Grund, beunruhigt zu sein, dachte Sirona grimmig, denn sie befanden sich tief im Feindesland, mitten im Stammesgebiet der Eburonen.

Unwillkürlich hielt sie den Atem an, als die ersten Reiter sie erreichten und ihre Pferde, so viel größer als die eigenen keltischen, an ihnen vorüberschritten. Auch Roveci neben ihr erstarrte. Nie zuvor waren sie Römern begegnet, kannten sie nur aus den Berichten der Händler auf dem Markt von Atuatuca, und Sirona fühlte, wie die Furcht gleich flüssigem Eis durch ihre Glieder rieselte.

Dann hatten die Legionäre den Haselnussstrauch passiert. Schwach vor Erleichterung schloss Sirona für einen Moment die Augen und atmete tief ein. Der Geruch nach Pferden, Schweiß und Leder hing noch für wenige Herzschläge in der Luft, ehe er verwehte und verschwand.

Einige weitere Atemzüge, und die Hufschläge waren verklungen. Der aufgewirbelte Staub der Straße schwebte langsam zu Boden, und in den Ästen einer Buche stimmte ein Rotkehlchen sein perlendes, melancholisches Lied an.

Der Wald der Göttin Arduinna hatte sich erneut in trügerischen Frieden gehüllt.

Sirona gelang es als Erste, sich aus ihrer Starre zu lösen. Ihre Muskeln hatten sich vor Furcht verkrampft, und sie kämpfte sich auf die Füße. Als sie sicher war, dass sie ihren Beinen trauen konnte, packte sie ihren Bruder am Ellbogen und zog ihn in die Höhe.

»Komm, wir müssen heim und Mutter warnen.« Sie hörte selbst, wie eigenartig gepresst und fremd ihre Stimme klang. Ihr Blick fiel auf den Weidenkorb mit den Heilkräutern, die sie gesammelt hatte: Augentrost, die gelben Blüten der Blutwurz und Baldrianwurzeln. Sie entschied, ihn zurückzulassen, er würde sie nur behindern. »Ich bete zu den Göttern, dass die Römer auf der Straße bleiben. Wenn sie der Abzweigung zu unserem Hof folgen, kommen wir zu spät.«

Sie sah, wie Roveci sich zusammenriss. Der Anblick der Feinde auf ihren imposanten Pferden, waffenstarrend und in voller Rüstung, war auch ihm tief in die Glieder gefahren.

»Haben sie denn immer noch nicht genug?« Seine Unterlippe bebte, er kämpfte mit den Tränen. »Hat ihnen die Zerstörung Atuatucas nicht gereicht? Was wollen sie denn noch hier?«

Mit Schaudern erinnerte Sirona sich an den Tag vor drei Monaten, als am Abend der Himmel nicht nur im Westen, sondern auch im Osten in den Farben des Sonnenuntergangs erglühte. Das Undenkbare war eingetreten: Die Hauptstadt der Eburonen war gefallen. Caesar und seine Legionen hatten die Grenzen der Vorstellungskraft aufgehoben, und was zuvor unmöglich erschienen war, wurde nun schaurige Wirklichkeit.

»Die Römer haben nie genug«, entgegnete sie heftiger als beabsichtigt. Die Geschwister hatten die Straße hinter sich gelassen und liefen einen schmalen Pfad entlang, der sich zwischen den glatten grauen Stämmen eines Buchenhains hindurchschlängelte. »Der Untergang Atuatucas war nur der Anfang. Seither dringen die Legionen immer tiefer in den Arduenna Wald ein und überfallen unsere Siedlungen und Höfe. Sie werden erst ruhen, wenn der letzte Eburone unter einem ihrer Schwerter gestorben ist. Wir werden nie mehr sicher sein.«

Ein gewaltiger Kloß in ihrer Kehle schnürte ihr die Brust zu. Niemals zuvor war ihr die Ausweglosigkeit ihrer Lage so bewusst geworden wie im Angesicht der römischen Reiter auf der Straße, die sie geradewegs in die Richtung ihres Gehöfts führte.

Roveci kletterte über einen umgefallenen Baumstamm, der den Weg blockierte. Die brüchige Rinde gab unter seiner Sohle nach, das Holz darunter war feucht und vermodert. »Aber warum nur? Was haben wir ihnen denn getan?«

Während Sirona weiterhastete, überlegte sie, wie sie ihrem Bruder erklären könnte, was sie selbst nicht verstand. »Wir haben ihnen überhaupt nichts getan. Die Römer sind einfach so.«

Ein niedrig hängender Zweig peitschte ihr ins Gesicht, trockenes Herbstlaub streifte ihre Wange. Sie blieb kurz stehen, um ihn für Roveci beiseitezuhalten. »Erinnerst du dich nicht, was Vater uns erzählt hat? Sie sind schon immer über die Gebiete anderer Völker hergefallen. Und dieser Caesar ist der machtgierigste von allen. Er muss ein Sohn des römischen Teutates sein.«

Der Junge duckte sich unter dem Zweig hindurch, und sie rannten weiter. »Glaubst du, König Ambiorix lebt noch?«

Ambiorix. Welche Hoffnungen die Eburonen einst in ihren jungen König gesetzt hatten! Nach dem Sieg in der Wolfsschlucht hatte es wahrhaftig so ausgesehen, als wären er und seine Verbündeten imstande, die römischen Eindringlinge zurückzudrängen. Doch dann hatte er bei Nerviodunom eine vernichtende Niederlage erlitten, und seit Monaten herrschte Ungewissheit über sein Schicksal.

Sirona seufzte. »Ich fürchte, nein. Wenn er noch leben würde, hätte er weitergekämpft. Ambiorix gibt niemals auf.« Stolz flackerte in ihr auf, als sie sich an die flammende Rede erinnerte, die der junge König in Atuatuca gehalten hatte, um die Eburonen auf die Bedrohung einzustimmen, die von dem nahe der Stadt errichteten römischen Lager ausging. »Wenn er noch leben würde, hätte er seine Krieger um sich geschart, und den Römern wäre es nie und nimmer gelungen, Atuatuca einzunehmen. Ich befürchte, dass er ihnen in die Hände gefallen ist. Und nun spar deinen Atem, wir haben noch ein ordentliches Stück Weg vor uns.«

Als sie sich der Umgebung des Hofes näherten, hatte Sulis, die Göttin der Sonne, den höchsten Punkt Ihrer Reise über den Himmel bereits überschritten. Verschlungene Pfade und Wildwechsel hatten die Geschwister über den Kamm einer

Anhöhe und durch eine enge, von einem Bach zerfurchte Schlucht zu dem abgeschiedenen Tal geführt, in dem ihr Vater Dannovarus vor zwei Jahrzehnten dem Wald eine Lichtung abgetrotzt und darauf das Gehöft errichtet hatte. Nur ein Birkenwäldchen trennte sie nun noch von ihrem Zuhause.

Sirona biss die Zähne zusammen und bot ihre letzten Kräfte auf, um mit ihrem Bruder mitzuhalten, der sich flink wie eine Haselmaus zwischen den schwarz-weiß gefleckten Stämmen hindurchschlängelte.

Dann, endlich, erreichten sie den Waldrand, stürzten ins Freie und hielten inne, atemlos vor Anstrengung und Angst.

Roveci beugte sich vor und stützte die Hände auf seine Oberschenkel. »Den Göttern sei Dank«, keuchte er.

Sirona presste die Fäuste in ihre stechenden Seiten. Schwindelig vor Erleichterung nahm sie den Anblick in sich auf, der sich zu ihren Füßen entfaltete.

Die majestätischen alten Bäume, die das Tal wie hünenhafte Wächter säumten, hatten bereits einen beträchtlichen Teil ihres Laubes verloren. Die wenigen Blätter, die ihnen verblieben waren, leuchteten in den Strahlen der niedrig stehenden Herbstsonne wie große goldene Münzen. Die hufeisenförmige Ansammlung strohgedeckter Fachwerkhäuser duckte sich Schutz suchend vor dem Wind, der von den Gipfeln des Arduenna Waldes hinunterblies und eine Ahnung des nahenden Winters in sich trug. Den Mittelpunkt des Gehöfts bildete die geweihte Eiche, unter deren knorrigen Ästen die Familie den Unsterblichen huldigte. Nun stolzierten Hühner um den heiligen Bezirk und pickten nach Futter. Am Waldrand wühlten Schweine zwischen den Wurzeln der Bäume nach Eicheln und Bucheckern, und vor dem Wohnhaus balgten Dannovarus' Bracken miteinander.

Nichts an diesem friedlichen Bild ließ erahnen, in welcher Gefahr der Hof und seine Bewohner schwebten. Sirona schloss für einen Moment die Augen.

Danke, Arduinna.

»Komm, Rove!«

Sie setzten sich wieder in Bewegung und liefen quer über die Weiden der Pferde und der struppigen braunen Rinder, die ihr Vater züchtete, auf den Weg zu, der den Hof mit der Straße verband.

Kurz bevor sie ihn erreichten, blieb Roveci wie angewurzelt stehen und wies nach Westen. »Da, sieh nur!«

Sironas Blick folgte seinem ausgestreckten Arm. Dichte Schwaden grauen Rauchs waberten über dem Kamm eines nahen Hügels in den Himmel.

Ihre Hand fuhr zu ihrem Mund. »O nein! Der Hof von Esumarus und seiner Familie!« Eine plötzliche Beklemmung legte sich auf ihre Brust, als sie an die Nachbarn dachte, deren Gehöft soeben ein Raub der Flammen wurde. Aber da war noch ein anderes Gefühl: grenzenlose Erleichterung darüber, dass ihr eigenes Heim verschont geblieben war. Sie schämte sich dafür.

Vater, hast du nicht gesagt, die Römer dringen nicht in die abgelegenen Täler vor? Du hast dich getäuscht.

»Hoffentlich haben sie die Römer rechtzeitig bemerkt und sich verstecken können.«

Ihr Bruder sprach aus, was Sirona selbst gerade dachte. Verstörende Bilder drängten sich vor ihr inneres Auge, Legionäre, die mit dem Schwert in der Hand auf Esumarus, seine junge Frau und ihre beiden kleinen Töchter eindrangen. Sie schob sie energisch beiseite. »Komm, weiter.«

Auf dem festen Lehm des Weges kamen Roveci und sie rascher voran. Während sie auf die Gebäude zuliefen, versuchte Sirona, ihr Zuhause mit den Augen eines Römers zu sehen. Vollkommen ungeschützt bot es sich dar, ein wehrloses Opfer. Eine reife Frucht, die nur darauf wartete, gepflückt zu werden.

Warum haben wir keinen Zaun?, schoss es ihr durch den Kopf. Warum bei allen Göttern haben wir nach dem Fall Atuatucas nicht begonnen, eine Palisade um unseren Hof zu errichten? Wir haben gedacht, die abgeschiedene Lage würde uns schützen. Aber das wird sie nicht.

Roveci fuhr sich mit dem Ärmel seiner Tunika über das erhitzte Gesicht. Schweiß rann ihm in die Augen, seine feuerroten Locken klebten auf der feuchten Stirn. »Ich wünschte, Vater käme endlich heim. Als er noch da war, war alles besser.«

Sirona lag auf der Zunge, ihn darauf hinzuweisen, dass auch ihr Vater gegen ein Dutzend bewaffneter Römer nichts ausrichten könnte. Doch Rove hatte ja recht. Sie würde sich ebenfalls sicherer fühlen, wenn Dannovarus bei ihnen wäre und wie früher mit lauter Stimme und dem unerschütterlichen Selbstverständnis eines eburonischen Adeligen und Kriegers über das Gehöft und seine Bewohner waltete. Er würde wissen, was jetzt zu tun wäre.

»Wie lang ist er nun schon fort?«

Sirona sah die vertraute Wehmut in den Zügen ihres Bruders und wusste, dass seine Gedanken wieder einmal zu dem Tag zurückwanderten, an dem ihr Vater die Familie verlassen hatte, um gegen die römischen Eindringlinge zu kämpfen. Sobald Ambiorix allen waffenfähigen Männern befahl, sich um ihn zu scharen, legte Dannovarus sein Kettenhemd an, gürtete das Schwert und setzte den eisernen Helm auf. Dann hatte er Frau und Kinder ein letztes Mal in die Arme geschlossen, ehe er den großen ovalen Schild von der Wand nahm und aufbrach, um dem Ruf seines Königs Folge zu leisten.

Sie musste nicht lange nachdenken. »Ein Jahr, einen Monat und vier Tage. Ich vermisse ihn genauso wie du.«

Und nicht nur ihn.

Uronertus, den sie liebte, war ebenfalls in den Krieg gezogen und seither verschollen. »Ich werde bald zurück sein, und dann wirst du meine Frau«, hatte der junge Schmied ihr beim Abschied versprochen und sie auf seine ungestüme Art geküsst.

Seitdem wartete sie vergeblich auf eine Nachricht. Jedes Mal, wenn sie auf dem Weg, der zum Gehöft führte, den Klang von Hufen hörte, eilte sie mit wild pochendem Herzen hinaus in den Hof, voller Hoffnung, dass einer der beiden Männer zurückkehrte. Aber immer wieder aufs Neue wurde ihre Hoffnung enttäuscht.

Endlich hatten sie die Tür des Wohnhauses erreicht. Roveci hämmerte gegen das verwitterte Holz. »Mutter, mach auf!«

Einen Moment später wurde der Riegel zurückgezogen, die Tür schwang nach innen auf, und Milevisa erschien im Rahmen.

»Wir haben Römer gesehen«, platzte der Junge heraus. »Einen Trupp Reiter. Ganz in der Nähe. Und Esumarus' Hof brennt.«

Um Milevisas Augen zuckte es. Ihr Blick suchte den ihrer älteren Tochter, als hoffe sie, Sirona würde den Worten ihres Bruders widersprechen.

Doch die nickte. »Ja, es ist wahr. Legionäre haben Esumarus' Hof überfallen.«

Ihre Mutter erschauderte. Mit einer fahrigen Handbewegung vollführte sie eine Geste, die Unheil abwehren sollte. »Bei Arduinna, die armen Menschen. Wo genau habt ihr die Römer gesehen?«

Sirona trat hinter Roveci ein, schloss die Tür und legte den Riegel wieder vor. Das satte Geräusch, mit dem der schwere Balken in seine Halterungen sackte, wirkte seltsam beruhigend. Wie oft mochte sie diese einfache Handlung in all den Jahren schon ausgeführt haben? Nie zuvor hatte so viel Bedeutung darin gelegen.

Sie drehte sich zu ihrer Mutter um. »Auf der Straße, die nach Atuatuca führt. - Führte«, korrigierte sie sich. »In der Nähe der Eiche, in die Taranis im letzten Sommer Seinen Blitz geschleudert hat.«

Das Innere des Hauses bestand aus einem einzigen, fensterlosen Raum, in dessen Mitte ein Feuer in der Herdstelle Wärme und eine gedämpfte Helligkeit verbreitete. Nach der goldenen Lichtfülle des Herbsttages erschien Sirona ihr Heim mit einem Mal ungewöhnlich dunkel und beklemmend.

Milevisa überlegte kurz. »Dann haben sie die Abzweigung zu unserem Hof vielleicht noch nicht entdeckt.«

Vielleicht nicht, dachte Sirona. Dann entdecken sie sie eben beim nächsten Mal.

Milevisa hatte sich verändert, seit ihr Mann in den Krieg gezogen war. In ihre Locken, honigfarben wie Sironas, hatten sich erste graue Strähnen geschlichen, und ihre blauen Augen, einst strahlend und voller Tatkraft, waren immer häufiger umschattet von unausgesprochenen Sorgen. Anfangs hatte Sirona geglaubt, es liege nur daran, dass sie Dannovarus so schmerzlich vermisste. Aber mit der Zeit verstand sie, dass sich Milevisa all die Jahre auf ihren starken, selbstsicheren Mann verlassen hatte und sich ohne ihn verloren fühlte, hilflos im Angesicht wichtiger Fragen, die den Hof betrafen und auf die sie keine Antworten fand.

Mit plötzlicher Klarheit erkannte Sirona, dass Milevisas Schweigen für sie alle zu einer tödlichen Gefahr werden könnte.

Die vierjährige Tassia kam herbeigelaufen, schmiegte sich an ihre Mutter und schaute mit vor Furcht weit aufgerissenen Augen zu ihr hoch. »Kommen die Römer auch zu uns?«

Milevisa strich ihrem jüngsten Kind liebevoll über die Wange. »Nein, gewiss nicht, Liebes. Du musst keine Angst haben. Die Römer scheren sich nicht um so ein kleines Gehöft wie das unsere.«

Manchmal war eine Lüge besser als die Wahrheit, weil sie das Leben erträglicher machte. Und bis jetzt hatte auch Sirona es richtig gefunden, Tassia nicht unnötig zu verängstigen. War es nicht genug, dass die beiden älteren Geschwister nachts kaum Schlaf fanden? Denn in den Nächten kamen die Albträume. Und in ihnen sah Sirona die leblosen Körper ihres Vaters und ihres Geliebten auf dem schlammigen Boden eines Schlachtfelds, die Glieder erstarrt im Todeskampf, blutüberströmt und verstümmelt, geplündert von den Siegern und den wilden Tieren zum Fraß überlassen. Und wenn sie zitternd aufschreckte, geweckt von ihrem eigenen Schrei, war sie jedes Mal erleichtert und dankbar, dass diese Bilder nur ein Traum gewesen waren. Ein Traum, der gleichwohl längst Wirklichkeit geworden sein mochte.

Aber der heutige Tag hatte alles verändert. Die Zeit der Lügen war vorüber und der Moment gekommen, der Wahrheit in ihr hässliches Angesicht zu blicken. Auch für ihre kleine Schwester.

»Doch, Tassia, die Römer werden auch zu uns kommen«, erklärte sie daher schroffer als nötig.

Sofort füllten sich die blauen Augen des Mädchens mit Tränen. Aber darauf durfte Sirona nun keine Rücksicht nehmen. Sie wandte sich an Milevisa. »Mutter, wir müssen etwas unternehmen.« Ihre Stimme klang beschwörend, fast flehentlich. »Wir können nicht so weiterleben wie bisher. Wir dürfen nicht länger darauf warten, dass Vater endlich zurückkehrt, oder hoffen, dass König Ambiorix noch lebt und uns vor den Römern beschützt. Wir müssen selbst handeln. Heute hat Arduinna Ihre Hand über uns gehalten. Aber was wird morgen sein? Oder übermorgen?«

Ihre Mutter schien von einem weit entfernten Ort zurückzukehren. In ihren Zügen mischte sich Verwunderung über den Gefühlsausbruch ihrer Tochter mit der vertrauten Unsicherheit angesichts der Notwendigkeit, eine Entscheidung zu treffen. Sie zögerte einen Moment. Dann nickte sie. »Du hast recht. Wir müssen etwas unternehmen.« Sie straffte den Rücken, und für einen Augenblick flackerte in ihren Augen die Energie auf, die sie versprüht hatte, als Dannovarus noch an ihrer Seite lebte. »Rove, geh und hol das Gesinde.«

Bald darauf kehrte der Junge in Begleitung der beiden Knechte und der Magd zurück. Während Milevisa ihnen darlegte, welch unheilvolle Wendung die Ereignisse genommen hatten, beobachtete Sirona ihre Mienen. Fassungslosigkeit wandelte sich über Entsetzen zu Furcht, als ihnen klar wurde, in welcher Gefahr der Hof schwebte. Sannos, der jüngere der Knechte, legte seinen Arm beschützend um die Schultern der

Magd, die sein Kind unter dem Herzen trug und leichenblass zu Boden starrte.

»Darum müssen wir beratschlagen, was nun zu tun ist«, schloss Milevisa ihre Ausführungen.

»Wir könnten uns in den Wäldern verstecken.« Auch Roveci hatte die Schwäche seiner Mutter schon vor geraumer Zeit erkannt und versuchte, die Leere auszufüllen, die Dannovarus hinterließ.

Milevisa fuhr ihrem Sohn durch die widerspenstigen feuerroten Locken, und er bog unwillig den Kopf zur Seite.

»Das geht nicht, Schatz. Wir dürfen die Tiere nicht im Stich lassen. Seit Atuatuca gefallen ist, sind die Herden unser wertvollster Besitz. Der Winter steht vor der Tür, und wir brauchen das Fleisch und die Milch.«

Tinco, der ältere Knecht, meldete sich zu Wort. »Nehmt die Kinder, Herrin, und versteckt Euch in den Wäldern. Ich bleib hier und kümmer mich um das Vieh.«

Milevisas Blick war voller Wärme. »Ich danke dir für deine Treue, Tinco. Aber du, Sannos und Linna gehört zu unserer Familie, und wir werden euch nicht im Stich lassen. Ich bin sicher, dass Dannovarus ebenso handeln würde.«

»Lasst uns Wachen aufstellen«, schlug Sannos vor. »Tinco und ich wechseln uns ab. Wir beziehen Posten unter der abgestorbenen Esche, wo der Weg zum Gehöft von der Straße abzweigt. So bemerken wir die Feinde rechtzeitig und flüchten gemeinsam in die Wälder.«

Milevisa bedachte seine Worte mit zusammengezogenen Augenbrauen. Dann glättete sich ihre Stirn, und sie nickte. Sirona spürte ihre Erleichterung darüber, dass die beiden auf dem Hof verbliebenen Männer trotz ihrer Furcht einen klaren Kopf behielten. »Ein guter Vorschlag. Reite gleich los. In sechs Stunden löst Tinco dich ab. Möge Arduinna euch beschützen.«

In der folgenden Nacht hatte Sirona einen Traum. Die schreckenerregenden Ereignisse des Tages hatten sie lange keinen Schlaf finden lassen, und als er sie endlich übermannte, war er unruhig und durchsetzt von schemenhaften Bildern, flüchtig wie Nebelfahnen.

Plötzlich erstand vor ihrem inneren Auge ein Gesicht. Es war das eines jungen Mannes, jedoch keines Kelten, und sein Abbild war so klar und lebendig, als stünde er vor ihr. Dunkle Haare, die sich, wenn sie länger wachsen dürften, in Locken kringeln würden, umrahmten ebenmäßige Züge mit einer gerade geschnittenen Nase, über deren Rücken eine kleine, helle Narbe verlief. Der Blick der tiefbraunen Augen schien sich eindringlich und zugleich Hilfe suchend auf Sirona zu richten. Es war ein gutes Gesicht, aber selbst im Traum fühlte Sirona den tiefen Zwiespalt, der in dem Fremden klaffte. Sein Mund lieferte den deutlichsten Hinweis auf diese innere Zerrissenheit, denn um seine sinnlichen Lippen hatte Bitterkeit erste Spuren eingegraben.

Es war der letzte Traum vor dem Erwachen. Während sich Sironas Wahrnehmungen allmählich schärften und sie der Oberfläche ihres Bewusstseins entgegenschwebte, fragte sie sich, wer dieser Römer – denn um einen solchen handelte es sich zweifellos – wohl sein mochte und warum er sich in ihren Traum gestohlen hatte. Doch sie war keine Seherin, und dass dieser Mann schon bald in ihr Leben treten, ihre Welt zerstören und sie selbst für immer verändern würde, ahnte sie nicht.

Kapitel 2

»Sirona, wach auf.«

Als die Stimme ihrer Mutter in ihr Bewusstsein sickerte, versuchte Sirona, ihr Traumbild noch einige Herzschläge länger festzuhalten. Doch es verflüchtigte sich, löste sich auf wie Nebel, der von der Sonne aufgeleckt wird. Schläfrig schlug sie die bunte Wolldecke zurück und erhob sich von dem Strohlager, das sie sich mit ihren Geschwistern teilte. Während sich Milevisa um die kleine Tassia kümmerte, tappte Sirona hinüber zur Herdstelle. Das Feuer war in der Nacht zu einem Häuflein Asche heruntergebrannt, das noch ein paar rote Glutnester barg. Mit einer Handvoll Reisern erweckte sie es wieder zum Leben.

Dann griff sie nach dem leeren Eimer. »Ich gehe Wasser holen.«

Milevisa wandte sich halb zu ihr um. »Aber sei vorsichtig.«

Wie könnte ich nicht?

»Natürlich, Mutter. Mach dir keine Sorgen.« Sirona entriegelte die Tür, öffnete sie einen Spaltbreit und ließ ihren Blick über den Hof schweifen. Unter der Tür des Gesindehauses schien Licht hervor. Aus dem Stall der Rinder drang das Muhen der Kühe. Zwei Bracken lagen eng aneinandergeschmiegt zu Füßen der geweihten Eiche. Beruhigt zog Sirona die Tür auf und trat hinaus.

Noch regierte die Nacht den klaren Himmel, in ihr blauschwarzes Gewand gehüllt, auf dessen Tuch die Göttin der Sterne funkelnde goldene Tupfen gestreut hatte. Aber schon kündete ein zart rosafarbener Streifen über den Bergkuppen im Osten vom bevorstehenden Sonnenaufgang.

Sirona sog die würzige Morgenluft in ihre Lungen, schloss die Augen und lauschte. Bis auf das Säuseln des Windes, das Murmeln des nahen Baches und das Kläffen eines Fuchses in der Ferne herrschte Stille - eine Stille, die ihr so lebendig und körperlich anmutete, dass sie beinah mit Händen zu greifen war. Wie viele dieser friedvollen, erhabenen Tagesanbrüche würde sie wohl noch erleben dürfen, ehe -

»Seid gegrüßt, Herrin.«

Sie zuckte zusammen, aber es war nur Tinco, der die Kühe gemolken hatte. Sirona erwiderte seinen Gruß, als er mit einem Eimer Milch in der Rechten auf sie zukam. »Die Nacht war ruhig. Sannos hält jetzt Wache. Als ich zurückkam, hab ich die Rinder und Pferde von den Weiden geholt. Es ist besser, wenn sie in den Ställen stehen.«

»Ich danke dir, Tinco. Nun geh, und ruh dich aus.«

Der Knecht nickte ihr zu und wandte sich hinüber zum Gesindehaus. Die beiden Bracken waren aufgesprungen und folgten ihm freudig bellend in der Erwartung einer ordentlichen Portion Futter.

Sirona ließ einen letzten Blick über die Anhöhen wandern, die das Gehöft umgaben. Dann lief sie hinunter zum Bach, um Wasser zu holen.

Die Stimmung während des Morgenmahls war gedrückt. Trotz des wärmenden Bärenfells, auf dem Sirona saß, spürte sie, wie die klamme Kälte des Bodens allmählich in ihre Glieder kroch, und rückte näher an das Feuer heran. Über die Flammen hinweg warf sie ihrer Mutter einen forschenden Blick zu.

Auch Milevisa hatte in der vergangenen Nacht kaum Schlaf gefunden, sich auf ihrem Strohlager hin- und hergewälzt und geseufzt. Nun wirkte sie noch erschöpfter als gewöhnlich und löffelte geistesabwesend den Hirsebrei, den Linna mit der frischen Milch zubereitet hatte.

Sirona stellte ihre halb geleerte Schale beiseite. »Mutter, ich finde, wir sollten Vorkehrungen treffen für den Fall, dass wir uns in die Wälder flüchten und dort einige Zeit ausharren müssen. Die Knechte könnten einen Unterstand errichten, in den wir Decken, Felle und Lebensmittel für ein paar Tage schaffen.«

Milevisa hob ihren müden Blick. »Was sagst du, mein Kind? Oh, einen Unterstand. Ja. Ich werde das gleich mit Tinco besprechen.«

Ein zaghaftes Klopfen an der Tür ließ Sirona zusammenfahren. Auch das war neu, dieses ständige Erschrecken, das Zusammenzucken ob jedes Geräusches. Dabei würde der Feind, wenn er den Hof schließlich entdeckte, gewiss nicht anklopfen, schon gar nicht zaghaft.

Ein Klirren aus dem Hintergrund des Raumes verriet, dass Linna eine tönerne Schale aus der Hand gefallen und auf dem harten Lehmboden zerschellt war. Milevisa und Roveci waren ebenfalls aufgefahren. Nur die kleine Tassia löffelte unverdrossen ihren Hirsebrei.

Sirona und ihre Mutter wechselten einen angstvollen Blick, während Roveci aufsprang und ein Schwert aus seiner Halterung an der Wand wuchtete. Es war zu schwer für ihn, die

Klinge zu lang, doch er hielt es mit beiden Händen vor sich ausgestreckt, obwohl seine Arme vor Furcht und Anspannung zitterten.

Erst als sich das Klopfen wiederholte, gelang es Linna, sich aus ihrer Starre zu lösen. Schwerfällig wie eine alte Frau schlurfte sie hinüber zur Tür. »Wer da?«

Das Blut rauschte so laut in Sironas Ohren, dass sie die Antwort nicht verstand. Aber sie sah, wie sich die Schultern der Magd entspannten und sie den Riegel zurückschob. Dann zog sie die Tür gerade so weit auf, dass sich ein Mensch hindurchzwängen konnte, und lugte hinaus. »Auch dir einen guten Morgen, Decca.«

Sirona hatte die Luft angehalten und ließ sie nun in einem Schwall entweichen, als sich eine junge Bäuerin in den Raum schob, auf dem Arm einen Säugling. Gegen die Kälte des frühen Herbstmorgens hatte sie sich in einen wollenen Umhang gehüllt und ihr Kind in eine warme Decke gewickelt. Während Linna den Riegel wieder auf die Tür legte und Roveci das Schwert an die Wand lehnte, um sich erneut zwischen seinen Schwestern niederzulassen, schlug die Besucherin die Kapuze zurück und grüßte scheu.

Milevisa machte eine einladende Geste. »Tritt näher und wärme dich. Deine Wangen sind ganz rot von der Kälte.«

Nach kurzem Zögern wagte sich die junge Frau in den Schein des Feuers.

Sirona hatte sich erhoben. »Sei gegrüßt, Decca. Ich danke Arduinna dafür, dass Sie deinen Weg beschützt und dich sicher hierhergeleitet hat. Denn Esumarus' Hof wurde gestern von einem Trupp Römer heimgesucht.«

Die Angesprochene hatte den Blick gesenkt, doch nun riss sie den Kopf hoch und schaute Sirona aus schreckgeweiteten Augen an. »Bei allen Göttern, das ist ja furchtbar! Letzte Woche noch war mein Mann bei ihnen, um beim Bau der neuen Scheune zu helfen. Und jetzt ... « Ihre Stimme verlor sich, sie schüttelte fassungslos den Kopf. Plötzlich besann sie sich und schlug hastig die Augen nieder. »Aber ich trag das Amulett der Arduinna stets bei mir, Herrin. Welch bessren Schutz sollt es wohl geben als den Segen der unsterblichen Götter?«

Ein scharfes Schwert, dachte Sirona, schwieg jedoch, während die Bäuerin an einem Lederband nestelte, das sie um den Hals trug, einen kleinen bronzenen Anhänger in Gestalt einer Bache hervorzog und ihn ihr hinhielt, ohne den Blick zu heben.

Diese Befangenheit war etwas, an das sich Sirona erst hatte gewöhnen müssen, da sie selbst ihre Gabe nicht als außergewöhnlich empfand. Doch in den Augen der Menschen, zumeist einfache Bauern, die mit ihren Leiden zu ihr kamen, reichten Sironas Fähigkeiten weit über das hinaus, was Milevisa, ebenfalls eine Weise Frau, vermochte. Denn sie verfügte über eine Begabung, die sie von anderen Heilern unterschied: Sie war imstande, durch Auflegen ihrer Hände zu erfühlen, woran ein Mensch oder ein Tier litt. Aber nicht nur das. Indem sie die Handflächen auf bestimmte Punkte des Körpers ihres Patienten legte und sie dort eine Weile ruhen ließ, gelang es ihr in den meisten Fällen sogar, ihn von seinem Übel zu befreien.

Dabei hätte Sirona nicht zu erklären gewusst, warum sie gerade diese oder jene Stelle für ihre Behandlung auswählte. In der ersten Zeit war sie einfach ihrer inneren Stimme gefolgt, und zu diesem Gespür gesellte sich im Verlauf der Jahre die Erfahrung, die sie bei ihren zahlreichen Patienten sammelte. Ihr Ruf als Heilerin verbreitete sich in Windeseile in der Umgebung Atuatucas, und so kamen bald immer mehr Menschen mit ihren kleineren und größeren Leiden zu ihr. Manche brachten ihre Tiere mit, Rinder, Schweine, wertvolle Reitpferde und Jagdhunde, und es stellte sich rasch heraus, dass sie deren Beschwerden ebenso gut zu lindern vermochte wie die ihrer Besitzer.

Doch mit ihren Erfolgen als Heilerin wuchs auch die Scheu der Menschen vor Sirona und ihrer außergewöhnlichen Begabung. Dass Pflanzen, Tieren und gewissen Gesteinen Heilkräfte innewohnten, verwunderte die Leute nicht; dass jedoch bloßes Handauflegen ebenfalls helfen sollte? Und dazu noch an so ungewöhnlichen Stellen? Am Oberschenkel gegen Atemnot, am Fuß gegen Kopfschmerzen? Aber es half ja, und damit musste diese Gabe zweifelsohne von den Göttern verliehen sein und die, welche sie ausübte, dem besonderen Schutz der Unsterblichen unterstehen.

»Lass mich den Kleinen einmal halten.«

Sirona bettete den Säugling, den Decca ihr reichte, in ihre Armbeuge und schlug die Decke zurück. Der fünf Monate alte Junge litt an plötzlich auftretenden Krämpfen, die seine Mutter in Angst und Schrecken versetzten, weil sie befürchtete, ihr Sohn könne ersticken.

Schon auf den ersten Blick erkannte Sirona, dass ihr kleiner Patient ruhiger wirkte als beim letzten Besuch. Sie strich mit dem Zeigefinger sanft über seine Wange. »Wie ist es ihm ergangen?«

Der scheue Gesichtsausdruck der jungen Bäuerin wich einem Strahlen. »Viel besser, Herrin. Die Anfälle sind seltener geworden. Und wenn er doch mal einen hat, ist es nicht mehr so schlimm und geht schnell vorbei.«

Sirona nickte zufrieden. Das war, was sie erwartet hatte. Mit dem Säugling im Arm ließ sie sich vorsichtig am Feuer nieder, bettete ihn in ihren Schoß und umschloss seine winzigen Zehen mit den Händen. »Noch eine oder zwei Behandlungen, und die Krämpfe werden für immer verschwunden sein. Sei unbesorgt.«

»Setz dich zu uns«, lud Milevisa ihren Besuch ein. »Möchtest du eine Schale Hirsebrei?«

»Sehr gern, Herrin.« Decca kam der Einladung nach und beobachtete voller Staunen, wie sich ihr Sohn mehr und mehr entspannte und schließlich in Sironas Schoß einschlief. »Es tut mir so leid um Esumarus und seine Familie«, kehrte sie dann zu den schrecklichen Ereignissen des Vortages zurück und strich sich mit einer fahrigen Handbewegung eine Haarsträhne aus dem Gesicht. »Aber es gibt auch Hoffnung«, setzte sie nach einem Moment hinzu. »König Ambiorix lebt.«

Sironas Kopf ruckte hoch. Ihre Mutter ließ die Schale sinken, die Linna ihr soeben für den Gast angereicht hatte. Roveci, der gelangweilt an einem Stück Holz herumschnitzte, hielt abrupt in der Bewegung inne. Aller Augen wandten sich der jungen Bäuerin zu.

»W-Wirklich.« Die geballte Aufmerksamkeit, die ihr mit einem Mal zuteilwurde, verunsicherte Decca. »Nach dem Fall von Atuatuca hat er die restlichen Krieger um sich versammelt und sich mit Germanen vom östlichen Ufer des Renos verbündet. Gemeinsam mit diesen Sugambrern hat er das römische Lager überfallen, geplündert und in Brand gesteckt.«

»Arduinna sei Dank!« Milevisas Hand fuhr zu ihrer Brust.

Sironas Herz schien vor Freude zu flattern wie ein Schmetterling. Hatte sie es nicht gewusst? Hatte sie es nicht immer und immer wieder gesagt? Ambiorix würde niemals aufgeben! »Ein Sieg?«, fragte sie dennoch hastig. »Und es besteht kein Zweifel?«

Decca schüttelte den Kopf. »Nein, Herrin, Ihr könnt gewiss sein. Vor wenigen Tagen traf mein Mann griechische Händler auf der Straße, die von den Bergen im Westen in Richtung Renos führt. Kurz zuvor waren sie einem Trupp von König

Ambiorix' Kriegern begegnet und hatten so erfahren, was geschehen war.«

Sirona fing über das Feuer hinweg einen Blick ihrer Mutter auf und wusste, dass Milevisa dasselbe dachte.

War es möglich, dass diese Schlacht das Schicksal noch einmal gewendet hatte und es Ambiorix und seinen Verbündeten nun gelingen würde, die Römer endgültig aus dem Stammesgebiet der Eburonen zu vertreiben?

Wäre ihr Leben schon bald wieder sicher?

Und würden Dannovarus und Uronertus dann endlich heimkehren?

Kapitel 3

Am nächsten Morgen brachen das helle Gebell der Bracken und erregte Rufe aus dem Tal in die herbstliche Stille des Waldes ein, in dem Sirona Steinpilze und Pfifferlinge sammelte. Sie unterschied eine tiefe männliche Stimme und eine jüngere, schrill vor Angst, in der sie die ihres Bruders zu erkennen glaubte.

Das Bellen ging in ein gequältes Jaulen über und verstummte jäh.

Von einer schrecklichen Ahnung befallen, richtete sich Sirona auf und versuchte, zwischen den eng beieinanderstehenden Birkenstämmen ins Tal hinunterzuspähen und die Umrisse der Gebäude auszumachen. Doch es war unmöglich, der Wald zu dicht. Achtlos ließ sie den Weidenkorb fallen, raffte den Saum ihres Kleides und kämpfte sich durch das Unterholz, bis sie den Rand des Birkenhains erreichte, der ihr einen freien Ausblick über das Tal bot.

Eine Welle lähmenden, heißen Entsetzens durchflutete sie und ließ sie jäh innehalten, als sich ihre schlimmsten Befürchtungen vor ihren Augen in nackte, kalte Wirklichkeit verwandelten.

Ein römischer Trupp hatte das Gehöft entdeckt.

Während Sirona in den Schatten zwischen den schwarzweißen Stämmen verharrte, unfähig, sich zu rühren oder auch nur einen klaren Gedanken zu fassen, musste sie ohnmächtig mit ansehen, wie ein knappes Dutzend Reiter über den Hof herfiel, in die Gebäude eindrang und die Menschen nach draußen zerrte.

Aus der Entfernung fiel es ihr schwer, Einzelheiten auszumachen. Doch eines erkannte sie gewiss: Der Junge, der sich dort unten mit einem viel zu großen Schwert gegen einen Römer zur Wehr setzte, welcher ihn hoch zu Ross umkreiste, war Roveci, der einzige Junge auf dem Gehöft.

Nein, bitte, Arduinna, formten sich ihre Gedanken ohne ihr Zutun zu einem Gebet, lass das nicht zu. Ich flehe Dich an, beschütze meine Familie, die Menschen, die ich liebe. Nimm mir nicht auch noch sie.

Dann tat sie etwas gänzlich Widersinniges: Sie rannte los, über die Wiesen und Weiden auf die Gebäude zu, auf deren Strohdächer die Römer gerade brennende Fackeln warfen; auf die Pferde und Rinder zu, die in einer Ecke der Hoffläche zusammengetrieben wurden; auf ihre Familie und das Gesinde zu, die mit den Spitzen der Speere unter die geweihte Eiche gezwungen wurden und sich von Panik erfüllt eng aneinanderdrängten.

Natürlich wäre es vernünftiger gewesen, im Wald Schutz zu suchen, in dessen dichtes Unterholz die Römer auf ihren großen, langbeinigen Pferden ihr nicht zu folgen vermochten. Und was könnte sie schon ausrichten gegen ein Dutzend Legionäre? Doch in Zeiten wie diesen, in denen sich die Welt verengt hatte auf dieses kleine Gehöft im Nirgendwo, in denen die Familie alles war, was ihr geblieben war, lebte man entweder mit ihr oder ging mit ihr zusammen unter.

Und so rannte Sirona weiter, während die Worte des Gebets im Rhythmus ihrer Füße in ihrem Kopf hämmerten. Als sie den Weg erreichte, begann sie zu rufen, zu schreien, Wörter, die im Prasseln der hell auflodernden Strohdächer untergingen. Sie schrie, bis ihre Lungen schmerzten, ihre Seiten stachen und sie das Gefühl hatte, keinen Fuß mehr vor den anderen setzen zu können.

Doch sie zwang sich weiterzurennen, und während sie lief, musste sie hilflos mit ansehen, wie ihre Mutter unter dem gewaltigen Streich eines römischen Schwertes fiel und eine zweite Klinge ihre Schwester Tassia durchbohrte, aufspießte und achtlos fortwarf wie eine Lumpenpuppe.

Die Worte ihres Gebets rissen jäh ab.

Aber immer noch rannte sie, mechanisch, willenlos. Und während jeder ihrer Schritte sie dem Ort des Schreckens näher brachte, sah sie, wie einer der Reiter, das Gesicht unter dem Helm von einer silbernen Maske verdeckt, mit einer Drehung seines Gladius Roveci das Schwert aus der Hand wand, den Jungen packte und vor sich auf sein Pferd zog. Roveci, dessen feuerrote Locken mit den Flammen der brennenden Gebäude zu wetteifern schienen, wehrte sich aus Leibeskräften, schrie und schlug mit Armen und Beinen um sich, bis der Römer ihm einen Fausthieb gegen die Schläfe versetzte und sein Körper erschlaffte.

Dies war das Letzte, was Sirona von ihrem Bruder sah, ehe der Reiter sein Tier mit einem Schenkeldruck antrieb und aus ihrem Blickfeld verschwand.

Währenddessen hatte sie sich dem Schauplatz des Grauens so weit genähert, dass einer der Feinde sie bemerkte. Augenblicklich wendete der Legionär seinen Braunen und hielt geradewegs auf sie zu. Sie wusste, dies war ihre letzte Gelegenheit, sich in Sicherheit zu bringen. Eine innere Stimme drängte sie, sich in das dichte Buschwerk zu schlagen, das den Rand des Weges markierte und an den Flanken des Tals in den Wald überging. Doch sie verwarf diese Möglichkeit im selben Moment und rannte weiter.

Sie hatte nun einen Rhythmus gefunden, in dem sie noch meilenweit hätte laufen können, bis ans Ende der Welt, wenn das ihre Mutter und ihre Schwester wieder lebendig gemacht hätte. Und so lief sie weiter, atemlos, kopflos, vorbei an den Körpern zweier toter Bracken, die mit durchtrennter Kehle am Eingang zum Hof lagen, geradewegs auf den Römer zu. Dieser hatte, verblüfft über ihr widersinniges Verhalten, sein Pferd gezügelt und blickte ihr mit einer Mischung aus Erstaunen, Neugier und Belustigung entgegen.

Das Letzte, was Sirona wahrnahm, war das sirrende Geräusch einer Schwertklinge, die die Luft zerschnitt, gefolgt von einem Schlag gegen die linke Seite ihres Kopfes, der so kraftvoll war, dass er sie von den Füßen riss.

Dann umfing sie die Dunkelheit.

Als Sirona wieder zu sich kam, versank die Sonne gerade als glutroter Ball hinter den Anhöhen, die den Hof umgaben. Ihre erste Empfindung war Schmerz, dumpf, bohrend, der sich, von der linken Seite ihres Schädels ausgehend, mit jedem Herzschlag weiter in ihrem Körper ausbreitete, zuerst den Kopf eroberte, dann den linken Arm, der ohne jedes Gefühl war, schließlich den Rücken hinabwanderte und bis in die Beine ausstrahlte, die sich anfühlten, als wären sie nicht länger ein Teil von ihr.

Eine ganze Weile lag sie nur da, die Augen geschlossen, gefangen in einem Dämmerzustand zwischen Benommenheit und Wachsein, bei jedem Atemzug überflutet von einer Woge des Schmerzes, bis ihr Körper und der Schmerz ein und dasselbe zu sein schienen. Sie bemerkte nicht, dass die Sonne hinter den Bergen versank und es dennoch nicht dunkler wurde, weil die Flammen rings um sie hoch hinauf in den Himmel loderten. Sie hörte das Prasseln der gewaltigen Feuer nicht, die ein Gebäude nach dem anderen auffraßen gleich gierigen Ungeheuern, die über eine reich gedeckte Tafel herfielen. Sie fragte sich nicht, warum sie lebte, obwohl der Schwerthieb des Römers ausgereicht hätte, einen Ochsen zu töten. Sie lag nur da, ergab sich dem allumfassenden Schmerz und weigerte sich, in eine Welt zurückzukehren, in der sie nicht länger sein wollte, wenn es keine Familie mehr gab, keine Heimat und keine Hoffnung.

Nach einiger Zeit gesellte sich zu dem Schmerz ein anderes Gefühl. Eine eiserne Faust hatte sich um ihren Magen gelegt, umschloss ihn und drückte ohne Vorwarnung und unerbittlich zu. Die Übelkeit war so stark, dass sich Sirona aufbäumte und auf die lehmige Erde des Hofes erbrach, immer und immer wieder. Es dauerte lang, bis die Wellen der Übelkeit abebbten. Doch als sie sich endlich mit dem Ärmel ihres Kleides über die rissigen Lippen fuhr und vollkommen erschöpft auf den Boden zurücksank, stellte sie erleichtert fest, dass der Schmerz ein wenig nachgelassen hatte.

In demselben Maß, wie sich der Schmerz zurückzog, lösten sich auch die Nebel auf, die ihre Gedanken umwogten. Widerstrebend erkannte Sirona, dass sie lebte und dass sie sich diesem Leben stellen musste. Und wenn es nur war, um den Seelen ihrer toten Angehörigen den Zugang in die Andere Welt zu ermöglichen.

Schließlich zwang sie sich, die Lider zu öffnen. Die Helligkeit der Feuer, die sie mit einem Mal überflutete, war so unerträglich, dass sie blinzelte. Das Erste, was sie erblickte, war die Ruine des Wohnhauses. Die massiven Eichenpfosten, die das Gerüst bildeten, waren zu schwarzen Stummeln verkohlt. Das mit Lehm verkleidete Flechtwerk, das die Gefache ausgefüllt hatte, war in der Hitze des Feuers trocken und hart geworden wie gebrannter Ton, aus seinen Verankerungen gebrochen und zu Boden gestürzt. Nun fraßen sich die Flammen durch die dicken Strohlagen des Daches, die in das Innere verstürzt waren.

Wie stolz ihr Vater auf diesen Hof gewesen war! Wie gut, dass er ihn jetzt nicht sehen musste. Sirona hatte nicht gewusst, dass auch Häuser sterben können, doch dieses starb wahrhaftig vor ihren Augen, als der letzte Lehm aus den Gefachen stürzte, die brennenden Balken ihren Halt verloren und in sich zusammenbrachen.

Tränen schossen ihr in die Augen und rannen ihre Wangen hinab, ob aus Trauer oder wegen der gewaltigen Hitze der Feuer, wusste sie nicht. Jeder Atemzug brannte, bis ihre Kehle und ihre Lungen selbst in Flammen zu stehen schienen. Funken regneten auf sie herab, und sie fühlte, wie sie auf ihrem Gesicht und ihren Händen verglühten.

Schließlich brachte sie all ihren Mut auf und wandte langsam den Kopf.

Die leblosen Körper ihrer Mutter und ihrer Schwester lagen zu Füßen der geweihten Eiche, deren verkohlte Äste sich gleich knorrigen Armen anklagend in den Abendhimmel reckten. Sirona nahm ihre gesamte Kraft zusammen, und tatsächlich gelang es ihr irgendwie, sich in die Höhe zu kämpfen. Ihre Beine fühlten sich taub an, in den Füßen kribbelte es, als bohrten sich unzählige glühende Nadeln in ihre Sohlen, und die Welt um sie herum schien sich in einem wilden Kreisel zu drehen. Doch sie stand. Schwankend und keuchend vor Anstrengung wartete sie einige Herzschläge, bis der Schwindel nachließ und sie zu Atem gekommen war, ehe sie zu den toten Körpern hinüberwankte.

Der erste Leichnam, auf den sie stieß, war der Tassias. Das Schwert des Römers hatte ihr Herz durchbohrt, und es tröstete Sirona zu wissen, dass ihre Schwester auf der Stelle tot gewesen sein musste. Mühevoll sank sie neben Tassia auf die Knie, die nun, im Tod, noch kleiner und zerbrechlicher wirkte als zu Lebzeiten. Die großen blauen Augen ihrer Schwester starrten mit einem Ausdruck ungläubigen Erstaunens ins Leere. Sirona schloss ihr die Lider, strich die weichen blonden Locken aus ihrer Stirn und küsste ein letztes Mal den winzigen Mund. Behutsam tupfte sie eine Träne fort, die auf Tassias Wange getropft und eine feuchte Spur in der dünnen Rußschicht auf der zarten Kinderhaut hinterlassen hatte. Dann riss sie sich vom Anblick des starren Gesichts los und robbte hinüber zum Leichnam ihrer Mutter.

Milevisas Tod war weniger rasch verlaufen als der ihrer Tochter. Ihre Züge waren verzerrt in einer Grimasse der Furcht und des Schmerzes. Die Schwertklinge des Römers hatte auch ihre Brust durchbohrt. Doch sie musste danach noch eine Zeit lang gelebt haben, denn Sirona erkannte anhand der Spuren, dass sie versucht hatte, zu Tassia hinüberzukriechen, bis ihre Kräfte sie endgültig verließen.

Sirona schloss auch Milevisas Augen und küsste sie ein letztes Mal auf den Mund. Dann war es mit einem Mal um ihre Beherrschung geschehen, sie ließ den Kopf auf die Brust ihrer Mutter sinken und weinte hemmungslos. Sie weinte, bis sie glaubte, an ihrem eigenen Schluchzen zu ersticken, und schließlich, als der körperliche und der seelische Schmerz sie überwältigten, verlor sie erneut das Bewusstsein.

Als sie wieder erwachte, war die Welt um sie herum zur Ruhe gekommen. Vorsichtig öffnete Sirona die Augen. Die Flammenwand der brennenden Gebäude war zu einzelnen kleinen Feuern zusammengefallen, ihr Prasseln einem leisen Knistern gewichen. Den Himmel überzog ein samtiges Nachtblau, besprenkelt mit unzähligen goldenen Sternenpunkten, und im Osten deutete ein blasser rosafarbener Streifen den bevorstehenden Sonnenaufgang an.

Zwei Tage und Nächte waren vergangen, seit Sirona auf der Schwelle des Wohnhauses gestanden und ihr Gesicht zum klaren, majestätischen Sternenhimmel erhoben hatte. Der Himmel war derselbe und würde es ewig bleiben, die Sterne waren dieselben. Doch in jenem abgelegenen Tal des Arduenna Waldes war nichts mehr, wie es einst gewesen war, und würde es nie wieder sein.

Benommen hob Sirona den Kopf, der auf der Brust ihrer toten Mutter ruhte, und sogleich durchfuhr sie erneut der Schmerz. Ihr linker Arm fühlte sich noch immer seltsam taub an, aber nach einigen vergeblichen Versuchen gelang es ihr, ihn so weit zu beugen, dass sie die linke Seite ihres Schädels betasten konnte. Augenblicklich stießen ihre suchenden Finger auf die Quelle des Schmerzes, eine Beule von der Größe eines Hühnereis unmittelbar über dem Ohr, und ihre Hand zuckte zurück. Sie zwang sich jedoch, die Schwellung vorsichtig zu untersuchen, und entdeckte darin einen klaffenden Schnitt, an dessen Rändern das Blut bereits verkrustete.

Sirona wusste, dass der Römer sein Schwert mit einer solchen Kraft geführt hatte, dass er ohne Not ihren Schädel hätte spalten können. Doch aus irgendeinem Grund hatte die Waffe ihren Kopf nicht mit der scharfen Schneide, sondern mit der flachen Seite der Klinge getroffen und nur wenig Schaden angerichtet.

Sie beließ es bei dieser Feststellung. Warum sie überlebt hatte, war für sie ohne Bedeutung. Alles, was nun zählte, war, den Seelen ihrer Angehörigen die Reise in die Andere Welt zu ermöglichen, und dazu mussten die Verstorbenen verbrannt werden.

Steif vor Schmerz und dem stundenlangen, zusammengekrümmten Liegen auf dem toten Körper ihrer Mutter mühte sie sich in die Höhe. Unmittelbar neben sich sah sie den Leichnam Tassias, einige Schritt weiter die der Magd und des jüngeren Knechts. Sirona war nicht sicher, ob sie ihren Beinen vertrauen könnte, und so setzte sie behutsam einen Fuß vor den anderen, während sie zu ihnen hinüberhumpelte.

Sannos hatte sich schützend über Linna geworfen, ehe eine römische Klinge erst seinem Leben ein Ende bereitete und dann dem der Frau, die sein Kind unter dem Herzen trug.

Doch wo waren Roveci und Tinco? Zum Zeitpunkt des Überfalls hatte sich der ältere Knecht auf dem Wachposten an der Einmündung des Weges befunden. Warum war es ihm nicht gelungen, die Bewohner des Hofes rechtzeitig zu warnen?

Während sich die Scheibe der aufgehenden Sonne über die Anhöhen im Osten schob, begann Sirona mit der Durchsuchung dessen, was vom Wohnhaus übrig geblieben war. Sie bückte sich unter den verkohlten Balken hindurch, die das Gerüst der Wände gebildet und die Dachkonstruktion getragen hatten und nun in das Innere der Gebäude verstürzt waren. Mühevoll hob sie die schweren Bruchstücke der Lehmverkleidung an und wühlte sich durch Haufen von Asche. An vielen Stellen war diese noch zu heiß, um sie mit bloßen Händen zu berühren, und Sirona musste sich in acht nehmen, nicht in eines der Glutnester zu treten, die darunter schwelten. Daher brach sie am Waldrand einen Birkenzweig ab, kehrte zum Wohnhaus zurück und stocherte damit in der Asche, erfüllt von der Furcht, jeden Augenblick auf den verkohlten Körper ihres Bruders oder des Knechtes zu stoßen. Doch ihre Suche blieb fruchtlos.

Anschließend wandte sie sich den Resten des auf Stelzen errichteten Vorratsspeichers und des danebenliegenden Gesindehauses zu, ebenfalls ohne Ergebnis.

Rove, Tinco, wo seid ihr bloß?

Schließlich schleppte sie sich hinüber zur gegenüberliegenden Seite der Hoffläche, wo sich die Ruinen der Ställe und der Scheune befanden.

Eine Spur der beiden Vermissten entdeckte sie auch dort nicht.

Stattdessen musste sie feststellen, dass die Römer gründliche Arbeit geleistet hatten. Sie hatten alles mitgenommen, was einen Wert darstellte, vor allem die Herden der Pferde, Rinder und Schweine sowie diejenigen der prächtigen Bracken, die sie nicht hatten töten müssen. Alles, was für sie nicht von Nutzen war, hatten sie den Flammen übergeben. Lediglich die Hühner hatten entkommen können und sich in den angrenzenden Wald geflüchtet. Sirona hörte ihr aufgeregtes Gackern von irgendwo zwischen den Stämmen.

Erschöpft und mutlos wollte sie sich gerade von den Ruinen abwenden, als ihr Blick auf ein rötlich-braunes Stück Stoff fiel, das halb unter einem Ginsterstrauch nahe der Einmündung des Weges hervorlugte. So schnell ihre kraftlosen Beine sie trugen, lief sie hinüber und schob einige Zweige beiseite.

Der ältere Knecht lag auf dem Rücken, die toten Augen starr in den blassen Herbsthimmel gerichtet, seine Züge eine Grimasse des Schmerzes und der Verzweiflung. Aus seiner Brust ragte der abgebrochene Schaft eines Pilum. Allem Anschein nach hatte er die Römer bemerkt und war zum Hof zurückgeritten, um die Familie zu warnen. Doch die Feinde hatten ihn eingeholt und getötet. Hätte er sich vor ihnen verborgen, wäre er wohl mit dem Leben davongekommen. Aber er war Milevisa und ihren Kindern bis zuletzt treu ergeben gewesen.

Sirona sank neben dem Mann nieder, den sie ihr ganzes Leben lang kannte, und ergriff seine Hände, die sich um den hölzernen Schaft des Pilum krampften, als hätte er versucht, ihn aus seiner Brust herauszuziehen.

Ich danke dir für alles, was du für uns getan hast, Tinco. Du hast deine Treue zu meiner Familie mit dem Leben bezahlt.

Als sie sich wieder aufrichtete, erstand vor ihrem inneren Auge plötzlich ein Bild: Ein Reiter, das Gesicht unter dem Helm von einer silbernen Maske verdeckt, packte den sich heftig wehrenden Roveci, hob ihn vor sich auf sein Pferd und betäubte ihn mit einem Faustschlag. Das hatte sich ganz in der Nähe der Stelle abgespielt, an der Tincos Leichnam lag.

War es möglich, dass der Römer ihren Bruder wieder freigegeben hatte und dieser nun bewusstlos im Unterholz des Waldrandes lag? Oder vielleicht war Roveci seinem Entführer ja entkommen und hielt sich irgendwo in den Wäldern versteckt?

Es war nur eine schwache Hoffnung, aber Sirona klammerte sich an sie wie eine Ertrinkende an den rettenden Baumstamm. Augenblicklich begann sie, sich zwischen Ginstersträuchern und Brombeerranken hindurchzukämpfen, bog niedrige Zweige beiseite, um einen Blick darunter zu werfen, schaute unter jeden Busch, hinter jeden Strauch und rief immer und immer wieder den Namen ihres Bruders. Doch ihre Rufe blieben unbeantwortet.

Als sie durch den Bach watete, bemerkte sie plötzlich, wie durstig sie war. Ihre Kehle brannte bei jedem Atemzug, die

Zunge fühlte sich aufgedunsen und pelzig an. Am anderen Ufer angekommen, sank sie auf die Knie, tauchte ihre Hände, rußig und zerkratzt von unzähligen Dornen, in den Bach, führte sie zum Mund und trank gierig das frische Gebirgswasser.

Während sich Sulis in Ihrem goldenen, von zwei Schimmeln gezogenen Wagen dem höchsten Punkt Ihrer Reise über den Himmel näherte, dehnte Sirona ihre Suche weiter und weiter aus, bezog die gesamte Umgebung des Hofes mit ein, bis sie endlich erschöpft und heiser wieder den Ginsterstrauch erreichte, unter dem Tincos Leichnam lag, und gewiss sein konnte, dass Roveci sich nicht mehr in der Nähe des Gehöfts befand, weder tot noch lebendig.

Und das ließ nur einen Schluss zu: Die Legionäre hatten ihn mitgenommen.

Natürlich, auch ihr war bekannt, dass die Römer nach einer siegreichen Schlacht das Leben junger, kräftiger Gefangener, Männer wie Frauen, verschonten und sie als Sklaven ins Römische Reich verschleppten. Aber Kinder? Dennoch schien ihr diese Erklärung die wahrscheinlichste, und die Vorstellung, dass ihr kleiner Bruder in einem fremden Land leben und bis ans Ende seiner Tage einem verhassten Herrn auf Gedeih und Verderb ausgeliefert sein sollte, zerriss ihr fast das Herz. Roveci, der seine Freiheit so sehr liebte! Kein Tag war vergangen, an dem er nicht durch die schier endlosen Wälder der Arduinna gestreift und davon geträumt hatte, ein ruhmreicher eburonischer Krieger zu werden, dessen Namen die Barden besangen und dessen Taten an den Lagerfeuern von Mund zu Mund weitergegeben wurden.

Vielleicht wäre es besser für ihn gewesen, wenn auch er unter einem römischen Schwert gefallen wäre.

Erfüllt von Verzweiflung über das grausame Schicksal ihres Bruders, wandte sich Sirona von Tincos leblosem Körper ab, um sich der traurigen Pflicht der Verbrennung der Toten zu widmen.

Unter gewöhnlichen Umständen, in einer Welt, in der die Ordnung der Dinge von Bestand war und die alten Sitten und Gebräuche befolgt wurden, würden die Leichname in ihre prächtigsten Kleider gehüllt, mit ihrem wertvollsten Schmuck und ihren besten Waffen ausgestattet und auf Scheiterhaufen gebettet. Dann würde ein Druide oder eine Priesterin gemeinsam mit den Angehörigen das Totenritual vollziehen, um den Göttern die Seelen der Verstorbenen anzuempfehlen und Sie um eine sichere Reise in die Andere Welt zu bitten. Schließlich würden die Holzstöße in Brand gesteckt, die Körper, die lediglich die irdische Hülle der unsterblichen Seele darstellten, würden verbrennen und ihr den Übergang in jenes ferne Reich ermöglichen, aus dem sie eines Tages in neuer Gestalt wiederkehren würde.

Doch dies waren keine gewöhnlichen Umstände, und die althergebrachte Ordnung der Dinge hatte aufgehört zu existieren. Es gab keinen Druiden und keine Priesterin, an die sich Sirona hätte wenden können, denn Atuatuca war gefallen. Ob Ebunos, der alte Druide der Eburonen, oder Amena, seine Nachfolgerin, noch lebten und wenn ja, wo, wusste sie nicht. Und es gab keine prachtvolle Kleidung mehr, keine kostbaren Geschmeide und keine Waffen, die sie den Verstorbenen auf ihrem letzten Weg beigeben konnte, da die Römer alles geraubt oder den Flammen übergeben hatten.

Daher würden die Toten ihre Reise ins Jenseits mit dem antreten, was sie am Leibe trugen, zerrissene, mit ihrem getrockneten Blut befleckte, von Ruß und Asche grau überpuderte Kleider und schlichtem Schmuck aus Bronze oder Eisen. Und es würde genügen müssen, dass sie, Sirona, eine gewöhnliche Sterbliche, die heiligen Rituale vollzog.

Sie begann mit Milevisa und Tassia. Behutsam bettete sie die Leichname nebeneinander, ordnete Haare und Kleidung und faltete die Hände der beiden auf ihrer Brust. Einem plötzlichen Impuls folgend, nahm sie den Armreif aus blauem Glas ab, den sie am linken Handgelenk trug, und streifte ihn ihrer Schwester über, die noch keinen eigenen Schmuck besaß. Er war viel zu groß für ihr Ärmchen, doch das spielte nun keine Rolle.

Als sich Sirona nach einer Weile aufrichtete, um ihr Werk zu begutachten, Tassias zerbrechlichen Körper neben dem ihrer Mutter, beschlich sie mit einem Mal Sorge. Wäre die junge, unerfahrene Seele ihrer Schwester überhaupt imstande, den weiten Weg in die Andere Welt allein zu finden? So kniete sie abermals nieder, legte Tassia an die Brust ihrer Mutter und schlang Milevisas Arme um ihren zierlichen Leib.

Dann erhob sie sich erneut. Ja, das war besser. So würde Milevisa ihrer kleinen Tochter vielleicht eher helfen können, den richtigen Weg zu wählen.

Anschließend wandte sich Sirona den Knechten und der Magd zu. Sie packte sie unter den Schultern, schleifte sie zum verkohlten Skelett der geweihten Eiche hinüber und bettete ihre Leichname neben die ihrer Familie. Ihr linker Arm fühlte sich noch immer taub an, und diese beschwerliche Arbeit trug nicht eben dazu bei, seinen Zustand zu verbessern. Doch darauf konnte sie keine Rücksicht nehmen.

Schließlich hatte sie ihr Werk vollbracht und richtete sich keuchend auf. Mit einem Mal ging ihr auf, dass die toten Körper nur schwer in Brand zu setzen wären. Immerhin dienten die Scheiterhaufen, auf die sie unter gewöhnlichen Umständen gebettet würden, dem Zweck, ein kräftiges Feuer in Gang zu bringen, das sich letzten Endes auch der Verstorbenen bemächtigte. Sie würde also irgendetwas brauchen, was gut brannte, Reisig oder Stroh.

So begann sie, die Ruinen der Gebäude nach Resten des Strohs zu durchsuchen, mit dem die Dächer gedeckt gewesen waren. Die Ausbeute erwies sich indes als gering, denn das gewaltige Inferno hatte kaum etwas übrig gelassen. Daher wandte sich Sirona dem Waldrand zu, sammelte Arme voll trockener Äste und Zweige und schichtete sie um die toten Körper herum auf.

Es kostete sie mehrere Stunden, genügend brennbares Material zusammenzutragen, um ihr trauriges Werk zu vollenden. Inzwischen bewegte sie sich am Rande der Erschöpfung. Doch sie zwang sich, in der Ruine des Wohnhauses eines der noch schwelenden Glutnester neu zu entfachen und darin ein Reisigbündel zu entzünden. Sie schleppte sich zu den fünf Leichnamen zurück und setzte die behelfsmäßigen Scheiterhaufen mit seiner Hilfe in Brand. Anschließend trat sie einige Schritt beiseite und schaute zu, wie die Flammen sich ausbreiteten, sich in Windeseile durch Reisig und Stroh fraßen und auf die Kleider und Haare der Toten übergriffen.

Götter, betete sie stumm, ich weiß, dass ich nicht befugt bin, dieses Ritual zu vollziehen. Doch es ist niemand mehr da, der es statt meiner tun könnte, und daher bitte ich Euch, verzeiht mir meinen Frevel und empfangt die Seelen dieser Verstorbenen. Lasst ihre Reise eine leichte sein, und schenkt ihnen in der Anderen Welt den Platz, der ihnen gebührt. Denn sie waren gute Menschen, sie haben ihr Leben lang an Euch geglaubt und Euch verehrt, und sie wurden feige dahingemordet.

Bald mischte sich in den Geruch brennenden Reisigs ein anderer, schwererer: derjenige verschmorenden menschlichen Fleisches. Alles in Sirona drängte danach, ein paar weitere Schritte zurückzuweichen, um ihm zu entkommen, aber es gelang ihr nicht, sich zu rühren. Wie gelähmt stand sie neben den Feuern und vermochte ihren Blick nicht abzuwenden von den Flammen, die sich der Leichname bemächtigten, als könnte sie durch ihr Starren die Seelen aus ihrer sterblichen Hülle befreien und ihnen den Weg in die Andere Welt bahnen. Tränen brannten in ihren Augen und rannen ihre Wangen hinab. Doch sie waren lediglich eine Folge des beißenden Rauches und der Hitze, denn weinen konnte sie nicht. Sie hatte all ihre Tränen am Vorabend vergossen, ehe sie über dem Körper ihrer toten Mutter das Bewusstsein verlor, und das Einzige, was sie nun fühlte, war abgrundtiefe Leere.

Was soll ich bloß tun ohne euch?, fragte sie immer und immer wieder stumm, während die Leichname vor ihren Augen ein Raub der Flammen wurden, schrumpften und zu Asche zerfielen. Wie soll ich diese Leere jemals füllen? Wie soll ich leben, wenn ihr tot seid?

Und warum?

Erst sehr viel später, als die Sonne schon niedrig über den Anhöhen im Westen stand und die Körper der Verstorbenen nur noch Haufen grauer Asche waren, gelang es Sirona endlich, sich von ihrem Anblick loszureißen.

Ich muss diesen Ort verlassen, dachte sie. Doch wohin kann ich gehen? Atuatuca gibt es nicht mehr, und die einzigen Menschen, die mir je etwas bedeutet haben, sind tot oder verschollen.

Natürlich, sie hätte versuchen können, eines der anderen Gehöfte zu erreichen, die lose in die Täler des Arduenna Waldes gesprenkelt lagen. Aber welchen Schutz würden sie ihr bieten? Es war nur eine Frage der Zeit, bis die Römer auch diese heimsuchen und dem Erdboden gleichmachen würden. Wenn sie nicht ohnehin schon zu spät käme und nur noch rauchende Trümmer vorfände ...

Erneut verspürte sie brennenden Durst. Sie taumelte hinunter zu einer Stelle, wo ein paar Felsen den Lauf des Baches stauten, sank auf die Knie und erschrak, als sie im schwindenden Tageslicht ihr Spiegelbild sah. Das Gesicht, das ihr aus dem klaren Wasser entgegenblickte, war rußverschmiert, die tiefblauen Augen geschwollen und gerötet von der Hitze der Feuer. Die Schwellung über dem linken Ohr war deutlich zu erkennen, umso deutlicher, da das Schwert des Römers einige Strähnen durchtrennt hatte, sodass die Haare ihre Züge nun asymmetrisch umrahmten: Rechts fielen weiche honigfarbene

Locken bis auf die Brust hinab, links endeten sie kurz und unregelmäßig oberhalb des Ohrs.

Sie füllte die Hände mit dem frischen Wasser, führte sie zum Mund und stillte ihren Durst. Dann entledigte sie sich ihrer Kleidung, stieg in den Bach und reinigte sich gründlich von Kopf bis Fuß, wusch das Blut der Verstorbenen ab, den Ruß und den Gestank des Feuers und des verbrennenden Fleisches. Das kalte Wasser belebte auch ihre Sinne, und als sie ihr Kleid nach einer Weile nass und frierend wieder überstreifte, fühlte sie sich ein wenig besser.

Als sie anschließend am Ufer saß und mit den Fingern ihre verfilzten Locken auskämmte, hielt sie plötzlich inne. Sie beugte sich erneut über das Wasser, und ihre Augen suchten die ihres Ebenbilds.

Das bin immer noch ich, dachte sie. Ich bin allein, ich habe keine Ahnung, wie es nun weitergehen soll, und ich fürchte mich. Aber ich bin immer noch ich. Und ich lebe.

Und ich will nicht, dass sie vergebens gestorben sind.

Sie konnte sich nicht entsinnen, diesen Gedanken bewusst formuliert zu haben. Er hatte sich ohne ihr Zutun in ihrem Kopf geformt, hallte nach, und Sirona konnte nicht anders, als ihm zu lauschen. Und sie musste dieser Stimme, wem auch immer sie gehören mochte, recht geben. Der Tod ihrer Familie durfte nicht umsonst gewesen sein.

Ist das der Grund, weswegen ich überlebt habe?

Noch so ein Gedanke, der sich selbst aus dem Nichts zu erschaffen schien. War dies etwa die Antwort auf die Frage, warum das Schwert des Römers sie nicht getötet hatte, obwohl dem Hieb tödliche Kraft innewohnte? Lag wahrhaftig ein Sinn darin, dass sie lebte? Gab es irgendetwas, was sie in diesem irdischen Dasein vollbringen musste, und hatten die Götter in Ihrer unergründlichen Weisheit sie deswegen verschont?

Oder hatte sie durch die schrecklichen Ereignisse den Verstand verloren? Sich einzubilden, die Unsterblichen hätten ausgerechnet sie, Sirona, am Leben gelassen, weil sie eine Aufgabe zu erfüllen hatte, war wohl mehr als vermessen, es war eine Beleidigung der Götter.

Aber wie dem auch sein mochte – sie lebte, das zumindest war nicht zu bestreiten. Und sie konnte nicht dort bleiben, an diesem Ort, an dem nichts mehr war wie zuvor, an dem es niemanden mehr gab, der ihr etwas bedeutete. Auf sich allein gestellt und ohne ein Dach über dem Kopf wäre sie den Gefahren, die in den Weiten des Arduenna Waldes lauerten, schutzlos ausgeliefert. Sie musste Menschen finden, denen sie sich anschließen könnte, Stammesgenossen, die ihr freundlich gesinnt wären und sie in ihrer Mitte aufnehmen würden.

Mit einem Mal wusste sie, was sie zu tun hatte. Erst zweieinhalb Tage waren vergangen, seit Decca Milevisa und ihr von der siegreichen Schlacht des vereinten keltisch-germanischen Heeres gegen das römische Lager nahe Atuatuca berichtet hatte. Und sie erinnerte sich, wie ihre Mutter und sie über das Feuer hinweg einen Blick gewechselt und dasselbe gedacht hatten: Bedeutete dieser Sieg neue Hoffnung? Würde es Ambiorix und seinen Verbündeten nun doch gelingen, die Römer aus dem Gebiet der Eburonen zu vertreiben?

Könnte sie, Sirona, ihm dabei von Nutzen sein?

Sie vermochte zwar kein Schwert zu führen, aber sie verfügte über die Gabe zu heilen, und die Kenntnisse Heilkundiger waren in Kriegszeiten stets besonders gefragt.

Plötzlich stand ihr Entschluss fest. Sie würde als Weise Frau in Ambiorix' Dienste treten und damit den Kampf gegen Rom unterstützen. Dies war eine Aufgabe, für die es sich zu leben lohnte. Und indem sie sie erfüllte, würde sie zugleich Rache üben für das, was ihrer Familie widerfahren war.

Denn Rache wollte sie.

Und tief in ihrem Inneren hegte sie die Hoffnung, in Ambiorix' Umgebung auch etwas über das Schicksal ihres Vaters und ihres Geliebten in Erfahrung zu bringen. Womöglich hielten sie sich noch immer in seinem Heer auf, und sie würde sie schon bald wiedersehen!

Noch jemandes Schicksal war ungewiss, und diese Ungewissheit lastete schwer auf ihrer Seele: das ihres Bruders Roveci, außer ihr selbst vielleicht das einzige Mitglied ihrer Familie, das überlebt hatte.

Ein Gedanke blitzte jäh auf. Wenn es Ambiorix mit der Hilfe der Sugambrer gelingen sollte, die Römer endgültig zu besiegen, kämen dann nicht auch die Gefangenen frei, die die Legionäre im Stammesgebiet der Eburonen gemacht hatten? Bliebe ihrem kleinen Bruder das grausame Los lebenslanger Sklaverei womöglich doch erspart?

Mit einem Mal schien es Sirona, als liege der Schlüssel zu ihrer Zukunft in Ambiorix' Händen. Ihn musste sie finden, koste es, was es wolle. Unglücklicherweise hatte sie keine Ahnung, wie viel Zeit seit der Schlacht um das römische Lager verstrichen war und ob sich der junge König überhaupt noch in der Nähe Atuatucas aufhielt. Gleichwohl spürte sie, dass dies der richtige Ort war, um ihre Suche nach ihm zu beginnen.

Sie wusste, dass das Leben an seiner Seite, inmitten tausender Krieger, die von Schlacht zu Schlacht zogen, kämpften und töteten, voller Entbehrungen wäre und nichts gemein haben würde mit dem friedlichen, behüteten Dasein, das sie, die Tochter eines eburonischen Adeligen, sechzehn Jahre lang auf diesem abgeschiedenen Gehöft geführt hatte.

Doch sie wusste ebenso, dass ihr keine andere Wahl blieb.

Nichts in ihrem bisherigen Leben hatte sie auf das vorbereitet, was ihr nun widerfahren war. Der Zauber der Kindheit war gebrochen, die raue Wirklichkeit hatte Einzug gehalten.

Über Nacht war sie erwachsen geworden.

Kapitel 4

Zu erschöpft, um ihren Plan sofort in die Tat umzusetzen, beschloss Sirona, die Nacht in den Ruinen des Gehöfts zu verbringen und erst am folgenden Tag nach Atuatuca aufzubrechen. Sie entfachte die Glut eines der Aschehaufen neu, damit ihr die Flammen wenigstens ein bisschen Wärme spenden würden, und legte sich daneben auf der kahlen Erde nieder.

Doch trotz ihrer Erschöpfung fand sie kaum Schlaf. Sie fühlte sich elend und einsam wie nie zuvor. Kein Strohlager milderte die Härte des nackten Lehmbodens, keine Decken und Felle umhüllten sie und boten ihr Schutz vor der Kälte der Herbstnacht. Und zum ersten Mal in ihrem Leben gab es neben ihr keinen wärmenden Leib, an den sie sich schmiegen konnte.

Schlimmer noch waren die grauenvollen Bilder, die auf sie einstürmten, sobald ihr endlich die Lider zufielen, Bilder der toten Körper ihrer Mutter und Schwester, die von den gierigen Feuern aufgefressen wurden. Hastig riss sie die Augen wieder auf.

Irgendwann erklang in der Ferne das Heulen eines Wolfs, dem ein anderer, sehr viel näher, antwortete. Mit der Rechten umklammerte Sirona einen kräftigen Ast, dessen raue Rinde sich beruhigend und tröstlich anfühlte. Dennoch war ihr vollkommen klar, dass sie damit gegen ein Rudel hungriger Raubtiere nichts ausrichten könnte. Und auch der Dolch, den sie am Gürtel trug, würde einen Wolf oder Bären wohl kaum beeindrucken. Angesichts der unendlichen Weiten des Arduenna Waldes und seiner wilden Bewohner kam sie sich winzig und schutzlos vor wie ein Neugeborenes.

Gegen Morgen fiel sie endlich in einen unruhigen Schlaf, aus dem sie noch vor Sonnenaufgang mit steifen, schmerzenden Gliedern wieder aufschreckte. Die klamme Kälte des Bodens war bis in ihr Mark gekrochen, ihr Magen zog sich hohl vor Hunger zusammen, und der Kopf und linke Arm schmerzten. Sie kämpfte sich auf die Füße und humpelte hinunter zum Bach, um von dem frischen, klaren Wasser zu trinken.

Wie soll es nun weitergehen?, fragte sie ihr von den Wellen verzerrtes Spiegelbild.

Zu gern hätte sie eines der Hühner gefangen, die den Römern entkommen waren und sich nun in der Umgebung des Hofes versteckt hielten, um sich mit seinem Fleisch zu stärken, ehe sie sich auf den weiten Weg nach Atuatuca machte. Doch sie kannte Ambiorix' Absichten nicht und vermochte nicht einzuschätzen, wie lang er sich in der Nähe Atuatucas aufhalten würde. All ihre Pläne standen und fielen gleichwohl damit, ihn dort anzutreffen, ehe er mit seinen Männern weiterzog. Das Einfangen eines Huhns und seine Zubereitung würden sie mehrere Stunden kosten, wertvolle Zeit, die sie nicht erübrigen konnte.

Schließlich jedoch siegte die Stimme der Vernunft. Sirona hatte seit zwei Tagen und Nächten nichts gegessen. Mindestens ebenso lang würde sie brauchen, um Atuatuca zu erreichen, und so entschied sie, sich zu stärken, ehe sie aufbrach.

Die Sonne näherte sich bereits ihrem höchsten Stand, als Sirona die Reste des gebratenen Huhns in dem ledernen Beutel an ihrem Gürtel verstaute. Die Jagd nach dem Vogel hatte sie mehr Zeit gekostet als vorgesehen, denn die verängstigten Tiere hatten sich tief in das dichte Unterholz zurückgezogen. Doch wenigstens war ihr bohrender Hunger nun gestillt, und Sirona fühlte sich der beschwerlichen Aufgabe, die vor ihr lag, eher gewachsen.

Dann brach sie auf. An der Einmündung des Weges wandte sie sich um und ließ ihren Blick ein letztes Mal über die Ruinen des Gehöfts wandern, in deren Mitte sich das verkohlte Gerippe der geweihten Eiche trotzig in den blassen Herbsthimmel reckte. An ihren Wurzeln hatte der Wind bereits begonnen, die Scheiterhaufen abzutragen.

Würde sie je hierher zurückkehren? Tränen brannten in ihren Augen, als sie an die unbeschwerte Kindheit zurückdachte, die sie an diesem Ort verbracht hatte, und an ihre Träume und Pläne für die gemeinsame Zukunft mit Uronertus.

Niemand, dachte sie, niemand hat das Recht, in die Gebiete eines anderen Volkes einzudringen, sie zu plündern und zu verwüsten, die Menschen zu töten und ihre Hoffnungen und Träume zu zerstören. Und die Römer, die das getan haben, werden dafür büßen.

Entschlossen wischte sie die Tränen fort, wandte den Ruinen ihrer Kindheit den Rücken und machte sich auf den Weg nach Atuatuca.

An diesem Tag wanderte Sirona bis kurz nach Sonnenuntergang. Sie folgte der Straße, die sie auch früher genommen hatte, wenn sie mit ihren Eltern zum Markt ritt, derselben, auf der sie und Roveci der römischen Patrouille begegnet waren.

Zwar bestand dort die Gefahr, erneut auf Legionäre zu stoßen oder - was kaum besser wäre - auf die Sugambrer, von denen Decca berichtet hatte und die sich nach der Schlacht um das römische Lager noch in der Gegend umhertreiben mochten. Doch auf der Straße würde Sirona deutlich schneller vorankommen, als wenn sie sich auf verschlungenen Pfaden und Wildwechseln durch den Wald kämpfen müsste.

Angstvoll lauschte sie auf das kleinste Geräusch, das die Anwesenheit eines Feindes verraten würde, das Schnauben eines Pferdes, das Knacken eines Zweiges unter einem Huf. Und immer wieder blickte sie über die Schulter zurück, um sich zu vergewissern, dass sich auch von hinten keine Gefahr näherte.

Gegen Abend zogen von Süden dunkle Wolkentürme auf, hinter denen sich die blasse Scheibe des fast vollen Mondes verbergen und nur wenig Licht spenden würde. Während die Sonne zwischen den Gipfeln im Westen versank, verließ Sirona daher die Straße und suchte sich tief im Wald in einer Höhle, die sie aus Kindertagen kannte, einen Platz zum Schlafen. Aus Furcht, unerwünschte Aufmerksamkeit auf sich zu ziehen, wagte sie nicht, ein Feuer anzuzünden. Und so fror sie in dieser Nacht noch mehr als in der vorangegangenen.

Am nächsten Morgen brach sie auf, sobald es das erste fahle Licht zuließ. Über Nacht war die Wolkendecke aufgerissen, und es versprach, ein sonniger Herbsttag zu werden.

Schon als Kind hatte Sirona es geliebt, so viel Zeit wie möglich unter freiem Himmel zu verbringen und ihren Vater auf seinen Ausritten über die Ländereien der Familie zu begleiten. Daher spendeten ihr die frische, harzige Luft des Waldes und die Sonnenstrahlen, die durch das immer spärlicher werdende Laub der Bäume bis zu ihr hinuntersickerten, auf unbestimmte Weise Trost, und sie schritt zügig aus.

Sie wanderte bis zum Mittag. Dann suchte sie einen sonnenbeschienenen Fleck am Ufer eines Bachlaufs, trank das klare, kühle Gebirgswasser und stärkte sich mit einigen Bissen gebratenen Huhns. Mit dem Wenigen, was von dem Vogel übrig war, würde sie auskommen müssen, bis sie Atuatuca erreichte.

Alles andere als gesättigt, verstaute sie die kümmerlichen Reste in ihrem Beutel und wollte sich gerade erheben, als auf dem lehmigen Boden der Straße Hufschläge erklangen.

Sie erstarrte mitten in der Bewegung, während ihre Gedanken rasten und Panik in ihr aufwallte.

Rückte dort der Trupp Legionäre heran, der ihr Familie und Heimat geraubt hatte, auf der Suche nach einem neuen Ziel, neuen unschuldigen Opfern?

Waren es Sugambrer? In der Schlacht um das römische Lager hatten sie Seite an Seite mit den Eburonen gekämpft, was sie aber gewiss nicht davon abhalten würde, einer schutzlosen Frau Gewalt anzutun, wenn ihnen der Sinn danach stände.

Oder nahten dort Stammesgenossen? Menschen, denen sie sich anvertrauen könnte, die ihr beistehen würden?

Ihrer Furcht zum Trotz zwang sich Sirona, genau hinzuhören. Einige bange Herzschläge später war sie sicher, dass es sich um einen einzelnen Reiter handelte, dessen Pferd sich im Schritt aus der Richtung Atuatucas näherte. Dann verkündete auch schon ein Eichelhäher mit warnendem Krächzen, dass ein Fremder in sein Revier eingedrungen war.

Sirona hatte die Luft angehalten und stieß sie nun erleichtert aus. Ein einzelner Reiter wirkte weniger bedrohlich als ein Trupp, obwohl dies bei eingehender Betrachtung freilich nur eine Illusion war. Auch einem einzelnen, gut bewaffneten Feind hätte sie mit ihrem lächerlichen Dolch nichts entgegenzusetzen.

Gleichgültig, sie musste sich verstecken, und zwar schleunigst. Mit gehetzten Blicken nahm sie ihre Umgebung in sich auf und überschlug in Windeseile ihre Möglichkeiten. Das Ergebnis fiel ernüchternd aus. Sie kniete fünf Schritt von der Straße entfernt am Bachufer. Dazwischen lediglich niedrige Farne, keine Deckung. Vor dem schützenden Wald der Wasserlauf. Auf dessen jenseitigem Ufer ein Kieselstreifen, dahinter Büsche, jedoch im spärlichen Herbstlaub.

Aber eine andere Wahl blieb ihr nicht, und wenn es ihr gelänge, dieses Buschwerk zu erreichen, würde es ihr wenngleich dürftigen Schutz bieten.

Obwohl ihre fieberhaften Überlegungen nur wenige hektische Atemzüge in Anspruch genommen hatten, klangen die Hufschläge des Pferdes jetzt schon deutlich näher. Auch der Eichelhäher, der den Reiter in den Wipfeln der Bäume aus sicherer Entfernung begleitete, war ein Stück weitergeflogen und hockte nun in einer Kiefer schräg oberhalb von Sirona.

Sie hatte keine Zeit mehr zu verlieren. Mit einem hastigen Blick vergewisserte sie sich, dass sie nichts zurückließ, was ihre Anwesenheit verraten würde, sprang auf und wandte sich dem Bachlauf zu. Sie schätzte seine Breite auf drei bis vier Schritt, und als ihre Augen suchend hin- und herzuckten, entdeckten sie in seiner Mitte einen großen Stein, der halb aus dem Wasser ragte. Wenn es ihr gelänge, mit dem ersten Schritt darauf zu landen, sollte sie trockenen Fußes und geräuschlos das jenseitige Ufer erreichen.

Die Hufschläge waren nun bedrohlich nah herangekommen und vermischten sich mit dem Krächzen des Eichelhähers in den Baumkronen über ihr.

Sirona zielte auf den nass glänzenden Felsbrocken und sprang. Fast im selben Moment fühlte sie ihn durch die Sohle ihres Lederstiefels.

Doch dann geschah es. Das Wasser, das seit Anbeginn der Zeiten über ihn hinwegfloss, hatte den Stein rundgeschliffen, sodass ihr Fuß auf der glatten, schlüpfrigen Oberfläche keinen Halt fand und abrutschte.

Sirona unterdrückte einen erschrockenen Aufschrei. Verzweifelt ruderte sie mit den Armen, um ihr Gleichgewicht wiederzuerlangen, aber vergeblich. Mit einem Klatschen, von dem sie fürchtete, dass man es bis nach Atuatuca hören konnte, stürzte sie in den Bach.

Das eiskalte Wasser umfing sie bis zur Brust und drang durch ihr dünnes Wollkleid. Sie keuchte vor Schreck laut auf, kam jedoch augenblicklich wieder auf die Beine, rettete sich mit einem gewaltigen Satz auf das jenseitige Ufer und stolperte auf die Büsche zu. Außer Atem und mit rasendem Herzen sackte sie hinter ihnen auf die Knie und spähte zwischen den wenigen verbliebenen Blättern hindurch zur Straße.

Hatte der Reiter sie gehört?, hämmerte es in ihrem Kopf. Hatte sie sich durch ihre Ungeschicklichkeit am Ende selbst ans Messer geliefert?

Da! Das fuchsfarbene Fell eines Pferds leuchtete am rechten Rand ihres Gesichtsfelds auf, und als Sironas Blick die Gestalt auf seinem Rücken streifte, durchströmte sie eine Welle der Erleichterung, die gleichwohl schon im nächsten Moment in Erstaunen und Verwirrung umschlug.

Der Mann trug ein Sagon, den warmen wollenen Umhang der Kelten, doch Sattel und Zaumzeug seines Hengstes ebenso wie das Tier selbst waren römisch.

Ihre Augen hasteten über die widersprüchliche Erscheinung. War der Fremde ein Eburone, der das erbeutete Pferd eines Römers ritt? Oder ein Römer, der sich gegen die herbstliche Kühle in ein Sagon hüllte, das er einem getöteten Kelten abgenommen hatte?

Die Antwort auf diese Frage entschied über nicht weniger als ihr Leben. Musste sie sich vor dem Reiter verstecken? Oder durfte sie sich ihm anvertrauen, ihn gar bitten, sie auf dem Rücken seines Tieres sicher und schnell nach Atuatuca zu bringen? Verzweifelt bemühte sich Sirona, einen Blick auf das Gesicht des Mannes zu erhaschen. Aber er hatte die Kapuze des Umhangs tief in die Stirn gezogen.

Noch schien der Fremde nichts von ihrer Anwesenheit zu ahnen. Doch als hätte ihr angestrengtes Starren ihn auf der Stelle gebannt, verhielt er plötzlich den Fuchs. Seine Augen unter der Kapuze wanderten hinauf in den Wipfel der Kiefer, wo der Eichelhäher unverwandt aus Leibeskräften krächzte, dann hinunter zum Bachlauf.

In diesem Moment sahen sie es beide gleichzeitig. Bei ihrer Flucht aus dem Wasser hatte Sirona auf den Kieseln des Ufers eine breite, nasse Spur zurückgelassen, die genau auf das Gebüsch zulief, hinter dem sie nun kauerte. Ebenso gut hätte sie aus Zweigen einen Pfeil auf dem Boden formen können, dessen Spitze geradewegs auf ihr Versteck zeigte.

Sie fühlte, wie sich ihre Kopfhaut vor Schreck zusammenzog. Dann musste sie ohnmächtig mit ansehen, wie sich der Mann prüfend nach allen Seiten umschaute, ehe er mit einer fließenden Bewegung, deren Eleganz selbst Sirona in ihrer misslichen Lage nicht entging, sein Schwert zog, ein Bein über den Hals des Fuchses schwang und aus dem Sattel glitt.

Nun gab es auch keinen Zweifel mehr darüber, welchem der verfeindeten Völker er angehörte, denn seine Waffe war ein Gladius, ein römisches Kurzschwert. Und seine Rüstung, auf die Sirona einen Blick erhaschte, als das Sagon kurz auseinanderklaffte, war ebenfalls die eines Römers. Eines römischen Offiziers, wie Uronertus ihr einmal erklärt hatte, da der Reiter nicht das Kettenhemd der gewöhnlichen Legionäre trug, sondern einen silberfarbenen Brustpanzer. Die Schwertscheide, die für die Dauer eines Lidschlags an seiner linken Seite aufblitzte, war aufwendig mit Silberblech verziert und gehörte gewiss keinem einfachen Soldaten.

Sironas Körper versteifte sich, als ihre Hoffnungen auf einen Schlag in sich zusammenfielen. Nein, dieser Mann war kein Eburone, der sie sicher nach Atuatuca geleiten würde. Er war ein Feind, er war gefährlich, und sie hatte ihm den Weg zu ihrem Versteck gewiesen.

Und nun saß sie in der Falle.

Als die Kälte des nassen Wollkleids in ihre Glieder kroch, begann sie zu zittern. Doch sie zwang sich, jegliches Gefühl zu ignorieren, das Frieren, die Lähmung, die Furcht, und ließ den Römer nicht aus den Augen. Er war zwischen die Farne auf dem jenseitigen Ufer des Baches getreten und starrte nun in ihre Richtung, sein Gesicht noch immer im Schatten der Kapuze.

Die Finger ihrer Rechten tasteten nach dem Heft des Dolches an ihrem Gürtel und umschlossen es. Nicht, dass er gegen ein Schwert auch nur das Mindeste würde ausrichten können, doch sein hölzerner Griff in ihrer Hand fühlte sich gut an, vertraut und tröstlich.

Arduinna, bitte hilf mir! Ich flehe Dich an, sag mir, was ich tun soll!

Aber die Göttin schwieg.

Fiebrig überschlug Sirona ihre Möglichkeiten. Konnte sie davonlaufen, sich tief im Wald ein Versteck suchen? Nein, der Mann hätte sie mit ein paar raschen Schritten eingeholt. Weitere Vorschläge wollten sich auf die Schnelle bedauerlicherweise nicht einstellen. So erschütternd die Erkenntnis auch war, ihr blieb wahrhaftig keine andere Wahl, als hinter diesem Gebüsch mit seinen lächerlich wenigen Blättern auszuharren wie ein Hase in der Kuhle, bis der Römer sie entdeckte. Es erinnerte sie an das Versteckspiel ihrer Kindheit. Wenn der Verfolger einen erst einmal aufgespürt hatte, musste man sich geschlagen geben. Sie hatte dieses Spiel schon als Kind gehasst.

Nur dass es dieses Mal kein Spiel ist, dachte sie grimmig.

Sie schwor sich, ihr Leben so teuer wie möglich zu verkaufen und dem Fremden mit ihrem Dolch wenigstens eine ordentliche Wunde zuzufügen, ehe sie unter seinem Schwert fiele.

Mach dich auf eine Überraschung gefasst, verdammter Römer. Komm nur näher, und büße für das, was ihr meiner Familie angetan habt.

Der Mann stand nun unmittelbar am Ufer des Baches, und Sirona hörte, wie er ihr in seiner harten, unmelodischen Sprache etwas zurief. Selbstredend reagierte sie nicht. Wenn er sie töten wollte, würde er sich schon zu ihr hinbemühen müssen.

Offenbar war der Fremde gerade zum selben Ergebnis gekommen, denn plötzlich setzte er mit einem gewaltigen Sprung über den Bach und pirschte, das gezogene Schwert in der Rechten, in geduckter Haltung auf das Gebüsch zu, hinter dem Sirona kauerte. Seine Bewegungen waren geschmeidig wie die eines Raubtiers, sein Blick jedoch blieb starr und konzentriert auf das Buschwerk geheftet. Er schien damit zu rechnen, dass derjenige, der sich dahinter verbarg, jeden Moment hervorbrechen und sich auf ihn stürzen würde.

Wieder rief er etwas, doch es ging im erregten Krächzen des Eichelhähers unter. Neugierig wie alle Krähenvögel, war das Tier inzwischen auf einen tief herabhängenden Ast der Kiefer gehüpft und beobachtete die Szene mit schräg gehaltenem Kopf, ganz so, als wollte es um keinen Preis versäumen, was sich dort unten zwischen den beiden Menschen abspielte, die in sein Revier eingedrungen waren.

Als der Römer auch dieses Mal keine Antwort erhielt, begann er, das Gebüsch in einigen Schritt Entfernung vorsichtig zu umkreisen. Sirona schien es, als hätte ihr Herz seinen Sitz in ihrer Brust aufgegeben und schlüge nun in ihrer Kehle. Verbissen krampfte sie die Rechte um das Heft ihres Dolches.

Da durchzuckte sie jäh ein Gedanke. Könnte sie den Mann überrumpeln, indem sie seinen Angriff vorwegnahm, hinter den Büschen hervorsprang und einen gut gezielten Stich anbrachte, ehe er dazu käme, sich zur Wehr zu setzen? Wenn es ihr gelänge, seinen ungeschützten Hals zu treffen, könnte sie ihn so schwer verletzen, dass er nicht in der Lage wäre, sie zu verfolgen. Er müsste nur noch einen oder zwei Schritt näher herankommen ...

Sie spannte ihren Körper wie eine Bogensehne. Und obwohl die Furcht ihr die Brust zusammenschnürte, sodass sie kaum atmen konnte, zwang sie sich, den richtigen Zeitpunkt für ihren Angriff abzuwarten.

Dann geschah etwas Unerwartetes. Mit einer einzigen geschmeidigen Bewegung trat der Römer an den Rand des Gebüsches, umrundete es und stand unvermittelt vor ihr, das Schwert zum tödlichen Hieb erhoben. Dabei rutschte die Kapuze des Sagon nach hinten, sodass Sirona nun erstmals sein Gesicht unter dem Helm erkennen konnte.

Der Dolch entglitt ihrer Hand und landete klirrend auf den Kieseln.

Sie kannte diesen Römer - nein, »kennen« war nicht der richtige Ausdruck, aber sie hatte das Gesicht dieses jungen Mannes schon einmal gesehen. Dunkle Haare, die sich, wenn sie länger wachsen dürften, in Locken kringeln würden, umrahmten ebenmäßige Züge mit tiefbraunen Augen und einer gerade geschnittenen Nase, über deren Rücken eine kleine, helle Narbe verlief. Es war ein gutes Gesicht, doch bereits beim ersten Mal hatte Sirona den tiefen Zwiespalt gespürt, der in dem Fremden klaffte. Sein Mund lieferte den deutlichsten Hinweis auf diese innere Zerrissenheit, denn um die sinnlichen Lippen hatte Bitterkeit erste Spuren eingegraben.

Es war der Mann, der Sirona nur wenige Nächte zuvor im Traum erschienen war.

Nun zeichnete sich Verwirrung auf seinen Zügen ab. Er hatte damit gerechnet, von einem hitzköpfigen eburonischen Krieger angefallen zu werden; stattdessen sah er sich einer jungen Gallierin gegenüber, die ihm mit einer Mischung aus Furcht, Hass und Verwunderung entgegenstarrte. Schmutzige Schlieren zogen sich über ihr herzförmiges Gesicht, ihr Haar wies einen seltsamen, asymmetrischen Schnitt auf, und der bronzene Torques, der sie als Angehörige des eburonischen Adels auswies, war verrutscht und hing merkwürdig schief um ihren Hals. Das schlichte braune Wollkleid, das nass und schwer an ihrem schlanken Körper klebte, wirkte ebenso mitgenommen wie die Frau selbst. Dennoch strahlte sie eine Würde und Entschlossenheit aus, die ihn tief in seinem Inneren berührten.

Verblüfft ließ er sein Schwert sinken, ihre Blicke verfingen sich ineinander, und während die Zeit für einige Herzschläge stillzustehen schien, fühlten beide, dass in diesem Moment etwas Besonderes mit ihnen geschah.

Der Römer fasste sich als Erster wieder. Mit einer gewaltigen Willensanstrengung riss er seine Augen von denen der Gallierin los, straffte seinen Rücken und räusperte sich. Sein Blick fiel auf den Dolch, der zu ihren Füßen lag, und er ertappte sich dabei, etwas vollkommen Widersinniges zu tun: Er bückte sich, hob ihn auf und reichte ihn der jungen Frau.

Sirona war so überrascht, dass sie die Waffe nicht nur aus seiner Hand entgegennahm, sondern auch noch »Danke« stammelte.

Der Römer, der Feind, der sie eigentlich hätte töten müssen, hatte seinen Gladius zurück in die Scheide gerammt und sich bereits zum Gehen gewandt, als er sich nochmals umdrehte. Sirona hatte sich gerade mit zittrigen Knien erhoben, sodass sie einander nun unversehens gegenüberstanden. Der Blick des Fremden fiel auf ihre Brüste, die sich unter dem tropfnassen Kleid deutlich abzeichneten. Er schluckte schwer und brachte ein verlegenes Lächeln zustande. Dann, einer plötzlichen Eingebung folgend, löste er die bronzene Fibel, mit der das Sagon auf seiner rechten Schulter zusammengehalten wurde, nahm den warmen wollenen Umhang ab und legte ihn der verdutzten Sirona um.

Darauf wandte er sich erneut ab und eilte mit langen, entschlossenen Schritten davon, ohne sich noch einmal umzudrehen. Sironas Blick folgte ihm, als er über den Bach zu setzen versuchte, zu kurz sprang und mit einem Fuß im eiskalten Wasser landete. Sie vernahm seinen halblauten Fluch, ehe er sich einen Weg zwischen den Farnen hindurch bahnte, sich in den Sattel seines Pferdes zog und den Fuchs mit einem leichten Schenkeldruck antrieb. Wenige Augenblicke später verschluckten ihn die Schatten zwischen den Stämmen.

Mit einem Mal überwältigten Sirona die Gefühle, die sie die ganze Zeit unterdrückt hatte. Ihr Herz schlug so wild, dass sie das Blut in den Ohren rauschen hörte, schwarze Flecke tanzten vor ihren Augen, und ihre Knie schlotterten so unkontrollierbar, dass sie sich auf die Kiesel des Bachufers sinken ließ, um nicht an Ort und Stelle zusammenzubrechen. Außerdem fror sie erbärmlich, denn das nasse, kalte Kleid schmiegte sich wie eine zweite Haut an ihren Körper. Und darüber trug sie nun das Sagon, das ihr der Römer geschenkt hatte.

Mit klammen Fingern nahm sie Umhang und Gürtel ab und schälte sich aus dem Kleid. Dann legte sie sich das Sagon wieder um und verschloss es in der Taille mit ihrem Gürtel. Das Kleidungsstück war augenscheinlich für einen großen, kräftigen Mann gefertigt worden. Es reichte ihr fast bis zu den Knöcheln und fühlte sich wunderbar warm und weich an. Und es roch angenehm, nach Pferd, nach Stroh und nach seinem Vorbesitzer.

Sirona war so aufgewühlt, dass sie keinen klaren Gedanken zu fassen vermochte. Der Fremde war ein Römer, ein Feind! Wie um alles in der Welt konnte sie seinen Geruch angenehm finden?

Ja, ein Römer war er - aber ein Feind? Er hatte ihr das Leben geschenkt und sein Sagon noch dazu.

Waren denn nicht alle Römer gleich? Waren sie denn nicht alle Mörder, Vergewaltiger, Brandschatzer?

Nein, ein Vergewaltiger war dieser Mann ebenfalls nicht gewesen, obschon sich die Gelegenheit geboten hatte.

War er womöglich ein Angehöriger des Reitertrupps, der das Gehöft überfallen hatte? War er an den Gräueltaten beteiligt gewesen?

Schwer zu sagen. Zumindest war er nicht aus der Richtung des Hofes gekommen, sondern aus der Atuatucas.

Gebannt lauschte Sirona den beiden Stimmen, die sich in ihrem Kopf einen Wettstreit zu liefern schienen.

Und welche Bedeutung verbarg sich darin, dass sie nur wenige Nächte zuvor von diesem Mann geträumt hatte?

Das war die entscheidendste aller Fragen. Doch darauf wusste keine der Stimmen eine Antwort.

Es brauchte eine ganze Weile, bis die Anspannung endlich nachließ und das Zittern in Sironas Gliedern abebbte. Was blieb, war die grenzenlose Verwunderung darüber, dass ein Römer ihr das Leben geschenkt hatte.

In den warmen Umhang des Fremden gehüllt, die Knie an die Brust gezogen, saß Sirona in einem Flecken Sonnenlichts am Ufer des Baches und überdachte ihre nächsten Schritte. Der Reiter war aus der Richtung Atuatucas gekommen, was bedeutete, dass sich mit großer Wahrscheinlichkeit weitere Römer zwischen ihr und ihrem Ziel befanden. Ihnen würde sie geradewegs in die Arme laufen, wenn sie der Straße weiterhin folgte.

Sie seufzte. Nein, den schnellsten Weg nach Atuatuca zu wählen, war zu gefährlich. Sie würde wohl kaum einem zweiten Römer begegnen, der sich so ungewöhnlich und freundlich verhielt wie dieser eine. Und sie hatte nicht die Absicht, die Götter und das Schicksal herauszufordern.

Sirona erhob sich, kehrte dem Wasserlauf den Rücken und wandte sich tiefer in den Wald hinein, um sich auf schmalen Pfaden und Wildwechseln in Richtung der Stadt durchzuschlagen. Wie ein Schmetterling, der seiner zu klein gewordenen Hülle entwachsen war und sie schließlich gesprengt hatte, ließ sie das nasse, zerschlissene Kleid, das Letzte, was sie mit ihrem früheren Leben verband, auf dem Ufer des Baches zurück.

Kapitel 5

Am darauffolgenden Vormittag erklomm Sirona eine letzte Anhöhe; dann, endlich, erstreckte sich das weite Tal vor ihr, in das Atuatuca eingebettet lag. Schon aus der Ferne hatte sie den Geruch kalten Rauchs wahrgenommen, der wie eine unsichtbare Wolke über der niedergebrannten Stadt hing.

Der erhöhte Standpunkt auf der Kuppe des Hügels verschaffte ihr eine gute Sicht auf die Ruinen der einst blühenden Siedlung. Und was sie sah, machte all ihre Hoffnungen mit einem Schlag zunichte.

Die ehemalige Hauptstadt der Eburonen war vollständig zerstört. Sironas Augen entdeckten nicht ein einziges Gebäude, das von den gewaltigen Feuern verschont geblieben wäre. Auch die Palisade auf dem Erdwall und das zweiflügelige Tor waren schwer beschädigt. Und keine noch so kleine Bewegung inmitten der Ruinen deutete darauf hin, dass sich Menschen in der Siedlung aufhielten.

Trotzdem musste sie sicher gehen. Und so folgte Sirona einem Pfad, der sich an der Flanke des Hügels hinabwand, um auf der Talsohle in die Straße zu münden, die auf Atuatuca zulief. Zu deren Seiten erstreckten sich Wiesen und Weiden, auf denen früher Herden von Rindern, Schafen und Pferden gegrast hatten und die nun verwaist dalagen.

Die hölzerne Brücke, die über zwei Gräben hinweg auf das Tor zuführte, war ebenfalls beschädigt, jedoch begehbar. Und so trat Sirona durch die verbrannten Überreste des Torhauses in das, was einmal die größte und schönste Siedlung der Eburonen gewesen war.

Der Anblick, der sich ihr bot, war noch erschreckender, als es von der Kuppe des Hügels den Anschein gehabt hatte. Während sie ihre Augen fassungslos über die Zerstörung wandern ließ, folgte Sirona zögernd dem breiten, mit Bohlen ausgelegten Weg, der hinter dem Tor begann und durch Atuatuca hindurch ins Zentrum und das sich dahinter anschließende Handwerkerviertel führte.

Den äußeren Ring der Stadt, die ein Bach in zwei annähernd gleich große Teile zerschnitt, hatten einzelne Gehöfte gebildet. Ihre Gebäude waren von den Flammen vollständig vernichtet worden; die zur Umfriedung hin gelegenen Gärten, in denen die Bauern Gemüse und Obst angebaut hatten, lagen geplündert und zertrampelt da. Von den Menschen und dem Vieh fehlte jede Spur.

Mit ungläubigem Entsetzen folgte Sirona dem Weg, der sich zwischen den Überresten der Höfe hindurchschlängelte und schließlich inmitten der Ruinen der Fachwerkhäuser verschwand, die in einem Ring locker verstreut um das Stadtinnere angeordnet waren. Dort hatten einst Krieger mit ihren Familien gewohnt. Und nun waren die meisten von ihnen tot, und die anderen – ja, wo waren die anderen?

Es tröstete Sirona, dass diejenigen, die das Inferno überlebten, den Verstorbenen allem Anschein nach die letzte Ehre der Verbrennung ihrer sterblichen Hülle erwiesen hatten, denn zu ihrer großen Erleichterung entdeckte sie nirgends Leichname.

Obwohl sie inzwischen eingesehen hatte, dass sie an dieser Stätte der Gewalt, der Zerstörung und des Todes keine lebende Seele mehr antreffen würde, folgte sie, wie von einer unsichtbaren Hand geleitet, dem Weg durch die Trümmer der ehemaligen Siedlung. Bald erreichte sie den einstigen Mittelpunkt Atuatucas, den Versammlungsplatz mit dem Kultbezirk an seinem westlichen Ende, in dem ein hölzernes Bildnis Atuas, des Gottes der Stadt, verehrt worden war. Es reichte ein einziger Blick, um zu erkennen, dass auch hier kein Gebäude den Feuern entronnen war. Selbst das Standbild der Gottheit war verschwunden.

Im Süden des Platzes, auf dem gegenüberliegenden Bachufer, hatte sich einst der Markt ausgedehnt, auf dem die Bauern Atuatucas und der im weiten Umkreis rings um die Siedlung verstreut liegenden Höfe ihre Waren anboten. Sironas Herz wurde schwer, als sie sich daran erinnerte, dass sie dort Uronertus kennengelernt hatte, der Schmiedeerzeugnisse aus der Werkstatt seines Vaters feilhielt.

Einen Moment lang spielte sie mit dem Gedanken, den Bach zu überqueren. Doch sie entschied sich dagegen. Sie wusste nun, dass sich Ambiorix und seine Krieger nicht mehr in Atuatuca aufhielten, und plötzlich wollte sie nur noch fort. Mit einer dumpfen Leere im Herzen drehte sie sich um und rannte den Weg zurück, den sie gekommen war, bis sie die Überreste der Brücke überquert hatte und die tote Stadt hinter sich ließ.

Auf der Straße blieb sie stehen, um zu Atem zu kommen. Die Schwellung über ihrem Ohr schmerzte von der Anstrengung, und sie legte ihre Linke leicht darüber, während sie nachdachte.

Wo bei allen Göttern war Ambiorix bloß? Und wohin sollte sie sich nun wenden? Wie sollte sie ihn denn jemals finden, wenn sie nicht die Spur eines Hinweises darauf hatte, wo er sich aufhielt?

Hoffnungslosigkeit und Verzweiflung durchströmten ihre Glieder wie flüssiges Blei. Am liebsten hätte sie sich in den Staub der Straße sinken lassen, um nie mehr aufzustehen. Doch ein winziger Funke Kampfgeist glomm noch in ihr, und die Stimme der Vernunft riet ihr, sich zuerst einmal in den schützenden Wald zurückzuziehen. Denn im Augenblick bot sie sich jedem Römer oder Germanen, der sich in der Gegend umhertreiben mochte, als leichtes Ziel an.

Als das Pochen über ihrem linken Ohr abebbte, schleppte sie sich in Richtung des nächstgelegenen Waldrands. Es kostete sie beinah übermenschliche Kraft, einen Fuß vor den anderen zu setzen, bis sie endlich in den Schutz der Bäume eintauchte. Sie suchte sich einen Platz zwischen den mächtigen Wurzeln einer alten Buche, sank erschöpft in das weiche Herbstlaub und lehnte den Rücken gegen den Stamm. Dann umschlang sie ihre Knie mit den Armen, bettete die Stirn darauf und ließ ihren Tränen freien Lauf.

Sie hatte so fest daran geglaubt, Ambiorix in der Umgebung Atuatucas anzutreffen, jeden aufkeimenden Zweifel augenblicklich erstickt, und diese Zuversicht hatte sie am Leben erhalten. Nun war ihre Hoffnung zu Staub zerfallen, ihre Enttäuschung erschien ihr wie ein tiefer, dunkler See, und sie fühlte, wie sie darin versank und ihr Lebenswille aus ihr hinausströmte.

Götter, warum tut Ihr mir das an?, klagte sie stumm und mit plötzlich aufflammendem Zorn. Erst nehmt Ihr mir alles, was ich liebe, und nun raubt Ihr mir auch noch meine letzte Hoffnung. Weshalb habt Ihr mein Leben verschont, wenn es doch zu nichts nütze ist? Ich flehe Euch an, schickt mir ein Zeichen. Sagt mir, wo ich Ambiorix finden kann.

Sie musste eingeschlafen sein, denn ein Geräusch weckte sie. Ihr Kopf ruckte hoch, und sie blickte verwirrt um sich. Die Sonne stand bereits niedrig, ihre letzten Strahlen sickerten honigfarben durch das herbstliche Laub der Buche, zu deren Füßen Sirona kauerte.

Dann hörte sie das Geräusch, das sie aus ihrem leichten Schlummer gerissen hatte, erneut. Es war der Knall einer Peitsche, nun gefolgt vom protestierenden Muhen eines Rindes und den Stimmen zweier Männer.

Sie sprachen keltisch.

Mit einem Mal fiel alle Müdigkeit von Sirona ab. Sie sprang auf und spähte um den Stamm der Buche herum. Wahrhaftig! Ein Stück unterhalb, auf der Straße, erkannte sie ein Ochsenfuhrwerk und daneben zwei Gestalten, die sich mit Peitschenhieben und gebrüllten Kommandos bemühten, die störrischen Zugtiere zum Weitergehen zu bewegen. Nein, von diesen Bauern drohte ihr keine Gefahr! Und wer weiß, vielleicht könnten sie ihr sogar sagen, wo sich Ambiorix und seine Krieger aufhielten.

Jegliche Vorsicht vergessend, schlängelte sich Sirona zwischen den Baumstämmen hindurch zum Waldrand hinunter und rannte durch Wiesen und Weiden auf das Fuhrwerk zu. Als sie nahe genug herangekommen war, begann sie, zu rufen und die Arme zu schwenken, und fast augenblicklich drehte sich einer der Bauern zu ihr um. Sie sah, wie er sich seinem Begleiter zuwandte und dabei in ihre Richtung deutete, ehe beide in ihrem Kampf mit den störrischen Ochsen innehielten und ihr mit einer Mischung aus Verwunderung und Neugier entgegenblickten.

Endlich hatte sie die Männer erreicht und rang nach Atem. »Seid gegrüßt«, stieß sie hervor. »Ich bin auf der Suche nach König Ambiorix. Wisst ihr, wo ich ihn finden kann?«

Die Bauern, dem Anschein nach Vater und Sohn, tauschten einen überraschten Blick. Dann fuhr sich der jüngere mit der Rechten durch seine struppigen blonden Haare. »Ja, habt Ihr's denn noch nicht gehört, Herrin? Er und seine Anhänger sind weggezogen. Es hat eine Schlacht gegeben, beim römischen Lager. König Ambiorix hat sich mit den Sugambrern verbün-«

»Wohin ist er gegangen?«, fiel ihm Sirona ins Wort. Sie jubelte innerlich. Endlich jemand, der etwas zu wissen schien, endlich eine Spur!

»Nach der Schlacht hat er eine Versammlung aller freien Männer abgehalten. Er hat ihnen vorgeschlagen, unser Stammesgebiet zu verlassen. Die meisten Krieger und ihre Familien sind mit ihm aufgebrochen. Aber wohin sie gehen wollen, kann ich Euch auch nicht sagen. Tut mir wirklich leid, Herrin.«

Das Gebiet verlassen? Mit einem Mal erschien es Sirona, als hätte die Welt um sie herum sich seltsam verkantet. Ein heftiger Schwindel überfiel sie, und sie griff Halt suchend nach der hölzernen Seitenwand des Fuhrwerks. Ambiorix hatte nicht die Absicht weiterzukämpfen? Er hatte die Schlacht um das römische Lager doch gewonnen! Warum bei allen Göttern gab er denn jetzt auf? Das musste ein Irrtum sein, ein Missverständnis, ganz gewiss!

»Aber ... aber ich verstehe das nicht.« Fassungslos schaute sie von dem jüngeren Bauern zu seinem Vater und zurück. »Seid ihr sicher? Ich meine, weshalb sollte er denn gerade jetzt aufgeben?«

»Er hat erkannt, dass das Kämpfen sinnlos ist.« Wind und Wetter des Arduenna Waldes hatten die Haut des Älteren zu einem tiefbraunen Ton gegerbt. »Und soll ich Euch was sagen, Herrin? Er hat recht. Die Römer sind so zahlreich wie die Blätter an den Bäumen. Und für jeden Legionär, den wir töten, schickt Caesar zehn neue. Wir können sie nicht besiegen, niemals.«

»Wieso seid ihr dann noch hier?«, erkundigte sich Sirona verständnislos. »Weshalb habt ihr euch ihm nicht angeschlossen?«

Der Alte zuckte die Schultern, augenscheinlich verblüfft über die Frage. »Wir sind Bauern«, erklärte er das Offensichtliche. »Alles, was wir besitzen, ist hier. Unsere Vorväter haben das Land, das wir bestellen, den Wäldern abgetrotzt. Hier liegen unsere Wurzeln. Was sollen wir irgendwo anders? Außerdem scheren sich die Römer nicht um kleine Höfe wie unseren. Da ist doch nix zu holen. Sie werden schon bald wieder abziehen. Dann leben wir hier in Ruhe und Frieden weiter wie zuvor.«

Wenn ihr euch da mal nicht täuscht, dachte Sirona grimmig. »Niemand ist vor ihnen sicher, glaubt mir, auch ihr nicht«, entgegnete sie hitziger als beabsichtigt. »Römische Trupps streifen umher, überfallen unsere Gehöfte und töten jeden, den sie ergreifen, selbst Frauen und Kinder. Ich habe es mit eigenen Augen gesehen.«

Sie verzichtete darauf, zu erwähnen, dass auch ihre Familie dieses Schicksal getroffen hatte. Sie wollte das Mitgefühl dieser Männer nicht, und sie hätte es nicht ertragen, das Erlebte in Worte fassen zu müssen.

Der alte Bauer machte eine wegwerfende Handbewegung. »Solln sie nur kommen. Ich werd ihnen schon zeigen, wer auf meinem Land das Sagen hat.«

Sirona konnte über so viel Torheit nur den Kopf schütteln. Doch sie sah ein, dass jeder Versuch, die Männer von ihrer Meinung abzubringen, sinnlos war. »Und ihr habt wirklich keine Ahnung, wohin König Ambiorix und seine Anhänger gehen wollen?«, kehrte sie stattdessen zu ihrem ursprünglichen Anliegen zurück.

Der Alte runzelte nachdenklich die Stirn und setzte zu einer Antwort an, aber sein Sohn kam ihm zuvor. »Nee, wir haben an dieser Versammlung ja nicht teilgenommen. Fahrende Händler haben uns davon berichtet.«

Vermutlich dieselben, von denen auch Deccas Mann sein Wissen bezogen hatte, dachte Sirona.

Der Alte nahm seine speckige Kappe ab und kratzte sich ausgiebig hinter dem Ohr. »Wenn Ihr's so genau wissen wollt, Herrin, fragt halt die, die hiergeblieben sind.«

Als Sirona ihn nur verständnislos anschaute, setzte er seine Kappe wieder auf und rückte sie umständlich zurecht. »Es sind ja nicht alle mitgegangen. Einige sind zurückgeblieben. Soviel ich weiß, halten sie sich in den Ruinen der kleinen Siedlung auf. Ein paar Meilen nördlich von hier, auf einer Anhöhe oberhalb der Arnava.« Er deutete vage Richtung Norden. »Wisst Ihr, welche ich meine, Herrin?«

Nach kurzem Nachdenken ahnte Sirona, von welcher Siedlung der Mann sprach, und nickte. Sie war selbst nie dort gewesen, aber nach allem, was sie gehört hatte, handelte es sich um nicht mehr als eine Handvoll Häuser. Das Dorf war einige Jahre zuvor einem Brand zum Opfer gefallen. Und weil man schon damals befürchtete, dass die Legionen auch das Stammesgebiet der Eburonen heimsuchen würden, hatten die Überlebenden des Feuers darauf verzichtet, die Gebäude wiederaufzubauen, und waren stattdessen nach Atuatuca gezogen, wo sie sich sicherer wähnten. Welche Ironie!

Der jüngere der beiden Bauern wandte sich wieder dem Fuhrwerk zu. »Wir müssen weiter. Wir wollen die kommende Nacht daheim verbringen und haben noch einige Meilen vor uns. Möge Arduinna Euren Weg beschützen.«

»Und den euren«, antwortete Sirona geistesabwesend. Ein Gedanke hatte begonnen, sich in ihrem Hinterkopf zu formen, aber sie vermochte ihn nicht zu fassen. Sie wusste nur, dass er wichtig war. Sehr wichtig.

Während die Bauern ihre störrischen Ochsen wieder in Bewegung setzten, bemühte sie sich, das, was sie ihr berichtet hatten, mit dem Bild in Einklang zu bringen, das sie selbst von König Ambiorix besaß. Abermals erinnerte sie sich an die leidenschaftliche Rede, die er seinerzeit in Atuatuca gehalten hatte, an seinen Kampfgeist, seine Entschlossenheit. Und nun sollte er aufgegeben und sich zurückgezogen haben? Und das, obwohl er in seiner letzten Schlacht den Sieg davongetragen hatte? Das ergab doch überhaupt keinen Sinn!

Plötzlich glaubte sie zu verstehen. Der kluge Ambiorix hatte zu einer List gegriffen! Er verbreitete die Nachricht, er wäre des Kämpfens müde, und verließ mit dem Großteil seiner Männer das Land. Jedoch lediglich, um neue Verbündete zu suchen und den Krieg anschließend mit vereinten Kräften fortzusetzen! Ja natürlich, so musste es sein! Das war die einzig einleuchtende Erklärung! Ein vorgetäuschter Rückzug, um wenig später umso überraschender zurückzuschlagen!

Sirona hätte um ein Haar laut aufgelacht, als ihr die verborgenen Absichten des jungen Königs mit einem Mal klar und deutlich vor Augen traten. Sie müsste nun also bloß diese Siedlung aufsuchen, in der die zurückgebliebenen Stammesgenossen Unterschlupf gefunden hatten. Dann würde sie endlich erfahren, wo sich Ambiorix aufhielt und wie seine weiteren Pläne aussahen.

Sie fühlte, wie ihre Lebensgeister wiedererwachten und neue Energie durch ihren Körper strömte. Jetzt war es lediglich eine Frage der Zeit, bis sie Ambiorix fände und als Heilerin in seine Dienste treten könnte. Den Göttern sei Dank!

Kapitel 6

Sirona ignorierte das Knurren ihres leeren Magens und die bleierne Müdigkeit in ihren Gliedern und wanderte die ganze Nacht hindurch. Der blasse Mond hing rund und schwer über den schwarzen Silhouetten der Bäume und spendete genügend Helligkeit, um den Weg auszumachen.

Anfangs folgte sie der Straße, die von Atuatuca aus Richtung Norden führte, und lauschte auf jedes Geräusch, das auf eine nahende Gefahr hinwies. Doch lediglich die vertrauten Laute des nächtlichen Waldes umgaben sie. Gegen Morgen verließ sie die Straße und bog in einen schmalen Weg ein, der sich zunächst durch ein lichtes Gehölz schlängelte, um wenig später auf einer hölzernen Brücke die Arnava zu überqueren. Schließlich erhob sich im fahlen Schein des Mondes vor ihr der Umriss der Anhöhe, auf deren Kuppe die zerstörte Siedlung lag.

Inzwischen schmerzten Sironas Füße so sehr, dass jeder Schritt Überwindung kostete. Doch sie wusste, sie müsste nur noch diese eine Steigung bewältigen, dann befände sie sich in der Gesellschaft von Stammesgenossen und in Sicherheit. Sie könnte sich satt essen, schlafen, und vor allem würde sie endlich erfahren, wo sich Ambiorix aufhielt.

So bot sie ihre letzten Kräfte auf und begann mit dem Aufstieg. Der Weg führte in mehreren Windungen die Flanke der Anhöhe hinauf. Seit dem verheerenden Brand hatte der Wald begonnen, das Gelände zurückzuerobern. Doch der Pfad war erst kürzlich benutzt worden, denn das Mondlicht enthüllte Abdrücke von Pferdehufen und die tiefen Spuren von Wagenrädern.

Als Sirona das Knacken des Zweiges in ihrem Rücken hörte und herumwirbeln wollte, war es bereits zu spät. Ein Windhauch streifte ihre rechte Wange. Dann umschlang ein kräftiger Arm ihren Hals und drückte ihr die Luft ab, während sich eine schwielige Männerhand über ihren Mund legte und ihren erschrockenen Aufschrei erstickte.

Panik wallte in ihr auf und verlieh ihr neue Kraft. Sie rammte ihre Ellbogen in die Rippen des Angreifers und keilte mit den Fersen gegen seine Schienbeine aus. Doch ihre Anstrengungen bewirkten lediglich, dass der Mann den Druck auf ihre Kehle verstärkte. Plötzlich wuchs ein Schatten vor ihr aus dem Boden und hielt ihr die stählerne Klinge eines Schwerts vor das Gesicht. Augenblicklich fiel Sironas Widerstand in sich zusammen.

Im Licht des Mondes, das durch die Wipfel der Bäume gedämpft zu ihnen hinuntersickerte, verwandelte sich der Schatten in einen Mann mit schulterlangen, dunklen Haaren und einem buschigen Oberlippenbart. Ein Kelte! Ein Stammesbruder! Erleichterung blitzte auf, doch unglücklicherweise hielten die beiden Sirona für einen Feind, und sie wusste nicht, wie bei allen Göttern sie ihnen bloß begreiflich machen sollte, dass sie Eburonin war, eine von ihnen.

Verzweifelt versuchte sie, an der Hand auf ihrem Mund vorbei Worte zu formen. Aber es kam nicht mehr als unverständliches Grunzen heraus. Außerdem bekam sie kaum noch Luft, weil der kräftige Arm des Angreifers weiterhin mit eisernem Griff ihre Kehle umklammerte.

Während ihr kalter Schweiß ausbrach und die Panik in immer stärkeren Wellen über sie hinwegschwappte, ließ der Mann vor ihr sein Schwert sinken und begann mit der freien Linken, Sirona nach Waffen abzutasten. Fast augenblicklich stießen seine Finger gegen ihre Brust. Er stutzte kurz. Dann packte er mit der ganzen Hand zu, um sich Gewissheit zu verschaffen, und zog sie schließlich zurück.

»Du, das ist eine Frau«, erklärte er im Dialekt der Eburonen an seinen Gefährten gewandt.

Endlich lockerte sich die Klammer um ihre Kehle, und Sirona schloss vor Erleichterung für einen Moment die Augen. Doch schon wurde sie gleichzeitig vorwärts gestoßen und halb herumgewirbelt, sodass sie sich Angesicht zu Angesicht mit ihrem Angreifer wiederfand und die Augen eilig wieder aufriss. Das Licht des Mondes fiel auf seine Züge und enthüllte das bartlose Gesicht eines jungen Mannes, nur wenige Jahre älter als sie. Um seinen Hals trug er den bronzenen Torques eines eburonischen Adeligen. Seine langen blonden Haare wurden im Nacken von einem Lederband zusammengehalten. Wie so viele Krieger hatte er kleine Eisenringe hineingeflochten, die aus den Waffen getöteter Gegner geschmiedet waren.

Die Armreife an seinem rechten Handgelenk klirrten leise, als er sich nun verdutzt über das Kinn rieb. »Wahrhaftig«, stellte er nach einem prüfenden Blick fest. »Warum beim Teutates schleichst du dich mitten in der Nacht an wie ein verdammter Römer?«

Sirona setzte zu einer Antwort an. Doch mit einem Mal überfiel sie der Husten, den sie die ganze Zeit unterdrückt hatte, und sie würgte und keuchte, bis sie das Gefühl hatte, zu ersticken.

»Tut mir wirklich leid.« Mit zerknirschter Miene hielt ihr der junge Krieger seine Feldflasche hin. »Hier, trink etwas. Ich bin übrigens Segocondus, und der da«, er deutete mit dem Daumen auf seinen Gefährten, »ist Cassivalus.«

Sirona nahm einige vorsichtige Schlucke, und tatsächlich ließ der Hustenreiz schließlich nach. Mit einem letzten ausgiebigen Räuspern reichte sie Segocondus die Flasche zurück. »Mein Name ist Sirona.« Ihre Stimme klang gepresst. »Ihr könnt euch nicht vorstellen, wie froh ich bin, dass ich euch endlich gefunden habe. Ich bin auf der Suche nach König Ambiorix.«

Wie bereits zuvor die Bauern tauschten die beiden Männer bei dieser Eröffnung einen erstaunten Blick. Dann wandte sich Segocondus wieder Sirona zu. »Das klingt nach einer längeren Geschichte. Und mit Verlaub, du siehst aus, als hätte man dir übel mitgespielt. Komm, ich bringe dich zu den anderen. Adiemara kocht gewiss schon ihren berühmten Fleischeintopf, und nachdem du dich gestärkt hast, erzählst du uns in Ruhe, was dich hierherführt.«

Während Cassivalus abermals mit den Schatten zwischen den Bäumen verschmolz, folgte Sirona dem jungen Krieger, der sie auf einem steilen Pfad, nicht mehr als ein Wildwechsel, zur Kuppe der Anhöhe hinaufführte. Er griff zügig aus, sodass Sirona, erschöpft wie sie war, Mühe hatte, mit ihm Schritt zu halten. Bald erreichten sie den Fahrweg, der die Hauptzufahrt zur Siedlung bildete. Dann zeichneten sich die Reste einer Mauer und zweier Türme als schwarze Silhouette vor dem blasser werdenden Nachthimmel ab.

Segocondus blieb so unvermittelt stehen, dass Sirona, die ihre Augen fest auf den Boden vor ihren Füßen gerichtet hatte, um ein Haar auf ihn geprallt wäre. Er legte die Hände vor dem Mund zusammen und gab die täuschend echte Imitation eines Käuzchenrufes von sich. Fast augenblicklich erklang aus der Richtung des Gipfels die Antwort, ein zweiter, nahezu identischer Ruf.

Der junge Krieger wandte sich zu Sirona um. »Wir haben eine weitere Wache am Tor postiert. Man kann nicht vorsichtig genug sein, denn die Römer treiben sich noch immer in unserem Stammesgebiet herum.«

Was du nicht sagst, dachte Sirona, sparte sich ihren Atem jedoch für das letzte Stück Weges auf.

Endlich erreichten sie die Ruinen der beiden Türme, die das offenbar erst kürzlich instand gesetzte, zweiflügelige Tor flankierten. Frisches, helles Holz leuchtete im Mondlicht, und die massive Konstruktion bildete einen krassen Gegensatz zum baufälligen Zustand der übrigen Umfriedung. In den linken Torflügel war eine schmale Tür eingelassen, die nur angelehnt war. Segocondus schlüpfte vor Sirona hindurch und drückte sie hinter ihr zu.

Er deutete auf ein großes Gebäude zu ihrer Rechten. »Im Augenblick wohnen die meisten von uns in dieser Halle. Aber vor dem Winter wollen wir zusätzliche Häuser errichten, zumal immer noch weitere Menschen zu uns stoßen, so wie du jetzt.«

Sirona verzichtete darauf, ihm zu erklären, dass sie keinesfalls die Absicht hatte, zu bleiben, sondern wieder aufbrechen würde, sobald sie erfahren hätte, wo sich König Ambiorix aufhielt.

Segocondus stieß die Tür auf, und sie traten ein. Im Schein dreier Feuer an den Stirnseiten und in der Mitte der fensterlosen Halle bemerkte Sirona an die zwanzig Menschen. Die meisten schliefen, in Decken eingewickelt, neben den wärmenden Flammen der beiden äußeren Feuer. An dem dritten stand eine Frau mittleren Alters und rührte in einem bauchigen Kessel, der an einer eisernen Kette von einem der Dachbalken hing. In einer Ecke hatten sich zwei zottelige graue Jagdhunde eingerollt.

Als Sirona der wundervolle Geruch der Mahlzeit in die Nase stieg, der die rauchgeschwängerte Luft des Raumes durchzog, lief ihr das Wasser im Munde zusammen.

Ihr Begleiter schloss die Tür hinter ihnen. »Wacht auf! Ich habe jemanden mitgebracht.«

Einer nach dem anderen regten sich die Schlafenden und erhoben sich schwerfällig. In ihre Decken gehüllt, kamen sie auf Segocondus und Sirona zugeschlurft. Ihre Bewegungen waren langsam und schleppend, und im flackernden Schein der Feuer erkannte Sirona den Grund: Es handelte sich fast ausschließlich um alte Menschen.

»Unsere kleine Gemeinschaft besteht hauptsächlich aus denen, die zu betagt und gebrechlich sind, um König Ambiorix und die übrigen Stammesmitglieder auf ihrem weiten und gefahrvollen Weg zu begleiten«, klärte Segocondus sie auf. »In einem der anderen Häuser liegen zudem einige Schwerverletzte, für die der Transport auf Ochsenfuhrwerken den sicheren

Tod bedeuten würde. Wir versorgen sie, so gut es uns möglich ist.« Dann wandte er sich an die Dorfbewohner, die einen Halbkreis um sie gebildet hatten. »Das ist Sirona.«

Sie schaute in runzlige, von Wind und Wetter gegerbte Gesichter, die ihren Blick neugierig erwiderten. Freundliches Gemurmel begrüßte sie, und eine Greisin mit weißem Haar und gebeugtem Rücken, die ihr vage bekannt vorkam, strich ihr über den Arm.

»Sei willkommen. Es ist schön, eine junge Seele unter uns zu haben«, sagte sie mit einem zahnlosen Lächeln.

»Komm, setz dich.« Segocondus machte eine einladende Handbewegung zu dem nahe der Tür gelegenen Feuer. »Adiemara, bitte bring unserem Gast eine ordentliche Portion deines wunderbaren Eintopfs.«

Dankbar ließ sich Sirona auf das abgewetzte Fell eines Braunbären sinken. Die Angesprochene eilte herbei und reichte ihr eine bronzene, bis unter den Rand mit Fleischeintopf gefüllte Schale und einen tönernen Becher Wassers. Jegliche Manieren vergessend, fiel Sirona darüber her, während sich die anderen Dorfbewohner ebenfalls eine Portion abholten und sich in einem Kreis um Segocondus und Sirona auf Decken und Fellen niederließen.

Die Mahlzeit erschien Sirona als das Wundervollste, was sie jemals gegessen hatte. »Könnte ich wohl noch etwas bekommen?«, bat sie, nachdem sie den Inhalt der Schale hinuntergeschlungen hatte.

Adiemara gab ihr einen ordentlichen Nachschlag. »Iss nur, Kindchen«, sagte sie gutmütig. »Du siehst aus, als könntest du's vertragen.«

Als sie auch die zweite Schale geleert hatte, fühlte sich Sirona zum ersten Mal seit dem Morgen des Überfalls auf das Gehöft wieder satt. Zudem genoss sie die wohlige Wärme, die die Mahlzeit und das Feuer in ihr erzeugten, und plötzlich verspürte sie nur noch den Wunsch, sich wie die beiden Hunde zusammenzurollen und einen Tag und eine Nacht durchzuschlafen. Doch sie wusste, dass sie den Stammesgenossen, die sie so freundlich in ihrer Mitte aufgenommen hatten, ihre Geschichte schuldete. Und außerdem durfte sie keine Zeit verlieren, wenn sie Ambiorix einholen wollte.

»Das war wirklich köstlich.« Sie seufzte zufrieden, als sie die leere Schale neben sich auf dem Bärenfell abstellte. Dann berichtete sie den Dorfbewohnern in groben Zügen, was ihr widerfahren war und wie sie nach drei Tagen und Nächten endlich zu ihnen gefunden hatte.

Die anderen hörten ihr aufmerksam zu und murmelten nur hin und wieder mitfühlend. Viele von ihnen schienen Ähnliches durchlitten zu haben. Sirona nutzte die Gelegenheit auch, um zu fragen, ob einer der Anwesenden Näheres über das Schicksal ihres Vaters oder ihres Geliebten wisse. Doch sie erntete nur bedauerndes Kopfschütteln.

»Und deswegen bin ich nun auf der Suche nach König Ambiorix«, schloss sie ihren Bericht. »Ich möchte als Heilerin in seine Dienste treten und ihn damit in seinem Kampf gegen Rom unterstützen.«

Nachdem sie geendet hatte, herrschte Schweigen im Raum. Lediglich das Prasseln der drei Feuer und das schabende Geräusch von Löffeln in Bronzeschalen waren zu hören. Einer der Jagdhunde hob den großen, zotteligen Kopf, gähnte herzhaft und legte ihn wieder auf seinen Vorderpfoten ab.

Segocondus ließ seine halb geleerte Schale sinken. Er schien mit einem Mal verlegen. »Ich fürchte, da hast du etwas missverstanden. Ambiorix hat unser Gebiet verlassen.«

Sirona nickte eifrig. »Ja, ich weiß. Er ist auf der Suche nach Verbündeten. Und wenn er sie gefunden hat, kehrt er zurück und vertreibt die Legionen für alle Zeiten von unserem Land.«

Als sie das Bedauern in seinen Zügen sah, fühlte sie eine plötzliche Enge in ihrer Kehle. Eine böse Ahnung stieg in ihr auf.

Segocondus räusperte sich unbehaglich. »Sirona, König Ambiorix kämpft nicht länger gegen Rom. Er hat zwar mit der Unterstützung der Sugambrer die Schlacht um das römische Lager gewonnen, aber er ist der Meinung, dass wir die Legionen nicht endgültig besiegen können. Daher hat er eine Versammlung der freien Männer einberufen und ihnen vorgeschlagen, unser Stammesgebiet für immer zu verlassen.«

Sironas Verwirrung wuchs. »Aber ... Aber ... ich dachte, das wäre nur eine List. Ich dachte, er wollte Caesar lediglich glauben machen, dass er sich zurückzieht. Und in Wahrheit sucht er Verbündete, um erneut anzugreifen, wenn die Römer nicht mehr damit rechnen.«

Segocondus schüttelte den Kopf. Seine Miene war ernst und voll Wehmut, und er wirkte mit einem Mal viel älter. »Nein, Sirona. Ich wünschte, es wäre so. Aber leider muss ich dich enttäuschen. Ambiorix hat vorgeschlagen, nach Norden zu gehen und sich auf der großen Insel jenseits des Meeresarms neues Siedlungsland zu suchen. Dort wohnen ebenfalls Kelten, und es soll riesige unbesiedelte Landstriche geben. Er hofft, dass die Eburonen auf dieser Insel einen Ort finden, wo sie in Frieden und Freiheit leben können. Die meisten unserer Stammesgenossen haben seinen Plan begeistert aufgenommen, denn sie sind wie er der Ansicht, dass wir auf Dauer nicht gegen Rom siegen und alle getötet oder versklavt würden.«

Sironas Verstand weigerte sich noch immer, seinen Worten Glauben zu schenken. »Aber irgendwann muss er doch hierher zurückkehren.«

Segocondus suchte ihren Blick und hielt ihn fest. Seine Augen waren von einem tiefen Grau und wirkten unergründlich. »Nein, Sirona, es tut mir leid. Er kehrt nicht zurück.«

Bildete sie sich das nur ein, oder bebte seine Stimme?

Er schluckte schwer, und als er weitersprach, klang sein Tonfall bemüht zuversichtlich. »Aber er hat gut für uns gesorgt. Wir sind bestens für den Winter gerüstet, denn die Plünderung des römischen Lagers hat uns mit allem versorgt, was wir brauchen. Wir haben genügend geschlagenes Holz, um die Häuser der Siedlung rasch wiederaufzubauen, dazu ordentliches Werkzeug, warme Decken, Felle und reichliche Lebensmittelvorräte. Wir speisen sogar von bronzenem Geschirr.« Der Sarkasmus in seiner Stimme war unüberhörbar.

Als Sirona nur schwieg und mit versteinerter Miene in die Flammen starrte, fuhr er in versöhnlicherem Ton fort. »Was hätte er denn anderes tun sollen? Er ist der König, er trägt die Verantwortung für seinen Stamm. Also stand er vor der Wahl, hierzubleiben und zu kämpfen, bis der Letzte von uns unter einem römischen Schwert gefallen wäre, oder zu versuchen, ein Stück Land zu finden, wo die Eburonen in Ruhe und Frieden leben können. Ich glaube, ich an seiner Stelle hätte ebenso gehandelt.«

Sirona nickte, doch sie hörte kaum, was er sagte. Sie fühlte sich, als ob der Boden unter ihr aufgerissen wäre und sie in einen Abgrund stürzte, taumelnd, haltlos, ohnmächtig.

Ambiorix' Rückzug war keine List? Er hatte den Wald der Arduinna wahrhaftig verlassen, um niemals zurückzukehren? Er hatte den Kampf gegen Rom für alle Zeiten aufgegeben? Was war mit der flammenden Rede, die er in Atuatuca gehalten hatte? Was war mit seinem Kampfgeist geschehen, seiner Entschlossenheit?

Sie wollte es nicht wahrhaben, stemmte sich gegen Segocondus' Worte, sträubte sich mit jeder Faser ihres Körpers dagegen, ihnen Glauben zu schenken. Sie war so sicher gewesen, das Handeln des jungen Königs richtig gedeutet zu haben. Wie ein Jagdhund hatte sie ihre gesamte Kraft darauf gerichtet, seine Spur aufzunehmen, ihn zu verfolgen und einzuholen.

Nun hatte sie das Gefühl, vor einem Scherbenhaufen zu stehen, den Scherben nicht nur ihres bisherigen Lebens, sondern ebenso des zukünftigen. All ihre Hoffnungen hatten Ambiorix gegolten, seinem Krieg gegen die römischen Eindringlinge. Und jetzt sollten ihre Pläne mit einem Schlag hinfällig sein?

»Es tut mir leid«, brach Segocondus in ihre Gedanken ein. »Ich kann mir gut vorstellen, wie dir zumute sein muss.«

Sie wollte schon auffahren, ihm entgegenschleudern, dass er nicht die geringste Ahnung habe. Doch als sie aufblickte und die Hilflosigkeit und Zerknirschtheit in seinen Zügen sah, erkannte sie, dass seine Worte vollkommen aufrichtig gemeint waren.

Sie holte tief Luft. »Und du? Warum bist du hier? Und Cassivalus? Ihr seid jung. Weshalb seid ihr Ambiorix nicht gefolgt?«

Segocondus zuckte die Schultern. »Jeder von uns hat seine eigenen Gründe. Mein Vater liegt schwer verletzt in einem der anderen Häuser. Ich konnte es nicht über mich bringen, ihn im Stich zu lassen. Er hat doch niemanden mehr außer mir. Meine Mutter ist schon lange tot, meine beiden Brüder sind im Kampf gegen die Römer gefallen. Hätte ich ihn seinem Schicksal überlassen sollen?«

Einer der Hunde kam herbei, ließ sich neben ihm nieder und bettete seinen großen Kopf in Segocondus' Schoß. Geistesabwesend strich der junge Mann über das zottelige Fell. »Cassivalus ist hier, weil seine Frau hochschwanger ist. Sie bekommt anscheinend Zwillinge und ist so dick, dass sie sich kaum bewegen kann. Er hatte Sorge, dass sie die anstrengende Reise nicht überstehen würde, und so haben sie schweren Herzens entschieden, hierzubleiben.«

Mit einem Mal ging Sirona auf, dass seine und ihre derzeitigen Lebensumstände einige Gemeinsamkeiten aufwiesen. Auch er hatte bis auf seinen verletzten Vater alles verloren. Auch er hatte keine Hoffnungen und keine verheißungsvolle Zukunft mehr, denn indem er darauf verzichtete, sich Ambiorix anzuschließen, engte sich seine Welt ein auf eine Handvoll armseliger Hütten auf der Kuppe dieser Anhöhe, wo er umgeben war von alten und gebrechlichen Menschen, für die er augenscheinlich die Verantwortung übernommen hatte. Das war ganz gewiss nicht das Leben, das sich der junge Krieger erträumte.

»... ihnen folgen.«

»Hm?« Sirona war so tief in ihre Gedanken versunken gewesen, dass sie ihm nicht zugehört hatte.

»Du könntest ihnen folgen«, wiederholte Segocondus. »Ich weiß in etwa, welchen Weg Ambiorix und die anderen nehmen wollen. Sie haben zwar eine gute Woche Vorsprung, doch mit den schweren Ochsenfuhrwerken kommen sie viel langsamer vorwärts als ein einzelner Reisender. Vor dem Erreichen der Küste hättest du sie gewiss eingeholt. Ich könnte dir sogar ein Pferd geben.«

Sirona war zu erschöpft und aufgewühlt, um über diesen Vorschlag nachzudenken, und auch die außerordentliche Großzügigkeit seines Angebots entging ihr zunächst. Am liebsten hätte sie sich in einen dunklen Winkel der Halle verkrochen, um einzuschlafen und nie wieder aufzuwachen.

»Zuvor habe ich jedoch eine Bitte«, fuhr Segocondus fort.

Verwundert blickte Sirona auf. Wie könnte sie ihm wohl von Nutzen sein?

»Du sagtest vorhin, du bist eine Weise Frau?«

Sie nickte stumm.

»Dann komm doch mal mit.« Er erhob sich und schlängelte sich zwischen den am Boden sitzenden Dorfbewohnern hindurch zur Tür.

Widerwillig rappelte sich Sirona auf und folgte ihm. Sie war am Ende ihrer Kräfte, sie wollte schlafen und vergessen. Aber diese Menschen hatten sie freundlich bei sich aufgenommen und ihr zu essen gegeben. Daher schuldete sie ihnen diesen Gefallen.

Die Sonne stieg bereits in einen fahlen Herbsthimmel, und im blassen Licht des neuen Tages bekam Sirona einen ersten Eindruck von der kleinen Siedlung. In der Nähe des Tores lagen lose verstreut einige kürzlich fertiggestellte Fachwerkhäuser sowie die Gerippe zweier weiterer, deren Gefache noch nicht vollständig mit Lehm verfüllt waren. Aus einem Stall drang das gedämpfte Muhen mehrerer Rinder, in einer schlammigen Lache wälzten sich zwei Schweine, und auf den Wegen zwischen den Gebäuden scharrten Hühner auf der

Suche nach Futter. Überrascht blieb sie stehen, um den Eindruck in sich aufzunehmen, der seltsam tröstlich wirkte.

Schließlich wandte sie sich Segocondus zu, der ebenfalls angehalten hatte, und bemerkte, dass dieser sie eindringlich musterte. Als fühle er sich ertappt, blickte er kurz zu Boden, ehe er sie wieder anschaute. »Wie gesagt, Ambiorix hat gut für uns gesorgt. Wir besitzen sechs Rinder, ein paar Schweine, Schafe, Hühner und eine Handvoll Pferde. Bereits nach dem Fall Atuatucas haben wir begonnen, einige der Häuser hier wiederaufzubauen, um eine Bleibe für die Ältesten und Gebrechlichsten unseres Stammes zu schaffen. Seitdem lebt Adiemara bei ihnen und sorgt für sie, denn sie kocht nicht nur einen hervorragenden Eintopf, sondern kennt sich auch mit den heilenden Kräften der Pflanzen aus.«

Sie lenkten ihre Schritte hinüber zu einem der neu errichteten Fachwerkhäuser, das ein wenig abseits von den anderen lag. Segocondus stieß die Tür auf und trat hinter Sirona ein.

Der fensterlose Raum wurde durch ein fast niedergebranntes Feuer nur schwach erhellt. Nachdem sich Sironas Augen an das Halbdunkel gewöhnt hatten, erkannte sie an der Wand links des Eingangs eine Lagerstatt aus Stroh, Fellen und Decken und darauf einen menschlichen Umriss. Daneben kauerte eine zweite, unförmige Gestalt, den Kopf auf die Knie gesunken.

Segocondus berührte sacht ihre Schulter. »Wach auf, Caratunna.«

Die Angesprochene schrak zusammen und blickte benommen um sich. »Ich bin wieder eingeschlafen«, stöhnte sie nach einem Moment. »Tut mir leid, Sego, aber die beiden Racker schaffen mich schon, ehe sie überhaupt geboren sind.«

Sie strich lange rötlich-blonde Strähnen aus dem Gesicht, die sich aus ihrem Knoten gelöst hatten, und stemmte die Hände gegen den Lehmboden, um sich zu erheben. Segocondus packte ihre Oberarme und half, ihren massigen Körper in die Höhe zu wuchten. Als sie endlich aufrecht stand und keuchend gegen die Wand in ihrem Rücken sank, fiel Sironas Blick auf ihren angeschwollenen Bauch, und ihr wurde mit einem Mal klar, wer die andere war. Dies musste Cassivalus' Frau sein, denn sie befand sich ganz offenkundig nur wenige Wochen vor der Geburt von Zwillingen.

Erst jetzt bemerkte die Schwangere Sirona, und Segocondus stellte sie einander vor. »Sirona ist eine Heilerin«, erklärte er dann, »und ich habe sie gebeten, sich ihn einmal anzusehen.«

Er ließ offen, wen er mit »ihn« meinte, doch als Sirona seiner auffordernden Handbewegung folgte und an das Lager trat, begriff sie schlagartig, wen sie vor sich hatte.

Jeder Eburone kannte Ebunos, den alten Druiden. Von seinem Stamm aufgrund seiner Weisheit geachtet und verehrt, von seinen Feinden wegen seiner kraftvollen Magie gefürchtet, haftete ihm der Ruf an, den Göttern näherzustehen als irgendein anderer Sterblicher. Seine Blindheit trug das ihre dazu bei, den Mythos zu nähren, der diesen Mann sein Leben lang umgab, denn sie galt als Geschenk der Unsterblichen und wurde nur demjenigen zuteil, der mit den Augen der Seele zu sehen vermochte.

Ebunos musste inzwischen an die siebzig Jahre zählen, aber als Sirona ihn nun sah, erschrak sie dennoch. Er war hochgewachsen und immer hager gewesen. Doch jetzt waren seine Wangen eingesunken, die geschlossenen Augen lagen tief in ihren Höhlen, und die Haut seines Gesichts über dem weißen, kurz geschnittenen Bart war trocken wie Winterlaub und besaß die wächserne Starre eines Toten. Die Tonsur seines Standes ließ die Stirn bis zu einer Linie, die die Ohren miteinander verband, kahl. Aber die Haare hatten begonnen nachzuwachsen und bildeten helle Stoppeln.

Einige bange Herzschläge lang beschlichen Sirona Zweifel, ob Ebunos überhaupt noch lebte. Dann jedoch erkannte sie erleichtert, dass die Aura, die jeden Menschen während seines irdischen Daseins umgibt, zwar sehr schwach und blass war, aber dennoch genügend Energie ausstrahlte, um ihn am Leben zu erhalten. Doch sie war nicht sicher, ob er nur schlief oder in einer tiefen Ohnmacht lag.

Überwältigt von Sorge sank sie vor seiner Lagerstatt auf die Knie. Aber ihre Ehrfurcht vor dem Druiden ließ sie einen Augenblick zögern, ehe sie es wagte, die Decke zurückzufalten und sein Handgelenk zu ergreifen, um den Puls zu ertasten. Seine Haut fühlte sich kühl an, zu kühl. Doch das Herz des alten Mannes schlug überraschend kräftig und gleichmäßig.

»Was ist geschehen?«, fragte sie, ohne den Blick von Ebunos abzuwenden.

Segocondus ging neben ihr in die Hocke. »Die Anstrengungen der vergangenen Monate waren zu viel für ihn. Die meisten Eburonen, die den Untergang Atuatucas überlebt hatten, sammelten sich nach und nach um König Ambiorix, und gemeinsam kämpften wir als Freischärler gegen die Römer. Tag für Tag überfielen wir ihre Trupps aus dem Hinterhalt, schnitten sie vom Nachschub ab und setzten ihnen zu, wo wir nur konnten. Doch wir mussten ständig in Bewegung bleiben, durften nie zweimal am selben Ort übernachten, und dieses unstete Leben war eine Tortur für Ebunos. Ambiorix bat ihn, sich zu schonen und sich hierher zurückzuziehen, aber er weigerte sich.«

Er verstummte, und als Sirona aufblickte, sah sie die Erschöpfung in seinen Zügen. Er fuhr sich mit beiden Händen müde über das Gesicht. »Nachdem die Versammlung der freien Männer beschlossen hatte, das Stammesgebiet zu verlassen, entschied Ebunos, mit denen zurückzubleiben, für die der weite Weg nach Norden zu beschwerlich wäre. Ich glaube, er wusste, dass er am Ende seiner Kräfte war. Vorgestern brach er plötzlich zusammen. Seither ist sein Zustand unverändert. Zunächst dachten wir, es handelte sich nur um eine vorübergehende Bewusstlosigkeit. Doch er ist nicht wieder erwacht. Er liegt da wie tot, und das jetzt schon seit zwei Tagen und Nächten.« Seine Stimme klang mit einem Mal rau, und Sirona bemerkte ein verdächtiges Schimmern in seinen Augen.

»Wie du dir vorstellen kannst, sind wir vollkommen verzweifelt, denn Ebunos ist das Herz und der Verstand unserer Gemeinschaft. Adiemara hat aus heilkräftigen Pflanzen einen Trank zubereitet und ihm diesen behutsam eingeflößt, doch leider ohne Erfolg.« Plötzlich legte er Sirona eine Hand auf die Schulter. »Nun bist du unsere einzige Hoffnung. Vielleicht ist es ja ein Zeichen der Götter, dass du gerade jetzt zu uns gefunden hast. Glaubst du, du kannst ihn heilen?«

Sirona schöpfte tief Luft. Seine Verzweiflung und die hohen Erwartungen, die er in sie setzte, lasteten schwer auf ihr. Und dass ihr Patient ausgerechnet einer der angesehensten Druiden seiner Zeit war, machte die Sache auch nicht einfacher. Sie rieb sich die Schläfen, hinter denen sich ein schmerzhaftes Pochen auszubreiten begann. »Nicht alle Krankheiten sind heilbar«, erklärte sie ausweichend. »Aber ich werde tun, was in meiner Macht steht.«

Dankbarkeit lag in Segocondus' Blick. »Hast du so eine tiefe und lang anhaltende Bewusstlosigkeit schon einmal gesehen?«

Sie nickte nachdenklich. »Im vergangenen Frühjahr wurde ein Knecht aus der Umgebung unseres Gehöfts beim Melken vom Huf einer Kuh an der Schläfe getroffen und brach ohnmächtig zusammen. Als sich sein Zustand auch am folgenden Tag nicht besserte, brachte der Bauer ihn zu mir, und ich habe ihn behandelt. Nach einer knappen Woche wachte er auf und war bald darauf wieder völlig genesen.«

Doch der Knecht war jung und kräftig, Ebunos hingegen alt und von den Strapazen der vergangenen Monate geschwächt und ausgezehrt. Sirona konnte nur hoffen, dass sie bei seiner Behandlung ähnlich erfolgreich sein würde.

Götter, sandte sie den Unsterblichen ein stummes Gebet. Lasst mich das Richtige tun. Bitte schenkt mir die Kraft und die Weisheit, Euren treuen Diener zu heilen.

Sie atmete einige Male tief ein und aus, um sich zu sammeln. Dann legte sie ihre Handflächen auf verschiedene Stellen von Ebunos' leblosem Körper, gespannt, ob er ihr eine Antwort geben würde. Ohne dass sie hätte sagen können, woher sie ihr Wissen bezog, spürte sie deutlich, dass seine Organe gesund waren.

Nun galt es herauszufinden, ob es einen Punkt gäbe, der auf ihre Art der Behandlung ansprach. Bei dem jungen Knecht hatte sie einen solchen an seinem Hinterhaupt gefunden, dort, wo der Schädel in den Hals überging. Daher hob sie den Kopf des Druiden gerade so weit an, dass sie die Linke, mit der Innenfläche nach oben, darunterschieben konnte, und ließ ihn behutsam wieder sinken, sodass der obere Teil des Nackens in ihrer Handfläche ruhte. Und wahrhaftig, schon nach wenigen Herzschlägen verspürte sie ein leichtes Pulsieren. Ebunos' Körper antwortete ihr!

Sirona fühlte, wie ihr Herz vor Aufregung und Freude schneller schlug. Sie wusste nun, dass sie imstande wäre, den Druiden zu heilen.

Und während sie dort saß, die Linke unter Ebunos' Hinterkopf, dankte sie den Göttern für diese außergewöhnliche Fähigkeit, dieses Geschenk, das einmal mehr seine kraftvolle Wirkung entfaltete. Noch nie zuvor war diese Wirkung von so großer Bedeutung gewesen, hatte so viel von ihr abgehangen wie nun, da es galt, der kleinen Dorfgemeinschaft ihr geistiges Oberhaupt zurückzugeben.

Ihr habt mir alles genommen, was ich liebe. Doch diese Gabe habt Ihr mir gelassen, und dafür danke ich Euch.

Dann überließ sie sich vollkommen dem Strom der Energie, spürte ihr nach, wie sie in einem steten Kreislauf durch ihren eigenen Körper und den des Druiden pulsierte. Milevisa, obschon ebenfalls eine Weise Frau, hatte ihr keine Erklärung geben können für das, was in diesen Augenblicken geschah. Aber ihre Erfahrung und eine innere Stimme verrieten Sirona, dass sie dem Körper des Kranken ihre junge, gesunde Energie schenkte, gleichzeitig seine geschwächte aufnahm, in neue, kraftvolle umwandelte und ihm abermals zuführte. Sie war wie ein Gefäß, in das man erschöpfte Lebenskraft füllte, um frische, reiche zurückzuempfangen. Und während jeder Behandlung gab sie ihrem Patienten so viel von sich selbst, dass sie am Ende wie eine ausgelaugte, leere Hülle zurückblieb.

Nach einer Weile veränderten sich die Züge des Druiden, verloren etwas von ihrer wächsernen Starre, und seine Haut fühlte sich nicht mehr so unnatürlich kühl an. Sirona wusste, dass er von der Schwelle des Todes zurückgetreten war, um erneut seinen Platz unter den Lebenden einzunehmen. Erleichterung und Dankbarkeit durchfluteten sie, und sie schloss für einen Moment die Augen.

Schließlich ließ das Pulsieren unter ihrer Handfläche allmählich nach, und Sirona spürte, wie die vertraute Erschöpfung von ihr Besitz ergriff. Nun war es an der Zeit, die Behandlung zu beenden. Vorsichtig zog sie ihre Hand zurück und richtete sich auf. Sie blickte in zwei Augenpaare, die sie mit einer Mischung aus Verwunderung und Ehrfurcht anstarrten.

»Er wird wieder ganz gesund werden. Sein Körper verfügt über ausreichende Heilungskräfte, aber es wird einige Zeit brauchen.«

Segocondus schüttelte den Kopf, als könne er nicht glauben, was er sah. »Wie bei allen Göttern hast du das angestellt?«

Sirona erhob sich und beschrieb ihm und Caratunna in groben Zügen ihre ungewöhnliche Art der Behandlung. Nachdem sie geendet hatte, trat die Schwangere auf sie zu, zog sie an ihren stattlichen Bauch und drückte sie überschwänglich. »Ich verstehe zwar kein Wort von dem, was du da sagst. Aber du hast uns unsere Hoffnung zurückgegeben, und dafür können wir dir gar nicht genug danken.«

Segocondus blickte unbehaglich drein. »Cara, ich fürchte, du bist ein wenig voreilig. Sirona ist auf der Suche nach König Ambiorix. Ich habe ihr eines unserer Pferde angeboten, damit sie ihn und die anderen einholen kann, ehe sie die Küste erreichen.«

Die junge Frau gab Sirona frei. Verwirrt zuckten ihre Augen zwischen ihr und Segocondus hin und her, ehe ihr Gesicht vor Enttäuschung in sich zusammenfiel. Nach einem Moment rieb sie sich müde über die Stirn und nickte. »Ich verstehe dich sehr wohl, Sirona. Stände ich nicht so kurz vor der Niederkunft, wären mein Mann und ich ebenfalls mit ihnen aufgebrochen. Du musst tun, was du für das Richtige hältst. Ich werde zu den Göttern beten, dass Sie dir den rechten Weg weisen.«

Plötzlich schwankte Sirona und stützte sich Halt suchend an der Wand ab. Schon war Segocondus bei ihr und legte einen Arm um ihre Schultern. »Fühlst du dich nicht gut?« Seine Stimme klang besorgt.

»Doch, danke. Ich bin nur ein wenig erschöpft. Ich bin die ganze Nacht hindurchgewandert, und die Behandlungen zehren ebenfalls an meinen Kräften.«

»Am besten ruhst du dich erst einmal aus, ehe du eine Entscheidung triffst«, schlug der junge Krieger vor. »Wenn es dir recht ist, werde ich dir gleich hier ein Lager bereiten.«

Wenig später rollte sich Sirona auf der wundervoll weichen Lagerstatt aus Stroh, Fellen und Decken zusammen, die Segocondus ihr hergerichtet hatte. Doch trotz ihrer Erschöpfung wollte sich der ersehnte Schlaf nicht einstellen, und sie wälzte sich ruhelos von einer Seite auf die andere. Zu viele Gedanken und Gefühle stürmten auf sie ein, und es galt, eine folgenschwere Entscheidung zu treffen: Sollte sie Ambiorix und den übrigen Stammesmitgliedern folgen und mit ihnen auf jener fernen Insel im Norden ein neues Leben in Frieden und Freiheit beginnen, unbehelligt von Roms Legionen?

Und niemals erfahren, was aus Dannovarus und Uronertus geworden ist, ob sie vielleicht noch leben?, schoss es ihr augenblicklich durch den Kopf. Und Roveci. Hatte sie nicht geschworen, ihn zu finden? Und hatte sie nicht gelobt, den Tod ihrer Familie zu rächen?

Doch wie sollte sie das anstellen nun, da Ambiorix den Kampf gegen die Römer für immer aufgegeben hatte? All ihre Pläne hingen davon ab, in seine Dienste zu treten. Alleine war sie vollkommen machtlos.

Und was war mit Ebunos? Sie wusste, dass sie imstande wäre, ihn zu heilen. Erwuchs ihr daraus nicht auch die Verpflichtung, es zu tun? Durfte sie so selbstsüchtig sein, nur an ihr eigenes Wohl zu denken und ihn und die Dorfbewohner ihrem Schicksal zu überlassen?

Plötzlich wurde ihr klar, dass ihre Entscheidung längst gefallen war und dass nicht sie es war, die sie getroffen hatte, sondern jene höhere Macht, die sie mit dieser besonderen Gabe gesegnet hatte. Nur sie war in der Lage, den Druiden zu heilen und dieser kleinen, tapferen Gemeinschaft ihrer Stammesgenossen ihr Herz und ihren Verstand zurückzugeben. Die Götter in Ihrer unergründlichen Weisheit hatten ihr diese Begabung verliehen, die sie vor allen Menschen auszeichnete, und Sie hatten sie an diesen Ort geführt. Und daher blieb ihr gar keine andere Wahl, als zu bleiben und diese gottgegebene Aufgabe zu erfüllen.

Und danach würde sie weitersehen.

Kapitel 7

»Noch einen oder zwei Tage, Nantomaris, und Ihr benötigt keinen Verband mehr.« Sirona befestigte das Ende des Leinenstreifens, den sie um den Kopf ihres Patienten gelegt hatte, und richtete sich zufrieden auf. Die tiefe Wunde, die ein Gladius Segocondus' Vater bei der Schlacht um das römische Lager zugefügt hatte, heilte gut. Der eiserne Helm hatte die Wucht des Hiebes zwar gemildert, aber die Klinge war dennoch hindurchgefahren und in den Schädelknochen eingedrungen.

»Er war mehrere Stunden ohne Bewusstsein, sodass wir um sein Leben bangten«, hatte Segocondus Sirona berichtet. »Ebunos hat ihn versorgt, und schließlich ist es ihm wahrhaftig gelungen, meinen Vater mithilfe eines Tranks aus heilkräftigen Pflanzen wiederzuerwecken.«

Als Sirona Nantomaris wenige Tage zuvor erstmals untersucht hatte, war die Wundheilung bereits weit fortgeschritten. Doch ihr Patient klagte über häufige Kopfschmerzen, Anfälle heftigen Schwindels und eine plötzlich auftretende Lähmung der Beine. Daher hatte sie begonnen, ihn mit ihrer eigenen Heilmethode zu behandeln. Sie bezweifelte allerdings, dass die Beschwerden vollständig abklingen würden, denn sie wusste von ihrer Mutter, dass Verletzungen des Gehirns, dieses rätselhaftesten aller Organe, fast immer Folgen hinterließen. Man durfte es schon als Geschenk der Götter betrachten, dass der alte Krieger die schwere Verwundung überlebt hatte.

Segocondus nahm nun ihren Platz am Lager seines Vaters ein, um ihn mit einer ordentlichen Portion Eintopf aus Bohnen und Speck zu füttern. Sirona stand bereits an der Tür, als ihr ein Gedanke kam und sie sich noch einmal zu ihrem Patienten umwandte. »Sagt, Nantomaris, habt Ihr eigentlich lange an König Ambiorix' Seite gekämpft?«

Der Angesprochene hatte sich auf einen Ellbogen aufgerichtet und wollte gerade den ersten Löffel der dampfenden Mahlzeit zu sich nehmen, als er seinem Sohn bedeutete innezuhalten. Seine Miene verdunkelte sich. »Von Beginn an und bis zum bitteren Ende. Ich war dabei, als wir in der Wolfsschlucht eineinhalb Legionen vernichtet haben. Ich war dabei, als wir vor Nerviodunom geschlagen wurden, und später, als Atuatuca fiel. Und ich war dabei, als wir gemeinsam mit den Sugambrern das römische Lager überfallen und zerstört haben.« Sein Blick wanderte an ihr vorbei in die Schatten des

Raums, und Sirona sah förmlich, wie vor seinem inneren Auge Bilder der Schlachten vorüberzogen. »Doch am Ende war alles vergebens, all das Leid, all die Toten.« Er blinzelte, dann zwang er seinen Blick zu ihr zurück. »Warum fragst du mich danach?«

Sironas Herzschlag beschleunigte sich. Endlich hatte sie jemanden gefunden, der ihr möglicherweise Antworten geben konnte! »Mein Vater und der Mann, dem ich zur Frau versprochen bin, haben ebenfalls mit König Ambiorix gekämpft und sind seit mehr als einem Jahr verschollen.«

Aus dem Augenwinkel bemerkte sie, dass Segocondus bei der Erwähnung ihres Geliebten fast unmerklich zusammenzuckte. Er hatte sich jedoch sogleich wieder in der Gewalt.

»Ich habe keine Ahnung, ob sie noch leben oder gefallen sind, und ich dachte, Ihr wüsstet vielleicht etwas über sie.«

Nantomaris zögerte. »Schon möglich. Wie lauten denn ihre Namen?«

»Mein Vater heißt Dannovarus, mein zukünftiger Mann Uronertus«, sprudelte Sirona hervor. »Er ist der Sohn eines der Schmiede aus Atuatuca.«

Bei der Nennung der Namen versteinerten seine Züge, und Sirona wurde augenblicklich klar, dass er wenigstens einen der beiden kannte. Mit zwei schnellen Schritten war sie wieder bei ihm und fiel neben seinem Lager auf die Knie. Doch der alte Mann schaute sie nur stumm an, während in seinem Gesicht die unterschiedlichsten Gefühle miteinander rangen: Bedauern, Hilflosigkeit, Zorn.

Sie maßen einander mit ihren Blicken, bis Sirona die Geduld verlor, seinen Arm packte und ihre Finger hineinkrallte. »Was wisst Ihr über sie?«, schrie sie.

Nantomaris' Kiefer mahlten, aber er schwieg noch immer. Schließlich schöpfte er tief Luft. Es klang, als lastete ein Mühlstein auf seiner Brust. »Vielleicht täusche ich mich auch.« Er rieb sich, in Erinnerungen versunken, über seine grauen Bartstoppeln. »Ich kannte einen Dannovarus. Er stammte nicht aus Atuatuca, sondern besaß ein Gehöft ein paar Meilen außerhalb.«

Sirona nickte eifrig. »Das ist wahr. Wir lebten einige Meilen westlich von Atuatuca.«

»Der Dannovarus, den ich meine«, fuhr Segocondus' Vater stockend fort, »hatte eine Narbe auf dem linken Unterarm, ungefähr so lang.« Er deutete mit seinen Zeigefingern zwei Handbreit an.

»Ein Jagdunfall«, ergänzte Sirona augenblicklich. »Ein Keiler hat ihm den Arm aufgeschlitzt.«

Dann verstummten beide, als ihnen schlagartig bewusst wurde, dass die Wahrheit nun unausweichlich war, da sie ganz offenkundig von demselben Mann sprachen.

Einige wilde Herzschläge lang hörte Sirona nur das Rauschen des Blutes in ihren Ohren. »Was ist aus ihm geworden?«, fragte sie schließlich mit brüchiger Stimme. »Was wisst Ihr über meinen Vater?«

Nantomaris schluckte, und sie sah, wie sein Kehlkopf erregt auf und nieder tanzte. »Er ist in Gefangenschaft geraten. Zuletzt sah ich ihn nach der Schlacht bei Nerviodunom. Er hatte einen Schwerthieb in den linken Arm davongetragen, aber ich bin mir sicher, dass die Wunde nicht tödlich war.«

Plötzlich bemerkte Sirona, dass sich ihre Finger noch immer in den Arm des alten Kriegers krallten. Sie gab ihn frei, wandte sich ab und starrte wie betäubt zu Boden. Tränen brannten in ihren Augen, als sie sich hin- und hergerissen fühlte zwischen der Erleichterung darüber, dass ihr Vater die Schlachten überlebt hatte, und der verzweifelten Gewissheit, dass er den Feinden in die Hände gefallen war.

Denn sie wusste nur zu genau, was römische Gefangenschaft bedeutete: ein Dasein als Sklave, unfrei, würdelos, abhängig; ein Leben fern der Heimat im Dienste eines Herrn, dem man auf Gedeih und Verderb ausgeliefert war, den man aus tiefster Seele hasste und dem man dennoch bedingungslos gehorchen musste.

Trotzig wischte Sirona die Tränen fort und wandte sich erneut an Nantomaris. »Und was ist mit dem Mann, dem ich zur Frau versprochen bin? Was wisst Ihr über Uronertus?«

Der alte Krieger wich ihrem Blick aus und fixierte stattdessen das farbige Karomuster der Wolldecke. »Der Sohn eines der Schmiede, sagst du?«, hakte er nach.

Sirona schien es, als wolle er Zeit gewinnen, und ihr Herz sank. Sie nickte stumm.

»Er ist tot.« Er sprach so leise, dass sie ihn nur verstand, weil sie genau wusste, was er sagen würde. »Er ist in der Schlacht um Nerviodunom gefallen. Ich habe mit eigenen Augen gesehen, wie er starb. Er war ein guter Junge. Ein guter, tapferer Junge.«

Nun vermochte Sirona die Tränen nicht länger zurückzuhalten. Sie sprang auf, riss die Tür auf und stürzte ins Freie. Hinter sich hörte sie das Scheppern der bronzenen Schale, als

Segocondus Nantomaris' Mahlzeit hastig abstellte, um ihr zu folgen. Doch sie achtete nicht auf seine Rufe, stehen zu bleiben. Während Tränen ihren Blick verschleierten, rannte sie die wenigen Schritte hinüber zu Ebunos' Haus, stürmte hinein und warf den Riegel auf die Tür. Dann ließ sie sich auf ihr Lager fallen und schluchzte hemmungslos.

Ah, Ihr Götter, warum auch noch das?, haderte sie stumm und zornig mit den Unsterblichen. Weshalb tut Ihr mir das an? Habe ich denn nicht schon genug gelitten? Wieso raubt Ihr mir nun auch die letzte meiner Hoffnungen, die, meinen Vater und Uronertus jemals wiederzusehen?

Aber die Götter blieben ihr die Antworten auf ihre Fragen schuldig.

»So beruhige dich doch«, bat plötzlich eine dünne Stimme, die aus der Richtung von Ebunos' Lagerstatt zu kommen schien. »Es zerreißt einem ja das Herz, dich so schluchzen zu hören.«

Sirona stieß einen Schrei aus, war mit einem Satz auf den Beinen und drängte sich in die entfernteste Ecke des Raumes.

»Oh, du musst einem alten Mann verzeihen«, fuhr der Druide ungerührt fort. »Ich hatte wohl vergessen, dir mitzuteilen, dass ich wach bin.«

Ihr Herz hämmerte so hart gegen ihre Rippen, dass sie kaum sprechen konnte. »Ihr seid ... Ihr seid ...«

»Wach, ja«, ergänzte Ebunos, und trotz ihres Schreckens meinte Sirona, einen belustigten Unterton zu hören. »Das sagte ich gerade. Aber warum verwundert dich das? Wenn mich nicht alles täuscht, habe ich es doch dir zu verdanken, dass ich erwacht bin.«

Sie schluckte und wischte sich mit einem Zipfel ihres Sagon die Tränen von den Wangen, während sie mit weichen Knien zum Lager des Druiden hinüberwankte. »Da mögt Ihr wohl recht haben, Herr. Mir und freilich vor allem den Göttern, deren Beistand ich erfleht habe.«

»Was Letztere betrifft, wäre ich mir nicht so sicher. Aber das ist eine andere Geschichte.«

Ebunos' Antwort verblüffte sie fast noch mehr als der Umstand, dass er aus seiner tiefen Bewusstlosigkeit erwacht war. Ergriffen sank sie neben seinem Lager auf die Knie, nahm seine Rechte und küsste sie. Sie fühlte sich lebendig an, warm und trocken und tröstlich. Dann ließ Sirona ihren Blick über sein Gesicht wandern. Die wächserne Starre des nahen Todes war aus seinen Zügen gewichen, und eine gesunde Farbe überzog seine eingefallenen Wangen. Der Druide wollte gerade fortfahren, als jemand gegen die Tür hämmerte.

»Antea? Verdammt noch mal, mach die Tür auf«, brüllte Segocondus. »Was ist denn da drinnen los?«

Sirona war viel zu aufgewühlt, um sich zu fragen, warum Segocondus sie plötzlich mit »Antea« ansprach. Sie erhob sich, so rasch es ihre zitternden Beine zuließen, schob den Eichenriegel zurück und öffnete die Tür.

»Ich hab deinen Schrei gehört«, stieß der junge Krieger atemlos hervor und drängte sich an ihr vorbei ins Haus. »Bei allen Göttern, was ist geschehen?« Er schaute in ihr vom Weinen verquollenes und zugleich strahlendes Gesicht, und seine Verwirrung wuchs.

Sie deutete auf Ebunos. »Er ist wach«, erklärte sie schlicht.

»Segocondus, wenn ich mich nicht irre«, erklang die Stimme des Druiden aus dem Hintergrund des Raums. »Stürmisch wie eh und je.«

Segocondus' Unterkiefer klappte hinunter. Vollkommen überwältigt torkelte er hinüber zu Ebunos, sackte neben ihm auf die Knie und ergriff wie zuvor Sirona seine Rechte. »Herr«, stammelte er. »Herr, ich bin überglücklich, dass Ihr endlich erwacht seid.«

»Was blieb mir denn anderes übrig?«, gab der Druide, dem das Ganze sichtlich Vergnügen bereitete, scheinbar unwirsch zurück. »Das Schluchzen dieser jungen Dame hätte selbst Steine zum Leben erwecken können. Wie soll man denn dabei schlafen? Wärest du nun wohl so gut und ließest meine Hand los?«

»O Verzeihung, Herr.« Segocondus bettete die Rechte des Druiden so behutsam auf die Wolldecke, als bestünde sie aus höchst zerbrechlichem Glas. Plötzlich sprang er auf, packte Sirona um die Taille und wirbelte einmal mit ihr im Kreis herum. »Ich danke dir, Siro, ich danke dir von ganzem Herzen. Du hast uns unseren Druiden zurückgegeben. Wir stehen tief in deiner Schuld, und ich weiß nicht, wie wir das jemals wiedergutmachen können. Nenn mir einen Wunsch, so groß er auch sein mag, und ich werde ihn dir erfüllen.«

Der Tag war nicht mehr fern, an dem er sich dafür verfluchen würde, Sirona dieses Versprechen gegeben zu haben. Denn es einzulösen, sollte ihrer beider Leben für immer verändern.

Kapitel 8

In den folgenden Wochen kehrte Ebunos allmählich ins Leben zurück. Er entwickelte einen ungeheuren Appetit, als wollte er sein verlorenes Gewicht nicht nur so rasch wie möglich wiedererlangen, sondern sogar verdoppeln. Dreimal täglich verschlang er eine große Portion von Adiemaras Eintopf, in den sie alles hineingab, was sie an Fleisch und nahrhaftem Gemüse aufzutreiben vermochte. Und es dauerte nicht lang, bis der alte Druide, gestützt auf den Arm eines der jüngeren Dorfbewohner, das Haus verließ und kurze Spaziergänge innerhalb der Siedlung unternahm.

Immer mehr Eburonen fanden in diesen Wochen den Weg zu dem abgelegenen Dorf - Männer, Frauen und Kinder, die sich nach dem Fall Atuatucas in den Wäldern verborgen hatten, bis sie von dem Zufluchtsort auf der Anhöhe erfuhren, oder die durch einen römischen Überfall ihr Zuhause verloren hatten. Wieder andere fühlten sich auf ihren Gehöften nicht länger sicher, weil um sie herum mehr und mehr Höfe in Flammen aufgingen. Schweren Herzens verließen sie ihre Anwesen und suchten Schutz im Kreise ihrer Stammesbrüder.

Im Unterschied zu jenen, denen alles genommen worden war, brachten diese neu Hinzugestoßenen ihr gesamtes Hab und Gut mit, darunter Pferde, Rinder, Schweine und sogar eine kleine Schafherde, sodass es der stetig wachsenden Gemeinschaft an nichts mangelte.

Erfreulicherweise befand sich unter den Neuankömmlingen auch eine Anzahl junger, kräftiger Männer, denn je mehr Menschen zu ihnen stießen, desto mehr Gebäude mussten errichtet werden, um allen ein Dach über dem Kopf zu gewähren. Und weil sich die Siedlung, die ursprünglich nur als vorübergehender Zufluchtsort für Alte und Gebrechliche gedacht gewesen war, zu einer dauerhaften Heimat zu entwickeln schien, gingen ihre Bewohner nun daran, die Mauer, die rings um die Kuppe der Anhöhe herumführte, wiederaufzubauen.

Sirona teilte sich inzwischen ein Haus mit Segocondus, Cassivalus, Caratunna und drei Kindern. Die Familien der beiden Mädchen von acht und zehn Jahren und einem ungefähr zwölfjährigen Jungen waren von den Römern getötet oder verschleppt worden. Jäger hatten die Waisen aufgegriffen, als sie abgemagert und in verwahrlostem Zustand in den Wäldern umherirrten. Der Junge war so verstört durch die grauenhaften Ereignisse, deren Zeuge er geworden sein musste, dass er die Sprache verloren hatte. Da niemand seinen Namen kannte, entschied Segocondus, der unterdessen zum Oberhaupt der kleinen Gemeinschaft gewählt worden war, ihn Attius zu nennen.

In der ersten bitterkalten Frostnacht des Winters brachte Caratunna mit Sironas Hilfe zwei gesunde, kräftige Jungen zur Welt. Dieses gemeinsame Erlebnis vertiefte die Freundschaft, die sich zwischen den beiden Frauen entsponnen hatte, was Sirona mit tiefer Dankbarkeit erfüllte. Aufgrund der abgeschiedenen Lage ihres elterlichen Gehöfts hatte sie nie zuvor eine Freundin besessen und genoss es nun umso mehr, sich mit Caratunna über die Gedanken und Gefühle auszutauschen, die sie bewegten und die sie früher höchstens Milevisa hätte anvertrauen können.

Zum Dank für ihre Dienste als Hebamme nähte die junge Mutter ihr ein Kleid aus rotbrauner römischer Wolle, von der die Eburonen bei der Plünderung des feindlichen Lagers mehrere Ballen erbeutet hatten. So besaß Sirona nun endlich wieder warme Kleidung, die sie unter dem Sagon, das der Römer ihr geschenkt hatte, trug.

Einige Tage nach der Geburt der Zwillinge begleitete Sirona Ebunos auf einem seiner Spaziergänge durch die Siedlung. Es war ein klarer, kalter Wintermorgen mit einem wolkenlosen Himmel, der sich wie eine Kuppel aus blauem Glas über der Anhöhe wölbte. Ihr Atem bildete weiße Wölkchen vor ihren Gesichtern, und die frostige Luft brannte auf Sironas Wangen, als sie, in ihren warmen wollenen Umhang gehüllt, an der Seite des Druiden zwischen den Häusern hindurchschlenderte.

Sie wählten den Weg in Richtung der Umfriedung, an der eine Gruppe junger Männer damit beschäftigt war, die gefährdetsten Stellen mit Bruchsteinen und kleinen Felsbrocken auszubessern. Doch während Sirona dem blinden Druiden für gewöhnlich bereitwillig ihre Augen lieh und ausführlich alle Veränderungen beschrieb, die in der Siedlung vor sich gingen, war sie an jenem Morgen auffallend still, sodass Ebunos sie nach einer Weile fragte, ob sie etwas bedrücke.

Sie zögerte einen Moment, ob sie ihm ihre banalen Sorgen anvertrauen sollte. »Es ist wegen Segocondus«, erklärte sie schließlich. »Ich befürchte, dass er Gefühle für mich hegt, die ich nicht erwidere. Er ist mir ein guter Freund, und ich mag ihn. Ich bemerke gleichwohl immer häufiger, dass er mich in einer Weise anschaut, die ... naja, die mir nicht behagt.«

Der Druide nickte bedächtig. »Er hat sich in dich verliebt.« Es war eine Feststellung, keine Frage.

»Ihr wisst es bereits, Herr?«, fragte Sirona verblüfft.

Ebunos' Mundwinkel zuckten belustigt. »Nun, ich fürchte, alle wissen es. Segocondus macht ja auch keinen Hehl daraus. Und du bist dir gewiss, dass du seine Gefühle nicht erwiderst?«

»Ja, Herr, das bin ich.« Über Nacht hatte der Wind aufgefrischt, blies nun stetig aus Osten und biss selbst durch dicke wollene Kleidung hindurch. Fröstelnd streifte Sirona die Kapuze des Sagon über ihren Kopf.

Eine Weile schritten sie schweigend und in Gedanken versunken nebeneinander her.

»Welche Wünsche und Pläne hegst du eigentlich für deine Zukunft?«, ergriff Ebunos erneut das Wort.

Sirona zuckte resigniert die Schultern. »Wenn ich das wüsste. Ich möchte meinen Bruder wiederfinden, den die Römer beim Überfall auf unseren Hof entführt haben. Und ich habe geschworen, den Tod meiner Mutter und meiner kleinen Schwester zu rächen. Deswegen wollte ich in König Ambiorix' Dienste treten und ihn in seinem Kampf gegen Rom unterstützen. Aber er kämpft ja nicht mehr.« Sie konnte nicht verhindern, dass ihre Stimme einen bitteren, vorwurfsvollen Ton annahm. »Und nun habe ich keine Ahnung, wie ich Roveci finden und die Verbrechen an meiner Familie sühnen soll.«

Der Druide hob begütigend die Rechte. »Ambiorix hat eine kluge Entscheidung getroffen. Er hat das getan, was für die Mehrzahl unserer Stammesgenossen das Beste ist. Das ist es doch, was man von einem König erwartet, oder etwa nicht?«

»Immer und immer wieder habe ich die Götter angefleht, mir ein Zeichen zu geben, wie es weitergehen soll, was ich tun soll«, stieß Sirona hervor, als sich ihre Enttäuschung und Mutlosigkeit mit einem Mal Bahn brachen. »Aber ich erhalte keine Antwort.«

Ein Schatten flog über Ebunos' Züge. »Nun, das wundert mich nicht.«

Sie blickte überrascht auf. »Was meint Ihr, Herr?« Sie erinnerte sich, dass er kurz nach seinem Erwachen aus der Bewusstlosigkeit eine ähnliche Andeutung gemacht hatte.

Der alte Druide holte tief Luft. »Lass es mich dir so erklären: Der Kampf der Römer gegen die Kelten findet nicht nur unter uns Menschen statt. Auch die Unsterblichen bekriegen einander. Und es hat sich herausgestellt, dass die römischen Götter mächtiger sind als die unseren.«

Sirona war stehen geblieben, sodass Ebunos, der sich auf ihren Arm stützte, gezwungen war, ebenfalls innezuhalten.

»Und was bedeutet das, Herr?«

Der Druide strich mit der freien Hand versonnen über seinen kurzen weißen Bart. »Das bedeutet, dass du dich nicht länger darauf verlassen kannst, dass dir die Unsterblichen die Antworten auf deine Fragen geben. Von nun an bist du selbst für deine Entscheidungen verantwortlich, und kein Gott wird da sein, dir den rechten Weg zu weisen.«

Die Landschaft verschwamm plötzlich vor Sironas Augen. Himmel, Umfriedung und der Boden zu ihren Füßen flossen ineinander, als sie von einem heftigen Schwindel ergriffen wurde.

Was behauptete der alte Mann da? War es möglich, dass er seine tagelange Bewusstlosigkeit doch nicht ganz unversehrt überstanden hatte? Hatte sein Verstand Schaden genommen, dass er sich zu solch einer gotteslästerlichen Äußerung hinreißen ließ?

Nein, musste sie nach einem Moment zugestehen. Der Druide wirkte keineswegs verwirrt, sondern so klar und weise wie ehedem. Außerdem traf es ja zu, dass die Götter ihre Gebete nicht mehr beantworteten. Und wenn sie einmal darüber nachdachte, kam sie auch nicht umhin einzuräumen, dass all das Leid, das die Eburonen im Verlauf des vergangenen Jahres hatten erdulden müssen, wohl kaum gottgewollt sein konnte. Wenn die Unsterblichen noch Ihre alte Macht besäßen, hätten Sie diesen unseligen Krieg und seine grässlichen Auswirkungen auf so viele unschuldige Menschen dann nicht verhindert?

»Es tut mir aufrichtig leid, dass meine Worte dich so erschüttern«, unterbrach Ebunos ihre Gedanken. »Doch da ist noch etwas, was ich dir sagen möchte. Etwas, was ich selbst seit Langem geahnt habe und kürzlich, fast am Ende dieses irdischen Lebens angelangt, als wahr erkennen durfte.«

Sie wandte ihm das Gesicht zu und sah, wie er seine Züge in der erhabenen Miene des Druiden sammelte.

»In den Tagen, in denen ich nicht in meinem Bewusstsein war, machte ich die Erfahrung, eine andere Stufe des Seins zu betreten und genährt zu werden von einer größeren, ja allumfassenden Energie. Auf dieser tiefsten Ebene des Bewusstseins, die zugleich seine höchste ist, sind die Grenzen aufgehoben. Alles fließt ineinander, Vergangenheit, Gegenwart und

Zukunft, und alle Wesen sind wie eins. Dieser Energie ist alles unterworfen, auch die Götter, und auf dieser anderen Stufe des Seins wird unser Schicksal gewirkt. Das Schicksal ist die Summe aller Entscheidungen, unserer eigenen, aber ebenso der unserer Freunde und unserer Feinde, denn alles ist mit allem verbunden und in einem beständigen Fluss. Dies ist die absolute, endgültige Wahrheit, und ich glaube fest daran, dass du stark genug bist, sie zu ertragen. Diese Wahrheit eröffnet dir im Übrigen auch neue Wege.«

Ein Schauer der Ehrfurcht rieselte Sironas Rücken hinab, als sie die tiefe Weisheit fühlte, die seinen Worten innewohnte. Doch gleichzeitig wuchs ihre Verwirrung. »Neue Wege, Herr?«

»Nun, etwa die Möglichkeit, deine eigenen Entscheidungen zu fällen«, führte der Druide geduldig aus. »Der Glaube ist etwas sehr Einfaches und Bequemes. Ein Mensch betet zu einem Gott, er bittet Ihn um die Antwort auf eine Frage. Was tut er in diesem Moment? Er ersucht den Gott, ihm die Wahl abzunehmen, anstatt sie selbst zu treffen. Wenn die Unsterblichen jedoch Ihre Macht verloren haben, nicht länger unsere Gebete erhören und unsere Fragen beantworten, dann sind wir selbst für unsere Entscheidungen verantwortlich und nehmen damit Einfluss auf unser Schicksal.«

Der Schwindel ebbte ein wenig ab, und die Umrisse rings um Sirona schärften sich allmählich wieder. Doch nach wie vor sträubte sich alles in ihr dagegen, den Erklärungen des Druiden Glauben zu schenken. Sie war im unerschütterlichen Vertrauen in die Götter aufgewachsen, hatte Ihnen gemeinsam mit ihren Eltern und Geschwistern unter der geweihten Eiche die gebotenen Opfer dargebracht, um sich Ihr Wohlwollen zu bewahren oder Ihnen für eine empfangene Gunst zu danken. Und nun sollten diese Wesen, an die sie ihr ganzes Leben lang glaubte, über keinerlei Macht mehr verfügen? Und das sollte ihr, Sirona, sogar neue Wege eröffnen?

Das war zu viel. Das war mehr, als sie in diesem Moment verkraften konnte. Sie hatte gerade erst den Verlust ihrer Familie und ihrer Heimat erlitten. Noch etwas zu verlieren, das sie ihr gesamtes bisheriges Leben begleitet, das ihr Halt und Trost geboten hatte, würde sie nicht ertragen.

Stumm stand sie da, den Blick auf den gefrorenen Boden zu ihren Füßen gesenkt, während die Kälte des Wintermorgens immer tiefer in sie hineinkroch, durch ihre Kleidung, durch ihr Fleisch, bis in ihre Seele.

Ebunos schwieg ebenfalls. Er schien zu spüren, welcher Aufruhr in ihrem Inneren tobte, und gab ihr Zeit, seine Worte zu überdenken.

»Ich möchte dir in deine Entscheidungen nicht hineinreden«, fuhr er nach einer ganzen Weile fort. »Aber bitte gestatte einem alten Mann, dir einen gut gemeinten Rat zu geben.«

Sie riss ihre Augen von den reifüberzogenen Grashalmen vor ihren Schuhspitzen los und blickte zu ihm auf.

»Du sagtest, du wollest Rache. Dein Wunsch sei, Ambiorix in seinem Kampf zu unterstützen, um den Tod deiner Mutter und deiner Schwester zu sühnen.« Er nickte nachdenklich. »Ich verstehe dich durchaus. Die meisten Menschen würden so handeln, ein Leben für ein Leben. Ja, das ist das Wesen der Rache. Doch worin liegt ihr Wert? Macht sie deine Familie wieder lebendig? Glaubst du wahrhaftig, du würdest dich besser fühlen, wenn du zwei Römer getötet hättest? Würde dich das zu einem glücklicheren Menschen machen? Ich bezweifle es.« Er wandte ihr sein Gesicht zu, und Sirona schien es, als suche der Blick seiner blinden Augen den ihren.

»Der Wunsch nach Vergeltung ist zerstörerisch. Er zerstört nicht nur die Römer, die du büßen lassen willst, sondern auch dich selbst. Er zerfrisst dich von innen heraus, lähmt dich, beherrscht deine Gedanken und Taten und macht dich unempfänglich für andere, lebensbejahende Gefühle. Ist es wahrhaftig das, was du möchtest?«

Sirona hätte nicht für möglich gehalten, dass es Ebunos gelingen könnte, sie noch tiefer zu erschüttern. Doch seine Worte über den Wert der Rache ließen sie verunsicherter und aufgewühlter zurück als zuvor. Vergeltung war ihr natürlich erschienen, eine letzte Pflicht, die sie den Verstorbenen gegenüber zu erfüllen hatte. Sie musste gleichwohl einräumen, dass der Druide recht hatte: Zum Leben erweckte sie ihre Familie dadurch auch nicht wieder.

»Und da wäre noch etwas«, hob Ebunos erneut an. »Nur für den Fall, dass dir die Ereignisse der vergangenen Wochen nicht genügend Hinweise darauf geliefert haben sollten, wo deine eigentliche Aufgabe liegt: Du bist eine Heilerin, Sirona, keine Rächerin. Deine Bestimmung ist es, Menschen zu heilen, nicht, sie zu vernichten. Du besitzt eine Gabe, die dich vor allen anderen auszeichnet, nämlich die Fähigkeit, Leben zu schenken, nicht, es zu zerstören.« Er erschauerte und zog den Umhang fester um seine hageren Schultern. »Und nun lass uns weitergehen, ehe wir uns hier noch den Tod holen.«

Langsam setzten sie ihren Weg entlang der Begrenzungsmauer fort. Doch Sirona war so in die mahnenden Worte des Druiden versunken, dass sie ihre Umgebung nicht wahrnahm.

»Hattest du Träume?«, fragte Ebunos unvermittelt.

Sironas schreckte aus ihrer Versonnenheit auf. »Träume, Herr?«

»Träume können Botschaften enthalten. Ich denke, damit sage ich dir nichts Neues. Diese Botschaften stammen jedoch nicht zwingend von den Göttern, wie viele Menschen meinen. Vielmehr speisen auch sie sich aus der allumfassenden Energie, die uns umgibt und die uns leichter zugänglich ist, wenn unser waches Bewusstsein ausgeschaltet ist, im Schlaf oder in der Trance. Kannst du mir folgen?«

Sirona nickte stumm. Dann fiel ihr ein, dass der blinde Druide sie ja nicht zu sehen vermochte. »Ja, Herr. Ich glaube, ich verstehe, was Ihr meint.«

»Also: Hattest du in letzter Zeit Träume?«

In diesem Moment erstand plötzlich das Gesicht des jungen Römers vor ihren Augen, der ihr Wochen zuvor im Traum erschienen und dem sie nur wenig später auf dem Weg nach Atuatuca begegnet war. Sie sah seine Züge so klar und lebendig, als stünde er leibhaftig vor ihr. Nach kurzem Zögern berichtete sie Ebunos davon.

»Ein Römer, sagst du.« Verwunderung schwang in der Stimme des Druiden. »Das ist in der Tat höchst bemerkenswert. Er hätte dich töten können und hat dir stattdessen das Leben geschenkt. Noch jemand, der Leben zu schenken vermag, wie mir scheint.«

»Er ist ein Römer, Herr«, gab Sirona zu bedenken. »Ein Feind.«

»Dass er ein Römer ist, steht außer Zweifel«, räumte Ebunos ein. »Seine Herkunft macht ihn dazu. Ob er ein Feind ist, bleibt jedoch die Frage.«

Sie runzelte die Stirn. »Sind denn nicht alle Römer unsere Feinde?«

»Ganz offensichtlich nicht«, entgegnete der Druide. »Sonst könntest du jetzt und hier nicht neben mir gehen und uns langsam, aber sicher auf den Abgrund zuführen.«

Sirona zuckte zusammen. Sie war so in ihr Gespräch versunken gewesen, dass sie nicht auf den Weg geachtet hatte und geradewegs auf eine Stelle zuhielt, wo eine tiefe Bresche in der Umfriedung klaffte und den Blick auf die dahinterliegende, steil abfallende Flanke der Anhöhe freigab. Einmal mehr staunte sie über das außergewöhnliche Erinnerungsvermögen des blinden Druiden. Es war erst das zweite Mal, dass sie diesen Weg gemeinsam gingen, und dennoch wusste er genau, wo sie sich befanden.

»O Verzeihung, Herr.« Eilig änderte sie ihrer beider Kurs.

»Mit den Römern ist es wie mit uns Kelten auch«, fuhr Ebunos ungerührt fort. »In erster Linie sind sie Menschen. In jedem Volk gibt es gute und schlechte, und obwohl Gaius Iulius Caesar zweifelsohne eine Ausgeburt des römischen Kriegsgottes Mars ist, bedeutet das nicht zwangsläufig, dass alle seine Landsleute so machtbesessen, skrupellos und grausam sind wie er.«

»Immerhin ist dieser Fremde aus meinem Traum ein Legionär«, hielt Sirona dagegen. »Ein Offizier, wie mir schien. Er hat gewiss schon viele unserer Stammesbrüder getötet oder wenigstens den Befehl dazu erteilt.«

Ebunos neigte den Kopf. »Das mag sehr wohl zutreffen. Ich behaupte ja auch nicht, dass er unschuldig ist wie ein neugeborenes Lämmchen. Ich möchte lediglich Zweifel in dir wecken, Zweifel daran, dass man die Welt und uns Menschen in Weiß und Schwarz, Gut und Böse, Opfer und Täter einteilen kann. Die meisten Menschen sind eine Mischung aus beidem, sie haben sowohl gute als auch schlechte Eigenschaften. Und welche gerade zum Tragen kommen, hängt von den Umständen ab, in denen wir uns befinden.« Er tätschelte ihre Hand, die seinen Arm stützte. »Sogar eine Frau wie du, die von Grund auf gut und reinen Herzens ist, entwickelt Rachegefühle und wäre bereit, einen anderen zu töten und Schuld auf sich zu laden, wenn ihr genügend Schreckliches widerfährt. Du hast es selbst zugegeben.«

Sirona wollte schon auffahren und einwenden, das wäre doch etwas ganz anderes. Aber dann musste sie dem Druiden recht geben. Auch in ihr hatten die Umstände Gefühle geweckt, die ihr bis dahin unbekannt gewesen waren, die jedoch all die Jahre in ihr geschlummert hatten, bis der richtige Zeitpunkt sie zum Leben erweckte.

»Und umgekehrt gilt dasselbe«, nahm Ebunos den Faden wieder auf. »Ein Mensch, der - aus welchen Gründen auch immer - Unglück über andere gebracht hat, kann Gutes vollbringen, wenn das Schicksal ihm die Gelegenheit dazu bietet. Die Übergänge zwischen Gut und Böse sind fließend, jeder ist sowohl Opfer als auch Täter. Und gleichgültig, wie viel Unheil dieser Römer in der Vergangenheit schon gestiftet, wie viel

Leid er Unschuldigen zugefügt hat oder noch zufügen wird - an diesem einen Tag hat er dir das Leben geschenkt, und dafür solltest du ihm dankbar sein.« Er umschloss ihre Hand mit der seinen und drückte sie. »Ich jedenfalls bin es.«

Kapitel 9

Sirona hüllte sich fester in das warme Sagon, das ihr der Römer geschenkt hatte, und sog die klare, frostige Luft in tiefen Zügen ein. Solange sie zurückdenken konnte, liebte sie Schnee, und die ersten Flocken eines jeden Winters waren stets etwas Besonderes für sie gewesen, ein Ereignis, dem sie bereits lange zuvor entgegenfieberte.

Nun jedoch schneite es schon seit Wochen, und die Höhen und Täler des Arduenna Waldes lagen begraben unter einer wattigen weißen Decke. Die Äste der Bäume bogen sich unter der winterlichen Last, bis mancher Stamm den Schneemassen nicht länger gewachsen war und splitternd brach. Und wenn der Tanz der Flocken einmal aussetzte und die Sonne durch die Wolkenlücken blitzte, glitzerten die Eiskristalle so hell, dass Sirona, von der Überfülle des Lichts geblendet, die Lider zusammenkneifen musste.

Sie schloss die Augen und genoss die Stille des Waldes. Sosehr sie die Gesellschaft ihrer Stammesgenossen auch schätzte, so wenig war sie es doch gewohnt, Tag und Nacht mit so vielen Menschen an ein und demselben Ort zu leben. Mitunter wurde das Bedürfnis, für ein paar Stunden allein zu sein, übermächtig, und dann stahl sie sich heimlich davon. Segocondus missbilligte es, wenn sie die Siedlung ohne männliche Begleitung – damit meinte er sich selbst – verließ. Und insgeheim musste sie ihm recht geben, was die möglichen Gefahren betraf, die jenseits der schützenden Umfriedung lauerten.

An diesem Tag jedoch hatte sie dem Wunsch nach Ruhe und Einsamkeit nicht länger zu widerstehen vermocht, sich nach dem Frühmahl davongeschlichen und war durch eine Lücke in der Mauer geschlüpft, die außerhalb des Blickfelds der beiden Männer lag, die am Tor Wache hielten.

Zudem war die Gelegenheit günstig, denn Segocondus war schon früh am Morgen mit zwei anderen Kriegern zu einem Erkundungsritt aufgebrochen. Sie wollten herausfinden, ob sich die Sugambrer, mit denen es erst kürzlich zu einem Zusammenstoß gekommen war, noch immer im Stammesgebiet der Eburonen aufhielten oder ob sie sich endlich in ihre eigenen Landstriche auf dem östlichen Ufer des Renos zurückgezogen hatten.

Kurzzeitig hatte der Schneefall ausgesetzt, und die Tiere des Waldes wagten sich hervor, um nach Nahrung zu suchen.

Über sich, in den kahlen Ästen einer Buche, hörte Sirona das Zirpen eines Goldhähnchens. Sie schaute auf und folgte den quirligen Bewegungen des winzigen Vogels mit den Augen. In einigen Schritt Entfernung grub ein Eichhörnchen emsig im Schnee nach einer Eichel oder einer Haselnuss, die es im Herbst dort verborgen haben mochte und sich nun wiederzufinden bemühte. Sirona beobachtete das kleine fuchsrote Tier und wahrhaftig: Binnen Kurzem förderte es eine Eichel zutage und begann, hungrig daran zu nagen.

Plötzlich jedoch hielt das Eichhörnchen inne und blickte erschrocken auf. Irgendetwas schien es zu beunruhigen. Es lauschte mit schräg gehaltenem Kopf, und dann hörte auch Sirona in der Ferne Geräusche, die die wundervolle, friedliche Stille des Waldes störten. Sie horchte ebenso angespannt wie das Eichhörnchen. Schon nach wenigen Herzschlägen erkannte sie das metallische Aufeinanderprallen von Schwertklingen, aufgeregtes Wiehern und erregte menschliche Stimmen.

Sie erstarrte. Segocondus und seine Begleiter mussten auf Feinde gestoßen sein!

Ihre Gedanken rasten. Was sollte sie tun? Zurück ins Dorf und die anderen warnen? Aber wovor? Sie wusste ja gar nicht, was geschehen war. Also blieb nur eine Möglichkeit: sich vorsichtig heranschleichen, um herauszufinden, was dort vor sich ging.

Sie orientierte sich kurz, um festzustellen, aus welcher Richtung der Kampflärm kam, denn in der unwirklichen Stille, die der Schnee über den Wald gebreitet hatte, fiel es schwer, Geräusche richtig zu verorten. Sie schienen von jenseits des Fahrweges aufzusteigen, aus dem Tal der Arnava, die am Fuß der Anhöhe vorüberfloss.

Während das Eichhörnchen erschrocken davonstob, kämpfte sich Sirona durch den tiefen Schnee voran, der unter den Sohlen knirschte und an manchen Stellen bis über ihre Knie reichte. Sie schlängelte sich zwischen den dicht beieinanderstehenden Bäumen hindurch, kletterte über umgefallene Stämme und umrundete undurchdringliches Dornengestrüpp, bis sie auf den Fahrweg stieß.

Spuren dreier Pferde, die talwärts wiesen und bereits halb mit frisch gefallenem Schnee verfüllt waren, stammten von Segocondus und seinen beiden Begleitern. Sirona folgte ihnen mit den Augen, bis sie sich hinter der nächsten Biegung verloren. Dann lief sie über den Pfad und setzte ihren Weg quer durch den Wald fort, der beschwerlicher, aber auch bedeutend kürzer war als der Fahrweg, der in mehreren Windungen die Flanke des Hügels hinunterführte.

Je mehr sie sich der Talsohle näherte, desto deutlicher waberte ihr der Kampflärm in der klaren, kalten Luft entgegen. Endlich tauchte in der Ferne das Ufer der Arnava auf, das an dieser Stelle eine natürliche Lichtung bildete, und zwischen den Stämmen des im Frost erstarrten Waldes blitzten Bewegungen auf. Einzelheiten waren aus der Entfernung jedoch nicht auszumachen, und so tastete sich Sirona im Schutz der Bäume näher heran.

Schon bald konnte sie erkennen, dass drei der Kämpfenden Eburonen waren, die einen vierten Mann in die Enge getrieben hatten. Dieser stand mit dem Rücken gegen einen Baumstamm, und weil er bis auf einen Lendenschurz unbekleidet war, vermochte Sirona nicht zu entscheiden, ob es sich um einen Römer oder einen Sugambrer handelte. Das Schwert in seiner Rechten, mit dem er sich verzweifelt gegen seine Angreifer zur Wehr setzte, war allerdings ein römischer Gladius, dessen Klinge deutlich kürzer ausfiel als die der keltischen und germanischen Langschwerter. Im linken Oberschenkel des Mannes steckte ein Jagdpfeil, und er blutete aus mehreren Wunden. Doch noch schien er nicht gewillt aufzugeben, obwohl er längst eingesehen haben musste, dass er auf verlorenem Posten stand.

Während Sirona darüber rätselte, warum der Mann bei diesem eisigen Wetter beinah nackt kämpfte, pirschte sie sich von Baumstamm zu Baumstamm näher heran. Nach einigen weiteren Schritten bemerkte sie im Zentrum der Lichtung die Reste eines heruntergebrannten Feuers. Der Schnee ringsumher war niedergetreten, und anhand der Abdrücke reimte sie sich zusammen, dass eine Gruppe von Menschen, vermutlich Römer, dort übernachtet hatte und im Morgengrauen von Segocondus und seinen Gefährten überfallen worden war.

Zwei dunkle, unförmige Umrisse am Rande der Lichtung erregten ihre Aufmerksamkeit und entpuppten sich als die leblosen Körper römischer Legionäre. Ein dritter, ebenfalls nur mit einem Lendenschurz bekleidet, lag mit Kopf und Oberkörper im seichten Wasser der Arnava. Der Schaft einer keltischen Lanze ragte aus seinem Rücken. Wahrscheinlich hatte der gerissene Segocondus die Feinde überrascht, als einige von ihnen ihre Ausrüstung abgelegt hatten, um sich am Fluss zu waschen.

Sirona wandte ihren Blick wieder den vier Kämpfenden zu. Noch immer attackierten die drei Eburonen den Römer mit ihren Schwertern. Doch ihre Angriffe wirkten nun weniger ernsthaft, eher wie die einer Wildkatze, die mit einer Maus spielt, ehe sie ihr Opfer tötet. Die Haltung und die schwächer werdenden Abwehrbewegungen des Mannes verrieten Sirona, dass er am Ende seiner Kräfte war, zumal ihm der Pfeil, der in seinem Oberschenkel steckte, unerträgliche Schmerzen bereiten musste.

Plötzlich glitt dem Römer der Gladius aus der Hand, und er sackte in die Knie, als Kälte und Erschöpfung ihn überwältigten. Mit letzter Kraft hob er seine Arme über den Kopf und rief etwas, um anzuzeigen, dass er sich ergab. Als sich einer der Eburonen bückte, um das Schwert aufzuheben, erhaschte Sirona einen kurzen Blick auf das Gesicht des Legionärs. Sie spürte, wie ihr Herz stolperte und einen Schlag aussetzte. Wie von selbst fuhr ihre Hand zu ihrem Umhang, dem Sagon, das dieser Mann ihr geschenkt hatte.

Denn der Fremde, der dort besiegt und hilflos im Schnee kniete, war niemand anderes als der Römer aus ihrem Traum.

Einen Augenblick lang schien es ihr, als wäre die Zeit stehen geblieben. Sie fühlte den dicken Wollstoff zwischen ihren Fingern, sah Schnee, der von einem Ast hinabglitt und lautlos zu Boden rieselte, und lauschte der Stille, die sich nun, da der Kampflärm verebbt war, wieder über den Wald gesenkt hatte.

Diese erneute Begegnung konnte kein Zufall sein, ebenso wenig wie die erste. Und auch wenn Sirona ihren Sinn nicht verstand, so durchströmte sie dennoch tiefe Erleichterung darüber, dass sich der Mann ergeben hatte, anstatt sich von ihren Stammesgenossen töten zu lassen. Denn sie zweifelte keinen Moment daran, dass Segocondus und seine Gefährten ihn nun gefangen nehmen würden, wie es den Gepflogenheiten des Krieges entsprach, wenn sich ein Gegner ergab und damit sein Leben in die Hände des Siegers legte.

Doch was war das?

Sie glaubte ihren Augen nicht zu trauen. Verborgen hinter dem Wurzelwerk eines umgestürzten Baums, beobachtete sie, wie Segocondus und ein weiterer Eburone, in dem sie Cassivalus zu erkennen meinte, den Römer unter den Armen packten, auf die Füße zerrten und durch den Schnee zu einem nahen Baum schleiften. Dort fesselten sie seine Handgelenke mit einem Seil, warfen dessen anderes Ende über einen waagerechten Ast und zogen den Mann in die Höhe, bis er aufrecht stand.

Anschließend stapfte Segocondus hinüber zu einem Brombeergestrüpp und schlug mit dem Schwert eine lange Ranke ab. Zum Schutz vor den Dornen umwickelte er ihr unteres Ende mit einem Zipfel seines Umhangs, ehe er sie aufhob und zu dem Gefangenen zurückkehrte. Ungläubig musste Sirona mit ansehen, wie er sich zwei Schritt hinter ihm breitbeinig aufstellte, weit ausholte und die dornige Ranke mit einer Kraft, die sich aus seinem tief verwurzelten Hass auf alle Römer speiste, auf den nackten Rücken seines Opfers hinabfahren ließ. Beim ersten Hieb riss der Gepeinigte den Kopf hoch und schrie vor Schreck und Schmerz laut auf. Dann jedoch gelang es ihm mit schier übermenschlicher Anstrengung, jeden weiteren Schrei zu ersticken.

Was tust du, Segocondus?, dachte Sirona fassungslos. Du misshandelst einen Gefangenen, einen Krieger, der sich dir ergeben hat?

Auch Cassivalus und der dritte Eburone, dessen Gesicht sie nicht zu erkennen vermochte, fielen ihm nicht in den Arm, um dieses ungeheure Unrecht zu verhindern. Ganz im Gegenteil: Sie standen neben ihrem Opfer, johlten vor Freude bei jedem unterdrückten Schmerzensschrei und weideten sich an den Qualen des Mannes.

Mit wachsendem Grauen wurde Sirona Zeugin, wie sich ihre drei Stammesbrüder in einen regelrechten Blutrausch hineinsteigerten. Sie nahmen Rache für das erlittene Leid, für all das, was die Römer ihnen selbst und ihren Angehörigen, ihrem Stamm und ihrem gesamten Volk angetan hatten.

Was hat der Krieg bloß aus uns gemacht?, dachte Sirona traurig. In diesem Augenblick erkannte sie die tiefe Wahrheit in Ebunos' Worten: Es ist die Gelegenheit, die darüber entscheidet, ob wir Opfer sind oder Täter, Menschen oder Ungeheuer. Diese Gelegenheit hatte Segocondus und seine Gefährten zu Tätern werden lassen. Sie hatte das Ungeheuer geweckt, das auf dem Grunde jeder menschlichen Seele schlummerte.

Mit einem Mal wusste Sirona, was sie zu tun hatte. Sie musste dieses grausame Schauspiel beenden, und zwar sofort. Nicht nur, um das Leben des Mannes zu retten, der ihr das ihre geschenkt hatte, sondern auch, um Segocondus vor sich selbst zu schützen. Was er dort tat, war unrecht, gleichgültig, ob der Römer jeden Hieb der mit Dornen gespickten Ranke verdienen mochte, der auf seinen Rücken prasselte. Es war unrecht, weil sich der Mann ergeben hatte, und sie glaubte Segocondus gut genug zu kennen, um zu wissen, dass er seine Tat bereuen und mit sich hadern würde, sobald Rachedurst und Blutrausch abebbten und er wieder er selbst war. Sie wollte ihn davor bewahren, dass er den Gefangenen zu Tode folterte und dadurch vollends zum Täter wurde; davor, dass das Ungeheuer in ihm über den Menschen siegte.

Entschlossen und mit wild klopfendem Herzen verließ Sirona ihr Versteck hinter dem umgestürzten Baum und kämpfte sich durch den tiefen Schnee auf die Gruppe der vier Männer zu. Noch bewegte sie sich im Schutz der Stämme, und die drei Eburonen waren viel zu beschäftigt damit, ihr Opfer zu misshandeln, als dass sie ihr Nahen bemerkt hätten. Daher begann sie, aus Leibeskräften zu schreien: »Sego! Segocondus! Hör auf!« Doch ihre Worte verhallten ungehört.

Im knietiefen Schnee bedeutete jeder Schritt eine Kraftanstrengung, und sie kam nur quälend langsam voran. An manchen Stellen versank sie fast bis zu den Hüften in den weichen weißen Massen. Sie fühlte, wie ihr trotz der Kälte der Schweiß in dünnen Rinnsalen den Rücken hinabrann. Aber sie kämpfte sich verbissen vorwärts, keuchte und schrie, bis Cassivalus endlich auf sie aufmerksam wurde. Sie sah mehr, als sie hörte, dass er etwas zu Segocondus sagte, und als sich dieser umwandte und sie erblickte, war er so verblüfft, dass er tatsächlich in seinen Hieben innehielt.

»Sirona! Was bei allen Göttern tust du denn hier?«

Sie rang nach Atem. Die eisige Luft schnitt in ihre Lungen und machte jedes Wort zur Qual. »Sego, ... hör ... auf«, japste sie.

Der Gefangene hatte mit letzter Kraft den Kopf gehoben und blickte ihr unter halb geschlossenen Lidern entgegen. In seinen schmerzverzerrten Zügen spiegelten sich Verwunderung, Wiedererkennen und noch etwas anderes – ein Funke Hoffnung.

Endlich hatte Sirona die Gruppe der vier Männer erreicht und presste die Fäuste in ihre stechenden Seiten. Das Herz schlug ihr bis zum Hals, ihre Kehle fühlte sich trocken und wund an. Doch ihre Entschlossenheit war ungebrochen. »Sego, ich flehe dich an, hör auf«, keuchte sie erneut. »Du machst dich nur unglücklich.«

Segocondus' stierer Blick hatte sich an ihr festgesogen, als wäre sie eine Erscheinung. »Unglücklich?« Er schnaubte verächtlich. »Weil ich einen Römer töte? Ich habe ihn in einem fairen Zweikampf besiegt, er ist mein Gefangener. Also kann ich mit ihm verfahren, wie es mir beliebt. Was soll daran falsch sein? Und glaub mir, ich habe seit Langem nichts getan, was sich so gut anfühlt.«

Seine Lüge traf Sirona wie ein Schlag ins Gesicht, und sie taumelte einen Schritt rückwärts. Sie erkannte ihren Freund nicht wieder, nicht diesen blinden Hass, nicht diese Grausamkeit und nicht die Unverfrorenheit, mit der er sie soeben angelogen hatte.

»Du hast ihn nicht in einem fairen Zweikampf besiegt«, stieß sie hervor, und ihre Stimme war mit einem Mal so eisig wie die Luft dieses bitterkalten Wintermorgens. »Ich habe euch beobachtet. Ihr wart drei gegen einen. Der Römer hat sich euch ergeben, weil er annahm, dass ihr ihn so ehrenvoll behandeln würdet, wie es in einem solchen Fall üblich ist. Ihr macht euch schuldig, indem ihr ihn quält.«

»Schuldig?«, höhnte Segocondus. »An einem Römer?«

»An einem Krieger, der sein Leben in eure Hände gelegt hat«, entgegnete Sirona hitzig. »Du wirfst den Römern vor, grausam und niederträchtig zu sein. Und was tust du selbst? Du folterst einen Mann, der sich dir unterworfen hat! Du bist kein bisschen besser als die Römer. Merkst du das denn nicht?«

Segocondus wirkte mit einem Mal unsicher. Er ließ die blutige Brombeerranke sinken und starrte schweigend zu Boden. Die Erkenntnis, dass sie recht hatte, schien allmählich in sein Bewusstsein zu sickern, und in seinen Zügen las Sirona die Scham darüber, dass sie ihn vor seinen Gefährten einer Lüge überführt hatte. Doch so unbehaglich er sich auch fühlte - er wusste anscheinend nicht, wie er aus dieser misslichen Lage herauskommen sollte, ohne vollends sein Gesicht zu verlieren.

Sirona verstand seine Not und ergriff die Gelegenheit, die sich ihr bot. »Erinnerst du dich an den Morgen, an dem Ebunos erwacht ist? Du sagtest, ich hätte einen Wunsch frei, was auch immer es sei.«

Segocondus beendete die Betrachtung seiner Stiefelspitzen und hob überrascht den Blick. »Freilich erinnere ich mich. Ich verstehe nur nicht, inwieweit das in dieser Sache von Belang sein sollte.«

Sirona stählte sich innerlich. »Ich löse dein Versprechen jetzt und hier ein, indem ich dich bitte, diesem Gefangenen die Freiheit zu schenken und mich seine Wunden versorgen zu lassen.«

»Was?« Die Verwunderung in Segocondus' Zügen wich Fassungslosigkeit. »Hast du den Verstand verloren, Siro? Das ist ein verdammter Römer! Warum solltest du ihn retten wollen?«

Obwohl ihr Herz vor Aufregung schmerzhaft gegen ihre Rippen hämmerte, bemühte sie sich, nach außen hin ruhig zu bleiben. »Weil ich diesen Mann kenne. Er hat mir einmal das Leben geschenkt, und nun schenke ich ihm seins.«

Stille senkte sich über die Lichtung, nur durchbrochen von dem entfernten Krächzen eines Raben und dem leisen Stöhnen des Gefangenen. Es hatte wieder zu schneien begonnen, kleine, kalte Kristalle, die auf Sironas erhitztem Gesicht brannten wie Nadelstiche. Doch sie bemerkte es kaum.

»Das kann ich nicht«, stieß Segocondus schließlich hervor. »Bei allen Göttern, das darfst du nicht von mir verlangen. Meine Ehre erfordert, dass ich diesen Mann töte, denn er ist ein Feind.«

»Deine Ehre erfordert auch, dass du Kriegsgefangene den Gesetzen entsprechend behandelst und zu deinen Versprechen stehst.« Jegliche Unsicherheit war von Sirona abgefallen. Sie wusste genau, dass sie das Richtige tat, für den Römer, für Segocondus und für sich selbst. Daher klang ihre Stimme fest und sicher, als sie nun ihren Dolch aus der Scheide zog und sich zu Cassivalus und dem dritten Eburonen, einem jungen Mann namens Valetiacus, umdrehte. »Haltet ihn, während ich ihn losschneide.«

Die beiden Krieger warfen erst einander und dann ihrem Anführer einen ratlosen Blick zu. Sirona sah, wie in Segocondus die unterschiedlichsten Gefühle miteinander rangen. Endlich bedeutete er ihnen mit einer knappen Geste, ihrem Wunsch zu entsprechen. Darauf ließ er mit einem fassungslosen Kopfschütteln die blutige Brombeerranke fallen, wandte sich abrupt ab und stapfte davon.

Sirona stieß einen heimlichen Seufzer der Erleichterung aus. Sie war keineswegs sicher gewesen, dass er nachgeben würde, und sie befürchtete, dass ihr Einschreiten ihrer beider Freundschaft nachhaltig beeinträchtigen würde. Doch sie bereute es nicht.

Sie machte eine auffordernde Handbewegung in Richtung seiner Gefährten. »Seid so gut.«

Immer noch zögernd und mit einem Widerwillen, der ihnen deutlich ins Gesicht geschrieben stand, packten Cassivalus und Valetiacus den Gefangenen und stützten ihn, während

Sirona das Seil durchtrennte, das ihn an den Ast des Baumes fesselte. Der Römer hatte die Augen geschlossen. Nun öffnete er sie halb und warf ihr einen stummen Blick zu, in dem unaussprechliche Erleichterung und Dankbarkeit schwangen und der sie tief in ihrem Inneren berührte.

»Wir nehmen Euch mit in unser Dorf«, erklärte sie ihm sanft. »Dort werde ich Eure Wunden versorgen. Glaubt Ihr, Ihr könnt reiten?«

Ein schwaches Nicken war die Antwort.

»Gut.« Sie wandte sich an Cassivalus. »Hol die Pferde.«

Widerstrebend gehorchte der junge Krieger. Sirona sah ihm an, wie sehr ihm die ganze Angelegenheit gegen den Strich ging, da er weder willens war, einem Feind behilflich zu sein, noch gewohnt, aus dem Mund einer Frau Befehle entgegenzunehmen. Doch Sirona hatte Caratunna geholfen, seine beiden Söhne zur Welt zu bringen, und dafür schuldete er ihr Dank. So kam er wohl zu dem Schluss, dass er diesen unglücklichen Vorfall am schnellsten hinter sich brächte, wenn er einfach tat, worum sie ihn bat.

Während Valetiacus den Römer stützte, nahm Sirona das Sagon ab, legte es dem Fremden behutsam um die Schultern und verschloss es mit ihrer eisernen Fibel. Der Mann ließ es stumm über sich ergehen. Sie war sich bewusst, dass der wollene Stoff auf seinem zerschundenen Rücken ihm weitere Schmerzen bereitete. Aber sie wollte nicht riskieren, dass er an der gefürchteten Entzündung der Lungen erkrankte. Wenn es nicht ohnehin schon zu spät war.

Bald darauf kam Cassivalus mit zwei Pferden zurück, die die Eburonen in einiger Entfernung im Schutz des Waldes angebunden hatten, ehe sie sich an den Lagerplatz der Römer anschlichen. Er und Valetiacus halfen dem Gefangenen in den Sattel, wobei sie nicht allzu schonungsvoll mit ihm verfuhren. Der Mann bemühte sich tapfer, sich seine Schmerzen nicht anmerken zu lassen. Der Schweiß, der ihm trotz der eisigen Kälte über das Gesicht rann, verriet gleichwohl, wie es in Wahrheit um ihn bestellt war.

Schließlich zog sich Sirona hinter ihm auf die Kruppe des Braunen, griff an ihm vorbei nach den Zügeln und lenkte das Tier in Richtung des Weges, der zum Dorf hinaufführte.

Als sie durch das offen stehende Tor in die Siedlung ritten, war der Hass, der ihnen entgegenschlug, beinah mit Händen zu greifen. Wie zu befürchten, hatte Segocondus bereits seine

Darstellung der Ereignisse geliefert, und Sirona konnte den Dorfbewohnern ihre abweisende Haltung nicht einmal verübeln. Sie alle hatten hinter diesen Mauern Zuflucht gesucht, weil Römer in der einen oder anderen Weise ihr Leben zerstört hatten. Und sie vermochten nicht das geringste Verständnis dafür aufzubringen, dass Sirona einen ihrer Todfeinde ausgerechnet an den Ort brachte, der ihnen eine neue Heimat geworden war und an dem sie sich halbwegs sicher und geborgen fühlten.

Obwohl sich ihr Magen zu einer Kugel aus Eis zusammengeballt zu haben schien und ein saurer Geschmack ihre Kehle hinaufkroch, nahm sie die Schultern zurück, richtete sich auf dem Rücken des Pferdes auf und versuchte, die feindseligen Blicke zu ignorieren, die ihre Stammesgenossen ihr und dem Fremden entgegenschleuderten.

Zeige ihnen deine Angst nicht und auch nicht deine Schwäche. Ein Zeichen der Unsicherheit, und du bist verloren. Und der Römer gleich dazu.

Selbst als einige der Männer voller Verachtung vor den Hufen des Braunen in den Schnee spuckten, lenkte sie ihn mit erzwungener Ruhe durch den vorderen Teil der Siedlung und hinüber zu einem Gebäude an ihrem Rand, das erst kürzlich fertiggestellt worden war und vorübergehend als Vorratsspeicher diente. Auf dem Rückweg zum Dorf hatte sie den Plan gefasst, den Fremden dort unterzubringen und mit ihm einzuziehen, weil sie nur so imstande wäre zu verhindern, dass ihre Stammesbrüder über den Gast, der ihnen aufgezwungen worden war, herfielen und ihn auf der Stelle töteten.

Sie wusste, dass sie ein hohes Wagnis eingegangen war, und musste darauf vertrauen, dass die besondere Stellung innerhalb der Gemeinschaft, die sie sich mithilfe ihrer außergewöhnlichen Gabe und vor allem durch die Heilung des Druiden erworben hatte, ausreichen würde, um sie beide zu schützen. Und insgeheim hegte sie die Hoffnung, dass Ebunos auf ihrer Seite wäre, Ebunos, der mit den Augen der Seele sah, der Einzige in der Siedlung, der einen Mann nicht verurteilen würde, nur weil er Römer war.

Vor dem Vorratsspeicher angekommen, ließ sie sich von der Kruppe des Pferdes gleiten und half dem Fremden aus dem Sattel. Anschließend legte sie seinen rechten Arm um ihre Schultern und ihren linken um seine Taille, stieß die Tür auf und führte ihn vorsichtig ins Haus. Während er sich, auf sein unversehrtes Bein gestützt, mit geschlossenen Augen an die

Wand lehnte, bereitete sie ihm in aller Eile eine Lagerstatt aus Stroh, Fellen und Decken, die sie unter den finsteren Blicken der anderen Dorfbewohner herbeischaffte, und half ihm, sich darauf niederzulassen.

Dann errichtete sie in der Mitte des Raums eine Kochstelle, entfachte ein Feuer, und schon bald wich die klamme Kälte einer behaglichen Wärme.

Nun benötigte sie ihre heilkundlichen Utensilien, auch wenn das bedeutete, sich der Auseinandersetzung stellen zu müssen, die sie am meisten fürchtete.

»Ich bin gleich zurück«, erklärte sie dem Römer, ehe sie erneut vor die Tür trat und sich hinüber zu dem Haus wandte, das sie sich bislang mit Caratunna, Cassivalus, Segocondus und den drei Waisen geteilt hatte. Zu ihrer Erleichterung waren die beiden Männer nicht da. Vermutlich hatten sie sich in die Halle begeben, um die anderen Bewohner der Siedlung gegen sie und den ungebetenen Gast aufzuhetzen.

Caratunna saß am Webrahmen, die schlafenden Zwillinge in einem Weidenkorb neben sich. Als ihre Freundin eintrat, schaute sie auf und ließ das Weberschiffchen sinken. In ihrem Blick las Sirona genau die Gefühle, die sie befürchtet hatte - Unverständnis, Enttäuschung, gar Feindseligkeit.

Sie holte tief Luft. »Cara, ich weiß, es muss dir seltsam vorkommen, dass ich mich für einen Römer einsetze. Doch bitte glaub mir, ich habe meine Gründe.«

»Da bin ich aber gespannt.« Die Stimme ihrer Freundin troff vor Sarkasmus.

Sirona überlegte, ob sie es wagen könnte, sich neben sie zu setzen, entschied dann jedoch, stehen zu bleiben. Es war offenkundig, dass sie nicht willkommen war. »Erinnerst du dich, wie ich dir erzählt habe, dass ich auf dem Weg nach Atuatuca einem Römer begegnet bin, der mich hätte töten können und mir stattdessen das Leben schenkte? Dieser Mann ist heute Morgen Sego und seinen Gefährten in die Hände gefallen, und obwohl er sich ihnen ergeben hatte, folterten sie ihn. Hätte ich da tatenlos zusehen sollen?«

Erleichtert erkannte sie, dass die Feindseligkeit in Caratunnas Zügen Überraschung und Skepsis wich. Die Freundschaft zu dieser Frau bedeutete ihr viel. Sie hätte es nicht ertragen, sie zu verlieren, nur weil sie etwas getan hatte, was ihr recht erschien: einem Mann zu helfen, der ihrer Hilfe bedurfte.

Caratunna zog die Augenbrauen zusammen. »Was sagst du da? Sego beteuerte eben, dass er den Römer im Zweikampf besiegt hat.«

Sirona ballte die Fäuste in ohnmächtiger Wut. »Das hat er mir gegenüber ebenfalls behauptet. Aber ich weiß es besser, denn ich habe den Kampf beobachtet. Ich schwöre dir bei Arduinna, er lügt. Frag deinen Mann und Valetiacus. Sie waren dabei, und wenn sie nur einen Funken Anstand besitzen, werden sie meine Worte bestätigen.«

Nun verschwand auch der letzte Rest Feindseligkeit aus Caratunnas Zügen. Sie senkte den Blick. Nach einem Moment nahm sie das Weberschiffchen wieder auf und wandte sich erneut dem Webrahmen zu, wortlos, doch wenigstens nachdenklich.

Mit gemischten Gefühlen ging Sirona hinüber zu der Truhe, in der sie die Gegenstände aufbewahrte, die sie zur Versorgung von Wunden benötigte. Sie wusste, dass sie nun nichts weiter tun konnte. Ihre Freundin würde entscheiden müssen, wem sie mehr Glauben schenkte. Und ihr blieb nur zu hoffen, dass die Wahrheit am Ende obsiegen würde.

Als sie die Tür des Hauses aufstieß, in dem sie den Römer untergebracht hatte, fuhr der Mann von seinem Lager hoch. Einen verwirrten Augenblick lang tastete seine Rechte nach dem Heft seines Schwerts, ehe er sich erinnerte, dass er keinerlei Waffen mehr besaß und stöhnend zurücksank.

Sirona bedeutete ihm, liegen zu bleiben. »Keine Gefahr«, erklärte sie sanft und strafte sich im selben Moment Lügen, indem sie den schweren Riegel auf die Tür legte.

Dann schob sie zwei weitere Scheite ins Feuer und flößte ihrem Patienten einen Trank aus verschiedenen Kräutern ein, der schmerzstillend und beruhigend wirkte, sodass der Mann das nun Folgende in einem gnädigen Dämmerzustand erleben würde.

Die Entfernung des Pfeils, der tief in seinem linken Oberschenkel saß, stellte den schwierigsten Teil dar. Sirona hatte ihn bis jetzt an Ort und Stelle belassen, weil die Wunde nach dem Herausziehen des Schafts stark bluten würde und sie am Ufer der Arnava nicht die erforderlichen Hilfsmittel zur Verfügung gehabt hatte, um die Blutung zum Stillstand zu bringen.

Nachdem die Wirkung des Tranks eingetreten war, machte sie sich im Schein der Flammen ans Werk. Doch die Prozedur war dennoch überaus qualvoll. Sie sah es, obwohl sie so behutsam wie möglich vorging und obgleich sich der Römer seinerseits alle Mühe gab, seine Schmerzen vor ihr zu verbergen. Sie entfernte den Pfeil, stillte die Blutung, legte eine Kompresse, die sie mit einem Sud aus entzündungshemmenden Heilkräutern getränkt hatte, auf die Wunde und verband sie.

Der Fremde ließ die Behandlung stumm über sich ergehen. Er lag auf der rechten Seite, die Augen geschlossen, den linken Arm über dem Gesicht, damit sie seine schmerzverzerrten Züge nicht sehen konnte. Hin und wieder entrang sich ihm ein Stöhnen, doch Sirona fühlte, wie die Anspannung ganz allmählich aus seinem geschundenen Körper wich.

Danach wandte sie sich den anderen Verletzungen zu: Schnitten und Hieben, die von den Schwertern ihrer Stammesbrüder herrührten, und den Wunden, die die Dornen der Brombeerranke gerissen hatten. Sie arbeitete rasch und konzentriert. Und da sie wusste, dass es die meisten Patienten beruhigte, wenn man während der Behandlung mit ihnen sprach, erklärte sie dem Römer mit leiser Stimme, was sie gerade tat.

Als sie endlich fertig war und ihn vorsichtig zudeckte, ergriff er plötzlich ihre Rechte. »Danke«, flüsterte er heiser. Und mit diesem einen Wort war alles gesagt.

Kapitel 10

Gegen Abend trat ein, was Sirona im Stillen befürchtet hatte: Der Römer bekam hohes Fieber. In der Nacht, die sie in ein paar Schritt Entfernung von ihm auf einem Strohlager verbrachte, begann er zu husten, und sie kroch hinüber zu ihm und legte ihre Hände so lange auf verschiedene Stellen seines von heftigem Schüttelfrost geplagten Körpers, bis der Husten endlich nachließ und er wieder einschlief. Das Fieber jedoch blieb.

Am nächsten Morgen fühlte sie sich ausgelaugt und ganz und gar nicht bereit, den Kampf mit den feindseligen Dorfbewohnern aufzunehmen. Doch als sie die Halle betrat, innerlich gewappnet, das Frühmahl für sich und ihren Patienten erstreiten zu müssen, spürte sie augenblicklich, dass die Stimmung, gewissermaßen über Nacht, umgeschlagen war. Als »freundlich« hätte sie die Haltung ihrer Stammesgenossen zwar nicht gerade bezeichnet. Aber die stumme Empörung und der lodernde Hass des Vortages waren etwas anderem gewichen, einer Mischung aus misstrauischem Abwarten und vorsichtiger Versöhnlichkeit.

Und mit einem Mal ahnte Sirona, wem sie diesen Stimmungsumschwung zu verdanken hatte. Ebunos musste mit den Dorfbewohnern gesprochen haben. Ihre Hoffnung, dass er sie verstehen und ihr Handeln gutheißen würde, schien sich erfüllt zu haben. Und anscheinend hatte er die übrigen Mitglieder der Gemeinschaft gebeten, dasselbe zu tun.

Am Mittag ertönte ein zaghaftes Klopfen an der Tür des Hauses. Als Sirona öffnete, stand Caratunna vor ihr.

»Ich möchte mich bei dir entschuldigen«, erklärte ihre Freundin ohne Umschweife. »Mein Mann hat bestätigt, dass sich der Römer ergeben und Sego ihn dennoch gefoltert hat. Und da er dir bei eurer ersten Begegnung das Leben geschenkt hat, warst du geradezu verpflichtet, nun seines zu retten. Ich an deiner Stelle hätte ebenso gehandelt.«

Sirona zog die andere Frau in ihre Arme und drückte sie. »Du ahnst nicht, wie froh ich bin, dass du mich verstehst. Ich habe nur getan, was ich für recht hielt, und hätte nicht ertragen, wenn du mich dafür verurteilen würdest.«

Als sie Sirona zum Feuer folgte, warf Caratunna einen neugierigen Blick hinüber zum Lager des Fremden, der fiebrig vor sich hindämmerte. »Da ist noch etwas«, setzte sie erneut an, während sie sich nebeneinander auf dem Fell eines grauen Wolfes niederließen. »Ich möchte dich vor Segocondus warnen.«

Sirona schaute überrascht auf, schwieg jedoch.

»Er hegt Gefühle für dich, die nicht gesund sind. Weder für dich noch für ihn.«

Sirona schob ein weiteres Scheit in die Flammen, die augenblicklich gierig darüber herfielen. »Er hat sich in mich verliebt, ich weiß. Ich würde ihm gern sagen, dass ich seine Gefühle nicht erwidere, doch ich befürchte, ihn zu verletzen. Aber wahrscheinlich ist nach den Ereignissen des gestrigen Tages ohnehin nichts mehr wie zuvor. Ich vermute, er wird mir niemals verzeihen, dass ich mich für den Römer eingesetzt habe.«

Ihre Freundin schüttelte entschieden den Kopf. »Das wird nichts ändern, glaub mir.«

Mit einem Mal fiel Sirona der Name ein, mit dem Segocondus sie bereits mehr als einmal angesprochen hatte. »Antea. Er hat mich mehrmals ›Antea‹ genannt. Hast du eine Ahnung, warum?«

Caratunna bedachte sie mit einem langen, nachdenklichen Blick. »Das war der Name seiner Frau. Sie wurde bei der Eroberung Atuatucas von den Römern getötet. Du siehst ihr auf geradezu unheimliche Weise ähnlich.«

Die größten Sorgen machte sich Sirona wegen des Fiebers, das sich trotzig all ihren Bemühungen widersetzte und unvermindert hoch blieb. Doch sie kämpfte mit eisernem Willen und zäher Entschlossenheit um das Leben des Römers. Sie hatte ihn schließlich nicht aus den Händen seiner Peiniger gerettet, damit er jetzt an einer Entzündung der Lungen starb. Und so verbrachte sie die folgenden Tage und Nächte damit, ihrem Patienten abwechselnd die Hände aufzulegen und ihm einen Trank einzuflößen, der das Fieber senken, den Husten lindern und die Schmerzen betäuben sollte.

Sie fühlte, dass die Pflege des Fremden zunehmend an ihren Kräften zehrte. Die Energien, die sie seinem geschwächten Körper durch das Handauflegen zuführte, speisten sich aus ihren eigenen, und sie hatte nie zuvor so viele Behandlungen innerhalb eines so kurzen Zeitraums durchgeführt. Daher zwang sie sich, regelmäßig zu essen und sich zwischendurch immer wieder eine Stunde Schlaf zu gönnen, um durchzuhalten.

Neben ihrer Freundin war Ebunos der Einzige, der sich nicht weigerte, das Haus zu betreten, das sich Sirona mit ihrem Patienten teilte. Eines Abends stand er plötzlich vor der Tür, und zu ihrem Erstaunen bat er sie, ihn zur Lagerstatt des Fremden zu führen. Auf seinen Stock gestützt, ließ er sich daneben auf die Knie sinken, tastete nach der rechten Hand des Mannes, der unruhig vor sich hindämmerte, und umschloss sie mit seinen. Sirona beobachtete ihn verdutzt.

»Soso, das ist also dein Römer«, bemerkte er nach einer Weile und erhob sich schwerfällig. Sirona sprang hinzu, um ihm behilflich zu sein, doch er wehrte mit einer knappen Geste ab. »Da hat dir das Schicksal wahrlich eine schwere Prüfung auferlegt, mein Kind.«

Sie glaubte zunächst, er meinte die kraftraubende Behandlung und Pflege des Fremden bei Tag und bei Nacht. Die folgenden Worte des Druiden belehrten sie jedoch eines Besseren.

»Aber er ist es wert. Er ist innerlich zerrissen, und das wird deine Gefühle für ihn auf eine harte Probe stellen. Doch im Grunde seines Herzens weiß er, was recht ist und was unrecht, und mit deiner Hilfe wird er stark genug sein, den richtigen Weg zu finden. Es wird gleichwohl Zeiten geben, in denen du an ihm zweifelst, denn die Dämonen in seiner Seele lassen ihn Dinge tun, die du ihm nur schwer verzeihen kannst. Aber mithilfe deiner Liebe wird es ihm schließlich gelingen, sie auszutreiben.«

Mit diesen Worten tastete sich der blinde Druide seinen Weg zur Tür, zog sie auf und verschwand in der Dunkelheit der hereinbrechenden Winternacht.

Ein Schwall kalter Schneeluft schwappte in den Raum. Er trug Flocken mit sich, die kurz aufwirbelten, ehe sie langsam zu Boden schwebten. Sirona stand neben dem Lager des Römers, innerlich ebenso aufgepeitscht wie die Schneeflocken, jedoch unfähig, sich zu bewegen. Der weise alte Mann hatte soeben nichts Geringeres als eine Prophezeiung ausgesprochen, nach der ihr eigenes Schicksal und das des Fremden untrennbar miteinander verbunden waren.

Und: Hatte er wahrhaftig »Liebe« gesagt?

Kapitel 11

Einige Tage später war Sirona gerade in die Zubereitung frischer Heilsalbe vertieft, als sie hinter sich das Knistern von Stroh hörte und den Kopf wandte. Der Römer hatte sich auf einen Ellbogen aufgerichtet und blickte verwirrt um sich.

Sie sandte ein stummes Dankgebet an die Götter, auch wenn nach der Aussage des Druiden deren Anteil an der Genesung des Mannes wohl weitaus geringer war als ihr eigener. Dann erhob sie sich, ging hinüber zur Lagerstatt ihres Patienten und kniete daneben nieder.

Der Fremde empfing sie mit einem Lächeln, das trotz seiner eingefallenen, von dunklen Bartstoppeln übersäten Wangen so gewinnend wirkte, dass es ihr Herz erwärmte.

»Sirona, nicht wahr?« Seine Stimme klang heiser. »Meine Lebensretterin.« Die keltischen Worte kamen ihm mühelos über die Lippen, wenngleich er sie mit dem harten Akzent eines Römers aussprach.

Sie erwiderte sein Lächeln. »Ja, Sirona. Und Ihr?«

»Ga-, äh ... Marcus. Nennt mich Marcus.«

Ohne einen weiteren Gedanken daran zu verschwenden, warum sich der Fremde scheinbar nicht an seinen Namen zu erinnern vermochte, angelte sie nach einer flachen Schale mit Brot und Schinken und reichte sie ihm. »Ihr habt gewiss einen Bärenhunger. Hier, stärkt Euch erst einmal.«

Der Mann, der sich Marcus nannte, fiel so gierig über die Mahlzeit her, dass Sirona ihre Rechte warnend auf seinen Arm legte. Die Berührung seiner warmen Haut sandte einen Schauer über ihren Rücken, der sie überraschte.

Eilig zog sie ihre Hand zurück. »Nicht so hastig! Euer Magen muss sich erst langsam an ordentliche Portionen gewöhnen.«

Kaum hatte er die Schale geleert, sank er erschöpft auf sein Lager zurück. Es würde noch eine ganze Weile dauern, bis er wieder bei Kräften wäre.

Eine gute Woche später überraschte Sirona den Römer, indem sie eines Morgens ein Stoffbündel neben seiner Lagerstatt ablegte. »Ihr seid nun so weit, ein paar Schritte zu gehen«, eröffnete sie ihm. »Euer Bein muss bewegt werden. Zieht das hier an.«

Skeptisch schaute er zwischen ihr und dem Stapel Kleider hin und her, die sich als Tunika und Hose aus ungefärbter

Wolle sowie rindslederne Stiefel entpuppten. Alles in ihm sträubte sich dagegen, dieses Zeug anzuziehen. Iupiter allein mochte wissen, welcher dreckige, verlauste, nach Bier stinkende Gallier da schon dringesteckt hatte.

»Das ist keltische Kleidung«, stellte er überflüssigerweise fest.

»Natürlich ist es keltische Kleidung«, gab Sirona patzig zurück. »Was habt Ihr denn erwartet? Ihr lebt hier unter Kelten. Schon vergessen? Und jetzt zieht Euch an.«

Immer noch zögerte er, die bunt karierte Decke zurückzuschlagen.

Sirona hob fragend eine Braue. »Was?«

»Dann wendet Euch wenigstens um.«

Sie verdrehte die Augen.

Was glaubst du eigentlich, wer dich die letzten beiden Wochen gepflegt hat?

Doch sie tat ihm den Gefallen und machte sich am Feuer zu schaffen. Hinter sich hörte sie das Knistern des Strohs und ein leises Stöhnen des Römers, der sich abmühte, in die ungewohnten Beinkleider zu steigen.

Selbst schuld. Wenn du dir auch nicht helfen lässt ...

Endlich war er so weit und stand schwer atmend vor ihr. Um nichts in der Welt hätte er zugegeben, wie sehr ihn diese wenigen Bewegungen angestrengt hatten und dass sich der Raum gerade in höchst unerfreulicher Weise um ihn drehte.

Sirona hatte es dennoch bemerkt und ergriff seinen linken Arm, um ihn zu stützen. »Wartet einen Augenblick, bis der Schwindel nachlässt«, sagte sie mit einer Sanftheit, die ihre vorhergehende Ruppigkeit Lügen strafte. Mit der freien Hand nahm sie das Sagon, das er ihr geschenkt hatte, von einem Wandhaken. Als sie sicher war, dass er allein stehen konnte, hängte sie es ihm um und verschloss es auf seiner Brust mit einer eisernen Fibel.

»Legt Euren Arm um meine Schultern«, forderte sie ihn dann auf, nun wieder in diesem forschen Ton.

Er warf ihr einen verständnislosen Seitenblick zu. »Hm?«

»Ihr seid zu schwach, um allein zu gehen«, erklärte sie ihm in dem Tonfall, den man gewöhnlich für kleine Kinder und Begriffsstutzige reserviert. »Also: Legt Euren Arm um meine Schultern.«

Er gab ein Grunzen von sich, gehorchte aber. Daraufhin schlang sie ihren Arm um seine Taille und zog die Tür auf.

Nachdem er mehr als zwei Wochen im Dämmerlicht des Hauses verbracht hatte, überwältigte ihn die Lichtfülle der verschneiten Landschaft, sodass er geblendet die Augen zukniff.

Sirona wartete geduldig, bis er sie blinzelnd wieder öffnete, ehe sie mit der freien Hand nach links wies. »Lasst uns ein paar Schritte auf und ab gehen. Und sagt, wenn es Euch zu viel wird.«

Stumm und konzentriert nahm Marcus seine Umgebung in sich auf, ein Mann unter Feinden, der sich schnellstmöglich einen Überblick verschaffen musste. Was er sah, ließ ihn wünschen, er hätte seine Augen erst gar nicht geöffnet.

Wo beim Iupiter war er hier nur gelandet? Eine Handvoll Häuser, in diesem eigenartigen Fachwerk, das man nie richtig dicht bekam, weshalb im Winter der Wind eisig durch die Ritzen pfiff. Zudem ohne Fenster, sodass der Rauch der Feuer einem in die Lungen kroch und sich dort einnistete, bis man daran zu ersticken glaubte. Ein Schwein suhlte sich in einer Kuhle, die es in den Schnee gewälzt hatte, und ein zerzaustes Huhn, das auf eines der strohgedeckten Dächer geflattert war, beobachtete die beiden Menschen mit schräg gehaltenem Kopf.

Konnte es einen größeren Gegensatz geben zu Roma, der am fernen Tiber gelegenen Perle unter den Städten, in der er geboren und aufgewachsen war?

Und zu allem Überfluss war er ganz allein unter diesen Barbaren gestrandet, denn seine Gefährten, so hatte Sirona ihm erklärt, waren entweder tot oder geflohen. Bei der allerersten Gelegenheit würde - nein, korrigierte er sich, *musste* - er von hier verschwinden, zurück in die zivilisierte, geordnete Welt des Castrum.

Ein heißer Stich jagte durch seinen verletzten Oberschenkel, und er stöhnte leise auf.

Sirona hatte es dennoch gehört. »Reißt Euch zusammen«, brummte sie, nun wieder in diesem barschen Ton.

Bei allen Göttern, was war nur mit dieser Gallierin los? Dass die Stimmungen der Frauen schwankten wie Röhricht am Ufer eines verträumten italischen Bächleins, war ihm ja nicht neu. Aber *so* schnell? Gerade noch pflegte sie ihn mit einer Hingabe, die nicht nur seinem Körper, sondern auch seiner ebenso verwundeten Seele gut tat. Doch schon im nächsten Augenblick behandelte sie ihn mit einer Unfreundlichkeit, die an Grobheit grenzte. Genauso gut hätte sie ihm einen Kübel Eiswasser über den Kopf gießen können.

Ein erneuter Stich jagte durch seinen Oberschenkel, aber dieses Mal unterdrückte er ein Stöhnen rechtzeitig. Er wollte sich keine weitere Blöße geben, obwohl es sich anfühlte, als bohrte jemand mit einer glühenden Klinge in seinem Fleisch herum.

So viel jedenfalls zum Thema Flucht. Sein Bein würde nicht so bald geheilt sein, und damit rückte seine Heimkehr in die Zivilisation in weite Ferne.

Und womit hätte er auch fliehen sollen? Sein Hengst hatte am Morgen des Überfalls am Ufer der Arnava gescheut und war mitsamt der Ausrüstung und den anderen Pferden durchgegangen. Es handelte sich um junge Tiere, die frisch aus Italia eingetroffen waren und über keinerlei Erfahrung mit Feinden verfügten, die brüllend und Waffen schwingend aus dem Gebüsch stürzten. Marcus konnte den Gäulen ihre Flucht nicht einmal verdenken. Aber nun belief sich sein gesamter Besitz auf die erstaunlich warmen, weichen Kleider, die er am Leibe trug, sowie ein Rasiermesser und einen bronzenen Spiegel, um die er Sirona gebeten hatte, um sich den Bart zu schaben und wenigstens wie ein zivilisierter Mann auszusehen.

Natürlich, er hätte eines dieser struppigen gallischen Pferde stehlen können, deren Wiehern aus einem Stall in der Nähe des Tores erklang. Doch das hätte er nicht übers Herz gebracht. Er verdankte sein Leben dem Einsatz dieser mutigen jungen Frau, die ihn gerade stützte und deren zarter Geruch nach Mädesüß und anderen, ihm unbekannten Kräutern ihn umfing. Und er würde sie ganz sicher nicht in Schwierigkeiten bringen, indem er ihre Stammesgenossen bestahl.

Sirona schüttelte den Schnee von ihrem Umhang und betrat das Haus, das sie sich mit Marcus teilte. In der Rechten schwenkte sie eine hölzerne Krücke. »Seht, was ich Euch besorgt habe! Euer Bein wird deutlich weniger schmerzen, wenn Ihr Euch beim Gehen darauf stützt.«

Marcus blickte von der Truhe auf, die Sironas heilkundliche Utensilien enthielt und deren Deckel er gerade mit einem Hammer und ein paar Eisennägeln repariert hatte.

Wie schön sie war, die Wangen von der Kälte gerötet, ein Strahlen in ihren klaren Augen, die die Farbe des Sommerhimmels über dem Mare tyrrhenum besaßen. Hastig wandte er den Blick ab und räusperte sich. »Wo habt Ihr die denn aufgetrieben?«, fragte er die Truhe.

Ein triumphierendes Lächeln stahl sich auf Sironas Lippen. »Einer der Dorfbewohner stand in meiner Schuld. Ich habe erst kürzlich seine kleine Tochter geheilt, die an einem schweren Fieber litt. Daher blieb ihm nichts anderes übrig, als meiner Bitte nachzukommen und diesen Gehstock für Euch anzufertigen.«

Der Mann hatte es nicht ohne Murren getan. Und als sie zu ihm kam, um das Ergebnis seiner Arbeit abzuholen, murmelte er etwas in der Art, dass der Römer auf diesen Stock gestützt möglichst bald davonhinken und sich in der Siedlung nie wieder blicken lassen möge.

Doch das ließ sie lieber unerwähnt. Auf ihren gemeinsamen Spaziergängen traf Marcus so manch finsterer Blick, und sie spürte, dass sich der Römer, allein und unbewaffnet inmitten seiner Feinde, ohnehin äußerst unwohl fühlte, und wollte ihn nicht zusätzlich beunruhigen. Noch gehorchten die Dorfbewohner Ebunos und ließen ihren ungebetenen Gast unbehelligt. Aber Sirona wusste auch, dass sie die Geduld ihrer Stammesbrüder nicht über Gebühr strapazieren durfte. Daher bemühte sie sich, ihren Patienten so schnell wie möglich in die Lage zu versetzen, zu seinem Volk zurückkehren zu können.

»Kommt, wir probieren sie gleich aus.«

Draußen empfing sie die klirrende Kälte des Wintermorgens. Wolken wie geschmolzenes Blei hingen so tief über der Kuppe der Anhöhe, als wollten sie sich auf ihr zur Ruhe betten. Ein eisiger Wind aus Westen fegte über die Gipfel des Arduenna Waldes hinweg, wirbelte den Schnee auf, der in der Nacht gefallen war, und heulte um die Häuser, die sich vor seinem Ansturm zusammenzukauern schienen wie Hasen in die Furchen eines frisch gepflügten Ackers.

Marcus fröstelte. Was für ein unwirtliches Land. Warum musste Caesar seinen Ehrgeiz unbedingt auf diese dunklen, kalten Wälder richten? Wenn man schon die Territorien anderer Völker eroberte, konnte man sich dann nicht wenigstens wärmere aussuchen?

Aus dem Augenwinkel musterte Sirona den Römer, der auf seine neue Krücke gestützt neben ihr herhinkte. Noch immer wusste sie so gut wie nichts über ihn. Sie mochte seine ruhige, unaufdringliche Gesellschaft und genoss jeden einzelnen der Abende, die sie mit langen Gesprächen am Feuer verbrachten. Doch sobald sich die Unterhaltung persönlichen Fragen zuwandte, zuckte er zurück wie eine Schnecke, deren Fühler auf ein Hindernis gestoßen waren, und wechselte das Thema, geschickt, höflich und dennoch unerbittlich.

»Erzählt mir von Italia«, forderte sie ihn auf.

Er schien aus weiter Ferne zu ihr zurückzukehren. »Italia?«, wiederholte er überrascht. »Ein warmes Land. Voller Sonne und Licht. Im Frühjahr ist die Luft süß und schwer vom Duft unzähliger Blüten. Die Landschaft erstrahlt in satten Farben, die Böden sind goldbraun wie Honig, die Wiesen und Weiden grün wie Smaragde. Und die See, die Italia umgibt, schimmert bei stürmischem Wetter im dunklen Blau der Kornblumen. Doch an sonnigen Tagen leuchtet sie in einem so hellen Türkis, dass man bis in die Tiefe schauen kann und meint, Neptun und sein Gefolge zu sehen.«

Sirona starrte ihn an wie dieses Kalb mit den zwei Köpfen, das einmal auf dem Markt von Atuatuca zur Schau gestellt worden war. Und dieser Mann sollte Legionär sein? Dieser Mann überfiel gemeinsam mit seinen Kumpanen die Gebiete unschuldiger Menschen, um zu töten, zu plündern und zu brandschatzen? Wie bei Arduinna passte das zusammen?

Dann erinnerte sie sich plötzlich an ihren Traum, an den tiefen Zwiespalt, den sie in den Zügen des Römers wahrgenommen hatte, und an die Äußerung des Druiden, dass Marcus innerlich zerrissen sei. Doch warum bloß machte er sich das Leben so schwer? Warum war er nicht in diesem Italia geblieben, das er so sehr liebte, statt mit anderen Legionären über friedliche Landstriche und deren Bewohner herzufallen?

»Lebt Eure Familie noch in Italia?«, nahm sie einen neuen Anlauf.

»Nein.«

Da war sie wieder, diese unsichtbare Grenze, die zu überschreiten er Sirona nicht gestattete. Die Schnecke hatte ihre Fühler eingezogen und sich in ihr Haus verkrochen. Weitere Antworten würde es nicht geben.

Jeder seinen eigenen Gedanken nachhängend, lenkten sie ihre Schritte auf die Umfriedung zu, die einen wenn auch geringen Schutz vor dem schneidenden Wind bot. Als sie noch einen knappen Steinwurf von der Bresche und dem dahinter steil abfallenden Hang entfernt waren, hörte Sirona plötzlich einen gellenden Schrei, der aus der Richtung des Steilhangs zu kommen schien. Erschrocken blieb sie stehen.

Marcus hielt ebenfalls an und warf ihr einen fragenden Blick zu.

Sie lauschte angespannt. Heftiges Schneetreiben hatte eingesetzt, sodass es ihr schwerfiel, durch den Vorhang der Flocken Genaueres zu erkennen. Doch sie glaubte dort, wo die Lücke in der Begrenzungsmauer klaffte, zwei kleine Gestalten auszumachen, die aufgeregt hin- und herliefen. Schon gellte ein weiterer Schrei, unmittelbar darauf ein dritter.

»Da muss etwas passiert sein.« Angestrengt versuchte sie, das immer dichter werdende Schneegestöber mit den Blicken zu durchdringen. Aber Marcus hatte seine Schritte bereits beschleunigt und hinkte, gestützt auf die Krücke, so rasch auf die Bresche zu, dass Sirona Mühe hatte, ihm zu folgen.

Dann bemerkten die zwei Gestalten Sirona und Marcus, und die größere der beiden begann, auf sie zuzustapfen, so schnell der tiefe Schnee es zuließ. Im Näherkommen erkannte Sirona Tittia, eine der drei Waisen, für die das Dorf eine neue Heimat geworden war. Schwer atmend und mit wild rudernden Armen kämpfte sich das Mädchen durch die weißen Massen vorwärts, die ihm an manchen Stellen bis zu den Hüften reichten. Dabei deutete es immer wieder über die Schulter zurück in Richtung des Steilhangs und formte Wörter, die der eisige Wind ihm aus dem Mund riss und ungehört mit sich forttrug.

Eine böse Ahnung beschlich Sirona. Wie oft hatten Segocondus, Cassivalus und Caratunna den Kindern nicht schon eingeschärft, sich vom Abgrund fernzuhalten!

Endlich kam Tittia in Rufweite. Ihre Wangen waren gerötet, ihre Augen vor Schreck weit aufgerissen. »Attius!«, keuchte sie. »Er ist abgestürzt! Kommt schnell!«

Marcus winkelte sein verletztes Bein leicht an und hüpfte mithilfe des gesunden und seiner Krücke in großen Sprüngen auf die Bresche in der Umfriedung zu. Sirona raffte Kleid und Umhang und folgte ihm eilig.

Abala, das andere Waisenmädchen, erwartete sie bereits, nicht minder aufgeregt als Tittia. »Attius ist da unten!« Ihre Stimme überschlug sich.

Vorsichtig traten Sirona und Marcus durch die Reste der Mauer an die Steilkante heran und warfen einen Blick hinunter.

Sechs oder sieben Schritt unter ihnen, unmittelbar am Rand eines Felsvorsprungs, lag der leblose Körper des Jungen, der seine Sprache verloren hatte. Sein rechtes Bein stand in einem unnatürlichen Winkel ab, doch es war unmöglich zu erkennen, ob er noch andere Verletzungen davongetragen hatte.

Arduinna, bitte mach, dass er lebt!, flehte Sirona die Göttin an, denn Attius lag vollkommen still, die Augen geschlossen. Ob er atmete, vermochte sie aus der Entfernung nicht festzustellen. Zudem war der Junge so unglücklich gelandet, dass seine linke Schulter und der Arm bereits über dem Abgrund baumelten und jede unbedachte Bewegung ihn vollends abrutschen und in die Tiefe stürzen lassen würde.

Marcus stieß etwas auf Lateinisch aus, was Sirona nicht verstand, dem Tonfall nach jedoch unschwer als deftigen Fluch deuten konnte.

»Ich muss da runter.« Er hatte seine Krücke achtlos in den Schnee fallen lassen und nestelte mit vor Kälte klammen Fingern an der eisernen Fibel, die sein Sagon zusammenhielt.

Sironas Gedanken wirbelten ebenso wild durcheinander wie die Schneeflocken. Aber sie zwang sich, ruhig nachzudenken, während sich die beiden Mädchen ängstlich an sie drängten und aufgeregt durcheinanderredeten.

»Wartet.« Sie fiel Marcus in den Arm. »Das ist viel zu gefährlich. Ich lauf zurück und hol ein Seil.«

Doch der Römer schüttelte entschieden den Kopf. »Keine Zeit. Wenn er zu sich kommt und sich bewegt, stürzt er noch tiefer. Ich muss sofort da hinunter, sonst kann es rasch zu spät sein. Aber ihr beiden«, er drehte sich zu Abala und Tittia um, »lauft ins Dorf und berichtet, was passiert ist. Ich brauche hier ein paar kräftige Männer mit einem langen Seil, die mich und den Jungen hinaufziehen. Habt ihr verstanden?«

Die Mädchen nickten. Dann wandten sie sich mit einem Blick an Sirona, in dem die stumme Frage geschrieben stand, ob es in Ordnung sei, von einem Römer, einem Feind, einen Befehl anzunehmen.

Sirona gab der ihr zunächst stehenden Abala einen aufmunternden Klaps. »Los, ihr beiden«, drängte sie. »Ihr habt gehört, was Marcus gesagt hat. Eilt euch.«

Während die Mädchen durch den tiefen Schnee davonstapften, ließ Marcus Sagon und Fibel fallen. Anschließend beugte er sich ein Stück vor, um in der schroffen Oberfläche des Steilhangs Stellen ausfindig zu machen, die es ihm erlaubten, zu dem Vorsprung hinabzuklettern, auf dem der Junge lag. Ein kleiner Absatz am Fuß eines knorrigen Ginsters schien ihm als Ausgangspunkt für seinen Abstieg geeignet.

Nachdem er sich schwerfällig auf Hände und Knie hinabgelassen hatte, schaufelte er in aller Eile den Schnee rund um den Stamm des Strauches beiseite, um die Wurzel freizulegen, griff mit der Rechten hinein und zerrte ein paar Mal kräftig daran. Als die Prüfung zu seiner Zufriedenheit ausfiel, streckte er das gesunde Bein über den Abgrund und tastete mit dem Fuß nach einem Halt in der Felswand, während er die Finger beider Hände in das Wurzelwerk des Ginsters krallte. Schon bald keuchte er vor Anstrengung. Doch er zwang sich, den brennenden Schmerz in seinem Oberschenkel zu ignorieren, und konzentrierte sich vollkommen auf den Abstieg.

Schließlich fand sein tastender Fuß, wonach er suchte. Unter Sironas besorgten Blicken ließ sich Marcus nach und nach hinuntergleiten, bis er zu guter Letzt seine Hände aus der Wurzel des Ginsterstrauchs löste und aus ihrem Sichtfeld verschwand.

In diesem Moment erwachte sie aus ihrer Starre, fiel auf die Knie und beugte sich jäh so weit über den Abgrund, dass sie um ein Haar selbst das Gleichgewicht verlor. Während der Schnee unter ihren Schienbeinen taute und sich die eisige Nässe durch Umhang und Kleid bis auf ihre Haut fraß, verfolgte sie mit wild pochendem Herzen, wie sich Marcus immer näher an den Jungen heranarbeitete. Seine Fußspitzen nutzten geschickt die winzigsten Vorsprünge in der Felswand, seine Finger krallten sich um vorkragendes Gestein und die Wurzeln einer Birke, die geradewegs aus dem Felsen herauszuwachsen schien.

Endlich berührte sein linker Fuß den Absatz, auf dem Attius lag. Marcus ließ sich fallen und landete neben dem reglosen Körper im Schnee. Sofort beugte er sich über ihn und schob seine Rechte unter das Sagon des Jungen, um den Herzschlag zu ertasten.

Nach wenigen Augenblicken, die zähflüssig wie Honig verrannen, hob er den Kopf. »Er lebt!« Seine Stimme klang gedämpft zu Sirona herauf. »Sein Herz schlägt kräftig und regelmäßig. Er ist bloß bewusstlos.«

Erst jetzt bemerkte sie, dass sie die Luft angehalten hatte, atmete tief und erleichtert aus und schloss vor Dankbarkeit die Augen.

Ah, Ihr Götter, falls Ihr irgendetwas damit zu tun habt, so danke ich Euch dafür, dass der Junge lebt.

Dies war mit Abstand das eigenartigste Gebet, das sie jemals an die Unsterblichen gerichtet hatte, schoss es ihr gleich darauf durch den Kopf. Doch seit ihrem Gespräch mit Ebunos ertappte sie sich immer wieder dabei, zwischen ihrem alten, festen Glauben und den von ihm gesäten Zweifeln hin- und herzuschwanken wie ein Schilfrohr an einem sturmgepeitschten Seeufer.

Als sie die Augen öffnete, hatte Marcus Attius' Körper bereits ein Stück vom Rande des Felsvorsprungs fortbewegt und tätschelte gerade seine Wange. Nach einem Moment flatterten die Lider des Jungen, dann schlug er sie ganz auf und blickte benommen um sich. Als er den Römer über sich gebeugt sah, zuckte er zusammen und stieß einen erschrockenen Grunzlaut aus. Doch Marcus legte ihm sanft die Hand auf die Brust und redete leise und beruhigend auf ihn ein. Er untersuchte Attius, um festzustellen, ob er weitere Verletzungen davongetragen hatte, und Sirona verfolgte voller Verwunderung, wie behutsam, beinah liebevoll, er dabei vorging.

»Das rechte Bein ist gebrochen«, rief er schließlich zu ihr hinauf. »Aber abgesehen davon scheint es ihm gut zu gehen. Er hat gehöriges Glück gehabt.«

Sirona nickte und setzte gerade zu einer Erwiderung an, als sie aus Richtung der Siedlung erregte Stimmen hörte, die sich rasch näherten. Sie wandte sich um und machte durch den Vorhang des unvermindert dicht fallenden Schnees eine Handvoll Männer aus, die sich, den weißen Massen trotzend, auf sie zukämpfte, vorneweg Segocondus.

»Was ist passiert?«, brüllte er, sobald er ihrer ansichtig wurde.

Sie formte die Hände zu einem Trichter vor ihrem Mund. »Attius ist den Steilhang hinuntergestürzt. Aber Marcus ist bei ihm, und bis auf ein gebrochenes Bein scheint der Junge unverletzt.«

Kurz darauf hatten die Männer sie erreicht und kletterten einer nach dem anderen durch die Bresche in der Umfriedung. Segocondus hatte Cassivalus, Valetiacus und zwei weitere junge Eburonen mitgebracht, die erst kürzlich den Weg in die kleine Siedlung gefunden hatten. Einer der beiden trug ein langes Seil über der Schulter, das er nun in den Schnee gleiten ließ.

»Bei allen Göttern«, stieß Segocondus zwischen zusammengebissenen Zähnen hervor. »Wie oft haben wir ihnen schon gesagt, dass sie sich von dem verdammten Abhang fernhalten sollen? Und was machen sie? Haben nichts Besseres zu tun, als genau hier herumzuklettern.«

»Lass gut sein, Sego.« Cassivalus klopfte seinem Freund begütigend die Schulter. »Es sind Kinder. Und ich glaube, sie haben ihre Lektion gründlich gelernt.«

Die beiden Männer knieten sich vorsichtig neben Sirona an den Rand des Steilhangs und spähten hinunter. Segocondus' Züge versteinerten augenblicklich, als er seinen verhassten Widersacher erkannte. Caratunna hatte ihrer Freundin berichtet, dass er es Marcus verübelte, nicht Sirona, dass sie ihn an jenem Morgen am Ufer der Arnava vor seinen Gefährten einer Lüge überführt und genötigt hatte, das Leben des Gefangenen zu schonen. Genau wie Caratunna vorhergesagt hatte, waren seine Gefühle für Sirona trotz der Ereignisse unverändert geblieben. Dass er nun ausgerechnet mit Marcus zusammenarbeiten sollte, um Attius zu retten, musste unerträglich für ihn sein.

Segocondus wandte das Gesicht zur Seite und spuckte in den Schnee. »Bringen wir's hinter uns.«

Marcus hatte sich unterdessen erhoben und schaute zu der Gruppe am Rande des Abgrunds hinauf. »Werft mir ein Ende des Seils zu, Segocondus!«

Sein Tonfall, wiewohl höflich, ließ darauf schließen, dass er gewohnt war, Entscheidungen zu treffen und Befehle zu erteilen. Einmal mehr ging Sirona auf, wie wenig sie über diesen Mann wusste.

Der Angesprochene rührte sich nicht und zischte stattdessen zwischen zusammengebissenen Zähnen eine Verwünschung. Daraufhin handelte Cassivalus an seiner Stelle, warf ein Ende des Seils über die Kante des Steilhangs und ließ so viel hinterhergleiten, dass es vor Marcus im Schnee landete.

Sofort wandte sich dieser wieder dem Jungen zu und half ihm, auf die Füße zu kommen. Sein gebrochenes Bein musste Attius starke Schmerzen bereiten, doch er unterdrückte die Tränen tapfer.

Nachdem sich Marcus überzeugt hatte, dass der Junge stehen konnte, schlang er das Seil um dessen Körper, sodass es je eine Schlaufe um die Oberschenkel und eine dritte um seinen Brustkorb unterhalb der Achselhöhlen bildete. Dann sicherte er es mit mehreren Knoten und schärfte Attius ein, sich mit beiden Händen gut festzuhalten. Schließlich gab er den Männern am oberen Rand des Steilhangs ein Zeichen. »Zieht ihn hinauf!«

Segocondus und Cassivalus hatten sich erhoben und zogen gleichmäßig und kräftig an dem Seil, während Sirona darüber wachte, dass der Körper des Jungen sich nicht unterwegs an einem Felsvorsprung oder einer hervorstehenden Wurzel verfing. Schon wenige Augenblicke später tauchten Attius' Hände und sein Kopf über der Kante des Abhangs auf.

Nun traten Valetiacus und einer der beiden anderen Männer hinzu, packten den Jungen und hievten ihn auf sicheren Boden. Sofort machte sich Cassivalus daran, die Knoten des Seils zu lösen, und warf umgehend ein Ende wieder hinunter zu Marcus, der es sich um den Körper schlang und festzurrte, wie er es zuvor bei Attius getan hatte. Segocondus war beiseitegetreten und gab vor, sich um den verstörten Jungen zu kümmern.

Cassivalus wandte sich an seinen Freund. »Sego, hilfst du mir? Ob es dir passt oder nicht, wir müssen Marcus heraufziehen.«

Zuerst schien es, als hätte Segocondus ihn nicht gehört. Plötzlich jedoch erhob er sich abrupt, drehte sich um und stapfte ohne ein weiteres Wort durch den tiefen Schnee davon.

Cassivalus schaute ihm mit gerunzelter Stirn hinterher, schüttelte den Kopf und seufzte. »Ich fürchte, da braut sich Ärger zusammen«, bemerkte er dann an Sirona gewandt.

Sie nickte stumm. Doch insgeheim ahnte sie längst, dass sich das, was er schlicht als »Ärger« bezeichnete, zu etwas weitaus Gefährlicherem auswachsen könnte – einer Feindschaft auf Leben und Tod.

Am Abend desselben Tages luden Cassivalus und Caratunna, die für Attius und die beiden Waisenmädchen eine Art Ersatzeltern geworden waren, Sirona und Marcus zum Nachtmahl ein, um ihm für die Rettung ihres Schützlings zu danken. Segocondus, der im selben Haus wohnte, blieb der Feier demonstrativ fern, doch ein knappes Dutzend anderer Bewohner der Siedlung, überwiegend junge Männer, waren erschienen.

Bei Sironas und Marcus' Eintreten verstummten die Gespräche, und die Augen der versammelten Krieger wandten sich ihnen zu. Sirona spürte, wie Marcus neben ihr erstarrte, als er den Raum angefüllt sah mit Menschen, denen seine Anwesenheit aufgezwungen worden war und die er für seine Feinde hielt. Unwillkürlich zuckte seine Rechte zu der Stelle an seiner Hüfte, an der sich für gewöhnlich sein Schwert befand. Als er den Gürtel leer fand, zog er die Hand langsam zurück und zwang sich, seinen Blick über die Männer gleiten zu lassen. Es brauchte einige Herzschläge, ehe er verdutzt erkannte, dass in ihren Mienen keine Feindschaft lag, sondern eine Art abwartender Neugier.

Cassivalus, dem die Reaktion seines Gastes anscheinend nicht entgangen war, erhob sich und kam mit einem aufmunternden Lächeln um das Feuer herum auf ihn zu. »Setzt Euch zu uns, Marcus. Die Jäger haben heute einen Rehbock erlegt, und das größte und beste Stück gebührt selbstverständlich Euch.«

Widerstrebend folgte Marcus seiner Einladung und ließ sich im Rund der Krieger an der Feuerstelle nieder. Sirona sah seine angespannte Körperhaltung und wusste, dass er nur auf eine verdächtige Bewegung eines der Männer lauerte, um aufzuspringen und sich mit bloßen Händen zur Wehr zu setzen.

Sie hatte jedoch längst erfasst, dass sich die Haltung ihrer Stammesgenossen gegenüber dem Römer gewandelt hatte. Indem er unter Einsatz seines Lebens und seiner Verletzung zum Trotz den Steilhang hinabgeklettert war, um Attius zu retten, handelte er so, wie sie selbst es getan hätten. Das machte ihn in den Augen der meisten Dorfbewohner zu einem der Ihren, und sie waren nun bereit, ihre Vorurteile infrage zu stellen und den ungewöhnlichen Fremden näher kennenzulernen.

Sirona setzte sich neben Marcus und legte ihre Hand für einen Augenblick beruhigend auf sein Bein.

Seid unbesorgt. Ihr seid unter Freunden.

Cassivalus füllte einen großen Bronzebecher mit Wein aus einem tönernen Krug und reichte ihn seinem Gast. »Auf Euch, Marcus. Ihr habt Euer Leben aufs Spiel gesetzt, um Attius zu retten.« Er fuhr dem neben ihm sitzenden Jungen durch die dichten blonden Haare. »Dafür können wir Euch gar nicht genug danken.«

Mit einem verlegenen Lächeln nahm Marcus den Becher entgegen. Er hatte ihn schon halb zu den Lippen geführt, als er mitten in der Bewegung erstarrte.

Was, wenn der Wein Gift enthielt? Die Eburonen - das Volk der Eibe, durchzuckte es ihn jäh. Und hieß es nicht, dass sich ihr König Catuirgendwas mit dem Gift der Eibe das Leben genommen hatte?

Plötzlich schienen die Wände des Raums auf ihn einzudringen, die rauchgeschwängerte Luft und die Hitze des Feuers raubten ihm den Atem. Kalter Schweiß brach ihm aus, und er fühlte, wie ein dünnes Rinnsal seine Brust hinabsickerte.

Er erinnerte sich an Sironas Hand, die beruhigend sein Bein gestreichelt hatte. Würde sie ihn verraten? Ihn in trügerischer Sicherheit wiegen, um ihn ans Messer zu liefern?

Oder wusste sie womöglich gar nicht, dass ihre Stammesgenossen ihm einen Gifttrunk bereitet hatten?

Was für ein Unfug, schalt er sich dann und hätte um ein Haar laut aufgelacht. Wenn die Eburonen ihn töten wollten, bedürften sie keines vergifteten Getränks. Es hätte in den zurückliegenden Wochen unzählige Gelegenheiten gegeben, seinem Leben mit kaltem Stahl ein rasches Ende zu bereiten.

Mit einem Mal wurde ihm bewusst, dass sich die Blicke aller Anwesenden noch immer unverwandt und voller Erwartung auf ihn richteten. Er schluckte hart, ehe er den Becher an die Lippen setzte und vorsichtig nippte.

Falerner, stellte er überrascht fest. Und ein guter dazu. Wo beim Iupiter hatten sie den denn her? Vermutlich bei der Plünderung des Castrum nahe Atuatuca erbeutet. Sei's drum. So fand der Wein nun doch noch seine eigentliche Bestimmung, indem er eine römische Kehle hinabrann. Er trank einen tiefen Schluck.

Lächelnd nahm Sirona ihm den Becher aus der Hand. »Das ist ein Umtrunk«, raunte sie ihm zu, ihr Mund so dicht an seinem Ohr, dass ihm ein warmer Schauer über den Rücken rieselte. »Lasst uns anderen auch noch was übrig.«

Am nächsten Morgen erwachte Marcus mit brummendem Schädel. Als er äußerst behutsam den Kopf wandte, sah er Sirona am Feuer knien. Sie hatte ihm ihr Profil zugewandt, und der warme Schein der Flammen fiel auf ihr Gesicht, während sie irgendetwas in einem Mörser zerkleinerte und dabei leise vor sich hin summte.

Der Anblick war so friedlich, dass ihm eine jähe Sehnsucht die Brust zuschnürte. Hastig schloss er die Augen.

Seit Tagen bereits versuchte er sich wieder und wieder einzureden, dass es nur Dankbarkeit war, was er ihr gegenüber empfand. Doch er wusste, das war eine Lüge. Denn da war noch etwas anderes. Etwas, was er nicht auszuloten wagte, was ihn jedoch bei ihrer ersten Begegnung davon abgehalten hatte, sie zu töten, wie er schon so viele Angehörige ihres Volkes getötet hatte.

Ihr Anblick, als er sie am Ufer des Baches sah, war wie eine Schwertklinge durch sein Herz gefahren. Für einen kurzen Augenblick war er nicht der römische Reiterpraefect, sondern bloß ein Mann, der eine Frau sah, deren Erscheinung ihn tief in seinem Inneren berührte.

Er hatte nicht damit gerechnet, sie wiederzusehen. Doch an jenem Morgen, als ihre Stammesbrüder ihn gefangen nahmen und im Begriff standen, ihn zu Tode zu foltern, war sie wie aus dem Nichts erschienen und rettete ihm das Leben. In diesem Moment des Schmerzes und der Verwirrung war er überzeugt, dass sein Genius, sein persönlicher Schutzgeist, menschliche Gestalt angenommen haben musste. Und zu den diffusen Gefühlen, die er bereits für sie hegte, gesellten sich nun grenzenlose Dankbarkeit sowie tiefe Bewunderung für den Mut, mit dem Sirona dem blutrünstigen Anführer der gallischen Meute entgegengetreten war, und für die Entschlossenheit, mit der sie ihn, den Fremden, den Feind, dem Widerstand ihrer Stammesgenossen zum Trotz bei sich aufgenommen hatte und gesund pflegte.

Er blinzelte vorsichtig. Sirona kniete noch immer neben dem Feuer. Gerade füllte sie den Inhalt des Mörsers in einen Becher, goss dampfendes Wasser aus einem Kessel darüber und rührte um.

Seine Sehnsucht war so stark, dass sie ihm körperlichen Schmerz bereitete. Am liebsten wäre er aufgesprungen, hätte sie in seine Arme geschlossen und diese weichen Lippen geküsst, die ihn oft so unergründlich anlächelten.

Jäh überflutete ihn die Erkenntnis, dass es einen Teil von ihm gab, der sich danach sehnte, für immer dort zu bleiben, in diesem kleinen, friedlichen Dorf und in Sironas Nähe. Und wenn er dieser Stimme gefolgt wäre, hätte er Sirona seine Gefühle gestanden, weiterhin unter den Galliern gelebt und wäre einer von ihnen geworden.

Und irgendwann wäre es ihm vielleicht sogar gelungen, zu vergessen – oder zu verdrängen -, wie viele von ihnen er in seiner bisherigen militärischen Laufbahn als einfacher Legionär, Centurio und Reiterpraefect getötet und dass er einen Eid als römischer Soldat geleistet hatte, den er in jedem einzelnen Augenblick brach, welchen er aus freien Stücken unter den Eburonen verbrachte.

Er stöhnte leise. Sirona wandte den Kopf.

»Guten Morgen, Marcus.« Mit dem Becher in der Hand erhob sie sich, kam herüber zu ihm und kniete neben seinem Lager nieder. »Ihr müsst einen ziemlichen Brummschädel haben nach all dem, was Ihr gestern Abend getrunken habt.«

Er legte seinen Unterarm über die Stirn, hinter der der Schmerz bohrte. »Wisst Ihr Gallier eigentlich nicht, dass man Wein mit Wasser verdünnt, ehe man ihn zu sich nimmt?«, flüsterte er. Jedes einzelne Wort schmerzte.

Sirona lachte. Selbst ihr Lachen, das er so sehr liebte, klang plötzlich fürchterlich laut. Sie hielt ihm den Becher hin. »Hier, trinkt das. Es hilft gegen die Kopfschmerzen.«

Unendlich langsam stützte er sich auf einen Ellbogen auf, nahm das Gefäß und trank einen vorsichtigen Schluck. Das Gebräu schmeckte genau so, wie er erwartet hatte, bitter und nach irgendwelchen fremden Kräutern.

»Austrinken«, befahl ihm Sirona.

Widerstrebend setzte er den Becher erneut an, leerte ihn bis auf den letzten Tropfen und gab ihn ihr zurück, ehe er sich behutsam wieder auf sein Lager sinken ließ.

Sie breitete die Decke über ihn. »Ruht Euch aus. Es wird Euch gleich besser gehen.«

Was bei allen Göttern mochte sie wohl für ihn empfinden? War diese Fürsorglichkeit das einzige Gefühl, das sie für ihn hegte? Verhielt sie sich gegenüber all ihren Patienten so?

Das hat dich nicht zu interessieren, meldete sich plötzlich eine Stimme in seinem Inneren zu Wort. Sie klang vertraut, denn sie verkörperte den anderen Teil von ihm, den älteren, der ihn seit seinen Kindertagen begleitete und nun nicht bereit war, sich beiseitedrängen zu lassen und ihm zu gestatten, inmitten seiner Feinde ein neues Leben zu beginnen.

Sein wahrer Name war ja nicht Marcus. Sein wahrer Name lautete Gaius Iulius Gallicus, und den Beinamen »Gallicus« hatte er aufgrund seiner besonderen Verdienste im Kampf gegen die Kelten verliehen bekommen, die die Römer Gallier nannten.

Und beim Iupiter, er hatte Unzählige von ihnen getötet, viele Siedlungen wie diese überfallen und ihre unschuldigen Bewohner dahingemetzelt in all den Regionen, in denen er in den vergangenen sechs Jahren eingesetzt worden war. Denn so lang währte der Krieg bereits, mit dem Caesar das reiche, freie Gebiet der Gallier überzogen hatte, um es dem römischen Imperium einzuverleiben, sich sein Gold und die übrigen Bodenschätze anzueignen und seine Einwohner zu Sklaven zu machen.

Er war von Anfang an dabei gewesen.

Und er hasste sich jeden Tag mehr dafür.

All die Jahre hatte er sich verzweifelt bemüht, zu verdrängen, dass es auch einen Teil von ihm gab, der ihn sich selbst verabscheuen ließ für das, was er tat. Einen Teil, der ihn immer aufs Neue zweifeln ließ, ob es recht war, in das Gebiet fremder Völker einzudringen, die dort lebenden Menschen zu töten oder zu versklaven und ihr Land auszubeuten.

Jene Stimme in ihm würde diese Frage mit einem entschiedenen »Nein« beantworten, und deswegen sorgte er dafür, dass sie so selten wie möglich zu Wort kam. Denn er war überzeugt, keine andere Wahl zu haben, als das zu tun, was er tat. Und vielleicht, ja sehr wahrscheinlich sogar, wäre es ihm irgendwann gelungen, diese zarte Stimme für immer zum Verstummen zu bringen, wenn er nicht Sirona begegnet wäre.

Doch diese Begegnung hatte alles verändert. Er hatte sich unwiderruflich in diese mutige und entschlossene Gallierin verliebt. Und das war etwas, was niemals hätte geschehen dürfen.

Kapitel 12

Doch der römische Gast hatte noch mehr Überraschungen auf Lager. Nicht genug damit, dass er Attius das Leben rettete; er kümmerte sich auch voller Hingabe um den Jungen, dem Männer seines Volkes Familie und Heimat geraubt hatten. Unter Segocondus' grimmigen Blicken, die er geflissentlich ignorierte, besuchte Marcus ihn täglich, brachte ihm kleine Geschenke oder zeigte ihm, wie man aus einem groben Stück Holz eine Tierfigur schnitzt. Der Umstand, dass Attius seine Sprache verloren hatte, störte Marcus nicht. Er redete mit ihm wie mit einem gewöhnlichen Jungen seines Alters und deutete sein Verhalten als Antwort.

Attius blühte unter dieser Behandlung auf. Er legte jede Scheu vor dem Römer ab, der offenkundig nicht sein Feind war, ließ sich bereitwillig in die Kunst des Schnitzens einführen und bemühte sich, die Fragen seines neuen Freundes durch lebhafte Gesten und ein beredtes Mienenspiel zu beantworten.

Zwei Wochen waren vergangen, seit Marcus den stummen Jungen aus dem Steilhang gerettet hatte. Es war einer jener frostigen Wintermorgen, an denen ein eisiger Wind aus Osten den Schnee so erbarmungslos vor sich herpeitschte, dass niemand das Haus verließ, der nicht unbedingt musste.

Wieder einmal saßen Marcus und Attius neben dem Feuer und schnitzten abwechselnd an einem Stück Holz, während Cassivalus und Catmelus, einst Weber in Atuatuca, sich im Schein einer blakenden Fackel bei einem Brettspiel die Zeit vertrieben. Sirona und Caratunna beschäftigten sich mit den Zwillingen, die sich zu kräftigen Säuglingen entwickelt hatten und ihre Mutter Tag und Nacht auf Trab hielten. Selbst Segocondus zog es angesichts des Schneesturms vor, im Haus zu bleiben, und bemühte sich nach Kräften, die anderen mit seiner Übellaunigkeit anzustecken, die ihm jedoch keinerlei Beachtung schenkten.

Als das Schnitzwerk fast fertig war, reichte Marcus Attius das Pferdchen. »Schön geworden, oder was meinst du?«

Der Junge begutachtete das Stück Holz im Schein der Flammen kritisch von allen Seiten. Schließlich nickte er. »Sehr schön.« Seine Stimme klang krächzend und spröde, weil er sie so lang nicht gebraucht hatte und sich überdies mitten im Stimmbruch befand.

Die Stille, die sich daraufhin über den Raum breitete, wurde nur vom Knistern des Feuers durchbrochen, das Sirona plötzlich übermäßig laut erschien. Cassivalus legte den Spielstein, den er bereits zum nächsten Zug erhoben hatte, so behutsam auf das Brett zurück, als hätte er sich in seiner Hand in etwas sehr Zerbrechliches verwandelt. Caratunna, die gerade einen ihrer Söhne wickelte, hielt jäh in der Bewegung inne und warf Sirona einen verblüfften Blick zu, den diese ebenso verblüfft erwiderte. Selbst Segocondus, der in einer Ecke des Raumes kauerte und dumpf vor sich hin brütete, riss den Kopf hoch.

Marcus und Attius schienen von der Verwunderung um sie herum nichts mitzubekommen. Die Finger des Jungen strichen stolz über die glatten Rundungen des hölzernen Pferdchens, während ein leises Lächeln um die Lippen des Römers spielte. Sironas Blick suchte den seinen, und sie sah, dass seine dunklen Augen vor Freude funkelten.

Dann war Caratunna auch schon bei Attius, presste ihn an sich, als wollte sie ihn erdrücken, und stammelte immer wieder: »Du kannst ja doch sprechen! Habt ihr's gehört? Der Junge kann sprechen!«

Cassivalus kam herüber zum Feuer und drosch Marcus im Überschwang seiner Gefühle auf den Rücken. Der biss die Zähne zusammen und unterdrückte ein Stöhnen, denn die tiefen Striemen, die die Brombeerranke in seinem Fleisch hinterlassen hatte, waren noch nicht gänzlich verheilt.

»Beim Teutates! Wie hast du das bloß angestellt? Mit uns wollte er einfach nicht reden.«

Marcus zuckte bescheiden die Schultern. »Manchmal muss man den Dingen nur ein wenig Zeit geben.«

Auch Attius war das Aufheben, das mit einem Mal um ihn veranstaltet wurde, sichtlich unangenehm. »Ich hab doch gar nix gemacht«, murmelte er mürrisch. Seine Stimme klang erstickt, da Caratunna ihn noch immer gegen ihre üppige Brust gedrückt hielt.

»Doch, du hast gesprochen, mein Kind, du hast gesprochen!« Die Begeisterung seiner Ersatzmutter kannte keine Grenzen, sodass Sirona ihre Freundin zu guter Letzt behutsam von dem Jungen fortzog.

»Ich glaube, Attius möchte nun seine Ruhe«, erklärte sie ihr freundlich, aber entschieden.

Nur mühsam vermochte sich Caratunna von dem Jungen loszureißen, der für sie wie ein dritter Sohn war. »Ich lauf mal rasch hinüber zu Abala und Tittia und erzähl ihnen, dass Attius wieder sprechen kann«, verkündete sie schließlich mit einem tiefen Seufzen, während sie ihren Umhang von einem Wandhaken nahm. Die beiden Mädchen hatten die Nacht bei Nachbarn verbracht, die zwei Töchter in ihrem Alter hatten.

Sirona nickte. »Eine gute Idee. Ich passe so lang auf die Zwillinge auf.«

Nachdem Caratunna verschwunden war, kehrte allmählich wieder Ruhe ein. Cassivalus und Catmelus wandten sich erneut ihrem Brettspiel zu. Sirona machte es sich, in jedem Arm einen Säugling, auf Caratunnas Lagerstatt bequem und beobachtete Marcus und Attius, die letzte Hand an das geschnitzte Pferdchen legten.

Schon bald wanderten ihre Gedanken zurück zu dem Tag, an dem Ebunos ihr erklärt hatte, dass nicht alle Römer schlecht und dass es vielmehr die Umstände seien, die darüber entschieden, ob ein Mensch gut oder böse, Opfer oder Täter war. Sie hatte mit eigenen Augen gesehen, wie die Umstände aus Segocondus einen Täter machten, der ohne mit der Wimper zu zucken einen Gefangenen, der sich ihm ergeben hatte, zu Tode gequält hätte.

Und nun erlebte sie bereits zum dritten Mal, wie die Umstände aus einem Römer einen Retter und Heiler machten. Dieser Fremde hatte ihr das Leben geschenkt, er hatte Attius aus dem Abgrund gerettet, und seine liebevolle Beschäftigung mit dem Jungen hatte dazu geführt, dass dieser schließlich seine Sprache wiederfand.

Wer bei Arduinna war dieser rätselhafte Mann bloß? Ein Soldat, so viel war gewiss. Aber gleichzeitig wählte er Worte, die so schön klangen wie die eines Barden oder Druiden. Bei ihrer ersten Begegnung hatte er den Brustpanzer eines römischen Offiziers getragen. Dennoch war er sich nicht zu schade, sich mit einem stummen Kind zu befassen, einem Kind überdies, das einem verfeindeten Volk entstammte.

Sein Versprecher bei der Nennung seines Namens deutete darauf hin, dass dieser falsch war. Doch warum wollte er seine wahre Identität nicht preisgeben? Musste er davon ausgehen, dass sie seinen wirklichen Namen mit etwas Unheilvollem verband?

Sie betrachtete seine Züge im warmen Schein des Feuers, und mit einem Mal zog sich ihr Herz beinah schmerzhaft zusammen, als eine nie gekannte Sehnsucht sie überflutete. Als spürte der Römer ihren Blick, hob er plötzlich den Kopf und schaute quer durch den Raum zu ihr hinüber. In diesem Moment hätte sie schwören können, dass in seinen tiefbraunen Augen dieselbe Sehnsucht brannte.

Oder bildete sie sich das bloß ein? Dieser widersprüchliche Fremde verwirrte ihre Sinne, er weckte Gefühle in ihr, die ihr unbekannt waren, die selbst Uronertus nicht entfacht hatte.

Uronertus. Die Erinnerung an ihn verblasste mehr und mehr. Daran änderten auch die Schuldgefühle nichts, die sie seinetwegen plagten. Länger als ein Jahr hatte sie auf ihn gewartet, den Mann, dem sie zur Frau versprochen war, mit dem sie Pläne für eine gemeinsame Zukunft geschmiedet hatte. Tag für Tag hatte sie gehofft, gebangt und gebetet. Vor Kurzem erst hatte sie erfahren, dass er tot war, und schon ertappte sie sich dabei, Sehnsucht nach einem anderen Mann zu empfinden, einem Römer noch dazu!

Eine innere Stimme mahnte sie, dass ihre Gefühle für Marcus nicht sein dürften, dass sie verboten seien, weil ihr Herz Uronertus gehörte. Doch tat es das wirklich? Sie konnte nicht länger leugnen, dass sie sich immer stärker zu Marcus hingezogen fühlte, dessen lebendige Gesellschaft sie am Tag umgab und dessen warmer Körper nachts nur wenige Schritt entfernt von ihr ruhte.

Das aufgeregte Kribbeln im Bauch, wenn er in ihrer Nähe war, die Sehnsucht nach den Berührungen seiner schlanken und doch kraftvollen Hände, die Wärme in seinen Augen, wenn sich ihre Blicke kurz trafen, ehe sie sie beide hastig abwandten - all das führte dazu, dass Sirona zum ersten Mal seit dem Verlust ihrer Familie und ihres Zuhauses Augenblicke unbeschwerter Lebensfreude verspürte, als kehrte der Frühling in ein vom Winter verwüstetes Land zurück.

Und immer wieder aufs Neue erschrak sie über die Intensität ihrer Gefühle für diesen Fremden, diesen Römer, der kein Feind war, über den sie so gut wie nichts wusste und der ihr dennoch so vertraut geworden war.

Nach wie vor wohnten sie gemeinsam in dem Haus, in dem Sirona Marcus nach der Befreiung aus den Händen seiner Peiniger untergebracht hatte. Dabei bewegte er sich inzwischen frei innerhalb der Siedlung, aß zusammen mit Sirona und anderen Dorfbewohnern in der großen Halle und ging den Männern bei ihren alltäglichen Verrichtungen zur Hand. Die Verletzung in seinem Oberschenkel war nun so weit ausgeheilt, dass er zu seiner Legion hätte zurückkehren können, denn er war ja Gast der Eburonen, kein Gefangener.

Eigentlich also sprach nichts dagegen, dass Sirona wieder in das Haus zog, das sie sich zuvor mit Cassivalus, Caratunna und Segocondus geteilt hatte, und er zu seinem Volk zurückkehrte.

Eigentlich.

Einige Nächte später schreckte Sirona plötzlich auf. Sie wusste nicht, was sie geweckt hatte, und blickte im Schein des halb niedergebrannten Feuers benommen um sich. Dann hörte sie es. Marcus, dessen Lager sich an der gegenüberliegenden Wand befand, warf sich im Schlaf unruhig hin und her und litt offenkundig unter einem Albtraum. Dabei murmelte er Worte auf Lateinisch, die Sirona jedoch nicht verstand.

Sie wickelte sich aus ihrer Wolldecke, tappte schlaftrunken um die Feuerstelle herum und sank neben ihm auf die Knie. Sie wollte ihn gerade sacht an der Schulter berühren, als eines der Worte sie jäh innehalten ließ.

Es war ein Wort, das jeder Eburone kannte, gleich, ob Mann, Frau oder Kind. Ein Name, der in den vergangenen sechs Jahren im Land der freien Kelten um sich gegriffen hatte wie eine Seuche und seinem Träger vorauseilte, lange ehe er selbst erschien, um Unheil und Verderben über einen Landstrich und seine Bewohner zu bringen. Es war der Name des Erzfeindes, die Verkörperung alles Bösen schlechthin: Caesar.

Es gab auch keinen Zweifel, dass Marcus tatsächlich diesen Mann meinte, da er seinen Namen ein ums andere Mal wiederholte: »Caesar, Caesar, Caesar.« Und es war nicht zu übersehen, dass dieser Name für ihn mit Schmerz verbunden war, denn seine ebenmäßigen Züge verzerrten sich im Schlaf zu einer Grimasse des Leids, und seine Finger krampften sich in das Gewebe der Decke, bis die Knöchel hell hervortraten.

Sirona berührte seine Schulter. »Marcus«, flüsterte sie sanft, aber eindringlich, »wacht auf.«

Der Römer war im selben Moment wach und schlug die Augen auf. Neun Jahre Feldzüge im Feindesland hatten dafür gesorgt, dass sein Schlaf leicht war wie der jedes Soldaten, leicht wie der eines Raubtiers, und das Rascheln einer Maus im trockenen Laub ausreichte, um ihn zu wecken. Er richtete sich auf einen Ellbogen auf und schaute Sirona fragend an.

Beruhigend legte sie ihm eine Hand auf den Arm. »Alles in Ordnung. Ihr hattet einen Albtraum.«

Es war wahrhaftig nicht das erste Mal, dass sie ihn berührte; sie hatte ihn unzählige Male zuvor berührt, während sie ihn gesund pflegte. Aber dieses Mal war irgendetwas anders, und sie fühlten es beide. Plötzlich wurde die Sehnsucht, die sie schon so lange gespürt und doch immer wieder unterdrückt hatten, übermächtig, wurde stärker als die Zweifel und die Hemmungen und die Schuldgefühle, und sie gaben ihr nach, ließen sich von ihr mitreißen und verloren sich in ihr.

In diesem Augenblick der leidenschaftlichen Hingabe aneinander und an eine Liebe, die nicht sein durfte, herrschte nichts als Einklang, grenzenloses Vertrauen und Glück. Und beide wussten tief in ihrem Inneren, dass das, was sie taten, recht war, ganz gleich, wie andere darüber denken mochten.

Danach lagen sie schweigend beieinander, überwältigt von der Intensität der Gefühle, die sich soeben Bahn gebrochen hatten, erfüllt von wilder Zärtlichkeit und dankbar für den Mut, ihr endlich nachgegeben zu haben. Der Bann, der sie umfing, benötigte keine Sprache, und sie fürchteten sich davor, jenen magischen Moment durch profane Worte zu entweihen.

Nach einer Weile spürte Marcus, dass etwas Nasses auf seine nackte Brust tropfte, auf die Sirona ihren Kopf gebettet hatte. Als er behutsam ihr Kinn anhob, sah er, dass sie weinte.

Zärtlich wischte er eine Träne von ihrer Wange. »Warum weinst du?«, flüsterte er verwirrt.

Sirona seufzte und rieb sich mit dem Handballen über die Augen. »Ich weine, weil ich gerade zum ersten Mal wieder glücklich bin seit ... seit ...«

Aus irgendeinem Grund hatte sie Marcus nie von dem Überfall des römischen Reitertrupps auf das Gehöft berichtet, sondern ihm lediglich erklärt, sie lebe in dieser Siedlung, weil sie ihre Familie und ihr Zuhause verloren habe.

Nun jedoch strömten die Worte aus ihr heraus, als der Damm, den sie gegen ihre grauenvollen Erinnerungen errichtet hatte, endlich brach und die grässlichen Bilder sie erneut überschwemmten. Sie schilderte Marcus, was sich an jenem fernen und doch so nahen Herbsttag zugetragen hatte, dessen Ereignisse unauslöschlich in ihr Gedächtnis eingebrannt waren. Sie redete sich jede noch so winzige Einzelheit von der Seele, beschrieb, wie Legionäre ihre Mutter und ihre Schwester ermordeten und wie der Anführer der Feinde, der Reiter mit der silbernen Maske, ihren Bruder Roveci entführte.

Sie sprach wie in Trance, war so in ihren Erinnerungen gefangen, dass sie gar nicht bemerkte, wie Marcus mit jedem ihrer Worte mehr erstarrte. Zuerst hatten ihn nur die vertrauten Schuldgefühle geplagt, die in den vergangenen Jahren sein ständiger Begleiter geworden waren und ihn bis in seine Nächte verfolgten, eine Schuld, von der er wusste, dass er sie niemals würde tilgen können.

Dann jedoch gesellte sich zu der Schuld ein namenloses Grauen. Jedes einzelne Härchen seines Körpers richtete sich auf, und er fühlte, wie etwas in ihm zersprang, als die Wahrheit ihm ihr ganzes, hässliches Antlitz enthüllte: Es war sein eigener Trupp, der dieses Gehöft überfallen hatte. Und der Reiter mit der silbernen Maske war er selbst.

Kapitel 13

Nachdem Sirona ihre Schilderung der Ereignisse beendet hatte, erhob sich Marcus unter dem Vorwand, sich erleichtern zu müssen, warf sein Sagon über und trat vor das Haus. Barfüßig hastete er die wenigen Schritte hinüber zu einer kleinen Gruppe von Birken und erbrach sich heftig in den frisch gefallenen Schnee. Es war der Ekel vor sich selbst, vor seiner Tat, der seine Eingeweide revoltieren ließ, und er würgte, bis er das Gefühl hatte, sein Innerstes nach außen zu kehren.

Als sein Magen endlich leer war und er den bitteren Geschmack von Galle im Mund spürte, lehnte er sich keuchend gegen einen der Stämme und schloss die Augen.

So konnte es nicht weitergehen. Er ballte die Faust und hieb mit aller Kraft gegen die aufgebrochene schwarz-weiße Rinde.

O Ihr Götter, warum tut Ihr mir das an?, haderte er stumm mit den Unsterblichen. Litt er denn nicht schon genug unter der Schuld, die er auf sich lud, indem er Caesars grausame Befehle ausführte? Musste er nun auch noch erkennen, dass er sich schuldig gemacht hatte an der Frau, die er liebte, der einzigen, die ihm je etwas bedeutet hatte?

Er hätte ohne zu zögern seinen rechten Arm gegeben, um das Unheil, das er über sie gebracht hatte, ungeschehen zu machen, um ihre Mutter und ihre kleine Schwester wieder zum Leben zu erwecken und ihr den Bruder, den er ihr mit seinen eigenen Händen geraubt hatte, zurückzugeben.

Warmes Blut rann sein Handgelenk hinab, wo die raue Rinde der Birke die Haut aufgerissen hatte. Geistesabwesend nahm er eine Faust voll Schnee auf und wischte es ab. Die Kälte fühlte sich angenehm an. Er füllte beide Hände mit Schnee und rieb damit über sein heißes, verschwitztes Gesicht.

Er durfte nicht länger bleiben. Er durfte nicht mit einer Frau zusammenleben, deren Familie auf sein Geheiß getötet worden war und deren Leben und Glück er zerstört hatte. Er konnte ihr seine Schuld nicht gestehen, weil sie ihn dann hassen würde. Doch er konnte auch nicht schweigen, weil er sich dann selbst hasste.

Es wäre wohl das Beste, wenn er sie verließe; das Beste für sie, nicht für ihn. Schon bald würde sie ihn vergessen haben, einen jungen Mann ihres eigenen Volkes heiraten, ein neues Leben beginnen und eines Tages wieder glücklich sein. Ja, diesen Weg musste er ihr eröffnen, gleich, wie es ihm selbst dabei ergehen mochte.

Doch eine Sache gab es, die er für sie tun konnte. Er würde versuchen, ihren Bruder wiederzufinden. Schließlich führten die Legionen gewissenhaft Buch über jeden einzelnen Gefangenen, den sie auf ihren Beutezügen machten. Mit ein wenig Glück würde es ihm gelingen, Rovecis Spur wieder aufzunehmen.

Und noch etwas vermochte er für Sirona und diese kleine, tapfere Gemeinschaft von Eburonen zu tun, die ihm in den vergangenen Wochen so ans Herz gewachsen war. Er konnte den Befehl geben, diese Siedlung nicht anzugreifen, ihre Bewohner zu verschonen. Sein Einfluss reichte dazu allemal aus, und wenigstens dieses eine Mal würde er ihn nutzen, um Heil zu stiften statt Unheil.

Als Sirona am Morgen erwachte, war der Platz auf dem Lager neben ihr verlassen. Schlaftrunken blinzelte sie in die letzten Reste des Feuers, die in der Herdstelle glommen. Die Luft im Raum war eisig.

Fröstelnd zog sie die warme Decke bis unter das Kinn und schloss die Augen. Gewiss war Marcus in die Halle hinübergegangen, um das Frühmahl zu holen, und würde jeden Moment zurückkommen. Mit einem wohligen Seufzen erinnerte sie sich der vergangenen Nacht, seiner Zärtlichk-

Doch hätte er dann nicht zuerst das Feuer in Gang gebracht?

Sie riss die Augen wieder auf, mit einem Mal hellwach. Zögernd streckte sie die Hand aus und tastete über das Lager neben ihr. Es war kalt.

Eine böse Ahnung stieg in ihr auf. Ihr Kopf fühlte sich seltsam leer an, als sie die Decke zurückschlug und sich auf die Füße kämpfte. Während sie mit fahrigen Bewegungen ihr Kleid überstreifte, erregte ein zusammengefaltetes Pergament neben der Lagerstatt ihre Aufmerksamkeit. Sie bückte sich, und als sie es auffaltete, fiel ein kleiner Gegenstand zu Boden, kullerte ein Stück und blieb dann liegen.

Verwundert hob sie ihn auf und drehte ihn zwischen ihren Fingern. Es war der Siegelring, den Marcus am Ringfinger seiner rechten Hand trug, ein massiver goldener Reif mit dem Wappenbild eines großen Tieres, unter dessen viel zu langer Nase ein winziger Baum wuchs. Sirona hatte ihn einmal gefragt, was für ein seltsames, unförmiges Geschöpf dies sei, und er hatte ihr geantwortet, es werde Elefant genannt und lebe in den fernen, heißen Ländern jenseits des Mare internum.

Was hatte das zu bedeuten? Wo bei Arduinna war Marcus? Und warum ließ er ihr einen Brief und seinen Ring zurück?

Mit wachsender Verwirrung wandte sie sich dem Pergament zu. Es enthielt einige Zeilen in lateinischen Buchstaben, verfasst von einer offenkundig geübten Hand. Da Sirona jedoch nie lesen gelernt hatte, warf sie sich ihr Sagon über, schlüpfte in die Stiefel und eilte hinaus in den diesigen Wintermorgen.

Ebunos war der Einzige in der Siedlung, der Pergament besaß, weil es auch in manchen Heilritualen Verwendung fand. Lediglich für die Niederschrift der magischen Symbole benötigte der blinde Druide Hilfe. Marcus würde sich an ihn gewandt haben, um einen Bogen dieses kostbaren Materials sowie Rohrfeder und Tinte zu erhalten. Vielleicht also könnte Ebunos ihr erklären, was es mit dem Brief und dem Ring auf sich hatte.

Sie zog den Umhang fester um ihre Schultern und stapfte hinüber zum Haus des Druiden, so schnell der frisch gefallene Schnee es zuließ. Ihr Weg führte sie an einer Baustelle vorbei, auf der einige Männer gerade das Holzgerüst für ein neues Wohnhaus errichteten. Die monotonen Schläge ihrer Hämmer hallten über den Gipfel der Anhöhe hinweg, doch Sirona hörte sie wie aus weiter Ferne. Ein einzelner Gedanke pulsierte in ihrem Kopf, nahm den Rhythmus der Hämmer auf und blendete alle anderen Wahrnehmungen aus: Wo war Marcus?

Endlich hatte sie das Haus des Druiden erreicht, klopfte an die Tür und stolperte in den halbdunklen Raum, ohne eine Antwort abzuwarten. Ebunos saß am Feuer und löffelte Gerstenbrei aus einer bronzenen Schale.

»Seid gegrüßt, Herr«, keuchte sie.

»Sirona.« Er wandte ihr sein Gesicht zu. »Ich habe dich bereits erwartet. Setz dich her zu mir.«

Sie sank neben ihn auf das Fell eines mächtigen Ebers.

»Du bist gekommen, um zu erfahren, was in Marcus' Brief steht, nicht wahr?«

Die Kanten des kleinen, gefalteten Bogens bohrten sich in die Handfläche ihrer Rechten. »Ja, Herr. Ich nehme an, Ihr habt ihm das Pergament gegeben?«

»In der Tat.« Der Druide stellte die Schale beiseite. »Marcus kam gegen Morgen zu mir. Er war sehr aufgewühlt, wollte mir den Grund jedoch nicht verraten, sondern bat mich lediglich um Schreibmaterial. Nachdem er die Zeilen an dich verfasst hatte, beruhigte er sich ein wenig und teilte mir sogar mit, was er dir geschrieben hat.«

»Und was ist es, Herr?«, drängte Sirona.

»Er schrieb: ›Ich kann nicht länger bleiben, denn ich habe schwere Schuld auf mich geladen‹«, zitierte Ebunos aus dem Gedächtnis. »›Trage diesen Ring immer bei dir, er wird dich beschützen. Bitte verzeih mir, wenn du kannst.‹«

Schweigen senkte sich über den Raum, drückend und dunkel wie eine Schieferplatte. Die Hammerschläge der Baustelle klangen mit einem Mal übermäßig laut. In der Nähe bellte einer der Jagdhunde, ein dumpfer, rauer Ton; ein zweiter fiel ein.

Wände und Boden schienen sich um Sirona zu drehen. Halt suchend krallte sie ihre Finger in das borstige Eberfell. Ihre Gedanken flackerten wie die Flammen in der Feuerstelle, doch keiner ergab irgendeinen Sinn. Was bei allen Göttern bedeuteten Marcus' Zeilen? Welche Schuld hatte er auf sich geladen, die so schwer, so unerträglich war, dass sie ihn von ihr forttrieb?

Und warum gerade jetzt? In der vergangenen Nacht hatten sie einander etwas geschenkt, was sie wochenlang füreinander aufgespart hatten. Sie selbst war in diesen kostbaren Stunden glücklich gewesen und wünschte sich nichts sehnlicher, als dass ihrer beider Leben für immer so bliebe. Und sie war sich vollkommen gewiss, dass Marcus ebenso empfunden hatte. Warum also war er fortgegangen?

Natürlich, sie hatte stets gefühlt, dass er innerlich zerrissen war, dass es einen Teil von ihm gab, den er vor ihr zu verbergen suchte, dass er nicht der war, als der er sich ausg-

»Reich mir mal den Ring, sei so gut«, unterbrach Ebunos ihre fruchtlosen Gedanken.

Mit einer mechanischen Bewegung kam Sirona seiner Bitte nach.

Und was bedeutete sein Brief nun genau? Würde Marcus irgendwann zu ihr zurückkehren? Oder würde sie ihn nie wiedersehen? Tränen der Enttäuschung und der Mutlosigkeit schnürten ihr die Kehle zu und brannten in ihren Augen. Hatte sie ihn verloren in demselben Moment, in dem sie einander zum ersten Mal vollkommen hingaben? War es ihr Schicksal, stets die zu verlieren, denen sie vertraute und die sie liebte, erst ihre gesamte Familie und nun Marcus?

Wir haben einander das Leben geschenkt. Was kann man in Zeiten des Krieges Schöneres tun? Und dennoch war es nicht genug.

Durch den Schleier ihrer Tränen beobachtete sie, wie Ebunos' lange, schlanke Finger die Oberfläche des Ringes betasteten. »Ein Elefant, nicht wahr?«, fragte er, als er ihn ihr zurückgab.

Mit dem Ärmel ihres Kleides wischte Sirona die Tränen fort und schöpfte tief Luft. »Ja, ein Elefant«, bestätigte sie mit mühsam beherrschter Stimme und ließ ihren Blick über das filigran gearbeitete Tier und den winzigen Baum unter seinem Rüssel wandern, den Marcus »Palme« genannt hatte.

»Ich habe mal einen gesehen«, berichtete der Druide im Plauderton. »In Massalia. Sie leben dort aber nicht wild, weißt du? Er wurde in einem Gehege gehalten. Und hin und wieder gab er ein markerschütterndes Trompeten von sich, dem Klang einer Carnyx nicht unähnlich, das man in der ganzen Stadt hören konnte. Ich fürchte, er war ein sehr unglücklicher Elefant.« Sein Tonfall wurde unvermittelt ernst. »Was deinen Römer betrifft, so habe ich dir schon einmal gesagt, dass dir das Schicksal mit ihm eine schwere Prüfung auferlegt hat und dass er deine Hilfe benötigt, um auf den rechten Weg zurückzugelangen. Und glaube mir, er wünscht sich nichts sehnlicher als das.«

Plötzlich fiel Sironas Beherrschung in sich zusammen, und sie schluchzte laut auf. »Wie soll ich ihm denn helfen, wenn er mich verlässt?«

Die warme, trockene Hand des Druiden tastete nach der ihren und drückte sie tröstend. »Er hat dich verlassen, weil er denkt, er schütze dich damit«, erklärte er sanft. »Er möchte nur das Beste für dich, und er glaubt, dies sei das Beste.«

Sirona bedachte ihn mit einem skeptischen Blick. »Hat er das gesagt?«

Ebunos nickte. »Das waren seine Worte. Ich darf dich daran erinnern, mein Kind, dass er ein Angehöriger eines verfeindeten Volkes ist. Und nicht nur das. Er ist Legionär. Er muss unzählige unserer Stammesgenossen getötet haben, ehe er in den vergangenen Wochen hier bei uns seine andere, gute und liebevolle Seite ausleben durfte. Auf seine Weise ist dieser Mann ebenso ein Heiler wie du und ich, aber er weiß es nicht. Er ist ein Suchender, der den rechten Weg noch nicht gefunden hat.«

Er drückte Sironas Hand erneut und gab sie dann frei. »Ich habe dir prophezeit, dass es Zeiten geben wird, in denen du an ihm zweifelst. Diese Zeiten sind nun angebrochen. Und es gibt nichts, was du dagegen tun kannst.«

In den folgenden Wochen versuchte Sirona, in ein Leben ohne Marcus zurückzufinden. Nachdem die Männer genügend neue Gebäude errichtet hatten, bewohnten Segocondus und sein Vater nun ein eigenes Haus, und Sirona zog wieder zu Caratunna, Cassivalus und den drei Waisen. Sie konzentrierte sich auf ihre Tätigkeit als Weise Frau der immer noch stetig wachsenden Dorfgemeinschaft und festigte ihren Ruf, auch schwere und scheinbar aussichtslose Erkrankungen durch Auflegen der Hände heilen zu können.

Wenn ihre Pflichten sie nicht in Anspruch nahmen, verbrachte sie ganze Tage in der Gesellschaft des Druiden, der sie in sein umfangreiches heilkundliches Wissen einführte. Dieser Unterricht tröstete sie ein wenig, denn er erinnerte sie an die Zeit, in der sie bei ihrer Mutter in die Lehre gegangen war und von ihr die Wirkung und Anwendung der verschiedenen Heilpflanzen sowie die Behandlung von Krankheiten und Verletzungen erlernt hatte.

Tagsüber war sie so beschäftigt, dass es ihr mitunter sogar gelang, einige Stunden nicht an Marcus zu denken, sich nicht nach seiner Nähe zu sehnen und nicht darüber zu grübeln, welche schwere Schuld ihn von ihr fortgetrieben haben mochte. Doch in den Nächten, wenn sie sich allein auf ihrem Lager ausstreckte, zermarterte sie sich den Kopf mit fruchtlosen Fragen, lauschte dem Knistern des ersterbenden Feuers und dem Wind, der um die Häuser heulte, und fühlte sich einsam wie nie zuvor in ihrem Leben.

Und ungefähr zwei Wochen nachdem er sie verlassen hatte, trat ein Ereignis ein, das ihr die Erinnerung an ihn so gegenwärtig machte, als wäre er gerade erst gegangen. Ihre Monatsblutung blieb aus. Es konnte keinen Zweifel geben: Sirona trug Marcus' Kind unter dem Herzen.

Kapitel 14

Der Winter, der auf die Zerstörung Atuatucas folgte, war strenger als jeder andere, an den Sirona sich erinnerte. Wochenlang schneite es beinah ohne Unterlass aus einem fahlgrauen Himmel, ein erbarmungsloser Wind peitschte die Flocken um die Häuser und fuhr durch die Ritzen des Fachwerks. Wenn die Sonne doch einmal zwischen den Wolken hervorbrach, fing sich ihr Licht in Hunderten von Eiszapfen, die von den Traufen hingen, und brachte sie zum Funkeln. Einige der Dächer waren der Last des Schnees nicht gewachsen und brachen in sich zusammen. Glücklicherweise wurde niemand verletzt, aber da das Material fehlte, um den Strohbelag zu erneuern, mussten die Bewohner dieser Häuser bis zum Ende des Winters bei Nachbarn Unterschlupf finden.

Mehrmals schnitten Schneestürme die kleine Gemeinschaft von der Außenwelt ab, sodass die Männer das Dorf nicht verlassen konnten, um in den umliegenden Wäldern zu jagen und den Speiseplan mit Wild zu ergänzen. Doch die Vorräte und die Tiere, die Ambiorix den Zurückbleibenden nach der Plünderung des römischen Lagers überlassen hatte, reichten aus, um sie durch diese harte Zeit zu bringen.

Da die anhaltenden Schneefälle die Straßen und Wege unpassierbar gemacht hatten, blieben fahrende Händler der Siedlung fern, und deren Bewohner erhielten viele Wochen lang keinerlei Nachricht darüber, was in der Welt um sie herum vor sich ging. Wenigstens hielt das strenge Winterwetter jedoch auch die Römer und Germanen, die sich noch in der Gegend umhertreiben mochten, von Raub- und Plünderungszügen ab.

Imbolc kam, eines der vier großen keltischen Jahresfeste, in der Mitte zwischen Wintersonnenwende und Frühlings-Tagundnachtgleiche gelegen. Es war ein Fest der Fruchtbarkeit, denn die Hirten feierten den Zeitpunkt, an dem die trächtigen Schafe, die bald darauf Lämmchen gebären würden, wieder Milch gaben. Außerdem war es das Fest des Lichts, da von nun an die Tage spürbar länger wurden.

Die Dorfgemeinschaft beging Imbolc, so gut es unter den gegebenen Umständen möglich war. Während Ebunos als oberster Druide der Eburonen und seine Nachfolgerin Amena früher sämtliche Mutterschafe gesegnet hatten, die auf den ausgedehnten Weiden rings um Atuatuca grasten, spendete er seinen Segen nun lediglich dem guten Dutzend weiblicher Schafe, das den Winter überlebt hatte.

Dafür wurde Imbolc als Lichterfest umso ausgiebiger gefeiert. Am Vorabend zündeten die Bewohner der Siedlung Fackeln an, räumten auf einem freien Platz zwischen den Häusern den Schnee beiseite und entfachten ein hell loderndes Feuer, um das sich alle versammelten und Lieder anstimmten, die von Freude und Zuversicht kündeten, den langen Winter vertreiben und das Licht zurücklocken sollten.

Sirona genoss es, dieses heitere und verheißungsvolle Fest in der Gemeinschaft ihrer Stammesgenossen zu feiern, und sie fühlte die tiefe mystische Kraft, die von den uralten Gebräuchen und Ritualen ausging. Nie zuvor hatte sie sich den anderen so nah gefühlt wie in den feierlichen Augenblicken, in denen sie gemeinsam mit ihnen die Lieder sang, die schon Generationen von Eburonen vor ihnen gesungen hatten.

Doch ihre Gedanken wanderten auch wehmütig zurück zu den glücklichen, unbeschwerten Tagen, als sie die heiligen Feste im Kreise ihrer Familie verbracht hatte und sie zu Imbolc nach Atuatuca geritten waren, um der Segnung der Mutterschafe beizuwohnen. Sie fühlte den inzwischen so vertrauten Stich im Herzen, der sich jedes Mal einstellte, wenn sie an ihre Familie zurückdachte.

Und an Marcus. Der Gedanke an ihn schmerzte wie am ersten Tag nach seinem Fortgehen. Und sie wusste längst: Die Leere, die er in ihrem Herzen hinterlassen hatte, würde kein anderer Mann jemals ausfüllen können.

An einem Morgen wenige Tage nach Imbolc nahm Sirona gerade gemeinsam mit Caratunna das Frühmahl ein, als sie eine jähe Übelkeit in sich aufsteigen fühlte. Hastig sprang sie auf und eilte hinaus, um sich über der Grube hinter dem Haus zu erbrechen. Es war bereits das zweite Mal in dieser Woche, und als sie mit weichen Knien ans Feuer zurückwankte, empfing ihre Freundin sie mit einem langen, nachdenklichen Blick.

»Du weißt schon, was das zu bedeuten hat, oder?«, fragte sie mit gerunzelter Stirn.

Sirona nickte matt und trank einen Schluck Wasser, um den widerwärtigen Geschmack in ihrem Mund zu vertreiben.

Caratunnas grüne Augen ruhten forschend auf Sironas Gesicht. »Und? Willst du das Kind?«

Genau deswegen hatte sie ihrer Freundin noch nichts von der Schwangerschaft erzählt. Um keine Fragen aufgedrängt zu bekommen, auf die sie selbst keine Antworten hatte. Sie hob ihre Hände in einer Geste vollkommener Ratlosigkeit, ließ sie dann wieder sinken. »Wenn ich das wüsste.«

Doch Caratunna gab sich nicht so schnell zufrieden. »Ist dir überhaupt klar, was es bedeutet, den Spross eines Feindes aufzuziehen? Wenn das Kind auch nur die entfernteste Ähnlichkeit mit seinem Vater besitzt, wäre für alle Welt offenkundig, dass römisches Blut in seinen Adern fließt. Und vielleicht wird es dich, wenn es einmal größer ist, dafür verfluchen, als Bastard gezeugt worden zu sein.«

Das Wort Bastard ließ Sirona zusammenzucken. »Aber hier im Dorf kennen und schätzen die Menschen Marcus«, wandte sie dennoch schwach ein.

»Du bist eine Weise Frau«, überging Caratunna ihren Einwand. »Ich muss dir also nicht erklären, wie man das aufkeimende Leben töten und austreiben kann.«

»Und was ist, wenn Marcus eines Tages zu mir zurückkehrt?«, hielt Sirona ihrer Freundin entgegen. »Wie könnte ich ihm je wieder unter die Augen treten, wenn ich seinen Sohn getötet hätte?« Eine innere Stimme flüsterte ihr nämlich ein, dass das ungeborene Kind männlichen Geschlechts sei.

»Und was ist, wenn nicht?« Caratunnas Tonfall ließ keine Zweifel daran offen, für wie wenig wahrscheinlich sie die Rückkehr des Römers erachtete. »Welcher Eburone würde dich je zur Frau nehmen, wenn du das Balg eines Feindes mit in die Ehe brächtest?«

Natürlich, Caratunnas Argumente waren vernünftig. Das musste Sirona unumwunden einräumen. Doch da war noch etwas anderes, etwas, das jenseits der Vernunft lag: eine tiefe Sehnsucht danach, inmitten all ihrer Verluste wieder Leben zu spüren, ein Leben, das Marcus und sie gemeinsam und in Liebe gezeugt hatten und das nun in ihr heranwuchs.

Diese Sehnsucht räumte ihre letzten Zweifel aus. Gleich, was Caratunna oder irgendjemand anders denken mochte - sie würde ihren Sohn zur Welt bringen.

Zu guter Letzt wich der Winter und mit ihm der Frost der milden Luft des Vorfrühlings. Der Schnee schmolz unter den wärmenden Strahlen der Sonne, ließ die Wege und Flächen zwischen den Häusern aufgeweicht und schlammig zurück und schuf Raum für neues Leben. Dann, endlich, erwachte die Natur erneut und fügte dem strengen Schwarz-Weiß des Winters frische Farben hinzu. Huflattich, Veilchen und Gelbstern bohrten ihre zarten Knospen durch die letzten aschfarbenen Schneereste, und frühe Zugvögel kehrten aus den Gebieten um das Mare internum heim.

Und mit ihnen erschienen die lang ersehnten Händler, Griechen aus Massalia.

Es war ein kühler Morgen, an dem graue, tief hängende Wolken schwer auf dem Gipfel der Anhöhe lasteten. Sirona spürte die Feuchtigkeit auf ihrer Haut, als sie und Caratunna, jede einen Zwilling auf dem Arm, zur Halle hinüberschlenderten, um das Frühmahl einzunehmen.

Kurz bevor sie sie erreichten, hörten sie laute Stimmen, die von jenseits der Umfriedung zu ihnen herüberwehten, und die unwilligen Schreie eines widerspenstigen Maultiers. Dann eilten Segocondus und Catmelus, die sich die Nachtwache geteilt hatten, auch schon die Stufen der Mauer hinab, um das Tor zu öffnen. Überrascht verhielten die Frauen ihre Schritte, als ein von einem Maultiergespann gezogener Planwagen hindurchfuhr und vor dem Eingang der Halle zum Stehen kam. Auf seinem Bock saßen zwei fremdländisch aussehende Männer, und auf der Plane prangten ein Schriftzug und darunter das Abbild einer Weinamphore.

Caratunna strich sich eine rötlich-blonde Strähne aus dem Gesicht. »Griechische Händler! Endlich erfahren wir, was sich in den vergangenen Wochen im Land ereignet hat.«

Auch Sironas Neugier war geweckt. Von ihrem Vater wusste sie, dass die Griechen in Cardena, einem Dunom der benachbarten Treverer, ein Depot besaßen, in dem sie die Amphoren lagerten, die sie aus dem Süden über Flüsse dorthin transportieren ließen. Von dort aus zogen sie mit ihren Planwagen durch den gesamten Arduenna Wald, um die westlich des Renos lebenden keltischen Stämme mit Wein zu beliefern. Dabei erfuhren sie stets allerhand Neuigkeiten und waren - gegen ein paar Bronzemünzen und eine warme Mahlzeit - gern bereit, ihr Wissen zu teilen.

Während sich der eine Grieche im Inneren des Wagens zu schaffen machte, sprang der andere, ein junger Bursche mit dunklen, in einem Pferdeschwanz gebändigten Locken vom Bock. »Ich wünsche Euch einen guten Morgen!«

Die beiden Frauen erwiderten seinen fröhlichen Gruß. Sirona kam der Mann vage bekannt vor. Sie meinte, ihm früher schon einmal auf dem Markt von Atuatuca begegnet zu sein, auf dem die Händler ebenfalls ihren Wein feilgeboten hatten.

Segocondus und Catmelus hatten das Tor wieder geschlossen und traten hinzu. Segocondus' Blick flackerte kurz zu Sirona, die ihm jedoch auswich. Er versuchte, sich seine Kränkung nicht anmerken zu lassen, als er sich an die Griechen wandte. »Begleitet uns in die Halle, und stärkt Euch mit einer warmen Mahlzeit«, lud er sie mit vorgetäuschter Munterkeit ein. »Gerade gestern haben wir einen wilden Eber erlegt, und Adiemara hat sicherlich noch zwei Portionen für Euch übrig.«

Sirona und ihre Freundin tauschten einen raschen Blick, und Caratunna hob warnend die Augenbrauen, ehe sie hinter den Männern in das Halbdunkel der Halle eintauchten. Es war offenkundig, dass Segocondus litt. Doch was würde das auf Dauer mit ihm machen?

Um die beiden an den Stirnseiten gelegenen Feuer saßen an die zwanzig Bewohner des Dorfes und löffelten Getreidebrei oder Fleischeintopf aus bronzenen Schalen, während Adiemara an der Herdstelle in einem großen Kessel rührte, dem das würzige Aroma gekochten Wilds entströmte. Fackeln in eisernen Wandhaltern spendeten zusätzliches Licht und Wärme.

Die vier Männer ließen sich am vorderen Feuer auf Decken und Fellen nieder. Sirona und Caratunna gesellten sich zu ihnen, und sobald die anderen Dorfbewohner die beiden Fremden bemerkten, rückten sie neugierig näher. Adiemara eilte herbei und reichte den sechs Neuankömmlingen Schalen mit Wildschweineintopf, Becher und einen Krug verdünnten Weizenbiers.

Segocondus' Ungeduld war beinahe mit Händen zu greifen. Sirona sah ihm an, wie schwer es ihm fiel, dem Gebot der Gastfreundschaft zu entsprechen und höflich abzuwarten, bis die Gäste ihren größten Hunger gestillt hätten. Erst dann durfte er ihnen die Fragen stellen, die ihm vermutlich schon auf der Zunge brannten, seit sich ihr Wagen die steile Flanke der Anhöhe zum Tor hinaufgequält hatte.

»Ihr bringt uns gewiss nicht nur Euren vorzüglichen griechischen Wein, sondern auch die Neuigkeiten, die wir in den zurückliegenden Wochen so schmerzlich vermisst haben«, wandte er sich schließlich mit sichtlicher Erleichterung an die Händler.

Der ältere der beiden, ein schmuddelig wirkender Mann mit zotteligem Bart und einer geröteten Nase, die auf reichlichen Genuss des eigenen Weines schließen ließ, nickte bedächtig. Betont gemächlich löffelte er seine Schale aus und wischte sich mit dem Ärmel seiner Tunika, an dem bereits Reste vorheriger Mahlzeiten klebten, über den Mund.

Segocondus wusste die zur Schau gestellte Betulichkeit des Griechen richtig zu deuten, griff in den Beutel an seinem Gürtel und zählte ein paar Bronzemünzen ab, die er ihm reichte.

Der Mann neigte dankend den Kopf und ließ sie unter seinem vor Schmutz starrenden Umhang verschwinden. »Ihr habt recht, Herr. Wir bringen in der Tat Neuigkeiten, und ich darf vermuten, dass sie Euch sehr erfreuen werden.« Er unterbrach sich und hielt Segocondus seinen leeren Becher hin, der ihn mit verdünntem Weizenbier wieder auffüllte.

Der Händler nahm einen langen Schluck und leckte sich genussvoll die Lippen. Anscheinend vermochte er nicht nur dem eigenen Wein, sondern auch dem keltischen Bier etwas abzugewinnen. »In den Gebieten westlich des Arduenna Waldes formiert sich der Widerstand gegen die römischen Eroberer«, begann er dann endlich und besaß augenblicklich die ungeteilte Aufmerksamkeit sämtlicher im Raum befindlichen Dorfbewohner. Sirona ließ ihre Schale sinken und setzte sich aufrecht hin.

»Während Caesar in der Provinz Gallia cisalpina überwinterte, fanden mehrere Versammlungen der Stämme statt, in denen man beschloss, alles Erforderliche zu unternehmen, um die Freiheit und Unabhängigkeit der Regionen zwischen dem Renos im Osten und dem Atlanticus im Westen wiederzuerlangen und das Joch des Imperiums ein für alle Mal abzuschütteln.«

Plötzlich verstummte er, und es dauerte einen Moment, bis Segocondus den Hinweis verstand. Sirona las in seinen Zügen, dass es in ihm brodelte, doch er wusste natürlich, dass ihm nichts anderes übrig blieb, als dem gierigen Griechen erneut einige Münzen zu geben. »Das reicht, Mann«, knurrte er dann. »Fahrt fort.«

»Ich danke Euch, Herr.« Auch dieses Geld verschwand unter dem speckigen Umhang. »Die Carnuten erklärten sich bereit, den ersten Schritt zu wagen und töteten die in Cenabum ansässigen römischen Händler. Vercingetorix, der junge König des mächtigen Stammes der Arverner, sammelt eine ständig wachsende Schar von Kriegern um sich. Innerhalb kurzer Zeit ist es ihm gelungen, mehr als ein Dutzend Völkerschaften zu bewegen, sich seinem Aufstand anzuschließen. Sie haben ihn zu ihrem Oberbefehlshaber gewählt und sind gewillt, ihr Leben für die Freiheit der keltischen Gebiete aufs Spiel zu setzen.«

Sirona fühlte, wie sich ihr Herzschlag vor Freude beschleunigte. Während der Händler berichtete, waren die Dorfbewohner immer näher an ihn herangerückt, um keines seiner Worte zu verpassen. Nun unterbrachen sie ihn mit Ausrufen des Erstaunens und der Begeisterung.

»Ist das wirklich wahr?«, fragte ein junger Krieger namens Adbogios mit leuchtenden Augen. »Sollte doch noch nicht alles verloren sein?«

Der Grieche nahm einen weiteren tiefen Schluck seines Weizenbiers. »Nein, mir scheint sogar, dies ist erst der Anfang. Die Entschlossenheit der keltischen Stämme, sich gegen die römischen Eindringlinge zur Wehr zu setzen, war noch nie so groß. Und nie zuvor waren sie so gewillt, ihre Streitigkeiten untereinander beizulegen und sich der einen gemeinsamen Sache anzuschließen.«

»Und Caesar?«, warf Segocondus ein. »Wie reagiert er darauf?«

»Der Proconsul sieht freilich nicht untätig zu«, räumte der jüngere der beiden Händler ein. »Sobald er die Nachricht vom Beginn des Aufstandes erhielt, ist er in die Gallia transalpina geeilt. Inzwischen hat er seine Truppen um sich versammelt und bereitet sich auf den Krieg vor.«

Nantomaris hatte die Halle betreten und war im Türrahmen stehen geblieben, während der Grieche berichtete. Nun ließ er sich schwerfällig im Rund der Dorfbewohner nieder. »Wisst Ihr, über wie viele Legionen er im Moment verfügt?«

Der Händler nickte. »Unseren Quellen zufolge hat er sämtliche verfügbaren Legionen zusammengezogen, zehn an der Zahl. Das entspricht ungefähr fünfzigtausend Legionären. Dazu kommen noch die Hilfstruppen, also insgesamt sechzigtausend Mann oder mehr.«

Ein entsetztes Raunen ging durch seine Zuhörer. Sirona fühlte, wie ihr Herz stolperte und einen Schlag aussetzte.

Bevor die Römer begannen, den Wald der Arduinna heimzusuchen, hatte sie nicht weiter als bis hundert zu zählen vermocht. Es reichte, wenn sie die Größe von Dannovarus' Rinderherde bestimmen konnte. Als dann die Gefahr immer näher rückte, fragte Sirona ihren Vater einmal, aus wie vielen Soldaten eine Legion eigentlich bestehe.

Er wies auf einen jungen Baum, der hinter dem Hühnerstall wuchs. »Siehst du diese Buche dort?«

Sirona nickte.

»Sie hat ungefähr tausend Blätter. Das sind zehnmal hundert. Eine Legion umfasst etwa fünfmal so viele Männer, wie dieser Baum Blätter besitzt.«

Damals hatte Sirona ungläubig zwischen Dannovarus und der Buche hin- und hergeschaut. Fünftausend war eine Zahl, die ihr Vorstellungsvermögen sprengte, gleich, ob es sich um Blätter oder Legionäre handelte. Nun jedoch hatte Caesar sechzigmal so viele Soldaten zu seiner Verfügung, wie jener Baum Blätter besaß!

»Sechzigtausend Feinde!«, stieß Nantomaris hervor. »Dieser Vercingetorix muss von Sinnen sein, es mit einer solchen Übermacht aufnehmen zu wollen.«

Sirona musste ihm insgeheim recht geben, doch der ältere Grieche schüttelte den Kopf. »Keineswegs, Herr. Sein eigenes Heer scheint weitaus mächtiger zu sein. Wenn es ihm wahrhaftig gelingen sollte, alle Stämme dauerhaft unter seinem Banner zu einen, hätte er eine Streitmacht, die doppelt oder gar dreimal so groß ist wie die römische. Die Aussichten, die Legionen endgültig aus den keltischen Gebieten zu vertreiben, standen noch nie so gut wie jetzt.«

In der folgenden Nacht fand Sirona lange keinen Schlaf. Ruhelos wälzte sie sich auf ihrem Lager hin und her und lauschte dem gleichmäßigen Atem der anderen. Wie vermochten die angesichts der schier unglaublichen Neuigkeiten bloß so ruhig zu schlafen! Nach einer Weile erhob sie sich lautlos, hüllte sich in ihren wollenen Umhang und trat vor das Haus.

Draußen umfing sie die kühle, würzige Luft einer Vorfrühlingsnacht im Arduenna Wald. Der Mond stand als scharf geschnittene Sichel vor einem nachtblauen Himmel, der so klar war, dass Sirona unzählige Sterne blitzen sah. Sie streifte die Kapuze des Sagon über und schlug den Weg entlang der Befestigungsmauer ein, den sie mit Marcus so viele Male gegangen war, um sein verletztes Bein zu stärken.

Ach, Marcus! Wo er wohl gerade sein mochte? Hielt er sich noch im Land der Arduinna auf, in ihrer Nähe? Oder war er längst weitergezogen, um im kommenden Frühjahr erneut gegen Angehörige ihres Volkes zu kämpfen?

Würde sie es je erfahren?

Nun waren Ereignisse von solcher Tragweite eingetreten, dass es ihnen sogar gelang, Sironas Gedanken von Marcus und ihrem gemeinsamen Sohn abzuziehen und ihr den Schlaf zu rauben. In den Gebieten weit im Westen formierte sich der Widerstand gegen Roms Legionen! Mochte König Ambiorix den Kampf auch aufgegeben haben, so fanden sich nun andere, die bereit waren, dem Feind entgegenzutreten, die lieber als freier Mann sterben würden, denn unter dem römischen Joch zu leben!

War dies nicht genau das, worum sie die Götter immer und immer wieder angefleht hatte?

Doch hatte Ebunos ihr nicht erklärt, die Gottheiten ihres Volkes hätten Ihre Macht eingebüßt? Täuschte er sich? Oder hatte sich das Schicksal gewendet, hatten die keltischen Unsterblichen nun einen Sieg über die römischen errungen?

Wie dem auch sein mochte, der Bericht des Griechen erschien ihr wie ein Geschenk des Himmels und erfüllte sie mit neuer Zuversicht. Noch war nicht alles verloren, noch bestand die Hoffnung, die römische Unterdrückung abzuschütteln und ein Leben in Freiheit und Sicherheit wiederzuerlangen.

Und Sirona war fest entschlossen, ihren Beitrag dazu zu leisten. Wo Kriege geführt und Schlachten geschlagen, wo Menschen verwundet wurden, brauchte es Heiler. Dieser Vercingetorix wäre doch gewiss froh um jede helfende Hand, um eine Heilkundige wie sie, die sich gemeinsam mit anderen Weisen Frauen um die verletzten Krieger kümmerte und sie versorgte?

Sie hatte die Bresche in der Befestigungsmauer erreicht und ließ ihren Blick über die dunklen Weiten des Waldes schweifen, die sich im matten Licht der Mondsichel vor ihr ausdehnten, bis sie am Horizont mit dem nachtschwarzen Himmel zusammenflossen.

Irgendwo jenseits dieses unendlich scheinenden Waldgebiets lag das Land der keltischen Stämme, in dem Vercingetorix seine Krieger um sich scharte. Und je länger Sirona darüber nachdachte, umso mehr reifte in ihr die Überzeugung, dass dort auch der Ort war, den die Götter für sie vorgesehen hatten, dass dort ihre Bestimmung lag und sich ihr Schicksal erfüllen würde.

Doch wie sollte sie zu Vercingetorix gelangen? Zwischen der Siedlung und den Herrschaftsbereichen der verbündeten Stämme erstreckten sich Hunderte Meilen unbekannten Landes. Und sie war bislang nie weiter geritten als von ihrem elterlichen Gehöft nach Atuatuca!

In der Ferne erklang das Heulen eines Wolfes, in das sogleich andere einfielen, wie um ihr in Erinnerung zu rufen, dass diese weite Reise viel zu gefahrvoll war, um sie ohne schützende Begleitung zu unternehmen. Und Wölfe waren ja nicht die einzige Bedrohung, die abseits der Siedlungen auf sie lauerte. Bis der Schnee das Dorf von der Außenwelt abschnitt, war es immer wieder zu Zusammenstößen mit römischen Patrouillen und Sugambrern gekommen. Und auch in ihrem eigenen Volk gab es genügend Männer, die von der Gesellschaft ausgestoßen worden waren, Rechtlose und Geächtete, die keinem Gesetz und keinem Ehrenkodex mehr unterlagen und für die eine allein reisende Frau ein leichtes Opfer darstellte.

In diesem Augenblick durchbrach das Knacken eines Zweiges zu ihrer Rechten die nächtliche Stille. Sie fuhr herum, als sich eine dunkle Gestalt aus den Schatten eines Holunderstrauchs löste. Im schwachen Licht des Mondes erkannte Sirona Bellogenus, einen Krieger aus einem der entfernteren Stammesgebiete, der im tiefsten Winter gemeinsam mit seiner alten, gebrechlichen Mutter zu ihnen gestoßen war.

»Tut mir leid, ich wollte dich nicht erschrecken.« Er trat neben sie. »Kannst du ebenfalls nicht schlafen?«

Sie schüttelte stumm den Kopf und blickte wieder hinaus über die Anhöhen und Täler der Arduinna. Sollte sie ihre Gedanken mit Bellogenus teilen? Sie mochte den jungen Mann, der nur wenige Jahre älter war als sie selbst. Seine haselnussbraunen Augen und die dunklen Haare, die im Nacken in einem Knoten zusammengefasst wurden, verrieten seine Herkunft aus dem Alten Volk. Diese Stämme hatten das Eisen noch nicht gekannt und das fruchtbare Land westlich des Renos besiedelt, ehe die Kelten es eroberten, und waren schließlich in ihnen aufgegangen. Bellogenus war ruhig und besonnen, kein Hitzkopf wie Segocondus, und hielt sich bei Gesprächen meist im Hintergrund, weswegen er leicht übersehen wurde. Doch Sirona schätzte ihn als ehrlich und vertrauenswürdig.

»Der Bericht der Griechen lässt mir keine Ruhe«, gestand sie ihm daher nach einem Moment. »Der Gedanke, dass sich irgendwo im Westen der Widerstand gegen Rom formiert, dass dort Menschen für Frieden und Freiheit kämpfen, während -«

»- während wir hier sitzen und die Hände in den Schoß legen. Ist es das, was du meinst?«

Sironas Kopf flog herum. »Ja, genau! Ich bin also nicht die Einzige, die so denkt?«

»Keineswegs.« Er fröstelte und schlug die Kapuze seines Sagon hoch. Die Stunden vor Sonnenaufgang waren die kältesten; zudem hatte der Wind aufgefrischt und blies nun in Böen aus Osten über die Siedlung hinweg. »Ich habe gestern Abend mit einigen anderen jungen Kriegern gesprochen. Ihnen lässt dieser Gedanke ebenfalls keine Ruhe, und sie sind entschlossen, sich Vercingetorix' Widerstand anzuschließen. Adbogios, Catmelus und Valetiacus möchten so bald wie möglich aufbrechen.«

»Und du?« Sie musterte sein Gesicht, das unter der Kapuze nur schemenhaft zu erkennen war.

Er zuckte die Schultern und senkte den Blick. »Ich würde auch gern. Aber ich bin damals nicht mit Ambiorix und den anderen fortgegangen, weil meine Mutter zu alt für diese weite Reise ist und ich sie nicht allein zurücklassen wollte. Nachdem mein Vater und mein Bruder bei Nerviodunom gefallen sind, hat sie nur noch mich, und wenn ich sie jetzt ebenfalls im Stich ließe ...« Seine Stimme verlor sich.

Ich vergesse es immer wieder, schoss es Sirona durch den Kopf. Ich vergesse immer wieder, dass ich nicht die Einzige bin, die so viele geliebte Menschen verloren hat. Fast alle hier teilen dasselbe Schicksal, und das ist das starke Band, das uns verbindet. Wir sind eine Gemeinschaft der Verlassenen, aber auch eine Gemeinschaft der Überlebenden. Und solange wir leben, müssen wir kämpfen. Sonst war der Tod unserer Angehörigen wahrhaftig umsonst.

»Deine Mutter ist ja nun nicht länger allein«, wandte sie behutsam ein. »Sie lebt hier, unter vertrauten Menschen, die für sie sorgen können. Ich denke, du kannst es wagen, mit uns zu gehen, wenn es das ist, was dein Herz dir rät.«

Bellogenus zog überrascht die Augenbrauen hoch. »›Uns‹? Willst du etwa ebenfalls in die Schlacht ziehen?«

Sirona lächelte schief. »Als Kriegerin wäre ich wohl kaum von Nutzen. Aber ich bin eine Weise Frau, und jeder Krieg braucht Heilkundige, die sich um die Verletzten kümmern. Und deswegen glaube ich, dass mein Platz in Vercingetorix' Streitmacht ist.«

In seiner Miene spiegelten sich Zweifel. »Weißt du, worauf du dich da einlässt? Schon der Weg nach Westen wird sehr gefährlich und überdies eine gewaltige Strapaze. Und dann würdest du wochen- oder gar monatelang nur unter Kriegern leben, du würdest das Grauen der Schlachten miterleben, umgeben sein von verstümmelten und toten Männern. Ist es wahrhaftig das, was du möchtest?«

Und zudem trage ich ein neues Leben unter dem Herzen, ergänzte Sirona stumm, behielt diesen Gedanken jedoch für sich. Wäre sie den Beschwernissen der langen und gefahrvollen Reise unter diesen Umständen überhaupt gewachsen? Und würde sie ihr ungeborenes Kind nicht unnötigen Gefahren aussetzen?

Doch mit einem Mal war sie sich ihrer Entscheidung vollkommen sicher. »Es ist das, was ich tun muss«, erklärte sie schlicht. »Die Götter haben mir eine Gabe verliehen, und ich habe die Pflicht, sie zum Wohl unseres Volkes einzusetzen. Meine Mutter war eine Weise Frau. Sie hat ihr Wissen an mich weitergegeben, und ich glaube, sie wäre stolz auf mich, wenn sie wüsste, dass ich meine Fähigkeiten in den Dienst dieser großen Sache stelle. Ja, ich werde gehen.«

Und noch ein anderer Gedanke hatte sich am Grunde ihres Bewusstseins geformt und schwebte nun langsam der Oberfläche entgegen. Sie hatte geschworen, Roveci wiederzufinden. Die Götter hatten ihr einen Weg gewiesen, indem Sie die beiden Griechen in dieses Dorf schickten. Und wer weiß? Wenn sie sich Ihrer Weisung anvertraute und diesem Weg folgte, vielleicht würden Sie ihr ein weiteres Geschenk machen und sie zu ihrem Bruder führen?

Adbogios, Catmelus und Valetiacus standen zu ihrem Wort, den Kampf gegen Caesar und seine Legionen fortzusetzen. Und zu Sironas großer Freude hatte sich Bellogenus zu guter Letzt entschlossen, sie zu begleiten.

»Meine Bedenken, meine Mutter allein zurückzulassen, waren vollkommen unbegründet«, hatte er ihr mit sichtlicher Erleichterung erklärt. »Ganz im Gegenteil, als ich mir endlich ein Herz gefasst und ihr meine Pläne gestanden habe, hat sie mich sogar ermutigt, mit euch in den Krieg zu ziehen. Arduinna sei Dank! Nun muss ich kein schlechtes Gewissen haben, wenn ich mit euch reite.«

Weitaus weniger glücklich war Sirona darüber, dass auch Segocondus sich der Gruppe anschloss. Sie hatte gehofft, dass er in der Siedlung zurückbleiben würde, denn als Oberhaupt der Gemeinschaft trug er die Verantwortung für deren Wohl und Weh. Doch er hatte nur kurz gezögert und dann entschieden, Vercingetorix' Kampf zu unterstützen.

Seit Marcus' Fortgehen war Sirona, wenn sich Segocondus in ihrer Nähe aufhielt, stets angespannt und wachsam, als warne eine innere Stimme sie, dass von ihm eine Gefahr ausgehe. Sie wusste, dass er sich vor unausgesprochener Leidenschaft für sie verzehrte, und er überwachte jeden ihrer Schritte mit einer Eifersucht, die an Besessenheit grenzte. Auch die Tatsache, dass er sie immer häufiger mit dem Namen seiner verstorbenen Frau anredete, lieferte ihr einen deutlichen Hinweis auf seine diffuse Gefühlslage und jagte ihr manches Mal einen Schauer über den Rücken. Wozu wäre ein Mann imstande, der zwischen Wunsch und Wirklichkeit so wenig zu unterscheiden vermochte?

Seit er mit seinem Vater zusammenwohnte, war es ihr leichter gefallen, ihm aus dem Weg zu gehen, wenn er auch beinah täglich unter dem Vorwand, die Zwillinge besuchen zu wollen, in dem Haus aufkreuzte, das sie sich mit Caratunna, Cassivalus und den drei Waisen teilte. Doch da sie den größten Teil des Tages bei Ebunos verbrachte, hatte er sie selten angetroffen.

In den kommenden Wochen würde es ihr gleichwohl nicht länger möglich sein, ihm auszuweichen, und der Gedanke, Tag und Nacht in seiner Gesellschaft verbringen zu müssen, erfüllte sie mit Widerwillen und Sorge.

Dabei ahnte Segocondus noch nicht einmal, dass sie Marcus' Kind unter dem Herzen trug. Und sie wagte sich nicht vorzustellen, wie er reagieren würde, wenn er es je erführe.

Kapitel 15

Zwei Tage später war die kleine Gruppe reisefertig. Sirona war überrascht, wie schwer ihr der Abschied von der Siedlung fiel, die ihr ein neues Zuhause geworden war. Vor allem würde sie Caratunna vermissen, die einzige Freundin, die sie je besessen hatte. Doch auch die drei Waisen und der Druide, der sie in den nicht enden wollenden Wintermonaten in der Heilkunde unterrichtet hatte, waren ihr ans Herz gewachsen. Und wer vermochte schon zu sagen, ob sie jemals zurückkehren würde?

Nachdem sie sich von allen lieb gewonnenen Menschen verabschiedet hatten, spendete Ebunos den sechs Reitern seinen Segen und überreichte jedem ein bronzenes Amulett mit dem Abbild des Gottes Cissonius, unter dessen Schutz die Wege der Reisenden standen. Sirona fädelte es auf das lederne Band, an dem sie Marcus' Ring, der zu groß für ihre schlanken Finger war, um den Hals trug. Sie kannte den Druiden inzwischen gut genug, um zu wissen, dass er solcherart Zauber und Beschwörungen für blanken Unfug hielt. Doch die jungen Männer glaubten an ihre Wirksamkeit. Die Amulette beruhigten sie und vermittelten ihnen das tröstliche Gefühl, unter der Obhut einer höheren Macht zu stehen. Denn keiner der fünf gab sich Illusionen über die Gefährlichkeit der Unternehmung hin, auf die sie sich eingelassen hatten.

Schließlich saßen die Reiter auf und lenkten ihre Pferde durch das Tor und auf den Fahrweg, der die Flanke der Anhöhe hinabführte. Sirona hatte von ihrer Freundin zum Abschied Hose und Tunika aus rotbraunem römischen Wollstoff geschenkt bekommen, die sich zum Reiten sehr viel besser eigneten als ein Kleid. Kurz bevor sie die erste Wegbiegung erreichte, wandte sie sich um und warf einen letzten Blick zurück. Caratunna stand im Tordurchlass, eine immer kleiner werdende Gestalt, und winkte. Sirona erwiderte den Gruß, und für einen Augenblick zog sich ihr Herz schmerzhaft zusammen.

Bitte, Arduinna, mach, dass wir uns eines Tages wiedersehen.

Dann drehte sie sich entschlossen um, setzte sich im Sattel zurecht und konzentrierte sich auf den abschüssigen Pfad.

Segocondus, der die Führung der Gruppe übernahm, hatte die beiden Griechen zu den Orten befragt, an denen sich Vercingetorix aufhielt, und so erfahren, dass sie von der Siedlung aus in südwestlicher Richtung reiten mussten. Die Entfernung bis zu dem Gebiet, in dem der junge König der Arverner operierte, betrug annähernd vierhundert Meilen.

»Sollte es uns gelingen«, so hatte Segocondus seinen Gefährten vorgerechnet, »am Tag fünfundzwanzig bis dreißig Meilen zurückzulegen, würden wir für diese Strecke ungefähr zwei Wochen benötigen, Unwägbarkeiten wie feindliche Übergriffe oder die Verletzung eines Pferdes nicht mit eingerechnet.«

Dem besorgten Blick, den er ihr bei diesen Worten zuwarf, konnte Sirona unschwer entnehmen, dass sie in seinen Augen eine zusätzliche »Unwägbarkeit« darstellte. Sie war im Umgang mit Pferden zwar erfahren, jedoch nicht gewohnt, auf ihrem Rücken weite Strecken zu bewältigen, und wie sie mit den ausgedehnten Tagesetappen zurechtkommen würde, war eine Frage, die ihm offenkundig einiges Kopfzerbrechen bereitete.

Zudem konnten sie bei der Auswahl ihrer Reittiere nicht wählerisch sein, da das Dorf nur über wenig mehr als ein Dutzend Pferde verfügte. Aus diesen suchte Segocondus die sechs kräftigsten und ausdauerndsten aus. Aber auch diese waren während des langen und strengen Winters kaum bewegt worden und folglich in keiner guten Verfassung. Für Sirona hatte er eine gutmütige Stute mit ruhigem, gleichmäßigen Gang gewählt, um ihr die Gewöhnung an die anstrengenden Etappen zu erleichtern.

Die ersten Tage der Reise verliefen ereignislos. Die kleine Gruppe fand bald in einen geeigneten Rhythmus. Sie brachen in der Morgendämmerung auf, um das Tageslicht so gut wie möglich zu nutzen, ritten zwei Stunden und legten dann eine Rast von einer halben Stunde ein, damit Mensch und Tier sich ausruhen und stärken konnten. Es stellte sich schnell heraus, dass Sironas Stute längere Etappen nicht zuzumuten waren, wenn man nicht Gefahr laufen wollte, dass sie sich überanstrengte und lahmte. Auch ihre Reiterin war insgeheim froh über diese regelmäßigen Pausen, denn ihre Muskeln mussten sich erst an die ungewohnten Belastungen gewöhnen.

Wie Sirona befürchtet hatte, wich Segocondus nicht von ihrer Seite. Tagsüber ließ er seinen fuchsfarbenen Hengst ein ums andere Mal so dicht neben ihrer Stute einherschreiten, dass sein Schenkel wie beiläufig den ihren streifte. Wenn sie ihr Tier dann wortlos und mit unbewegter Miene zum Rande der Straße lenkte, sah sie die Kränkung in seinen Zügen. Es erschien ihr wie ein Tanz, eine festgelegte Abfolge von sich annähern und auf Distanz gehen.

Doch so deutlich ihre Botschaft auch war, verfehlte sie dennoch ihre Wirkung, und in der folgenden Nacht schlug er sein Lager unfehlbar erneut in ihrer unmittelbaren Nähe auf. Er klebte an ihr wie ihr Schatten, und sie ahnte, dass er nur darauf lauerte, sie allein anzutreffen. Was er für diesen Fall im Schilde führte, wagte sie sich lieber nicht auszumalen.

Die Beschwerden, die ihre Schwangerschaft mit sich brachte, machten Sirona das Leben ebenfalls nicht leichter. Dabei waren die Veränderungen beim Appetit, der zwischen Heißhunger und einer heftigen Abneigung gegen Essen schwankte, noch harmlos. Wenn da nur nicht die vermaledeite morgendliche Übelkeit gewesen wäre! Die Kräuter, die sie einnahm, halfen kaum. Manchmal gelang es ihr, das Erbrechen durch Auflegen der Hände zu verhindern. Doch oftmals trat es so plötzlich auf, dass sie vom Feuer aufsprang und sich hastig vom Lager entfernte, damit die Männer ihr Würgen nicht hörten. Dennoch zwang sie sich, jeden Morgen etwas Brot und Käse zu sich zu nehmen, denn sie wusste, dass sie den Strapazen der Reise anderenfalls nicht gewachsen wäre.

Da sie Segocondus' Reaktion fürchtete, war sie fest entschlossen, ihren Gefährten die Schwangerschaft so lang wie möglich zu verheimlichen. Hätten sich noch andere Frauen in der Gruppe befunden, wäre ihr das vermutlich nicht so ohne Weiteres gelungen, dachte sie grimmig.

Die sechs Reiter folgten uralten Wegen, die von Osten und aus den Gebieten an den nördlichen Meeren, dem Nordmeer und dem Baltischen Meer, nach Westen führten und schon seit Menschengedenken von fahrenden Händlern und Heerscharen benutzt wurden. Sie ritten bis zum Einbruch der Abenddämmerung und suchten sich im letzten Licht des schwindenden Tages einen Unterschlupf. Die ersten beiden Nächte verbrachten sie in den Ruinen ausgebrannter eburonischer Höfe, deren Außenmauern in Teilen erhalten waren und wenigstens Schutz gegen den Wind boten, der beinah unablässig über die Gipfel des Arduenna Waldes hinwegfegte.

Da sie auf diese Weise das gesamte Stammesgebiet von Ost nach West durchquerten, bekam Sirona erstmals einen Eindruck von der Gründlichkeit, mit der die Römer den Landstrich verwüstet hatten, und von der zügellosen Grausamkeit, mit der sie dabei vorgegangen waren. In einem der Gehöfte, in denen die sechs Reiter die Nacht verbrachten, stießen sie auf die halb verwesten Körper seiner ehemaligen Bewohner, die von den Legionen getötet worden waren. Sie lagen über die Hoffläche verstreut, dort, wo Schwert oder Speer ihr Leben ausgelöscht hatte. Viele der Leichen waren grässlich zugerichtet, weil sich Wölfe und andere Aasfresser über sie hergemacht hatten.

Der Anblick der verbrannten Gehöfte und ihrer toten Stammesgenossen weckte in Sirona schmerzliche Erinnerungen. Am meisten berührte sie der Leichnam einer Mutter, die sich schützend über ihren wenige Wochen alten Säugling geworfen hatte. Und mit einem Mal standen ihr die grauenvollen Ereignisse jenes Herbsttages wieder in solcher Deutlichkeit vor Augen, als wären sie erst gestern geschehen. Den einzigen, wenngleich schwachen Trost fand sie in dem Gedanken, dass sie die toten Körper ihrer Familie und des Gesindes dem Feuer übergeben hatte. So konnten ihre Seelen in die Andere Welt übertreten und blieben nicht wie die jener unglücklichen Menschen in einer sterblichen Hülle eingesperrt, die verweste und von Tieren zerfressen wurde.

Von den Römern selbst hingegen fehlte jede Spur. Es schien, als ob die Angaben der griechischen Händler zuträfen und Caesar tatsächlich alle verfügbaren Legionen um sich geschart hatte, um Vercingetorix mit geballter Kraft entgegenzutreten.

In der vierten Nacht der Reise fand Sirona lange keinen Schlaf. Die Finger hinter dem Kopf verschränkt, lag sie auf ihrer Unterlage aus trockenen Blättern, lauschte den Lauten des Waldes und dachte voller Sehnsucht an Marcus. Irgendwann wickelte sie sich aus ihrer Decke und schlich sich geräuschlos aus dem Schein des Feuers, um sich hinter einigen Büschen zu erleichtern.

Sie hatte sich gerade wieder erhoben und die Kleidung gerichtet, als sich eine Hand von hinten auf ihren Mund legte. Gleichzeitig schlang sich ein kräftiger Arm um ihre Taille.

Sie erstarrte.

»Schsch, nicht erschrecken«, raunte Segocondus an ihrem linken Ohr.

In plötzlich aufflammendem Zorn griff Sirona nach seiner Hand, riss sie von ihrem Mund und wirbelte zu ihm herum. »Segocondus, bei allen Göttern, was soll das?«, herrschte sie ihn an.

Er versuchte, ihr einen Zeigefinger auf die Lippen zu legen, um sie zum Schweigen zu bringen. Doch sie drehte angewidert den Kopf zur Seite, sodass seine Hand ins Leere fuhr.

»Antea, was hast du denn?«, flüsterte er.

Voller Entsetzen erkannte Sirona, dass seine Stimme rau war vor mühsam unterdrückter Erregung. Übelkeit legte sich wie eine kalte Faust um ihren Magen.

»Ich bin nicht Antea«, gab sie forscher zurück, als ihr zumute war, und wandte sich zum Gehen, um so rasch wie möglich in den Kreis des Feuers und zu ihren Gefährten zurückzukehren. Doch mit einer Schnelligkeit, auf die sie nicht gefasst war, packte Segocondus mit der Linken in ihre Haare und bedeckte ihren Mund erneut mit seiner schwieligen Rechten.

Nun wallte Panik in ihr auf. Mit aller Kraft stemmte sie beide Unterarme gegen seine Brust. Aber sein Griff war wie aus Eisen geschmiedet und hielt ihrer Gegenwehr mühelos stand.

Dann nahm er seine Hände so unvermittelt fort, dass sie einen Schritt nach vorn taumelte, umfing sie in einer leidenschaftlichen Umarmung und presste seine Lippen auf ihre. Sirona fühlte ein Würgen in ihrer Kehle aufsteigen, das sich noch verstärkte, als seine Zunge fordernd in ihren Mund eindrang. Mit einer Entschlossenheit, die sich aus ihrer wachsenden Panik speiste, riss sie ihr rechtes Knie hoch und rammte es mit aller ihr zur Verfügung stehenden Kraft in seine Männlichkeit.

Augenblicklich erschlaffte seine Umarmung. Mit einem dumpfen Stöhnen löste er seine Lippen von ihren, krümmte sich vor Schmerz zusammen und griff mit beiden Händen in seinen Schritt.

Eilig taumelte sie zurück, nur fort von ihm. Dann stolperte sie hinüber zum Stamm einer Ulme, lehnte sich dagegen und erbrach sich heftig. Sobald der Würgereiz nachließ, warf sie einen gehetzten Blick über die Schulter. Doch Segocondus verharrte noch immer in derselben Stellung, das Gesicht verzerrt und keuchend vor Schmerz.

Mit zitternder Hand wischte sich Sirona über die Lippen. Dann wankte sie auf den Lichtkegel des Feuers zu, in den Schutz des Lagers und ihrer Gefährten.

Am nächsten Morgen traten die bewaldeten Höhen des Arduenna Waldes allmählich zurück, die Erhebungen wurden sanfter, und der Wind, der in den vergangenen Tagen der ständige

Begleiter der sechs Reiter gewesen war, ebbte ab. Am Vormittag erblickte die kleine Gruppe in der Ferne das glitzernde Band der Mosa, die sich in zahlreichen Schleifen durch eine weite Ebene wand, und hielt darauf zu.

Sirona hatte gegenüber ihren Gefährten kein Wort darüber verloren, was in der Nacht zuvor geschehen war, und auch Segocondus bemühte sich, nach außen hin den Anschein von Alltäglichkeit zu wahren. Mit einem grimmigen Lächeln bemerkte sie jedoch, dass ihm das Reiten Schwierigkeiten bereitete, da der harte hölzerne Kern des Sattels empfindlich gegen seine wunden Weichteile drückte.

Als sie am späten Vormittag ein lichtes Birkengehölz in Ufernähe erreichten, beschloss Segocondus daher eher als gewöhnlich, eine Rast einzulegen. Sirona und Adbogios, der jüngste der Krieger, dem gerade der erste blonde Bartflaum spross, zogen los, um die Feldflaschen mit frischem Wasser aufzufüllen. Währenddessen errichteten die anderen aus Reisig und trockenen Zweigen eine Feuerstelle, um zwei Hasen zuzubereiten, die sie in den frühen Morgenstunden erlegt hatten.

Sirona und ihr Begleiter folgten einem Wildwechsel, der sich zwischen den schlanken schwarz-weißen Stämmen hindurch in Richtung Ufer schlängelte. Adbogios ging voran, bog fürsorglich Zweige beiseite und verhielt mit einem Mal so unvermittelt seine Schritte, dass Sirona auf ihn prallte.

»Was ist los?« Unwillkürlich senkte sie ihre Stimme. »Warum bleibst du stehen?«

Der junge Mann hob warnend die Linke, und Sirona verstummte. Beide lauschten angestrengt, und dann hörte sie es ebenfalls: die gleichmäßigen, dumpfen Schläge einer Trommel, dazwischen gebrüllte Kommandos.

Nur noch ein halbes Dutzend Schritte trennte sie vom sandigen Ufer der Mosa, deren Oberfläche zwischen den Birken in der blassen Vormittagssonne schimmerte. Adbogios und Sirona nahmen eine geduckte Haltung ein und schlichen weiter. Bereits wenige Herzschläge später hatten sie die letzten Stämme erreicht und kauerten sich im Schutz einiger Holundersträucher nieder.

Sie entdeckten sie im selben Augenblick. Eine römische Liburna kämpfte sich ihren Weg auf der rasch dahinfließenden Mosa stromaufwärts. Das Auwäldchen lag inmitten einer sanften Schleife des Flusses, sodass das Schiff von rechts geradewegs auf sie zukam.

Sirona stockte der Atem. Schon der bloße Anblick der Liburna wirkte Respekt einflößend. Ihr weit ausgezogener, oberhalb der Wasserlinie spitz zulaufender Bug ließ den schlanken Rumpf noch länger und bedrohlicher erscheinen. Aus den Seitenwänden ragten in zwei Reihen übereinander Ruder, die zu den regelmäßigen Schlägen einer Trommel ins Wasser eintauchten. Zusätzlich verfügte das Schiff über ein weißes Segel. Die Ruderer waren vom Ufer aus nicht zu sehen, doch im Bug machte Sirona eine Gruppe von Gestalten aus, von denen einige deutlich kleiner waren als die anderen.

Während sie noch darüber rätselte, wer diese kleineren Personen sein mochten, hatte das Kriegsschiff die Flussschleife so weit durchpflügt, dass es sich dem Ufer am nächsten befand und ihm seine Breitseite darbot. In diesem Moment ging Sirona schlagartig auf, was es mit den klein gewachsenen Gestalten auf sich hatte: Es waren Kinder! Ungefähr ein halbes Dutzend Jungen stand dort inmitten einer Schar römischer Legionäre und blickte in Richtung Ufer.

Einer von ihnen hob sich deutlich aus der Gruppe heraus und stach Sirona besonders ins Auge, denn er hatte feuerrote Locken, und sie kannte nur einen Jungen, dessen Locken von einem solchen Feuerrot waren, dass sein Kopf in Flammen zu stehen sch-

»Rove!« Der Schrei war heraus, ehe sie es verhindern konnte. »Roveci!«

Sie war aufgesprungen und schwenkte die Arme wild über dem Kopf, um die Aufmerksamkeit ihres Bruders auf sich zu ziehen. Doch augenblicklich krallte sich Adbogios' Faust in den Stoff ihres Umhangs und zerrte sie unerbittlich zurück zu Boden.

»Siro, bist du von Sinnen?«, zischte er. »Was ist denn in dich gefahren?«

Tränen glitzerten in ihren Augen, als sie ihrem Gefährten das Gesicht zuwandte, in dem Schmerz, Hilflosigkeit und Hoffnung miteinander rangen. »Das ... das ist Rove«, stammelte sie. »Der Junge mit den feuerroten Haaren ist mein Bruder.«

Adbogios blieb vor Überraschung der Mund offen stehen. Er erinnerte sich wohl, dass Sirona ihm einmal erzählt hatte, ihr jüngerer Bruder sei bei dem Überfall auf das Gehöft ihrer Eltern von den Römern verschleppt worden. Doch dass sie ihm ausgerechnet hier, tief im Nirgendwo und noch dazu auf einer römischen Liburna, wiederbegegnen sollte, erschien ihm mehr als unwahrscheinlich.

»Unsinn, Sirona.« Hastig packte er ihre Oberarme, da sie erneut aufspringen wollte. »Du täuschst dich, ganz gewiss. Was um alles in der Welt hätte dein Bruder auf einem römischen Kriegsschiff zu schaffen?«

Verzweifelt mühte sie sich, ihre Arme seinem Griff zu entwinden. Aber seine Hände umklammerten sie mit einer Kraft, die sie ihm nicht zugetraut hätte. »Lass mich endlich los«, fauchte sie und versuchte, mit den Fäusten auf seine Brust zu trommeln. Doch auch das wusste er zu verhindern. »Ich habe keine Ahnung, warum er dort ist. Aber es ist mein Bruder, ich weiß es!«

Der junge Mann ließ für die Dauer eines Lidschlags ihre Oberarme los, jedoch nur, um im nächsten Moment ihre beiden Handgelenke zu umfassen und wie in einem Schraubstock festzuhalten. Doch daraufhin kämpfte sie nur umso verzweifelter gegen ihn an. Und nun fing sie auch wieder an zu schreien: »Rove! Roveci! Ich bin hier, Rove!« Ihre Stimme klang schrill und hysterisch.

Adbogios wollte sie nicht schlagen. Aber er sah keine andere Möglichkeit, sie zur Besinnung zu bringen, und so schlug er sie zweimal kurz und hart ins Gesicht. Augenblicklich verstummten ihre Schreie, rote Flecke zeichneten sich auf ihren Wangen ab, und sie sackte wie eine Lumpenpuppe in sich zusammen.

Nach einem Moment entließ er ihre Handgelenke vorsichtig aus seinem Griff. Sie hatte jede Gegenwehr aufgegeben, presste stattdessen die Fäuste gegen ihre Schläfen und schluchzte laut auf. »Ich hab geschworen, ihn wiederzufinden, und jetzt hab ich ihn gefunden, und er ist unerreichbar weit weg«, wimmerte sie mit unnatürlich hoher, schriller Stimme.

Adbogios fühlte sich zunehmend hilflos. Unbeholfen legte er seinen Arm um ihre zuckenden Schultern und zog sie an sich. Immer noch schluchzend barg sie ihr Gesicht an seiner Brust.

Er glaubte keinen Augenblick daran, dass einer der Jungen auf dem Schiff wahrhaftig Sironas Bruder war. Doch ihm war ebenfalls aufgefallen, dass die Kinder hellhäutiger waren als Römer und auch keine dunklen Haare hatten, sondern blonde oder rötliche. Aber was bei allen Göttern machten Kinder auf einem römischen Kriegsschiff?

»Ich muss ihm hinterher«, brach Sirona plötzlich in seine Gedanken ein. Sie hatte ihre Hände von den Schläfen gerissen, ihre blauen Augen bohrten sich in seine. In ihrem Blick lag ein Flackern, das ihm einen Schauer über den Rücken jagte. »Komm, wir müssen ihnen folgen!«

Adbogios stöhnte innerlich. »Siro, wir können ihnen nicht folgen. Sieh doch selbst!« Mit einer hilflosen Geste deutete er auf die Liburna, von der nun nur noch das Heck zu sehen war und die sich bereits ein beträchtliches Stück von ihnen entfernt hatte. »Sie sind viel zu schnell. Wir würden sie niemals einholen.«

Sirona starrte ihn nur stumm und unverwandt an, als hätte er Lateinisch mit ihr gesprochen. Tränen rannen über ihre Wangen, aber sie schien sie nicht zu bemerken.

»Bitte nimm doch Vernunft an«, flehte er. »Selbst wenn es uns gelingen würde, sie einzuholen, könnten wir nichts gegen sie ausrichten. Wir wären zu sechst gegen die Besatzung eines römischen Kriegsschiffs! Wir kämen ja nicht einmal an sie heran. Es ist sinnlos, Siro, versteh das doch endlich.«

Immer noch schweigend wandte Sirona das Gesicht ab und starrte der Liburna durch einen Schleier von Tränen hinterher. Bei jedem Schlag tauchten die Ruderblätter für einen Moment aus dem Fluss auf und beschrieben Bögen aus Wassertropfen, die im blassen Licht der Sonne silbrig funkelten. Und mit jedem Ruderschlag entfernte sich das majestätische Schiff - und mit ihm Roveci - ein Stück mehr von ihr. Eine Windbö fuhr in das Segel, bauschte es und trug das ihre dazu bei, Sironas Bruder unaufhaltsam immer weiter von ihr fortzuschaffen. Es fühlte sich an, als würde er gerade zum zweiten Mal entführt, und ihr Herz stach in ihrer Brust, als wollte es jeden Augenblick zerspringen.

Doch ganz allmählich drangen Adbogios' Worte zu ihr durch, sickerten in ihr Bewusstsein, und sie gestand sich widerwillig ein, dass er recht hatte. Sie konnten gegen das Schiff und seine Besatzung nichts ausrichten. Sirona musste Roveci einem ungewissen Schicksal entgegenziehen lassen, ohne auch nur das Geringste dagegen unternehmen zu können.

Schwankend richtete sie sich auf. All ihre Kräfte hatten sie verlassen, und ihr Körper fühlte sich so taub an, dass sie nicht sicher war, ob ihre Beine sie tragen würden. Am liebsten hätte sie sich im weichen, trockenen Laub des vergangenen Herbstes zusammengerollt, wäre eingeschlafen und nie wieder aufgewacht.

Irgendwann bemerkte sie, dass Adbogios sie stumm und mit besorgtem Blick anstarrte, und ermahnte sich, sich zusammenzureißen. Sie durfte sich jetzt nicht gehen lassen, denn sie war eine Verpflichtung eingegangen, an die sie glaubte. Sie wollte Vercingetorix in seinem Kampf gegen Rom unterstützen, und deswegen musste sie nun stark sein.

Sie schöpfte tief Luft und kämpfte sich auf die Füße. Der junge Krieger erhob sich ebenfalls, seine Rechte an ihrem Arm, um sie zu stützen. Doch es gelang ihr, aufrecht zu stehen, und sie zwang sich zu einem Lächeln, das indes gründlich misslang. »Danke, es geht schon.«

Als sie schließlich die Wasserlinie erreichten, war das römische Kriegsschiff hinter der nächsten Schleife der Mosa verschwunden.

Schweigend und in gedrückter Stimmung füllten sie die Feldflaschen, kehrten zu ihren Gefährten zurück und berichteten ihnen von ihrem Erlebnis.

Zuerst wollten die anderen Männer ebenfalls nicht glauben, dass der rothaarige Junge wahrhaftig Sironas Bruder sein sollte. Dann meldete sich Catmelus zu Wort. Mit etwas über dreißig Jahren war er der Älteste der Gruppe. Seine kurzen weizenblonden Haare wichen an den Schläfen bereits deutlich zurück, und in seinen ordentlich gestutzten Bart mischte sich erstes Grau.

»Wie ihr wisst, stamme ich aus Atuatuca. Mein Vater und ich waren Weber. Wir unterhielten enge Beziehungen zu griechischen Händlern, die unsere Tuche kauften und bis in die Gallia transalpina verhandelten. Einer dieser Griechen berichtete uns, dass dort, in der Provinz, keltische Jungen bei römischen Familien leben und gemeinsam mit deren leiblichen Söhnen und Töchtern aufwachsen.«

»Aber wozu?«, wunderte sich Valetiacus. Ehe sie aufbrachen, hatte er seine schulterlangen, dunklen Haare an den Schläfen zu zwei Zöpfen geflochten und kleine, aus den Waffen getöteter Feinde geschmiedete Eisenringe eingebunden, was seinem Gesicht ein kriegerisches Aussehen verlieh.

Catmelus drehte die beiden Spieße, auf denen die ausgeweideten Hasen über dem Feuer brieten. »Nun, die Römer denken langfristig. Es geht ihnen nicht nur darum, Länder zu unterwerfen. Sie wollen sie in ihr Reich eingliedern. Wenn diese Kinder erwachsen sind, sollen sie in ihre Heimat zurückkehren und dazu beitragen, die Lebensweise der Eroberer unter den keltischen Stämmen zu verbreiten.«

»Und woher stammen diese Jungen?«, wollte Bellogenus wissen.

»Sie werden im gesamten von Kelten bewohnten Gebiet bei Raubzügen und Überfällen verschleppt und auf Schiffen die Mosa hinaufgebracht«, erklärte Catmelus. »Dann geht es ein Stück über Land und anschließend auf der Souconna und dem Rodanus weiter flussabwärts in die Gallia transalpina. Ich bin mir ziemlich sicher, dass es sich bei den Kindern an Bord der Liburna um solche entführten Knaben handelt.«

Sirona lauschte ihm mit einem Ausdruck, in dem sich Dankbarkeit mit schierer Verzweiflung mischte. Einerseits empfand sie Erleichterung darüber, dass Catmelus ihr Glauben schenkte und ihre Überzeugung, in dem rothaarigen Jungen ihren Bruder erkannt zu haben, mit seiner Schilderung bekräftigte. Andererseits erfüllte sie die Vorstellung, dass Roveci unerreichbar weit entfernt und unter Feinden aufwachsen musste, mit abgrundtiefer Trauer. Warum nur hatten die Götter ein solch grausames Schicksal für ihren kleinen Bruder vorgesehen?

Und wie sollte sie ihn unter diesen Umständen jemals wiederfinden?

Kapitel 16

Den Rest des Tages ritten sie am Ufer der Mosa stromaufwärts, um eine Stelle ausfindig zu machen, die eine Überquerung gestattete. Der Fluss war ohnehin zu breit und zu tief, um mit den Pferden hindurchzureiten, und nun, nach der Schneeschmelze, führte er besonders viel Wasser und floss schnell und reißend dahin.

Wieder und wieder tastete Sirona mit den Augen seine Oberfläche ab, immer in der Hoffnung, das römische Kriegsschiff zu entdecken, und stets in Gedanken mit der Frage beschäftigt, ob es nicht doch den Hauch einer Möglichkeit gäbe, Roveci aus den Händen seiner Entführer zu befreien. Aber ihre Sehnsucht blieb unerfüllt. Die Liburna, und damit ihr Bruder, hatte sich bereits unerreichbar weit von ihr entfernt.

Am nächsten Morgen brach die Gruppe auf, als sich die blasse Scheibe der Sonne im Osten in einen grauen, wolkenverhangenen Himmel schob. Nach wenigen Meilen begann es zu regnen. Wasser rann über die Gesichter der Reiter und hatte schon bald ihre Kleidung durchdrungen, die nass und kalt auf der Haut klebte. Selbst die Pferde trotteten mit gesenkten Köpfen dahin.

Am späten Vormittag riss die Wolkendecke auf, der Regen versiegte, und die Sonne verwandelte die Flussebene in eine dampfende, unwirkliche Landschaft.

Gegen Mittag trafen Sirona und ihre Gefährten endlich auf einen Ort, der sich für eine Überquerung eignete. Eine Insel teilte das schnell dahinfließende Band der Mosa in zwei Arme, die, jeder für sich, leichter zu bewältigen wären als der Fluss in seiner gesamten Breite. Anscheinend wurde diese Stelle regelmäßig für Überfahrten genutzt, denn hoch auf dem Ufer, unter den überhängenden Zweigen einer alten Bruchweide, lag ein Floß.

Sie saßen ab und breiteten ihre nassen Umhänge zum Trocknen aus. Während der Rest der Gruppe rastete, untersuchten Segocondus und Valetiacus die Plattform aus miteinander verknoteten Baumstämmen. Sie machte einen soliden Eindruck und bot genügend Platz, um alle Reiter mit ihren Tieren in einer einzigen Fahrt überzusetzen. Neben dem Floß entdeckten sie zwei lange, schlanke Birkenstämme, deren Äste man entfernt hatte und die dazu dienten, das schwere Fahrzeug zu staken und zu steuern.

Auch die Mosa war eine Göttin, und Flussüberquerungen standen unter dem Schutz Ritonas, der Herrin der Furten. Daher versammelten sich die sechs Reiter an der Wasserlinie, Segocondus entnahm seinem Beutel einige Bronzemünzen und übergab sie den Fluten. Dabei sprach er die rituelle Formel, mit der er die Göttinnen gnädig zu stimmen suchte und um eine gute Überfahrt bat.

Anschließend zogen und schoben die fünf Männer das Floß über das Ufer hinunter ins Wasser. Während Bellogenus und Catmelus es mithilfe der Staken daran hinderten abzutreiben, führten Sirona und die anderen die Pferde hinauf. Den Tieren war der schwankende Untergrund nicht geheuer, sie rollten angstvoll mit den Augen und schnaubten nervös. Doch ihre Reiter sprachen sanft auf sie ein, bis sie sich schließlich beruhigten.

Dann stießen Bellogenus und Catmelus das Fahrzeug vom Ufer ab und steuerten es in den Flussarm hinaus. Augenblicklich wurde es von der Strömung erfasst und trieb stromabwärts auf die Insel zu. Wasser schwappte über die miteinander vertäuten Baumstämme, durchnässte die Stiefel und umspülte die Hufe der Tiere, die unruhig zu tänzeln begannen.

Besonders Sironas Stute fürchtete sich vor dem kalten Nass, riss am Zügel und versuchte, nach hinten auszubrechen. Sirona wusste, dass sie nun rasch handeln musste. Ein scheuendes Pferd konnte das Floß leicht zum Kentern bringen, und in den schnell dahinfließenden Fluten der Mosa hatte ein Schwimmer kaum Aussichten, lebend ans rettende Ufer zu gelangen. So zwang sich Sirona, ihr eigenes Unbehagen zu ignorieren, griff mit der Linken in das Zaumzeug und legte ihre Rechte auf einen Punkt an der Brust der Stute, der eine beruhigende Wirkung besaß. Unter ihrer Handfläche fühlte sie die rasenden Schläge des großen Herzens, die sich jedoch schon bald verlangsamten, als die Furcht des Tieres abebbte.

Catmelus und Bellogenus erkannten rasch, dass die Strömung das Fahrzeug genau auf die nördliche Spitze der Insel zutrieb, sodass sie nur wenig eingreifen mussten. Nach einer Weile setzte das Floß hart auf dem schmalen, sandigen Streifen auf, der die Wasserlinie säumte. Die Pferde konnten es kaum erwarten, wieder festen Boden unter die Hufe zu bekommen, und drängten an Land. Während sich Sirona mit ihnen einen Weg durch niedriges Buschwerk zum jenseitigen Ufer bahnte, manövrierten die fünf Männer die hölzerne Plattform an Tauen um das stromabwärts gelegene Ende der Insel herum. Anschließend führten die Reiter ihre Tiere, die sich nun noch heftiger sträubten als zuvor, erneut hinauf, Catmelus stieß das Floß vom Ufer ab und steuerte es in den Flussarm hinaus.

Adbogios bemerkte das nahende Unheil als Erster. »Bei allen Göttern! Seht, dort!«

Erschrocken wirbelten die anderen herum.

Sirona fühlte, wie sich die feinen Härchen in ihrem Nacken aufrichteten, als sie den mächtigen Baumstamm sah. Dunkel und bedrohlich tanzte er in der Strömung wie ein riesenhafter Fisch und trieb dabei unaufhaltsam und mit beängstigender Geschwindigkeit auf die hölzerne Plattform zu.

Segocondus stieß einen Fluch aus und riss Catmelus die Stake aus der Hand. »Weg von hier«, schrie er Bellogenus zu, der in einigen Schritten Entfernung mit der zweiten Stake stand. Der reagierte sofort. Hektisch versuchten sie, das Fahrzeug mithilfe der Birkenstangen vorwärts zu befördern, raus aus der reißenden Strömung und der Bahn des gewaltigen, treibenden Geschosses. Doch die Mosa war an dieser Stelle zu tief, sodass die Staken den Grund des Flusses nicht berührten und die beiden Männer hilflos im Leeren stocherten.

Dann hatte das schwimmende Hindernis das Floß erreicht und rammte es. Ein wuchtiger Schlag lief durch die miteinander vertäuten Hölzer, die laut knarzend protestierten. Die Reiter kämpften mit rudernden Armen um ihr Gleichgewicht und wurden gegen die Pferde geschleudert, die vor Schreck schrill wieherten. Eine Welle schwappte über die Seite der Plattform und riss Sirona von den Füßen. Mit einem entsetzten Aufschrei ließ sie das Zaumzeug ihrer Stute fahren und landete hart auf den Hölzern des Floßes.

Das war zu viel für das ohnehin verängstigte Tier. Während Valetiacus hinzusprang und Sirona wieder auf die Beine half, machte die Stute einen Satz nach hinten. Ihre Hinterläufe glitten von den nassen Stämmen und tauchten ins Wasser ein. Verzweifelt bemühte sich das Tier, mit den Vorderhufen Halt zu finden, doch Sirona musste ohnmächtig mit ansehen, wie sein Körper unaufhaltsam von der Plattform in den Fluss rutschte, bis nur noch der Kopf mit den weit aufgerissenen Augen hinausschaute.

Catmelus schnellte nach vorn und warf sich flach auf den Boden des Floßes. Im letzten Moment gelang es ihm, die Zügel des Pferdes zu packen. Die arme Stute wieherte panisch und kämpfte schwimmend gegen die Strömung an, die sie von der

Plattform fortzutragen drohte. Der junge Krieger hielt ihre Zügel mit beiden Fäusten fest umklammert, obwohl es aussah, als würden seine Arme jeden Augenblick aus den Schultergelenken gerissen. Sirona wusste, dass ihr Gefährte diese Tortur nicht lange durchstehen könnte, und hoffte inständig, dass sie rechtzeitig das Ufer erreichten, ehe er den Schmerzen nachgeben und loslassen musste.

Auch die anderen Tiere waren durch den Aufprall in Panik versetzt worden und brachen zu den Seiten aus. Doch Sirona, Adbogios und Valetiacus drängten sie in der Mitte des Fahrzeugs zusammen und sprachen beruhigend auf sie ein.

Während ihr Herz raste und die nassen Kleider kalt und schwer an ihrem Körper klebten, riss Sirona den Kopf herum, um zu sehen, wie weit der rettende Strand noch entfernt war. Kahle Wipfel tauchten in ihrem Blickfeld auf: das Ufer!

Im selben Moment schrie Bellogenus: »Boden! Ich fühle Boden unter der Stake!«

Hastig reichte Valetiacus seine Zügel an Adbogios weiter, sprang hinzu und half Bellogenus, das Floß mithilfe der Birkenstange aus der Strömung hinaus und an den sicheren Strand zu lenken. Nun berührten auch die Hufe der Stute Grund. Während Catmelus ihre Zügel mit letzter Kraft gepackt hielt, kämpfte sie sich langsam in Richtung des Ufers.

Schließlich setzte das Fahrzeug auf dem sandigen Streifen oberhalb der Wasserlinie auf. Gemeinsam mit Adbogios führte Sirona die Pferde an Land. Dann nahm sie Catmelus, der gerade schwankend auf die Füße kam, die Zügel aus den verkrampften Fingern und geleitete die triefende, zitternde Stute die Uferböschung hinauf und hinter ein kleines Erlengehölz, von wo sie das Wasser nicht zu sehen vermochte. Sirona würde ihrem Gefährten später dafür danken, dass er das Tier gerettet hatte. Nun galt es zunächst einmal, die völlig verängstigte Stute zu beruhigen. Erneut legte sie ihr die Hand auf die Brust und sprach leise auf sie ein, bis sie fühlte, dass sich ihr wilder Herzschlag allmählich verlangsamte.

Erst sehr viel später, als sich die sechs Reiter ausgeruht und ihre nasse Kleidung in der Sonne notdürftig getrocknet hatten, bemerkte Sirona, dass sich die Ledertasche, in der sie ihre heilkundlichen Utensilien mitführte, nicht mehr am Sattel ihrer Stute befand. Sie lief zurück zum Floß, das die Männer hoch auf das Ufer gezogen hatten, suchte den Strand ab und watete so weit ins seichte Wasser hinein, wie gefahrlos möglich war. Doch die Tasche blieb verschwunden, verloren in den reißenden Fluten der Mosa.

Und mit ihr Leinentücher zum Verbinden von Wunden, Salben und Heilkräuter.

Kapitel 17

Mit der Überquerung der Mosa hatten die Reiter das Gebiet ihres eigenen Stammes hinter sich gelassen und betraten nun den Herrschaftsbereich der Remer, einer der wenigen keltischen Völkerschaften, die Bundesgenossen der Römer waren.

Die Landschaft bot ein gänzlich anderes Bild als das vom Krieg verwüstete Territorium der Eburonen: Rinder- und Schafherden bevölkerten die Wiesen und Weiden, auf denen das erste, frische Grün spross. Bauern bestellten ihre Felder, und auf den Straßen begegneten den Reitern Händler, die mit ihren Karren dem nächsten Markt zustrebten.

Sirona und ihre Gefährten passierten kleine Siedlungen und einzelne Gehöfte, die sich in Täler zwischen sanften Hügeln sprenkelten. Nachdem der Arduenna Wald mit seinem rauen Klima endlich hinter ihnen lag, durchquerten sie nun Landstriche, in denen bereits frühlingshaftes Wetter Einzug hielt. Die Luft wurde milder, der leichte Wind trug den Geruch frisch gepflügter Äcker mit sich, und die Bäume rechts und links des Weges trieben die ersten prallen Knospen.

Bei Einbruch der Abenddämmerung verließen Sirona und ihre Begleiter die Straße und baten an einem der Höfe um Unterkunft, die ihnen stets bereitwillig gewährt wurde. Außerdem erfuhren sie auf diese Weise wertvolle Neuigkeiten über den Fortgang des Aufstands gegen die römischen Eindringlinge.

Am achten Tag ihrer Reise übernachteten sie im Stammesgebiet der Suessionen bei einem wohlhabenden Adeligen mit Namen Betuus, der sie großzügig bewirtete. Nachdem sie sich mit frisch gebratenem Wild und Weizenbier gestärkt hatten, kam der Herr des Hauses, ein rundlicher Mann mittleren Alters mit einem buschigen Oberlippenbart und listigen, kleinen Augen, von sich aus auf die jüngsten Entwicklungen in den südwestlich gelegenen Territorien zu sprechen.

»Ich weiß ja nicht, ob Ihr in den Landstrichen am Renos schon von Vercingetorix gehört habt«, richtete er das Wort an Segocondus und warf ihm unter halb gesenkten Lidern einen lauernden Blick zu. Sirona schien es, als wolle er erst einmal behutsam vorfühlen, auf welcher Seite des Konflikts seine vor Waffen strotzenden Gäste standen.

Der Angesprochene nahm einen langen Schluck seines Weizenbiers und wischte sich mit dem Handrücken den Schaum von den Lippen. »Der Name Vercingetorix ist auch uns ein Begriff«, erklärte er darauf ebenso unverbindlich. »Kurz vor unserer Abreise erhielten wir Besuch von Händlern, die uns berichteten, dass dieser Mann den Widerstand gegen Caesar und seine Legionen schüre.«

Doch ihr Gastgeber ließ sich nicht täuschen, stieß ein dröhnendes Lachen aus und drosch Segocondus gut gelaunt auf die Schulter. »Was Euch gewiss nicht mit Trauer erfüllt, wie? Auch wir haben erfahren, was sich im vergangenen Jahr in den Gebieten zwischen Renos und Mosa zugetragen hat. Und wenn ich nun so weit im Westen bis zu den Zähnen bewaffnete Krieger sehe, auf deren Schilden eine Eibe prangt, bin ich durchaus in der Lage, eins und eins zusammenzuzählen.« Er schenkte ringsum Bier nach. »Ihr wollt Euch dem Widerstand anschließen, hab ich recht?«

Segocondus suchte den Blick des Mannes und hielt ihn fest. »So ist es. Die Römer haben unser Land verwüstet, unsere Hauptstadt dem Erdboden gleichgemacht und viele unserer Stammesgenossen getötet oder in die Sklaverei verschleppt. Wir möchten mithelfen, dieses Unrecht zu sühnen.«

Betuus neigte beifällig den Kopf. »Ich an Eurer Stelle würde ebenso handeln. Vercingetorix hat auch zu den Suessionen Boten geschickt, um Krieger anzuwerben. Ich wäre ebenfalls bereit zu kämpfen, bin jedoch leider ein wenig indisponiert.« Er hob seinen linken Arm, von dem der Ärmel der Tunika unterhalb des Ellbogens schlaff herabhing. »Das Gesinde und meine jüngeren Söhne werden hier, auf dem Gehöft, gebraucht, denn der Oberbefehlshaber benötigt unser Getreide und unser Vieh, um sein stetig wachsendes Heer zu ernähren. Aber meine beiden ältesten Söhne sind mit den Boten gegangen, und ich habe sie gern ziehen lassen. Es erfüllt mich mit Stolz, dass sie den keltischen Widerstand unterstützen.«

Dann wäre das ja geklärt, dachte Sirona erleichtert. Sie hegte die Vermutung, dass der gewitzte Betuus noch über so manch wertvolles Wissen verfügte.

»Was könnt Ihr uns über die jüngsten Ereignisse berichten?«, fragte Segocondus, als hätte er ihre Gedanken erraten.

Ihr Gastgeber strich sich mit Daumen und Zeigefinger der Rechten über seinen dichten rotblonden Oberlippenbart. »Derzeit belagert Vercingetorix Gorgobina, eine Stadt der Boier. Wie Ihr vielleicht wisst, wurde dieser Stamm vor einigen Jahren von Caesar unterworfen und dem Herrschaftsbereich der Aeduer zugewiesen, die ja bereits Verbündete der Römer sind. Indem Vercingetorix die Boier angreift, fordert er also gleichzeitig die Aeduer und damit indirekt auch Rom heraus. Ein raffinierter Zug, wie ich finde.«

Segocondus nickte anerkennend. »In der Tat. Wie hat Caesar darauf reagiert?«

»Er ist umgehend ins Gebiet der Boier aufgebrochen, um ihnen Beistand zu leisten. Da sie seine Bundesgenossen sind, muss er ihnen zu Hilfe eilen, wenn sie angegriffen werden. Täte er das nicht, kämen anderen verbündeten Stämmen womöglich Zweifel am Grad der Verbindlichkeit ihrer Freundschaft mit dem römischen Volk, und sie würden vom Bündnis abfallen. Das kann der Proconsul nicht riskieren, umso weniger, da Vercingetorix ebenfalls im Begriff ist, Allianzen zu schmieden und Mitstreiter um sich zu scharen. Also blieb ihm gar nichts anderes übrig, als einzuschreiten.«

»Kam es schon zu ersten Schlachten mit den Legionen?«, wollte Catmelus wissen.

Betuus schob ein weiteres Scheit ins Feuer. »Bislang beschränkt sich der Römer darauf, einzelne Städte anzugreifen. Auf dem Weg nach Gorgobina hat er Vellaunodunom, im Gebiet der Senonen gelegen, erobert. Von dort zog er nach Cenabum, einem Dunom der Carnuten. Seine Einwohner versuchten, im Schutz der Dunkelheit über eine Brücke, die die Liga überquert, zu fliehen. Doch Caesar bemerkte ihre Flucht und ließ alle gefangen nehmen. Er drang in die Stadt ein und gab Befehl, sie zu plündern und in Brand zu stecken.« Er starrte in die Flammen, die mit gierigem Knistern über das Scheit herfielen. »Cenabum hat teuer dafür bezahlt, dass die Carnuten vor einigen Monaten die dort ansässigen römischen Händler getötet haben - der erste, für Rom unübersehbare Hinweis darauf, dass sich der keltische Widerstand zu regen beginnt.«

Sirona erinnerte sich, dass die griechischen Weinhändler von diesem Ereignis berichtet hatten.

»Nun zieht Caesar eine Spur der Verwüstung hinter sich her«, schloss Betuus mit finsterer Miene. »Nach der Vernichtung Cenabums hat er die Liga überquert und ist in das Gebiet der Bituriger eingefallen. Sein Ziel ist, wie gesagt, Gorgobina. Doch auf dem Weg dorthin liegen noch viele andere Städte, die er dem Erdboden gleichmachen kann.«

Valetiacus nickte ernst. »Befürchtet Ihr, dass er auch hierherkommt?«

Betuus riss seinen Blick von dem brennenden Scheit los und holte tief Luft. »Freilich befürchten wir das. Der Krieg ist in den vergangenen Wochen stetig nähergerückt. In Agedincum, das nur knapp neunzig Meilen entfernt liegt, hat Caesar zwei Legionen stationiert. Er kann also jederzeit mit mindestens zehntausend Legionären in unser Gebiet einfallen. Wie sollten wir da nicht besorgt sein?«

Sirona fühlte einen eisigen Schauer ihren Rücken hinabrieseln. Das bedeutete, dass auch ihr Weg in den kommenden Tagen deutlich gefährlicher werden würde. Sie und ihre Begleiter müssten von nun an ständig damit rechnen, römischen Einheiten zu begegnen.

Nach dem Gespräch mit Betuus beschlossen die sechs Reiter, ihren Weg Richtung Gorgobina fortzusetzen, da Vercingetorix diese Stadt belagerte und sie dort auf ihn und sein Heer zu treffen hofften. Außerdem würde es ihnen auf diese Weise gelingen, Agedincum und die an diesem Ort stationierten Legionen weiträumig zu umgehen.

Am übernächsten Tag erreichten sie die Sicauna, den Grenzfluss zum Gebiet der Ambivareter, und überquerten sie ebenfalls mithilfe eines Floßes. Nach weiteren drei Tagen passierten sie die Liga über eine hölzerne Brücke und betraten damit den Herrschaftsbereich der Bituriger.

Unterdessen mehrten sich die Hinweise darauf, dass sie sich den Schauplätzen kriegerischer Handlungen näherten. Sie begegneten kaum einer Menschenseele. Nur vereinzelt arbeiteten Bauern auf den Feldern, die sofort misstrauisch aufblickten, als sie die fremden Reiter bemerkten, und ihnen mit den Augen folgten, bis sie überzeugt waren, dass sie nichts Böses im Schilde führten. Die Straßen und Handelswege schlängelten sich verwaist durch Landstriche, aus denen jedes Leben gewichen war. Die Höfe, die einzeln in der Landschaft verstreut lagen, wirkten verschlossen und abweisend. Sirona schien es, als hielte das Land den Atem an.

Einmal stießen sie und ihre Begleiter um die Mittagszeit auf die Reste eines gewaltigen Heerlagers. Die Spuren deuteten darauf hin, dass dort vor nicht allzu langer Zeit einige Tausend Römer gerastet hatten. Und als die Reiter am späten Nachmittag in einem Gehöft um einen Platz für die Nacht baten, erklärte ihnen der Bauer, dass Gorgobina nur noch zwei Tagesritte entfernt lag.

Am nächsten Tag brachen sie auf, als der Himmel über den Hügelkämmen im Osten die Morgendämmerung ankündigte, und schlugen den Weg Richtung Gorgobina ein. Nebel kroch über die Felder und Weiden, und der Atem der Pferde bildete weiße Wolken vor ihren Nüstern.

Nach wenigen Meilen trat der Weg in ein dichtes Waldstück ein und wurde so schmal, dass die Pferde nur hintereinandergehen konnten. Das fahle Licht des anbrechenden Tages sickerte durch das noch spärlich belaubte Geäst bis auf den Boden hinunter und tauchte die Stämme in diffuse Helligkeit. Der Geruch feuchter Erde und vermodernden Laubs stieg Sirona in die Nase.

Sie und ihre Gefährten waren eine knappe Viertelmeile in den Wald eingedrungen, als ihre Tiere mit einem Mal unruhig wurden. Catmelus' brauner Hengst, der voranschritt, scheute unvermittelt und drängte rückwärts, auf Sironas Stute zu. Die anderen Pferde ließen sich von seiner Erregung anstecken, tänzelten nervös auf der Stelle und brachen nach den Seiten aus, sodass ihre Reiter Mühe hatten, sie auf dem Weg und im Zaum zu halten.

Dann geschah alles scheinbar gleichzeitig. Der Braune stieg, Catmelus verlor das Gleichgewicht und wurde abgeworfen. Mit einem dumpfen Aufprall landete er auf dem Waldboden. Nur einen Herzschlag später hörte Sirona das kurze, harte Knacken eines brechenden Knochens, als einer der beiden Vorderhufe des Hengstes bei der Landung den Unterschenkel seines Reiters traf. Catmelus stieß einen gellenden Schmerzensschrei aus, während sein Tier durchging und kopflos davongaloppierte.

Im selben Moment drang aus dem Unterholz links des Weges das Rascheln trockenen Laubs, das sich rasch näherte. Als Sirona und ihre Gefährten erschrocken in ihren Sätteln herumwirbelten, brach ein Rudel Wölfe zwischen den Stämmen hervor und begann, die Gruppe der Reiter zu umkreisen.

Jetzt wurden die Pferde erst recht panisch, wieherten schrill vor Angst und keilten nach den Raubtieren aus, die jedoch klug genug waren, sich in einem respektvollen Abstand von den scharfkantigen Hufen zu halten.

Auch Sironas Stute war von Panik ergriffen worden und bäumte sich auf. Mit aller Kraft presste ihre Reiterin die Beine an die zitternden Flanken des Pferdes, krallte ihre Finger in seine dicke Mähne und schaffte es irgendwie, im Sattel zu bleiben, während sie sich gleichzeitig angstvoll bemühte, die Wölfe im Blick zu behalten.

Es waren ihrer sechs, zwei Elterntiere mit dem nahezu erwachsenen Nachwuchs des vergangenen Jahres, große graue

Gestalten mit dichtem Fell und bernsteinfarbenen Augen. Unter anderen Umständen hätte Sirona Bewunderung für diese imposanten und klugen Geschöpfe empfunden. Im Moment jedoch fühlte sie nur Furcht, die wie flüssiges Feuer durch ihre Glieder rieselte.

Arduinna, hilf!

Arduinna? Plötzlich ging ihr auf, dass die Göttin des Arduenna Waldes, die sie seit ihrer Kindheit stets angerufen hatte, wenn sie sich in Not befand, so weit entfernt von Ihrem Herrschaftsbereich über keinerlei Macht verfügte. Doch wen sonst konnte sie um Beistand anflehen?

Ihr blieb keine Zeit, darüber nachzudenken, denn wie auf ein unsichtbares Zeichen hörten die Wölfe mit einem Mal auf, die Gruppe der Reiter zu umkreisen, und konzentrierten sich stattdessen auf den am Boden liegenden Catmelus. Beinah spielerisch schnappte eines der Jungtiere nach seinem linken Arm, während sich ein zweites auf das gebrochene Bein stürzte. Der Angegriffene schrie vor Schmerz und Entsetzen und setzte sich mit seinem rechten Arm und dem gesunden Bein verzweifelt gegen die Raubtiere zur Wehr.

Dann jaulten die beiden jungen Wölfe jäh auf und sanken, von Pfeilen getroffen, zu Boden. Augenblicklich wurden die anderen vorsichtiger. Die verbleibenden zwei Jungtiere blickten auf ihre Eltern, unsicher, ob sie den Angriff fortsetzen oder sich zurückziehen sollten. Als plötzlich ihre Mutter unter einem weiteren Pfeil zusammenbrach, gaben die übrigen Tiere auf und zogen sich so unvermittelt, wie sie erschienen waren, wieder in das Unterholz zurück. Ein paar erbebende Farnwedel und das schnell leiser werdende Rascheln des Laubs unter ihren Pfoten verrieten, dass sich das Rudel eilig entfernte. Einen Moment später hatte der dichte Wald sie verschluckt.

Sofort glitten Sirona und der hinter ihr reitende Segocondus aus dem Sattel und knieten, ihre immer noch verängstigten Pferde am kurzen Zügel, neben Catmelus nieder. Die anderen Reiter stiegen ebenfalls ab. Bellogenus schleifte die Kadaver der Wölfe ins Unterholz und zog die Pfeile heraus, die erneut verwandt werden konnten. Währenddessen führte Adbogios seinen Hengst vorsichtig an Catmelus vorbei, saß wieder auf und machte sich an die Verfolgung des durchgegangenen Braunen.

Der Verletzte hatte die Augen geschlossen, presste den blutenden Unterarm an seine Brust und stöhnte. Als Sirona die Zügel ihrer Stute an Segocondus weiterreichte und sich über ihn beugte, flackerten Catmelus' Lider, und er suchte mit schmerzverzerrtem Gesicht ihren Blick.

»Lass mich nach der Bisswunde sehen«, bat sie sanft. Als er ihr zögernd seinen Arm überließ, zog sie ihren Dolch unter dem Sagon hervor und trennte den Ärmel seiner Tunika vorsichtig auf, bis die Stelle offen vor ihr lag.

Die Zähne des Wolfs hatten sich tief in Catmelus' Fleisch gegraben. Die Wunde blutete stark, und die Elle war gebrochen, wie Sirona durch behutsames Abtasten herausfand. Doch wenigstens waren die Knochenstücke nicht verschoben, und der Verletzte vermochte alle Finger zu bewegen, wenn auch nur unter Schmerzen.

Dann wandte sie sich seinem rechten Bein zu. Sie löste die Kordel, die das Hosenbein am Knöchel zusammenhielt, und schob den Stoff vorsichtig nach oben. Wie sie befürchtete, hatte der Huf des Braunen das Schienbein gebrochen, sodass der untere Teil des Schenkels dort, wo sich die beiden Knochenenden gegeneinander verlagert hatten, auf groteske Weise verdickt war.

Dennoch bereitete Sirona die Verletzung in Catmelus' Unterarm weitaus größere Sorgen. Sie wusste, dass Bisswunden dazu neigten, sich zu entzünden. Und aus Gründen, die sie nicht kannte, sprach diese Art von Wundbrand auf das Auflegen ihrer Hände nur bedingt an. Sofern man die richtigen Heilpflanzen zur Verfügung hatte sowie die Gerätschaften, um sie zuzubereiten, und wenn man rechtzeitig mit der Behandlung begann, gelang es häufig, eine Entzündung zu verhindern. Doch sie besaß nichts von alledem, da ihre gesamten Vorräte und heilkundlichen Utensilien nun auf dem Grunde der Mosa ruhten.

Aber zunächst einmal galt es, die Blutung zum Stillstand zu bringen. Sirona rutschte wieder neben Catmelus' Arm, legte ihre Rechte leicht über die Zahnabdrücke des Wolfs und bedeckte sie mit der Linken. Während sie ihre Hände auf der Wunde ruhen ließ, wandte sie sich an Bellogenus und Valetiacus, die mit hängenden Schultern hinter ihr standen. In ihren Mienen spiegelten sich Hilflosigkeit und Sorge um ihren Gefährten.

»Ich brauche Material für Verbände. Schneidet mir Stoff in möglichst lange Streifen. Außerdem benötige ich vier gerade Zweige, zwei kürzere, um den Arm zu schienen, und zwei längere für das Bein.«

Sichtlich froh, etwas tun zu können, schlangen die beiden jungen Männer die Zügel ihrer Pferde um eine schlanke Birke am Wegesrand. Während sich Valetiacus daranmachte, ihre Satteltaschen nach Stoff zu durchsuchen, verschwand Bellogenus mit einer Axt zwischen den Stämmen, um geeignete Zweige zu schlagen.

Schon bald quoll immer weniger Blut unter Sironas Handflächen hervor. Aus dem Augenwinkel nahm sie den bewundernden Blick wahr, mit dem Segocondus sie bedachte, ignorierte ihn jedoch geflissentlich. Sie wartete noch einige weitere Herzschläge, ehe sie ihre Hände vorsichtig von Catmelus' Arm löste. Befriedigt stellte sie fest, dass die Blutung zum Stillstand gekommen war. Bellogenus reichte ihr zwei gerade gewachsene Zweige und Valetiacus ein Bündel Stoffstreifen, die er aus einer Decke geschnitten hatte. Mit Segocondus' Hilfe schiente und verband Sirona den Unterarm.

Nun kam der schwierigere Teil. Sie rutschte erneut neben die Beine des Verletzten. »Ich werde dir jetzt leider wehtun«, erklärte sie ihm, »denn ich muss die Knochen in die richtige Position bringen, ehe ich sie schiene, damit sie nicht schief zusammenwachsen.«

Auf der Stirn ihres Patienten perlten winzige Schweißtropfen, doch er nickte stumm. Valetiacus ging neben ihm in die Hocke, zog den Dolch und schob seinem Freund den hölzernen Griff zwischen die Zähne.

Sirona wandte sich an Segocondus. »Halt seinen Oberschenkel fest, damit ich den Unterschenkel richten kann«, bat sie ihn und bemühte sich, jegliches Gefühl aus ihrer Stimme zu verbannen. Hier ging es nicht um sie oder ihn, sondern einzig und allein darum, ihrem Gefährten schnell und kundig zu helfen.

Segocondus, gewohnt, selbst Befehle zu erteilen, tat dennoch sofort, wie ihm geheißen. Er hockte sich rittlings auf Catmelus' Oberschenkel und umklammerte ihn zusätzlich mit seinen Händen.

Sirona warf dem Verletzten einen fragenden Blick zu. »Bist du bereit?«

Er gab ein Grunzen von sich.

Sie atmete ein paar Mal tief ein und aus und konzentrierte sich vollkommen auf die vor ihr liegende Aufgabe. Es musste ihr gelingen, die beiden Knochenenden des Schienbeins gleich beim ersten Versuch wieder in ihre ursprüngliche Lage zu bringen, um ihrem Patienten unnötige Schmerzen zu ersparen.

Sie sandte eine stumme Bitte an Grannos, den Gott der Heilung, sie das Richtige tun zu lassen. Dann umfasste sie mit der Rechten Catmelus' Fuß, legte die Linke um seinen Unterschenkel knapp oberhalb der Bruchstelle und fügte die Knochenstücke mit einer fließenden, zugleich ziehenden und drehenden Bewegung wieder zueinander. Ein grässliches Knirschen ertönte, der Verletzte stieß einen Schrei aus, der durch den Griff des Dolches zwischen seinen Zähnen zu einem Gurgeln erstickt wurde, doch das Werk war vollbracht. Die beiden Knochenhälften befanden sich in ihrer anatomisch richtigen Position.

Sirona holte tief Luft, löste ihre Hände vorsichtig vom Bein ihres Gefährten und sandte der Gottheit ein stummes Dankgebet, ehe sie sich mit einem aufmunternden Lächeln an Catmelus wandte. »Das Schlimmste hast du überstanden. Der Knochen wird wieder ordentlich zusammenwachsen. Wir müssen ihn jetzt nur noch schienen.«

Segocondus half ihr, den Unterschenkel mit einem Verband aus zwei geraden, kräftigen Zweigen und Stoffstreifen zu fixieren. Anschließend übernahm er erneut das Kommando. »Denkst du, du kannst reiten?«

Mit zitternden Fingern nahm der Verletzte den Griff des Dolches, der deutliche Spuren seiner Zähne aufwies, aus dem Mund. »Ich werde es versuchen«, erklärte er matt.

Segocondus nickte erleichtert. »Gut. Das Beste wird sein, wenn du mit Sirona auf ihrer Stute reitest. Sie ist die Leichteste von uns.«

Sirona faltete die übrig gebliebenen Stoffstreifen zusammen, erhob sich und verstaute sie in der Satteltasche, die ihr Valetiacus nach dem Verlust ihrer eigenen überlassen hatte. »Doch wohin sollen wir uns wenden? Catmelus wird auf Wochen hinaus nicht imstande sein zu kämpfen, und ich befürchte, dass sich die Bisswunde schon sehr bald entzündet. Wir müssen ihn irgendwohin bringen, wo sich eine Weise Frau oder ein Druide seiner annimmt und wo er bleiben kann, bis er genesen ist.«

»Avariko«, schlug Bellogenus vor. »Sagte der Bauer gestern Abend nicht, die Hauptstadt der Bituriger liegt nur einen Tagesritt entfernt? Dort wird es Heilkundige geben, in deren Obhut wir Catmelus übergeben können.«

Segocondus überlegte kurz. »Ihr habt recht. Reiten wir nach Avariko.«

Es war unmöglich, den Verletzten in den Sattel zu hieven, ohne ihm weitere Schmerzen zu bereiten. Aber schließlich hatten sie es geschafft. Nur Catmelus' kalkweiße Gesichtsfarbe und der Schweiß, der auf seiner Stirn stand, bewiesen, welche Tortur es für ihn gewesen sein musste.

Sirona wollte sich gerade hinter ihm auf die Kruppe der Stute ziehen, als sie in der Ferne Hufschläge hörte, die sich rasch näherten. Der weiche Waldboden und das Laub des vergangenen Herbstes dämpften den Klang, doch es schien ihr, als handele es sich um zwei Tiere.

Wie von selbst fuhren die Hände der Männer zum Heft ihres Schwerts. Dann jedoch kam Adbogios um die letzte Biegung des Weges, und hinter sich führte er am langen Zügel Catmelus' durchgegangenen Hengst.

Um dem Verletzten die Mühsal des Absitzens und erneuten Aufsitzens auf sein eigenes Tier zu ersparen, entschied Segocondus, dass Sirona Catmelus' Braunen übernehmen würde. Ihre Muskeln hatten sich unterdessen an die ausgedehnten Etappen gewöhnt, sodass sie nicht länger darauf angewiesen war, ein sanftmütiges Tier mit ruhigem Gang zu reiten. So nahm sie die Zügel aus Adbogios' Hand und saß auf.

Sobald die sechs Reiter den Wald hinter sich gelassen hatten, suchten sie jedes einzelne Gehöft am Wegesrand auf, klopften ans Tor und baten die Bewohner, ihnen Heilpflanzen und Gerätschaften zu ihrer Zubereitung zu überlassen. Doch alle Türen blieben fest verschlossen. Die Zeiten waren unruhig, der nahende Krieg warf seine Schatten voraus, und man duldete keine bewaffneten Fremden unter dem eigenen Dach.

Sirona konnte den Menschen ihre abweisende Haltung nicht einmal verübeln. Schließlich sah man ihr und ihren Gefährten die Strapazen der Reise an. Und wer wusste denn schon, ob diese abgerissenen Gestalten nicht zu einem der mit den Römern verbündeten Stämme gehörten?

Als sie am Nachmittag desselben Tages eine Rast einlegten, nahm Sirona den Verband am Unterarm ihres Patienten ab, um sich vom Zustand der Bisswunde zu überzeugen. Erschrocken sah sie, dass deren Umgebung bereits leicht angeschwollen war und sich zu röten begann, schneller, als sie befürchtet hatte. Sie versuchte, den beginnenden Wundbrand zu bekämpfen, indem sie Catmelus die Hände auflegte. Darüber hinaus konnte sie nur hoffen und zu Grannos beten, dass es ihr gelingen würde, die Entzündung so lang im Zaum zu halten, bis sie Avariko erreichten oder sich doch noch ein Bauer ihrer erbarmte und ihr seinen Vorrat an Heilkräutern zur Verfügung stellte.

Erstmals fanden sie am Ende dieses Tages auch keinen Unterschlupf in einem Gehöft. So blieb den Reitern nichts anderes übrig, als im Schutz eines Gehölzes zu übernachten, wo sie sich aus trockenem Laub und Decken ein Lager bereiteten. Und Sirona beschränkte die Behandlung notgedrungen darauf, ihrem Gefährten die Hände aufzulegen.

Kapitel 18

Am nächsten Morgen war der Bereich rings um die Bisswunde weiter angeschwollen und gerötet, und in den tiefen Abdrücken, die die Zähne des Wolfs hinterlassen hatten, bildeten sich erste Eiterherde. Die Augen des Verletzten glänzten unnatürlich, seine Hände waren eisig, Stirn und Wangen glühten jedoch. Sirona wusste, was das bedeutete: Die Entzündung breitete sich in seinem Körper aus, der dagegen anzukämpfen versuchte.

Erneut legte sie ihrem Gefährten die Hände auf, doch sie fühlte sich zunehmend hilflos. Sie würden im Verlaufe dieses Tages unbedingt jemanden finden müssen, der Catmelus mit geeigneten Heilpflanzen behandeln konnte, sonst befürchtete Sirona das Schlimmste.

Sie brachen auf, noch ehe sich die ersten Strahlen der Sonne ihren Weg über den Horizont im Osten tasteten. Schon bald entdeckten sie auf einem Feld einige Bauern, die jedoch allesamt die Flucht ergriffen, als sie die Reiter geradewegs auf sich zukommen sahen. Gereizt hieb Segocondus seinem Fuchs die Sporen in die Flanken, hatte einen von ihnen nach wenigen Augenblicken eingeholt und lehnte sich aus dem Sattel, um ihn am Halsausschnitt seiner schäbigen Tunika zu packen.

»So bleib doch stehen«, herrschte er ihn an. »Wir hegen keine feindlichen Absichten, sondern wollen dich bloß nach dem kürzesten Weg nach Avariko fragen.« Er gab den Mann frei, der ihn zwischen tief in die Stirn hängenden, schmierigen Haaren hervor misstrauisch beäugte, aber wenigstens nicht länger vor ihm davonlief.

Der Bauer richtete seine Tunika und rückte den Gürtel zurecht. »Avariko? Hinter diesem Wald da drüben.« Er deutete zum südlichen Horizont, wo sich im morgendlichen Dunst eine dunkle Masse erstreckte. »Vier bis fünf Stunden, wenn Ihr zügig reitet. Doch gebt acht. Gestern hat ein Trupp Aeduer, Verbündete der verfluchten Römer, meinen Hof überfallen und mein Vieh geraubt. Ich muss den Göttern danken, dass sie ihn nicht auch noch in Brand gesteckt haben. Zum Glück haben wir sie rechtzeitig bemerkt und uns in Sicherheit gebracht.«

Das erklärte die panische Reaktion des Bauern und seiner Söhne bei ihrem Anblick, dachte Sirona. Man konnte in diesen

Tagen gar nicht genug auf der Hut sein in diesem seltsamen Krieg, in dem selbst Kelten gegen Kelten kämpften.

Sulis näherte sich bereits dem höchsten Punkt Ihrer Reise, als die sechs Reiter den Wald endlich hinter sich ließen und die Pferde auf einer Anhöhe verhielten. Zu ihren Füßen erstreckte sich eine Ebene, in deren Zentrum sich die Hauptstadt der Bituriger ausdehnte. Sirona stockte der Atem, als ihre Augen die beeindruckende Größe der Anlage erwanderten, die diejenige Atuatucas bei Weitem übertraf. Außerdem war dieses Dunom, im Gegensatz zur Hauptsiedlung der Eburonen, von einer massiven Mauer umgeben, die in gleichmäßigen Abständen von hölzernen Türmen überragt wurde.

Die Reiter folgten dem Weg, der zunächst in einem lang gezogenen Bogen nach Süden schweifte, ehe er auf die Stadt zuführte. Bald schon erkannten sie den Grund dafür: Die Ebene rings um Avariko bestand aus sumpfigem, von zahllosen Wasserläufen durchbrochenen Gelände, das die Anlage auf drei Seiten gegen mögliche Angriffe abriegelte. Lediglich im Südwesten erhob sich ein breiter Damm aus dem Morast, über den man trockenen Fußes in das Dunom gelangte. Seine hervorragende Lage und die gewaltige Mauer machten Avariko in Sironas Augen zu einer uneinnehmbaren Festung.

Je weiter sie und ihre Begleiter sich der Stadt näherten, desto mehr Menschen begegneten ihnen. Auf der Straße, die über den Erddamm auf das Tor zuführte, herrschte reges Kommen und Gehen. Ein Trupp berittener Krieger preschte ihnen in großer Eile entgegen, und die sechs Reiter mussten ihre Tiere an den Rand drängen, um ihn passieren zu lassen. Händler mit Planwagen und Bauern aus der Umgebung, die ihre Waren auf dem Markt feilbieten wollten, strömten auf Ochsenfuhrwerken in die Stadt hinein. Andere, die ihre Geschäfte bereits getätigt hatten, verließen das Dunom mit leeren Karren.

Sirona und ihre Gefährten verhielten die Pferde am Ende der langen Kolonne aus Wagen, Tieren und Menschen, die geduldig darauf warteten, Einlass zu finden. Während sie im Schritttempo auf das Tor vorrückten, ließ Sirona ihre Augen voller Bewunderung über die imposante Mauer wandern, die steil vor ihnen in die Höhe ragte. Sie war in einer Bauweise errichtet, wie Sirona sie noch nie zuvor gesehen hatte. Massive hölzerne Balken bildeten ein gleichmäßiges Gefach, das mit

Bruchsteinen verfüllt war und so wirkte, als könne ihm kein feindliches Belagerungsgerät gefährlich werden.

Neben ihr pfiff Valetiacus anerkennend durch die Zähne. »Diese Mauer ist uneinnehmbar«, befand er, als hätte er ihre Gedanken erraten. »Kein Rammbock kann ihr etwas anhaben, und in Brand stecken lässt sie sich auch nicht. Sollten wir jemals nach Hause zurückkehren, werden wir unser Dorf mit einer ähnlichen Befestigung umgeben.«

Die Sonne neigte sich bereits dem Horizont im Westen zu, als die sechs Reiter schließlich das gewaltige, von zwei hölzernen Türmen flankierte Tor erreichten. Seine beiden Flügel standen weit offen, doch bewaffnete Krieger kontrollierten jeden, der die Stadt betreten wollte. Sirona und ihre Begleiter tauchten in die Schatten des Torhauses ein und verhielten ihre Tiere vor einer der Wachen.

Der Bituriger ließ seinen Blick über die Schilde wandern, die die fünf Männer auf dem Rücken trugen. Mit dem Abbild der Eibe wusste er jedoch allem Anschein nach nichts anzufangen. »Wer seid Ihr, und was ist Euer Begehr?«, wandte er sich an Segocondus.

»Wir sind Eburonen und haben den weiten Weg aus dem Arduenna Wald auf uns genommen, um uns Vercingetorix' Heer anzuschließen.« Er wies auf Catmelus, der hinter ihm ritt. »Außerdem benötigen wir dringend die Hilfe eines Heilers.«

Der Bituriger musterte den Verwundeten, der vornübergebeugt im Sattel saß. Dann nickte er, führte zwei Finger zum Mund und stieß einen gellenden Pfiff aus. Nur einen Augenblick später erschien ein blonder Bursche von zehn oder zwölf Jahren. »Ja, Herr?«

»Bring diese Fremden zu Galatos.« Er wandte sich erneut an Segocondus. »Galatos ist unser oberster Druide. Bei ihm ist Euer Gefährte in den besten Händen.«

Segocondus dankte ihm, und die sechs Reiter setzten ihre Pferde mit leichtem Schenkeldruck wieder in Bewegung.

Der Junge lief voraus. »Folgt mir«, rief er über die Schulter zurück. »Ich zeige Euch den Weg«.

Nachdem sie das Torhaus hinter sich gelassen hatten, gelangten sie auf eine breite, gepflasterte Straße, die dem in der Ferne liegenden Versammlungsplatz zustrebte. Dahinter erhob sich eine Anhöhe, auf der mehrere größere Gebäude standen, deren weiß getünchte Fassaden von den letzten Strahlen der Sonne in goldenes Licht getaucht wurden. Sirona vermutete, dass es sich um die Hallen des Königs, der Druiden und anderer hochgestellter Persönlichkeiten handelte. Zu beiden Seiten der Straße drängten sich Fachwerkhäuser aneinander, zwischen denen hier und dort Gassen abzweigten.

Der Verkehr, der sich die Hauptstraße entlangwälzte, war so dicht, dass die Pferde im Schritt und hintereinandergehen mussten. Staunend schaute Sirona sich um. Nie und nimmer hätte sie erwartet, inmitten der ausgedehnten, spärlich besiedelten Waldgebiete, die sie in den vergangenen Tagen durchquert hatten, auf eine so lebhafte und pulsierende Stadt zu stoßen.

Avariko war bedeutend größer, als Atuatuca es je gewesen war, und beherbergte viel mehr Einwohner. Auf der Straße und den Wegen zwischen den Häusern wimmelte es von Menschen, die ihren alltäglichen Verrichtungen nachgingen und geschäftig hin und her eilten. Bauern und Händler blockierten mit ihren Fuhrwerken den Fahrweg, darunter viele Griechen und andere fremdländisch aussehende Männer, die, wie Sirona annahm, aus den Gebieten rings um das Mare internum stammten. Ein Schweinehirt trieb mehrere Sauen mit ihren Ferkeln vor sich her. Reiter versuchten, ihre Pferde zwischen den vielfältigen Hindernissen hindurchzuschlängeln, und eine Handvoll Kinder spielte im dichtesten Gewühl Fangen.

Und dabei ging es alles andere als leise zu. Menschen entboten einander ihren Gruß, warfen sich derbe Flüche zu, wenn kein Weiterkommen möglich war, oder tauschten Neuigkeiten aus. Ochsen, die sich ihren Weg durch das Gedränge und Geschiebe bahnen mussten, muhten unwillig, Wagenräder rumpelten über das Pflaster, und ein Maultier, dem das emsige Treiben nicht geheuer war, stieß durchdringende Schreie aus.

Sirona atmete tief durch, ehe sie ihr Pferd hinter Catmelus' Hengst in das Getümmel hineinlenkte. Sie fühlte mit dem armen Maultier. Angesichts der Enge zwischen den rechts und links der Straße aufragenden Häuserfronten und der regen Betriebsamkeit vor ihr spürte auch sie Beklemmung in sich aufsteigen. Ihrer Stute schien es ähnlich zu ergehen, denn sie reagierte nur widerwillig auf den Schenkeldruck.

Es dauerte eine ganze Weile, bis sich die kleine Gruppe einen Weg durch den Verkehr gebahnt und den Versammlungsplatz erreicht hatte. An seinem hinteren Ende erhob sich eine übermannshohe Holzsäule in Menschengestalt, das Bildnis

Avaros, des Gottes der Stadt. Der Bereich zu Füßen der Statue war mit einer niedrigen Mauer aus Bruchsteinen vom Rest der Fläche abgetrennt. In dem so entstandenen heiligen Bezirk hatten Einwohner Avarikos Opfergaben niedergelegt, um die Gottheit um eine Gunst zu bitten oder Ihr für eine empfangene Wohltat zu danken. Auf der rechten Seite des Platzes schlossen sich der Markt mit seinen Ständen und dahinter das Viertel an, in welchem die Handwerker ihre Werkstätten hatten und ihre Waren feilboten.

Der blonde Bursche führte die sechs Reiter auf geradem Wege über den Versammlungsplatz hinweg und folgte weiterhin der Hauptstraße, die zu der kleinen Anhöhe hin stetig anstieg.

Nachdem sie das Zentrum Avarikos hinter sich gelassen hatten, dem die Bauern und Händler mit ihren Fuhrwerken zustrebten, ließ der Verkehr deutlich nach. Hier, im höher gelegenen Teil der Stadt, waren nur Fußgänger und einige Reiter unterwegs, sodass Sirona und ihre Gefährten schneller vorankamen.

Der Junge wandte sich halb zu ihnen um. »Wir sind gleich da. Das Haus des Druiden Galatos liegt dort oben.« Er deutete zu einem der Gebäude auf dem Hügel.

Keinen Augenblick zu früh, dachte Sirona, die hinter Catmelus ritt, erleichtert. In den vergangenen Stunden hatte sich sein Zustand deutlich verschlechtert. Immer wieder schüttelten ihn heftige Anfälle von Fieberfrost, und sie beobachtete mit Sorge, dass er sich kaum noch im Sattel halten konnte.

Bald darauf hatten sie den Gipfel der Anhöhe erreicht, und der blonde Bursche klopfte an die verblichene Tür eines der großen, strohgedeckten Fachwerkhäuser. Einen Moment später schwang sie nach innen auf, und ein Mann mittleren Alters erschien im Türrahmen. Er trug das lange weiße Gewand der keltischen Priester. Sein Gesicht war bis auf einen ordentlich gestutzten Kinnbart glatt geschabt, und die Tonsur der Druiden ließ seine Stirn bis zu einer Linie, die die Ohren miteinander verband, kahl. Seine dunkelblonden Haare, in denen sich erste graue Strähnen zeigten, fielen ihm offen bis auf die Schultern. Um seinen Hals bemerkte Sirona einen prächtigen goldenen Torques, dessen Enden in einer Kugel mündeten und mit Einlagen aus roter Koralle verziert waren. Galatos strahlte eine natürliche Autorität aus, doch die vielen Fältchen um seine klugen braunen Augen verrieten auch seine Warmherzigkeit. Sirona fasste sofort Vertrauen zu ihm.

»Seid gegrüßt, Herr.« Der Junge deutete auf Catmelus. »Dieser Krieger braucht Eure Hilfe.«

Die Reiter saßen ab. Während Bellogenus und Adbogios dem Verletzten vorsichtig aus dem Sattel halfen, dankte Segocondus dem Burschen, fischte eine kleine Bronzemünze aus seinem Beutel und gab sie ihm.

Als sich der Junge umdrehte und in Richtung des Stadtzentrums zurücklief, wandte sich Segocondus an den Druiden. »Ich grüße Euch, Herr. Wir sind Eburonen und hierhergekommen, um uns Vercingetorix' Heer anzuschließen. Zuvor jedoch benötigt mein Freund Catmelus dringend die Dienste eines Heilers.«

Galatos erwiderte den Gruß, während sein Blick an dem jungen Krieger vor ihm vorbei zu dem Verletzten wanderte. Er zog die Augenbrauen zusammen, und eine steile Falte erschien über seiner Nasenwurzel. Dann nickte er. »Bringt ihn hinein. Ich werde sehen, was ich für ihn tun kann.« Besorgt stellte Sirona fest, dass er alles andere als zuversichtlich klang.

Bellogenus und Adbogios stützten Catmelus, der sich kaum noch auf den Beinen zu halten vermochte, und betraten mit ihm das Haus. Ihre Gefährten folgten ihnen.

Das geräumige, fensterlose Gebäude wurde durch eine Feuerstelle erhellt, um die herum Felle den Boden bedeckten. Im Hintergrund befand sich die Bettstatt, auf der Galatos seine Patienten zu behandeln pflegte: ein kniehoher hölzerner Rahmen, der mit einem Strohsack und Decken gepolstert war. Auf der linken Seite standen ein Tisch und zwei Schemel, auf der rechten führte ein von einem Vorhang verschlossener Durchgang in einen zweiten Raum, wohl das private Gemach des Druiden. Sironas Blick glitt über Regale mit Gefäßen und verschiedenen medizinischen Instrumenten, von denen sie einige kannte, ihr andere jedoch unbekannt waren. Von den Dachbalken hingen an Schnüren Bündel getrockneter Heilkräuter, deren Aroma die Luft erfüllte.

Sirona schloss die Augen und atmete tief ein, als sie die vertrauten Gerüche wahrnahm. Erfrischende Minze, die schwere Süße des Baldrian, liebliches Mädesüß und noch etwas anderes, Scharfes, stachen aus der würzigen Mischung heraus. Daheim hatte es ähnlich gerochen, denn auch ihre Mutter hatte die Pflanzen, die sie zur Behandlung ihrer Patienten einsetzte, selbst gesammelt und getrocknet.

Als Sirona ihre Aufmerksamkeit wieder Galatos zuwandte, sah sie gerade noch, wie er sie mit einem nachdenklichen Blick bedachte, ehe er zwei Fackeln im Feuer entzündete und in eiserne Wandhalter oberhalb der Bettstatt steckte. »Legt Euch hierher«, forderte er Catmelus auf, »damit ich Euch untersuchen kann.«

Bellogenus und Adbogios ließen den Verletzten vorsichtig auf das Lager gleiten und traten beiseite.

»Lasst uns nun allein«, bat der Druide die Männer, während er sich einen der beiden Schemel heranzog. »Dich jedoch«, fügte er an Sirona gerichtet hinzu, »bitte ich zu bleiben. Ich kann ein Paar helfende Hände gut gebrauchen.«

Sirona, die sich bereits zur Tür gewandt hatte, drehte sich überrascht um. »Es ist mir eine Ehre, Herr.«

»Wie ist dein Name, Mädchen?«, erkundigte sich Galatos, nachdem ihre Begleiter gegangen waren.

»Man nennt mich Sirona, Herr.«

Er ließ sich auf den Schemel neben der Bettstatt sinken. »Gehe ich recht in der Annahme, dass du mit den heilenden Kräften von Pflanzen vertraut bist?«

Sirona errötete. »Ich verfüge freilich nicht über das umfangreiche Wissen eines Druiden. Aber meine Mutter war eine Weise Frau, und sie hat mich in der Anwendung der verschiedenen Heilkräuter und ihren Wirkungen unterrichtet.« Auf ihre besondere Gabe hinzuweisen, verzichtete sie lieber. Sie befürchtete, dass Galatos sie ohnehin nicht ernst nehmen würde.

Der Druide nickte, als habe er sich das bereits gedacht. Dann begann er, den Verband am Unterarm seines Patienten zu entfernen. »Was ist denn geschehen?«

Sie schilderte den Überfall des Wolfsrudels und die panische Reaktion der Pferde, die letztlich zu Catmelus' gebrochenem Schienbein geführt hatte.

Galatos hörte ihr aufmerksam zu, während er gleichzeitig im Schein der Fackeln die Bisswunde untersuchte. Der Verletzte lag mit geschlossenen Augen da, das Gesicht aschfahl und von kaltem Schweiß bedeckt, und ließ ihn schweigend gewähren. Nur als der Druide behutsam seinen Arm abtastete, stöhnte er leise.

»Das sieht schlimm aus«, stellte Galatos schließlich mit gerunzelter Stirn fest. »Aber der Wundbrand ist nicht so weit fortgeschritten, wie ich befürchtet hatte. Hast du die Wunde behandelt?«

Sirona zögerte mit der Antwort, während sie fieberhaft überlegte, ob sie dem Druiden nun doch von ihrer Gabe berichten sollte.

Nach einem Moment blickte Galatos vom Arm seines Patienten auf und fasste sie neugierig ins Auge. »Hast du, oder hast du nicht?«

»Nun ...«, begann sie widerstrebend und starrte dabei auf ihre Hände, die sie vor dem Bauch verschränkt hielt. »Ich hatte keine Heilpflanzen zur Verfügung.«

»Sondern hast stattdessen was gemacht?«, hakte Galatos nach. »Spann einen alten Mann nicht auf die Folter.« Als sie weiterhin mit sich rang, schenkte er ihr ein aufmunterndes Lächeln. »Wie die meisten Druiden vermag auch ich, die Aura eines Menschen zu sehen. Und wenn ich mich nicht sehr täusche, besitzt du die einer Heilerin. Also: Wie beim unsterblichen Grannos hast du es angestellt, den Verlauf der Entzündung zu verlangsamen?«

Sironas Kopf ruckte hoch. »Ihr seht die Aura? Und ich dachte immer ..., ich dachte ...«

»... dass du dir das nur einbildest?« Galatos lachte leise. »Du siehst sie ebenfalls, nicht wahr?«

Sirona nickte eifrig, während sich in ihre Verblüffung die Freude darüber mischte, diese eigenartige Erfahrung endlich mit jemandem teilen zu können. Ihre Mutter hatte die Aura nicht wahrgenommen, und Ebunos hatte Sirona nicht zu fragen gewagt, da er schon so viele Jahre zuvor erblindet war. »Ja, ich sehe eine Aura um jedes lebendige Wesen. Wenn der Mensch oder das Tier krank wird, verändert sie sich. Und manchmal -«, sie unterbrach sich, suchte nach den richtigen Worten, »manchmal weiß ich, dass derjenige sterben wird, weil seine Aura ganz schwach und blass geworden ist.«

Der Druide lächelte zufrieden. »Wusste ich's doch, dass ich mich nicht in dir getäuscht habe. Du bist wahrhaftig eine Heilerin. Und wenn du nun die Güte hättest, mir zu verraten, wie du diesen Wundbrand bekämpft hast?«

»Ich habe meine Hände aufgelegt«, erklärte Sirona schlicht.

Galatos zog die Augenbrauen hoch. »Ich glaube, wir beide haben einander noch eine Menge zu erzählen. Aber nun hilf mir zu allererst, die Wunde zu versorgen.«

Kapitel 19

Am nächsten Morgen erwachte Sirona erfrischt und ausgeruht. Da sie während ihrer Reise jede Nacht an einem anderen Ort verbracht hatte, wusste sie einige verwirrte Augenblicke lang nicht, wo sie sich befand, und starrte verwundert an die schweren Eichenbalken der Decke. Dann erinnerte sie sich, dass sie und ihre Gefährten Avariko erreicht hatten und in einem an der Hauptstraße gelegenen Gasthof untergekommen waren.

Zum ersten Mal, seit sie die Siedlung im Arduenna Wald verlassen hatte, fühlte sie sich sicher und geborgen in dieser befestigten Stadt mit ihrer imposanten Mauer, von der sie überzeugt war, dass nicht einmal Caesar und seine Legionen ihr etwas anhaben könnten.

Und in noch einer Hinsicht bot ihr Avariko mehr Sicherheit: Hier, inmitten all der Menschen, würde es Segocondus deutlich schwererfallen, sich ihr in einer Weise zu nähern, die ihr zuwider war. Zwar hatte er sie seit jener Nacht zu Beginn der Reise nicht nochmals belästigt, doch sie achtete auch peinlichst darauf, sich keine weitere Blöße zu geben. Da der Gasthof über mehrere Schlafkammern verfügte, hatte sie es eingerichtet, nicht in derselben zu übernachten wie er, sondern sich einen Raum mit Adbogios und Valetiacus zu teilen.

Von ihrer Schwangerschaft ahnte nach wie vor niemand etwas. Und da die morgendliche Übelkeit inzwischen weitgehend abgeklungen war, hoffte sie, dass sie ihren Zustand noch eine Weile würde geheim halten können.

Vorsichtig, um ihre beiden Gefährten nicht zu wecken, die in einer großen hölzernen Bettstatt auf weichen Strohsäcken neben ihr schliefen, erhob sie sich und warf sich den Umhang über. Im Erdgeschoss traf sie auf Licnos, den Wirt, der den Gasthof gemeinsam mit seiner Frau Renna betrieb, und entbot ihm ihren Gruß. An einem Tisch im vorderen, zur Straße hin gelegenen Teil des Hauses saßen zwei Krieger, die ebenfalls am Tag zuvor eingetroffen waren und gerade das Morgenmahl einnahmen. Der verlockende Duft frisch gebackenen Weizenbrots stieg Sirona in die Nase. Doch ehe sie sich stärken würde, wollte sie sich zunächst davon überzeugen, dass Catmelus die Nacht gut überstanden hatte.

Am Vortag hatte Galatos die vereiterten Stellen aufgeschnitten, gereinigt und die Bisswunde mit einer Salbe aus verschiedenen Heilkräutern versorgt, ehe er die beiden Brüche neu schiente und seinem Patienten einen Trank gegen das Fieber und die Entzündung verabreichte. Anschließend ließ er ihn an einen Ort bringen, den er »Hospital« nannte. Er erklärte Sirona, dass es sich dabei um ein Haus handele, in dem kranke und verletzte Menschen von Druiden und Weisen Frauen behandelt und gepflegt wurden. Es lag abseits der anderen Gebäude im Schatten der Befestigungsmauer, damit ansteckende Krankheiten nicht so leicht auf die Einwohner des Dunom übergreifen konnten.

Sirona war zutiefst beeindruckt von dieser fortschrittlichen Einrichtung und dankbar, dass sie ihren Gefährten in so erfahrene Hände hatte übergeben können. Eine große Sorge war von ihr genommen, und sie war nun erfüllt von Zuversicht, dass Catmelus wieder genesen würde.

Sie erkundigte sich bei Renna nach dem Weg zum Hospital, verließ den in der Nähe des Versammlungsplatzes gelegenen Gasthof und folgte einem Gewirr von Gassen, das sich von der Hauptstraße ausgehend in Richtung der Umfriedung erstreckte, bis sie schließlich ihr Ziel vor sich auftauchen sah. Voller Staunen ließ sie den Blick über die Fassade des zweistöckigen Fachwerkhauses wandern, das größer war als jedes, das sie je gesehen hatte. Dann trat sie durch die hohe Tür, deren beide Flügel weit offen standen, um Licht und Luft hineinzulassen.

Sie fand sich in einem Flur wieder, von dem aus sich weitere Türen zu vier verschiedenen Räumen öffneten. Während sie noch überlegte, wie sie ihren Gefährten in diesem weitläufigen Gebäude finden sollte, kam ein junger Mann in der weißen Tracht der Druiden aus einem Zimmer zu ihrer Rechten. In den Händen balancierte er eine bronzene Schüssel rötlich verfärbten Wassers, und über dem Arm trug er mehrere Lagen Leinentücher.

»Verzeiht«, sprach Sirona ihn an. »Ich suche einen verletzten Krieger namens Catmelus. Wisst Ihr, wo er untergebracht ist?«

Der Angesprochene deutete mit dem Kinn auf die offene Tür zu ihrer Linken. »Catmelus liegt dort drüben. Hier im Erdgeschoss befinden sich die Verwundeten. Diese könnt Ihr besuchen. Im Obergeschoss hingegen beherbergen wir die Patienten mit ansteckenden Krankheiten. Zu ihnen ist kein Zutritt gestattet.«

Sirona dankte dem Druiden und betrat den Raum, den er ihr gewiesen hatte. Ihre Augen brauchten einen Moment, um sich an das dämmrige Halbdunkel zu gewöhnen, das durch

Fackeln in eisernen Wandhaltern nur spärlich erhellt wurde. Dann erkannte sie, dass die Patienten, zumeist Männer, auf Strohlagern rechts und links eines Mittelgangs gebettet waren. Catmelus entdeckte sie ganz in der Nähe der Tür. Eine Weise Frau kniete neben ihm und verknotete gerade die Enden eines frischen Verbandes an seinem Unterarm, ehe sie ihre Utensilien aufsammelte, sich erhob und dem nächsten Verletzten in der Reihe zuwandte.

Als Sirona an Catmelus' Lager trat, huschte ein mattes Lächeln über seine Züge. »Guten Morgen, Siro.«

Seine Stimme klang belegt, doch die Heilpflanzen zeigten bereits Wirkung: Der fiebrige Glanz seiner Augen war zurückgegangen, sein Gesicht hatte eine gesündere Farbe angenommen, und seine Aura leuchtete kraftvoller als am Tag zuvor.

Sirona holte tief und erleichtert Luft, ehe sie seinen Gruß erwiderte, neben ihm niederkniete und seine Rechte mit beiden Händen umschloss. Sie wusste nun, dass er wieder vollkommen genesen würde. An eine Weiterreise war für ihn gleichwohl nicht zu denken.

Sie unterhielten sich eine Weile. Dann begannen seine Lider zu flattern, als die Müdigkeit ihn überwältigte, und Sirona verabschiedete sich mit dem Versprechen, bald wiederzukommen.

Als sie auf die Gasse hinaustrat, hörte sie in der Ferne die monotonen Schläge einer Trommel und stellte verwundert fest, dass viele Menschen an ihr vorbei in Richtung Stadtmitte eilten. Sie wandte sich an eine junge Frau, die ihren kleinen Sohn auf dem Arm trug. »Verzeiht, was haben diese Trommelschläge zu bedeuten?«

Die Angesprochene war stehen geblieben. »Sie rufen die Bürger Avarikos auf dem Versammlungsplatz zusammen. Anscheinend gibt es wichtige Nachrichten zu verkünden.«

Sirona dankte ihr, schloss sich dem Strom der Menschen an und suchte sich einen Platz am Rande der weiten Fläche, auf der sich Männer und Frauen jeden Alters dicht aneinanderdrängten. Neben dem heiligen Bezirk mit dem Bildnis des Gottes der Stadt erhob sich eine hölzerne Tribüne, auf welcher der Bituriger stand, der die Trommel schlug. Die dumpfen, regelmäßigen Schläge hallten weithin über die Köpfe hinweg und wurden von den angrenzenden Häusern zurückgeworfen.

Binnen Kurzem war der Platz angefüllt mit Menschen. Doch unablässig strömten weitere Einwohner Avarikos hinzu, sodass die Menge immer enger zusammenrücken musste und

Sirona mit jedem Schritt näher in Richtung der Tribüne geschoben wurde. Ein Gefühl der Beklemmung kroch ihre Kehle hoch. Sie wurde gegen einen älteren Mann gepresst, der die Gelegenheit nutzte, um seine fleischige Hand auf ihr Gesäß zu legen. Angewidert stieß sie ihn von sich und kämpfte sich mit den Ellenbogen durch die Wand aus Menschen, bis sie einen Platz zwischen zwei Frauen fand, der ihr sicherer erschien.

Reichte es denn nicht, dass Segocondus seine Hände nicht bei sich behalten konnte?, fragte sie sich bitter. Aber vielleicht war das Verhalten dieses Mannes ja für eine große Stadt wie diese gar nicht ungewöhnlich, überlegte sie dann. Vielleicht wurden die Sitten hier freier gehandhabt, und *sie* war es, die anders war, die abwich, wenn es sie störte, dass ein Fremder sie berührte. Sie war sich allerdings ziemlich sicher, dass sie sich an diese Sitten nicht gewöhnen wollte ...

Doch nicht nur die Enge und die Gelegenheiten, die sie schuf, machten Sirona zu schaffen, denn die unzähligen Leiber dünsteten zudem eine diffuse Geruchsmischung aus kaltem Schweiß, abgestandenem Bier und feuchter Wolle aus, die ihr den Atem raubte. Verstohlen bedeckte sie Nase und Mund mit einem Zipfel ihres Umhangs und konzentrierte sich vollkommen auf das, was auf der Tribüne vor sich ging.

Unterdessen war der Trommler die Leiter hinabgestiegen. Statt seiner tauchte nun ein junger Mann mit langen rötlichblonden Haaren auf, die er im Nacken mit einem Lederband zusammengebunden hatte. Kleidung und Kettenhemd waren zerrissen, er blutete aus mehreren Wunden und wirkte erschöpft und abgekämpft. Mit einer mechanischen Handbewegung rückte er sein Schwertgehänge zurecht, ehe er an den vorderen Rand der Tribüne trat und sich schwer auf dem hölzernen Geländer abstützte. Es schien Sirona, als biete er seine letzten Kräfte auf. Und ihr schwante, dass die Botschaft, die er zu verkünden hatte, keine erfreuliche sein würde.

»Bürger Avarikos!«

Die erregten Gespräche, die wie das Summen eines riesigen Bienenschwarms über dem Platz geschwebt hatten, verstummten nach und nach.

»König Vercingetorix schickt mich zu Euch. Ich komme geradewegs aus Noviodunom. Die Stadt ist gefallen.« Er hielt inne, als ein Raunen der Bestürzung durch die Menschenmenge schwappte. Eine ältere Frau, die Schulter an Schulter mit Sirona stand, schlug voller Entsetzen die Hand vor den Mund. Andere wechselten fassungslose Blicke.

Der Bote ließ einige Herzschläge verstreichen und schöpfte tief Luft, ehe er fortfuhr. Sirona sah, wie es in seinen Zügen arbeitete.

»Als Caesar und seine Legionen auf die Stadtmauer zurückten, schickten wir ihm Gesandte entgegen und flehten ihn an, unser Leben zu schonen. Er befahl uns, sämtliche Waffen auszuliefern und Geiseln zu stellen. Wir mussten uns diesen Bedingungen wohl oder übel beugen. Aber während wir seine Anweisungen ausführten, tauchte ein Trupp Reiter auf, die Vorhut von Vercingetorix' Heer, das sich ebenfalls auf Noviodunom zubewegte.« Er schluckte schwer. Sirona konnte nur erahnen, wie es sich angefühlt hatte, als die in dem Dunom Eingeschlossenen neue Hoffnung schöpften, die dann doch so bitter enttäuscht wurde.

»Ihr Anblick erfüllte uns mit großer Zuversicht, und sogleich weigerten wir uns, Caesars Befehle zu befolgen. Stattdessen verriegelten wir die Tore und bezogen auf der Mauer Stellung, um Noviodunom gegen die Römer zu verteidigen. Bald darauf begann vor der Stadt ein Reitergefecht. Die Unseren waren jedoch in der Minderzahl und vermochten gegen die Legionen nichts auszurichten, sodass wir uns unter schweren Verlusten zurückziehen mussten.« Der Bote fuhr sich mit der Rechten über das Gesicht, als wollte er die grauenvollen Bilder fortwischen, die sich gleichwohl unauslöschlich in sein Gedächtnis eingegraben hatten. Eine Welle des Mitgefühls für die Einwohner Noviodunoms spülte über Sirona hinweg.

»Daraufhin ergab sich die Stadt endgültig, fiel in die Hände der Feinde und wurde geplündert. Man hat uns unsere Waffen genommen, unsere Tiere und unsere gesamten Vorräte. Wir sind mit dem nackten Leben davongekommen.« Erneut hielt er inne, erschöpft und zugleich aufgewühlt von den dramatischen Ereignissen, deren Zeuge er geworden war. Außerdem rang er nach Worten, und Sirona ahnte, dass er nun zu dem Teil seiner Botschaft kam, der für seine Zuhörer der schmerzlichste sein würde.

»Nun befinden sich Caesar und seine Legionen auf dem Weg nach Avariko. Sie werden morgen oder übermorgen hier eintreffen.«

Für die Dauer eines Herzschlags herrschte Stille auf dem Platz. Dann wogte ein Aufschrei des Entsetzens aus mehreren Tausend Kehlen durch die Menge. Kinder begannen zu weinen und drängten sich Schutz suchend an ihre Eltern. Frauen schlugen ihre Hände vor das Gesicht und hoben laut an zu klagen. Ihre Männer legten in einer hilflosen Geste einen Arm um ihre Schultern und zogen sie stumm an sich.

»Doch es gibt auch Hoffnung«, fuhr der Bote mit erhobener Stimme fort, um das Wehklagen und die Ausrufe der Bestürzung und Fassungslosigkeit zu übertönen, die ihm entgegenbrandeten. »Vercingetorix und seine Streitmacht befinden sich ebenfalls auf dem Weg hierher. Nach der Niederlage bei Noviodunom berief der Oberbefehlshaber eine Versammlung der Könige und Druiden der verbündeten Stämme ein und ordnete eine neue Strategie an. Von nun an werden wir uns darauf konzentrieren, die Legionen der Möglichkeit zu berauben, Lebensmittel und Futter für ihre Tiere zu beschaffen. Zurzeit besorgen sie sich ihren Nachschub, indem sie unsere Städte und Gehöfte plündern. Das muss ein Ende haben, und dafür ist kein Preis zu hoch. Daher gab Vercingetorix den Befehl, alle Höfe und Siedlungen bis zu den Grenzen der Boier zu räumen und in Brand zu stecken.«

Ein Aufschrei der Entrüstung wallte durch die Menschen auf dem Platz.

»Auch Avariko?«, riefen Einzelne. »Soll auch Avariko ein Raub der Flammen werden?«

»Das werden wir nicht zulassen!«, schrien andere.

Der Bote hob beschwichtigend die Hände, um der empörten Menge Einhalt zu gebieten. »Ursprünglich wollte der Oberbefehlshaber Avariko ebenfalls opfern. Doch Abgesandte unseres Stammes haben ihn angefleht, unsere Hauptstadt zu verschonen, da sie aufgrund ihrer einzigartigen Lage und ihrer massiven Mauer leicht zu verteidigen ist und einem Ansturm der Römer mühelos standhalten kann. Außerdem lagert in ihren Speichern ein Großteil der Vorräte, die unser Heer benötigt. Darum hat Vercingetorix schließlich eingewilligt, für Avariko eine Ausnahme zu machen.«

Wieder wehte ein Raunen durch die Menge. Die Empörung über den Plan des Oberbefehlshabers wich zögernd der Erleichterung darüber, dass er sich am Ende doch davon hatte abbringen lassen.

»Schon heute werden zwanzig unserer Städte in Brand gesteckt«, hob der Bote erneut an, »dazu unzählige Siedlungen und Gehöfte. Die Menschen, die dadurch ihr Zuhause verlieren, werden nach Avariko kommen. Vercingetorix hat angeordnet, sie aufzunehmen und zu beherbergen. Sein Befehl lautet, unverzüglich mit der Errichtung von Zelten und Hütten zu beginnen sowie alles Nötige zu unternehmen, um die Unterbringung der Flüchtlinge vorzubereiten.«

Nachdem er seine erschütternden Nachrichten überbracht hatte, verließ er die Tribüne und verschwand aus Sironas Blickfeld. Statt seiner erschien nun ein anderer Mann über den Köpfen der Menge, ein Hüne mit kurzen blonden Haaren und einem buschigen Oberlippenbart. Seine Kleidung war aus edlen Stoffen gefertigt, um den Hals trug er einen dicken, gewundenen Torques aus reinem Gold, und an seinen Handgelenken blitzten goldene Armreife. Seine Körperhaltung war aufrecht, und auch ohne seine glanzvolle äußere Erscheinung hätte er Stolz und Würde ausgestrahlt.

Sirona wandte sich an die ältere Biturigerin neben ihr, der das Entsetzen über die jüngsten Ereignisse deutlich ins Gesicht geschrieben stand. »Wer ist dieser Mann?«

Die Frau brauchte einen Moment, ehe sie sich so weit gefasst hatte, dass sie zu einer Antwort imstande war. »Das ist Medurix«, gab sie mit belegter Stimme zurück, ohne ihren Blick von der Tribüne zu wenden. »Unser König.«

»Bürger von Avariko!«, scholl es dann über den Platz. Augenblicklich verebbten die erregten Gespräche ringsum. Medurix war an den vorderen Rand des Podiums getreten und ließ seine Augen langsam über die zu seinen Füßen versammelten Menschen wandern. »Ihr habt es vernommen, unsere Lage ist sehr ernst. Was wir seit Wochen befürchten, ist nun eingetreten. Caesar und seine Legionen befinden sich auf dem Weg hierher, um unsere prächtige und wohlhabende Stadt einzunehmen und sich an ihren Schätzen zu bereichern.«

Sirona bemerkte, dass sein Tonfall trotz der bedrohlichen Ereignisse die Besonnenheit transportierte, die er seinen Zuhörern zu vermitteln versuchte. Nun hob er beinah unmerklich die Stimme.

»Doch der Proconsul wird feststellen, dass wir keine leichte Beute sind. Avariko wird nicht zum ersten Mal angegriffen. In der Vergangenheit hat sich stets erwiesen, dass wir uns hervorragend zu wehren wissen, und so wird es auch dieses Mal sein. Darum rufe ich Euch zu: Verzagt nicht! Obwohl Caesar Cenabum, Vellaunodunom und Noviodunom eingenommen hat, wird er an Avariko scheitern. Denn wir sind nicht nur besser geschützt, sondern auch gewarnt. Und wir werden uns vorbereiten.«

Unter seinen Zuhörern wurde beifälliges Gemurmel laut. Sirona fühlte, dass die Menschen um sie herum allmählich wieder Mut fassten. Die Ruhe, die ihr König ausstrahlte, und das Vertrauen, das er in seine Hauptstadt setzte, übertrugen sich auf deren Einwohner.

»Überdies«, hob Medurix erneut an, »befindet sich Vercingetorix mit seinem Heer auf dem Weg zu uns. In einem Brief, den mir sein Bote überbrachte, teilt er mir mit, dass er außerhalb der Sümpfe seine Lager aufschlagen und nicht von unserer Seite weichen werde.« Er legte eine wohlbemessene Pause ein, ehe er seine Arme ausbreitete. »Und mit seiner Unterstützung, Bürger Avarikos, werden wir am Ende den Sieg davontragen!«

Nun brach auf dem Platz lauter Jubel aus. Es war Medurix gelungen, die Sorgen der Menschen zumindest vorübergehend zu lindern und in ihren Herzen neue Zuversicht zu entfachen.

Nachdem der Jubel abgeebbt war, verließ Medurix die Tribüne, und die Menge begann sich zu zerstreuen. Viele Bürger eilten heim, um ihren Angehörigen von der unheilvollen Wendung des Schicksals zu berichten. Andere blieben zurück und diskutierten aufgewühlt über die schreckenerregenden Neuigkeiten.

Sirona ließ sich mit dem Strom der Menschen in Richtung Hauptstraße treiben. Dort angekommen, bahnte sie sich einen Weg zum Gasthof, wo sie ihre Gefährten um einen Tisch herum beim Morgenmahl fand. In Atuatuca waren Tische, Bänke und Schemel eine Seltenheit gewesen, doch in dieser fortschrittlichen Stadt hatten sie längst Einzug gehalten.

Angesichts der beunruhigenden Nachrichten war Sirona der Appetit, den sie beim Verlassen des Gasthofs verspürt hatte, vergangen. Dennoch setzte sie sich zu den anderen, nahm sich von dem frischgebackenen Brot und dem Käse und berichtete.

Nachdem sie geendet hatte, senkte sich bedrücktes Schweigen über die Runde, als jeder seinen eigenen, sorgenvollen Gedanken nachhing.

»Dann sieht es ja wohl so aus, als hätten wir Vercingetorix gefunden«, meinte Segocondus nach einer Weile trocken. »Und wir müssen uns nicht einmal zu ihm bemühen, denn er kommt geradewegs zu uns.«

Bellogenus nickte nachdenklich. »Trotzdem werde ich das Gefühl nicht los, dass wir in dieser Stadt ganz schön in der Falle sitzen.«

Sirona ließ verwundert den Becher sinken, den sie gerade an ihre Lippen geführt hatte. »Was soll uns denn hier schon geschehen? Gegen diese Befestigungsmauer können selbst die römischen Legionen nichts ausrichten. Und die Speicher Avarikos sind gefüllt mit Lebensmitteln.«

»Mag sein.« Bellogenus wiegte skeptisch den Kopf. »Doch Caesar verfügt über einen langen Atem, und er ist es nicht gewohnt aufzugeben. Er kann uns aushungern, wenn er es darauf anlegt. Die Vorratshäuser mögen voll sein, aber in dieser Stadt leben auch viele Tausend Menschen. Und dazu kommen noch die Flüchtlinge, die in den nächsten Tagen eintreffen. Irgendwann werden die Vorräte erschöpft sein, das ist unausweichlich.«

Adbogios spülte die Reste seiner Mahlzeit mit einem Schluck Weizenbier hinunter. »Außerdem habe ich in Atuatuca von griechischen Händlern gehört, dass die Legionen über Belagerungsmaschinen verfügen, die all unsere Vorstellungen übersteigen. Die Mauer macht einen soliden Eindruck, Siro, da gebe ich dir recht. Und einem keltischen Heer würde es wohl kaum gelingen, sie zum Einsturz zu bringen. Doch wir haben es mit Römern zu tun, und die sind Meister der Belagerung. Also, wenn ich die Wahl hätte, ich wäre lieber draußen bei Vercingetorix und den verbündeten Stämmen als eingeschlossen in Avariko.«

»Von diesen Belagerungsmaschinen habe ich auch schon gehört.« Bellogenus schenkte sich Bier aus einem tönernen Krug nach. »Und die Römer sind erfinderisch. Sie denken sich ständig neue Techniken und Methoden der Kriegführung aus. Die Befestigung mag uneinnehmbar wirken. Doch sie wurde noch nie zuvor von einem so mächtigen Feind angegriffen.«

Segocondus schob seine leere Schale beiseite und stützte die Ellbogen auf die Tischplatte. »Wie dem auch sei, es bleibt uns nichts anderes übrig, als hierzubleiben. Caesar rückt auf die Stadt vor. Wenn wir sie nun verlassen würden, bestünde die Gefahr, ihm geradewegs in die Arme zu laufen. Ich sehe es so: Wir sind hierhergekommen, um gegen Rom zu kämpfen, und die Götter haben es so gefügt, dass unser Platz innerhalb der Mauern ist und nicht außerhalb, bei Vercingetorix' Heer. Also hadern wir nicht länger mit unserem Schicksal, sondern unterstützen wir die Bürger Avarikos in ihrem Kampf, und vertrauen wir darauf, Teil eines göttlichen Plans zu sein.«

Unmittelbar nach der Ansprache ihres Königs begannen die Einwohner der Stadt, sich auf den Zustrom der Flüchtlinge vorzubereiten. Auf einem mit Gras bewachsenen Streifen zwischen der Befestigungsmauer und den ersten Häusern wurden Zelte und Hütten für die Menschen errichtet und Flächen eingezäunt, um das Vieh aufzunehmen, das die aus ihren Siedlungen und Gehöften Vertriebenen mitbringen würden. Außerdem wurde jeder Bürger Avarikos, der Verwandte unter den Flüchtlingen hatte, dazu verpflichtet, diese bei sich zu beherbergen.

Nach dem Mittagsmahl stieg Sirona mit ihren Gefährten auf die Umfriedung, um sich einen Überblick zu verschaffen. Der Verkehr auf dem Damm hatte gegenüber dem Vortag deutlich zugenommen. Doch nun waren es hauptsächlich Flüchtlinge, die in die Stadt strömten, Familien mit Ochsenkarren, auf die sie in aller Eile ihre bewegliche Habe gepackt hatten. Die meisten trieben ihre Tiere vor sich her, Rinder, Schweine, Schafe und Ziegen. Auf den Wagen stapelten sich große Käfige aus Weidenruten, in denen, eng zusammengepfercht, Hühner und Gänse transportiert wurden.

Als Sirona ihren Blick über die hölzerne Brustwehr der Befestigung hinweg in die Ferne schweifen ließ, sah sie am Horizont, jenseits der ausgedehnten Sümpfe, die ersten Rauchsäulen, die sich in den verhangenen Himmel schlängelten, Zeugnisse der in Brand gesteckten Siedlungen und Gehöfte.

Für den Moment waren sie und ihre Begleiter zur Untätigkeit verdammt. Doch nach der langen und anstrengenden Reise empfanden sie dies als willkommene Abwechslung. Vor allem Sirona war insgeheim erleichtert, nicht noch einen weiteren Tag im Sattel verbringen zu müssen. Und auch ihren Pferden, die sie gegen ein paar Bronzemünzen in einem großen Stall in der Nähe des Tores untergebracht hatten, tat die erzwungene Erholung gut.

Sirona und ihre vier Gefährten verbrachten den Tag damit, sich in der Stadt umzuschauen und Catmelus im Hospital zu besuchen. Auf dem Markt erstanden sie ein Huhn, das sie zu Füßen Avaros, des Gottes der Stadt, niederlegten, um Ihm dafür zu danken, dass sie das unter Seinem Schutz stehende Dunom lebend erreicht hatten und Catmelus sich auf dem Wege der Besserung befand.

In der Dämmerung stiegen sie erneut auf die Befestigungsmauer. Nun bot sich ihnen ein gespenstischer Anblick. In einem weiten Ring um Avariko herum leckten Brände am schiefergrauen Gewölbe des Abendhimmels. Die kleineren und näheren Feuer stammten von brennenden Gehöften, die größeren, entfernteren von Siedlungen, die eine nach der anderen den Flammen zum Opfer fielen.

Sirona rieselte ein eisiger Schauer den Rücken hinab, und sie hüllte sich fester in ihr Sagon. Es war nicht nur die kühle Abendluft, die sie frösteln ließ. Wie gut sie nachempfinden konnte, was gerade in den Flüchtlingen vorging, die in der Stadt Schutz suchten! Auch sie hatte den Verlust ihrer Heimat zu verschmerzen, auch ihr Zuhause war ein Raub der Flammen geworden. Und im Unterschied zu den von ihren Höfen vertriebenen Biturigern hatte sie außerdem ihre gesamte Familie verloren. Diese Menschen hatten in ihrer Not wenigstens noch einander und konnten sich gegenseitig Trost spenden.

Doch sie empfand auch Dankbarkeit. Sie war ein großes Wagnis eingegangen, und ihre mutige Entscheidung hatte sie hierhergeführt. Nun war sie selbst ebenfalls Teil dieser stetig wachsenden Gemeinschaft, die das Schicksal in Avariko vereint hatte und die Vorbereitungen traf, um sich gegen ihren gemeinsamen Feind zu verteidigen.

Das Geräusch galoppierender Hufe auf dem Erddamm vor dem Tor riss Sirona aus ihren Gedanken. Im letzten Licht des Tages, der sich bereits der nahenden Nacht beugte, sah sie einen einzelnen Reiter, der auf einem von flockigem Schweiß bedeckten Falben auf die Stadt zuhielt. Je weiter er sich der Umfriedung näherte, desto mehr musste er seine Geschwindigkeit drosseln, weil der nicht abreißende Strom der Flüchtlinge seinen Weg blockierte. Bis herauf zu ihrem erhöhten Standort auf der Mauerkrone hörte Sirona die lauten, drängenden Rufe, mit denen sich der Mann Platz zu verschaffen versuchte.

Segocondus runzelte die Stirn. »Da hat es aber jemand eilig.«

»Ein Bote mit einer wichtigen Nachricht«, mutmaßte Adbogios.

Der Reiter hatte seinen Falben rücksichtslos zwischen den Flüchtlingen und ihren Wagen hindurchgetrieben und verschwand in dem von Fackeln erleuchteten Torhaus. Nur wenige Herzschläge später tauchte er auf der Innenseite der Stadtmauer wieder auf und lenkte sein Pferd in die Hauptstraße hinein, wo er erneut begann, sich mit lauten Rufen Platz zu verschaffen. Sirona vermutete, dass sein Ziel die Halle des

Königs war, die neben dem Haus des Druiden Galatos auf der Anhöhe jenseits des Stadtzentrums thronte.

Bald darauf stiegen sie und ihre Begleiter die steinernen Stufen von der Mauerkrone hinunter, um im Gasthof das Nachtmahl einzunehmen. Doch als sie die gepflasterte Straße erreichten, die in das Innere des Dunom führte, erklangen in der Ferne abermals die dumpfen Schläge der Trommel, um die Bürger auf dem Versammlungsplatz zusammenzurufen. Allem Anschein nach hatte der berittene Bote eine Nachricht überbracht, die für die Einwohner Avarikos von großer Bedeutung war.

Zum zweiten Mal an diesem Tag strömten die Menschen aus ihren Häusern, und schon bald fanden sich Sirona und ihre Gefährten in einer wogenden Menge wieder, die sich voll furchtsamer Erwartung und lebhaft diskutierend dem Stadtinneren entgegenschob. Viele der Männer und Frauen trugen Fackeln, deren Schein ihre angespannten Mienen in flackerndes rötliches Licht tauchte und gespenstisch über die Fachwerkfassaden zu beiden Seiten der Straße zuckte.

Es dauerte eine Weile, bis sie die Hauptstraße hinter sich ließen und den Versammlungsplatz erreichten. Hier hatte sich bereits eine dichte Traube von Menschen eingefunden. Bürger Avarikos und auch eine große Zahl neu eingetroffener Flüchtlinge drängten sich eng aneinander und machten es den Neuankömmlingen schwer, den Platz zu betreten. Unterdessen hatte sich die Nacht über die Stadt gesenkt, und Tausende Fackeln tanzten über den Köpfen der Menge wie Irrlichter.

Nur mit Mühe gelang es Sirona und ihren Begleitern, sich einen Platz am äußersten Rand der Fläche zu erkämpfen. Erneut fühlte sie das Unbehagen in sich aufsteigen, das die gewaltige Anzahl Menschen, das erregte Summen ihrer Stimmen und die mannigfachen Gerüche in ihr auslösten. Um nichts in der Welt hätten ihre Gefährten es zugegeben, doch sie nahm ihre Anspannung wahr und wusste, dass diese beinah undurchdringliche Ansammlung von Leibern und das Geschiebe und Gedränge auch ihnen nicht geheuer waren.

Lediglich Segocondus schien unbeeindruckt. Und da sie ihm diesmal nicht ausweichen konnte, nutzte er die Gelegenheit, sich so eng an sie heranzudrängen, dass sie die Wärme seines Körpers durch ihre Kleidung hindurch spürte.

Bald darauf rissen die Schläge der Trommel mit einem Mal ab, und der Mann, der kurz zuvor auf seinem Falben die Stadt betreten hatte, erklomm die von Fackeln erhellte Tribüne.

Augenblicklich senkte sich angespanntes Schweigen über die Menge.

Der Bote verlor keine Zeit und trat an den vorderen Rand des Podiums. »Bürger Avarikos! König Vercingetorix sendet mich zu Euch, um Euch über die jüngsten Ereignisse in Kenntnis zu setzen. Unsere Kundschafter folgen Caesar und seiner Armee und haben uns berichtet, dass er mit acht Legionen auf Avariko zumarschiert. Er befindet sich derzeit noch fünfzehn Meilen entfernt und wird heute Nacht oder morgen Früh hier eintreffen.«

Ein Aufschrei des Entsetzens wogte durch die Menge. Obwohl die Einwohner der Stadt auf diese Nachricht vorbereitet waren, mochten sie gleichwohl gehofft haben, dass sich das Schicksal doch noch wenden und sie verschonen würde oder dass ihnen zumindest mehr Zeit bliebe, um die nötigen Vorbereitungen zu treffen.

Sirona wandte den Kopf und las Furcht und Bestürzung in den Gesichtern ihrer Gefährten. Selbst Segocondus, derjenige unter ihnen, der den Kampf am meisten herbeisehnte, wirkte nicht mehr ganz so beherrscht und starrte mit zusammengepressten Kiefern in Richtung Tribüne.

Der Bote wartete mit sichtlicher Ungeduld, bis das Stimmengewirr endlich abebbte und sich die Aufmerksamkeit der Menge erneut auf ihn richtete. »Doch auch Vercingetorix mit seiner Streitmacht nähert sich der Stadt und wird bald hier eintreffen.« Er holte tief Luft. Als er fortfuhr, nahm seine Stimme einen eindringlichen Tonfall an. »Ich darf Euch daran erinnern, Bürger von Avariko, dass König Vercingetorix der Oberbefehlshaber der verbündeten Stämme ist. Und als solcher ermahnt er Euch ausdrücklich, nichts zu unternehmen, was er selbst nicht angeordnet hat.«

Während der Bote die Tribüne verließ, breitete sich unzufriedenes Murren unter seinen Zuhörern aus und verriet Sirona, dass seine Ermahnung berechtigt gewesen war. Obwohl sie sich gerade einmal einen Tag in Avariko aufhielt, hatte sie bereits den Eindruck gewonnen, dass das Bewusstsein, in einer der größten, wohlhabendsten und fortschrittlichsten Städte des gesamten keltischen Gebietes zu leben, deren Einwohnern einen Stolz verlieh, der an Überheblichkeit grenzte.

Außerdem, so hatte der Wirt des Gasthofs ihnen beim Mittagsmahl erklärt, waren sie es nicht gewohnt, zwei Anführern zu gehorchen. Die Adeligen der Bituriger hatten Medurix zu ihrem Oberhaupt gewählt. Dass es nun einen weiteren König geben sollte, der ihnen nicht nur unbekannt, sondern überdies Angehöriger eines fremden Stammes war und sich anmaßte, ihnen Befehle zu erteilen, missfiel ihnen zutiefst.

Schließlich hielt Medurix es für geboten, selbst zu seinen Anhängern zu sprechen, und erklomm die Tribüne. »Bürger Avarikos!«, richtete er zum zweiten Mal an diesem schicksalhaften Tag das Wort an die Einwohner der Stadt. »Ich verstehe Euren Unmut. Doch die Lage ist eine besondere und erfordert besondere Maßnahmen. Es ist das erste Mal, dass sich so viele keltische Stämme zu einem Bündnis zusammenschließen, und dieses Bündnis braucht einen starken Anführer. Die Götter haben Vercingetorix ausersehen, die Könige und Druiden der Stämme haben ihn gewählt. Auch ich habe ihm meine Stimme gegeben, denn er ist klug, entschlossen und entstammt einer angesehenen Familie.

Und noch etwas zeichnet ihn vor allen übrigen Königen aus: Er kennt die Römer. Vercingetorix hat mehrere Jahre in Caesars Entourage verbracht und ihn auf seinen Feldzügen begleitet. Er ist mit der Kriegführung der Legionen vertraut wie kein Zweiter unter uns, und er weiß, wie der Proconsul denkt. All dies wird sich als unschätzbarer Vorteil für uns erweisen. Wenn es einem einzelnen Mann gelingen kann, die Absichten des Feindes zu durchschauen und ihm die Stirn zu bieten, dann ist es Vercingetorix.«

Er verstummte und ließ seinen Blick über die Köpfe der Menge schweifen. »Ich vertraue ihm«, fuhr er nach einer wohlberechneten Pause fort, »und ich bitte Euch, ihm ebenfalls zu vertrauen. Ich beuge mich seinen Befehlen, und ich fordere Euch auf, dasselbe zu tun.«

Zuerst erklang nur hier und da zaghafter Jubel. Doch dann rief jemand »Lang lebe König Medurix!«, und augenblicklich fielen immer mehr Menschen in diesen Ruf ein, bis der gesamte Platz davon widerhallte.

Kapitel 20

»Die Römer kommen!«

Die Stimme, die in der folgenden Nacht von der Hauptstraße her in Sironas Schlaf einbrach, war grell und von Angst verzerrt. Augenblicklich wurde die Warnung aufgegriffen, pflanzte sich durch alle Straßen und Gassen fort und brach sich an den Wänden der Gebäude.

Sirona und die anderen Bewohner des Gasthofs waren im Nu auf den Beinen, warfen sich ihre Umhänge über und stürzten nach draußen. Die Dämmerung hatte gerade eingesetzt, und im Osten lag bereits ein erster, schmaler Streifen Tageslichts über der Stadtmauer. Immer mehr Menschen verließen ihre Häuser und bewegten sich wie auf ein unsichtbares Signal hin in Richtung der Befestigung. Sirona und ihre Gefährten schlossen sich dem Strom an und ließen sich mit ihm treiben, bis sie den Fuß der Umfriedung erreichten und sich in die Schlange derer einreihten, die die steilen Stufen zur Mauerkrone hinaufdrängten.

Oben angekommen, schaute Sirona sich um. Ein frischer Wind aus Westen blies über die Sümpfe hinweg, fuhr in die Umhänge und bauschte sie. Sie strich sich eine verirrte Strähne aus dem Gesicht, während ihre Augen forschend den Horizont im Südwesten abtasteten, die einzige Himmelsrichtung, aus der sich eine Streitmacht Avariko nähern konnte.

Plötzlich ertönte ein Ruf, unmittelbar zu ihrer Linken: »Da! Da sind sie!«

Sironas Blick folgte dem ausgestreckten Arm des jungen Biturigers. Dann wurden ihre Knie weich, und sie griff Halt suchend nach der hölzernen Brustwehr.

Avaro, hilf! Behüte Deine Stadt und all die, die sich in Deinen Schutz begeben haben.

Hellgrau vor dem stumpfen Schieferton der zurückweichenden Nacht rückten die römischen Legionen auf das Dunom vor. Sie marschierten in einer lang gezogenen Formation, die sich bis zum Horizont und weit darüber hinaus erstreckte, eine wogende, wabernde Masse aus unzähligen Leibern, gehüllt in eine Wolke aufgewirbelten Staubs, die wie ein gestaltloses Ungeheuer langsam über die Ebene dahinkroch.

Allein die schiere Größe dieses Heerzugs war dazu angetan, den Betrachter vor Furcht erstarren zu lassen, und Sirona schien es, als ballte sich eine kalte Faust um ihren Magen. Sie versuchte sich zu erinnern, was der griechische Weinhändler seinerzeit gesagt hatte. Eine Legion umfasste fünftausend Soldaten? Demnach wären acht Legionen also ... vierzigtausend Feinde?

Sie keuchte vor Schreck laut auf, und zum ersten Mal überfielen sie Zweifel daran, dass Avariko wahrhaftig uneinnehmbar war. Was vermochte Caesar alles zu bewirken, wenn er eine so gigantische Anzahl an Männern zu seiner Verfügung hatte?

»Bei allen Göttern.« Adbogios' Worte zu ihrer Rechten waren nicht mehr als ein heiseres Flüstern.

Sie drehte den Kopf, blickte in sein leichenblasses Gesicht, seine weit aufgerissenen Augen, und ahnte, dass sie in das Abbild ihrer eigenen Züge starrte.

»Wir sind verloren, Siro. Gegen eine solche Übermacht können wir nicht siegen.«

Schweigend zwang sie ihren Blick zurück auf die Ebene, der Staubwolke entgegen, die sich rasch näherte.

Und dann schoss ihr eine Frage in den Sinn, eine Frage, die so gar nicht zu der Furcht und dem Entsetzen passen wollte, die sie beim Anblick des Heerzuges überfallen hatten: War Marcus ebenfalls da draußen?

Nach einer Weile rissen sich Sirona und ihre Begleiter von dem schreckenerregenden Schauspiel los und kämpften sich gegen den nicht enden wollenden Strom der Männer und Frauen, die der Stadtmauer zustrebten, zurück zum Gasthof.

Das Gespräch während des Morgenmahls verlief einsilbig und in gedrückter Stimmung. Appetit hatte keiner von ihnen, und jeder war auf seine Weise damit beschäftigt, die Bilder der feindlichen Armee zu verarbeiten, die sich unaufhaltsam auf die Stadt zuwälzte. Selbst Segocondus, für gewöhnlich nie um einen trockenen Kommentar verlegen, schwieg und löffelte mit versteinerter Miene seinen Gerstenbrei. Der Anblick hatte auch ihm die Sprache verschlagen.

Anschließend statteten sie Catmelus einen Besuch im Hospital ab und berichteten ihm vom Nahen der Legionen. Sein Befinden hatte sich weiter gebessert, das Fieber war fast völlig verschwunden, und die Bisswunde in seinem Arm versprach gut auszuheilen.

»Und wie mir Galatos mehr als einmal versicherte, ist es deine außergewöhnliche Heilkunst, die dieses Wunder bewirkt hat«, wandte er sich mit einem warmen Lächeln an Sirona.

»Wie auch immer du das angestellt hast, ich weiß, dass ich dir mein Leben verdanke.«

Gegen Mittag stiegen Sirona und ihre Gefährten erneut auf die Stadtmauer. Sie selbst hatte zunächst gezögert, sich ihnen dann jedoch angeschlossen. Ein Teil von ihr wollte die verstörenden Bilder nicht sehen und die Ohnmacht im Angesicht der feindlichen Übermacht nicht ertragen müssen. Andererseits fühlte sie sich auf seltsame Weise sicherer, wenn sie den Feind mit eigenen Augen sah, gerade so, als ob es dem Unheil etwas von seiner Bedrohlichkeit nähme oder die Gefahr zu bannen vermochte, wenn sie ihnen unerschrocken gegenübertrat.

Noch immer waren viele Einwohner Avarikos auf der Mauerkrone versammelt und beobachteten das unablässige Heranrücken der Legionen, die sich wie eine gewaltige Flutwelle in die Ebene ergossen. Sirona blickte in bleiche Gesichter, in denen sich dasselbe Entsetzen, dieselbe Furcht spiegelten, die auch von ihr und ihren Begleitern Besitz ergriffen hatten. Manche hielten sich bei den Händen, wie um sich zu vergewissern, dass sie angesichts der Bedrohung nicht allein waren. Die meisten schwiegen, zu erschüttert für Worte. Einige hingegen fanden es tröstlicher, ihre Ängste und Sorgen mit anderen zu teilen, und diskutierten über das geisterhafte Schauspiel, das sich in der Ferne entfaltete. Doch sie dämpften ihre Stimmen, als fürchteten sie, die Aufmerksamkeit der Feinde auf sich zu ziehen.

Der Anblick, der sich Sirona bot, nachdem sie sich durch die dicht gedrängten Reihen der Menschen bis zur Brustwehr hindurchgekämpft hatte, war schier überwältigend. Ihre Furcht legte sich wie eine Faust um ihre Kehle und drückte erbarmungslos zu.

Jenseits der Sümpfe hatte sich die Ebene bis zum Horizont mit Legionären gefüllt, eine uferlose, wogende Masse aus Leibern, so weit das Auge reichte. Die blassen Strahlen der Frühlingssonne, die sich hier und da zwischen den schnell dahinziehenden Wolken hervorstahlen, brachen sich auf Tausenden Helmen, Kettenhemden und Schildbuckeln. Gebrüllte Kommandos, die Signale der Tubae und die Schreie der Maultiere, die die Wagen des Trosses und die Kriegsgeräte zogen, untermalten das furchterregende Spektakel und wurden vom Wind über die Ebene hinweg bis hinauf zur Mauerkrone getragen.

In einer knappen halben Meile Entfernung hatten die Römer bereits begonnen, auf einem Streifen, der nicht von Wasserläufen und Morast durchzogen wurde, einen Graben auszuheben, um ihr Lager zu errichten.

Weiterhin trafen Flüchtlinge in Avariko ein, aber es waren nun nur noch einzelne Familien mit ihren Karren, die sich in möglichst großem Abstand zu den Legionen hielten und eilig dem rettenden Tor zustrebten. Der Feind schenkte ihnen gleichwohl keinerlei Beachtung, sodass sie den Schutz des befestigten Dunom unbehelligt erreichten.

Am Nachmittag machte das Gerücht die Runde, Vercingetorix sei mit seiner Streitmacht ebenfalls eingetroffen und errichte sein Lager in einigen Meilen Entfernung im Nordosten Avarikos, jenseits der ausgedehnten Sümpfe.

In den folgenden Tagen wuchs das Lager der Feinde in Furcht einflößender Geschwindigkeit. Während ein Teil der Legionäre den umlaufenden Graben aushob und die so gewonnene Erde auf der Innenseite zu einem Wall aufschüttete, schwärmten Trupps aus, um in den umliegenden Wäldern Holz für die Palisade zu schlagen. Tag für Tag hallte der Klang der Äxte über die Ebene bis in die Stadt hinein und bildete den Takt für jegliche Verrichtung der dort lebenden Menschen. Das ausgedehnte Waldgebiet, das Sirona und ihre Gefährten auf dem Weg nach Avariko durchquert hatten, schmolz mit erschreckender Schnelligkeit dahin, als Baum um Baum unter den Hieben der römischen Klingen fiel.

Die Legionäre arbeiteten in Schichten rund um die Uhr. Und jeden Morgen, wenn die ersten Einwohner des Dunom bei Anbruch der Dämmerung die Befestigungsmauer erstiegen, um sich ein Bild von den Fortschritten des Feindes zu machen, war die Anlage über Nacht wieder deutlich gewachsen.

Im selben Maße, wie das Lager vor ihrer Stadt wuchs, bereiteten sich die Einwohner Avarikos auf den Krieg vor. Sie besserten schadhafte Stellen in der Befestigung aus und verfüllten die Luken und Türen, die ringsum die Mauer durchbrachen und von den Sümpfen her über Knüppeldämme zugänglich waren, mit Bruchsteinen. Außerdem stellten sie in großen Mengen Pfeile und Bögen - gewöhnlich eher für die Jagd eingesetzt - sowie Lanzen her, um die Stadt von der Mauerkrone aus zu verteidigen, sollten sich die Feinde zu ihrer Erstürmung entschließen.

Da sich die Holzvorräte des Dunom rasch dem Ende zuneigten, drangen bald auch keltische Trupps in die umliegenden Wälder vor, um Material für die Herstellung von Waffen zu schlagen. Dabei kam es zwangsläufig zu ersten Zusammenstößen mit römischen Einheiten. Doch da es beiden Seiten nur darum ging, Holz zu beschaffen und so schnell wie möglich in den Schutz ihrer jeweiligen Befestigung zurückzukehren, blieb es zunächst bei Drohgebärden und gelegentlichen Handgreiflichkeiten.

Seit die Römer mit der Errichtung ihres Lagers begonnen hatten, wurde in Avariko darüber gerätselt, was Caesar im Schilde führen mochte. Würde er versuchen, die Stadt in einem Sturmangriff zu nehmen? Oder beabsichtigte er, sie zu belagern, um sie auszuhungern und die Einwohner damit zur Kapitulation zu zwingen? An allen Orten, wo Menschen zusammenkamen, wurden diese beiden Möglichkeiten leidenschaftlich diskutiert, und jede Seite nannte triftige Gründe für ihren jeweiligen Standpunkt. Doch letztlich waren sie dazu verurteilt, abzuwarten.

Und was plante Vercingetorix?

»Ich denke, er wird das Lager angreifen.« Bellogenus rupfte ein Stück Krume aus seiner Brotscheibe und steckte es sich in den Mund.

Licnos war mit einem vollen Krug Weizenbiers an den Tisch herangetreten, an dem Sirona und ihre Gefährten das Nachtmahl einnahmen. Der Wirt war ein stämmiger Bituriger mittleren Alters mit gelockten grauen Haaren, dessen Schildarm nach dem Hieb eines Gladius steif geblieben war, was seinen Hass auf die Römer zusätzlich beflügelte. »Warum zögert er dann? Die beste Zeit wäre doch jetzt, da die Legionäre noch mit Schanzarbeiten beschäftigt sind und sich im Falle eines Angriffs nicht hinter Palisade und Graben zurückziehen können.«

»So ist es.« Segocondus streckte ihm seinen leeren Becher hin. »Und deswegen glaube ich, dass er nicht angreifen wird. Er wartet geduldig ab, wie Caesars nächste Schritte aussehen, um darauf zu reagieren.«

»Geduld!« Licnos spie das Wort förmlich aus. »Wir befinden uns im Krieg, Mann! Mit jedem Tag, den er ungenutzt verstreichen lässt, schwinden unsere Vorräte, und Unmut greift unter den Einwohnern Avarikos um sich wie eine Seuche.«

»Vercingetorix ist das Schicksal Avarikos gleich.«

Der Satz fiel zu Boden wie ein Stein. Derjenige, der ihn geäußert hatte, war einer der Bauern, deren Gehöfte der Oberbefehlshaber in Brand hatte stecken lassen und die er sich damit zu erbitterten Feinden gemacht hatte. »Ihm ist das Schicksal aller Bituriger gleich. Wenn wir unser Leben in seine Hände legen, sind wir verloren.«

»Nur zu wahr!« Licnos schenkte ringsum Bier nach. »Und deshalb sage ich Euch: Wir dürfen nicht warten, bis dieser Arverner endlich etwas unternimmt. Wir müssen selbst handeln und unsere Stadt gegen die Legionen verteidigen.«

Valetiacus säbelte sich eine weitere Scheibe des vorzüglichen Schweinebratens ab. »Und was schlagt Ihr vor?«

»Wir stellen unser eigenes Heer auf.« Licnos setzte den leeren Krug geräuschvoll auf der abgewetzten Tischplatte ab. »Und dann greifen wir die Römer an, solange die Schanzarbeiten noch nicht abgeschlossen und sie verwundbar sind.«

Schon bald kamen diese aufrührerischen Reden König Medurix zu Ohren. Tag für Tag rief er die Bürger auf dem Versammlungsplatz zusammen, bat um Geduld und warb für Vercingetorix und seine Sache. Noch gelang es ihm, die Menschen zum Stillhalten zu bewegen. Doch die Verdrossenheit schwelte weiter, angestachelt und am Leben erhalten von denjenigen, die durch den Befehl des Oberbefehlshabers ihr Zuhause verloren hatten.

Und mehr und mehr gewann Sirona den Eindruck, als bringe auch Medurix immer weniger Verständnis dafür auf, dass der junge König der Arverner so lange zögerte.

Schließlich, an einem trüben Tag, an dem sich die Sonne hinter milchigen Wolkenschleiern verbarg und ein frischer Wind aus Westen Sirona feinen Regen ins Gesicht sprühte, war das Lager fertiggestellt. Eine bedrohliche, dunkle Masse am südwestlichen Rand der Ebene, in regelmäßigen Abständen überragt von hölzernen Türmen, erinnerte es sie an ein riesenhaftes Raubtier, das sich vor dem Bau seiner Beute auf die Lauer gelegt hatte und nur auf den geeigneten Zeitpunkt wartete, um sich auf sie zu stürzen.

Und einmal mehr drängte sich ihr die Frage auf, die sie umtrieb, seit der römische Heerzug am Horizont aufgetaucht war und sich gleich einem gigantischen Lindwurm auf Avariko zugewälzt hatte: War Marcus dort draußen? War er in jenem Lager und bereitete mit den anderen Legionären den Angriff auf diese Stadt vor, nicht wissend, dass sich Sirona und sein ungeborenes Kind ebenfalls darin aufhielten?

Wie jedes Mal, wenn sie über dieser Frage grübelte, wallte dieselbe Mischung aus Zorn und Hilflosigkeit in ihr auf: Zorn darüber, dass sie und Marcus auf verschiedenen Seiten dieses mörderischen, sinnlosen Krieges standen; Hilflosigkeit, weil sie und das neue Leben, das sie unter ihrem Herzen trug, ohnmächtig einem ungewissen Schicksal ausgeliefert waren.

Würde sie diesen Mann, der sich Marcus nannte, jemals wiedersehen? Würde sie jemals erfahren, wer er wirklich war und warum er seine wahre Identität vor ihr geheim gehalten hatte? Und würde sie ihm jemals sagen können, dass sie sein Kind erwartete?

Nie war ihr eine gemeinsame Zukunft aussichtsloser erschienen als an jenem regnerischen Morgen auf der Mauerkrone von Avariko. Tränen mischten sich in die Regentropfen auf ihrem Gesicht, und sie ließ ihnen freien Lauf. Sie weinte um ihre Liebe zu diesem Mann, der ein Römer war und ihr dennoch so vertraut. Sie weinte um ihren ungeborenen Sohn, der seinen Vater wohl nie kennenlernen würde. Sie weinte aus Furcht vor dem Krieg, der unaufhaltsam näher rückte. Und sie weinte auch um sich selbst, denn immer häufiger überfielen sie Zweifel, ob sie die Kraft haben würde, diesem grausamen Schicksal zu trotzen.

An einem grauen, bedeckten Morgen, an dem die regenschweren Wolken so tief über dem Dunom hingen, als wollten sie sich auf den strohgedeckten Dächern zur Ruhe betten, begann die Belagerung Avarikos.

Wie stets waren Sirona und ihre Gefährten nach dem Frühmahl auf die Mauerkrone gestiegen. Doch an diesem Tag bot sich ihnen ein verändertes und zutiefst beunruhigendes Bild. Über Nacht war ein großer Trupp Feinde vor der Stadt erschienen und schickte sich nun an, auf dem Erddamm, ein Stück außerhalb der Reichweite der keltischen Pfeile und Lanzen, hölzerne Strukturen auf Rädern zu errichten und mit einem Dach aus Brettern zu versehen.

Sirona zog ihren Umhang, an dem der Wind zerrte, enger um die Schultern. »Was soll das werden?«

»Vermutlich Schutzdächer.« Segocondus hatte es wieder einmal eingerichtet, dicht neben ihr zu stehen. Da sich jeden Morgen viele Einwohner Avarikos auf der Umfriedung einfanden, bot sich ihm stets aufs Neue eine willkommene Gelegenheit, sich nah an sie heranzudrängen, ohne dass sie ihm auszuweichen vermochte. Mehrfach hatte Sirona bereits eine hitzige Bemerkung auf der Zunge gelegen, doch sie schluckte sie jedes Mal hinunter und beschränkte sich darauf, ihm durch ihr kühles und abweisendes Verhalten zu zeigen, was sie von seinen Annäherungen hielt.

Es war nicht nur die Befürchtung, dass ihre Worte überhaupt nichts bewirken, dass sie Segocondus nicht einmal erreichen würden, die sie dazu brachte, sich zurückzuhalten. Vielmehr war ihr eines längst klar geworden: Würde sie Segocondus zur Rede stellen, zwänge sie ihre Gefährten dadurch, Position zu beziehen und sich zwischen ihm und ihr zu entscheiden.

Nein, sie hegte keinerlei Zweifel daran, dass sich die jungen Krieger auf ihre Seite schlagen würden. Aber sie hatten diese gefahrvolle Unternehmung gemeinsam begonnen, und nun saßen sie hier, Hunderte Meilen fern von der Heimat, gemeinsam in der Falle. Im Angesicht der tödlichen Gefahr, die ihnen durch Caesar und seine Legionen drohte, waren sie aufeinander angewiesen und mussten zusammenhalten. Und Sirona würde nichts tun, was einen Keil zwischen sie treiben könnte.

Als Segocondus' Hand nun wie beiläufig ihren Arm streifte, biss sie daher einmal mehr die Zähne zusammen. »Ich nehme an, dass die Römer irgendetwas zu Füßen der Befestigung im Schilde führen. Diese fahrbaren Gerüste sollen sie dabei vor unseren Pfeilen und Lanzen schützen.«

Wie auf sein Kommando stieg in der Nähe des Stadttors ein Schwarm Brandpfeile von der Mauerkrone auf. Sironas Augen folgten den flammenden Spuren, die sie über den schiefergrauen Himmel zogen. Doch ihre Spitzen bohrten sich in den schweren, lehmigen Boden des Erddamms, ohne Schaden anzurichten. Die Feinde hatten ihre Flugbahn so genau berechnet, dass sie sich außerhalb ihrer Reichweite hielten und die Geschosse ihr Ziel knapp verfehlten.

Die römischen Äxte und Hämmer erklangen den ganzen Tag und die gesamte Nacht hindurch. Am nächsten Morgen waren zehn dieser fahrbaren Schutzdächer fertiggestellt und näher an die Umfriedung herangerollt worden. Von der Mauerkrone aus erkannte Sirona, dass eine dicke Schicht aus Erde und Grassoden das aus Brettern bestehende Dach gegen Brandpfeile schützte. Der Feind dachte an alles und ersann für jede Herausforderung eine Lösung.

Sie fröstelte beim Anblick dieser sonderbaren Konstruktionen, welche die Römer, wie der Wirt ihr erklärt hatte, Testudines nannten, Schildkröten. Die Legionäre arbeiteten mit einer Schnelligkeit und Genauigkeit, die ihr Furcht einjagten und dennoch gegen ihren Willen Bewunderung abrangen.

In den folgenden Tagen begannen die Feinde, lange Baumstämme herbeizuschaffen und daraus vor dem Stadttor Avarikos ein hölzernes Gerüst von dreihundert Fuß Breite zu errichten. Wieder brachte König Medurix auf der Mauerkrone Bogenschützen in Stellung. Doch die römischen Arbeiter hielten sich so geschickt im Schutz der fahrbaren Dächer, dass lediglich ein einziger Pfeil sein Ziel fand und einen unvorsichtigen Legionär traf. Sein Tod wurde von den Einwohnern des Dunom bejubelt wie eine gewonnene Schlacht, was Sirona einmal mehr die Hilflosigkeit und Verzweiflung vor Augen führte, die sich der Menschen bemächtigt hatten.

Bald konzentrierten sich die Verteidiger darauf, das seltsame hölzerne Gerüst mit brennenden Pfeilen zu beschießen. Doch zu ihrer Verblüffung mussten sie feststellen, dass es kein Feuer fing. Anscheinend hatten die Feinde die Stämme zuvor gründlich mit Wasser getränkt. Dann kam Caesar auch noch der römische Gott Pluvius zu Hilfe, der Spender des Regens. Die grauen Wolken, die seit Tagen schwer über dem Land hingen, entluden sich nun in unwetterartigen Schauern, sodass der Einsatz von Brandpfeilen unmöglich wurde.

Die Einwohner des Dunom vermochten sich keinerlei Reim auf die eigenartige Konstruktion zu machen, die vor ihrem Stadttor in die Höhe wuchs. Nachdem sie fertiggestellt war, schafften die Legionäre auf Ochsenfuhrwerken gewaltige Mengen Erde heran und schickten sich an, das hölzerne Gerüst damit zu verfüllen.

»Wollen sie uns bei lebendigem Leibe begraben?«, fragte Segocondus in dem vergeblichen Versuch, einen Scherz zu reißen.

Doch niemand lachte. Und Sirona erinnerte sich: Genau so war es damals in ihrer Heimat gewesen, als die Legionen in der Nähe Atuatucas ihr Lager errichteten. Heiterkeit und Frohsinn hatten die Stadt verlassen. Sie gehörten stets zu den ersten Opfern eines jeden Krieges, lange bevor Trauer und Verzweiflung Einzug hielten.

Noch immer traf Vercingetorix keinerlei Anstalten, die Römer anzugreifen oder wenigstens ihr Belagerungswerk zu zerstören. Und so fand das Leben der in Avariko eingepferchten Menschen bald in einen neuen Rhythmus: Sie beobachteten das Treiben der Feinde vor dem Tor, die von ihren Höfen vertriebenen Bauern schürten den Groll gegen den Oberbefehlshaber, Medurix bat seine Anhänger um Geduld.

Und Sirona ahnte, dass es nur eines Funkens bedurfte, um den Aufstand zu entfachen.

Kapitel 21

Sirona schüttelte den Regen von ihrem Sagon und betrat den Gasthof. Während ihre vier Gefährten nach dem Morgenmahl zur Mauerkrone aufgebrochen waren, um sich einen Überblick über den Fortschritt der eigenartigen Holz-Erde-Konstruktion zu verschaffen, hatte sie Catmelus einen Besuch im Hospital abgestattet. Die Bisswunde in seinem linken Arm heilte gut, und Sirona machte nun täglich kleine Übungen mit ihm, um seine Hand behutsam wieder an Belastungen zu gewöhnen.

Als sie ihren Umhang an einen Wandhaken hängte, entdeckte sie an einem der Tische Aresa und schlenderte zu ihr hinüber. Die junge Frau war eine Nichte des Wirts, weswegen sie bei ihm Unterschlupf gefunden hatte, als sich ihr Mann der Streitmacht der verbündeten Stämme anschloss. Die beiden hatten auf einem der Gehöfte außerhalb Avarikos gelebt, die auf Vercingetorix' Geheiß in Brand gesteckt worden waren, sodass sie und Sirona ein ähnliches Schicksal verband.

Nun starrte Aresa trübsinnig in eine Schale erkalteten Gerstenbreis und wickelte ihren langen blonden Zopf versonnen um den Zeigefinger.

»Guten Morgen, Aresa.« Sirona ließ sich ihr gegenüber nieder und legte die Unterarme auf die zerschartete Tischplatte. »Du siehst traurig aus.«

Die junge Frau stieß einen tiefen Seufzer aus. »Ist das ein Wunder? Ich dachte gerade an Mattus. Wir sind doch erst seit einem halben Jahr verheiratet, und ich weiß nicht, ob ich ihn jemals wiedersehen werde. Ich vermisse ihn so sehr. Was macht dieser furchtbare Krieg nur mit uns?«

Die Gespräche mit Aresa versetzten Sirona zurück in die Zeit, als auch sie noch an die Rückkehr ihres Vaters und ihres Geliebten geglaubt hatte, ehe ihre Hoffnungen unter Nantomaris' Worten zu Staub zerfallen waren. Wieder einmal zwang sie sich, nicht daran zu denken, wie es Dannovarus wohl ergehen mochte. Und wie jedes Mal, wenn sie an ihn, Roveci und die geliebten Verstorbenen dachte, fühlte sie erneut diesen schon vertrauten Stich in ihrer Brust, diese Wunde, die nicht heilen wollte.

»Verzeiht, wo finde ich die Heilerin Sirona?«

Die Stimme, die sie aus ihren wehmütigen Gedanken riss, gehörte einem jungen Druiden. Sirona erinnerte sich, ihm bereits mehrmals im heiligen Bezirk Atuas begegnet zu sein, wo er regelmäßig die Rituale verrichtete.

Sie erhob sich. »Ich bin Sirona.«

Er schlängelte sich zwischen den Tischen hindurch auf sie zu. »Seid gegrüßt. Galatos schickt mich. Er bittet Euch, zu ihm zu kommen.«

Als Sirona durch die offen stehende Tür trat, untersuchte der Druide gerade ein Mädchen von vier oder fünf Jahren, das vor ihm auf der Bettstatt lag. Die Mutter des Kindes, eine blonde Frau Anfang zwanzig, kniete daneben und beantwortete scheu seine Fragen, während ihre Finger nervös mit den bunten Glasperlen ihrer Halskette spielten.

Als Sirona ihren Gruß entbot, blickten die beiden auf.

»Ah, da bist du ja.« Galatos vollführte eine auffordernde Geste. »Tritt näher, und sag mir deine Meinung. Was fehlt meiner kleinen Patientin, und wie würdest du sie behandeln?«

Sirona zögerte. Doch als er ungeduldig mit der Hand wedelte, ließ sie sich auf den Schemel neben der Bettstatt sinken und betrachtete das Mädchen aufmerksam. Sein Gesicht war gerötet, die Augen glänzten unnatürlich. Einige Strähnen seines Haares, blond wie das seiner Mutter, klebten auf der feuchten Stirn. Außerdem waren beide Wangen geschwollen.

»Nicht erschrecken«, warnte Sirona die Kleine. »Ich werde nun dein Gesicht abtasten.«

Behutsam wanderten ihre Finger über den hinteren Teil der Wangen und erfühlten eine deutliche Schwellung unterhalb der Ohren. Dies bestätigte ihre Vermutung. »Und jetzt lass mich mal in deinen Rachen schauen.«

Das Mädchen wandte sich mit einem fragenden Blick an seine Mutter. Als diese nickte, öffnete es gehorsam, wenn auch widerwillig den Mund. Sirona stellte fest, dass die Innenseite der Wangen im Bereich der oberen Backenzähne gerötet war, was ihren Verdacht weiter erhärtete.

»Das hast du sehr gut gemacht.« Sie strich ihrer Patientin sanft über die Wange und drehte sich zu Galatos um. »Die Kleine leidet unter Ziegenpeter, einer Krankheit, die vor allem Kinder befällt.«

Der Druide neigte anerkennend den Kopf. »Zu diesem Ergebnis bin auch ich gekommen. Wie würdest du ihr nun helfen?«

Sirona überlegte einen Moment. »Meine Mutter pflegte Ziegenpeter immer mit Kamille und Schafgarbe zu behandeln«, antwortete sie schließlich ausweichend.

»Und du?«, hakte Galatos nach. »Was würdest du tun?«

Sie wusste sehr wohl, worauf er hinauswollte. Doch würde er ihre ungewöhnliche Heilmethode ernst nehmen? Sie entschied, es darauf ankommen zu lassen. »Ich würde zusätzlich meine Hände auflegen. Es gibt auf dem Rücken zwei Stellen, die bei dieser Krankheit rasch und zuverlässig wirken.«

Der Druide strich sich nachdenklich über seinen kurzen Kinnbart. Dann nickte er in Richtung des Mädchens. »Nur keine falsche Scheu. Zeig mir, wie du vorgehen würdest.«

Sirona bat ihre Patientin, sich auf den Bauch zu drehen. Anschließend legte sie die Rechte auf einen Punkt unterhalb des Rippenbogens und die Linke auf das Schulterblatt derselben Körperseite. »Wenn man diese beiden Stellen zweimal täglich behandelt, sollten die Beschwerden innerhalb von drei bis vier Tagen abklingen.«

»Höchst erstaunlich«, murmelte Galatos. »Hast du das schon häufiger gemacht?«

Sirona nickte. »Einige Male.« Unter anderem bei ihrer kleinen Schwester Tassia. Doch diese Erinnerung schob sie sofort energisch beiseite.

»Woher weißt du, auf welche Punkte du deine Hände legen musst?«, forschte der Druide nach.

Sie zuckte die Schultern. »Ich weiß es eben.«

Galatos schüttelte verblüfft den Kopf. »Das ist wirklich äußerst bemerkenswert, und ich brenne darauf, mehr darüber zu erfahren. Ich würde mich freuen, wenn du mich von nun an täglich besuchen und mit deiner von den Göttern verliehenen Gabe bei der Behandlung meiner Patienten unterstützen würdest.« Er zwinkerte ihr verschwörerisch zu. »Ich glaube, wir beide können noch viel voneinander lernen.«

Von da an ging Sirona jeden Morgen nach dem Frühmahl zu Galatos. Er unterrichtete sie in den Wirkungen und der Anwendung der verschiedensten Heilpflanzen, darunter auch solche, die weit im Süden wuchsen, an den Küsten des Mare internum, und die er über fahrende Händler von dort bezog. Immer häufiger ließ er Sirona Patienten durch Auflegen ihrer Hände behandeln und zeigte sich ein ums andere Mal beeindruckt davon, wie rasch die Beschwerden verschwanden.

Eines Morgens erwachte Sirona bereits vor Sonnenaufgang aus einem wirren Traum, der sie mit einem Gefühl tiefer Beklemmung und Sorge zurückließ. Sie konnte sich nicht an seinen genauen Inhalt erinnern, wusste nur noch, dass er etwas mit den Römern und ihrer sonderbaren Holz- und Erdekonstruktion vor dem Tor des Dunom zu tun hatte.

Eine Weile wälzte sie sich unruhig von einer Seite auf die andere und lauschte den gleichmäßigen Atemzügen der Schlafenden um sie herum. Nachdem Adbogios, Valetiacus und sie die Kammer anfangs für sich allein gehabt hatten, waren nach und nach auch einige Flüchtlinge im Gasthof untergekommen. Nun verbrachten sieben Männer und zwei Frauen die Nacht zusammengepfercht in diesem kleinen, fensterlosen Raum und erfüllten die Luft mit den Ausdünstungen ihrer ungewaschenen Leiber, der Zutaten ihres Nachtmahls und Bier oder billigem Wein.

Schließlich erhob sich Sirona seufzend von der Bettstatt, die sie sich mit Aresa und Adbogios teilte, hüllte sich in ihr Sagon und verließ das Haus. Jeden Morgen aufs Neue war sie erleichtert, der stickigen Enge der Schlafkammer zu entfliehen. Doch auch die vielen Menschen, die mittlerweile in Avariko lebten, das Gedränge und Geschiebe auf den Straßen, der Lärm und die Gerüche, die von allen Seiten auf sie eindrangen, setzten ihr von Tag zu Tag mehr zu. Daher hatte sie sich angewöhnt, schon vor dem Frühmahl einen Spaziergang zu unternehmen, um frische Luft zu schnappen und einmal richtig ausgreifen zu können, ehe die anderen Einwohner des Dunom erwachten und sich erneut in die Straßen und Gassen ergossen.

In der Nacht hatte es deutlich abgekühlt. Ein kalter Wind aus Osten fegte über Avariko hinweg und trug den würzigen Geruch des Waldes in sich. Oder vielmehr dessen, was die römischen Äxte davon übrig gelassen hatten, dachte Sirona grimmig. Wie so oft in den vergangenen Tagen war der Himmel von einem trüben Bleigrau und lastete schwer und drohend auf der Stadt, gerade so, als wollten die Götter der bedrückenden Lage, in der sich das Dunom befand, eine angemessene Kulisse verleihen.

Am Vortag jedoch waren die ersten Schwalben aus dem Süden zurückgekehrt und begannen nun, unter den überhängenden Dächern ihre Nester zu errichten, was als Glück bringend für die Bewohner der jeweiligen Häuser angesehen wurde. Wie jedes Jahr hatten die Menschen ihre Rückkehr freudig begrüßt, deutete sie doch darauf hin, dass die warme Jahreszeit nicht mehr fern war.

Im Osten zeichnete sich bereits ein milchiger Streifen Tageslichts ab, als Sirona ihre Schritte in Richtung der Umfriedung lenkte. An jedem Morgen galt ihr erster Gang dem eigenartigen Bauwerk der Römer, auf das sich die Bürger Avarikos nach wie vor keinen Reim machen konnten, das sie gleichwohl zutiefst beunruhigte und Sirona nun sogar bis in ihre Träume verfolgte.

Im fahlen Licht des anbrechenden Tages erkannte sie von der Mauerkrone aus die fahrbaren Dachkonstruktionen, die sie an die Panzer riesenhafter Schildkröten erinnerten. Noch standen sie verlassen da, aber es würde nicht lange dauern, ehe sich die ersten Arbeiter einfänden. Den Einwohnern der Stadt war es unlängst gelungen, drei dieser Testudines mit brennenden Pfeilen zu entzünden, indem sie nicht auf die mit Erde und Grassoden verkleideten Dächer, sondern auf die ungeschützten hölzernen Stützstreben zielten. Doch die Römer hatten sie binnen Kurzem durch neue ersetzt. Dies war nicht nur ein weiterer Beweis der ihnen eigenen Geschwindigkeit und Geschicklichkeit, sondern enthielt zugleich die Botschaft: Es mag euch gelingen, uns zu verlangsamen; aufhalten könnt ihr uns nicht.

Im Schutz dieser fahrbaren Dächer hatte der Feind das gigantische hölzerne Skelett unterdessen mit Erde aufgefüllt und begann nun, auf dieser Holz-Erde-Konstruktion eine Art Rampe zu errichten, die zur Stadtmauer hin anstieg und irgendwann bis unmittelbar an die Befestigung und das Tor heranreichen würde. Über die Funktion dieses seltsamen Erdwerks wurde auf den Straßen und Plätzen Avarikos lebhaft diskutiert. Während die einen die Ansicht vertraten, Caesar plane, auf der Rampe einen gewaltigen Rammbock heranzuführen, um das Tor aufzubrechen, vermuteten andere das genaue Gegenteil: Er wolle auf diese Weise das Tor verriegeln und die Einwohner in ihrer eigenen Stadt einschließen.

Als sich die blasse Sichel der Sonne über den Horizont im Osten schob, wandte sich Sirona vom Tor ab und folgte dem Verlauf der Umfriedung in westlicher Richtung. In jeweils dreißig Schritt Entfernung voneinander standen Wachen, die von der Mauerkrone aus Tag und Nacht die Umgebung Avarikos im Blick behielten, um einen römischen Angriff rechtzeitig zu bemerken. Doch bislang war alles ruhig geblieben. Der Feind konzentrierte seine gesamten Kräfte auf den Bau des Erdwerks, und ein Sturmangriff wurde immer unwahrscheinlicher. Meistens waren es dieselben Männer, die dort oben geduldig auf ihren Posten ausharrten. Sie kannten Sirona bereits und nickten ihr einen stummen Gruß zu.

Sie fröstelte und hüllte sich fester in ihren wollenen Umhang. Der Wind auf der Mauerkrone blies deutlich lebhafter als unten in der Stadt, sodass sie nach einer Weile spürte, wie die Kühle des Morgens durch die Kleidung hindurch bis auf ihre Haut kroch. Doch der Ausblick über das jenseits der Befestigung beginnende Sumpfgebiet, das sich im Norden und Westen bis zum Horizont erstreckte, vermittelte ihr ein Gefühl von Weite und Freiheit, das sie seit ihrer Ankunft in Avariko täglich mehr vermisste.

Und so blieb sie auch nun wieder am Rande der Mauer stehen, stützte ihre Unterarme auf die hölzerne Brustwehr und ließ den Blick über die Sümpfe hinweg in die Ferne schweifen. Matt glitzernd hoben sich die Wasserläufe von der endlos scheinenden dunklen Erde ab, durchbrochen von Gräsern, niedrigem Buschwerk und hier und da einem kleinen Gehölz, die dem Auge eine trügerische Sicherheit vermittelten. Doch Sirona wusste, dass nur die Knüppelwege, die kreuz und quer durch das ausgedehnte Feuchtgebiet verliefen, gefahrlos beschritten werden konnten.

Die Morgenluft trug den fauligen Geruch der Sümpfe mit sich, jene unverwechselbare Mischung aus stehenden Gewässern und vermodernden Pflanzenteilen. Früher hätte Sirona darüber die Nase gerümpft. Nun jedoch war dieser Geruch für sie untrennbar mit dem Gefühl von Freiheit verbunden, das der weite Ausblick von der Befestigung ihr bereitete.

Sie sog die Luft in tiefen Zügen ein und genoss die Stille, die auf der Mauerkrone herrschte, solange die Stadt zu ihren Füßen noch im Schlaf lag. Ihr Blick folgte einem Wanderfalken, der von Westen pfeilschnell herangeschossen kam. In seinen Fängen hielt er eine tote Schnepfe. Er landete auf dem Dach eines der hölzernen Türme, die die Umfriedung in regelmäßigen Abständen überragten, hüpfte hinab zu seinem Rand und verschwand unter der Traufe. Nur wenige Augenblicke später hörte Sirona das helle Fiepen der Jungvögel.

Sie lächelte wehmütig. Im Gebälk der Scheune ihres elterlichen Gehöfts hatte jedes Jahr eine Schleiereule ihre Jungen aufgezogen. Als Kind liebte es Sirona, sich in der Dämmerung in die Schatten des Scheunentors zurückzuziehen und die Elternvögel dabei zu beobachten, wie sie ihrem Nachwuchs Mäuse und andere kleine Tiere brachten. Dann, nachdem die Jungen das schützende Nest verlassen hatten, saßen sie auf den Eichenbalken unter dem Dach der Scheune, weiße, schemenhafte Gestalten, und beäugten Sirona neugierig und ohne Scheu.

Eine plötzliche Bewegung in ihrem Augenwinkel riss Sirona aus ihren Erinnerungen. Wenige Schritt zu ihrer Linken wies die hölzerne Brustwehr eine Lücke von einer halben Manneslänge auf. Dort hatte sich soeben irgendetwas bewegt, kaum merklich, doch in diesen Zeiten ununterbrochener Anspannung genügten winzigste Veränderungen, um Sironas Wachsamkeit zu wecken. Ihr Kopf flog im selben Moment herum, in dem sich eine Hand von unten über die Mauerkante schob, unmittelbar darauf gefolgt von einer zweiten.

Ihre Rechte zuckte zu ihrem Dolch, und auch die Wache, die in zehn Schritt Entfernung auf ihrem Posten stand, eilte herbei. Jedoch nicht, wie Sirona verwirrt feststellte, um den Eindringling anzugreifen und abzuwehren, sondern um ihm behilflich zu sein.

»Wartet, Herr, ich helfe Euch.« Der Mann ließ sich am Rand der Umfriedung auf die Knie fallen und packte den linken Arm des Fremden. Dann zog sich unter Sironas verblüfften Blicken eine dunkel gekleidete Gestalt hinauf, wälzte sich wenig elegant über die Kante und kam nach Atem ringend auf den Bruchsteinen der Mauerkrone zu sitzen.

»Habt Dank«, keuchte der Eindringling an die Wache gewandt, die schon begonnen hatte, eine lange Strickleiter heraufzuziehen, welche Sirona bis dahin entgangen war.

Zögernd löste sie die Hand vom Griff ihres Dolches und stieß die Luft aus, die sie angehalten hatte. Sie vermutete, dass es sich bei dem Fremden um einen Boten von Vercingetorix handelte, der sich auf diese ungewöhnliche Weise Zutritt zur Stadt verschaffen musste, da die Durchlässe am Fuße der Umfriedung zugemauert waren und das Tor von den Römern belagert wurde.

Sironas Bewegung hatte die Aufmerksamkeit des Eindringlings auf sich gezogen. Er zuckte zu ihr herum, und nun war es seine Hand, die zum Dolch an seinem Gürtel fuhr. Als er erkannte, wen er vor sich hatte, entspannte er sich jedoch sogleich wieder. »Bei allen Göttern!«, rief er gut gelaunt. »Hätte ich geahnt, dass mir eine so bezaubernde junge Dame zuschaut, hätte ich meinen Auftritt selbstredend ein wenig eleganter gestaltet. Ich hoffe, Ihr könnt mir verzeihen.«

Neugierig fasste Sirona den Mann näher ins Auge. Er war vielleicht Ende zwanzig, von durchschnittlicher Größe und schlank. Seine breiten Schultern verrieten gleichwohl, dass er den regelmäßigen Umgang mit Waffen pflegte. Der Wind hatte seine dichten blonden Haare zerzaust, sodass sie ihm tief in die Stirn fielen. Die Nase des Fremden war einen Hauch zu lang, als dass man seine Züge hätte ebenmäßig nennen können. Das Bemerkenswerteste an seinem Gesicht waren seine Augen, die Sirona im fahlen Licht des frühen Tages ebenso eingehend musterten wie die ihren ihn. Sie waren von einem hellen, intensiven Grau und zeugten von Klugheit und Willensstärke.

Mit einem Mal ging Sirona auf, dass sie ihm noch eine Antwort schuldete. Doch der seltsame Auftritt dieses Mannes, der zudem für einen schlichten Boten erstaunlich wortgewandt war, hatte sie so überrascht, dass ihr einfach nichts Passendes einfallen wollte.

Möglicherweise erwartete der Fremde aber auch gar keine Antwort, denn er hatte sich bereits erhoben und klopfte sich Staub und ein paar trockene Efeublätter von seiner Kleidung, einer Tunika und Hose aus dunkler Wolle. Die Wache hatte sich schon wieder abgewandt und war auf ihren Posten zurückgekehrt.

Plötzlich nahm Sirona unter dem Dach des Turms im Rücken des Boten eine Bewegung wahr. Einen Herzschlag später sah sie, wie der Wanderfalke sein Nest verließ und sich anmutig einige Manneslängen in die Luft emporschwang, nur um im nächsten Moment pfeilgerade auf den vor ihr stehenden Fremden hinabzustoßen. Der war noch damit beschäftigt, seine Kleidung zu richten, und hatte nicht die geringste Ahnung, welche Gefahr sich ihm von hinten näherte.

»Gebt acht!«, schrie sie und ließ sich gleichzeitig in die Hocke fallen. »Ein Falke!«

Der Mann reagierte sofort und warf sich zu Boden, sodass der Greifvogel seinen Kopf um Haaresbreite verfehlte, mit einem schrillen Schrei über ihn hinwegschoss und augenblicklich wieder aufstieg. Sirona fühlte den schneidenden Windhauch seiner Flügel auf ihrem Gesicht und erschauerte.

Doch ihr Gegenüber war allem Anschein nach entschlossen, sich nicht aus der Ruhe bringen zu lassen. »Was für ein stürmischer Empfang«, bemerkte er leichthin, erhob sich und blickte an sich hinab. Dann hob er die Arme in einer Geste des Unmuts und begann erneut, seine Kleidung zu säubern. »Ist das nun ein gutes Omen oder ein schlechtes? Keine Ahnung, ich kenne mich mit der Deutung der Zeichen nicht aus. Wie auch immer, habt Dank für die Warnung.«

Darauf nickte er Sirona zu, trat an ihr vorbei zu den nächstgelegenen Stufen, die hinunter in die Stadt führten, und verschwand aus ihrem Blickfeld. Sie blieb wie betäubt zurück.

Ein schlechtes Omen, dachte sie, während ihr eisige Finger über den Rücken zu streichen schienen und ihre Rechte wie von selbst eine Geste zur Abwendung von Unheil vollführte. Ein Falke, der auf einen Menschen hinabstößt, ist ein sehr, sehr schlechtes Omen. Denn dieser Vogel ist der Mittler zwischen dem Diesseits und der Anderen Welt, dem Reich des Todes und der Wiederkehr.

Nach dem Morgenmahl, das Sirona gemeinsam mit ihren vier Gefährten einnahm, ging sie wie üblich zu Galatos, um ihn bei seiner heilkundlichen Tätigkeit zu unterstützen und von ihm zu lernen.

»Du kommst wie gerufen, Mädchen«, begrüßte der Druide sie. »Ich habe hier gerade einen sehr bemerkenswerten Fall, bei dem du mir mit deiner außergewöhnlichen Heilmethode zur Hand gehen kannst.«

Neugierig ließ sie ihren Blick an ihm vorbei zu der liegenden Gestalt auf der Bettstatt wandern. Bei ihrem Eintreten hatte der Mann den Kopf zur Tür gedreht. Nun setzte er sich auf und schwenkte die Beine über den Rand des hölzernen Rahmens.

Sirona stutzte.

»Ah, wie sagen die Leute doch gleich? Man begegnet sich immer zweimal im Leben, nicht wahr?«, begrüßte der Fremde sie leutselig.

Galatos zog verblüfft die Augenbrauen in die Höhe. »Wie? Ihr kennt Euch?«

»Nun, ›kennen‹ wäre wohl ein wenig übertrieben.« Der Mann strich sich mit beiden Händen seine dichten blonden Haare aus dem Gesicht. »Diese junge Dame hier hat mich vorhin davor bewahrt, von einem Falken verletzt zu werden, der mich von hinten angriff.«

Da der Druide seinem Patienten halb den Rücken zugewandt hatte, konnte dieser nicht sehen, dass Galatos' Züge bei seinen Worten versteinerten. Als Deuter der von den Göttern gesandten Zeichen wusste er selbstredend um die Bedeutung dieses bösen Omens. Zum ersten Mal wurde Sirona Zeugin, wie der gewöhnlich so besonnene und abgeklärte Mann um Fassung rang. Er schluckte schwer, und seine Hand fuhr zu seiner Brust, ehe er sie mit erzwungener Ruhe wieder sinken ließ. Dann räusperte er sich. »Ein Falke hat Euch angegriffen, Herr?«, wiederholte er mit mühsam beherrschter Stimme.

Der Fremde nickte arglos, während Sirona und Galatos einen betroffenen Blick tauschten, in dem sie ihr Wissen miteinander teilten.

»In der Tat. Ich war wohl seinem Nest zu nah gekommen, und er wollte seinen Nachwuchs beschützen. Da stürzte er sich von hinten auf mich. Doch diese junge Dame hier warnte mich, ehe er mir auch nur ein Haar krümmen konnte.« Plötzlich erhob er sich und vollführte eine gewollt galante Geste in Sironas Richtung. »Verzeiht mein ungehöriges Benehmen. Ich habe mich Euch noch gar nicht vorgestellt. Man nennt mich Vercingetorix.«

Sirona blieb vor Erstaunen der Mund offen stehen. »Ihr seid ... Ihr seid ...«

»Vercingetorix, ja. Und wie werdet Ihr genannt?«

Sie schluckte. »Si ... Si ...«

»Sirona«, half der Druide aus. »Auch wenn es ihr gerade die Sprache verschlagen zu haben scheint, so verfügt sie doch über wahrhaft bemerkenswerte heilerische Fähigkeiten. Und ich hege die Hoffnung, dass sie auch bei Eurer Erkrankung Rat weiß.«

Sirona hatte sich endlich wieder gefasst. »Es ist mir eine große Ehre, Herr, Eure Bekanntschaft zu machen. Ich habe bereits viel von Euch gehört.«

»Darauf würde ich wetten«, erwiderte Vercingetorix trocken. »Mein Name ist derzeit in aller Munde. Alle Welt debattiert darüber, warum ich die Römer vor den Toren Avarikos nicht längst angegriffen habe, sondern bei ihrem eigenartigen Bauprojekt gewähren lasse. Neuerdings scheint jeder Bürger dieser Stadt, jeder Handwerker und Händler zu glauben, er hätte mehr Ahnung von Kriegführung als ich, der gewählte Oberbefehlshaber der verbündeten Stämme. Und ich bin es so müde, immer und immer wieder meine Beweggründe darlegen zu müssen.«

»Ihr könntet eine Rede halten, Herr«, schlug Sirona ohne nachzudenken vor und biss sich gleich darauf auf die Lippe. Es stand ihr wohl kaum zu, dem jungen König der Arverner Ratschläge zu erteilen.

Doch der seufzte nur. Anscheinend hatte er ihre Äußerung gar nicht als anmaßend empfunden. »Ich halte andauernd Reden«, entgegnete er verdrossen. »Ich habe bloß zunehmend das Gefühl, dass mir niemand zuhört.«

»Ich meinte, Ihr könntet zu den Einwohnern Avarikos sprechen und ihnen erklären, warum Ihr nicht angreift«, führte Sirona behutsam aus. »Sie würden Euch gewiss zuhören.«

Vercingetorix bedachte diesen Vorschlag einen Moment lang mit schräg gehaltenem Kopf. »Ja, möglicherweise habt Ihr recht. Vielleicht sollte ich das tun. - Wenn wir nun zum eigentlichen Anlass meines Besuchs kommen könnten?«

»O ja, freilich.« Galatos wandte sich an Sirona. »Der Grund, weswegen König Vercingetorix mich aufsucht, ist, dass er unter der Fallsucht leidet. Du hast zweifellos schon von ihr gehört?«

Sirona nickte. »Einer der Knechte auf unserem Gehöft litt ebenfalls an der Fallsucht.« Ehe sie es verhindern konnte, trat das Bild des toten Tinco vor ihr inneres Auge, seine vor Schmerz verzerrten Züge, der abgebrochene Schaft des Pilum, der aus seiner Brust ragte. Trauer schnürte ihr die Kehle zu, und unwillkürlich schüttelte sie den Kopf, wie um die schmerzlichen Erinnerungen zu vertreiben.

Der Druide, dem ihre Reaktion augenscheinlich entgangen war, schaute zufrieden drein. »Hervorragend, dann sind dir die Symptome ja hinlänglich vertraut.«

»Und Ihr könnt Euch vermutlich vorstellen«, mischte sich Vercingetorix ein, »dass diese Krankheit für einen Mann in meiner Position ein wenig ... nun, hinderlich ... ist. Wobei die Götter in Ihrer unergründlichen Weisheit für einen gewissen Ausgleich gesorgt haben, denn mein Widersacher Gaius Iulius Caesar leidet ebenfalls an der Fallsucht.«

»Hast du euren Knecht mit deiner besonderen Heilmethode behandelt?«, erkundigte sich der Druide.

Ein trauriges Lächeln huschte über Sironas Züge, als sie sich erinnerte. Tatsächlich war Tinco einer ihrer ersten Patienten gewesen. Sie hatte kaum acht Jahre gezählt, als die Erkrankung bei ihm erstmals auftrat und sich hartnäckig Milevisas Bemühungen widersetzte. Nach einigen fruchtlosen Versuchen hatte Sirona eine Stelle an seinem Körper gefunden, die auf das Auflegen ihrer Hände ansprach, und ihm helfen können.

»Ja, Herr, das habe ich. Meiner Erfahrung nach gibt es bei dieser Krankheit keine Heilung. Man kann jedoch erreichen, dass die Anfälle seltener auftreten und weniger schwer verlaufen.«

»Damit wäre mir schon sehr gedient.« Der Sarkasmus in Vercingetorix' Stimme war unüberhörbar. »Und worin besteht nun Eure außergewöhnliche Heilmethode?«

»Ich lege meine Hände auf«, erklärte Sirona schlicht.

»Ihr legt Eure Hände auf«, wiederholte der Oberbefehlshaber. Es klang nicht spöttisch, höchstens ein wenig ungläubig. »Nun gut, warum nicht.«

Galatos machte eine auffordernde Handbewegung, und Sirona trat an die Bettstatt. »Wenn Ihr bitte Eure Stiefel ausziehen und Euch auf den Rücken legen würdet, Herr?«

Vercingetorix warf ihr einen seltsamen Blick zu, tat jedoch, worum sie ihn bat. Dann ließ sie sich auf dem Schemel neben ihm nieder und umschloss die Zehen und Zehenballen seines linken Fußes sanft mit beiden Händen. Schon nach wenigen Augenblicken spürte sie das vertraute Pulsieren, das sich stets einstellte, wenn sie die richtige Stelle gewählt hatte und ihr eigener Körper sich auf den ihres Patienten einzustimmen begann. Ebenso fühlte sie die ungeheure Anspannung, unter der dieser Mann stand und die verhinderte, dass seine Energien frei und ungehindert fließen durften.

Zu Beginn der Behandlung hatte der junge König die Augen geöffnet, starrte mit schlecht verhohlener Ungeduld an die rußgeschwärzten Eichenbalken, die das Dachstroh trugen, und schien mit seinen Gedanken weit weg zu sein. Schon bald jedoch flatterten seine Lider und fielen schließlich ganz zu, seine Atmung wurde tief und gleichmäßig. Sirona spürte, wie Unruhe und Anspannung nach und nach wichen und seine Energien leicht und sanft zu fließen begannen.

Ein zufriedenes Lächeln glitt über ihr Gesicht, als sie seine entspannten Züge betrachtete. Ihre Methode wirkte unabhängig davon, ob der Patient an sie glaubte oder nicht. Vercingetorix' kluger, nüchterner Verstand war voller Zweifel gewesen, doch sein erschöpfter Körper nur allzu bereit, ihr Angebot anzunehmen und neue Kraft zu schöpfen.

Nach einer Weile löste sie ihre Hände vorsichtig und legte sie um seinen rechten Fuß. Auch dort ließ sie sie eine Zeit lang ruhen, ehe sie die Behandlung behutsam beendete.

Galatos hatte sich im Hintergrund gehalten. Nun trat er hinzu, und Sirona hörte, wie er einmal tief ein- und wieder ausatmete. Es war ja nicht das erste Mal, dass er zugegen war, wenn sie einem Patienten die Hände auflegte. Aber insgeheim mochte er befürchtet haben, dass ihre Fähigkeiten bei der Fallsucht an ihre Grenzen stoßen würden. Daher musste es ihn umso mehr verwundern, dass Vercingetorix so offenkundig auf Sironas ungewöhnliche Heilmethode ansprach. Und obgleich er keine Erklärung für deren erstaunliche Wirkung hatte, waren nun auch seine letzten Zweifel dahingeschmolzen.

Schweigend, um die tiefe Entspannung des Oberbefehlshabers nicht zu stören, strich der Druide Sirona über die Schulter, und als sie überrascht aufschaute, las sie in seinen dunklen Augen Wärme und noch etwas anderes: Erleichterung. In diesem Moment erst ging ihr auf, wie viel tatsächlich davon abhing, dass Vercingetorix bei guter Gesundheit war - und wie groß ihr eigener Anteil daran sein würde.

Schließlich schlug der junge König der Arverner die Augen auf. Sein Blick war verhangen, als wäre er soeben aus einem tiefen Schlaf erwacht.

Sirona legte ihm sanft eine Hand auf die Brust. »Bleibt noch ein wenig liegen, Herr, sonst wird Euch schwindelig«, warnte sie ihn. »Wenn wir diese Behandlung täglich wiederholen, kann ich Euch versprechen, dass Ihr Euch schon bald sehr viel besser fühlen werdet.«

»Ich fühle mich schon jetzt sehr viel besser«, murmelte Vercingetorix schläfrig. »Ich hatte ja nicht geglaubt ...«

Er ließ seinen Satz unvollendet, doch Sirona wusste auch so, was er meinte. Vor allem Männer reagierten oft ungläubig, wenn sie behauptete, ihnen durch bloßes Auflegen der Hände helfen zu können. Im Laufe der Behandlung wich ihre Skepsis gleichwohl stets der Erkenntnis, wie tief greifend diese scheinbar so schlichte Methode wirkte.

Auch Vercingetorix, König der Arverner und Oberbefehlshaber der verbündeten Stämme, bildete da keine Ausnahme.

Von da an behandelte Sirona Vercingetorix jeden Morgen. Im ersten Licht des Tages kam er über die Mauer in die Stadt und begab sich zu Galatos, wo sie ihn traf. Er hatte ihr das Versprechen abgenommen, über sein Kommen und Gehen sowie die Behandlungen Stillschweigen zu bewahren, und sie hielt sich strikt daran. Nicht einmal ihren Gefährten oder ihrer Freundin Aresa erzählte sie davon.

Zwischen ihr und ihrem Patienten entwickelte sich eine immer vertrauensvollere Beziehung. Vercingetorix kam schnell dahin, das Handauflegen regelrecht zu genießen, und sprach anschließend freimütig über die Schwierigkeiten und Sorgen, die das verantwortungsvolle Amt des Oberbefehlshabers mit sich brachte.

Sirona freute sich über das Vertrauen, das er ihr entgegenbrachte, und es beglückte sie, ihm mit ihrer besonderen Gabe zu Diensten sein zu dürfen. Hatte sie sich nicht genau das gewünscht, ihn und seine Sache durch ihre Tätigkeit als Heilerin zu unterstützen? Dass dieser Wunsch auf so unmittelbare Weise in Erfüllung gehen würde, hätte sie sich allerdings niemals träumen lassen.

Inzwischen war sie beinah überzeugt, dass sich Ebunos getäuscht haben musste, sosehr war sie beseelt von dem Gefühl, in diesen Tagen in Avariko einen Platz auszufüllen, den die Götter ihr vorherbestimmt hatten.

Kapitel 22

Währenddessen arbeiteten die Römer weiterhin daran, die Rampe vor dem Tor zu erhöhen. Unermüdlich wie Ameisen wimmelten die Arbeiter hin und her, schafften auf Fuhrwerken riesige Mengen Erde herbei, schütteten sie auf und stampften sie fest.

Es war nur noch eine Frage der Zeit, bis niemand mehr Avariko würde betreten oder verlassen können. Schon längst barg dies die Gefahr in sich, in ein Gefecht mit den Belagerern verwickelt zu werden. Bald jedoch würde derjenige Teil der Erdrampe, der der Umfriedung zugewandt war, so hoch sein und so dicht an das Tor heranreichen, dass er ein Durchkommen schlechterdings unmöglich machte. Die Einwohner Avarikos wären in ihrer eigenen Stadt eingeschlossen.

Außerdem hatte der Feind mit dem Bau zweier gewaltiger hölzerner Türme auf Rädern begonnen. Zumindest deren Bestimmung ließ keinerlei Zweifel offen: Sie sollten dazu dienen, die Befestigung zu erstürmen.

Die Angst und Sorge der in Avariko zusammengepferchten Bituriger ebenso wie ihr Gefühl, von Vercingetorix im Stich gelassen zu werden, wuchsen im selben Maße wie das Bauwerk vor der Umfriedung, sodass der Oberbefehlshaber eines Tages beschloss, sich in einer Rede an die Einwohner des Dunom zu wenden.

Sirona und ihre Gefährten waren aufgebrochen, sobald die Trommel begann, die Menschen auf dem Versammlungsplatz zusammenzurufen. Durch die nachdrängende Menge wurden sie immer weiter nach vorn geschoben und standen nun nur zwanzig Schritt vom Podium entfernt.

Um sich von der aufwallenden Panik abzulenken, versuchte Sirona, die Stimmung der ringsum versammelten Männer und Frauen auszuloten. In ihren Gesichtern las sie Neugier auf diesen König eines fremden Stammes, der ihrer aller Geschick in seinen Händen hielt. Doch sie sah auch Trotz und mühsam beherrschten Zorn. Und in den Mienen der Bauern, deren Gehöfte und Siedlungen auf Vercingetorix' Geheiß in Brand gesteckt worden waren, loderte unverhohlener Hass. Mit einem Mal überflutete sie Sorge um diesen Mann, der ihr in so kurzer Zeit so vertraut geworden war.

Schließlich betrat der Oberbefehlshaber das Podium. Seine Züge waren gesammelt, als er sich auf die vor ihm liegende

Aufgabe konzentrierte. Lediglich die gestrafften Schultern verrieten Sirona seine Anspannung.

»Bürger Avarikos!«, begann er mit weithin tragender Stimme. »Ich bin Vercingetorix. Ich bin der von den Göttern auserkorene und von den Königen und Druiden gewählte Oberbefehlshaber des gewaltigsten Heeres, das die keltischen Stämme jemals aufgestellt haben. Die edelsten Männer unseres Landes haben mir die Verantwortung für Euer Leben und Wohlergehen anvertraut. Ich bin mir dieser Verantwortung bewusst und nehme sie sehr ernst.« Er legte eine Pause ein, während sein Blick langsam über die Köpfe der Menge wanderte.

Stille hatte sich über den Platz gesenkt, eine angespannte Stille, die noch nicht erahnen ließ, ob es ihm schließlich gelingen würde, die Menschen für sich zu gewinnen.

»Ich weiß, dass Euch große Sorgen quälen, denn Eure Stadt wird von einem mächtigen Feind bedroht. Er belagert sie und macht Euch alle zu Gefangenen innerhalb Eurer eigenen Mauern. Und ich weiß auch, dass Ihr Euch fragt, warum ich nicht den Befehl zum Angriff gebe und dem römischen Heer mit meiner Streitmacht entgegentrete.«

»Weil du ein Feigling und ein Zauderer bist«, zischte ein älterer Krieger in Sironas Rücken, und ein anderer, neben ihr, nickte beifällig.

Sie fühlte, wie sich ihre Kopfhaut vor Schreck zusammenzog. War es wirklich das, was die Menschen über Vercingetorix dachten? Doch ihr blieb keine Zeit, sich weitere Sorgen zu machen, denn er fuhr bereits fort.

»Ich will es Euch erklären. Als vor einigen Jahren die Germanen unter ihrem König Ariovist über den Renos drangen und in keltische Gebiete einfielen, riefen die betroffenen Stämme Caesar und seine Legionen zu Hilfe. Ich habe damals an seiner Seite gegen die Eindringlinge gekämpft und ungezählte Stunden in der Gesellschaft dieses Mannes verbracht, der nun unsere Freiheit und unser Leben bedroht. Ich weiß, wie er denkt, und ich bin mit der römischen Kriegführung bestens vertraut. Ebenso kenne ich die Gesinnung der Legionäre, ihre hervorragende Ausbildung, ihre außerordentliche Disziplin und die Bereitschaft jedes Einzelnen, sich für das Wohl der Legion, ihres Anführers und ihres Vaterlands zu opfern.« Plötzlich lehnte er sich vor, stützte seine Hände auf das Geländer und ließ seinen Blick eindringlich über die Köpfe der vor ihm versammelten Menschen gleiten. Hier und dort verhielt er auf einem Gesicht, und später würde Sirona viele sagen hören, er habe ihnen geradewegs in die Augen geschaut.

»Daher kann ich Euch versichern, dass wir den Legionen in einer offenen Feldschlacht niemals gewachsen wären. Jeder einzelne ihrer Soldaten ist eine perfekt ausgebildete Kampfmaschine, gehorsam und überaus diszipliniert. Wir hingegen sind anders, wir denken anders, wir kämpfen anders. Sind wir deswegen weniger mutig als die Römer? Nein, das sind wir keineswegs. Sind wir weniger diszipliniert? Ja, das sind wir. Wir sind weniger diszipliniert, weniger gehorsam und weniger gut ausgebildet. Und darum können wir die Legionen in einem offenen Kampf nicht besiegen.« Er hielt kurz inne, und als Sirona in die Gesichter der umstehenden Krieger schaute, erkannte sie zu ihrer großen Erleichterung, dass Trotz und Zorn einiger einer gewissen Nachdenklichkeit zu weichen begannen.

Vercingetorix hatte sich wieder aufgerichtet und legte seine Rechte nun wie beiläufig auf den Knauf seines Schwerts. »Deshalb habe ich mich für eine andere Strategie entschieden. Wir können die Römer nur besiegen, wenn wir sie an ihrer verwundbarsten Stelle packen. Die verwundbarste Stelle eines solch gewaltigen Heeres ist die Versorgung mit Nahrung für Mensch und Tier. Nur wenn es uns gelingt, die Legionen von ihrem Nachschub abzuschneiden, fügen wir ihnen wahrhaftig Schaden zu. Aus diesem Grund habe ich angeordnet, unsere eigenen Gehöfte und Siedlungen in Brand zu stecken. Und deswegen sind meine Krieger Tag und Nacht unterwegs, um die römischen Einheiten aufzubringen, die auf der verzweifelten Suche nach Lebensmitteln immer weiter im Land umherstreifen.«

Erneut ließ er einige Atemzüge verstreichen, um seine Worte auf die Männer und Frauen zu seinen Füßen wirken zu lassen, und Sirona sah, dass die Menge gebannt an seinen Lippen hing. Er verstand es, Menschen für sich einzunehmen und für seine Überzeugung zu begeistern. Seine Besonnenheit, seine Vernunft und sein Glaube an die gemeinsame Sache übertrugen sich auf seine Zuhörer, die ihm bereitwillig ihr Vertrauen schenkten.

»Meine Taktik trägt erste Früchte«, griff er den Faden schließlich wieder auf. »Gefangene Legionäre haben mir berichtet, dass ihr Heer großen Mangel leide. Ihr Getreide ist seit Tagen aufgebraucht, Männer und Tiere hungern. Es ist nur noch eine Frage der Zeit, bis sie zu schwach sein werden, ihr

Belagerungswerk zu vollenden oder gegen uns zu kämpfen. Sie beabsichtigen uns auszuhungern. Doch das wird ihnen nicht gelingen, denn die Speicher der Stadt sind nach wie vor gut gefüllt. Stattdessen sind sie selbst es, die langsam, aber sicher verhungern, wenn wir nur geduldig bleiben und unsere Strategie weiterverfolgen. Am Ende werden wir sie mähen wie reifes Korn, und wir werden reiche Ernte halten!«

Hier und da erklangen erste zustimmende Rufe, und Sirona ahnte, dass Vercingetorix nun seinen letzten Trumpf ausspielen würde. Er rückte sein Schwertgehänge zurecht, beugte sich vor und setzte seinen Fuß auf eine Strebe des Geländers. »Bürger Avarikos! Eure Zeit, gegen die Legionen zu kämpfen, ist noch nicht gekommen. Aber Ihr könnt mich auf andere Weise in unserem gemeinsamen Krieg gegen sie unterstützen, und wir werden unverzüglich damit beginnen.

Ab heute werden wir ihre Belagerungsarbeiten durchkreuzen. Wir werden die Rampe, die sie vor dem Tor dieser Stadt errichten, mit Tunneln untergraben. Wir werden Ausfälle machen, um die Erdarbeiten zu stören, und wir werden ihre Schutzdächer in Brand setzen. Kurzum, wir werden ihnen das Leben so schwer machen, wie wir nur können. Ich möchte, dass die römischen Arbeiter ständig voller Furcht über ihre Schulter blicken, weil sie unseren nächsten Angriff befürchten.« Er hielt inne, schöpfte tief Luft und richtete sich auf. Ein drittes Mal ließ er seine Augen über die Gesichter der vor ihm versammelten Bituriger wandern. »Bürger von Avariko, kann ich auf Euch zählen?«

Für die Dauer einiger Herzschläge herrschte vollkommene Stille auf dem Platz, ehe sich aus Tausenden Kehlen ein einziger Ruf Bahn brach: »Lang lebe König Vercingetorix!«

Ein leises Lächeln spielte um die Lippen des Oberbefehlshabers, und in seinen Zügen las Sirona die Befriedigung darüber, die Menschen für sich und seine Sache gewonnen zu haben.

Plötzlich begegneten sich ihre Blicke, er hielt den ihren fest und neigte beinah unmerklich den Kopf. Dann wandte er sich um und verließ die Tribüne.

Unmittelbar nach Vercingetorix' Rede begann König Medurix mit der Umsetzung der angeordneten Maßnahmen. Er teilte Männer in Trupps ein und wies ihnen in Absprache mit dem Oberbefehlshaber Aufgaben zu. Zwei Stellen am Fuß der Stadtmauer wurden ausgewählt, an denen Tunnel unter ihr hindurch bis zu der Erdrampe gegraben werden sollten. Einige der zugemauerten Durchlässe in der Nähe des Tores ließ er wieder aufbrechen, um Überraschungsangriffe auf die römischen Bauarbeiter zu unternehmen. Zimmerleute stellten Bretter her, um die Türme der Befestigung zu erhöhen, denn die beiden Belagerungstürme des Feindes hatten fast schon dieselbe Höhe erreicht wie diejenigen der Mauer.

Überall wo Menschen zusammenkamen, diskutierten sie über Vercingetorix' Rede. Sirona, die ihren Gesprächen angespannt lauschte, hörte mit Erleichterung, dass seine Worte und die von ihm befohlenen Maßnahmen Erfolg zeitigten. Endlich zweifelten die meisten Bituriger nicht länger an ihrem Oberbefehlshaber, sondern waren froh, ihren Beitrag im Kampf gegen Rom leisten zu können, und gingen mit Feuereifer an die Umsetzung der ihnen zugewiesenen Aufgaben.

Bald darauf kam das Wetter den in der Stadt Eingeschlossenen zu Hilfe. Über Nacht hatte es deutlich abgekühlt, und am Morgen setzte Regen ein, der tagelang anhielt und den Bereich rings um das Belagerungswerk in eine Wüste aus Schlamm und Morast verwandelte. Den Römern gelang es kaum noch, Erde für den Bau der Rampe herbeizuschaffen, denn die Räder der schweren Ochsenfuhrwerke sanken tief in den aufgeweichten Boden ein, und die störrischen Tiere waren nur unter Einsatz der Peitsche zum Weitergehen zu bewegen. Zudem spülte der unablässige Regen einen Teil des bereits aufgehäuften Erdreichs wieder hinunter, sodass an manchen Stellen das hölzerne Gerüst der seltsamen Konstruktion zum Vorschein kam.

Sobald einige der Durchlässe in der Stadtmauer aufgebrochen worden waren, unternahmen Trupps von Kriegern kurze Ausfälle, beschossen die im Schutz der Testudines arbeitenden Legionäre mit Pfeilen und zogen sich in die Stadt zurück, ehe es den Feinden gelang, zu den Waffen zu greifen und sich zur Wehr zu setzen.

Auch der Bau der Tunnel machte rasche Fortschritte. Nach etwas mehr als einer Woche hatten sich die Einwohner Avarikos bereits bis unterhalb der Erdrampe vorgearbeitet. Von dort aus gruben sie Stollen in die Höhe, um Feuer an das hölzerne Skelett zu legen und es auf diese Weise instabil zu machen.

»Nur noch einen oder zwei Tage, dann ist es so weit. Dann werden die Römer so geschwächt sein, dass sie die Belagerung aufgeben und sich zurückziehen müssen.« Vercingetorix ließ seine Stiefel neben der Bettstatt zu Boden fallen, lehnte sich zurück und verschränkte die Finger hinter seinem Kopf. »Nur eine Sache bereitet mir Sorgen.«

Sirona zog sich einen Schemel heran und nahm neben seinen Füßen Platz. »Und was wäre das, Herr?«

»Meine Kundschafter berichten mir, dass einige der Bauern, deren Gehöfte und Siedlungen ich habe in Brand stecken lassen, weiterhin den Aufstand gegen mich schüren. Was, wenn es diesen Hitzköpfen gelingt, meine Pläne im letzten Augenblick zu vereiteln?«

Kapitel 23

Am fünfundzwanzigsten Tag der Belagerung zerrissen erneut erregte Rufe die nächtliche Stille. Benommen setzte sich Sirona auf dem Strohlager ihrer Bettstatt auf.

Aresa, die neben ihr schlief, war ebenfalls wach und richtete sich auf einen Ellbogen auf. »Was ist geschehen?«, murmelte sie verschlafen. »Greifen die Römer die Stadt an?«

»Ich weiß es nicht.« Mit wild pochendem Herzen schlug Sirona ihre Decke zurück. »Komm, lass uns hinuntergehen.«

Die Männer, mit denen sie die Kammer teilten, waren bereits auf den Beinen, stürmten aus dem Raum und hasteten die schmale Holztreppe ins Erdgeschoss hinunter. Sirona, Aresa und Catmelus, der am Tag zuvor aus dem Hospital entlassen worden war und sich nun mithilfe einer Krücke fortbewegte, folgten ihnen.

Die Nacht wurde von unzähligen Fackeln erhellt, als immer mehr bewaffnete Bituriger lärmend in Richtung Stadttor strömten. Die meisten Krieger trugen Schwert, Lanze und einen ovalen hölzernen Schild, viele einen Helm und diejenigen, die es sich leisten konnten, ein Kettenhemd. Der flackernde Schein der Fackeln warf ihre gespenstisch verzerrten Schatten an die Wände der Häuser und ließ sie überlebensgroß erscheinen. Einige der Männer hatten einen rauen Kriegsgesang angestimmt, andere schlugen mit dem Schaft der Lanze gegen ihren Schild. In der Ferne ertönte eine Carnyx, deren schnarrender Klang sich an der Umfriedung brach und vielfach zurückgeworfen wurde.

So also klingt der Krieg, schoss es Sirona durch den Kopf, während sie vor Anspannung auf der Unterlippe kaute, bis sich ein metallischer Geschmack in ihrem Mund ausbreitete.

Und so schmeckt er.

Vor dem Gasthof hatten sich schon einige seiner Bewohner versammelt und diskutierten aufgeregt. Auch Sironas Gefährten befanden sich darunter. Segocondus zögerte nicht lang. »Holt eure Schwerter!«, schrie er den anderen zu. »Wir schließen uns ihnen an.«

Augenblicklich verschwanden die Männer im Haus. Bald darauf kehrten sie mit ihren Waffen zurück, stürzten auf die Straße hinaus und reihten sich in den nicht enden wollenden Strom der Krieger ein, der sich in Richtung Stadttor wälzte.

Segocondus, Bellogenus und Valetiacus trugen nun Kettenhemd und Helm, und der Anblick ihrer Gefährten in voller

Rüstung jagte Sirona einen Schauer über den Rücken. Der junge Adbogios jedoch besaß lediglich einen Helm.

Mit gemischten Gefühlen schaute Sirona ihnen hinterher. Schon einen Moment später waren die vier Männer in der wogenden Menge untergegangen, und sie verlor sie aus den Augen. Es mussten Tausende sein, die in den Straßen zusammenströmten, einander mit heiseren Rufen anfeuerten und sich mehr und mehr in eine kriegslüsterne Stimmung hineinsteigerten.

Ihr Götter, bitte beschützt meine Gefährten, betete Sirona stumm. Lasst sie nicht für ihren dummen Mut mit dem Leben bezahlen.

Neben ihr presste Aresa die Hände auf die Ohren und verfolgte den Tumult mit weit aufgerissenen Augen. Sanft nahm Sirona sie beim Arm und führte sie zurück in das Innere des Gasthofs, wo Renna, die Frau des Wirts, sich ihrer annahm, während sich Sirona wieder zu Catmelus gesellte.

Bald wurden auch sie von dem nicht versiegenden Strom der Krieger mitgerissen. Sie hatten keine andere Wahl, als sich mit ihm treiben und in Richtung des Stadttors spülen zu lassen. Mehr als einmal strauchelte Catmelus und wäre gestürzt, wenn sich Sirona nicht verbissen an seiner Seite gehalten und ihn gestützt hätte.

Schließlich erreichten sie das Ende der Hauptstraße und sahen das gewaltige, von zwei Türmen eingerahmte Tor vor sich hoch in den blauschwarzen Nachthimmel aufragen. Seine beiden Flügel waren verschlossen, aber mehrere Mauerdurchlässe in seiner Nähe standen offen, und die Krieger drängten sich durch diese hindurch und ergossen sich in die Ebene.

»Ein Ausfall!« Catmelus musste schreien, um den Lärm ringsum zu übertönen. »Sie machen einen Ausfall!«

Ein flaues Gefühl breitete sich in Sironas Magen aus. Noch am vergangenen Morgen hatte Vercingetorix ihr erklärt, wie zufrieden er über den Fortgang der Ereignisse sei und dass es nur noch wenige Tage brauche, bis die Römer so ausgehungert und geschwächt wären, dass sie die Belagerung aufgäben. Alles hänge davon ab, dass sich die Einwohner Avarikos auf die von ihm befohlenen Maßnahmen konzentrierten und von eigenmächtigen Handlungen absahen.

Doch Sirona erinnerte sich auch des lodernden Hasses in den Gesichtern der Bauern, deren Höfe und Siedlungen dem Feuer zum Opfer gefallen waren und die im Geheimen den Aufstand gegen den jungen König der Arverner schürten. In dieser Nacht stand die blassgelbe Scheibe des Mondes voll und rund an einem klaren, von unzähligen Sternen übersäten Himmel, und anscheinend war dies die Gelegenheit, auf die die Aufrührer gewartet hatten. Wie zu befürchten, fanden sich sofort genügend Krieger, die des Tunnelbaus überdrüssig und nur allzu bereit waren, Schaufel und Spaten gegen Schwert und Lanze einzutauschen und sich auf den Feind zu stürzen.

Auf tragische Weise hatte Vercingetorix mit seiner Einschätzung ihres Volkes recht behalten: Es mangelte den Kelten an der Disziplin und dem Gehorsam, welche die Legionäre auszeichneten.

Sirona und Catmelus kämpften sich einen Weg hinaus aus dem nicht abreißenden Strom der Männer und stiegen die Stufen zur Mauerkrone empor. Im fahlen Schein des Vollmonds, der die Stadt und die Ebene in ein unwirkliches Licht tauchte, sah Sirona die Bituriger, die aus den Durchlässen in der Umfriedung quollen und fächerförmig ausschwärmten. Sie konzentrierten sich auf die beiden Belagerungstürme und die Schutzdächer, die sie mithilfe von Pechklumpen und Fackeln in Brand zu stecken versuchten. Doch das Holz war aufgrund des vielen Regens so gründlich mit Wasser durchtränkt, dass es sich nur an wenigen, trocken gebliebenen Stellen entzündete. Ein Trupp Krieger war durch die unterirdischen Tunnel bis unterhalb der Erdrampe vorgedrungen und hatte Feuer an deren hölzernes Skelett gelegt, sodass aus mehreren Abschnitten Rauch aufstieg.

Die Römer blieben gleichwohl nicht untätig. Stets übernachteten zwei Legionen in der Nähe der Befestigung und ergriffen nun augenblicklich Gegenmaßnahmen. Während sich Trupps von Arbeitern anschickten, die Belagerungstürme zurückzuziehen, deren Räder sich jedoch immer nur tiefer in den morastigen Boden eingruben, rissen andere die Erdrampe auseinander, um zu den schwelenden Bränden in ihrem Inneren vorzudringen. Legionäre kamen herbeigerannt und gaben den Arbeitern Rückendeckung, indem sie sich den Angreifern entgegenstellten und sie in die Stadt zurückzudrängen versuchten.

Bogenschützen hasteten an Sirona und Catmelus vorüber, bezogen auf der Mauerkrone Stellung und sandten Schauer von Pfeilen auf die zu ihren Füßen hin und her wimmelnden Feinde hinab. Andere schleuderten Lanzen und rundliche Flusskiesel auf diejenigen Römer, die sich zu nah an die Umfriedung heranwagten. Tausende miteinander ringender Leiber bildeten eine dunkle, wogende Masse, eingehüllt vom hellen Rauch der erstickten Brände, der dicht über den Boden dahinwaberte. Der dumpfe Aufprall eiserner Klingen auf dem Holz der Schilde, die Schreie der Kämpfenden und das angstvolle Wiehern der Pferde, auf denen sich eine berittene römische Einheit mitten in das Getümmel der Schlacht hineinwarf, drangen bis auf die Mauerkrone hinauf.

Sirona fühlte sich wie gelähmt. Am liebsten hätte sie wie kurz zuvor Aresa die Hände auf ihre Ohren gepresst, um die überwältigende Welle aus Geräuschen, die über sie hinwegschwappte, nicht ertragen zu müssen. Doch ihre Arme weigerten sich, ihr zu gehorchen. Und so musste sie ohnmächtig erdulden, dass das Stöhnen der Verwundeten und Sterbenden tief in ihre empfindsame Seele sickerte, wo es sich vereinte mit den Schreien ihrer Mutter und Tassias, die unter einem römischen Schwert fielen.

So viel Leid, so viele unschuldige Tote. Würde das sinnlose Abschlachten denn niemals enden?

Eine eigenartige Kälte hatte von ihr Besitz ergriffen, kroch bis in ihr Mark und strömte von dort in all ihre Glieder, erfüllte sie mit flüssigem Eis, bis sie vor Kälte und Anspannung unkontrolliert zu schlottern begannen. Was für eine Erleichterung es gewesen wäre, zu weinen, Trauer und Schmerz aus sich herauszuschluchzen! Doch sie konnte nicht. Ein gewaltiger Kloß saß in ihrer Kehle, schnürte ihr die Luft ab und drohte sie zu ersticken. Aber weinen konnte sie nicht.

Catmelus bemerkte ihr Zittern, legte einen Arm um ihre Schultern und zog sie an sich. Es war nicht mehr als eine hilflose Geste. Um sie zu trösten, fehlten ihm die Worte, denn zu stark waren die eigenen Erinnerungen, die ihn angesichts dieses grausamen Schauspiels überwältigten.

Er hatte in der Wolfsschlucht und vor Nerviodunom mit König Ambiorix gegen die Legionen gekämpft. Er hatte das Grauen der Schlacht mit all seinen Sinnen erlebt, und irgendwie war es ihm gelungen, äußerlich nahezu unversehrt davonzukommen. Doch seine Seele hatte Schaden genommen. Jede neue Schlacht schien ihm wie die erste, und gewöhnen konnte er sich an diese Eindrücke nicht, nicht an die schrecklichen Bilder der verstümmelten und sterbenden Männer, nicht an die Schreie und das Stöhnen, nicht an den Geruch von Blut, Urin und Schweiß und den der Angst.

Denn das hatte er in seiner allerersten Schlacht erfahren: Angst hatte ihren eigenen Geruch, und wer ihn einmal kennengelernt hatte, vergaß ihn nie mehr.

Und obwohl ein Teil von ihm danach drängte, gegen die Römer zu kämpfen, obwohl er wusste, dass es seine Pflicht und er schließlich genau deswegen mit Segocondus und den anderen mitgezogen war, gab es da dennoch diese leise Stimme in ihm, die wollte, dass er lebte, und die froh war, dass seine Verletzungen ihm diese neuerliche Schlacht ersparten.

Auch wenn er das niemals zugegeben hätte.

Der erbitterte Kampf wogte bis zur Morgendämmerung, ohne dass eine der Parteien den Sieg errang. Unterdessen hatten sich viele Frauen auf der Mauerkrone eingefunden, die ihren Mann oder Vater, Sohn oder Bruder unter den Kriegern wussten. Sie verfolgten die Schlacht mit bangen Blicken, sandten stumme Gebete an die Götter und flehten Sie an, ihre Angehörigen zu verschonen.

Schon vor einer Weile war auf der Mauer in der Nähe des Tores eine Gruppe Männer aufgetaucht, darunter einige Druiden, deren weiße Gewänder sich gespenstisch hell vor dem Dunkel des Nachthimmels abzeichneten. Auch Galatos befand sich unter ihnen. Aus ihren erregten Gesten entnahm Sirona, dass sie uneins waren über den Gang der Ereignisse. Schließlich stieß einer der Männer, in dem sie König Medurix zu erkennen glaubte, in ein Horn.

»Das Zeichen zum Rückzug«, erklärte Catmelus dicht an Sironas Ohr, um den Kriegslärm zu übertönen.

Sie sah den Reflex des Mondlichts auf dem Silber des Horns, sie hörte das Signal, das immer und immer wieder über die Ebene hinwegwehte. Doch niemand schenkte ihm Beachtung. Zu tief war die Verzweiflung, zu groß der Kampfeswille der in Avariko Eingeschlossenen, die sich beinah vier Wochen lang aufgestaut hatten und sich nun mit einer solchen Urgewalt Bahn brachen, dass selbst der Befehl eines Königs sie nicht aufzuhalten vermochte.

Vor allem eine Szene grub sich in Sironas Erinnerung ein. In der Nähe eines der Durchlässe stand ein Bituriger, dem von innerhalb der Stadtmauer Pechklumpen angereicht wurden, die er in die Feuer zu Füßen eines der beiden Belagerungstürme warf. Vor ihren Augen wurde dieser Mann von einem römischen Speer durchbohrt, doch augenblicklich trat ein zweiter, ebenso tapferer vor, um seinen Platz einzunehmen. Als dieser ebenfalls durch ein Pilum fiel, eilte ein dritter hinzu, um die Brände in Gang zu halten. Erst nachdem ein Trupp Legionäre auch diesen Krieger getötet und den Fuß des Turms wieder in seine Gewalt gebracht hatte, gaben die Bituriger, die schon bereitstanden, um die Feuer weiter zu schüren, diese Stellung auf.

Erfüllt von Trauer wandte Sirona den Blick ab und presste die Lider zusammen. Ach, meine Brüder, dachte sie, meine mutigen, den Tod verachtenden Brüder. Ihr opfert so viel und gewinnt doch nichts. Warum hört ihr nicht auf Vercingetorix, der die Römer kennt wie kein anderer und solch sinnloses Sterben verhindern will?

Als der Tag endlich schwer und wolkenverhangen heraufzog, hatten die Legionäre einen großen Teil der keltischen Angreifer getötet und die übrigen in die Stadt zurückgedrängt. Hunderte von Sterbenden und Toten bedeckten die Ebene vor der Umfriedung und türmten sich zu Füßen der hart umkämpften Belagerungstürme und der Mauerdurchlässe. Der Ausfall der Einwohner Avarikos war gescheitert. Kelten konnten Römer nicht in einem offenen Kampf besiegen, genau wie Vercingetorix vorhergesagt hatte. All ihr Mut, ihre Tapferkeit und ihre Todesverachtung waren wertlos angesichts der Streitmacht des Imperiums, der besten, die die Welt je gesehen hatte.

Schließlich riss sich Sirona vom Anblick des Schlachtfelds los und ließ sich von Catmelus in den Gasthof zurückführen. Sie zitterte noch immer am ganzen Leib. Gleichzeitig fühlten sich ihre Glieder so taub an, als gehörten sie nicht zu ihr, und es kostete sie ungeheure Anstrengung, einen Fuß vor den anderen zu setzen.

Auch in den Straßen lagen gefallene und schwer verletzte Männer, Bituriger wie Römer, denn die Kämpfe hatten sich bis in die Stadt hineingezogen. Die Schmerzenslaute der Verwundeten und Sterbenden erfüllten die Luft und mischten sich mit dem Wehklagen der Frauen, die unter den Toten einen geliebten Angehörigen entdeckt, sich über seinen Leichnam geworfen hatten und seinen Verlust betrauerten.

Schweigend schleppten sich Sirona und Catmelus zurück zum Gasthof. Sie sehnte sich danach, ihre Gefühle mit ihm zu teilen. Doch sie fand keine Worte, ihre Kehle war wie zugeschnürt, ihre Lippen blieben stumm. Gab es überhaupt Worte für das Grauen, das sie soeben erlebt hatten?

Stattdessen kreisten ihre Gedanken und Gebete unablässig um ihre Gefährten. Hatten sie die Schlacht überlebt? Oder lagen sie irgendwo dort draußen, blutend, verstümmelt, allein im Angesicht des Todes, der sie auf fremder Erde ereilte? Mit wild klopfendem Herzen trat Sirona hinter Catmelus durch die Tür des Gasthofs und sandte ein letztes Gebet an ihre Götter: Bitte beschützt meine Gefährten.

Dann wurde ihr schwindelig vor Erleichterung, als sie alle vier an einem der Tische sitzen sah. Halt suchend lehnte sie sich an einen der schweren Eichenbalken, die die Decke stützten. Wie Ameisen hasteten ihre Blicke über die Körper der Krieger, und als sie erkannte, dass sie bis auf ein paar leichte Schnittwunden unverletzt geblieben waren, fühlte sie, wie die Anspannung aus ihr hinausströmte.

Die Männer waren erschöpft. In ihren Augen, die dumpf auf die schartige Tischplatte starrten, spiegelte sich das Grauen der Schlacht. Kleidung und Kettenhemden waren zerrissen und befleckt mit ihrem eigenen Blut und dem ihrer Feinde. Doch sie hatten den Albtraum überlebt.

»Den Göttern sei Dank«, brachte Sirona endlich hervor. »Ihr lebt!«

Segocondus hob müde den Kopf. »Ja, wir leben«, sagte er freudlos. Seine Stimme klang heiser von Kampfgebrüll und der überstandenen Mühsal. »Aber viele andere tapfere Krieger sind gefallen. Es war ein Fehler, genau wie Vercingetorix vorhergesagt hat.«

Sirona verbrachte den gesamten Tag und einen Teil der folgenden Nacht im Hospital, wo sie den Weisen Frauen und Druiden bei der Pflege der Verletzten zur Hand ging. Während der Raum um sie herum erfüllt war vom Stöhnen der Männer, stillte sie im Schein von Fackeln und Feuern in eisernen Kohlebecken Blutungen, wusch Wunden aus, schiente Brüche und legte Verbände an.

Sie arbeitete konzentriert und zügig und bemühte sich, jedes aufsteigende Gefühl augenblicklich im Keim zu ersticken. Denn sie wusste, wenn sie sich das Schicksal jedes einzelnen Kriegers zu Herzen nähme, würde sie ihre Arbeit nicht verrichten können. Also blendete sie ihr Mitgefühl aus, so gut sie es vermochte, und versenkte sich vollkommen in ihr Tun. Die anderen Heilkundigen um sie herum taten es ihr gleich und erfüllten ihre Aufgaben mit geübter Hand und schweigend. Es wurden nur die nötigsten Worte gewechselt.

So verstrich der Tag. Nur am Rande ihres Bewusstseins nahm Sirona wahr, dass Galatos außerhalb des Hospitals in aller Eile Zelte errichten ließ, um weitere Verletzte unterzubringen. Dann schickte er sie und einige junge Druiden zu ihnen, um sie zu versorgen. In drangvoller Enge lagen die Krieger auf eilig herbeigeschafftem Stroh, das schon bald getränkt war vom Blut unzähliger Wunden.

Schließlich versank eine blasse Sonnenscheibe hinter dem fernen Horizont im Westen, aber die Frauen und Druiden arbeiteten unablässig weiter. Gegen Mitternacht war Sirona so erschöpft, dass sie sich kaum mehr auf den Beinen halten konnte. Ein Druide nahm ihren Platz ein, und sie wankte zurück in den Gasthof, ließ sich neben Aresa auf das Lager fallen und war im selben Moment eingeschlafen.

Kapitel 24

Doch so grauenvoll dieser Tag auch gewesen sein mochte, vermittelte er dennoch nur eine Vorahnung dessen, was noch folgen sollte. Denn am darauffolgenden Morgen erstürmten die Römer Avariko.

Während Sulis, verborgen hinter einer undurchdringlichen Wolkenwand, Ihre tägliche Reise über den Himmel antrat, brach ein Unwetter los. Regen prasselte auf das Pflaster der Straßen, als wären unsichtbare Dämme gebrochen. Jeder, der es wagte, den Schutz seines Hauses zu verlassen, war im Nu bis auf die Haut durchnässt. Ein plötzlich heraufgezogener Sturm heulte um die Befestigung, zerrte an den Umhängen der Wachen und peitschte graue Wasserfahnen vor sich her, die so dicht waren, dass die Männer nur wenige Schritt weit zu sehen vermochten. Taranis, der Walter der Gewitter, schleuderte wütende Blitze über den Himmel, der die Farbe von flüssigem Blei angenommen hatte. Donner rollte in immer neuen Wellen durch die Ebene und brandete gegen die Stadtmauer, hinter der sich die Gebäude unter dem Ansturm der Naturgewalten verängstigt aneinanderzukauern schienen.

Die Bituriger, die auf der Umfriedung Wache hielten, hatten sich in den Schutz der Türme geflüchtet, denn bei diesem Unwetter rechneten sie nicht mit einem römischen Angriff. Doch Caesar war kein gewöhnlicher Feldherr, und er wusste die Gunst der entfesselten Elemente für seine Zwecke zu nutzen.

In Windeseile ließ er die beiden Belagerungstürme über die Erdrampe unmittelbar an die Befestigung heranrücken, und ehe die Wachen recht verstanden, was geschah, hatten die ersten Legionäre die Mauerkrone bereits erreicht, stürzten sich auf die völlig entgeisterten Männer und erschlugen sie.

Dann nahm das Unheil unaufhaltsam seinen Lauf. Wie Vercingetorix prophezeit hatte, mangelte es den keltischen Kriegern an der Disziplin, welche die römischen Soldaten auszeichnete, und daher ließen sie sich durch den überraschenden Angriff vollkommen aus der Fassung bringen.

Es war nicht Feigheit, die die überlebenden Wachen dazu brachte, ihren Posten auf der Umfriedung im Stich zu lassen und zu fliehen, sondern die heillose Verwirrung, in die der unerwartete Überfall sie stürzte. Hals über Kopf stolperten sie die Stufen in die Stadt hinab, sammelten sich in den Straßen und Gassen und warteten darauf, dass jemand das Kommando übernahm und ihnen Befehle erteilte.

Als das Unwetter über Avariko hereinbrach, nahmen Sirona und ihre Gefährten im Gasthof gerade das Morgenmahl ein. Plötzlich gellten auf der Hauptstraße Schreie, die selbst das Rauschen des Regens und das Grollen des Donners übertönten.

»Die Römer dringen in die Stadt ein!« Die Stimme des Mannes war schrill vor Entsetzen und Todesangst. »Rette sich, wer kann!«

Einen Moment lang starrten Sirona und die fünf Krieger einander nur schweigend und fassungslos an, zu betäubt, um einen klaren Gedanken zu fassen.

Dann sprang Segocondus so unvermittelt auf, dass sein Schemel umkippte. »Los, holt eure Waffen!«

Einer nach dem anderen überwanden seine Gefährten ihre Starre, stürmten hinauf in ihre Kammern und kehrten kurz darauf für die Schlacht gerüstet zurück.

Auch die übrigen Männer, die sich zu diesem Zeitpunkt im Gasthof befanden, ein knappes Dutzend an der Zahl, bewaffneten sich. Licnos war mit drei langen Schritten an der Tür und zog sie gerade so weit auf, dass er einen Blick durch den Spalt werfen konnte. Sirona trat hinter ihn und spähte über seine Schulter hinweg auf die Hauptstraße hinaus. Durch die dichten Regenfahnen, die der Wind vor sich herpeitschte, machte sie schemenhaft einige Gestalten aus, die aus Richtung der Befestigung kommend ins Stadtzentrum rannten.

»He, wartet einen Moment!«, rief Licnos ihnen zu. »Was ist passiert?«

In einem der Männer erkannte Sirona einen Krieger wieder, der regelmäßig auf der Umfriedung Wache hielt. Regen rann in Rinnsalen über sein Gesicht und tropfte aus Haaren und Bart. »Der Feind hat die Mauer erstürmt und dringt in die Stadt ein!«, brüllte er, um das Prasseln auf dem Kopfsteinpflaster zu übertönen. »Verschanzt Euch in Euren Häusern! Wir werden versuchen, sie aufzuhalten!« Schon hatte er sich abgewandt und hastete weiter.

Segocondus drängte sich an Sirona und dem Wirt vorüber, der im Begriff stand, die Tür wieder zu schließen. »Lasst uns vorbei, Licnos! Wir sind nicht hierhergekommen, um uns vor den Römern zu verstecken, sondern um gegen sie zu kämpfen!«

Er stürzte hinaus auf die Straße und war im selben Augenblick bis auf die Haut durchnässt. Adbogios, Valetiacus und Bellogenus folgten ihm, und auch die anderen Krieger, die sich im Gasthof aufhielten, schlossen sich ihnen an. Catmelus blieb mit Sirona, Aresa, dem Wirt, den sein steifer linker Arm am Kämpfen hinderte, und seiner Familie zurück.

Licnos warf die massive Eichentür hinter den Männern zu und legte den schweren Riegel vor. Als er sich umdrehte, blickte er in fünf bleiche Gesichter.

»So leicht werden sie uns hier nicht kriegen.« Er bemühte sich, seiner Stimme einen festen Klang zu verleihen. Doch in seinen Augen las Sirona dieselbe Furcht, die sich auch in ihren Eingeweiden eingenistet hatte und von dort aus durch ihre Glieder pulsierte.

Sie sandte den Göttern ein stummes Gebet und flehte Sie an, ihre Gefährten und sie selbst zu beschützen. Dann gaben ihre Beine unter ihr nach. Sie schaffte es gerade noch zu einer nahen Bank und sackte darauf nieder. Catmelus, auf seine Krücke gestützt, humpelte zu ihr, lehnte sich gegen das lehmverputzte Fachwerk und legte seine Rechte auf ihre Schulter.

Sie wechselten einen bangen Blick. Waren sie hier wirklich sicher? Falls es den in Avariko versammelten Kriegern gelänge, die Römer zurückzuschlagen, vielleicht. Doch was, wenn der Feind die Oberhand gewann? Würde er dann nicht jedes Haus stürmen? Und was geschähe mit den Menschen, die ihm dabei in die Hände fielen? Würde er sie auf der Stelle töten? Oder gefangen nehmen und in die Sklaverei verschleppen?

Und welches wäre das weniger grausame Schicksal?

Kurz darauf hörten die im Gasthof Eingeschlossenen auf der Straße erneut den Klang rennender Schritte, nun jedoch begleitet von knappen Kommandos in einer fremden, harten Sprache. Damit schwand auch der letzte Zweifel und mit ihm die letzte Hoffnung: Die Römer waren wahrhaftig in Avariko eingedrungen und bewegten sich auf das Stadtzentrum zu. Die mit Nägeln beschlagenen Sohlen ihrer Caligae hinterließen auf dem Kopfsteinpflaster ein unverwechselbares Geräusch, das sich unauslöschlich in Sironas Gedächtnis einbrannte.

Dann traf mit einem Mal Stahl auf Stahl, als zwei Schwerter vor der Tür des Gasthofs aufeinanderprallten, unmittelbar gefolgt vom Todesschrei eines Menschen.

Sirona bemerkte kaum, dass der Sohn des Wirts, ein schlaksiger Bursche von zwölf oder dreizehn Jahren namens Bucco, neben sie trat. Mit seinen ungebärdigen roten Haaren erinnerte er sie schmerzlich an Roveci, und sie hatte ihm in den vergangenen Wochen viel über ihren Bruder erzählt, der in den Händen der Römer einem ungewissen Schicksal entgegenging.

Nun zupfte er sie am Ärmel. »Komm mit«, flüsterte er, als fürchte er, die Legionäre könnten seine Stimme durch die schwere Eichentür hindurch hören. »Unter dem Dach gibt es eine Luke. Von dort aus können wir sehen, was draußen vor sich geht.«

Sirona war sich nicht sicher, ob ihre Beine sie tragen würden. Doch sie stemmte sich von der Bank hoch und zwang sich, dem Jungen in den ersten Stock zu folgen, von wo eine Leiter auf den Dachboden führte. Sie war froh, dem Erdgeschoss zu entkommen, in dem die Angst umging, sich in jedem Winkel und jeder Ritze einnistete, bis sie den gesamten Raum mit ihrer lähmenden Gegenwart erfüllte.

Hinter Bucco kletterte sie die schmale Stiege empor und betrat den Speicher. Dämmriges Tageslicht sickerte durch eine Luke in dem der Straße zugewandten Giebel. Die viereckige Öffnung im Fachwerk rahmte die unvermindert dicht fallenden Regenfäden ein. Ein Blitz zuckte über den schiefergrauen Himmel und tauchte den Dachboden für die Dauer eines Herzschlags in grelles Licht, ehe er erneut im Halbdunkel versank.

Sirona trat näher an die Luke heran. Der Junge hatte recht: Der erhöhte Standort bot einen guten Blick auf den umliegenden Teil der Stadt bis zu der Anhöhe jenseits ihres Zentrums. Auf dem Versammlungsplatz hatte sich eine gewaltige Menschenmenge eingefunden, überwiegend bewaffnete Krieger. Eine einzelne Gestalt auf der Tribüne erteilte ihnen wild gestikulierend Anweisungen, woraufhin sie einen Keil bildeten, dessen Spitze auf die Einmündung der Hauptstraße wies. Dort begannen die römischen Legionäre ebenfalls sich zu formieren. Offensichtlich bemühte sich der Mann auf dem Podium, eine Schlachtordnung herzustellen, die sich dem eindringenden Feind entgegenstellte.

Schon entstanden hier und da die ersten Zweikämpfe, als in der vordersten Reihe Krieger beider Parteien ihre Ungeduld nicht länger zu zügeln vermochten. Von dort ausgehend griffen die Kämpfe rasch um sich wie Wellen auf der Oberfläche eines Sees.

Ohnmächtig durchlebte Sirona dasselbe Grauen, das sie bereits am Vortag erfahren hatte, als sie von der Stadtmauer aus

Zeugin der Schlacht geworden war. Männer drangen mit hoch erhobenem Schwert aufeinander ein und versuchten gleichzeitig, den Gegner mit ihrem Schild abzuwehren, bis einer von beiden unterlag. Sie sah Bituriger, die unter einem feindlichen Gladius fielen, und andere, die von einer Lanze oder einem Pilum durchbohrt wurden. Verzweifelt bemühte sie sich, den Blick abzuwenden. Doch irgendetwas in ihr zwang sie, weiter hinzuschauen. Erst als in unmittelbarer Nähe des Gasthofs eine römische Klinge einem jungen Kelten mit einem einzigen Hieb den Kopf vom Rumpf trennte, gelang es ihr, sich aus ihrer Erstarrung zu lösen, und sie erbrach sich heftig in das Stroh, das neben der Luke lagerte.

Sobald das Würgen abebbte, sackte sie zu Boden, ließ sich gegen das Fachwerk der Außenwand sinken und schloss die Augen. Sie hatte genug gesehen. Mehr als genug. Das unablässige Rauschen des Regens ebbte allmählich ab und ging in ein gleichförmiges Plätschern über, als die Rinnsale vom Stroh des Daches auf das Pflaster tropften. Dafür waren die Geräusche der Schlacht nun umso deutlicher zu hören: das Kampfgebrüll, mit dem sich die Männer gegenseitig anfeuerten, der schnarrende Klang der Carnyces, die schmerzerfüllten Schreie der Verwundeten und Sterbenden, der dumpfe Zusammenprall von Schwertern und Schilden. Sirona fühlte sich, als führen die Klingen durch ihren eigenen Körper, und mit jedem tapferen keltischen Krieger, der dort draußen unter einem römischen Gladius fiel, starb auch ein Teil von ihr selbst.

Mit wachsendem Entsetzen hörte sie das unbarmherzige Trommeln der Caligae auf dem Pflaster, als sich immer mehr Legionäre in die Hauptstraße ergossen, um sich auf dem Versammlungsplatz und in den angrenzenden Straßen und Gassen einen erbitterten Kampf gegen die Einwohner Avarikos zu liefern, die sich ihnen mit dem Mut der Verzweiflung entgegenwarfen.

Bucco hatte sich auf die Zehenspitzen gereckt, um durch die Luke zu schauen. »Es sind so viele«, flüsterte er, seine Stimme dünn vor Angst, und sprach aus, was sich gerade in Sironas eigene Gedanken eingrub. »Wie sollen wir denn siegen, wenn es so viele sind?«

»Ich weiß es nicht, Bucco. Ich weiß es doch auch nicht.«

Mit einem Mal fühlte sie sich zurückversetzt an jenen Tag im Arduenna Wald, als Roveci und sie der römischen Patrouille begegnet waren. Sie war die Ältere, sie hätte den kleinen Jungen an ihrer Seite beruhigen und trösten müssen.

Doch damals wie heute fehlten ihr die Worte. Nie zuvor hatte sie Vergleichbares erlebt. Der Krieg peitschte sie durch Erfahrungen, die mit keinen ihr bekannten zu vergleichen waren, und jede Silbe des Trostes wäre ihr wie eine Lüge erschienen.

Aber sie wusste auch, dass sie nicht ewig dort im Stroh kauern und ignorieren konnte, was um sie herum vor sich ging. Und war es nicht besser, der Gefahr ins Auge zu blicken, als sich blind von ihr überrumpeln zu lassen? So zwang sie sich nach einer Weile, sich dem Grauen zu stellen. Mühsam rappelte sie sich auf, trat neben den Jungen und schaute durch die Luke. Doch die Bilder, die dann auf sie eindrangen, ließen sie vor Entsetzen aufkeuchen.

Der Regen war endlich versiegt, und die Sonne, die ihren höchsten Stand bereits überschritten hatte, sickerte durch die geschlossene Wolkenwand wie Wasser durch ein Leintuch und tauchte die Stadt in fahles, unwirkliches Licht. Der Versammlungsplatz und die angrenzenden Straßen und Gassen waren übersät mit toten und sterbenden Männern. Ihre blutenden, verstümmelten Leiber lagen so dicht beieinander, dass diejenigen, die noch in Kämpfe verwickelt waren, sich gezwungen sahen, auf die Körper ihrer gefallenen Kameraden zu treten. Fassungslos musste Sirona erkennen, dass es sich bei den Opfern vor allem um Kelten handelte.

Unterdessen waren so viele Römer in die Stadt eingedrungen, dass sich Avariko in ihrer Gewalt befand. Der größte Teil der Bituriger, die sich ihnen in den Weg gestellt hatten, war entweder tot oder in Gefangenschaft geraten. Nur noch vereinzelt leisteten die Verteidiger den Eindringlingen mit dem Schwert in der Hand Widerstand.

Irgendwann, Sirona hatte jegliches Zeitgefühl verloren, kletterten sie und Bucco auf unsicheren Beinen die schmale Stiege hinunter und gesellten sich wieder zu den anderen. Der Wirt und seine Frau Renna, Catmelus und Aresa saßen schweigend und wie betäubt um einen Tisch.

In knappen Sätzen berichtete Sirona, was sie durch die Luke beobachtet hatte. Es fiel ihr schwer, das namenlose Grauen, dessen Zeugin sie geworden war, in Worte zu kleiden, und sie wunderte sich, wie fremd und rau ihre Stimme klang. »Wir können sie nicht besiegen. Es sind einfach viel zu viele«, beendete sie ihren Bericht tonlos.

Renna, eine zierliche dunkelblonde Frau in den Vierzigern, rang nach Atem. »Und was sollen wir nun tun?«, presste sie mühsam hervor.

»Wir warten ab, bis die Römer sich zurückziehen«, erwiderte ihr Mann nach einem langen Moment. »Hier im Gasthof sind wir sicher.«

Catmelus schüttelte entschieden den Kopf. »Wir sind nirgends sicher. Sobald die Schlacht vorüber ist, werden die Legionäre jedes einzelne Haus durchsuchen und plündern. Und was sie mit denjenigen anstellen, die ihnen dabei in die Hände fallen, muss ich Euch wohl kaum erklären. Wir haben Caesar mit unserem Ausfall herausgefordert, vergesst das nicht.«

Licnos setzte zu einer Entgegnung an, doch harte Faustschläge gegen die Tür des Gasthofs schnitten ihm das Wort ab. Jemand brüllte einen kurzen Befehl auf Lateinisch. Dann wiederholten sich die Hiebe gegen die Tür, die in ihren Angeln erbebte.

Die im Haus Eingeschlossenen erstarrten. Sirona schaute in fünf bleiche, erschrockene Gesichter, die ihren Blick stumm und mit weit aufgerissenen Augen erwiderten.

Catmelus fasste sich als Erster wieder. »Wir müssen uns verstecken«, flüsterte er heiser. »Hinauf auf den Dachboden, schnell!«

Der Wirt war bereits aufgesprungen, zerrte seine Frau in die Höhe, die wie versteinert auf der Bank saß, und schob sie in Richtung Treppe. »Catmelus hat recht«, raunte er den anderen zu. »Los, beeilt euch!«

Schon erklangen von der Tür her die schweren Schläge einer Axt, als sich die Römer anschickten, die massiven Eichenbohlen aus ihrer Verankerung zu brechen.

Auch in die übrigen Eingeschlossenen kam jetzt Bewegung. Einer nach dem anderen stürzten sie die Stufen hinauf in den ersten Stock und kletterten über die Stiege auf den Dachboden. Catmelus folgte als Letzter. Vor allem die Leiter bereitete seinem geschienten Bein erhebliche Schwierigkeiten. Keuchend vor Anstrengung erreichte er den Speicher in demselben Augenblick, als im Erdgeschoss die Tür mit dem markerschütternden Geräusch berstenden Holzes nachgab. In aller Eile zogen er und Licnos die Leiter zu sich herauf und legten sie geräuschlos auf den Bodenbrettern ab, ehe sie von der Öffnung zurücktraten.

Jetzt können wir nur noch beten, schoss es Sirona durch den Kopf. Ihr Herz hämmerte so hart gegen die Rippen, dass sie fürchtete, es müsste die Legionäre geradewegs zu ihrem Versteck führen. Sie wandte sich der Luke im Giebel zu. Inzwischen war die Wolkendecke aufgerissen, und das bleiche Licht der beinah runden Mondscheibe zeichnete einen silberfarbenen Keil auf die Eichenbohlen des Bodens.

Der Mond!, dachte sie verwundert. War wahrhaftig ein ganzer Tag vergangen, seit die Feinde die Stadtmauer erstürmt hatten?

Ihr Blick wanderte über ihre Gefährten. Catmelus fixierte den Durchgang zum ersten Stock, als wollte er ihn mit einem Bann belegen, der die Römer fernhielt. Licnos hatte beschützend die Arme um Frau und Sohn gelegt, Aresa hielt die Augen geschlossen und bewegte die Lippen lautlos im Gebet. Sie alle wussten: Wenn die Legionäre sie dort oben entdeckten, wären sie verloren. Catmelus und der Wirt hatten zwar ihr Schwert gegürtet, und die Frauen trugen einen Dolch an ihrem Gürtel. Doch sie waren nicht so vermessen anzunehmen, dass sie damit gegen einen Trupp bewaffneter Römer auch nur das Geringste würden ausrichten können.

Aus dem untersten Stockwerk drangen nun gebellte Kommandos und der dumpfe Hall hin- und herlaufender Schritte auf dem nackten Lehmboden.

Catmelus lauschte mit schräg gehaltenem Kopf. »Fünf oder sechs Männer«, murmelte er.

Die Feinde benötigten nur wenige Augenblicke, um sich davon zu überzeugen, dass das Erdgeschoss verlassen war. Anschließend wandten sie sich dem ersten Stock zu. Genagelte Sohlen trommelten auf dem Holz der Treppe, unmittelbar darauf wurden die Türen zu den Schlafkammern aufgestoßen. Knappe Bemerkungen auf Lateinisch flogen hin und her, das Bersten zerbrechender Tongefäße hallte bis hinauf auf den Dachboden.

Mit einem Mal rissen die Rufe jäh ab, und Sirona wusste, dass die Legionäre die Luke zum Speicher entdeckt hatten. Als einer von ihnen erneut sprach, fühlte sie, dass er geradewegs unterhalb der Öffnung stand. Sie nahm den Geruch des Mannes wahr, eine Mischung aus Schweiß, Wolle und Leder. Er stieß hastig ein paar Worte hervor, dem Tonfall nach eine Frage; ein anderer antwortete knapp. Auch er schien sich unmittelbar unter der Luke zu befinden. Vermutlich berieten die beiden darüber, ob sie den Dachboden ebenfalls untersuchen sollten.

Unwillkürlich lehnte sich Sirona noch weiter zurück und hielt den Atem an. Irgendwo hinter sich im Stroh hörte sie das Rascheln einer Maus; ansonsten herrschte vollkommene Stille.

Dann, nach einem Moment, der nur wenige rasende Herzschläge gedauert haben konnte, jedoch zähflüssig wie Brei verrann, sprach einer der Legionäre wieder, ein kurzes, gebelltes Kommando. Einen Atemzug später entfernten sich Schritte, und die Treppe erbebte erneut unter dem Stakkato genagelter Sohlen.

Schwach vor Erleichterung wischte Sirona die schweißnassen Hände an ihrer Tunika ab. Die Gefahr war vorüber, die Römer hatten allem Anschein nach beschlossen, auf eine Untersuchung des Dachbodens zu verzichten.

Oder - Sirona erstarrte - oder waren sie bloß fortgeeilt, um eine Leiter zu beschaffen, und würden jeden Moment zurückkehren?

Erschrocken hob sie den Blick und versuchte, im dämmrigen Licht des Speichers in den Zügen ihrer Gefährten zu lesen. Die Augen der beiden anderen Frauen schienen übergroß in ihren bleichen Gesichtern. Bucco drängte sich Schutz suchend an seinen Vater, der ihm mit einer mechanischen Bewegung tröstend über die wirren roten Locken strich. Catmelus stand neben der Luke und rieb sich die Stirn, unschlüssig, was nun zu tun sei.

Mit einem Mal verließ Aresa ihre mühsam aufrechterhaltene Beherrschung, und sie schluchzte jäh auf, ein gequälter, lang zurückgehaltener Laut aus tiefster Seele. Sofort wirbelte Catmelus zu ihr herum und presste seine große, schwielige Rechte auf ihren Mund, die Linke in ihren Nacken, sodass er ihren Kopf wie in einem Schraubstock umklammerte. »Bei allen Göttern, reißt Euch zusammen, Weib«, raunte er ihr ins Ohr. »Oder wollt Ihr uns am Ende doch noch verraten?«

Mit beiden Händen griff Aresa nach seiner Rechten, krallte sich in ihr fest und zerrte an ihr, um sich aus der Umklammerung zu befreien. Aber Catmelus hielt ihren Kopf unerbittlich umfasst. Verzweifelt versuchte sie zu sprechen, ihn anzuflehen, sie freizugeben. Doch seine Hand auf ihrem Mund erstickte die Laute zu einem Grunzen.

Plötzlich schienen Aresas Augen aus den Höhlen zu quellen, und Sirona erkannte, dass die junge Frau von einer Welle der Panik überwältigt wurde. Hastig sprang sie hinzu und legte ihre linke Handfläche auf die Kuhle unter Aresas Schlüsselbeinen. Es war derselbe Griff, den sie auch bei ihrer Stute angewandt hatte, als diese bei der Überquerung der Mosa von Furcht ergriffen worden war, und sie betete zu Grannos, dass ihre Behandlung nun ähnlich erfolgreich sein würde. Mit der Rechten strich sie ihrer Freundin sanft über den Rücken.

»Sie ziehen ab«, flüsterte sie. »Alles wird gut, du wirst schon sehen.« Ihre Stimme klang gepresst und transportierte ganz und gar nicht die Zuversicht, die sie Aresa zu übermitteln versuchte. Und außerdem konnte sie nur hoffen, dass sich ihre Worte nicht als Lüge herausstellen würden.

Unter ihrer Linken raste das Herz der jungen Frau wie ein kleiner, in einem Weidenkäfig gefangener Vogel. Doch nach einigen Atemzügen fühlte Sirona, dass sich ihre Freundin tatsächlich entspannte. Sie schaute ihr prüfend ins Gesicht. »Geht es wieder?«

Aresa nickte zaghaft, soweit Catmelus' stählerner Griff dies zuließ.

»Ich glaube, du kannst sie nun loslassen«, raunte Sirona ihm zu. »Aresa wird uns nicht verraten, nicht wahr?«, fügte sie mit einem Blick auf die junge Frau hinzu.

Als diese ein Kopfschütteln andeutete, gab Catmelus sie zögernd frei. Aresas Hände fuhren zu ihrer Kehle, sie schnappte tief und röchelnd nach Luft. Aber sie hatte sich wieder in der Gewalt.

Im silbrigen Licht des Mondes sah Sirona Schweißperlen auf der Stirn ihres Gefährten glänzen. Und auch sie wusste, wie knapp ihre Freundin davor gewesen war, sie alle am Ende doch noch den Römern auszuliefern. Nach einem weiteren forschenden Blick in Aresas Gesicht strich sie ihr ein letztes Mal beruhigend über den Rücken und nahm die Hände beiseite.

Unter ihnen im Haus war Stille eingekehrt. Auf der Straße verklang das Geräusch genagelter Sohlen, als die Legionäre den Gasthof verließen und sich rasch entfernten. Die Erleichterung, die Sirona durchrieselte, währte gleichwohl nur kurz. Denn beinah augenblicklich musste sie erkennen, wie trügerisch die Sicherheit war, in der sie sich wiegte.

Ein seltsamer, stechender Geruch drang ihr in die Nase. Sie sog prüfend die Luft ein.

Der Wirt hatte es ebenfalls bemerkt. »Feuer! Sie haben Feuer gelegt!«

Mit einem Mal kam Bewegung in die Gruppe. In aller Eile ließen Licnos und Catmelus die Leiter hinab. Einer nach dem anderen hasteten Sirona und ihre Gefährten hinunter und drängten sich im ersten Stock verängstigt aneinander. Der Wirt machte den Anfang, das Schwert in der Rechten; Catmelus, der am längsten brauchte, bildete den Schluss. Anschließend folgten sie Licnos über die Treppe ins Erdgeschoss.

Schon nach wenigen Stufen hörten sie das Prasseln des Feuers, das sich mit erschreckender Geschwindigkeit ausbreitete. Dichter Rauch quoll ihnen entgegen. Sirona presste den Ärmel ihrer Tunika schützend vor Nase und Mund. Wie bei allen Göttern war es den Römern nur so schnell gelungen, den Raum in Brand zu stecken? Dann fiel ihr Blick auf die Strohsäcke, die die Legionäre aus den Kammern im ersten Stock ins Erdgeschoss geschafft und angezündet hatten. Das trockene Stroh brannte lichterloh.

Der Wirt brauchte nur wenige Herzschläge, um die Lage zu erfassen. Durch die vordere Tür gab es kein Entrinnen. Doch auf der Rückseite des Hauses befand sich eine weitere, die auf eine Gasse hinausführte, und der schmale Flur dorthin war noch passierbar.

Er winkte. »Hier herüber! Wir nehmen den hinteren Ausgang!«

Mit zwei großen Sätzen war er an der Hintertür und riss den schweren Holzriegel aus seiner Verankerung. Die anderen folgten ihm auf den Fersen. Vorsichtig zog er die Tür einen Spaltbreit auf und spähte hinaus. Im Licht des Mondes lag die Gasse verlassen und friedlich da. Die einzigen Geräusche waren das Prasseln der Flammen im vorderen Teil des Hauses und der Regen, der aus dem vollgesogenen Stroh der Dächer in Pfützen tropfte. Offenbar beschränkten sich die Römer auf ihren Plünderungszügen zunächst auf die Straßen und breiteren Wege.

Licnos wandte sich über seine Schulter zurück. »Wir sollten uns so rasch wie möglich von der Hauptstraße entfernen.«

Catmelus nickte knapp. »Geht voraus. Ich übernehme den Schluss.«

Die Augen des Wirts zuckten ein letztes Mal prüfend durch die schwach erhellte Gasse. Dann trat er aus dem Schutz des Hauses. Hinter ihm folgten seine Frau, sein Sohn und Aresa vor Sirona und Catmelus. Besorgt bemerkte Sirona, dass ihre hellen Gesichter sowie Aresas und Catmelus' weizenblonde Haare das Mondlicht einfingen. Sie wünschte, sie könnten sie unter Kapuzen verbergen, aber ihre Umhänge hingen in den Schlafkammern, und umzukehren wäre zu gefährlich. So blieb ihr nur zu hoffen und zu beten, dass die Feinde mit der Plünderung der Gebäude an den größeren Straßen noch eine Weile beschäftigt wären und nicht so bald auf den Gedanken verfielen, sich den Gassen zuzuwenden.

Sie hob den Blick, um am Stand des Mondes die Zeit abzulesen. Mitternacht war bereits verstrichen, doch der Morgen noch fern. Der rötliche Schein der ersten Brände erhellte das Stadtzentrum rings um den Versammlungsplatz und zeichnete sich gespenstisch vor dem blauschwarzen Himmelsgewölbe ab. Die kühle Nachtluft trug den Geruch verbrannten Holzes mit sich.

Licnos führte die Flüchtlinge durch ein Gewirr von Gassen, die meisten so schmal, dass sie nur einzeln hintereinandergehen konnten. Der Regen hatte den lehmigen Boden aufgeweicht, an mehreren Stellen versperrten große Pfützen den Weg. Binnen Kurzem waren Sironas Stiefel durchweicht, und sie fühlte, wie die nasse Kälte ihre Beine hochkroch.

Schließlich bogen sie um die Ecke eines zweistöckigen Fachwerkhauses und sahen den hohen Umriss der Befestigung vor sich aufragen, ein schroffes schwarzes Rechteck vor dem Nachtblau des Himmels. Auf dem grasbewachsenen Streifen zwischen den letzten Gebäuden und der Mauer erhob sich eine dunkle, unförmige Masse: die Ansammlung von Zelten und notdürftig errichteten Hütten, in denen ein Teil der Menschen Zuflucht gefunden hatte, deren Gehöfte und Siedlungen von Vercingetorix' Männern in Brand gesteckt worden waren.

Im Augenblick jedoch schien der Ort verlassen. Lediglich zwei magere Hunde streunten auf der Suche nach Futter zwischen den behelfsmäßigen Unterkünften umher. Sirona vermutete, dass deren Bewohner entweder gegen die eindringenden Römer kämpften oder in den umliegenden Häusern Schutz gesucht hatten.

Plötzlich blieb Licnos unvermittelt stehen und hob warnend die Linke. Augenblicklich verhielten auch die anderen ihre Schritte, pressten sich unter dem überhängenden Dach des Fachwerkhauses dicht an die Wand und verschmolzen mit seinem Schatten.

Dann sah Sirona es ebenfalls: den matten Reflex des Mondlichts auf Metall. Auf der Mauerkrone patrouillierten zwei Männer, deren Helme und Schilde sie eindeutig als Legionäre auswiesen. Ihre Anwesenheit war der letzte Beweis dafür, dass der Feind die Stadt in seine Gewalt gebracht hatte, denn von der Befestigung aus kontrollierte er Avariko ebenso wie das Umland.

Catmelus stieß einen unterdrückten Fluch aus, und auch Sironas Mut sank. Sie hatte sich gerade der Strickleiter erinnert, über die Vercingetorix das Dunom zu betreten und zu verlassen pflegte, und vorschlagen wollen, auf diesem Wege aus der Stadt hinauszugelangen. Doch wenn die Römer die Mauerkrone in ihrer Hand hielten, blieb den Flüchtlingen diese Möglichkeit verschlossen.

Aber wie sonst sollten sie sich in Sicherheit bringen?

Wie gebannt klebte Sironas Blick an den beiden Legionären. Sobald sie hinter einem der Wachtürme verschwunden waren, gab Licnos das Zeichen. »Jetzt! Schnell!«, zischte er über seine Schulter zurück und huschte voraus. Mit einer Wendigkeit, die Sirona angesichts seines stämmigen Körperbaus überraschte, schlängelte er sich zwischen den Zelten und Hütten hindurch und nutzte geschickt jede noch so kleine Deckung. Einer nach dem anderen folgten ihm seine Gefährten und tauchten in den Schutz ein, den der Schatten der Mauer ihnen bot.

Kaum hatte auch Catmelus als Letzter den Fuß der Befestigung erreicht, als Sirona aus dem Augenwinkel eine Bewegung zu ihrer Rechten wahrnahm. Sie zuckte zurück und stieß einen unterdrückten Laut aus, während sich ihre Finger Halt suchend in die Ritzen zwischen den Bruchsteinen in ihrem Rücken bohrten.

Augenblicklich wirbelten die anderen Flüchtlinge herum. Catmelus' Schwertklinge blitzte im Mondlicht auf, als er sich schützend vor Sirona stellte.

»Fürchtet Euch nicht«, flüsterte eine männliche Stimme im kehligen Dialekt der Bituriger.

Ein Kelte! Vor Schreck hatte Sirona die Luft angehalten. Nun stieß sie sie in einem Schwall aus und wandte den Kopf. In den tiefen Schatten der Mauer leuchtete unter einer Kapuze ein Paar Augen hell aus einem rußgeschwärzten Gesicht. Unter dem Sagon schimmerte ein Kettenhemd.

»Hinter mir stehen fünf weitere Krieger«, fuhr der Fremde leise, aber eindringlich fort. »Wir sind dem Gemetzel auf dem Versammlungsplatz entkommen und suchen nun nach einer Möglichkeit, Avariko zu verlassen und uns Vercingetorix' Streitmacht anzuschließen.«

Catmelus ließ sein Schwert sinken. »Habt Ihr schon eine Idee, wie wir hier herauskommen?«

Der Mann nickte. »Im Nordosten der Stadt sollen andere Flüchtlinge am Nachmittag einen der zugemauerten Durchlässe aufgebrochen haben. Dort wollen wir unser Glück versuchen.«

Catmelus machte eine auffordernde Handbewegung. »Dann übernehmt die Führung. Wir schließen uns Euch an.«

Sie folgten der Befestigung in nordöstlicher Richtung, wobei sie sorgfältig darauf achteten, sich stets in ihrem Schatten zu halten, um den wachsamen Blicken der römischen Patrouillen zu entgehen. Immer wieder stießen die Flüchtlinge auf die grässlich zugerichteten Leichname biturigischer Krieger, die unter einem feindlichen Schwert oder Speer gefallen waren. Doch mit wachsendem Grauen stellte Sirona fest, dass sich auch viele Frauen, Kinder und Greise unter den Toten befanden.

Währenddessen setzte der Feind im Zentrum der Stadt und entlang der großen Straßen sein Zerstörungswerk fort. Ein Haus nach dem anderen steckten die Eroberer in Brand, und die Flammen der gewaltigen Feuer loderten hoch in das dunkle Zelt des nächtlichen Himmels empor.

Da sie sich in den Schatten der Umfriedung halten und so geräuschlos wie möglich bewegen mussten, kamen die Flüchtlinge nur langsam vorwärts. Immer wieder versperrten tiefe Pfützen ihren Weg, die sie lautlos durchwateten. Sirona schätzte, dass sie ungefähr eine Meile zurückgelegt hatten, als das gleichmäßige Dunkel der Mauer einen Steinwurf vor ihnen von einem helleren Fleck mit unregelmäßigen Rändern durchbrochen wurde.

Der fremde Krieger, der die Führung übernommen hatte, war stehen geblieben und wandte sich zu den anderen um. »Da vorne ist es«, flüsterte er. »Wartet hier. Ich gehe voran, um herauszufinden, ob die Römer den Durchlass bewachen.« Schon huschte er davon. Nur einen Herzschlag später hatten ihn die Schatten verschluckt.

Seine Gefährten drückten sich noch tiefer in den Schutz der Befestigung. Sirona ließ sich gegen die Mauer sinken, schloss für einen Moment die Augen und fühlte, wie sich die harten, unbehauenen Steine in ihrem Rücken durch den Stoff der Tunika bohrten.

Was, wenn der Feind diesen Durchlass, die einzige Verbindung zur Welt jenseits der Umfriedung, den letzten Ausweg aus der eroberten, sterbenden Stadt, längst in seine Gewalt gebracht hatte? Was würde dann aus ihnen werden? Würden sie früher oder später ebenfalls von den Legionären aufgespürt und unter einem römischen Schwert sterben? Einmal war es ihnen um Haaresbreite gelungen, ihren Verfolgern zu entkommen. Doch konnte ihnen das auch ein zweites Mal glücken?

Wie von selbst legten sich ihre Hände schützend über ihren Bauch. Sollte es ihrem ungeborenen Kind wahrhaftig bestimmt sein, niemals das Licht der Welt zu erblicken, weil seine Mutter zuvor von einem erbarmungslosen Feind getötet wurde?

Ein ferner, unterdrückter Aufschrei, der jäh in einem Gurgeln endete, riss Sirona aus ihren verzweifelten Gedanken.

Kurz darauf kehrte der Fremde zurück. »Der Weg ist frei«, erklärte er knapp. Hellrotes Blut rann über die Klinge seines Schwerts.

Schweigend legten sie das letzte Stück im Schatten der Befestigung zurück. Nur wenige Schritt vom Durchlass entfernt lag, halb in einer Pfütze, der tote Körper eines römischen Legionärs, die blicklosen Augen starr in den von zahlreichen Bränden erleuchteten Nachthimmel gerichtet. Aus einer klaffenden Wunde in seiner Kehle sickerte Blut in das lehmig verfärbte Regenwasser.

Ihr Anführer schlüpfte als Erster durch die Öffnung in der Mauer. Die anderen Flüchtlinge folgten ihm.

Jenseits der Umfriedung breitete sich das Sumpfgebiet bis zum Horizont aus, eine ebene Landschaft, von Wasserläufen durchzogen, in denen sich der kupferfarbene Schein der Feuer spiegelte.

Voller Dankbarkeit schloss Sirona für einen Moment die Augen und schöpfte einige tiefe, erleichterte Atemzüge. Ein frischer Wind aus Westen trieb den Rauch der Brände von ihr fort. Sie nahm den unverwechselbaren Geruch von Fäulnis wahr, den die stehenden Gewässer und vermodernden Pflanzen erzeugten und der sie jeden Morgen auf der Mauerkrone begrüßt hatte, wenn sie ihren Blick über die endlos scheinenden Weiten der Sümpfe schweifen ließ. Nie zuvor jedoch hatte er ihr so deutlich das Gefühl von Freiheit vermittelt wie in diesem Moment, und sie sog ihn gierig in sich auf.

Aresa trat neben sie, tastete nach ihrer Hand und drückte sie. »Den Göttern sei Dank«, flüsterte sie, als wäre es noch immer geboten, leise zu sprechen. »Wir haben es geschafft.«

Sirona nickte stumm. Ja, das Schlimmste lag nun hinter ihnen. Es war unwahrscheinlich, dass sich der Feind bis in das Sumpfgebiet vorwagen würde, das zu Recht als unberechenbares, gefährliches Gelände galt, nur um ein paar Flüchtigen hinterherzujagen. Jetzt brauchten sie sich bloß noch zu Vercingetorix' Lager durchzuschlagen und wären endlich in Sicherheit.

»Wir müssen uns an die Knüppeldämme halten«, erklärte der fremde Krieger, der die Führung übernommen hatte. »Nur dort ist die Durchquerung gefahrlos möglich. Folgt mir, ich bin Korbflechter und mit diesem Gebiet bestens vertraut.«

Er ging voran, und einer nach dem anderen betraten seine Begleiter den künstlich angelegten Weg. Dieser begann unmittelbar hinter dem Mauerdurchlass, führte schnurgerade in die Sümpfe hinein und war so schmal, dass man nur einzeln hintereinandergehen konnte. Das Vorankommen auf den quer angeordneten Rundhölzern erwies sich als beschwerlich, da der Regen ihre Oberfläche nass und schlüpfrig zurückgelassen hatte. Mehr als einmal rutschte Sirona aus und rang um ihr Gleichgewicht.

Das Unwetter hatte den Wasserspiegel ansteigen lassen, sodass sich zu beiden Seiten des Weges ausgedehnte Wasserflächen erstreckten, hier und da durchbrochen von den Silhouetten einzelner Bäume und kleinerer Gehölze. In den Senken ergoss sich das Wasser auch über die Stämme des Knüppeldammes hinweg, sodass sich die Flüchtlinge vorsichtig Schritt für Schritt vorantasten und hindurchwaten mussten.

Schweigend kämpfte sich Sirona vorwärts, die Augen immer abwechselnd auf den unwegsamen Boden und den Rücken der vor ihr gehenden Aresa gerichtet. Nach einer Weile hielt sie an, um auf Catmelus zu warten, der den Schluss bildete und dem das Vorankommen auf dem unebenen Grund erhebliche Schwierigkeiten bereitete. Schwer atmend blieb er neben ihr stehen, und gemeinsam schauten sie zurück. Das Dunom war nur noch eine dunkle Masse am Horizont, überragt von einem lodernden Flammenmeer.

Ach, Avariko, dachte Sirona wehmütig. Du schönste, du fortschrittlichste aller Städte, nun ein Raub der Flammen.

Doch dies war nicht die Zeit zu trauern, und so richtete sie den Blick wieder nach vorn und konzentrierte sich auf den Weg unmittelbar vor ihren Füßen.

Nachdem sich die Flüchtlinge beinah zwei Stunden lang quer durch das Sumpfgebiet vorwärtsgekämpft hatten, bemerkten sie in einiger Entfernung voraus das Glimmen mehrerer kleiner Lichter, die unruhig auf- und abtanzten.

»Seht, da vorn«, rief ihr Anführer ihnen über die Schulter zu. »Gleich haben wir es geschafft.«

Die Lichtpunkte kamen rasch näher und entpuppten sich als Fackeln. Ihr Schein fiel auf bärtige Gesichter unter keltischen Helmen. Erleichterung durchflutete Sirona wie eine Woge. Bald würden sie und ihr ungeborenes Kind endlich in Sicherheit sein.

Die Fackelträger hatten die Flüchtlinge ebenfalls entdeckt. »Halt! Wer da?«, scholl ihnen eine Männerstimme barsch entgegen.

»Wir sind Kelten wie Ihr!«, rief der Korbflechter zurück. »Bituriger aus Avariko!«

Kurz darauf standen die beiden Gruppen einander gegenüber. Im Licht der Fackeln erkannte Sirona ein Dutzend Krieger in Kettenhemd und Helm, bewaffnet mit Lanze und Schwert. Sie musterten die Neuankömmlinge misstrauisch, entspannten sich jedoch augenblicklich, als sie die drei Frauen und Bucco sahen.

»Seid willkommen«, sagte der Wortführer der Fremden nach einem Moment spürbar freundlicher. Sein Akzent verriet, dass er kein Bituriger war. Vermutlich gehörte er zur Streitmacht der verbündeten Stämme. »Ihr seid nun in Sicherheit. Knapp zwei Meilen trennen Euch noch von König Vercingetorix' Lager. Wenn Ihr dem Knüppeldamm weiterhin folgt, könnt Ihr es nicht verfehlen. Wir werden hier Posten beziehen für den Fall, dass die Römer versuchen, in die Sümpfe vorzudringen.«

Die Flüchtlinge dankten dem Mann und setzten ihren Weg fort. Schon bald wurde der Horizont vor ihnen vom Schein unzähliger kleiner Feuer erhellt. Dort musste sich das Heerlager befinden.

Erst jetzt, wo ihr Ziel zum Greifen nah war, bemerkte Sirona, dass sie sich am Rande der Erschöpfung bewegte. Die aufwühlenden Ereignisse des vergangenen Tages hatten sie ausgelaugt, der kräftezehrende Weg quer durch das Sumpfgebiet brauchte ihre letzten Reserven auf. Nun vermochte sie dem Wunsch, an Ort und Stelle zu Boden zu sinken und sich endlich auszuruhen, kaum noch zu widerstehen. Doch sie zwang ihre müden Beine Schritt um Schritt vorwärts. Die anderen Flüchtlinge trotteten ebenso schweigend und in sich gekehrt vor sich hin. Es gab nichts zu sagen, und es war besser, den Atem zu sparen und sich auf den beschwerlichen Untergrund zu konzentrieren.

Als Sirona schon überzeugt war, keinen weiteren Schritt mehr bewältigen zu können, gelangten sie an den nördlichen

Rand des Sumpfgebiets. Der Knüppeldamm endete und ging in schlammige, vom Regen aufgeweichte Erde über. Der Weg beschrieb einen Bogen um ein kleines Waldstück, und dann, endlich, kam die Wagenburg des Lagers in Sicht. Ochsenkarren und Planwagen in zwei zueinander versetzten Reihen bildeten einen gigantischen Kreis, in dem Hunderte Feuer loderten, um die sich die Krieger niedergelassen hatten.

Ehe Sirona und ihre Begleiter in das Rund des Heerlagers eintreten konnten, trafen sie jedoch auf einen weiteren Posten. Zwei bewaffnete Männer stellten sich ihnen in den Weg, hielten Fackeln in die Höhe und beleuchteten die Gesichter der Neuankömmlinge.

»Wer seid Ihr?«, verlangte einer der beiden zu wissen.

»Flüchtlinge aus Avariko«, erwiderte der Korbflechter. »Wir wollen uns Vercingetorix' Streitmacht anschließen.«

Die Wachen gaben den Weg frei. »Wendet Euch da hinüber.« Der Wortführer wies zu einer Ansammlung von Zelten rechts des Eingangs der Wagenburg. »Dort erhaltet Ihr Decken und eine warme Mahlzeit.«

Sirona und ihre Gefährten traten durch die breite Lücke zwischen den Wagen und blickten sich staunend um. So weit das Auge reichte, war die Ebene übersät mit Feuern, manche hell lodernd, andere niedergebrannt und nicht mehr als schwach glimmende rötliche Punkte. Doch obschon die Ausmaße des Lagers gewaltig waren und es Tausende von Männern sein mussten, die sich dort um die Feuerstellen versammelt hatten, konnte dies gleichwohl nur ein Teil von Vercingetorix' riesiger Streitmacht sein.

Die meisten der Krieger schliefen neben den Feuern. Das Unwetter hatte die Erde aufgeweicht und in eine Schlammlandschaft verwandelt. Einige Männer hatten sich aus Stroh, Zweigen und Laub eine halbwegs trockene Unterlage geschaffen, andere lagen geradewegs im Morast, vor der kalten Nässe nur durch die Decken und Felle geschützt, in die sie sich eingewickelt hatten. Manche pflegten ihre Ausrüstung oder vertrieben sich die Zeit mit einem Würfelspiel. Am inneren Rand der beiden aus Wagen bestehenden Kreise stand ein gutes Dutzend Zelte, die vermutlich von höherrangigen Anführern und Druiden beansprucht wurden.

Trotz ihrer Erschöpfung fühlte Sirona eine Welle der Zuversicht in sich aufsteigen. Wie sie selbst und ihre Gefährten waren all diese tapferen, entschlossenen Männer hier zusammengeströmt, um die römischen Eindringlinge für immer aus den Gebieten der keltischen Stämme zu vertreiben. Sie spürte eine tiefe Verbundenheit mit diesen Kriegern, ihren Brüdern, die dasselbe Ziel einte und die ihr Schicksal einem Mann anvertraut hatten: Vercingetorix, der ihr in den vergangenen Wochen so vertraut geworden war.

Und mit einem Mal durchflutete sie die Gewissheit, dass noch nicht alles verloren war, dass die verbündeten Stämme trotz der Niederlagen der letzten beiden Tage darauf hoffen durften, Caesar zu besiegen, und dass Vercingetorix der Mann war, dem dies gelingen konnte.

Der würzige Geruch gekochter Bohnen drang aus einem der Zelte. Erst jetzt bemerkte Sirona, wie hungrig sie war. Die Flüchtlinge wandten sich dort hinüber, und nachdem jeder von ihnen eine Portion Eintopf und ein Stück Brot verschlungen hatte, rollten sie sich neben einem der Feuer in ihre Decken und fielen augenblicklich in den tiefen Schlaf der Erschöpfung.

Kapitel 25

Sirona und ihre Gefährten hatten nur wenige Stunden geschlafen, als das Heerlager bei Anbruch der Dämmerung zu neuem Leben erwachte. Über Nacht war die Nässe des aufgeweichten Bodens durch Decken und Kleidung gekrochen, und Sirona kämpfte sich mit vor Kälte steifen Gliedern in die Höhe.

Mit der Wärme war auch die Zuversicht aus ihr herausgesickert, die sie bei ihrer Ankunft verspürt hatte. Frierend und mutlos schleppte sie sich mit Catmelus hinüber zu den Zelten, in denen die Neuankömmlinge versorgt wurden und wo sie Getreidebrei, Brot und einen tönernen Becher frischen Wassers erhielten.

»Diese Männer sind doch gewiss nur ein Teil von König Vercingetorix' Streitmacht«, richtete Catmelus das Wort an die junge Frau, die ihnen die dampfenden Schalen reichte. »Wo sind die anderen?«

»Das Heer ist nach den verschiedenen Stammesgruppen aufgeteilt«, erklärte die Angesprochene bereitwillig. »Dies ist die Wagenburg der Arverner, der mächtigsten unter ihnen, sowie der uns tributpflichtigen Stämme. Unser König hält sich ebenfalls hier auf. Die übrigen Lager schließen sich in nördlicher und westlicher Richtung an.«

Sirona drängte es herauszufinden, was aus ihren vier Begleitern geworden war, die sich am Vortag den Kämpfen angeschlossen hatten. Doch wie sollte sie sie in dieser gewaltigen Ansammlung von Kriegern finden? Auch das Schicksal des Druiden Galatos lag ihr am Herzen. Hatte er sich rechtzeitig in Sicherheit bringen können?

Sie wandte sich an die Frau, die das Essen austeilte. »Sind noch weitere Flüchtlinge in dieser Wagenburg untergekommen?«

Die Arvernerin reichte gerade Schalen mit Getreidebrei an Aresa und Renna, die, in ihre schlammverkrusteten Decken gehüllt, hinzugetreten waren. »Im Verlauf des gestrigen Tages und der vergangenen Nacht sind mehrere Hundert Menschen zu uns gestoßen. Diejenigen, die zuerst kamen, wurden auf andere Lager verteilt. Hier bei uns befinden sich nur noch die, die in den Nachtstunden eingetroffen sind. Vermisst Ihr jemanden?«

Sirona nickte. »Unsere vier Gefährten haben in der Schlacht von Avariko gekämpft. Wir machen uns große Sorgen um sie. Außerdem suche ich den Druiden Galatos.«

Die junge Frau schenkte ihr einen mitfühlenden Blick und wies auf eine Handvoll lang gestreckter Zelte, die am inneren Rand der Wagenburg in einer Reihe nebeneinanderstanden. »Da drüben ist das Lazarett. Wenn Eure Begleiter an den Kämpfen beteiligt waren, sind sie vielleicht am ehesten dort zu finden.«

Sirona und Catmelus nahmen sich nicht die Zeit, sich an einem der Feuer niederzulassen, sondern schlangen die Mahlzeit im Stehen hinunter. Sirona fühlte, wie sich die angenehme Wärme des Essens in ihr ausbreitete, die klamme Kälte aus ihren Gliedern vertrieb und ihre Lebensgeister allmählich neu erwachten.

Anschließend lenkten sie ihre Schritte hinüber zu den Zelten. Während sich Catmelus dem zunächst stehenden zuwandte, schlug Sirona die gegerbte Tierhaut zurück, die den Eingang des zweiten verdeckte, und trat mit zwiespältigen Gefühlen ein. Sollte sie hoffen oder fürchten, ihre Gefährten hier wiederzufinden?

Drinnen herrschte dämmriges Licht, durch Öllampen nur schwach erhellt. Der durchdringende Gestank von Schweiß, Urin und Erbrochenem erfüllte die Luft und vermischte sich mit dem würzigen Aroma von Heilkräutern. Zu beiden Seiten eines schmalen Mittelgangs machte Sirona etwa dreißig Strohlager aus, auf denen blutende und verstümmelte Männer lagen. Neben einigen knieten Weise Frauen, wuschen Wunden aus und verbanden sie.

Eine von ihnen erhob sich, als sie Sirona bemerkte, und kam zu ihr herüber. »Ihr wünscht?«

»Ich suche den Druiden Galatos und vier Krieger, die an den Kämpfen in Avariko beteiligt waren«, erklärte Sirona. »Außerdem möchte ich Euch meine Dienste anbieten. Ich bin eine Weise Frau und kann Euch bei der Pflege der Verwundeten behilflich sein. Aber zuerst muss ich herausfinden, was aus meinen Gefährten geworden ist. Vielleicht wurden sie verletzt und liegen nun in einem dieser Zelte?«

Ein mattes Lächeln huschte über die erschöpften Züge der anderen. »Wir können jede helfende Hand gebrauchen. Ihr seht ja selbst, wie viele Patienten wir hier zu versorgen haben. Schaut Euch ruhig um. Doch ich wünsche Euch, dass Ihr Eure Gefährten gesund und unversehrt wiederfindet.«

Sirona dankte der Frau, ging langsam den schmalen Mittelgang hinunter und ließ ihren Blick über die Gesichter der Männer wandern. Viele hatten die Augen geschlossen und dämmerten vor sich hin, vermutlich unter dem Einfluss von Kräutern, die ihre Schmerzen linderten und sie schläfrig machten. Sirona sah, dass die Aura einiger Krieger schon sehr schwach war, und wusste, dass sie den Tag nicht überleben würden. Manche der Verletzten wiesen klaffende Hieb- und Stichwunden auf. Anderen waren Gliedmaßen amputiert worden, deren Stümpfe von blutgetränkten Verbänden notdürftig verhüllt wurden. Ein vertrautes Gesicht entdeckte sie nicht.

Mit gemischten Gefühlen trat sie ins Freie und schöpfte tief Atem. Einen Augenblick später duckte sich Catmelus durch den Eingang des ersten Zeltes der Reihe. Sirona warf ihm einen fragenden Blick zu, doch er schüttelte den Kopf. »Und du?«

»Nein, nichts.«

Schweigend wandten sie sich den nächsten beiden Zelten zu. Auch dort waren Weise Frauen mit der Versorgung der Verwundeten beschäftigt. Erneut bat Sirona darum, sich umschauen zu dürfen. Und wahrhaftig, auf dem dritten Strohlager rechts des Mittelgangs entdeckte sie Valetiacus.

Ihr Herzschlag beschleunigte sich, während ihr Blick über seinen Körper hastete. Sein Gesicht war blass und von feinem Schweiß überzogen. Er hatte die Lider geschlossen. An seinem rechten Oberarm trug er einen Verband, durch den bereits wieder Blut sickerte. Doch seine Aura war kräftig, und Sirona wusste, dass ihr Gefährte die Verletzung überleben würde.

Tränen der Erleichterung schossen ihr in die Augen, als sie neben ihm auf die Knie sank und seinen Namen flüsterte. Mühevoll hob der Verwundete die Lider und blinzelte verwirrt. Sein Blick war verhangen, und Sirona vermutete, dass er unter dem Einfluss einer schmerzlindernden Arznei stand. Nach einem Moment jedoch fokussierten sich seine Pupillen, und seine Lippen verzogen sich in der Andeutung eines Lächelns. »Sirona«, krächzte er.

Sie umfasste seine schwielige Linke mit beiden Händen. »Wie fühlst du dich?«

»Ein Römer hätte mir gern ... den rechten Arm abgetrennt«, antwortete Valetiacus schleppend. »Doch es ist ihm ... nur teilweise gelungen. Ich schätze also, ... ich werde es überleben. Aber ob ich noch einmal ein Schwert führen kann, ... liegt in den Händen der Götter.«

Sirona erwiderte sein Lächeln. »Du wirst es ganz gewiss überleben, das verspreche ich dir.« Sie zögerte. »Weißt du, was aus unseren Gefährten und Galatos geworden ist?«

Ein Schatten legte sich auf seine Züge, und sein Kehlkopf tanzte erregt auf und nieder, als er schwer schluckte. Eine böse Vorahnung durchflutete Sirona. Sie wollte nicht hören, was er nun sagen würde, hätte am liebsten die Hände auf die Ohren gepresst. Doch ein Teil von ihr brauchte Gewissheit. Also versuchte sie, sich so gut es ging gegen die traurige Botschaft zu wappnen.

Valetiacus wandte den Blick von ihrem Gesicht ab und starrte auf einen Punkt in ihrem Rücken. »Adbogios ist tot«, begann er stockend. Das Sprechen kostete ihn große Mühe, und er rang nach Atem. »Er fiel direkt neben mir. Ich konnte es nicht verhindern. Er war so stürmisch, so jung und unschuldig, und er hatte den erfahrenen Legionären nichts entgegenzusetzen. Er starb gleich zu Beginn der Schlacht, ganz in der Nähe des Gasthofs.« Plötzlich verstummte er. Sein Blick kehrte zu Sirona zurück, heftete sich beinah flehentlich auf ihr Gesicht, als bitte er sie um Vergebung dafür, dass er Adbogios nicht hatte beschützen können.

Adbogios. Sironas Gedanken wanderten zurück zu dem Vormittag, als sie Roveci an Bord der Liburna entdeckt hatte. Ihre Verzweiflung darüber, ihren Bruder zu sehen und doch nicht erreichen zu können, hätte sie um ein Haar zerrissen. Adbogios hatte versucht, sie zu trösten, unbeholfen, und dennoch war sie ihm dankbar. Ja, er war jung gewesen, so jung wie sie selbst. Doch der Krieg nahm keine Rücksicht auf das Alter.

Sie strich Valetiacus tröstend über den Arm. »Es ist nicht deine Schuld«, sagte sie sanft. »Du konntest ihn nicht retten.«

Tränen wallten in seinen Augen auf, rannen über seine bleichen Wangen, und er ließ es geschehen. Die beiden Zöpfe an seinen Schläfen, in die er kleine, aus den Waffen getöteter Feinde geschmiedete Eisenringe geflochten hatte, sollten seinen Zügen ein kriegerisches Aussehen verleihen und seinen Gegnern Furcht einflößen. Doch in diesem Augenblick war er bloß ein junger Mann, der einen Gefährten betrauerte, den er hatte sterben sehen und dessen Tod er nicht hatte verhindern können. Sirona streichelte seinen Arm, während er seine Trauer und das Grauen der Schlacht aus sich herausströmen ließ.

Nach einer Weile fuhr er sich mit dem Handballen über die Wangen und holte tief Luft. »Sego, Bellogenus und ich sind geflohen, als uns klar wurde, dass wir auf verlorenem Posten stehen. Das Wort machte die Runde, dass einer der zugemauerten Durchlässe in der Befestigung aufgebrochen worden war. Dort sind wir hindurch und den Knüppeldämmen gefolgt, bis wir schließlich hierhergelangten.«

Vermutlich derselbe Durchlass, durch den auch sie und ihre Gefährten hatten entkommen können, dachte Sirona. »Wie geht es den beiden?«

Seine Linke fuhr zu dem Verband an seinem Arm. »Sie haben nur ein paar Kratzer davongetragen. Soweit ich weiß, befinden sie sich ebenfalls hier im Lager.«

Sironas Herz wurde leicht bei dem Gedanken, dass Bellogenus die Schlacht überlebt hatte. Und selbst für Segocondus freute sie sich. Nach allem, was sie in den vergangenen Tagen durchlitten hatte, hegte sie keinen Groll mehr gegen ihn. Sie wünschte sich lediglich, dass er sie in Frieden ließe. Angesichts der gewaltigen Ausmaße der Wagenburg war es zudem wenig wahrscheinlich, dass sie einander so bald wieder über den Weg laufen würden. »Weißt du etwas über Galatos?«

Valetiacus deutete ein Kopfschütteln an. »Leider nicht. Ich hoffe sehr, dass ihm die Flucht gelungen ist. Aber die Feinde sind auch in den höher gelegenen Teil der Stadt vorgedrungen.«

Er verstummte jäh, doch Sirona verstand auch so, was er andeuten wollte. Für die Legionen stellten die Druiden eine besondere Gefahr dar, denn aufgrund ihrer umfassenden Bildung und ihres weitreichenden, die Stammesgrenzen überwindenden Einflusses bildeten sie nicht selten den Kern des Widerstands gegen die römischen Eindringlinge und schürten die Aufstände. Ein Druide, der Legionären in die Hände fiel, hatte kaum Aussichten, mit dem Leben davonzukommen.

»Wie ist es dir, Catmelus und den anderen ergangen?«, wechselte Valetiacus das Thema.

Seine Frage riss Sirona aus ihren sorgenvollen Gedanken. »Sie sind ebenfalls hier.« Sie schilderte ihm, wie der römische Trupp in den Gasthof eingedrungen und es ihr und ihren Gefährten gelungen war, sich durch das sterbende Dunom und die Sümpfe bis zu dieser Wagenburg durchzuschlagen. »Die Legionen haben Avariko geplündert und in Brand gesteckt«, schloss sie ihren Bericht. »Das Letzte, was wir von der Stadt sahen, waren die Flammen, die hoch in den Himmel loderten.«

Am Vormittag erklangen die dumpfen Schläge einer Trommel, die in der Ferne von weiteren aufgegriffen wurden, als Vercingetorix die Stammesoberhäupter der anderen Heerlager zu einer Versammlung rufen ließ. Schon bald strömten Hunderte Männer durch den Eingang der Wagenburg: die Könige der verbündeten Stämme, ihre Druiden und die Anführer der zahlreichen Gaue, aus denen sich die Stämme zusammensetzten und die in jeder Schlacht als eigenständige Einheiten kämpften. Viele Arverner gesellten sich ebenfalls dazu, und auch Sirona und Catmelus schlossen sich ihnen an.

Dann trat Vercingetorix aus einem der Zelte, durchquerte mit langen Schritten das Lager, ohne sich um den Morast und die Pfützen zu scheren, und sprang auf die Ladefläche eines der Ochsenkarren. Er war unrasiert und wirkte erschöpft. Sirona vermutete, dass er in den vergangenen beiden Nächten kaum Schlaf gefunden hatte.

Auf ein Zeichen des Oberbefehlshabers verstummten die Trommeln. Er wartete noch einige Augenblicke, bis sich Schweigen über den riesigen Platz gesenkt hatte, ehe er das Wort ergriff. »Avariko ist gefallen«, begann er ohne Umschweife, »und fast alle Einwohner wurden von den Römern getötet. Nur wenigen ist es gelungen, sich zu uns durchzuschlagen, und wir haben sie mit offenen Armen empfangen. Der Verlust Avarikos ist eine tragische Niederlage. Und sie wäre vermeidbar gewesen, hätten die Bürger der Stadt auf meinen Rat gehört und meinen Anweisungen Folge geleistet.« Seine Stimme klang beherrscht, doch Sirona hörte den Zorn, den er sich zu unterdrücken bemühte.

Er setzte einen Fuß auf die Seitenwand des Karrens und lehnte sich vor. »Immer und immer wieder habe ich erklärt, dass wir die Legionen in einer offenen Schlacht nicht besiegen können. Und dennoch wagten sie einen Ausfall. Immer und immer wieder habe ich davor gewarnt, Caesar zu unterschätzen. Und dennoch musste nur ein Unwetter losbrechen, damit die Wachen ihre Pflichten vernachlässigen und es den Angreifern ermöglichen, die Mauer zu erstürmen.«

Über die Köpfe der Menge hinweg entdeckte Sirona König Medurix. Er war bleich und wirkte um Jahre gealtert. Um seine Stirn trug er einen Verband, durch den frisches Blut sickerte, und er stützte sich schwer auf einen jungen Krieger zu seiner Rechten. Den Blick hielt er beschämt zu Boden gesenkt, und Sirona ahnte, was in ihm vorging. Er hatte den Ausfall zwar nicht angeordnet, doch er war unfähig gewesen, ihn zu unterbinden. Und es waren seine Männer, deren Mangel an

Disziplin dazu geführt hatte, dass das Dunom den Feinden in die Hände fiel.

»Dies ist nicht die Art und Weise, wie man gegen Rom kämpft und siegt«, fuhr der Oberbefehlshaber eindringlich fort. »Der Fall Avarikos beweist das einmal mehr. Ich war von vornherein dagegen, diese Stadt zu halten, aber ich ließ mich von den Biturigern überreden, sie zu verschonen. Dadurch haben wir Caesar die Gelegenheit gegeben, seine unvergleichlichen Belagerungstechniken einzusetzen und mit ihrer Hilfe zu siegen. Das war ein schwerer Fehler. Nie wieder dürfen wir die Römer unterschätzen. Wenn wir sie bezwingen wollen, müssen wir denken wie sie, fühlen wie sie und handeln wie sie.«

Ringsumher erklangen zustimmende Rufe. Die Arverner waren Vercingetorix' Anhänger, sie waren ihm treu ergeben, und sie teilten seine Enttäuschung und seinen Zorn. Auch unter den Königen und Druiden der anderen Stämme bemerkte Sirona beifälliges Kopfnicken.

Der Oberbefehlshaber wartete, bis sich erneut Schweigen über das Heerlager gesenkt hatte. »Und in noch einer Hinsicht versetzt uns diese Niederlage einen herben Rückschlag. In den Wochen, in denen die Legionen ihre gesamten Kräfte vor Avariko gebündelt hatten, ist es meinen Männern gelungen, ihnen die Versorgung mit Lebensmitteln und Futter für die Tiere so zu erschweren, dass das römische Heer großen Mangel litt. Hätten wir diesen Weg weiter verfolgt, wären die Feinde in wenigen Tagen so geschwächt gewesen, dass wir sie hätten besiegen können. Durch den Fall Avarikos jedoch sind die umfangreichen Vorräte, die in der Stadt lagerten, in ihren Besitz gelangt, sodass wir unseren Vorteil eingebüßt haben.«

Nun richtete sich der geballte Zorn seiner Zuhörer auf König Medurix. Wütende Zwischenrufe brandeten auf. »Nieder mit Medurix! Nieder mit dem Verräter!«

Der Angeklagte wurde, wenn möglich, noch eine Spur bleicher und schien unter der Welle des Hasses und der Verachtung, die über ihm zusammenschlug, regelrecht zu schrumpfen.

Vercingetorix hob beschwichtigend die Hände, und widerwillig verstummten die aufgebrachten Männer nach und nach.

»Was geschehen ist, ist geschehen, und es wäre äußerst gefährlich, wenn wir nun begännen, uns gegenseitig zu zerfleischen.« Er verlieh seiner Stimme einen beschwörenden Klang. »Unsere Einigkeit ist von allergrößter Bedeutung, denn es gilt, einer neuen Bedrohung entgegenzutreten. Caesar hält uns aufgrund unserer Niederlage in Avariko für geschwächt, und er wird diese vermeintliche Schwäche ausnutzen, um unsere Heerlager anzugreifen. Deswegen müssen wir zusammenhalten und Befestigungen nach römischem Vorbild anlegen. Wir werden unsere Wagenburgen mit Wall, Graben und Palisade umgeben, wie die Legionen es zu tun pflegen, und hiermit ordne ich an, noch heute damit zu beginnen. Ich danke Euch!«

Zuerst waren es nur Einzelne, die »Lang lebe König Vercingetorix!« riefen und mit dem Schaft der Lanze gegen ihren Schild schlugen, um dem Oberbefehlshaber Beifall zu zollen. Doch bald schon hallte der gesamte Platz vom dumpfen Klang der hölzernen Schilde wider. Immer mehr Krieger fielen in den Ruf ein, denn sie wussten, dass diese Niederlage nicht dem jungen König der Arverner anzulasten war, sondern der Unvernunft und dem Leichtsinn der Einwohner Avarikos, die seinen ausdrücklichen Befehlen zuwidergehandelt und damit ihr eigenes Todesurteil vollstreckt hatten.

Vercingetorix sprang vom Wagen hinunter in den Morast und bahnte sich durch die jubelnde Menge einen Weg zu seinem Zelt. Immer wieder hielt er an, schüttelte Hände oder wechselte einige Worte mit einem der anderen Stammesoberhäupter.

Es war das erste Mal, dass Sirona ihn inmitten seiner Männer erlebte, und ihr wurde warm ums Herz, als sie sah, wie sehr die Arverner ihren jungen König verehrten. Zufällig führte ihn sein Weg auch an ihr vorbei, und als er sie erkannte, stahl sich ein Lächeln auf seine erschöpften Züge.

»Sirona! Ihr lebt!« Er umfing ihre Hände mit seinen und drückte sie. »Den Göttern sei Dank! Wisst Ihr, wie es Galatos ergangen ist?«

Sie schüttelte bekümmert den Kopf. »Nein, Herr. Ich habe in Erfahrung bringen können, was aus meinen Gefährten geworden ist. Aber über das Schicksal des Druiden weiß ich leider nichts.«

Ihr blieb nur die schwache Hoffnung, dass er Avariko rechtzeitig verlassen hatte und sich in einer der umliegenden Wagenburgen aufhielt. Eine dumpfe Ahnung verriet ihr jedoch, dass er den Römern in die Hände gefallen war.

»Ich werde in den anderen Lagern nach ihm suchen lassen«, versprach Vercingetorix. »Doch nun entschuldigt mich, ich habe einige der Könige und Druiden zu einer Unterredung gebeten. Seid so gut und kommt morgen Früh in mein Zelt, damit wir die Behandlung fortsetzen können.«

Catmelus hatte dem kurzen Gespräch mit offenem Mund gelauscht. »Woher beim Teutates kennst du König Vercingetorix?«, erkundigte er sich, nachdem er sich endlich wieder gefasst hatte.

Sirona blickte verlegen zu Boden. »Er war ein Patient von Galatos, und ich durfte helfen, ihn zu behandeln. Er hatte mich jedoch zu Stillschweigen verpflichtet, deswegen habe ich ihn euch gegenüber nie erwähnt.«

Catmelus schaute bestürzt drein. »Bedeutet das etwa, dass er krank ist?«

Sie hatte schon zu einer Antwort angesetzt, als sich plötzlich ein Bild vor ihr inneres Auge schob, das Bild eines Falken, der sich auf einen Mann stürzt. Und obwohl die Sonne eben durch die Wolken gebrochen war und ihre wärmenden Strahlen sich anschickten, die klamme Nässe aufzusaugen, fühlte Sirona, wie ein eisiger Schauer ihren Rücken hinabrann.

Ja, er war krank, doch dagegen wusste sie ihm zu helfen. Was ihr weitaus mehr Sorgen bereitete, war dieses Omen, gegen das sie machtlos war, gegen das all ihre Heilkünste nichts auszurichten vermochten, da die Götter selbst es gesandt hatten.

Am folgenden Tag begab sich Sirona schon in der Früh zu Vercingetorix' Zelt, um seine Behandlung wieder aufzunehmen.

»Ah, kleine Schwester«, begrüßte er sie.

Erleichtert stellte sie fest, dass er ein wenig ausgeruhter wirkte als bei ihrer letzten Begegnung.

»Ich darf Euch doch ›kleine Schwester‹ nennen?«

»Sehr gern, Herr.« Sie fühlte, wie sie vor Freude errötete.

Während er den Gürtel mit dem Dolch ablegte und sich auf dem Strohsack niederließ, der ihm als Bettstatt diente, schaute sie sich in dem Zelt um. In seiner Mitte ruhte auf zwei hölzernen Böcken eine Tafel, auf der wild verstreut mehrere Pergamentrollen lagen. Vier Kiesel in den Ecken einer großen Landkarte verhinderten, dass sie sich zusammenrollte. An ihrem Rand standen dicht beieinander einige kleine, grob geschnitzte Holzfiguren und warteten darauf, auf ihr platziert und verschoben zu werden, um Strategien zu entwickeln. Zwei eiserne Kohlebecken spendeten Licht und Wärme. Ebenso viele Schemel und eine schmucklose Truhe, die vermutlich die persönlichen Gegenstände des Oberbefehlshabers enthielt, rundeten die Einrichtung ab. Nichts in ihrer Schlichtheit ließ erahnen, dass ein König dieses Zelt bewohnte.

»Wisst Ihr«, fuhr er fort, während er sich seiner Stiefel entledigte, »ich hatte tatsächlich eine kleine Schwester. Sie träumte davon, eine Weise Frau zu werden, und ging sogar bereits bei Targotaurus, unserem obersten Druiden, in die Lehre.«

Sirona kniete neben seinen Füßen nieder. »Was ist aus ihr geworden?«

Ein Schatten fiel über sein Gesicht. »Sie starb mit nur dreizehn Jahren. Ein Fieber wütete in Gergovia, und sie war eines der ersten Opfer. Sie hatte sich bei der Behandlung der Kranken angesteckt. Wie Ihr besaß auch sie eine besondere Begabung. Sie hatte eine wundervolle Stimme, mit der sie uns alle verzauberte, wenn sie uns abends am Feuer etwas vorsang.« Ein wehmütiger Zug spielte um seine Lippen. Dann richtete er den Blick seiner klaren hellgrauen Augen auf Sirona. »Und nun haben mir die Götter Euch mit Eurer außergewöhnlichen Gabe geschickt, und ich bin Ihnen unendlich dankbar dafür.«

Nach ihren morgendlichen Besuchen bei Vercingetorix ging Sirona den anderen Weisen Frauen bei der Versorgung der Verwundeten zur Hand, sodass ihre Tage ausgefüllt waren. Auch Aresa hatte ihre Hilfe angeboten, denn angesichts der großen Zahl der Verletzten war jede Unterstützung willkommen. Erfreut stellte Sirona fest, dass ihre Freundin an ihrer neuen Aufgabe wuchs. Die junge Frau besaß ein geschicktes Händchen bei der Versorgung der Patienten und ließ sich bereitwillig von ihr in die Kunst der Behandlung der diversen Wunden einweisen, die in einem Kriegslager anfielen.

Vierzehn Tage nach dem Fall Avarikos hatte sich Sirona nach dem Frühmahl Vercingetorix' Zelt bis auf wenige Manneslängen genähert, als im Inneren zwei Stimmen laut wurden. In der einen erkannte sie die des Oberbefehlshabers. Plötzlich flog die Decke, die den Eingang verhüllte, zur Seite, und ein blonder Hüne stürmte hervor, spuckte voller Verachtung auf den Boden und eilte mit langen Schritten davon.

Der Arverner, der vor dem Zelt Wache stand und seinem Herrn treu ergeben war, schleuderte ihm einen missbilligenden Blick hinterher, ehe er Sirona seinen Gruß entrichtete und sich durch die Öffnung duckte, um sie anzukünden. Einen

Moment später tauchte er wieder auf, hielt die Decke beiseite und vollführte eine einladende Handbewegung. »König Vercingetorix ist bereit, Euch zu empfangen.«

Sie dankte dem Mann und trat ein. Im Schein der Feuer in den Kohlebecken zu beiden Seiten der Tafel stand der Oberbefehlshaber über die Landkarte gebeugt. Eine steile Falte auf der Stirn verriet seinen Zorn über den Besucher, mit dem er soeben gestritten hatte. In der Rechten hielt er eine der geschnitzten Holzfiguren; die anderen waren nun kreuz und quer über die Karte verteilt.

Bei ihrem Eintreten schaute er auf. Augenblicklich entspannten sich seine Züge, er stellte die Figur am Rande der Tafel ab und wandte sich Sirona zu. »Willkommen, kleine Schwester. Wie stets freue ich mich, Euch zu sehen. Eure strahlende Erscheinung verleiht einem trüben Tag ein wenig Glanz.«

Er mochte wohl auf den grauen, wolkenverhangenen Himmel anspielen. Sirona deutete seine Bemerkung jedoch gleichermaßen als Hinweis auf die Auseinandersetzung mit dem blonden Hünen. »Seid gegrüßt, Herr.«

Sie fühlte, dass er reden wollte, und seine nächsten Worte bestätigten ihre Vermutung.

»Bitte, nehmt Platz.« Vercingetorix wies auf einen der beiden Schemel, zog sich mit dem Fuß den anderen heran und ließ sich darauffallen. Er wirkte erregt und rastlos. »Darf ich Euch etwas zu trinken anbieten?«

Als sie dankend ablehnte, goss er sich Rotwein aus einer Amphore in einen Bronzebecher, verdünnte ihn mit Wasser aus einem tönernen Krug und nahm einen langen Schluck. »Für gewöhnlich trinke ich so früh am Morgen noch keinen Wein«, erklärte er dann entschuldigend. »Doch dieser Mann hat es sich anscheinend zum Ziel gesetzt, mich langsam, aber sicher in den Wahnsinn zu treiben.«

»Wer ist er?«, erkundigte sich Sirona.

Vercingetorix stürzte den restlichen Inhalt des Bechers in einem Zug hinunter und fuhr sich mit dem Handrücken über die Lippen. »Das ist Teutomatus, seines Zeichens König der Nitiobroger. Er ist ebenso unbeherrscht wie unbeherrschbar. Vorgestern traf er mit zweitausend Reitern ein, um meine Streitmacht zu verstärken. Jetzt glaubt er, das gäbe ihm das Recht, mir zu sagen, was ich zu tun und zu lassen habe.«

Sirona runzelte die Stirn. »Und was habt Ihr seiner Ansicht nach zu tun und zu lassen?«

»Nun«, der Oberbefehlshaber machte mit seiner freien Hand eine ausladende Geste. »Teutomatus ist zu Ohren gekommen, was ich selbstredend ebenfalls schon weiß, nämlich dass sich Caesar nach Decetia begeben hat, um einen Streit zu schlichten, der unter den Aeduern ausgebrochen ist. Wie Euch vielleicht bekannt ist, sind diese Verbündete Roms, und aus Gründen, die sich mir nicht erschließen, wenden sie sich an den Proconsul, um interne Auseinandersetzungen durch ihn beilegen zu lassen. Wie dem auch sei, Caesar weilt zurzeit jedenfalls in Decetia, und unser Freund Teutomatus meint nun, dies wäre der geeignete Zeitpunkt, das feindliche Lager anzugreifen und die Römer zu einer Feldschlacht herauszufordern.«

Sirona begann zu verstehen. Immer wieder hatte Vercingetorix ihr berichtet, dass es im Kriegsrat zu heftigen Debatten über die richtige Strategie gekommen sei. Und der König der Nitiobroger verfügte nun auch noch über zweitausend Reiter, mit denen er den Oberbefehlshaber erpressen konnte.

Dieser fuhr sich mit einer müden Geste über das Gesicht. »Ihr wisst, wie ich über offene Schlachten gegen die Legionen denke, und Avariko hat mir leider recht gegeben. Im Übrigen ist das römische Heer ja nicht führerlos, nur weil der Proconsul abwesend ist. Seine rechte Hand, der Legat Titus Labienus, hat währenddessen das Kommando, und auch ihn kenne ich sehr gut. Er denkt, fühlt und handelt wie Caesar, die beiden sind wie Zwillinge. - Wollt Ihr wirklich nichts?«

»Nein danke, Herr.« In den vergangenen Wochen war Sirona nach dem Genuss von Bier oder Wein immer wieder übel geworden, was sie auf ihre Schwangerschaft zurückführte. Daher hatte sie beschlossen, sich streng an Wasser zu halten.

Er warf seinem leeren Becher einen nachdenklichen Blick zu. Dann stellte er ihn neben sich auf dem Boden ab. »Es wird also keinen Angriff unsererseits geben. Aber anscheinend gelingt es mir nicht, dies Teutomatus begreiflich zu machen. Das war nun schon sein dritter Besuch, und am liebsten würde ich ihm erklären, er solle seine zweitausend Reiter nehmen und verschwinden. Ich kann es mir nicht leisten, dass er unter den Männern Unruhe stiftet. Es gibt bereits genügend Könige, die insgeheim seine Ansicht teilen, und ich will und darf nicht riskieren, dass er weiterhin Öl ins Feuer gießt.«

Plötzlich gewann seine Rastlosigkeit die Oberhand, er sprang auf und begann, mit langen Schritten im Zelt auf und ab zu laufen. »Unglücklicherweise kann ich mir jedoch ebenso wenig leisten, auf seine zweitausend Reiter zu verzichten. Und so mache ich gute Miene zum bösen Spiel und bitte ihn jedes Mal um einige weitere Tage Geduld. Ich habe nämlich Boten in den Norden geschickt, um die dort lebenden Stämme aufzufordern, sich ebenfalls gegen Rom zu erheben. Wenn sie meinem Appell Folge leisten, ist Caesar gezwungen, sein Heer aufzuspalten, um die nördlichen Stämme zu bekriegen oder wie er es wohl nennen würde: zu befrieden. Dann hätten wir es nur noch mit einem Teil seiner jetzigen Streitmacht zu tun und dürften vielleicht sogar hoffen, ihn in einer offenen Feldschlacht zu besiegen. Da ich aber nicht das geringste Bedürfnis verspüre, Teutomatus in meine Pläne einzuweihen, spiele ich ihm gegenüber auf Zeit.«

Sirona wickelte nachdenklich eine ihrer langen honigblonden Locken um einen Finger. »Er hält Euch für einen Feigling«, bemerkte sie in der Erinnerung daran, wie verächtlich der König der Nitiobroger vor dem Zelt ausgespuckt hatte.

»Da mögt Ihr wohl recht haben.« Vercingetorix hatte in seinem rastlosen Hin- und Herlaufen vor ihr innegehalten. Als er sich nun herumwarf, um seine Wanderung wiederaufzunehmen, stieß sein Fuß den Weinbecher um, und ein letzter Rest der roten Flüssigkeit ergoss sich auf die Erde und versickerte im niedergetretenen Gras.

Sirona zuckte zusammen. War das ein Omen? Wessen Blut war es, das dort vergossen wurde? Doch Vercingetorix, dem der Zwischenfall entgangen war, sprach bereits weiter, und sie zwang sich, den Blick von den tiefroten Tropfen loszureißen.

»Persönlich ist es mir vollkommen gleichgültig, was Teutomatus von mir denkt. Aber ich kann nicht zulassen, dass er meine Männer gegen mich aufbringt. Ich habe einen Auftrag zu erfüllen, denn Teutates hat mich zum Oberbefehlshaber ausersehen und die Könige und Druiden haben mich gewählt, nicht zuletzt, weil ich die Römer kenne wie kein Zweiter unter ihnen. Doch sie sind augenblicklich bereit, an meinem Rat zu zweifeln, sobald ihnen jemand verspricht, sie erfolgreich in die Schlacht zu führen. Es ist zum Verzweifeln.«

Erneut war er vor ihr stehen geblieben. Nun seufzte er. Der Laut schien aus dem tiefsten Inneren seiner Seele aufzusteigen. »Werdet Ihr ein Geheimnis für Euch behalten, kleine Schwester?«

»Jedes, das Ihr mir anvertraut, Herr.«

Er richtete seine hellen grauen Augen auf sie, und in seinem Blick lag eine entwaffnende Ehrlichkeit. »Ich wünschte, Teutates hätte einen anderen auserkoren.«

Kapitel 26

Das Leben im Kriegslager bedeutete für Sirona eine große Umstellung gegenüber den Bedingungen im Gasthof. Zwar hatten sie und Aresa schon bald in ein Zelt umziehen können, das sie sich mit drei Weisen Frauen teilten. So mussten sie wenigstens nicht im Morast und an den Feuern inmitten Tausender Krieger schlafen, und für dieses kleine bisschen Luxus waren sie dankbar. Doch Sironas fortgeschrittene Schwangerschaft hatte sie empfindlicher werden lassen, und so litt sie unter der klammen Kälte der Nächte und dem harten Boden, der durch das alte, platt gelegene Stroh des Lagers drückte. Zudem schwollen ihre Arme und Beine immer häufiger an, und sie fühlte sich unförmig und plump wie eine trächtige Stute.

Eine andere Erschwernis begann sich ihr nun ebenfalls unausweichlich zu stellen: Die Tunika, obwohl von Caratunna vorausschauend weit gefertigt, würde schon bald nicht länger darüber hinwegtäuschen, dass sich Sironas Bauch sichtlich gerundet hatte. Es war nur noch eine Frage der Zeit, bis einem ihrer Gefährten die Veränderung auffiele. Und dann würde sie sich erklären müssen.

Eines Morgens, als sich Sirona wie gewöhnlich der Pflege der verwundeten Krieger widmete, wurde die Decke beiseite gerissen, die den Zelteingang verhüllte, und ein Mann stürmte herein. Sie wollte ihn gerade scharf zurechtweisen, als sie erkannte, dass es sich um Segocondus handelte.

Sie erstarrte.

Seit dem Fall Avarikos waren sie einander nicht begegnet. Und obwohl Sirona ihm gegenüber keinen Groll mehr hegte, empfand sie dennoch Erleichterung darüber, dass der Gang der Ereignisse sie getrennt hatte. Denn die begehrlichen Blicke, mit denen er sie verfolgt, und die Berührungen, die er bei jeder Gelegenheit wie beiläufig herbeigeführt hatte, waren ihr aus tiefstem Herzen zuwider. Sie hatte gespürt, dass er lediglich darauf lauerte, sie alleine und schutzlos anzutreffen, um sich ihr erneut aufzudrängen.

Und nun hatte er sie gefunden.

Erschrocken stellte sie fest, dass er sein Äußeres verändert hatte. In der Vergangenheit hatte er stets Wert darauf gelegt, sein Gesicht glatt zu schaben. Doch nun bedeckten rotblonde Stoppeln Wangen und Kinn und ließen ihn älter und kriegerischer erscheinen. Außerdem hatte er den Brauch der Suessionen übernommen, die ihren Hinterkopf vor einer Schlacht kahl schabten und in die Haare, die an den Seiten offen herabhingen, Fingerknochen ihrer getöteten Feinde einflochten.

Ihr Herz sank. Sie fühlte sich wie ein Hase in der Kuhle, und unwillkürlich duckte sie sich noch ein wenig tiefer. Unglücklicherweise hatte Aresa das Zelt kurz zuvor verlassen, um frisches Wasser zu holen, sodass sie nun mit Segocondus allein war. Allein mit ihm und zwei Dutzend Männern, deren Verletzungen zu schwerwiegend waren, als dass sie ihr hätten beistehen können, und die unter der Wirkung schmerzlindernder Heilpflanzen vor sich hindämmerten.

Segocondus brauchte einen Moment, um seine Augen an das Halbdunkel zu gewöhnen. Währenddessen witterte er prüfend wie ein Raubtier, und als ihm der Gestank nach Schweiß, Urin und Exkrementen entgegenschlug, rümpfte er angewidert die Nase. Plötzlich schossen seine Blicke wie Pfeile durch das Zelt, und nur einen Lidschlag später hatte er Sirona entdeckt.

Freude zuckte über seine Züge und noch etwas anderes - Triumph. Der Triumph des Jägers, der erkennt, dass ihm seine Beute nicht entrinnen kann. Schon stürmte er mit langen Schritten auf sie zu.

Zögernd erhob sie sich und schaute ihm entgegen. Entsetzen und Widerwille spiegelten sich deutlich in ihrer Miene, aber er war für ihre Gefühle so blind wie eh und je.

»Antea!«, rief er und packte ihre Oberarme. Seine Finger bohrten sich schmerzhaft in ihr Fleisch, sein Blick flackerte über ihr Gesicht, und in seinen dunkelgrauen Augen lag ein Ausdruck, den Sirona nicht zu deuten vermochte. Er sah sie an und schien doch durch sie hindurchzuschauen. »Den Göttern sei Dank, dass ich dich endlich wiedergefunden habe!«

»Segocondus.« Es war eine bloße Feststellung, ohne jede Wärme, aber der Angesprochene bemerkte es nicht. Es lag ihr auf der Zunge, ihn darauf hinzuweisen, dass sie nicht Antea sei. Doch sie wusste, es wäre sinnlos. Eine innere Stimme warnte sie zudem, ihn nicht unnötig zu reizen, nicht jetzt und nicht hier, wo niemand ihr zu Hilfe hätte eilen können.

»Ich habe Catmelus getroffen, und er sagte mir, wo ich dich finden kann«, sprudelte er weiter. »Da bin ich natürlich sofort gekommen, um dich zu sehen.«

Ihre Gedanken rasten. Sie beschloss, auf Zeit zu spielen. Es musste ihr gelingen, ihn so lange hinzuhalten, bis Aresa zurückkäme oder, noch besser, einer der jungen Druiden das Zelt beträte, die gemeinsam mit den Weisen Frauen die Verwundeten versorgten. Vorsichtig tasteten ihre Finger nach dem Heft des Dolches an ihrem Gürtel. Doch Segocondus' Hände pressten ihre Oberarme so fest an ihren Körper, dass sie es nicht erreichen konnte, sosehr sie sich auch bemühte.

»Ich freue mich ebenfalls, dass du wohlauf bist«, erwiderte sie steif.

Mit einem Mal und so schnell, dass sie nicht zu reagieren vermochte, schlang er seinen rechten Arm um sie, zog sie mit all der Leidenschaft, die er seit Monaten qualvoll unterdrückte, an sich und küsste sie hart und fordernd auf den Mund.

Im ersten Augenblick war Sirona zu erschrocken, um sich zu wehren. Dann wanderte seine linke Hand an ihrer Seite hinab, legte sich kurz um ihre Brust, um schließlich unter den Saum ihrer Tunika zu schlüpfen und an der Kordel herumzunesteln, die den Bund ihrer Hose verschloss. Nun wallte Panik in ihr auf. Sie riss sich aus ihrer Starre, wand sich in seinem Griff, um das Gesicht abzuwenden und ihre Unterarme zwischen sich und seinen Oberkörper zu drängen. Doch seine Umarmung war wie aus Stahl.

Plötzlich ließ er von ihr ab, als hätten ihre Lippen die seinen verbrannt. Mit einem Ausdruck schieren Unglaubens wanderten seine Augen hinab zu ihrem Bauch und wurden mit einem Mal so stumpf und leer wie die eines Toten. Als er sie so leidenschaftlich an sich zog, hatte sich Sironas gewölbter Unterleib gegen seinen eigenen gedrückt. Und mit einer gewissen zeitlichen Verzögerung war ihm anscheinend soeben klar geworden, was das zu bedeuten hatte.

Dann riss er den Kopf hoch, sein Blick tastete über ihr Gesicht, und in seinen Zügen rangen Erschrecken und Fassungslosigkeit um die Oberhand. »Du bist ... du bist ...«

»Schwanger, ja«, bestätigte sie knapp.

»Aber wie ...? Aber wer ...?« Sein Verstand weigerte sich schlichtweg, ihr Glauben zu schenken. Doch ihr gerundeter Bauch ließ keinen anderen Schluss zu, und so fehlten ihm vor Erschütterung die Worte.

»Du weißt sehr wohl, wer der Vater meines ungeborenen Kindes ist«, erklärte Sirona ungerührt und wappnete sich innerlich gegen den Zornesausbruch, der dieser Eröffnung zweifelsohne folgen würde. Langsam, um seine Aufmerksamkeit nicht auf sich zu lenken, wanderte ihre Rechte zu ihrem Dolch, legte sich um sein Heft und zog ihn aus seiner Scheide. Das kühle, glatte Holz in ihrer Hand fühlte sich gut an, fest und beruhigend.

Doch noch schlummerte der Zorn. Noch war Segocondus gefangen in seinem Entsetzen und seiner Ungläubigkeit. Mit hängenden Schultern und unfähig, einen klaren Gedanken zu fassen, stand er vor ihr. Sein Mund öffnete und schloss sich in dem vergeblichen Versuch, etwas zu erwidern, und in diesem Moment wurde Sirona das ganze Ausmaß der krankhaften Liebe bewusst, in die er sich in den vergangenen Monaten hineingesteigert hatte. Plötzlich erkannte sie, wie bodenlos seine Enttäuschung sein musste. Und wie grenzenlos der Hass, der auf sie folgen würde.

»Aber ... Aber das kann doch nicht wahr sein«, brachte er schließlich mühsam hervor.

»Doch, es ist wahr«, entgegnete sie schonungslos. »Marcus ist der Vater meines Kindes.« Oder wie immer dieser Mann in Wahrheit auch heißen mag, setzte sie in Gedanken grimmig hinzu.

Von einem Herzschlag auf den anderen schlug Segocondus' Stimmung um, von Fassungslosigkeit und Enttäuschung zu flammendem Zorn. Wieder packte er Sironas Oberarme, und als sich seine Augen in ihre bohrten, loderte in seinen blanker Hass. »Dazu hatte er kein Recht«, stieß er hervor. »Du bist für mich bestimmt. Ich habe es vom ersten Moment an gewusst. Und dann kam dieser verfluchte Römer und hat alles zerstört.«

»Nein, du irrst dich, Segocondus.« Mit aller Kraft, die ihr die Panik verlieh, versuchte sie, sich seinem stählernen Griff zu entwinden. Aber es gelang ihr nicht. Seine Hände hielten ihre Arme unerbittlich umklammert, der Dolch entglitt ihrer Rechten und landete im niedergetretenen Gras.

Wenn doch nur endlich jemand das Zelt beträte, damit sie nicht länger allein sein müsste mit diesem Mann, der ganz offenkundig dem Wahnsinn anheimgefallen war!

Immer wieder flogen ihre Blicke zum Eingang, aber die Decke, die ihn verhüllte, hing schlaff herab. Um Hilfe zu rufen, wagte sie nicht, um Segocondus nicht unnötig zu reizen, und da das Zelt am äußersten Rand der Wagenburg lag, hätte sie ohnehin niemand gehört.

»Bitte ... nimm doch ... Vernunft an«, keuchte sie, während sie verzweifelt mit ihm rang. »Ich bin nicht Antea, ... und wir sind nicht füreinander bestimmt. Ich bin Sirona, mein Herz gehört Marcus, ... und ich freue mich auf die Geburt unseres gemeinsamen Kindes. Und jetzt lass mich endlich los, du tust mir weh.«

Doch es war sinnlos, er hörte ihr gar nicht zu. Er hatte sich auf einen Punkt tief in seinem Inneren zurückgezogen, an dem sie ihn nicht erreichen konnte, und war überwältigt von seiner bodenlosen Enttäuschung und seinem neu entflammten Hass auf Marcus.

Plötzlich gab er ihren linken Oberarm frei, packte das Heft seines Schwerts und riss es aus der Scheide. Die Klinge blitzte neben ihrem Kopf auf, und einen wahnwitzigen Moment lang dachte Sirona, er wollte ihr die Kehle durchschneiden.

»Bei Taranis, bei Teutates und bei Ogmios lege ich hiermit einen heiligen Eid ab«, erklärte er dann, und sein Gesicht kam dem ihren so nah, dass sie seinen heißen Atem auf ihrer Haut spürte. »Ich schwöre, den Römer Marcus mit diesem meinem Schwert zu töten. So wahr mir die Götter helfen mögen.«

Kapitel 27

»Die Unsterblichen haben meine Gebete erhört!« Vercingetorix war sichtlich aufgeräumter Stimmung und schwenkte ein Stück Pergament in seiner Rechten. »Mein Plan ist aufgegangen.«

Trotz der bedrohlichen Begegnung mit Segocondus vom Vortag, die noch in ihr nachklang, musste Sirona über seine Begeisterung lächeln. »Seid gegrüßt, Herr. Was ist geschehen?«

Es fehlte nicht viel und er hätte vor lauter Tatendrang Funken geschlagen, als er ihre Hand ergriff und sie mit sich zu der Tafel in der Mitte des Zeltes zog, auf der die Landkarte ausgebreitet lag. Neugierig ließ Sirona ihren Blick darüberwandern. Sie sah geschwungene blaue Linien, die Flüsse darstellten, kleine Häuser, die vermutlich Städte repräsentierten, und unten offene Dreiecke, die sie für Berge oder Gebirge hielt. Alle Symbole waren in einer sauberen Handschrift mit griechischen Buchstaben versehen. Die geschnitzten Holzfiguren, die von Nahem entfernte Ähnlichkeit mit römischen Legionären aufwiesen, hatten sich um eines der Haussymbole versammelt. Lediglich zwei standen ein wenig abseits.

»Die Stämme des Nordens«, Vercingetorix tippte mit dem Zeigefinger auf verschiedene Punkte am oberen Rand der Karte, »haben meinem Aufruf Folge geleistet und sich gegen Rom erhoben. Dadurch ist Caesar nun gezwungen, seine Streitmacht aufzuteilen. Sein Legat Titus Labienus zieht mit den beiden in Agedincum stationierten Legionen«, er wies auf die abseitsstehenden Holzfiguren, »und zwei weiteren in den Norden, während der Proconsul mit den restlichen sechs ebenfalls aufbricht. Nach Auskunft meiner Kundschafter ist sein Ziel Gergovia.«

Sironas Blick irrte ratlos über die Karte. »Vergebt meine Unwissenheit, Herr. Aber wo liegt Gergovia?«

»Gergovia, meine liebe Sirona, ist die Hauptstadt der Arverner, *meine* Hauptstadt.« Er deutete auf eines der Haussymbole ungefähr in der Mitte der Landkarte, wo mehrere Dreiecke auf ein Gebirge hinwiesen. »Sie befindet sich knapp hundertzwanzig Meilen südlich von hier.«

Sie zog die Augenbrauen zusammen. »Ich fürchte, Herr, ich verstehe nicht ganz. Warum freut es Euch, wenn sich die Römer anschicken, Eure Hauptstadt anzugreifen?«

»Eine kluge Frage, kleine Schwester«, lobte Vercingetorix lächelnd. »Und ich will sie Euch gern beantworten. Es freut mich deshalb, weil Gergovia alle Bedingungen erfüllt, die ich brauche, um Caesar zwischen der Stadt und meiner Streitmacht in die Zange zu nehmen. Das Dunom liegt auf einem Hochplateau und ist überdies sehr gut befestigt. Es ist also schwer zu erstürmen, viel schwerer als Avariko. Daher befinden wir uns gleich zweifach im Vorteil: zum einen die hervorragende Lage der Stadt und zum anderen die verringerte Truppenstärke der Feinde.«

Er untermalte seine Erklärungen mit lebhaften Gesten, und Sirona fühlte die Energie, die er verströmte, beinah körperlich. Ihre Behandlungen taten ihm gut, die jüngste Entwicklung der Ereignisse beflügelte ihn zusätzlich. Und so schien die Verzweiflung, die er ihr nur wenige Tage zuvor gestanden hatte, abzuklingen, und er haderte nicht länger damit, dass die Götter ausgerechnet ihn für das schwere Amt des Oberbefehlshabers auserkoren hatten.

Er beugte sich wieder über die Tafel, nahm die beiden abseitsstehenden Holzfiguren sowie zwei weitere und schob sie zum oberen Rand der Karte. Die restlichen sechs rückte er neben das Haussymbol, das seine Hauptstadt darstellte. Dann zog er seinen Dolch, schnitt eine Scheibe des kalten Bratens ab, der in einer flachen Schale zu seiner Rechten stand, steckte sie in den Mund und kaute nachdenklich, während sein Blick auf der Karte hin- und herzuckte.

Schließlich nickte er zufrieden und wandte sich erneut Sirona zu. »Außerdem bin ich froh, dass die Zeit der Untätigkeit endlich vorüber ist. Das lange Stillsitzen und Warten bekommt meinen Männern nicht. - Und mir, offen gestanden, auch nicht«, setzte er mit einem jungenhaften Grinsen hinzu. »Durch die Schanzarbeiten, die ich ihnen zur Befestigung der Lager auferlegt hatte, waren sie eine Weile gut beschäftigt. Aber die Umfriedungen sind bald fertiggestellt, und dann hätte ich mir etwas Neues einfallen lassen müssen. Insofern kommt mir der Aufbruch der Legionen gerade recht.«

»Und wie sehen Eure Pläne nun aus, Herr?«, wollte Sirona wissen.

»Die Römer befinden sich von uns aus gesehen jenseits des Flusses Elaver.« Vercingetorix deutete mit der Spitze des Dolches auf eine der geschwungenen blauen Linien. »Das passt mir außerordentlich gut. Da ich nach wie vor einer offenen Feldschlacht aus dem Wege gehen möchte, werden wir uns diesseits des Flusses halten und die Brücken«, er markierte drei Punkte entlang der Linie, »abbrechen, sodass der Feind nicht übersetzen und uns herausfordern kann. Aufgrund des vielen Regens ist der Elaver zu stark angeschwollen, als dass Caesar das Leben seiner Legionäre bei einer Überquerung aufs Spiel setzen würde. Folglich bewegen wir uns parallel zu den Römern Richtung Gergovia.« Plötzlich rammte er die Spitze des Dolches durch das Pergament in das Holz der Tafel. »Und dort wird die Falle zuschnappen.«

Vercingetorix hatte Trupps vorausgeschickt, um die Brücken über den Elaver abzubrechen, denn bis seine Hauptstreitmacht marschbereit wäre, würden zwei Tage vergehen. Die Männer spannten Ochsen und Maultiere vor die Karren, die die Wagenburg gebildet hatten, und verteilten die Verwundeten darauf. Proviant, Ausrüstung und Waffen wurden ebenfalls verladen. Eine Erschwernis stellte der Mangel an Reittieren dar, da die Pferde und Maultiere der Einwohner Avarikos und der Flüchtlinge aus dem Umland nach der Eroberung des Dunom den Römern in die Hände gefallen waren. Auch Sironas Stute und die Hengste ihrer Begleiter befanden sich darunter.

Schließlich war Vercingetorix' gewaltige Streitmacht bereit zum Aufbruch. Der Weg des sich scheinbar endlos dahinziehenden Stroms von Menschen, Tieren und Wagen führte rings um das ausgedehnte Sumpfgebiet nach Süden. Mit Trauer im Herzen warf Sirona einen letzten Blick auf die Ruinen der einst so schönen und stolzen Stadt, die in der Ferne im Morgendunst aufragten. Die mächtige Befestigungsmauer war an vielen Stellen auseinandergerissen, die hölzernen Türme und das zweiflügelige Tor in Brand gesetzt worden. Und obwohl mehrere Wochen seit dem Untergang Avarikos vergangen waren, hing noch immer der Geruch kalten Rauchs in der Luft.

Doch es gab auch Hoffnung. Einige der Bituriger, denen es gelungen war, aus dem eroberten Dunom zu entkommen, hatten beschlossen, nicht mit Vercingetorix und seiner Armee zu ziehen, sondern in die Stadt zurückzukehren und sie wiederaufzubauen. Unter ihnen befanden sich auch der Wirt Licnos und seine Familie. Vielleicht also würde eines Tages, wenn dieser unselige Krieg vorüber wäre, aus den Ruinen wieder eine blühende Siedlung erstehen, in der Menschen in Frieden und Freiheit leben könnten.

Die Legionen hatten eine Spur der Verwüstung hinterlassen und die Landschaften, durch die sie zogen, nachhaltig geprägt. Tausende von Baumstümpfen zeugten von einst ausgedehnten Wäldern, die den römischen Äxten zum Opfer gefallen waren. Von den Gehöften, die zu beiden Seiten des Weges in Felder und Weiden gestreut lagen, hatten nur verbrannte Ruinen überdauert. Ihre verkohlten Eichenpfosten reckten sich wie anklagende Finger aus der Asche empor, ihre Bewohner waren tot oder geflohen.

Sirona litt mit der vergewaltigten Natur und den Menschen. Die trostlosen Bilder erinnerten sie an ihre eigene Heimat, in der die Römer in derselben grausamen Weise geraubt und geplündert, gemordet und gebrandschatzt hatten.

Doch sie war auch froh, der Enge des Kriegslagers zu entrinnen, sich endlich wieder frei bewegen und ausgreifen zu können. Stundenlang lief sie neben den Ochsenkarren her, auf denen die Verwundeten transportiert wurden. Sie genoss das sprießende Gras unter den Füßen, die Wärme der Sonnenstrahlen auf ihrer Haut und den Gesang der Vögel, die den Abschied von der trüben, kalten Jahreszeit zu feiern schienen und in den Bäumen und Büschen am Wegesrand jubilierten.

Die ausgedehnten Fußmärsche ließen auch die Schwellungen in Sironas Armen und Beinen zurückgehen, sodass sie sich nicht mehr so plump und unförmig fühlte. Und eines Abends, als sie, eingewickelt in ihre Decke, zwischen Aresa und Catmelus lag und die funkelnden Sterne am Gewölbe des klaren Nachthimmels bewunderte, spürte sie es zum ersten Mal: ein Flattern in ihrem Bauch, zart wie der Flügelschlag eines Schmetterlings. Und sie wusste, dass ihr Sohn lebte und sich soeben bewegt hatte.

Eine Träne rann ihre Schläfe hinab und versickerte in ihren Haaren. Wie schön wäre es, diesen Augenblick unendlichen Glücks mit Marcus teilen zu können! Doch würde sie ihn jemals wiedersehen? Befand er sich in diesem Moment vielleicht nur wenige Meilen entfernt von ihr, auf der anderen Seite des Elaver, und betrachtete wie sie den Sternenhimmel? Oder war er mit Titus Labienus und seinen vier Legionen nach Norden gezogen, weit fort von ihr?

Lebte er überhaupt noch?

Da ihr gewölbter Bauch inzwischen unübersehbar war, hatte sie ihren Gefährten gegenüber zugeben müssen, dass sie guter Hoffnung war. Catmelus, Valetiacus und Bellogenus wussten um ihre Beziehung zu Marcus und nahmen ihren Zustand als schlichte Tatsache hin. Frauen bekamen eben Kinder.

Und eines Morgens, als sich Sirona und Aresa nebeneinander am Ufer des Elaver wuschen, fasste ihre Freundin sich ein Herz.

»Hat es eigentlich einen Grund, dass du nie über deine Schwangerschaft sprichst?«, stellte sie die Frage, die ihr anscheinend schon länger auf der Zunge brannte.

Und ob, dachte Sirona. Wie würde Aresa es aufnehmen, dass sie ein Kind von einem Angehörigen desjenigen Volkes erwartete, das so viel Leid über Avariko und das Land der Bituriger gebracht hatte?

Zunächst erwog sie, zu einer Lüge zu greifen. Dann jedoch kam sie zu dem Schluss, dass ihre Freundin ein Recht auf die Wahrheit habe. Und so erzählte sie ihr von ihrer Beziehung zu Marcus, der ein Römer war, aber dennoch kein Feind.

Aresa streifte das kalte Wasser von ihren bloßen Armen, schaute sie nachdenklich an und nickte schließlich, ehe sie Sironas Offenheit mit einem einzigen Satz belohnte, mit dem alles gesagt war: »Wenn du ihn liebst, hast du das Richtige getan.«

Segocondus hatte seit ihrem Streit zwar kein Wort mehr mit Sirona gewechselt, doch dass er wahrhaftig zur Besinnung gekommen sein sollte, wagte sie nicht einmal zu hoffen. Sie vermutete vielmehr, dass er lediglich unter den Nachwirkungen des Schocks litt, den ihm die Erkenntnis ihrer Schwangerschaft versetzt hatte.

Eine Frage indes bereitete ihr zunehmend Sorge. Wie würde Segocondus auf den Säugling reagieren? Würde er eine Gefahr für ihren Sohn darstellen? Würde er in ihm ein Abbild seines Vaters sehen und seinen lodernden Hass auf ihn richten?

Kapitel 28

Vercingetorix trieb sein Heer zur Eile an, denn er wollte vor Caesar in Gergovia eintreffen, um die Lager zu errichten und Sicherheitsmaßnahmen zu treffen. Die Aussichten, dass ihm das gelingen würde, standen gut, da der Weg, den die Römer auf dem jenseitigen Ufer des Elaver zurücklegen mussten, deutlich länger war als der, den die keltische Streitmacht nahm.

Am fünften Tag erhob sich am Horizont ein schroffes Felsmassiv. Vercingetorix lenkte seinen Schimmel Sallaco zu Sirona hinüber, saß ab und führte ihn am Zügel neben ihr her.

Sie schaute ihm lächelnd entgegen. Auch ihm tat die tägliche Bewegung an der frischen Luft sichtlich gut, und seine Haut hatte eine gesunde Bräune angenommen. Schon vor Tagesanbruch besuchte sie ihn in seinem Zelt, um ihm die Hände aufzulegen, und wahrhaftig hatte er seit dem Beginn ihrer Behandlungen keinen Anfall der Fallsucht mehr erlitten, sondern sprühte geradezu vor Tatendrang.

Er deutete voraus. »Dies ist das Gebirge, in dem Gergovia liegt. Die Stadt erhebt sich auf einem Hochplateau, das im Norden, Osten und Westen von steil abfallenden Felsen geschützt ist. Nur von Süden her kann man sich ihr nähern, und dort ist sie durch eine Befestigungsmauer gesichert. Sie ist nahezu uneinnehmbar.« In seiner Stimme schwangen Stolz und Liebe für seine Hauptstadt. »Ich bin in Gergovia geboren und aufgewachsen und mit dieser Landschaft so vertraut wie mit meinem Schwert. Das Gebirgsmassiv birgt viele Orte, die unter dem Schutz der Götter stehen. Heilige Quellen sprudeln aus den Flanken des Berges, und zu seinen Füßen erstreckt sich der See der Göttin Sarlieva, in dem wir den Unsterblichen unsere Opfer darbringen. Schon allein deswegen gilt es um jeden Preis zu verhindern, dass Gergovia dem Feind in die Hände fällt.«

»Wo werden wir lagern?«, erkundigte sich Sirona.

Dem jungen, ungestümen Sallaco missfiel es, im Schritt hinter seinem Reiter herlaufen zu müssen, und er stupste ihn energisch in den Rücken.

Vercingetorix drehte sich zu ihm um und strich ihm sanft über die weichen Nüstern. »Nur Geduld, mein Lieber. Du wirst noch früh genug Gelegenheit erhalten, zu beweisen, was in dir steckt.« Dann wandte er sich wieder Sirona zu. »Wir schlagen unsere Lager in der Südflanke, ein Stück unterhalb des Haupttores, auf. Ich habe Boten ausgesandt, um die Bewohner der umliegenden Gehöfte und Siedlungen vor dem Nahen der Legionen zu warnen und sie aufzufordern, in Gergovia Schutz zu suchen. Und ich werde eine größere Einheit auf dem Hochplateau stationieren, um die Garnison des Dunom zu verstärken. Doch für die Durchführung meines Plans ist es erforderlich, dass ich selbst und der größte Teil meines Heeres außerhalb der Mauern lagern. Wir werden die Römer zum Angriff reizen, um sie anschließend zwischen der Stadt und unserer Streitmacht zu zermalmen.«

Am Mittag des nächsten Tages erreichten sie das Bergmassiv. Sie hatten es von Norden her umrundet, sodass Sirona einen ersten Eindruck von seinen imposanten Felsformationen bekam. Gleich einem Adlerhorst im kahlen Wipfel eines Baumes thronte Gergovia auf dem schroffen Hochplateau, umkränzt von kleineren Gipfeln, dichten Wäldern und Schluchten, und beherrschte das Umland, das sich ihm zu Füßen zu werfen schien.

Kundschafter meldeten Vercingetorix, dass die Römer noch nicht eingetroffen seien, sodass sein Plan aufgegangen war und seine Streitmacht das Gebirge in Besitz nehmen konnte. Für die Heerlager wählte der Oberbefehlshaber drei in der Südwand des Hochplateaus gelegene Talsenken und ließ die Flanke zusätzlich durch eine sechs Fuß hohe Mauer aus Felsblöcken befestigen. Diese sicherte auch den einzigen Fahrweg, der sich in mehreren Windungen bis zum Gipfel schlängelte und so schmal war, dass er gerade zwei Fuhrwerken nebeneinander Raum bot.

Die Zelte der Verwundeten und die der Weisen Frauen wurden im obersten und größten der drei Täler errichtet. Dort lagerten die Stammesgruppen der Arverner, Bituriger, Ambivareter und Suessionen, und hier hatte auch Vercingetorix sein Quartier aufgeschlagen.

Als ihm seine Kundschafter das Nahen des feindlichen Heeres meldeten, beschloss der Oberbefehlshaber, ihm einen angemessenen Empfang zu bereiten. Er gab seinen Männern den Befehl, jede freie Stelle in der Südwand des Bergmassivs zu besetzen, sodass die Felsen dicht an dicht mit Kriegern bedeckt waren. Das Funkeln der Frühlingssonne, die sich auf unzähligen Kettenhemden, Helmen und Schildbuckeln brach, unterstrich die bedrohliche Wirkung, die von dieser Zurschaustellung keltischer Macht ausging.

Die Botschaft, die der junge König der Arverner den Römern damit zu übermitteln beabsichtigte, war eine zweifache: Er wollte ihnen die gigantische Größe seiner Streitmacht vor Augen führen und gleichzeitig klarstellen, dass sich das Gebirgsmassiv in seiner Hand befand und er es bis zum letzten Mann verteidigen würde.

Stolz und Zuversicht durchfluteten Sirona beim Anblick der Abertausende von Kriegern, die dort in voller Rüstung und schweigend auf jedem freien Vorsprung in der Flanke des Berges standen. Dies war ihr Volk. Trotz der bitteren Niederlage in Avariko hatte es nicht aufgegeben und war ungebrochenen Mutes bereit, dem Gegner die Stirn zu bieten und für ein Leben in Freiheit und Würde zu kämpfen. Und sie war dankbar, ein Teil davon zu sein. Hier war ihr Platz, hier war die Aufgabe, die die Götter ihr zugewiesen hatten, und hier würde sie entweder mit ihren Brüdern und Schwestern siegen oder gemeinsam mit ihnen untergehen.

Schließlich trafen die Römer am Fuß des Gebirgsmassivs ein. Von ihrem erhöhten Aussichtspunkt in der obersten der drei Talmulden beobachtete Sirona, wie sich die Ebene nach und nach mit Legionären füllte. Unverzüglich ließ Caesar ein großes Lager in einer halben Meile Abstand vom südlichen Rand des Bergmassivs und ein kleineres ein Stück weiter westlich auf einem Hügel anlegen, in dem er zwei Legionen stationierte.

Dabei wiederholte sich dasselbe Schauspiel, dessen Zeugin Sirona bereits in Avariko geworden war: Wie ein Heer gefräßiger Schädlinge fielen römische Trupps über die Wälder her und schlugen Tausende von Stämmen, um daraus Palisaden und Gebäude zu errichten. Und wenn Sirona abends an den Saum der Talmulde trat und in die Ebene hinabschaute, hatten sich die Bäume um eine weitere Viertelmeile zurückgezogen und hinterließen einen breiten Streifen kahler, mit hellen Stümpfen übersäter Erde.

Während eines dieser Vorstöße drangen die Feinde auch in den in der westlichen Gebirgsflanke gelegenen Heiligen Hain ein, erschlugen die Druiden, die die geweihte Opferstätte bewachten, und schickten sich an, die jahrhundertealten Eichen zu fällen. Dies stellte eine ungeheuerliche Provokation dar, und Vercingetorix ließ sie nicht unbeantwortet. Er entsandte Reiter, die die römischen Eindringlinge angriffen und bis auf den letzten Mann auslöschten. Anschließend stationierte er eine Einheit im Westen des Felsmassivs zum Schutz des Heiligen Hains.

Das kurze, siegreiche Gefecht hatte nicht nur dazu gedient, die Opferstätte vor Übergriffen zu bewahren, sondern wurde zugleich als günstiges Omen für den weiteren Verlauf des Krieges gewertet. Denn die Götter, deren Heiligtum vor dem feindlichen Ansturm errettet worden war, würden im Gegenzug Ihren Verteidigern Schutz gewähren.

Aus Sorge darüber, dass es den Kelten gelänge, seine beiden Lager voneinander zu isolieren und eines nach dem anderen einzunehmen, ließ Caesar sie mittels zweier paralleler, fast eineinhalb Meilen langer Gräben miteinander verbinden, durch welche sich die Legionäre zwischen ihnen hin- und herbewegen konnten. Zudem dienten sie dazu, den leicht zugänglichen Süden des Bergmassivs zur Ebene hin abzuriegeln, etwa in dem Fall, dass sich weitere Stämme dem keltischen Bündnis anschließen und Truppen entsenden würden.

Doch Vercingetorix wusste, dass das Gebirgsmassiv, so unzugänglich es insgesamt auch wirkte, eine Schwachstelle aufwies.

»Nachdem wir unsere Südflanke durch eine Mauer gesichert haben«, erklärte er eines Morgens den Königen, Druiden und Anführern der einzelnen Gaue, die er in der obersten der drei Talmulden zu einer Versammlung gebeten hatte, »weist das Bergmassiv nur noch eine einzige ungeschützte Stelle auf, nämlich im Westen, oberhalb des Heiligen Hains. Es handelt sich um einen schmalen, schwer zugänglichen Grat, unterbrochen von Schluchten und Bachläufen, und es ist wenig wahrscheinlich, dass Caesar dort angreifen wird. Doch die Niederlage von Avariko hat uns gelehrt, dass die Römer keine Mühen scheuen, um an ihr Ziel zu gelangen. Daher müssen wir diesen Grat so schnell wie möglich befestigen, um ihn unter unserer Kontrolle zu halten.«

Es war einer der ersten warmen Tage des Frühlings, und er trug bereits eine Ahnung des nahen Sommers in sich. Der Himmel über dem schroffen Gebirgsmassiv erstrahlte in beinah makellosem, nur von wenigen weißen Wolken durchbrochenen Blau. Mauersegler schossen pfeilschnell durch die Schluchten und Täler der Südwand, und der zarte Duft des Ginsters, der in den Felsspalten blühte, erfüllte die Luft.

Sirona hatte den Vormittag wie üblich mit der Pflege der Verwundeten zugebracht. Um die Mittagszeit legte sie sich in dem Zelt, das sie sich mit Aresa und drei Weisen Frauen teilte, auf ihr Strohlager, um sich auszuruhen. Seit sie nicht mehr täglich ausgedehnte Fußmärsche unternahm, schwollen ihre Arme und Beine wieder an, und sie litt unter Rückenschmerzen und Anfällen heftigen Schwindels, Begleiterscheinungen der fortgeschrittenen Schwangerschaft. So war sie mittags froh, wenn sie sich hinlegen und ihrem Körper ein paar Augenblicke der Erholung gönnen konnte.

Als der Angriff der Legionen erfolgte, kam er trotz aller Vorsichtsmaßnahmen völlig unerwartet. Gellende Schreie rissen Sirona aus ihrem leichten Schlummer. Einen Moment lang war sie so verwirrt, dass sie nicht wusste, welche Tageszeit es war. Schwerfällig kämpfte sie sich auf ihrem Strohlager in eine sitzende Position und spähte durch die Öffnung des Zeltes. Die Rufe schienen aus dem untersten der drei Täler zu dringen und wurden von der felsigen Bergflanke mehrfach zurückgeworfen. Worte konnte Sirona nicht ausmachen, doch der angstvolle, ja panische Klang der Stimmen ließ sie das Schlimmste befürchten.

Dann mischte sich der Hall von Hufschlägen auf hartem Gestein in die Schreie. Einen Augenblick später peitschte ein einzelner Reiter sein Pferd um die letzte Biegung des steilen Fahrwegs, der von der mittleren Talsenke zur obersten hinaufführte. Das Fell des Braunen war von flockigem Schweiß bedeckt, Schaum troff aus seinem Maul, und Blut aus einer Platzwunde auf der Stirn des Mannes rann über sein Gesicht.

»Rettet Euch!«, keuchte er. »Die Römer haben das unterste Lager überfallen und stürmen die Südflanke.«

Offenbar hatten römische Kundschafter ihrem Feldherrn zugetragen, dass die drei keltischen Heerlager spärlicher besetzt waren als gewöhnlich, da sich ein Großteil der Krieger in der westlichen Bergflanke aufhielt, um den einzigen noch verbliebenen Zugang zum Dunom zu sichern. Daher hatte Caesar einmal mehr die Gunst der Stunde genutzt, um einen Sturmangriff auf die Stadt über den südlichen, am wenigsten geschützten Hang zu unternehmen.

Sirona war mit einem Schlag hellwach. Mühsam und von Schwindel geplagt kroch sie durch die Zeltöffnung, kämpfte sich auf die Füße und blickte panisch um sich. Wo konnte sie sich verstecken? An ihren beiden Schmalseiten ging die Talmulde in die steilen, bewaldeten Schluchten der östlichen und westlichen Bergflanke über. Das Zelt lag näher letzterer, aber es waren dennoch etwa zweihundert Schritt, die sie von den schützenden Bäumen trennten.

Auch aus den anderen Zelten stürzten nun Menschen, vor allem Frauen. Aresa tauchte auf und kam auf Sirona zugerannt, die immer noch unentschlossen und wie betäubt dastand.

»Komm mit!«, rief sie ihr schon von Weitem zu. »Wir laufen dort hinüber, zum Waldrand.« Nur wenige Herzschläge später hatte ihre Freundin Sirona erreicht, packte ihre Rechte und zog sie mit sich fort. »Los, worauf wartest du? Die Römer können jeden Augenblick hier sein!«

Mit ungeheurer Willensanstrengung gelang es Sirona, sich aus ihrer Starre zu lösen, und sie ließ sich von Aresa mitreißen. Hand in Hand rannten sie zwischen den Zelten hindurch und um die Feuerstellen herum. Sie stolperten über kleine Felsbrocken, stürzten und rappelten sich wieder auf, setzten über niedrige Büsche und Sträucher hinweg und erreichten schließlich völlig außer Atem den westlichen Waldrand, wo die Bäume dicht beieinanderstanden, durchsetzt von Felsen und Buschwerk.

Keuchend sanken die beiden Freundinnen hinter einem Felsblock zu Boden. Hier waren sie vor feindlichen Blicken geschützt, konnten das Tal jedoch gut im Auge behalten. Andere Frauen waren ihnen gefolgt, und einige der Verwundeten hatten sich ihnen ebenfalls angeschlossen, darunter Valetiacus, der sich schwer atmend neben Sirona kauerte.

Diejenigen, die sich näher am östlichen Rand der Talmulde befanden, flüchteten dorthin und suchten Zuflucht in der angrenzenden Schlucht. Lediglich die Krieger, die aufgrund ihrer Verletzungen nicht imstande waren, sich selbst in Sicherheit zu bringen, blieben in den Zelten zurück, und Sirona dachte voller Sorge und mit schlechtem Gewissen an sie. Diese wehrlosen Männer wären ein leichtes Opfer für jeden Römer, dem es gelänge, sich bis in das oberste Tal durchzuschlagen. Und sie machte sich keine Illusionen darüber, was die Legionäre mit ihren hilflosen Feinden anstellen würden.

Die Verteidiger, die zum Schutz der Lager zurückgeblieben waren, hatten unterdessen zu ihren Waffen gegriffen und sich dort gesammelt, wo der Fahrweg aus der mittleren Talsenke mündete. Auch Catmelus, dessen Verletzungen inzwischen gut ausgeheilt waren, befand sich unter ihnen, während Segocondus und Bellogenus bereits beim ersten Licht des Tages mit der Einheit aufgebrochen waren, die den felsigen Grat in der westlichen Flanke befestigte.

Bald darauf hatten die Angreifer die Einmündung des Weges erreicht. Sirona konnte die Stelle aus ihrem Versteck heraus nicht einsehen, weil eine Gruppe von Felsen ihr die Sicht versperrte. Doch der leichte Wind, der ständig um das Bergmassiv wehte, trug die Schreie der Kämpfenden und den unverwechselbaren, dumpfen Klang von Klingen, die auf Holzschilde treffen, bis in den Schlupfwinkel, in dem sie und die anderen Flüchtlinge kauerten.

Dann erschien der erste Römer in ihrem Sichtfeld. Valetiacus stieß einen unterdrückten Fluch aus, und auch Sirona verstand, was das Auftauchen des Feindes bedeutete: Es war den Verteidigern nicht gelungen, das Tal gegen die Angreifer zu behaupten.

Furcht brannte in ihren Gliedern wie flüssiges Feuer, und sie duckte sich noch ein wenig tiefer hinter den Felsblock. Doch ihr Blick haftete unverwandt auf dem Legionär, der dort, seinen Gladius in der Rechten, auf einen keltischen Krieger eindrang. Der Mann stand einen knappen Steinwurf von ihr entfernt, und als er sich zu ihr umwandte, um einem gegnerischen Hieb auszuweichen, fühlte sie, wie ihr Herz stolperte und einen Schlag aussetzte. Sein Gesicht war von einer silbernen Maske bedeckt, gleich der des Römers, der Roveci entführt hatte.

Ihr blieb jedoch keine Zeit, länger mit den Gedanken bei diesem Legionär zu verweilen, denn schnell folgten ihm ein zweiter und ein dritter, und dann ergossen sich immer mehr Angreifer in ihr Blickfeld.

Die Feinde hatten kurz innegehalten, vermutlich, um zu beraten, ob sie an der östlichen oder der westlichen Schmalseite der Talmulde ihr Glück versuchen sollten. Zwar befanden sie sich deutlich näher im Westen, doch Felsen und ein dichter Wald machten diese Flanke unwegsam, wohingegen der Fahrweg im Osten durch eine Schlucht weiter bergan führte.

Sirona hielt den Atem an, während die Römer ihre Möglichkeiten erörterten und mal in die eine, mal in die andere Richtung gestikulierten. Aus dem Augenwinkel warf sie Valetiacus einen Blick zu. Auf seiner Stirn perlte feiner Schweiß, als er die Beratungen der Angreifer mit finsterer Miene verfolgte. Sie wussten beide, dass es um sie geschehen wäre, wenn die Wahl auf die westliche Bergflanke fiele.

Sirona schien es, als stünde die Zeit still. Sie hörte das Rauschen des Windes in den Wipfeln der Kiefern, sah die Sonnenflecke, die auf den Felsen tanzten, und fühlte deren raue Oberfläche unter ihren Fingerspitzen.

Dann, endlich, nach einer Ewigkeit, die in Wahrheit nur wenige Herzschläge gedauert haben konnte, deutete der Träger der silbernen Maske mit einer knappen Geste gen Osten, und die Römer setzten sich dorthin in Bewegung. Augenblicklich strömten weitere hinterher, und Sirona schätzte, dass es mehrere Hundert waren, die auf diesem Weg den Gipfel zu stürmen versuchten.

Erneut packte sie heftiger Schwindel. Doch dieses Mal war es Erleichterung, die dafür sorgte, dass die Bäume und Felsen rings umher zu schwanken schienen. Sie stieß die Luft aus, die sie angehalten hatte, und folgte den sich rasch entfernenden Feinden mit den Blicken, wie um sich zu überzeugen, dass sie tatsächlich abzogen.

»Beim Teutates, das war knapp.« Valetiacus' Stimme klang heiser vor Anspannung.

Ja, dachte Sirona, das war es in der Tat. Sie hatten es einzig und allein diesem Legionär mit der silbernen Maske zu verdanken, dass sich der Strom der Angreifer nun nicht in ihre Richtung ergoss. Konnte es sich wahrhaftig um denselben Römer handeln, der mit seinem Reitertrupp ihr Leben zerstört hatte? Besaßen die Unsterblichen einen solchen Sinn für Ironie, dass Sie diesen Mann nun, gewissermaßen zum Ausgleich, ihr Leben und das ihrer Gefährten retten ließen?

In ihre Erleichterung und Verwirrung mischte sich jetzt Sorge um die Verwundeten, die sie in den Zelten hatten zurücklassen müssen. Sie sandte den Göttern ein stummes Gebet, diese wehrlosen Opfer vor der Rache ihrer Feinde zu beschützen.

Ihre Besorgnis sollte sich gleichwohl schon bald als unbegründet erweisen, denn die Römer bekundeten nicht das geringste Interesse an den Zelten und denen, die sich in ihnen befinden mochten. Ihr Ziel war Gergovia, die Stadt auf dem höchsten Punkt des Felsmassivs. Und ihr einziges Bestreben bestand darin, so schnell wie möglich dorthin zu gelangen.

Sirona hatte wie gebannt das Geschehen verfolgt, das sich vor ihren Augen in der Talmulde abspielte, und daher der Bergflanke in ihrem Rücken keinerlei Beachtung geschenkt. Plötzlich sog Valetiacus neben ihr scharf die Luft ein. Im selben Moment erklangen hinter ihnen auch schon laute Rufe in der harten Sprache der Feinde. Erfüllt von Panik wirbelte Sirona herum und sah, dass in etwa fünfundzwanzig Schritt Entfernung eine größere Einheit von Angreifern den Steilhang erklomm.

Gehetzt blickte sie um sich und erfasste schlagartig, was ihr zuvor entgangen war: Ihr Schlupfwinkel aus Felsblöcken und Unterholz schützte sie zwar vor Blicken aus Richtung des Tales; zur felsigen Flanke des Berges hin bot er jedoch kaum Deckung.

Doch während sie kopflos vor Angst nach einem besseren Versteck Ausschau hielt, packte Valetiacus plötzlich ihren Arm und umklammerte ihn mit eisernem Griff. Erschrocken fuhr sie zu ihm herum, aber er schüttelte nur nachdrücklich den Kopf.

»Bleibt ruhig«, raunte er Sirona und den anderen Flüchtlingen zu, die sich, ebenfalls von Panik ergriffen, eng aneinanderkauerten. »Die scheren sich überhaupt nicht um uns.«

Als Sirona all ihren Mut zusammennahm und erneut zu den Feinden hinübersah, erkannte sie zu ihrer Verblüffung, dass Valetiacus recht hatte. Allem Anschein nach lautete ihr Befehl, sich voll und ganz auf die Eroberung Gergovias zu konzentrieren und die Menschen, die sie in den Talsenken antrafen, zu verschonen.

Dennoch schrie alles in Sirona danach, diesen Ort so schnell wie möglich zu verlassen und zu fliehen, immer tiefer in die Wälder hinein, irgendwohin, wo kein Römer sie aufspüren würde. Stattdessen zwang sie sich, gemeinsam mit den anderen Flüchtlingen in ihrem Versteck auszuharren, und verfolgte die Legionäre wie gebannt mit den Augen.

Als hätte sie durch ihr Starren seine Aufmerksamkeit auf sich gezogen, schaute plötzlich einer der Feinde in Sironas Richtung. Für die Dauer eines Lidschlags kreuzten sich ihre Blicke. Sie fühlte, wie sich die feinen Härchen in ihrem Nacken aufrichteten und sich ihr Körper wie eine Bogensehne spannte. Dann wandte der Mann den Kopf wieder nach vorn, tauchte in die Schatten unter einem Felsvorsprung ein und entschwand ihrem Sichtfeld.

Sirona starrte noch lange auf die Stelle, an der er verschwunden war.

Erst als die Rufe der Legionäre in der Ferne verklungen waren, wagten die Flüchtlinge, sich vorsichtig aufzurichten. Sironas Glieder waren vor Anspannung so verkrampft, dass jede Bewegung schmerzte. Valetiacus löste seinen Griff von ihrem Arm und ließ tiefrote Druckstellen auf ihrer Haut zurück. Neben ihr schöpfte Aresa erleichtert Atem. Die beiden Frauen schauten einander an und tauschten ein zaghaftes Lächeln.

Bald darauf trug der Wind den Klang einer römischen Tuba und Kampfgebrüll aus Tausenden Kehlen die Bergflanke hinab. Die Legionäre hatten ihr Ziel erreicht und stießen auf erbitterten Widerstand. Hin- und hergerissen zwischen Furcht und dem drängenden Wunsch zu erfahren, was sich dort oben, vor den Mauern Gergovias, abspielte, harrten die Flüchtlinge noch eine Weile in ihrem Versteck aus.

Als keine Angreifer mehr folgten, wagten sie sich schließlich aus der Deckung der Felsen hervor und schlichen im Schutz einiger mächtiger Kiefern gerade so weit in die Talmulde hinein, dass sie die Stadt auf dem Berggipfel erkennen konnten. Ihre imposante Umfriedung reckte sich als Fortsetzung der schroffen Felswand steil in den klaren blauen Himmel empor.

Den Römern war es an mehreren Stellen gelungen, auf dem Hochplateau Fuß zu fassen und die Befestigung zu erklimmen. Von oben schossen die Verteidiger Pfeile, schleuderten Lanzen und Steine und gossen heißes Pech auf die Angreifer hinab. Vereinzelt gelang es Legionären, die Brustwehr der Umfriedung zu überwinden, und augenblicklich wurden sie auf der Mauerkrone in Kämpfe mit den Einwohnern Gergovias verwickelt. Wieder und wieder wehte der lang gezogene Klang einer Carnyx über die Talsenke hinweg, um die in der Westflanke des Berges arbeitenden Männer zur Verteidigung des Dunom herbeizurufen.

Eine ganze Weile wogte die Schlacht scheinbar unentschieden hin und her. Doch voller Entsetzen beobachtete Sirona, dass es immer mehr Feinden gelang, die Befestigung zu erstürmen und in die Stadt einzudringen. Plötzlich jedoch ergoss sich eine gewaltige Anzahl keltischer Krieger von Westen her zum Fuß der Stadtmauer und trat den Römern entgegen. Es mussten Tausende sein, die durch den Klang der Carnyx herbeigerufen worden waren und sich nun mit der ungezügelten Kraft einer Urgewalt in den Kampf warfen.

Dieser Übermacht hatten die Angreifer nichts entgegenzusetzen. Ein Legionär nach dem anderen fiel unter einem keltischen Schwert, einem Pfeil oder einer Lanze. Diejenigen, die erkannten, dass sie auf verlorenem Posten standen, suchten ihr Heil in der Flucht. Doch sie wurden erbarmungslos verfolgt und erschlagen. Vercingetorix' Krieger dürsteten nach Vergeltung für Avariko. Und ihr Befehl lautete, keine Gefangenen zu machen.

Die Gefechte mit den fliehenden Feinden erstreckten sich weit den südlichen Berghang hinunter. Einige Römer gelangten bis in das oberste der drei Täler. Aber ihre Verfolger waren ihnen dicht auf den Fersen und erschlugen sie, ehe sie den Fahrweg erreichten, der in die mittlere Talmulde hinabführte. Nur einer kleinen Anzahl der Angreifer gelang es, in ihr Lager zurückzukehren.

Das Heer der verbündeten Stämme hatte nur geringe Verluste zu beklagen. Doch unter den wenigen Kelten, die diesen Tag nicht überlebten, befand sich auch einer von Sironas Gefährten.

Kapitel 29

Der Jubel über den Sieg kannte keine Grenzen. Am Abend der Schlacht wurde in den Kriegslagern und der Stadt ausgelassen gefeiert. Über den Feuern brieten saftige Fleischstücke, Bier und Wein flossen in Strömen. Bis tief in die Nacht hallten die Täler von Kriegsgesängen aus Tausenden rauer Kehlen wider, die bis hinab in die Ebene am Fuß des Gebirgsmassivs wehten, wo sie den Römern ihre Niederlage noch einmal in schonungsloser Deutlichkeit vor Augen führten.

Auch Sirona erfüllte der Sieg über den verhassten Feind mit Freude und Stolz. In ihrem Herzen jedoch überwog die Trauer um ihren toten Gefährten.

Bellogenus war es gewesen, der ihr die erschütternde Botschaft überbrachte, als sie in einem der Zelte verwundete Krieger versorgte. Bleich und ernst erschien er im Eingang, und sie wusste im selben Moment, dass etwas Furchtbares geschehen sein musste.

Einen wilden Augenblick lang, für den sie sich gleich darauf schämte, hoffte sie, er bringe ihr die Nachricht von Segocondus' Tod.

Bellogenus hatte sie im Halbdunkel entdeckt und kam durch den Mittelgang zwischen den Strohlagern auf sie zu. Sein Schritt war unsicher, als traue er seinen Beinen nicht. Den Blick hielt er so starr auf sie geheftet, dass er einen Wasserkrug übersah, sich mit dem Fuß verfing und strauchelte. Dann stand er vor ihr, und sie blickte zu ihm auf, stumm und fragend.

»Es ist Catmelus«, sagte er schlicht. Seine Stimme drohte zu versagen, und er musste sich räuspern, ehe er den Rest seiner Botschaft hervorpresste. »Wir haben ihn an der Einmündung des Fahrwegs gefunden. Er ist tot. Ein Gladius hat sein Herz durchbohrt. Er besaß ja kein Kettenhemd.«

Sirona wandte den Blick ab, starrte wie betäubt auf den Oberkörper des Kriegers, den sie gerade versorgte. Ihre Sicht verschwamm, und statt seiner sah sie Catmelus vor sich liegen, die Tunika zerrissen, eine klaffende Wunde in seiner Brust. Nein, er besaß kein Kettenhemd. Er war Weber, und Weber sollten nicht kämpfen müssen.

Wie durch Nebel hindurch hörte sie Bellogenus' Stimme. »... gleich zu Beginn der Schlacht, als er half, das Tal gegen die Feinde zu verteidigen.«

Mit zitternden Fingern verknotete Sirona die Enden des Verbands. Dann kämpfte sie sich in die Höhe und stolperte hinter ihrem Gefährten her den Mittelgang entlang und hinaus aus dem Zelt. Ihr war bewusst, dass sie noch kein einziges Wort gesprochen hatte, dass sie nun endlich etwas sagen sollte. Doch in ihrem Kopf herrschte nur dumpfe Leere.

In stummem Einverständnis gingen sie die wenigen Schritte hinüber zum Waldrand und sanken auf einen Felsen unter dem überhängenden Schirm einer mächtigen Kiefer. In Bellogenus' Augen glitzerte es verdächtig, und als Sirona ihm tröstend über den Rücken strich, war es um seine Selbstbeherrschung geschehen, und er schluchzte laut auf.

Nun konnte auch Sirona ihre Tränen nicht länger zurückhalten. Vereint in ihrer Trauer, beweinten sie den Mann, der ihnen in den vergangenen Monaten ein treuer Freund geworden war. Sirona hatte um sein Leben gekämpft und diesen Kampf mit Galatos' Hilfe gewonnen. Gemeinsam durchlebten sie die Schrecken der Schlachten um Avariko. Gemeinsam flohen sie aus dem brennenden Gasthof und der sterbenden Stadt. Und nun war er unter einem römischen Schwert gefallen.

Sie hätte viel darum gegeben, in seinen letzten Augenblicken bei ihm sein zu können, seine Hand zu halten, während das Leben aus ihm hinausströmte. Stattdessen hatte er einsam sterben müssen, in einem fremden Land und in einem Krieg, der ihm und seinem Volk aufgezwungen worden war.

Insgesamt hatte das Heer der verbündeten Stämme nur etwa hundertfünfzig Krieger verloren, die meisten davon bei den Gefechten in den Talsenken. Am Morgen nach der Schlacht wurden im heiligen Bezirk auf dem Hochplateau vor den Toren Gergovias die Scheiterhaufen für die Gefallenen errichtet.

Am darauffolgenden Tag bereitete man die Verstorbenen für ihre Reise in die Andere Welt vor. Unter gewöhnlichen Umständen würden ihre Angehörigen sie nun in ihre edelsten Kleidungsstücke hüllen und mit ihren besten Waffen und ihrem prachtvollsten Schmuck ausstatten, damit sie ihren letzten Weg so würdevoll wie möglich antreten könnten. Doch diese Männer waren weit entfernt von ihrer Heimat gefallen, sie besaßen nur das, was sie am Leibe trugen. Und so würden die meisten der Toten in ihren zerrissenen, blutbefleckten Kleidern auf die Scheiterhaufen gebettet werden.

Catmelus jedoch würde eine ehrenvolle Bestattung zuteilwerden. Als Sirona Vercingetorix von seinem Tod berichtete, hatte er ihr ohne zu zögern eigene Kleidung und einen goldenen Armreif zur Verfügung gestellt. Gemeinsam mit Aresa wusch sie den Leichnam ihres Gefährten mit Wasser aus einer der heiligen Quellen, die aus der Flanke des Bergmassivs sprudelten. Dann hüllten sie ihn in die Kleider, die Vercingetorix ihnen überlassen hatte, Hose und Tunika aus ungefärbter Wolle, die die klaffende Schwertwunde in seiner Brust gnädig verbarg, sodass er aussah, als schliefe er. Anschließend gürteten sie sein Schwert und befestigten den Dolch in der schlichten Scheide an seinem Gürtel. Seine Handgelenke schmückten bronzene Armreife. Zu diesen gesellten sie nun Vercingetorix' goldenen.

Um den Hals trug Catmelus an einem Lederband das Amulett des Gottes Cissonius, das seinen Weg hatte schützen sollen. Doch es hatte ihn weder vor dem Angriff des Wolfsrudels bewahrt noch seinen Tod in der Schlacht verhindert. Sirona warf dem bronzenen Anhänger einen nachdenklichen Blick zu; dann schob sie ihn in den Halsausschnitt von Catmelus' Tunika.

Sirona und Aresa waren mit Segocondus, Bellogenus und Valetiacus unter denen, die den Verstorbenen das letzte Geleit gaben. Am Morgen des dritten Tages nach der Schlacht trugen die Krieger ihre gefallenen Gefährten auf mit Fellen und Decken bespannten Bahren in einer schweigenden Prozession in den heiligen Bezirk. Dort erwartete sie bereits Targotaurus, der oberste Druide der Arverner, eine großgewachsene, hagere Gestalt mit schlohweißen Haaren, die offen bis über seine Schultern hinabfielen.

Mit getragener Stimme rief er die Götter an, während er den Leichenzug dem Lauf der Sonnenbahn folgend um den Kreis der Scheiterhaufen herumführte. Er begann seine Umrundung im Osten, wo Sulis jeden Tag auf Ihrem goldenen, von zwei Schimmeln gezogenen Wagen Ihren Weg über den Himmel antrat. Mit gemessenen Schritten folgte er seinem Verlauf über den Süden, den höchsten Punkt Ihrer Reise, bis hinüber in den Westen, wo Sie allabendlich hinter dem Horizont versank, nur um am nächsten Morgen erneut Ihre immerwährende Bahn zu ziehen. Schweigend durchmaß er den ewig dunklen Norden, wandte sich zurück zum Osten und nochmals in den Westen. Dort lag gemäß der Lehre der Druiden die Andere Welt, jener geheimnisvolle Ort, an den die Seele nach dem Tod ging und von wo sie eines Tages wieder einen menschlichen Körper erwählen würde, um in ihm abermals zum Leben erweckt zu werden.

Anschließend betteten die Männer ihre verstorbenen Gefährten auf die Holzstöße. Targotaurus stimmte einen Gesang an, eine kraftvolle Weise, erfüllt von Hoffnung und Zuversicht, die den Unsterblichen die Heldentaten der Gefallenen in glühenden Worten schilderte und sie so Ihrer Obhut anempfahl. Dann trat der Druide in die Mitte des Kreises der Scheiterhaufen, wo er aus dem getrockneten Holz einer heiligen Eiche ein Feuer entfachte.

Nachdem er seinen Lobgesang auf die Toten beendet hatte, entzündete er eine Fackel am heiligen Feuer, schritt damit die Runde ein zweites Mal in Richtung des Sonnenlaufs ab und setzte einen Holzstoß nach dem anderen in Brand. Jedes Mal sprach er dabei die feierliche Formel, die diese rituelle Handlung seit alters her begleitete. Die Krieger standen um die Scheiterhaufen der Gefallenen herum und wachten stumm darüber, wie deren Körper allmählich ein Raub der Flammen wurden.

Schweigend harrte Sirona mit ihren Gefährten neben dem Holzstoß aus, auf den Catmelus' Leichnam gebettet lag. Ihre Augen folgten dem Rauch, der in dicken dunkelgrauen Wolken in den verhangenen Himmel aufstieg. Als wüsste Sie um die Trauer der Menschen, hatte Sulis an diesem Tag Ihr Antlitz verhüllt, und nun setzte leichter Nieselregen ein. Die Hitze, die die hundertfünfzig Feuer ausstrahlten, war gewaltig, die Luft trocken und erfüllt vom Knistern und Knacken der Scheite, von denen manche mit einem Knall zerbarsten, ein gutes Omen für die Reise des betreffenden Kriegers in die Andere Welt.

Bald mischte sich in den würzigen Geruch des brennenden Holzes der durchdringende Gestank schmorenden menschlichen Fleisches. Sirona fühlte Übelkeit in sich aufsteigen. Doch Catmelus zu Ehren zwang sie sich, an seiner Seite zu bleiben, bis sie sicher sein konnte, dass seine Seele ihre sterbliche Hülle verlassen hatte.

Zu ihrer Rechten stand Bellogenus, seine Züge versteinert, die Augen gerötet von Tränen und der Hitze der Feuer. Als sich Sironas Hand in seine stahl und sie sanft drückte, presste er die Kiefer aufeinander. Aber er wandte seinen Blick nicht ab von dem brennenden Holzstoß und den Flammen, die den Körper seines Freundes verzehrten.

Innerhalb der vergangenen Stunden hatte der Wind seine Richtung mehrfach geändert. Nun jedoch blies er in stürmischen Böen aus Osten, gemäß der Lehre der Druiden ein gutes Omen, denn es erleichterte den Seelen der gefallenen Krieger ihre Reise in den Westen.

Sirona erschauerte, als eine besonders starke Bö über das Hochplateau hinwegfegte, die Umhänge der Trauernden bauschte und in die Feuer fuhr, sodass die Flammen hell aufloderten und Funkenwirbel nach allen Seiten stoben. War Dumias, die Gottheit, die über dieses Bergmassiv wachte, soeben unter sie gefahren? Dankte der Gott auf diese Weise denjenigen, die ihr Leben bei der Verteidigung Seines Gebirges geopfert hatten?

Um sich von ihrer Übelkeit abzulenken, ließ Sirona ihre Gedanken zurückwandern zu dem Tag, als Segocondus sie und Catmelus einander vorgestellt hatte, jenem Tag, der ihr so fern schien, obwohl er doch erst wenige Monate zurücklag. So viel war seither geschehen. Und dennoch war nicht abzusehen, wer in diesem unseligen Krieg am Ende die Oberhand gewinnen würde. Catmelus jedoch hatte seine letzte Schlacht geschlagen, und sie betete darum, dass seine Reise in die Andere Welt eine leichte wäre und die Götter ihm dort einen ehrenvollen Platz bescherten, bis er eines Tages in einem neuen Körper zurückkehren würde.

Doch Trauer war nicht das einzige Gefühl, das der Tod ihres Gefährten in Sirona auslöste. Er weckte auch Zweifel. Ihr Leben lang hatte sie ihre Gabe als gottgegeben erachtet und mithin als sinnvoll. Aber seit Catmelus gefallen war, ertappte sie sich immer häufiger bei der Frage, welchen Sinn es haben sollte, Menschen zu heilen, wenn sie am Ende unausweichlich sterben mussten. Wozu all das Kämpfen um das Leben eines Patienten, das Hoffen und Bangen, wozu selbst die Heilung, wenn derjenige letztlich doch dem Tode geweiht war? Plötzlich wusste sie auf diese Frage keine Antwort mehr, und dieses Schweigen, diese Ratlosigkeit ließen sie verwirrt und mutlos zurück.

Die Sonne hatte ihren höchsten Stand schon lange überschritten und neigte sich den Anhöhen im Westen zu, als die Holzstöße endlich niedergebrannt waren und von den Verstorbenen nichts weiter übrig blieb als ein Häuflein Asche, durchsetzt von den geschmolzenen Resten ihrer Waffen und ihres Schmucks. Die Gefährten der gefallenen Krieger hatten neben den Scheiterhaufen ausgeharrt, und Vercingetorix war von einer Gruppe zur anderen gegangen, hatte bei jeder einige Augenblicke verweilt und dem Toten damit seinen Respekt erwiesen.

Nun herrschte auf der Bergkuppe fast vollkommene Stille. Nur das Heulen des Windes war zu hören, der bereits begonnen hatte, die Asche davonzutragen. Targotaurus ließ seinen Blick ein letztes Mal durch den heiligen Bezirk wandern. Dann entschied er, dass die Zeit gekommen sei, mit der dritten Umrundung des Kreises zu beginnen, die zugleich den Abschluss des Totenrituals bildete.

Er nahm die hageren Schultern zurück, sammelte seine Züge in der würdevollen Miene des Druiden und ging gemessenen Schrittes, den Stab aus Eichenholz in seiner Rechten, dem Lauf der Sonne folgend um die Reste der Holzstöße herum. Bei jedem hielt er inne, berührte ihn mit der goldenen Spitze seines Stabs und sprach die rituellen Worte, die die heilige Handlung vollendeten. Die Trauernden schlossen sich ihm nach und nach an, und als er die Umrundung schließlich vollzogen hatte und wieder seinen Ausgangspunkt erreichte, hatte sich hinter ihm eine lange Prozession von Menschen gebildet.

»Sie ziehen ab!«

Der junge Arverner platzte in das Zelt des Oberbefehlshabers, als dieser sich gerade auf seinem Strohlager niedergelassen hatte, um sich von Sirona behandeln zu lassen.

»Herr«, setzte er hinzu, als ihm plötzlich einfiel, dass er seinen König vor sich hatte.

Vercingetorix war mit einem Satz wieder auf den Beinen. »Die Römer ziehen ab?«

Der Bursche nickte eifrig, die Wangen vor Aufregung gerötet. Doch der Oberbefehlshaber war schon an ihm vorbei und aus dem Zelt gestürzt, barfüßig, denn er hatte sich bereits seiner Stiefel entledigt. Sirona erhob sich, so rasch es ihr angeschwollener Leib erlaubte, und folgte ihm.

»Verdammt!« Vercingetorix stand am Rand der Talsenke, den Fuß auf einen Felsblock gestützt, und blickte hinab in die Ebene, wo sich der scheinbar endlose Zug der Legionen in südlicher Richtung entfernte. Aus der Höhe betrachtet, wirkten sie harmlos wie eine Kolonne Ameisen. »Sie machen sich tatsächlich aus dem Staub.«

Die Augen des jungen Kriegers ruckten verblüfft zwischen seinem König und Sirona hin und her. »Ihr freut Euch nicht, Herr?«

»Ganz und gar nicht.« Vercingetorix hatte die Fäuste in die Seiten gestemmt und schaute den abrückenden Feinden finster hinterher.

»Aber unsere Hauptstadt ist doch nun gerettet, Herr«, wagte der Bursche zaghaft einzuwenden.

»Das schon.« Der Oberbefehlshaber riss sich vom Anblick der Legionen los und wandte sich zu dem jungen Mann um. »Es bedeutet jedoch nicht, dass sich Caesar geschlagen gibt. Er hat lediglich eingesehen, dass Gergovia unbezwingbar ist. Ich hatte gehofft, er würde die Stadt erneut angreifen, damit wir sein Heer zwischen der Mauer und unserer Streitmacht einschließen und zermalmen können. Nun hat er sich ein neues Ziel gesucht, und bislang haben mir meine Kundschafter noch keinerlei Hinweis gegeben, wo dieses liegen könnte.«

Nachdem die Römer abgerückt waren und der Weg zum heiligen See wieder offen stand, brachte Targotaurus dort am folgenden Tag dem Kriegsgott Teutates und Sarlieva, der Herrin des Sees, ein Dankopfer dar. Die Krieger hatten die Schwerter und Dolche der gefallenen Feinde aufgesammelt und den Schmieden von Gergovia übergeben, die sie in einem rituellen Akt unbrauchbar machten, denn was den Göttern geweiht war, sollte keinem Menschen mehr dienen können.

Anschließend verluden die Schmiede die Waffen, deren Klingen nun verbogen und nutzlos waren, zusammen mit den Rüstungen und Kettenhemden der getöteten Römer auf Wagen, die von weißen Stieren in einer feierlichen Prozession zum Ufer des Sees gezogen wurden. Kurzschwerter und Dolche mit kunstvoll gestalteten stählernen Klingen, die Hefte mit Koralle, Email und Elfenbein eingelegt, wertvolle, mit Gold und Silber verzierte Scheiden, vergoldete Helme, Brustpanzer und aufwendig bemalte Schilde türmten sich dort in sorgfältig aufgeschichteten Stößen. Die Träger dieser erlesenen Ausrüstungen waren gewiss keine gewöhnlichen Legionäre gewesen, sondern Mitglieder der römischen Führungsschicht oder adelige Angehörige der Hilfstruppen.

Der Druide stand ein paar Schritte abseits und so nah am Rande des Sees, dass die Wellen seine Füße umspülten und den Saum seines weißen Gewandes dunkel färbten. Dennoch wartete er geduldig darauf, dass die Menge, die sich in seinem

Rücken versammelte, endlich zur Ruhe käme. Noch immer drängten Menschen auf das sandige Ufer, Krieger der verbündeten Stämme und Einwohner Gergovias, die den Göttern dafür danken wollten, dass Sie ihre Stadt vor den Feinden beschützt hatten.

Sirona hatte einen Platz in einer der vorderen Reihen zwischen Aresa und Valetiacus gefunden, von wo sie das Ritual beobachten konnte. Einige Schritte hinter Targotaurus, umringt von anderen Königen und Druiden, entdeckte sie Vercingetorix. Er hielt den Blick fest auf Targotaurus' hohe, hagere Gestalt geheftet, und seine gestrafften Schultern verriet ihr seine Anspannung.

Sie wusste, was für ihn - und damit für sie alle - auf dem Spiel stand. Zwar hatte er einen überragenden Sieg davongetragen - doch was, wenn die Unsterblichen sein Opfer dennoch verweigerten? Wenn Sie ihm Ihre Gunst entzögen? Dann würde er vom Amt des Oberbefehlshabers zurücktreten müssen und einer der anderen Könige seinen Platz einnehmen, einer, der die Römer weniger gut kannte, der bei den Kriegern weniger beliebt war, dessen Befehlen sie mit weniger Hingabe gehorchen würden. Welche Folgen dies für den Fortgang des Krieges haben würde, wagte sie sich gar nicht erst auszumalen.

Schließlich begann Targotaurus das Ritual und riss Sirona aus ihren sorgenvollen Gedanken. Er begrüßte Teutates und Sarlieva mit einer seit Menschengedenken festgelegten Abfolge von Gesten und feierlichen Formeln. Darauf schloss er die Augen und atmete einige Male tief ein und aus, um sich innerlich zu sammeln. Nach einem Moment öffnete er die Lider wieder, entnahm einem Lederbeutel an seinem Gürtel eine Handvoll getrockneter Eichenblätter und ließ sie zwischen den Fingern hindurch ins Wasser rieseln. Dabei bat er die Gottheiten mit seiner volltönenden, geschulten Stimme, die bis in die hintersten Reihen der wartenden Menge drang, das Opfer anzunehmen.

Nun hing alles davon ab, wie die Blätter von der Strömung davongetragen und welche Muster sie bilden würden. Waren die Unsterblichen bereit, die Gaben der Menschen zu empfangen?

Nach einigen Herzschlägen, in denen Tausende Augenpaare wie gebannt an der weiß gekleideten Gestalt des Druiden klebten, atmete Targotaurus tief ein. Dann reckte er seine knochigen Arme gen Himmel und vollzog damit jene rituelle Geste, die den Gläubigen bedeutete, dass die Götter ihnen günstig gesinnt und willens waren, ihr Opfer anzunehmen. Ein leises Raunen der Erleichterung schwappte durch die Menge.

Nach einem weiteren Moment ließ der Druide die Arme wieder sinken und wandte sich der Gruppe der Krieger zu, die mit feierlichen Mienen neben den aufeinandergetürmten Waffen und Rüstungen auf ihren Einsatz warteten. Auf ein Zeichen von ihm traten sie einer nach dem anderen vor, hoben eines der Beutestücke auf, schritten mit langsamen, gemessenen Bewegungen zu Targotaurus hinüber und überreichten es ihm.

Bei jeder Opfergabe sprach der Druide die rituelle Formel: »Unsterbliche Götter, ich bitte Euch, empfangt aus meiner Hand die Gaben Eurer treuen Diener«, ehe er die prächtigen Schwerter und Dolche, zerscharteten Helme, Brustpanzer, Kettenhemden und Scheiden nacheinander in den See warf, wo sie mit leisem Gurgeln versanken. Lediglich die großen hölzernen Schilde, die mit dumpfem Klatschen auf der Wasseroberfläche landeten, trug die Strömung zuerst ein Stück mit sich fort, bis das Gewicht des eisernen Schildbuckels in ihrer Mitte sie in die Tiefe zog.

Schließlich hatte Targotaurus auch die letzte Opfergabe dem See übergeben. Er hielt einen Augenblick inne, ehe er abermals in seinen Beutel griff, ein paar trockene Eichenblätter zu seinen Füßen ins Wasser rieseln ließ und ihren Weg in der Strömung verfolgte.

Dann wandte er sich den Gläubigen zu, die gespannt auf sein Urteil warteten, atmete tief durch und schloss die Augen. Sirona stand so nah, dass sie seine wettergegerbten Züge sehen konnte, die steile Falte, die Konzentration und Anspannung in seine Stirn gruben. Hin und wieder wehte ihm der Wind eine Strähne seines langen weißen Haars ins Gesicht, während sich seine Lippen in lautloser Zwiesprache mit den Unsterblichen bewegten.

Sie hätte nicht sagen können, wie viel Zeit vergangen war, als er endlich erneut die Arme zum Himmel emporhob. Auf dem Ufer wurde es so still, dass das Plätschern der kleinen Wellen, die an den Strand spülten, mit einem Mal übermäßig laut klang.

»Unser Herr Teutates und die Herrin Sarlieva in Ihrer immerwährenden Güte sind bereit, das Opfer, das wir Ihnen mit tiefer Demut in unseren Herzen darbrachten, anzunehmen«, verkündete er mit einer Stimme, die bis in die hintersten Reihen der Gläubigen drang. »Sie gewähren König Vercingetorix, dem Oberbefehlshaber der vereinigten Stämme, weiterhin Ihre Gunst und Gnade.«

Seinen Worten folgte ein Augenblick der Stille, in dem der Druide seine Arme sinken ließ zum Zeichen, dass das Ritual beendet sei. Dann brach Jubel aus, Menschen fielen einander in die Arme, lachten und redeten durcheinander.

Trotz des Tumults um sie herum fühlte Sirona, wie das erlösende Gefühl sie durchströmte gleich einer warmen Woge. Ihre Augen suchten Vercingetorix. Sie konnte sein Gesicht nicht erkennen, da er ihr den Rücken zuwandte und Targotaurus entgegenblickte, der seinen Platz am Rande des Sees verlassen hatte und auf ihn zutrat. Doch sie sah, dass sich seine Schultern entspannt hatten und er den Kopf hoch erhoben trug. Seine Position als Oberbefehlshaber war gefestigt. Die Unsterblichen erachteten ihn seines bedeutenden Amtes weiterhin für würdig.

Während sich die Menge zu zerstreuen begann, wanderten Sironas Gedanken zurück zu jenem klaren, kalten Wintertag, an dem Ebunos ihr erklärt hatte, dass die keltischen Götter den römischen unterlegen seien und die Menschen nicht länger auf Ihre Hilfe hoffen durften.

Sollte er sich getäuscht haben? War dieser glanzvolle Sieg denn nicht der beste Beweis dafür, dass die Unsterblichen ungebrochen an der Seite derer standen, die an Sie glaubten, Sie anbeteten und Ihnen Opfer darbrachten? Konnte es sein, dass die keltischen Götter die römischen am Ende doch bezwungen hatten? Oder hatte Vercingetorix diesen Sieg nur davongetragen, weil er der bessere Feldherr war und die uneinnehmbare Lage Gergovias ihm in die Hände spielte?

Sirona hätte viel darum gegeben, Ebunos dazu befragen zu können, denn sie wusste, welch ungeheure Bedeutung der Antwort auf diese Frage zukam, für jeden Einzelnen von ihnen und für das Heer der verbündeten Stämme. Durften sie weiterhin auf die Gunst und Hilfe machtvoller Götter bauen, sich sicher und geborgen fühlen in dem Wissen, dass diese Ihre schützende Hand über die Menschen hielten und ihnen Beistand leisteten?

Oder standen sie allein im Angesicht ihrer Feinde, zurückgeworfen auf ihre eigenen Fähigkeiten und mit nichts als ihrem eigenen Urteil, ihrer eigenen Kraft, um ihnen den rechten Weg zu weisen?

Kapitel 30

In der folgenden Nacht packte eine kräftige Hand Sironas Schulter und schüttelte sie unsanft.

»Herrin, wacht auf!« Die Stimme kam ihr vage bekannt vor, und selbst im Halbschlaf entging ihr nicht der drängende Tonfall.

Benommen schlug sie die Augen auf. Im dämmrigen Licht erkannte sie einen der Arverner, die abwechselnd vor Vercingetorix' Zelt Wache hielten. Seine Züge, von einer Öllampe in der zitternden Rechten schwach erhellt, waren vor Sorge verzerrt und aschfahl.

»Kommt schnell, Herrin«, beschwor der Mann sie. »König Vercingetorix ist schwer erkrankt! Ich fürchte, er stirbt!«

Mit einem Schlag war Sirona hellwach. Sie rappelte sich auf, so rasch es ihre geschwollenen, schmerzenden Glieder zuließen, und mühte sich durch die niedrige Zeltöffnung hinaus ins Freie.

Bis zum Zelt des Oberbefehlshabers waren es nur wenige Schritte. Der Arverner lief voraus, riss die Decke beiseite, die den Eingang verhüllte, und stolperte hinter Sirona hinein.

»Ich hörte einen Schrei und dachte, er hätte einen Albtraum«, erklärte er ihr mit fahrigen Bewegungen, die das Öllicht in seiner Hand zum Tanzen brachten. »Doch es ist viel schlimmer. Es gelingt mir nicht, ihn zu wecken.«

Das Innere des Zelts wurde durch ein Feuer in einem der Kohlebecken leidlich erhellt. In seinem flackernden Schein sah Sirona, dass sich Vercingetorix auf seinem Lager wild hin und her warf. Seine Glieder zuckten unkontrolliert, seine hellbraune Tunika war von Schweiß durchtränkt, und die dichten blonden Haare klebten in Strähnen auf seiner feuchten Stirn. Heller Schaum stand auf seinen Lippen, denen sich der Atem schwer und röchelnd entrang, und er knirschte hörbar mit den Zähnen. Seine weit aufgerissenen Augen starrten an das Dach des Zeltes, doch er schien nicht bei Bewusstsein. Sirona konnte gut nachempfinden, dass sein Anblick der Wache einen gehörigen Schrecken eingejagt hatte.

Schwerfällig sank sie neben dem Oberbefehlshaber auf die Knie. »Das ist kein Albtraum«, erklärte sie dem Arverner, ohne den Blick von ihrem Patienten zu wenden. »Er hat einen Anfall der Fallsucht.«

»Könnt Ihr etwas dagegen tun?« Der Tonfall des Mannes klang flehentlich.

Sirona schüttelte bedauernd den Kopf. »Nein, leider nicht. Aber sorge dich nicht, es ist gleich vorüber.«

In diesem Augenblick stöhnte Vercingetorix plötzlich auf. Wenige Herzschläge später erschlaffte sein Körper, und sein keuchender Atem begann sich zu beruhigen.

Behutsam ergriff Sirona seine Rechte und umschloss sie mit beiden Händen. »Herr, könnt Ihr mich hören?«, fragte sie leise.

Seine Augen waren unfokussiert, doch sie erkannte, dass er ganz allmählich das Bewusstsein wiedererlangte. Schließlich wandte er den Kopf langsam in ihre Richtung. Sein Blick war verhangen und müde, als wäre er soeben aus einem tiefen Schlaf erwacht.

»Sirona«, murmelte er benommen. Auf seinen Lippen erschien Blut. »Was ist geschehen?«

»Ihr hattet einen Anfall, Herr«, antwortete sie sanft und streichelte beruhigend seine Hand. »Aber er ist nun vorüber. Ruht Euch aus.«

Er versuchte, gegen die Müdigkeit anzukämpfen. Doch nach einem Moment schlossen sich seine Lider, als der Schlaf ihn übermannte.

»Ich bleibe den Rest der Nacht bei ihm«, erklärte Sirona der Wache, die darüber sichtlich erleichtert war. »Mach dir keine Sorgen. Er wird nun friedlich schlafen.«

Nachdem der Mann gegangen war, benetzte sie ein Leinentuch mit Wasser aus einem Krug und tupfte das Blut von Vercingetorix' Lippen, ehe sie eine Decke über ihn breitete und sich neben seinem Lager auf der nackten Erde ausstreckte.

Der Anfall war schwer gewesen, und es war der erste, seit sie mit den Behandlungen begonnen hatte. Sie fragte sich, was ihn gerade jetzt ausgelöst haben mochte, wo das Heer der verbündeten Stämme den ersten Sieg errungen hatte. Doch sie fand keine Antwort.

Und plötzlich verspürte sie die Mutlosigkeit wieder, die sich nach Catmelus' Tod in ihrem Herzen eingenistet hatte und sich seither tiefer und tiefer hineinfraß. Natürlich, sie hatte immer gewusst, dass Vercingetorix' Krankheit nicht heilbar war, hatte es ihm sogar selbst erklärt. Aber hatte sie nicht insgeheim gehofft, es wäre dennoch möglich und sie, Sirona, diejenige, der dies gelänge? Hatte sie sich nicht heimlich danach gesehnt, sein Leiden auf ewig zum Verstummen zu bringen? Und war sein Anfall nicht ein neuerlicher Beweis dafür, dass all ihr Streben als Heilerin unnütz war und letztlich ohnehin vergebens im Angesicht des Todes, dem niemand entrinnen konnte?

Der Atem des Oberbefehlshabers ging nun ruhig und gleichmäßig. Eine Weile lauschte sie seinen Atemzügen. Dann war auch sie eingeschlafen.

Bei Sonnenaufgang weckten sie die charakteristischen Geräusche, mit denen ein Heerlager Tag für Tag zum Leben erwacht: das ungeduldige Schnauben der Pferde, die auf ihre erste Futterration warteten, klapperndes Bronzegeschirr und die Rufe der Männer, die einander einen morgendlichen Gruß zuwarfen, während sie ihre alltäglichen Verrichtungen wiederaufnahmen.

Vercingetorix schien noch zu schlafen. Aber als Sirona schwerfällig auf die Füße zu kommen versuchte, schlug er die Augen auf.

»Kleine Schwester?«, krächzte er.

Sie ließ sich wieder zurücksinken. »Verzeiht, Herr. Ich wollte Euch nicht wecken.«

»Was verschafft mir die Freude, das Lager mit Euch zu teilen?« Er bemühte sich, unbeschwert zu klingen. Doch seine heisere Stimme verriet, dass die Strapazen der vergangenen Nacht nicht spurlos an ihm vorübergegangen waren.

»Ihr hattet einen Anfall«, erklärte Sirona. »Erinnert Ihr Euch nicht?«

»Nein, ich erinnere mich nie an meine Anfälle.« Er hob die Rechte und rieb sich müde über die Stirn. Die Bewegung schien ihm Mühe zu bereiten, und er stöhnte leise. »Aber meine Muskeln schmerzen wie nach einem Kampf, und ich habe mir auf die Zunge gebissen. Daher dachte ich mir schon so etwas.«

»Eure Wache hörte Euch schreien und eilte, mich zu holen«, fuhr Sirona fort.

»Das war klug von dem Mann«, murmelte Vercingetorix. Er wandte ihr das Gesicht zu, suchte ihren Blick und hielt ihn fest. »Ich danke Euch für Eure Fürsorge, kleine Schwester. Und ich wäre Euch dankbar, wenn Ihr Stillschweigen über diesen kläglichen Vorfall bewahren wolltet. Er kommt mir im Augenblick weniger gelegen denn je.«

Sie runzelte die Stirn. »Was ist geschehen, Herr?«

Er kämpfte sich von seinem Lager hoch. Seine Bewegungen wirkten schwerfällig wie die eines alten Mannes. Langsam und als traue er seinen Beinen nicht, wankte er hinüber zu der

Tafel in der Mitte des Zelts, auf die die Wache einen Krug mit frischem Wasser und zwei bronzene Becher gestellt hatte, goss sich einen ordentlichen Schluck ein und stürzte ihn in einem Zug hinunter. Dann wischte er sich mit dem Handrücken über die Lippen und sank schwer auf einen Schemel.

Sirona hatte sich ebenfalls erhoben und ließ sich auf dem anderen Schemel ihm gegenüber nieder.

»Nach einem solchen Anfall fühle ich mich immer, als hätte ich eine Schlacht geschlagen«, erklärte der Oberbefehlshaber, während er vergeblich nach einer bequemen Sitzposition suchte. »Aber wie dem auch sei. Was geschehen ist, fragt Ihr? Nun, gestern traf eine Abordnung der Aeduer ein. Wie Ihr wisst, sind sie seit Langem Bundesgenossen der Römer. Jetzt jedoch erklären sie sich plötzlich bereit, dieses Bündnis aufzukündigen und sich meinem Heer anzuschließen. Und mit ihnen all die Stammesgruppen, die ihnen Tribut entrichten, und das sind nicht gerade wenige.«

Sirona zog die Augenbrauen in die Höhe. »Das klingt doch sehr erfreulich.«

Vercingetorix schnaubte. »Es klingt aber auch nur so. Die Aeduer sind seit Jahrhunderten die erbittertsten Rivalen der Arverner um die Vorherrschaft im Gebiet der keltischen Stämme. Nicht zuletzt deswegen haben sie sich überhaupt mit den Römern verbündet, weil sie nämlich hoffen, dass diese ihnen zu eben jener Vorherrschaft verhelfen können, wenn auch unter Federführung Roms.«

Sirona glaubte zu verstehen. »Und nun sehen sie ihre Felle davonschwimmen?«

Ein Lächeln stahl sich auf die müden Züge des Oberbefehlshabers. »Sehr gut erkannt, kleine Schwester. Nachdem die Römer soeben eine bittere Niederlage erlitten haben, fanden sich die Aeduer mit einem Mal auf der Seite des Verlierers wieder. Zudem ereignete sich diese Niederlage auf arvernischem Boden, also im Territorium ihres Erzrivalen. Daher treten sie jetzt die Flucht nach vorn an und wollen sich mit uns verbünden, um im Falle eines endgültigen Triumphes der verbündeten Stämme auch ein Stück vom Kuchen abzubekommen.« Sein Blick wanderte an Sirona vorbei in Richtung Zelteingang. »Wache!«

Nur einen Herzschlag später duckte sich ein junger Arverner durch die Öffnung.

»Bring uns das Morgenmahl. Ich komme um vor Hunger.«

»Sehr wohl, Herr.« Der Mann deutete eine Verbeugung an und zog sich augenblicklich zurück.

»Nach einem Anfall könnte ich immer einen halben Ochsen verspeisen«, fuhr Vercingetorix an Sirona gewandt fort. »Wo war ich stehen geblieben? Ach ja, die Aeduer. Sie wissen freilich, dass ihre eigenen Krieger und die der von ihnen abhängigen Stammesgruppen für mein Heer einen beträchtlichen Gewinn darstellen. Insbesondere verfügen sie über ein bedeutendes Kontingent hervorragender Reiter, das ich liebend gern einsetzen würde. Und daher erdreisten sie sich, mir Bedingungen zu stellen. Sie beanspruchen für sich nichts Geringeres als die Würde des Oberbefehlshabers und fordern mich auf, mich zu einer Versammlung in ihre Hauptstadt Bibracte zu begeben, damit die Könige und Druiden der verbündeten Stämme darüber abstimmen, wer sie von nun an anführen soll.«

Schlagartig erkannte Sirona, wie tief Vercingetorix diese unerwartete Wendung der Ereignisse getroffen haben musste. Gerade erst hatten die Unsterblichen bekundet, ihm weiterhin gewogen zu sein. Doch nun befürchtete er, sein Amt an jemanden abtreten zu müssen, der dafür weniger geeignet war. Und dies käme für sein Heer und für seine Sache einer Katastrophe gleich.

Er füllte seinen Becher erneut mit Wasser und leerte ihn in einem Zug. »Wie Ihr wisst, gab es eine Zeit, da haderte ich damit, dass mir die Götter diese schwere Aufgabe übertragen haben, und hätte mein Amt mit Freuden jemand anderem übergeben. Inzwischen jedoch wünsche ich mir nichts sehnlicher, als Oberbefehlshaber zu bleiben und meine Männer mit Teutates' Hilfe zum Sieg zu führen. Sie vertrauen mir. Sie wissen, dass ich diese Verpflichtung nicht aus persönlichem Ehrgeiz oder der Gier nach Ruhm übernommen habe, sondern weil ich mich aufgrund meiner Erfahrung am besten dafür eigne. Und deswegen muss ich nach Bibracte gehen und darum kämpfen, dieses Amt zu behalten.«

Er unterbrach sich, weil in diesem Moment die Wache erneut das Zelt betrat. Der Arverner brachte eine flache Schale mit Brot, kaltem Braten und Käse sowie eine Amphore Wein.

»Danke, Junge.« Vercingetorix bot Sirona die Schale an, und als sie dankend ablehnte, stellte er sie auf seinen Knien ab und säbelte mit dem Dolch eine Scheibe Brot und ein dickes Stück Fleisch ab. Nachdem der Mann das Zelt wieder verlassen hatte, fuhr er fort. »Zudem befürchte ich, dass mir die Aeduer und die ihnen tributpflichtigen Stämme im Falle meines Ablehnens eine zweite Front eröffnen und ich meine Streitmacht nicht nur gegen Rom, sondern auch gegen sie ins Feld führen müsste. Das gilt es unter allen Umständen zu verhindern. Also bleibt mir nichts anderes übrig, als ihrer Forderung Folge zu leisten und mich der Abstimmung zu stellen, auch wenn mich das zwingt, meine eigenen Pläne aufzugeben.«

Sironas Finger spielten mit ihrem bronzenen Torques. »Und was sind Eure Pläne, Herr?«

Vercingetorix biss ein Stück Braten ab, kaute hastig und schluckte. »Meine Kundschafter berichten mir, dass Caesar und sein Legat Titus Labienus ihre beiden Heeresteile wieder miteinander vereinen wollen. Das kann nur bedeuten, dass sie ein Ziel für ihren nächsten Angriff auserkoren haben. Daher wäre es viel sinnvoller, sich an ihre Fersen zu heften, anstatt in Bibracte wertvolle Zeit mit Diplomatie und Diskussionen zu vergeuden.«

Kapitel 31

Zwei Tage später brach das Heer der verbündeten Stämme nach Bibracte auf. Die Hauptstadt der Aeduer lag sechs Tagesritte in nordöstlicher Richtung. Zum Schutz des Dunom auf dem Gebirgsmassiv ließ Vercingetorix eine mehrere Tausend Krieger starke Truppe zurück, denn es bestand die wenn auch geringe Gefahr, dass Caesar, nachdem er seine Legionen mit denen des Labienus vereint hatte, zurückkehren würde, um die erlittene Schmach zu rächen. Der Oberbefehlshaber kannte seinen Erzfeind gut genug, um zu wissen, dass er nicht der Mann war, der Niederlagen ungesühnt hinnahm.

Am Abend des sechsten Tages näherte sich Vercingetorix' Streitmacht von Süden her Bibracte. Im letzten Licht der untergehenden Sonne erhielt Sirona einen ersten Eindruck von der Stadt. Ähnlich Gergovia war sie auf einem Bergrücken gelegen, wenngleich weniger schroff, und mit einer massiven Befestigungsmauer aus Holzbalken und Bruchsteinen umgeben.

Vercingetorix richtete seine Heerlager in einer Ebene am nordöstlichen Fuß der Anhöhe ein. Um keine Zeit zu verlieren, wurde die Versammlung, zu der die Könige und Druiden sämtlicher keltischen Stämme geladen waren, unmittelbar am Tag nach der Ankunft der Streitmacht auf dem größten Platz der Stadt einberufen. Bis auf die Remer und Lingonen, die an ihrem Bündnis mit Rom festhielten, sowie die Treverer, die am Renos in Kämpfe mit Germanen verwickelt waren, hatten alle der Einladung Folge geleistet.

Da es den freien Bürgern gestattet war, der Zusammenkunft beizuwohnen, erklommen auch Sirona und Aresa zusammen mit einer großen Schar von Kriegern zur Mittagszeit den steilen, ausgefahrenen Fahrweg, der in einer lang gezogenen Schleife zum Dunom hinaufführte. Sulis brannte vom höchsten Punkt Ihrer Reise unerbittlich auf die Menschen hinab, die vor dem Haupttor geduldig darauf warteten, sich dem dichten Strom anzuschließen, der sich auf das Zentrum zuwälzte. Das Stadtgebiet war weitläufiger als das Avarikos und erstreckte sich über drei Hügel, die sich rechts und links einer breiten, gepflasterten Straße ausdehnten, welche das Tor mit dem Versammlungsplatz verband.

Auf ihrem Ritt nach Bibracte hatte Vercingetorix Sirona erklärt, dass die Aeduer nicht wie andere keltische Stämme einen König an ihrer Spitze besaßen, sondern aufgrund ihrer lang währenden Verbindung mit dem römischen Volk nach dessen Vorbild von einem Senat regiert wurden, der sich aus Mitgliedern der einflussreichsten Familien zusammensetzte. Das höchste Amt war das des Vergobret, der üblicherweise für ein Jahr gewählt wurde. Zurzeit übte ein Adeliger namens Convictolitavis diese Funktion aus, der allerdings von Caesar persönlich eingesetzt worden war.

In der Mitte des Platzes, der selbst den von Avariko an Größe übertraf, riegelten bewaffnete Aeduer eine kreisrunde Fläche ab, auf der sich die nach und nach eintreffenden Könige und Druiden versammelten. Ein Spalier aus Kriegern führte von der Hauptstraße zu diesem Rund, damit die hochrangigen Würdenträger nicht genötigt wären, sich ihren Weg durch die dichte Menge zu bahnen.

Immer mehr Menschen drängten auf den Platz, sodass Sirona und Aresa stetig vorwärtsgetrieben wurden. Schon bald fanden sie sich von einer wogenden Masse aus Gesichtern umgeben, deren Augen gespannt auf den abgesperrten Kreis gerichtet waren. Schließlich hatten die nachdrängenden Einwohner Bibractes Sirona so weit in Richtung des abgeriegelten Runds geschoben, dass es ihr gelang, über die Köpfe der vor ihr Stehenden hinweg einen Blick auf die versammelten Stammesoberhäupter zu erhaschen. Ihr stockte der Atem, als sie die prachtvoll gekleideten Männer sah.

Die Könige hatten sich in ihre edelsten Gewänder gehüllt, farbenfrohe, mit teuren Pelzen verbrämte Tuche, und ihren prunkvollsten Schmuck angelegt, schwere goldene Torques, dicke Armreife und Ringe. An breiten, verzierten Gürteln hingen ihre wertvollsten Waffen: Schwerter und Dolche in vergoldeten, mit Koralle und Email eingelegten Scheiden, die innerhalb ihrer Familien von einer Generation zur nächsten weitergegeben wurden. Es war offenkundig, dass sie sich gegenseitig in der Zurschaustellung ihres Reichtums zu übertrumpfen bemühten.

Die Druiden trugen weiße Gewänder. Ihr Haar hatten sie in der charakteristischen Weise geschabt, die sie als Träger ihres Standes auswies. Auch sie schmückten sich mit Torques und Armreifen aus Gold, und an ihren Gürteln prangte der Dolch, den sie zur Verrichtung der heiligen Pflichten benötigten.

Hier hatten sich die edelsten Männer des gesamten keltischen Gebietes versammelt. Ihren ernsten Mienen entnahm Sirona, dass sie sich der Bedeutung dieser Zusammenkunft und der ihnen auferlegten Aufgabe vollkommen bewusst waren.

Als ihr Blick voller Ehrfurcht über die Würdenträger wanderte, blieb er plötzlich an einem vertrauten Gesicht hängen. Doch sie musste zweimal hinschauen, um in ihm Vercingetorix zu erkennen. Der Oberbefehlshaber legte für gewöhnlich keinerlei Wert auf prächtigen Schmuck oder Kleidung, die ihn vor seinen Stammesgenossen auszeichnete. Lediglich seine Waffen, die er von seinem Vater Celtillus geerbt hatte, waren wertvoller als die seiner Krieger.

Für diesen besonderen Anlass jedoch hatte auch er sich in edle Gewänder gekleidet, denn er wusste, dass er als das gewählte Oberhaupt der verbündeten Stämme gegenüber den rangniedrigeren Königen nicht zurückstehen durfte. Tunika und Hose waren aus feiner dunkelroter Wolle gewebt und mit Stickereien aus Goldfäden gesäumt. Darüber hatte er einen Umhang aus den weißen Winterfellen des Hermelins geworfen. Als Zeichen seines Standes trug er einen goldenen Torques um den Hals, und an seinen Handgelenken blitzten goldene Armreife. Begleitet wurde er von Targotaurus, dessen hagere Gestalt die der meisten anderen Druiden um eine halbe Haupteslänge überragte.

Erst als alle Würdenträger versammelt waren, erschien Convictolitavis in Begleitung seiner Leibwache, vierer bis zu den Zähnen bewaffneter Krieger. Während er in den Kreis der Könige und Druiden trat, erhaschte Sirona einen Blick auf ihn.

Der Vergobret der Aeduer war ein junger Mann durchschnittlicher Größe, der nicht so aussah, als gehe er regelmäßig dem Kriegshandwerk nach. Sein Bauch, der von reichlichem Genuss zeugte, quoll über den Gürtel, von dem ein Schwert baumelte, das für seinen Besitzer zu lang geraten schien. Rötliche, von seiner Stirn zurückweichende Locken umrahmten ein fleischiges, bartloses Gesicht, das eine eigentümliche Weichheit ausstrahlte. Zwar hatte auch er dem bedeutenden Anlass entsprechend edle Gewänder angelegt, doch an ihm wirkten sie seltsam deplatziert. Als hätte sich ein Knabe die Kleidung seines älteren Bruders ausgeliehen, schoss es Sirona durch den Kopf. Convictolitavis mochte geschickt in der Verwaltung der Angelegenheiten seines Stammes sein; ein Krieger und Anführer war er gewiss nicht.

Als Sirona den Mann sah, der angetreten war, Vercingetorix das Amt des Oberbefehlshabers streitig zu machen, atmete sie erleichtert auf. Sie konnte sich schwerlich vorstellen, dass dieser verweichlichte Aeduer einen ernst zu nehmenden Rivalen darstellen sollte. Auch in den Zügen einiger der Könige, allesamt herausragende Krieger ihres Stammes, spiegelten sich eine Andeutung von Spott oder gar offene Verachtung.

»Der Edle Convictolitavis, Vergobret der Aeduer«, verkündete ein Mitglied seiner Leibwache, als der Genannte in den Kreis der Würdenträger trat.

Nach und nach verstummten die Gespräche, und die Blicke der Menschen richteten sich auf den Vergobret.

»Edle Könige und Druiden.«

Seine helle, weibliche Stimme erinnerte Sirona an das Fiepen einer Maus und befand sich in vollendetem Einklang mit seiner äußeren Erscheinung. Sie sah, wie sich Vercingetorix' Mundwinkel kurz in der Andeutung eines Lächelns verzogen. Doch augenblicklich hatte er sich wieder in der Gewalt.

»Wie Ihr wisst, hat sich der mächtige und einflussreiche Stamm der Aeduer entschlossen, sein langjähriges Bündnis mit dem römischen Volk aufzukündigen. Wir sind nunmehr zu der Überzeugung gelangt, dass der Wunsch der keltischen Stämme nach einem Leben in Freiheit und Würde ein so ehrenvolles Ziel ist, dass auch wir uns diesem Anliegen nicht länger verschließen können. Aus diesem Grunde wollen wir unsere Krieger, die zu den tapfersten und vortrefflichsten unter den Kelten zählen, sowie die der uns tributpflichtigen Stammesgruppen in den Dienst dieser edlen, gemeinsamen Sache stellen.«

»Bescheidenheit scheint nicht unbedingt zu seinen Tugenden zu gehören«, raunte Aresa an Sironas Ohr, und ihrer beider Anspannung entlud sich in einem dem Anlass gänzlich unangemessenen Kichern.

»Wir sind daher heute hier zusammengekommen, um darüber zu entscheiden, wer das Heer der verbündeten Stämme zukünftig anführen soll. Denn wir sind der unerschütterlichen Überzeugung, dass der Anspruch der Aeduer auf dieses höchste Amt mindestens ebenso berechtigt ist wie derjenige der Arverner.«

Mit Genugtuung stellte Sirona fest, dass einige der anwesenden Würdenträger den Kopf schüttelten.

Convictolitavis tat so, als bemerkte er es nicht. Als er fortfuhr, hatte seine Stimme gleichwohl einen trotzigen Unterton angenommen. »Der Stamm der Aeduer ist ebenso groß, von ebenso alter Herkunft und ebenso reich wie der der Arverner.«

»Das mag ja sein«, unterbrach ihn Teutomatus, der König der Nitiobroger, rüde. Um die Schultern des blonden Hünen hing das Fell eines gewaltigen grauen Wolfs, dessen Kopf auf seiner Brust ruhte. »Aber hier geht es nicht um Größe, Herkunft oder Reichtum, sondern um Erfahrung in der Kriegführung. Und da hat Vercingetorix nun einmal beträchtlich mehr aufzuweisen als Ihr.«

Vercingetorix hatte Sirona berichtet, dass sich Teutomatus' Haltung ihm gegenüber seit dem Sieg vor Gergovia verändert hatte. Wie lang dieser Sinneswandel andauern würde, war bei dem hitzköpfigen König der Nitiobroger jedoch nicht vorhersagbar.

»Von mir aus könnt Ihr Eure Herkunft auf Aeneas, Paris oder die schöne Helena persönlich zurückführen«, rief ein anderer König spöttisch. »Das macht Euch noch lange nicht zu einem guten Oberbefehlshaber.«

Der Vergobret rang um Fassung. Offenkundig hatte er nicht mit solch energischem Widerspruch gerechnet. »So, wie das Amt des Vergobret alljährlich wechselt«, er bemühte sich um einen ruhigen Tonfall, der den schrillen Unterton in seiner Stimme jedoch nur unzureichend überdeckte, »so sollte auch die Würde des Oberbefehlshabers nach einer gewissen Zeit auf einen anderen Anführer übergehen. Und welcher Stamm wäre besser geeignet, dieses bedeutende Amt auszufüllen, als wir, die Aeduer?«

»Die Arverner«, rief jemand aus der Menge und erntete beifälliges Gelächter. Unter den Aeduern, die die Mehrzahl der Zuhörer stellten, machte sich gleichwohl missfälliges Gemurmel breit.

»Vercingetorix hat bei Gergovia einen hervorragenden Sieg über Caesar errungen«, ließ sich einer der jüngeren Druiden mit klarer, tragender Stimme vernehmen. »Das beweist doch wohl, dass er der geeignete Mann für das Amt des Oberbefehlshabers ist.«

»Er kennt die Römer wie kein anderer«, setzte ein älterer Druide hinzu. »Seine Warnungen und Vorhersagen haben sich bisher immer bewahrheitet. Es gibt keinen besseren Mann für diese Aufgabe.«

Zustimmende Rufe ertönten aus den Reihen der Würdenträger.

»Seit einem halben Jahr kämpfen wir nun schon gegen Rom«, meldete sich mit einem Mal der Bituriger Medurix zu Wort.

Sirona erschrak bei seinem Anblick. Der Verband um seinen Kopf war zwar verschwunden. Doch er stützte sich schwer auf zwei Krücken, die man aus kräftigen Ästen gefertigt hatte, und wirkte irgendwie geschrumpft. Er war nicht länger der kraftvolle König, sondern ein gebrochener Mann. Begleitet wurde er von einem jungen Druiden, dem Sirona im Hospital zu Avariko begegnet war, denn über Galatos' Schicksal herrschte nach wie vor Ungewissheit.

»Ohnmächtig mussten wir Bituriger mit ansehen, wie unsere Gebiete von den Legionen verwüstet, unsere Frauen geschändet und unsere Krieger getötet oder versklavt wurden. Avariko, ehedem die schönste unserer Städte, ist nur noch eine verbrannte Ruine. Und wir, die wir mit dem Leben davongekommen sind, haben alles verloren, woran unser Herz hing. Ich frage Euch, Convictolitavis: Wo wart Ihr, als unsere Männer starben und unsere Städte brannten? Ihr habt Euch auf die Seite Roms geschlagen und Euer eigenes Volk verraten. Ich kenne niemanden, der es weniger verdient, Oberbefehlshaber des vereinten Heeres zu sein, als Ihr!«

Laute Rufe der Zustimmung schollen nun über den Platz. Medurix war der König desjenigen Stammes, dem die römischen Legionen bislang das größte Leid zugefügt hatten. Deswegen wog seine Äußerung besonders schwer.

»Sollte Vercingetorix nicht länger unser Oberbefehlshaber bleiben«, verkündete Cotuatus, König der Carnuten, plötzlich mit einer Stimme, die keinen Widerspruch duldete, »werden die Carnuten das Heer der verbündeten Stämme verlassen.«

»Wohl gesprochen«, bekräftigte Sedullus, König der Lemovicer. »Gleiches gilt auch für meinen Stamm.«

»Und für den meinen, die Cadurcer«, rief König Lucterius.

Schweißperlen hatten sich auf der Stirn des Vergobret gebildet. Sein rundliches Kinn bebte vor Erregung. Die Unterredung nahm ganz eindeutig nicht den Verlauf, den er sich erhofft hatte. »Bitte, bitte, meine Herren«, versuchte er, das Stimmengewirr zu übertönen. »Ich schlage vor, dass wir jetzt darüber abstimmen, wer zukünftig das vereinte Heer anführen soll.«

In diesem Augenblick trat Vercingetorix selbst in die Mitte des Runds. »Ich werde mich Eurer Entscheidung selbstredend unterwerfen«, wandte er sich an die versammelten Würdenträger, drehte sich langsam im Kreis und ließ seinen Blick über ihre Gesichter wandern. »Zuvor jedoch möchte ich Euch in Erinnerung rufen, dass ich es bin, den die Götter als Euren

Befehlshaber auserkoren haben. Überdies bin ich derjenige der Könige, der die Römer am besten einzuschätzen vermag, denn wie Ihr wisst, habe ich Caesar lange auf seinen Feldzügen begleitet. Ich kenne ihn wie kein Zweiter unter Euch, ich weiß, wie er denkt und fühlt. Und ich bin mit der römischen Art der Kriegführung hervorragend vertraut. Dieses Wissen ist von grundlegender Bedeutung, wenn es uns gelingen soll, die Legionen für immer aus unseren Gebieten zu vertreiben. Daher bitte ich Euch: Gebt mir Eure Stimme, und kämpft weiterhin an meiner Seite gegen Rom, damit unsere Kinder und Enkel in einem freien Land aufwachsen! Ich danke Euch.« Nach einem weiteren eindringlichen Blick in die Gesichter der anderen Würdenträger trat er in ihre Reihen zurück.

Seine Worte ernteten laute Zustimmung unter den Stammesoberhäuptern. Es schien, als würde die Abstimmung eine reine Formsache werden, denn bislang hatte sich noch niemand für Convictolitavis ausgesprochen.

»So kommen wir nun zur Entscheidung!« Der Vergobret der Aeduer bemühte sich, die Zwischenrufe zu übertönen. »Wer für mich stimmt, möge seine Rechte heben.«

Keine einzige Hand hob sich.

Convictolitavis' Kehlkopf hüpfte erregt auf und nieder, als er schwer schluckte. »Und wer spricht sich für Vercingetorix aus?«, fuhr er mit gepresster Stimme fort.

Mit Ausnahme von Vercingetorix und seiner selbst, die nicht stimmberechtigt waren, hob jeder einzelne der versammelten Könige und Druiden ohne zu zögern die Rechte.

Ein feines Lächeln spielte um die Lippen des Oberbefehlshabers, als er sich einen kleinen Augenblick des Triumphes gönnte. Der Vergobret hatte seine Niederlage selbst verschuldet. Er war ein Opfer seiner Gier nach Macht geworden, und die höchsten Männer des Landes hatten ihn klar in seine Grenzen verwiesen.

Plötzlich brandete Jubel über den Platz. Viele der Krieger schlugen mit der flachen Seite ihrer Schwertklinge gegen ihren Schild, als sie ihrem alten und neuen Oberbefehlshaber zuriefen: »Lang lebe König Vercingetorix!«

Sirona sah, dass sich Convictolitavis' Lippen bewegten, aber seine Worte gingen in dem freudigen Tumult unter. Anspannung und Besorgnis fielen von ihr ab, als Aresa und sie einander erleichtert in die Arme sanken.

Doch jäh stahl sich eine neue Sorge in ihr Herz, nistete sich dort ein und ließ sich nicht mehr vertreiben. Convictolitavis war eitel, das eindeutige Abstimmungsergebnis hatte ihn in seiner Eitelkeit gekränkt. Und er war nicht der Mann, der eine solche Niederlage klaglos hinnahm.

Kapitel 32

Als Sirona am darauffolgenden Tag Vercingetorix aufsuchte, fand sie ihn in tiefer Konzentration über die Landkarte gebeugt. Sie waren inzwischen so vertraut miteinander, dass er sie gebeten hatte, sich nicht länger durch die Wache ankündigen zu lassen, sondern sein Zelt schlankweg zu betreten.

»Seid gegrüßt, Herr.«

Er fuhr zu ihr herum. »Ah, kleine Schwester. Ich wünsche Euch einen guten Morgen.«

Sie wies mit dem Kopf in Richtung der Karte. »Komme ich ungelegen?«

»Keineswegs.« Er winkte sie ungeduldig näher. »Da mir die Könige und Druiden ihr Vertrauen ausgesprochen haben, plane ich gerade die nächsten Schritte. Seht selbst.«

Sie trat neben ihn und ließ ihren Blick über das große Pergament mit den eingezeichneten Symbolen wandern. An seinem Rand stand ein kleines, entkorktes Tongefäß, das vermutlich Tinte enthielt. Daneben lag eine Rohrfeder, deren Spitze schwarz verfärbt war. Sirona sah, dass die Landkarte im unteren Bereich mehrere frische Einträge aufwies.

»Während ich bedauerlicherweise gezwungen war, wertvolle Zeit mit Debattieren zu vergeuden«, begann Vercingetorix in ungewohnter Schärfe, »ist es Caesar und Titus Labienus gelungen, ihre beiden Heeresteile wieder miteinander zu vereinen. Ich befürchte, dass sie sich nun ein neues Ziel suchen, eine weitere unserer Städte, die sie belagern und einzunehmen versuchen.«

Sirona fühlte, wie ein eisiger Schauer ihren Rücken hinaufkroch. »Gibt es bereits Hinweise darauf, welche das sein könnte?«

»Noch nicht. Und ich werde es auch gar nicht dazu kommen lassen. Ich will, dass fürderhin wir es sind, die das Geschehen diktieren, und dem Proconsul keine andere Wahl bleibt, als zu reagieren. Durch den Anschluss der Aeduer bieten sich mir völlig neue Möglichkeiten, da jetzt auch all die Stämme zu unserem Bündnis gehören, deren Territorien unmittelbar an die Gallia transalpina grenzen.« Er deutete auf ein Gebiet in der unteren Hälfte der Karte, das sich am nördlichen Rand des Mare internum entlangzog. Sirona sah, dass die Tinte schwarze Flecken an seinen Fingern hinterlassen hatte.

»Das will ich mir zunutze machen und die Provinz unverzüglich angreifen. Dadurch zwinge ich Caesar, nach Süden zu ziehen. Denn wenn es uns gelänge, die Transalpina zu erobern, wäre ihm der Rückweg nach Italia verschlossen, und er stünde inmitten unserer Stammesterritorien isoliert da. Und glaubt mir, ich kenne ihn gut genug, um zu wissen, dass er das unter keinen Umständen riskieren wird.« Er nahm fünf kleine Kiesel auf, die er mit schwarzer Tinte beschriftet hatte, und platzierte sie an verschiedenen Stellen innerhalb des als Gallia transalpina markierten Gebietes. »Daher werden die Aeduer in den Herrschaftsbereich der Allobroger einfallen, die Gabaler und meine Arverner überfallen die Elvier, die Rutener und Cadurcer die Volcer. Diese Angriffe erfolgen alle am selben Tag, sodass Caesar seine Truppen erneut aufteilen muss.« Er hielt in seiner Erklärung inne und schaute Sirona an, als erwarte er eine Erwiderung. Doch ihr schwirrte der Kopf von all den unbekannten Stammesnamen, und so schwieg sie.

»Aber wir werden sie nicht ungeschoren ziehen lassen«, fuhr er nach einem Moment fort. »Ich habe den Aeduern und den ihnen tributpflichtigen Stämmen befohlen, mir fünfzehntausend ihrer hervorragenden Reiter zu stellen. Mit diesen greifen wir die Legionen auf ihrem Marsch nach Süden an. Eine Armee auf dem Zug ist äußerst verletzlich, und diesen Umstand machen wir uns zunutze. Wir teilen unsere Reiterei in drei Trupps auf. Der eine attackiert die Spitze des Heerzuges, um ihn zum Anhalten zu zwingen. Sobald dies geschehen ist, bestürmen ihn die beiden anderen von den Seiten. Wisst Ihr, kleine Schwester, wer diese Taktik schon einmal erfolgreich angewandt hat?«

Sirona blickte verwirrt von der Karte auf. »Nein, Herr, ich habe keine Ahnung von solchen Dingen.«

Vercingetorix lächelte fein. »Es war der König Eures eigenen Stammes, Ambiorix. Mit genau derselben Strategie hat er im vorletzten Jahr die Legionen der Legaten Sabinus und Cotta angegriffen und vernichtend geschlagen - eine der schwersten Niederlagen, die Kelten Römern jemals zugefügt haben.«

Sie war verblüfft. »Ihr habt von der Schlacht in der Wolfsschlucht gehört?«

Nun lachte er. »Freilich habe ich davon gehört. Ambiorix hat mit seinem überragenden Sieg bewiesen, dass Kelten Römer bezwingen können, wenn sie ihnen nicht in einer offenen Feldschlacht gegenübertreten, sondern eine Strategie anwenden, die es den Legionären nicht erlaubt, eine Schlachtordnung einzunehmen und ihre Stärken auszuspielen. Die Kunde seines Triumphs hat sich in den Gebieten westlich des Arduenna Waldes wie ein Lauffeuer verbreitet. Nun möchte ich seine Taktik aufgreifen, um diesen grandiosen Sieg zu wiederholen. Unser Erfolg hängt davon ab, ob es uns gelingt, die Feinde daran zu hindern, sich in einer Schlachtformation aufstellen. Sollte dies dennoch geschehen, bleibt uns nichts anderes übrig, als uns augenblicklich zurückzuziehen.«

Am darauffolgenden Tag zog die keltische Streitmacht nach Norden, Caesars Heer entgegen, während sich die Verbündeten im Süden anschickten, die römische Provinz anzugreifen. An der Grenze zum Stammesgebiet der Mandubier stießen die von Vercingetorix angeforderten fünfzehntausend Reiter zu ihm.

Der Oberbefehlshaber hatte Sirona eine ältere Stute mit ruhigem Gang zur Verfügung gestellt, auf deren breitem Rücken sie die Reise bequem zurücklegen konnte. Ihr Bauch hatte mittlerweile beachtliche Ausmaße angenommen, und sie war der festen Überzeugung, dass ein kräftiger Junge in ihr heranwuchs. Zudem brannte Sulis seit Tagen unbarmherzig von einem wolkenlosen stahlblauen Himmel herab und trug das ihre dazu bei, dass sich Sirona aufgedunsener denn je fühlte und sich nur langsam und mühevoll zu bewegen vermochte.

Beinah täglich spürte sie nun, wie sich das Kind in ihr regte, mal sachte wie ein kleiner Vogel und mal so kraftvoll, als könne es den Eintritt ins Leben kaum erwarten. Diese Augenblicke erfüllten sie mit Glück und tiefer Dankbarkeit für das Wunder, das sich in ihr entfaltete. Sie wünschte, Marcus wäre bei ihr und würde seine Hand auf ihren Bauch legen, um die Bewegungen seines Sohnes zu spüren. Um wie viel schöner wäre es, die Schwangerschaft gemeinsam mit ihm zu erleben, anstatt auf den verfeindeten Seiten dieses nicht enden wollenden Krieges zu stehen!

Immer wieder versuchte sie sich auszumalen, wie es sein würde, ihr Kind endlich in den Armen zu halten. So bedrückend der Gedanke auch war, es inmitten eines Kriegslagers zur Welt bringen zu müssen, sosehr begann sie nun doch, die Geburt herbeizusehnen.

Vercingetorix schloss zu Sirona auf und lenkte Sallaco neben ihre braune Stute. Er war sichtlich aufgeräumter Stimmung und konnte es kaum erwarten, den nächsten, entscheidenden Schritt seines Plans in die Tat umzusetzen.

»Alles verläuft genau so, wie ich es mir erhoffe. Die Legionen haben sich gen Süden gewandt, um der angegriffenen Transalpina zu Hilfe zu eilen und nicht mitten in keltischem Gebiet eingeschlossen zu werden. Ich habe auch schon einen Ort ausgewählt, der für unseren Hinterhalt geeignet ist: eine weite Ebene in der Nähe der Stadt Alisiia, wo die Reiterei ihre Stärken bestmöglich entfalten kann.«

Sie umrundeten gerade den felsigen Ausläufer eines Berges, aus dessen Flanke eine muntere Quelle sprudelte. Plötzlich verhielt der Oberbefehlshaber seinen Schimmel. »Habt Ihr noch genügend Wasser? Ich habe gehört, Schwangere müssten viel trinken. Soll ich Eure Feldflasche mit frischem Quellwasser auffüllen?«

Während ihre Stute ebenfalls anhielt, blickte Sirona, überrascht ob des jähen Themenwechsels, auf. Vercingetorix war so feinfühlig gewesen, sie nie zu fragen, wer der Vater ihres Kindes sei. Und sie hatte stets davor zurückgeschreckt, ihre innige Beziehung auf die Probe zu stellen, indem sie ihm gestand, dass es sich um einen Römer handelte, einen jener Erzfeinde, die er seit Monaten erbittert bekämpfte. Alles, was er wusste, war, dass ihr der Kindsvater irgendwie abhandengekommen war. Und so zeigte er sich in dem Maße, wie ihre Schwangerschaft fortschritt, immer fürsorglicher, überließ ihr die besten Fleischstücke, schenkte ihr Honig, den er auf einem Gehöft am Rande des Weges erstand, oder pflückte Früchte für sie. Sie genoss seine kleinen Aufmerksamkeiten, und manchmal brachten sie sie auch zum Schmunzeln. Er verhielt sich beinah so, als wäre es sein eigenes Kind, das in ihrem Leibe heranwuchs.

»Sehr gern, Herr.« Ihr Wasservorrat ging in der Tat zur Neige, und sie war dankbar, sich nicht vom Rücken der Stute hinab- und wieder hinaufquälen zu müssen.

»Und bitte nennt mich nicht immer ›Herr‹.« Er glitt aus dem Sattel, nahm die Feldflasche aus ihrer Hand entgegen und füllte sie an der Quelle. Dann reichte er sie ihr zurück und saß erneut auf.

»Ich danke Euch, Herr.«

»Ich danke Euch, Vercingetorix«, korrigierte er sie geduldig.

Sirona trank einen langen Schluck, ehe sie ihre Pferde mit einem leichten Schenkeldruck antrieben.

»Lediglich ein Gedanke bereitet mir Sorgen«, fuhr er nach einem Moment fort.

»Und was wäre das?« Es fiel ihr schwer, ihn mit seinem Namen anzureden. Denn bei aller Vertrautheit war er doch ein König und der von den Göttern auserwählte Oberbefehlshaber einer gigantischen Streitmacht.

»Ich fürchte, dass es um die Disziplin der neu zu uns gestoßenen Reiter nicht zum Besten steht. Wie Ihr wisst, habe ich in den vergangenen sechs Monaten viel Zeit und Mühe darauf verwandt, aus einem Haufen undisziplinierter Krieger eine Armee zu formen, in der nicht jeder für sich kämpft, sondern alle das gemeinsame Ziel im Blick behalten und auf die Befehle ihrer Anführer hören. Doch die Aeduer und ihre Verbündeten sind anders. Sie kämpfen auf die alte, keltische Art, wild und unbeherrscht.«

Eine plötzliche Bewegung in ihrem Augenwinkel zog Sironas Aufmerksamkeit auf sich. Ein Turmfalke hatte sich aus der felsigen Flanke des Berges gelöst und glitt durch die tiefblaue Kuppel des Himmels über die beiden Reiter hinweg.

Sie fühlte, wie trotz der Hitze ein eisiger Hauch über sie hinwegzuwehen schien, und ihre Rechte vollführte wie von selbst eine Geste, die Unheil abwehren sollte. Ein Falke! War es Zufall, dass er gerade jetzt erschien, wo Vercingetorix ihr seine Bedenken darlegte? Oder war es ein Omen? Was hätte sie darum gegeben, Galatos dazu befragen zu können! Doch sie war inzwischen überzeugt, dass er in Avariko den Römern in die Hände gefallen war, und so blieb sie mit ihren Sorgen allein.

Sie warf einen raschen Seitenblick zu Vercingetorix hinüber. Hatte er den Falken ebenfalls bemerkt? Nein, seine Augen waren konzentriert auf den felsigen Boden vor Sallacos Hufen gerichtet, und er sprach mit ihr. Sie zwang sich, ihre Aufmerksamkeit wieder auf seine Worte zu lenken.

»... fürchte ich, dass das Band, das die Aeduer mit uns vereint, nicht sehr stark ist. Als Convictolitavis mich nach Bibracte lud, war er der festen Überzeugung, dass er als neuer Oberbefehlshaber aus dieser Versammlung hervorgehen würde. Die Tatsache, dass die Könige und Druiden mich einstimmig in meinem Amt bestätigt haben, war ein schwerer Schlag für ihn.« Er verstummte, während er Sallaco über einen besonders unwegsamen Abschnitt des Pfades lenkte. »Man hat mir zugetragen, dass die Aeduer bereits mit dem Gedanken liebäugeln, unser Bündnis aufzukündigen und sich erneut Rom anzuschließen«, fuhr er fort, sobald sein Hengst wieder sicheren Boden unter den Hufen hatte. »Lediglich der Umstand, dass

Caesar uns im Moment unterlegen scheint und sich auf dem Rückzug befindet, hält sie davon ab, augenblicklich wortbrüchig zu werden. Daher befürchte ich, dass die Aeduer in erster Linie für sich selbst kämpfen und sich nicht um übergeordnete Ziele scheren.«

Am darauffolgenden Tag erreichte das Heer der verbündeten Stämme die Ebene, die Vercingetorix für seinen Hinterhalt ausgewählt hatte, und der Oberbefehlshaber ließ seine Streitmacht in Stellung gehen. Die Fußtruppen postierte er außer Sichtweite des Schlachtfelds in der Nähe der Kriegslager, geschützt durch einen Fluss, der einen römischen Überfall aufhalten sollte, falls der Angriff der Reiterei scheiterte.

Bald darauf meldeten Kundschafter das Nahen des Feindes. Seinem Plan entsprechend teilte Vercingetorix seine berittenen Krieger in drei Gruppen auf, deren eine am Ausgang der Ebene den Legionen auflauerte, um ihnen den Weg abzuschneiden. Die beiden anderen bezogen hinter ausgedehnten Waldstücken Position, um den ins Stocken geratenen Heereszug von zwei Seiten in die Zange zu nehmen.

Schon bei Tagesanbruch brachen Sirona, Aresa und Valetiacus, der noch nicht wieder imstande war, ein Schwert zu führen, mit ihren Pferden auf, um sich auf einer Anhöhe oberhalb der Ebene eine Stelle zu suchen, von wo sie die Schlacht beobachten konnten. Segocondus und Bellogenus blieben bei den Fußtruppen zurück.

Bereits um diese frühe Stunde ließ der Morgen die Hitze erahnen, die zur Mittagszeit herrschen würde. Als die drei Reiter auf der Kuppe des Hügels in ein Gehölz eintauchten, umfingen sie der Gesang einer Goldammer und der süße Duft des Geißblatts. Die Strahlen der Sonne tasteten sich durch das dichte Blätterdach und malten Muster aus hellen Lichtflecken auf den Waldboden, den das braune Laub des vergangenen Winters bedeckte.

Ach, so friedlich, dachte Sirona, als sie für einen Moment die Augen schloss und es ihrer Stute überließ, den Weg zu finden. Nichts an diesem erhabenen Tagesbeginn ließ das grausame Schauspiel erahnen, das der Mensch schon bald in jener weiten Ebene aufführen würde, nicht den Hass und die Angst, nicht die verzweifelten Anstrengungen der Krieger, nicht das Töten und Sterben.

Würde dieser Hinterhalt denn wenigstens die erhoffte Entscheidung, den endgültigen keltischen Sieg herbeiführen?

Könnte sie dann endlich in ihre Heimat zurückkehren, nach der sie sich täglich mehr sehnte, je näher der Zeitpunkt ihrer Niederkunft rückte? Oder würde es immer so weitergehen, eine unbarmherzige Schlacht auf die andere folgen, bis einer der beiden Gegner schließlich kapitulierte? Müsste sie ihren Sohn wahrhaftig in einem kargen Heerlager, inmitten fremder, wilder Krieger zur Welt bringen?

Und was war mit Marcus? Würde sie ihn jemals wiedersehen? Befand er sich in dem Heerzug, der sich schon bald durch die Ebene zu Füßen dieses sanften Hügels wälzen würde, nicht ahnend, dass der Tod dort auf ihn lauerte? Lebte er überhaupt noch? War er längst unter dem Schwert eines der Ihren gefallen, vor Avariko, Gergovia oder in irgendeiner anderen Schlacht in den unendlichen Weiten des keltischen Gebietes?

Oder würde er heute fallen?

Sirona riss die Augen wieder auf und seufzte. So viele Fragen, doch nur die Götter kannten die Antwort. Und so sandte sie den Unsterblichen ein stummes Gebet und bat Sie, dem Heer der verbündeten Stämme den endgültigen Sieg zu schenken, damit dieser unsägliche Krieg endlich vorüber wäre und sie mit ihrem Sohn in ihre Heimat zurückkehren und in Frieden leben könnte.

Ein leichter Dunst lag über der Ebene zu ihren Füßen, als Sirona, Aresa und Valetiacus die sanft abfallende Flanke der Anhöhe erreichten. Noch erstreckte sich die Landschaft unberührt und menschenleer vor ihnen in der Morgensonne. Eine Lerche stieg pfeilschnell in den Himmel, der die Farbe von Kornblumen hatte, und verharrte scheinbar auf der Stelle, ehe sie erneut zu Boden glitt. Rehe ästen einen Steinwurf entfernt von den drei Reitern im hohen Gras. Hin und wieder hoben sie ihre schlanken Köpfe und schauten zu den Menschen hinüber, ohne sich bei ihrem Frühmahl stören zu lassen.

Es dauerte nicht lang, bis Aresa den Arm ausstreckte und nach links deutete. »Da, seht!«, rief sie, während die Rehe erschrocken davonstoben. »Die Römer!«

Sironas Blick folgte dem ausgestreckten Arm ihrer Freundin. Wahrhaftig! Die Vorhut des feindlichen Heerzuges war soeben am nördlichen Ausläufer der Ebene aufgetaucht. Es handelte sich um eine Gruppe von ungefähr dreißig Reitern, und soweit Sirona es aus der Entfernung zu erkennen vermochte, waren diese Männer keine Legionäre, sondern Angehörige einer berittenen Hilfseinheit. Vercingetorix hatte ihr berichtet, dass Caesar erst kürzlich östlich des Renos Germanen angeworben hatte, um nach dem Abfall der Aeduer seine Reiterei zu verstärken.

Die Kundschafter waren zu weit entfernt, um ihren Gesichtsausdruck deuten zu können. Doch ihre Körperhaltung schien angespannt, und sie ließen ihre Blicke aufmerksam über die Hänge der Anhöhen zu ihrer Rechten und Linken schweifen.

Verhielten sie sich immer so wachsam?, fragte sich Sirona. Oder ahnten sie etwas? Hatte sie gar jemand gewarnt?

Noch blieb jedoch alles friedlich. Die Ebene lag still und verlassen da, während sich die kleine Reiterschar vorsichtig weiter hineintastete. Ein leichter Wind aus Norden fuhr in das hohe Gras, und das Laub der Birken, unter deren Dach Sirona und ihre Gefährten auf ihren Pferden ausharrten, raschelte leise.

Dann, die Sonne hatte den letzten Morgendunst beinah aufgeleckt, kamen die ersten Legionäre in Sicht. Sie folgten den germanischen Kundschaftern in einer lang gezogenen Kolonne im Abstand von einer halben Meile. Aber noch immer regte sich nichts. Wie der Oberbefehlshaber es ihnen befohlen hatte, warteten die berittenen Trupps der Aeduer geduldig ab, bis die Vorhut des Feindes das südliche Ende der Ebene fast erreicht hatte und sich anschickte, in ein ausgedehntes Waldgebiet einzutauchen.

In diesem Moment erscholl in der Ferne der dreifache Klang von Vercingetorix' Kriegshorn, das Signal zum Angriff. Augenblicklich brach vom südlichen Rand der Ebene her ein Trupp von dreitausend Reitern aus dem Schutz des Waldes und stürzte sich auf die Kundschafter des feindlichen Heerzuges. Gleichzeitig fielen von beiden Seiten jeweils sechstausend berittene Krieger über die Flanken der lang gestreckten Kolonne der Legionäre her.

Deren Reaktion erfolgte genau so, wie der Oberbefehlshaber es erhofft hatte. Sie wurden von Verwirrung ergriffen, die rasch in Panik umschlug, als die Ersten von ihnen unter keltischen Schwerthieben starben.

Doch wieder einmal bewies die römische Armee ihre sprichwörtliche Disziplin. Der ferne Klang einer Tuba wehte über die Ebene dahin, als Caesar den Befehl erteilen ließ, sich zur Schlacht zu formieren. Binnen Kurzem ballten sich die Legionäre zu großen, dicht gedrängten Karrees zusammen. Die

Männer standen so eng beieinander, die Speere waagerecht vor sich ausgestreckt, dass die Aeduer in eine mit eisernen Spitzen gespickte Mauer hineinzureiten schienen.

Überrascht und ratlos verhielten sie ihre Pferde. Die Geschwindigkeit, mit der die römischen Soldaten ihre Furcht beherrschten und eine perfekte, undurchdringliche Schlachtordnung einnahmen, war etwas, womit sie allem Anschein nach nicht gerechnet hatten, obwohl Vercingetorix sie genau davor gewarnt hatte.

Nun bewahrheitete sich das, was der Oberbefehlshaber insgeheim befürchtet hatte. Die Reiter der Aeduer, die nicht über ein halbes Jahr hinweg auf Disziplin und Gehorsam gegenüber ihrem Anführer eingeschworen worden waren, zogen sich nicht, wie befohlen, zurück, sondern attackierten die undurchdringlichen feindlichen Reihen in immer neuen Wellen, ohne sie jedoch jemals aufzubrechen. Die Legionäre wiederum schlugen sich mit dem Mut der Verzweiflung. Sie wussten, dass ihre einzige Hoffnung darin bestand, die rettende Provinz zu erreichen, und dies verlieh ihnen zusätzliche Kräfte.

Schon bald war die Ebene übersät mit den Leibern sterbender Pferde, deren schmerzerfülltes Wiehern bis hinauf zu dem Gehölz drang, in dessen Schutz Sirona und ihre Gefährten die Schlacht beobachteten. Die Krieger kämpften nun zu Fuß gegen die römische Phalanx weiter, wurden aber ebenso von den Pila der Feinde durchbohrt wie zuvor ihre Tiere.

Dann trug der Wind erneut den Klang einer Tuba über das Schlachtfeld: das Signal für Caesars germanische Reiter, in den Kampf einzugreifen. Wie entfesselt stürzten sie sich auf die Kelten und trieben sie scheinbar mühelos zurück. Immer mehr Aeduer erkannten, dass sie der vereinten Streitmacht aus Römern und Germanen nichts entgegenzusetzen hatten, und wandten sich zur Flucht, wurden jedoch von den Feinden verfolgt und gnadenlos niedergemetzelt.

Mit blankem Entsetzen beobachtete Sirona die erschreckende Wendung, die die Schlacht durch das Eingreifen der germanischen Hilfstruppen nahm. Wie um sich zu überzeugen, dass sie nicht in einem Albtraum gefangen war, warf sie einen Blick zu ihren Gefährten hinüber. Aresa starrte mit Augen, die viel zu groß für ihr Gesicht schienen, auf das Schlachtfeld und bewegte die Lippen in lautlosem Gebet. Valetiacus' Hände krampften sich um die vorderen Sattelhörner, während er mit zusammengepressten Kiefern der Tragödie folgte, die am Fuße des Hügels unaufhaltsam ihren Lauf nahm.

Sirona schloss die Augen. Doch als wären ihre Lider aus Glas, sah sie dieselben Bilder, ging das Töten und Sterben weiter. Teutates, warum tust Du uns das an?, haderte sie stumm mit dem Gott. Wir haben Dir geopfert, und Du hast unsere Gaben angenommen und Vercingetorix Deiner Gunst versichert. Weshalb lässt Du ihn nun im Stich? Herr des Krieges und des Friedens, ich flehe Dich an, schenke ihm den Sieg!

»Los, weg hier!« Valetiacus' Stimme, heiser vor Furcht, holte sie jäh in die Gegenwart zurück. Er hatte seinen Hengst an ihre Stute herangedrängt, und als sie ihre Augen aufriss, erkannte sie den Grund. Ihr stockte der Atem.

Die ersten Gefechte erstreckten sich bereits die Flanke der Anhöhe hinauf. Soeben hatte eine Handvoll Germanen sie und ihre Gefährten entdeckt, verhielt ihre kleinen, struppigen Pferde und blickte zu ihnen hinüber.

Hastig wendeten Sirona, Aresa und Valetiacus ihre Tiere und trieben sie in die Schatten zwischen den Bäumen. Als Sirona einen panischen Blick über die Schulter zurückwarf, sah sie gerade noch, wie die Feinde ihre Pferde herumrissen und zurück auf das Schlachtfeld galoppierten.

Die drei Reiter folgten demselben schmalen Pfad durch das Gehölz wie bei Tagesanbruch. Doch nun war der Gesang der Vögel verstummt, Sulis hatte sich hinter einer dunklen Wolkenbank verborgen, und der Wald, zuvor erfüllt vom süßen Duft des Geißblatts, roch nun nach feuchter Erde und vermoderndem Laub.

Wie betäubt richtete Sirona ihren Blick auf die Kruppe von Aresas Stute, die vor ihr hertrottete, während ein einziger Gedanke unablässig in ihrem Kopf kreiste: Die Unsterblichen hatten ihr Gebet nicht erhört.

Die Schlacht war verloren.

Der Krieg hatte eine überraschende Wendung genommen.

Kapitel 33

Sobald sich Vercingetorix eingestehen musste, dass sein Angriff gescheitert war, gab er den Befehl, die Kriegslager aufzuheben und sich nach Alisiia, der Hauptstadt der Mandubier, zurückzuziehen. Bereits in den Tagen zuvor hatte er angeordnet, aus dem Umland Lebensmittel und Futter für die Tiere dorthin zu schaffen. Wie es schon bei Avariko und Gergovia geschehen war, verließen die in der Umgebung lebenden Menschen ihre Gehöfte und Siedlungen und machten sich auf den Weg, um hinter den Mauern des Dunom Zuflucht vor den Römern zu suchen.

Und diese sollten nicht lang auf sich warten lassen.

Das Heer der verbündeten Stämme zog die ganze Nacht hindurch, und am darauffolgenden Vormittag erreichte es Alisiia. Die Stadt thronte auf einem bewaldeten Bergrücken inmitten einer weiten Ebene, die ihrerseits ringsum von einer Hügelkette eingerahmt wurde. Wasserläufe umflossen die Anhöhe beinah vollständig und gaben nur im Osten eine Landbrücke frei, auf der man das Tor über einen Fahrweg ungehindert erreichen konnte. Hier befahl Vercingetorix, die Kriegslager aufzuschlagen, um diese Schwachstelle der Befestigung bestmöglich zu sichern. Als zusätzlichen Schutz ließ er dort umgehend einen Graben ausheben und eine sechs Fuß hohe Mauer aufschichten, die einen feindlichen Ansturm abbremsen sollte.

Sobald Caesar erkannte, dass sich die keltische Streitmacht zurückzog, hatten die Legionen die Verfolgung aufgenommen, und nun errichteten sie in der Ebene zu Füßen Alisiias ein erstes Lager.

Alisiia war eine ähnlich schöne und fortschrittliche Stadt wie Avariko. Wie Vercingetorix Sirona berichtet hatte, lag sie an einer bedeutenden Handelsstraße, und so trafen hier fahrende Kaufleute aus den Gebieten am Mare internum auf solche, die von dem fernen Meeresarm im Norden kamen, und brachten fremdartige Waren und Einflüsse mit.

Wie Avariko und Bibracte war Alisiia von einer aus Holzbalken und Bruchsteinen errichteten Mauer umgeben. Das Dunom erstreckte sich von Ost nach West über einen Bergkamm, dessen schroff abfallende Kalkfelsen dichter Wald überzog. Durch das Tor führte eine breite, gepflasterte Straße, von der rechts und links Gassen abzweigten, auf einen weitläufigen Platz. Dort erhob sich in einem heiligen Bezirk ein hölzernes Bildnis von Alisanus, dem Schutzgott Alisiias. Jenseits dieses Versammlungsplatzes schlossen sich der Markt und dahinter das Handwerkerviertel an. Wie schon in Avariko errichtete man auf dem grasbewachsenen Streifen zwischen den letzten Häusern und der Umfriedung Zelte und Hütten, um die Flüchtlinge aufzunehmen, die ihre Gehöfte und Siedlungen verlassen hatten, um in der Stadt Schutz zu suchen.

Lugotorix, der König der Mandubier, ließ es sich nicht nehmen, dem Oberbefehlshaber sein eigenes Haus zur Verfügung zu stellen. Vercingetorix lud Sirona und Aresa ein, es mit ihm zu teilen, denn ein Kriegslager, so erklärte er, sei beileibe nicht der richtige Ort für eine schwangere Frau.

Sirona, die nur noch wenige Wochen von ihrer Niederkunft trennten, war dankbar, dem kargen und entbehrungsreichen Leben inmitten fremder Krieger zu entkommen, und nahm sein Angebot mit Freuden an. Zudem vermochte sie auf diese Weise auch Segocondus aus dem Weg zu gehen, der gemeinsam mit Bellogenus, Valetiacus und den anderen Kriegern vor den Toren des Dunom lagern würde.

Wie sie bereits befürchtet hatte, waren die Nachwirkungen des Schocks, den ihm die Erkenntnis ihrer Schwangerschaft versetzt hatte, allmählich abgeklungen. Erneut suchte er bei jeder sich bietenden Gelegenheit ihre Nähe, und oftmals spürte sie seinen stechenden Blick auf sich ruhen, noch ehe sie seine Gegenwart bemerkte. Ihre größte Sorge war jedoch, dass er eine Gefahr für ihren Säugling darstellen könne, wenn sein Hass auf Marcus und seine Unbeherrschtheit einmal mehr die Oberhand gewannen.

Das Fachwerkhaus, das Lugotorix dem Oberbefehlshaber überlassen hatte, lag in der Nähe des Stadtzentrums und bestand aus zwei Räumen: einem großen, in den man durch die Tür zur Straße gelangte und in dem Vercingetorix seine Tafel aufstellen ließ, und daran angrenzend eine Kammer, die er Sirona und Aresa zur Verfügung stellte. Besonders freute sich Sirona über die Bettstatt, die mit Strohsäcken, Decken und Fellen ausgepolstert war und es ihr erlaubte, trotz ihrer geschwollenen, schmerzenden Glieder weich und bequem zu liegen.

Doch so erleichtert sie über diese Verbesserung ihrer Lebensumstände war, so besorgt und entmutigt war sie auch. Die Niederlage der keltischen Reiterei und die Flucht nach Alisiia hatten ihre Hoffnungen zunichtegemacht, bald wieder in ihre Heimat zurückkehren zu können. Denn ein Ende dieses furchtbaren Krieges war nicht abzusehen.

Zwar hatten Boten Vercingetorix berichtet, dass der Angriff der verbündeten Stämme auf die Gallia transalpina erfolgreich verlaufen sei. Doch durch den jüngsten römischen Sieg hatte sich das Schicksal erneut gewendet. Caesars vorrangiges Ziel bestand nun nicht länger darin, sich den Rückzugsweg nach Italia offen zu halten. Vielmehr befürchtete der Oberbefehlshaber, dass sein Erzfeind sein Vorgehen von Avariko und Gergovia wiederholen und Alisiia belagern würde.

Mit jedem Tag, der verging, rückte der Zeitpunkt von Sironas Niederkunft unaufhaltsam näher. Und sosehr sie ihn auch herbeisehnte, überwog inzwischen doch ihre Sorge darüber, unter welchen Umständen sie ihren Sohn würde zur Welt bringen müssen. In einer von Feinden belagerten Stadt? Am Rande eines Schlachtfelds? Auf der Flucht, nach einem weiteren verlorenen Kampf?

Und was würde sie ihrem neugeborenen Kind bieten können? Ein Leben des Mangels, da die Nahrungsmittel immer knapper wurden? Ein unstetes Umherziehen von einem Dunom zum anderen und von einer Schlacht zur nächsten?

Oder, noch grausamer: ein Dahinvegetieren in römischer Gefangenschaft?

Diese Angst war die größte von allen.

Wie Vercingetorix befürchtet hatte, richteten sich die Römer auf einen längeren Aufenthalt ein. Auf den Hügeln, die die Ebene einrahmten, ließ Caesar Lager errichten, die sich ungefähr auf derselben Höhe befanden wie die Stadt selbst. Außerdem legten die Legionäre in einem weiten Umkreis um Alisiia einen Ring aus kleineren Stützpunkten an. Wie schon in Avariko und Gergovia gaben die Hiebe der römischen Äxte den Takt für die hinter den Mauern zusammengepferchten Menschen vor, während die die Ebene umgebenden Waldgebiete von Tag zu Tag mehr zurückwichen.

»Sie wollen uns einschließen«, vermutete Bellogenus mit gerunzelter Stirn. Er begleitete Sirona auf einem Spaziergang durch das Dunom, an dessen Ende sie die Befestigung erklommen hatten, um sich einen Überblick über die Schanzarbeiten des Feindes zu verschaffen. »Vor Avariko und Gergovia war das unmöglich, weil die Beschaffenheit der Landschaft es nicht zuließ. Doch diese Stadt liegt so isoliert auf ihrem Bergrücken, dass es sich geradezu anbietet, sie mit einem Belagerungsring zu umgeben.«

Der Wind wehte Sirona eine Strähne ins Gesicht, und sie strich sie geistesabwesend zurück. »Vercingetorix sagt, unsere Lebensmittel- und Futtervorräte reichen für ungefähr vier Wochen. Die Speicher sind gut gefüllt.«

»Mag sein.« Bellogenus beschirmte seine Augen mit der Rechten und ließ den Blick über die römischen Lager wandern, die sich wie Perlen auf einer Schnur aneinanderreihten. »Aber was ist danach? Wie sich gezeigt hat, verfügt Caesar über einen außerordentlich langen Atem. Und wenn du mich fragst: Das, was er hier errichten lässt, sieht nicht so aus, als wollte er morgen wieder abziehen.«

Am nächsten Morgen hatte sich Vercingetorix gerade seiner Stiefel entledigt und wollte sich auf der Bettstatt niederlassen, um sich von Sirona behandeln zu lassen, als die Tür des Hauses so schwungvoll aufflog, dass sie mit einem Krachen gegen die Wand prallte und zitternd zurückschwang. Lehm bröckelte aus dem Putz, wo sich die eiserne Klinke in das Fachwerk gebohrt hatte.

Der Oberbefehlshaber wirbelte im selben Augenblick herum und riss sein Schwert aus der Scheide, als ein blonder Hüne in den Raum stürmte. Sirona erkannte Teutomatus, den König der Nitiobroger.

Hinter ihm her stolperte die Wache. »Verzeiht, Herr, aber ich konnte ihn nicht aufhalten.«

»Schon gut, Junge.« Vercingetorix lehnte das Schwert gegen das hölzerne Gestell der Bettstatt, griffbereit, wie Sirona bemerkte. »Du kannst gehen.«

Während sich der Mann eilig zurückzog, trat der König der Nitiobroger auf den Oberbefehlshaber zu und baute sich vor ihm auf. Er überragte ihn um gut eine halbe Haupteslänge.

Vercingetorix unterdrückte ein Seufzen. »Teutomatus. Was verschafft mir die Ehre?«

Stumm ruckte der Hüne mit dem Kinn in Sironas Richtung.

»Sirona bleibt«, ließ der Oberbefehlshaber ihn wissen. »Sie ist meine Vertraute.«

Der König der Nitiobroger schnaubte vielsagend, schwieg jedoch. Trotzdem zog sich Sirona lautlos einige Schritt zurück und bemühte sich, mit den Schatten im Hintergrund des Raumes zu verschmelzen.

Teutomatus verschränkte die Arme vor der mächtigen Brust. »Die Römer legen einen Belagerungsring um Alisiia«, erklärte er mit einer Stimme, die wie das Grollen fernen Donners klang.

Vercingetorix neigte bestätigend den Kopf. »Ich hörte davon.«

»Und was gedenkt Ihr dagegen zu unternehmen?« Der durchdringende Blick des Nitiobrogers schien sein Gegenüber durchbohren zu wollen.

Der Oberbefehlshaber vollführte eine ungewohnt herrische Handbewegung. »Wenn Ihr mir die Empfehlung unterbreiten wollt, einen Ausfall zu machen, so lautet meine Antwort nein.«

Die Art und Weise, wie Teutomatus zurückzuckte, ließ Sirona vermuten, dass es genau das war, was er hatte vorschlagen wollen.

»Sollen wir etwa tatenlos zusehen, wie die Römer uns von der Außenwelt abschneiden?«, polterte er nach einem Moment.

»Keineswegs.« Vercingetorix atmete tief durch. Sirona wusste, wie sehr es ihm widerstrebte, sich vor Teutomatus rechtfertigen zu müssen. Doch angesichts des Plans, den er ihr am Vorabend unterbreitet hatte, konnte er auf ihn und seine zweitausend Reiter weniger denn je verzichten. »Ich beabsichtige, die Legionen zwischen der Stadtmauer Alisiias und einer gewaltigen Streitmacht in die Zange zu nehmen und zu vernichten. Die ausgedehnte Ebene bietet sich für eine solche Operation geradezu an.«

Der König der Nitiobroger strich mit Daumen und Zeigefinger über seinen buschigen blonden Oberlippenbart, während er diese Strategie bedachte. »Und wo wollt Ihr diese gewaltige Streitmacht hernehmen?«, hakte er schließlich nach.

»In der kommenden Nacht werden unsere Reiter das Lager verlassen«, begann Vercingetorix widerwillig, ihm sein Vorhaben darzulegen. »Jeder Einzelne begibt sich in seine Heimat, um in jede Stadt, jede Siedlung und jedes Gehöft die Botschaft zu tragen, dass sich in dieser Ebene da draußen«, er deutete an Teutomatus vorbei in Richtung der Umfriedung, »das Schicksal der keltischen Stämme entscheiden wird. Alle Männer, die imstande sind, ein Schwert zu führen, sollen sich uns anschließen. Auf diese Weise ziehen wir das größte Heer zusammen, das Kelten jemals gegen Römer aufgeboten haben. Und mit seiner Hilfe wird es uns gelingen, die Legionen vernichtend zu schlagen.«

Teutomatus' Züge entspannten sich. Er schien Gefallen an diesem Plan zu finden, auch wenn er dies nie offen zugegeben hätte. »Und wann soll diese Streitmacht hier eintreffen?«

Für die Dauer eines Lidschlags blitzte ein triumphierendes Lächeln in Vercingetorix' Augen auf, als er erkannte, dass es ihm gelungen war, den König der Nitiobroger zu überzeugen. Doch sogleich hatte er sich wieder in der Gewalt. »Diese letzte, alles entscheidende Schlacht muss in spätestens dreißig Tagen stattfinden. Bis dahin werden unsere Vorräte aufgebraucht sein, daher kann ich keine längere Frist einräumen. Ich möchte, dass sich die Krieger in Bibracte sammeln, damit der Proconsul nicht vorzeitig erfährt, welche Gefahr sich in seinem Rücken zusammenbraut. Von dort aus wird das Heer nach Alisiia ziehen, und wir werden die Römer zwischen unseren beiden Fronten zermalmen.«

Am darauffolgenden Abend setzten die Reiter Vercingetorix' Plan in die Tat um. Während sich Sulis dem Ende Ihrer Reise näherte, legten sie Kleidung in gedeckten Farben an, verbargen ihre hellen Haare unter den Kapuzen ihrer Umhänge und schwärzten die Gesichter mit Asche, um die feindlichen Linien unentdeckt zu passieren. Sie wählten Pferde mit dunklem Fell aus, deren Hufe sie mit Stofffetzen umwickelten, damit sie auf dem felsigen Boden keine verräterischen Geräusche verursachten. Nachdem sich die Nacht über Alisiia gesenkt hatte, verließen sie das Lager, schlängelten sich über den Fahrweg hinunter durch den Wald und durchquerten, unbemerkt von den römischen Posten, die Ebene.

Am nächsten Morgen ließ Vercingetorix eine detaillierte Übersicht der Lebensmittelvorräte erstellen. Er wollte wissen, wie viel Getreide, Fleisch, Gemüse und Obst in den Speichern lagerten, wie viele Eimer Milch die Kühe täglich gaben und wie viele Eier die Hühner legten. Zusätzlich verlangte er eine umfassende Aufstellung derjenigen Tiere, die die Flüchtlinge aus der Umgebung mitgebracht hatten, denn auch diese würden nach und nach geschlachtet werden müssen, um die in Alisiia zusammengepferchten Menschen und die vor dem Tor lagernde Streitmacht in den kommenden dreißig Tagen zu ernähren. Außerdem benötigte er genaue Aussagen darüber, wie hoch die Zahl der zu versorgenden Personen war.

König Lugotorix stellte in aller Eile eine Gruppe von Männern zusammen, die über die Stadt ausschwärmten, um die erforderlichen Angaben möglichst rasch zusammenzutragen. Besonders die Volkszählung brachte erhebliche Schwierigkeiten mit sich, denn niemand hatte auch nur eine ungefähre Vorstellung davon, wie viele Flüchtlinge nach Alisiia geströmt und in den Zelten und Hütten oder bei Verwandten untergekommen waren.

Gemeinsam mit dem Druiden Targotaurus verbrachte der Oberbefehlshaber lange Stunden über seine Tafel gebeugt, auf der sich die nacheinander eintreffenden, dicht mit Zahlen beschriebenen Pergamente häuften. Beim Schein von Fackeln und Kohlebecken addierten, multiplizierten und dividierten die beiden Männer bis tief in die Nacht und berechneten so, wie groß die Ration sein durfte, die sich die Menschen Morgen für Morgen an eigens eingerichteten Plätzen würden abholen können.

Wie sich herausstellte, war sie besorgniserregend klein.

In den folgenden Tagen begannen die Römer, ein Belagerungswerk bislang nicht gekannten Ausmaßes zu errichten. Rings um die Anhöhe, auf der Alisiia lag, wurde zunächst ein zwanzig Fuß breiter und neun Fuß tiefer Graben ausgehoben. Dahinter schloss sich ein Streifen mit Gruben an, in die eiserne Stachel eingelassen waren, gefolgt von acht Reihen trichterförmiger Mulden, in die, getarnt durch Geäst, dicke, angespitzte Pfähle versenkt wurden. Daran anschließend hoben die Legionäre fünf Fuß tiefe Furchen aus, in die sie, miteinander verbunden, mehrere aufeinanderfolgende Reihen Baumstämme und kräftiger Äste einsenkten, die ein undurchdringliches Dickicht bildeten. Darauf folgten zwei weitere Gräben, in dessen inneren die Römer das Wasser eines der die Ebene durchziehenden Flüsse einleiteten. Dahinter schließlich erhob sich das feindliche Befestigungswerk, die auf einem Erdwall gelegene, in gleichmäßigen Abständen mit Türmen verstärkte Palisade. Zusätzlich wurde diese Umfriedung auf der Innen- wie auch auf der Außenseite mit Ästen und kleinen Stämmen bestückt, die waagerecht aus ihr herausragten, um das Erstürmen zu erschweren.

Jeden Abend nach Einbruch der Dunkelheit verließen Kundschafter das Dunom, um den Fortschritt der Belagerungsarbeiten zu erforschen. Sie berichteten dem Oberbefehlshaber, dass Caesar seine Befestigungsanlage auch auf der Alisiia abgewandten Seite durch Gräben schützen ließ, was darauf hindeutete, dass er mit einem Angriff von außen rechnete.

Ahnte er, dass Vercingetorix ein gewaltiges Entsatzheer erwartete?

Oder hatte es ihm jemand verraten?

Den in der Stadt Eingeschlossenen verstrichen die Wochen quälend langsam. Wie bereits in Avariko stiegen viele von ihnen jeden Morgen die steinernen Stufen zur Mauerkrone empor, um sich mit eigenen Augen vom Fortschritt des »Todesstreifens« zu überzeugen, wie sie das Belagerungswerk bald nannten.

Auch Sirona erklomm, sooft es ihre weit fortgeschrittene Schwangerschaft erlaubte, mit Aresa die Befestigung. Hatte ihr die Erdrampe, die die Feinde vor Avariko errichteten, schon Furcht eingejagt, so zeugte das System aus todbringenden Gruben und Gräben, das sie nun anlegten, vom eindeutigen Wunsch nach Vernichtung des Gegners. Seine Bilder stahlen sich nachts in ihre Träume und raubten ihr den Schlaf.

»Wie sehr sie uns hassen müssen«, flüsterte Aresa neben ihr beinah unhörbar. »Dabei haben wir ihnen doch gar nichts getan.«

Valetiacus riss sich vom Anblick des Todesstreifens los und wandte sich ihr zu. »Wir leben auf dem Land, das sie gern besäßen. Es ist gute, fruchtbare Erde, reich an Bodenschätzen. Und da wir nicht freiwillig weichen, töten sie uns eben. Das ist römische Denkweise.«

Segocondus nickte grimmig. »Ihr Gott der Unterwelt muss ihnen diese Gedanken eingegeben haben.«

Einmal mehr hatte er es eingerichtet, unmittelbar neben Sirona zu stehen und sie immer wieder wie beiläufig zu streifen. Da Vercingetorix unter demselben Dach wohnte wie sie, wagte er nicht, sie dort zu besuchen, worüber sie sehr erleichtert war. Jedoch trieb er sich regelmäßig morgens in der Nähe des Hauses herum, um sie abzupassen, wenn sie sich gemeinsam mit Aresa auf den Weg zur Umfriedung machte. Ihr gewölbter Bauch schien ihm gleichwohl eine gewisse Scheu einzuflößen. Gleichzeitig bestätigten die düsteren Blicke, die er ihm zuwarf, Sironas Befürchtung, dass sich sein Hass auf ihr ungeborenes Kind, den Spross seines verhassten Feindes, konzentrierte.

In der Tat war ihr Leib stärker angeschwollen, als sie je für möglich gehalten hätte, und ihr Rücken schmerzte beständig.

Selbst kleinste Bewegungen fielen ihr schwer, wozu auch die sommerliche Hitze, die auf dem Dunom lastete, beitrug. Sie schätzte, dass die Geburt ihres Kindes in etwa einem halben Monat erfolgen würde, in gefährlicher Nähe zu dem Tag, den Vercingetorix für die alles entscheidende Schlacht festgesetzt hatte.

Neben ihrer zunehmenden Unbeweglichkeit litt sie unter ausgeprägten Stimmungsschwankungen. War sie an einem Morgen voller Zuversicht sowohl im Hinblick auf ihre bevorstehende Niederkunft als auch auf den Ausgang des Krieges, versank sie am darauffolgenden Tag in tiefe Schwermut und Hoffnungslosigkeit. Umso dankbarer war sie für Aresas Anwesenheit, denn ihre Freundin nahm ihr nicht nur alltägliche Verrichtungen ab, sondern bemühte sich ebenso, ihr Trost zuzusprechen und sie aufzuheitern, wenn die Mutlosigkeit sie einmal mehr zu überwältigen drohte.

Doch sie fühlte, dass auch Aresas Zuversichtlichkeit zu bröckeln begann. Denn die Ungewissheit und Verzweiflung, die auf der Stadt und ihren Einwohnern lasteten, waren beinah mit Händen zu greifen.

Zudem herrschte wie bereits in Avariko drangvolle Enge, da so viele Flüchtlinge in Alisiia Zuflucht gefunden hatten. Der Gestank, den die Abertausende von Menschen und Tieren, der Abfall und die Exkremente verströmten und den die Hitze ins Unerträgliche steigerte, drang durch jede Ritze und machte Sirona die Unausweichlichkeit ihrer Lage umso deutlicher.

Außerdem litten die Menschen unter der Beschränkung ihrer Lebensmittel, denn die täglichen Mengen fielen so klein aus, dass sie sich nicht satt zu essen vermochten. Und obwohl sich niemand offen beklagte, war die Unzufriedenheit doch allgegenwärtig. Jeden Morgen, nachdem Aresa von einem der Plätze zurückkehrte, an denen die Rationen ausgeteilt wurden, berichtete sie Sirona von Einwohnern Alisiias, die ihr, der Fremden, gegenüber eine unübersehbare Feindseligkeit an den Tag legten. Und Sirona konnte es ihnen nicht einmal verdenken. Vercingetorix und seine gewaltige Streitmacht waren wie ein Schwarm hungriger Heuschrecken über die Stadt hergefallen, hatten sich dort niedergelassen und zehrten nun von deren Vorräten.

Und schlimmer noch: Sie hatten den Krieg nach Alisiia gebracht.

Wenn sich der Oberbefehlshaber in der Öffentlichkeit bewegte, bemühte er sich, Entschlossenheit und Zuversicht zur Schau zu tragen. Doch Sirona wusste, dass die Untätigkeit, zu der ihre gegenwärtige Lage ihn verdammte, an ihm nagte wie ein lebendiges Wesen. Zudem lastete die Verantwortung für die vielen Tausend Menschen schwer auf seinen Schultern.

Als sie eines Nachts von Durst geplagt erwachte und den Tonkrug neben ihrer und Aresas gemeinsamer Bettstatt leer vorfand, wollte sie sich durch seine Kammer nach draußen stehlen, um an einem nahen Brunnen Wasser zu holen. Doch als sie die Zwischentür lautlos öffnete, fand sie Vercingetorix auf einem Schemel an der Tafel sitzen. Die Öllampe neben ihm war verloschen, aber er schien es nicht zu bemerken. Die Haustür stand offen, um kühle Nachtluft hereinzulassen, und der Schein des zunehmenden Mondes fiel schräg in den Raum und tauchte seine Züge in ein seltsam fahles Licht. Ein Schauer rieselte Sironas Rücken hinab.

Bei ihrem Eintreten blickte er auf. »Kleine Schwester. Könnt Ihr auch nicht schlafen?«

Sie trat näher. »Ich bin aufgewacht, weil ich durstig bin, und wollte zum Brunnen.«

Er wies auf einen Krug am Rande der Tafel. »Ich habe mir eben frisches Wasser bringen lassen. Bedient Euch.«

Sirona kannte ihn gut genug, um zu wissen, dass er in diesem Moment froh um ihre Gesellschaft war, jedoch zu rücksichtsvoll, um sie zu bitten, sie möge bleiben. Sie schenkte sich Wasser in einen bronzenen Becher und stürzte den Inhalt in einem Zug hinunter. Dann ließ sie ihren massigen Körper auf einen zweiten Schemel ihm gegenüber sinken. An seinem dankbaren Blick erkannte sie, dass ihre Ahnung zutraf.

»Und was raubt Euch den Schlaf, Vercingetorix?« Noch immer kostete es sie Überwindung, ihn nicht länger »Herr« zu nennen. Doch sie wusste, dass es ihn freute, wenn sie ihn mit seinem Namen anredete; daher tat sie ihm den Gefallen.

Er schöpfte tief Luft und rollte die Schultern. Anscheinend hatte er schon lange dort gesessen und bemerkte erst jetzt, wie steif seine Glieder geworden waren. »Ich mache mir Sorgen darüber, ob das Entsatzheer rechtzeitig eintreffen wird. Ich mache mir Sorgen darüber, ob es überhaupt eintreffen wird, denn ich fürchte, dass Convictolitavis hinter meinem Rücken den Widerstand gegen mich schürt. Ich mache mir Sorgen darüber, ob meine Berechnungen zutreffen und unsere Lebensmittelvorräte tatsächlich für dreißig Tage ausreichen. Und es gibt noch eine ganze Reihe weiterer Dinge, über die ich mir Sorgen mache. Genug, um einem Mann den Schlaf zu rauben.«

Es war keine gewollte Geste, sondern eine plötzliche Eingebung, als sich Sirona vorbeugte, ihre Hand auf seine Rechte legte und sanft mit dem Daumen darüberstrich. »Das Heer wird kommen, seid gewiss. Und Eure Berechnungen sind richtig. Ihr seid sie immer und immer wieder mit Targotaurus durchgegangen. Eure Sorgen sind unbegründet, glaubt mir.«

Er warf ihr einen skeptischen Blick zu, doch seine Züge entspannten sich ein wenig. »Wenn ich wenigstens Nachrichten darüber erhalten könnte, was in der Welt jenseits der römischen Befestigung vor sich geht. Aber der Belagerungsring ist inzwischen so dicht, dass es keiner Maus mehr gelingt, ihn zu durchbrechen, geschweige denn einem meiner Kundschafter. Ich habe also keinerlei Möglichkeit, herauszufinden, ob wahrhaftig alles geschieht, um meinen Plan in die Tat umzusetzen.«

Es versetzte ihr einen Stich, ihn so mutlos zu sehen. Und tief in ihrem Herzen war sie überzeugt, dass seinen Anordnungen tatsächlich Folge geleistet wurde. Sie schenkte ihm ein ehrliches, aufmunterndes Lächeln. »Vertraut darauf, dass Eure Befehle ausgeführt werden. Eure Männer lieben und verehren Euch. Und sie werden alles tun, was in ihrer Macht steht.«

Am Morgen des neunundzwanzigsten Tages ließ Vercingetorix auf dem größten Platz Alisiias Teutates, dem Gott des Krieges, und Alisanus, dem Herrn der Stadt, ein Opfer darbringen, um den Segen der Unsterblichen für die bevorstehende Schlacht zu erflehen.

Segastes, oberster Druide der Mandubier, hatte im heiligen Bezirk eine hölzerne Statue des Kriegsgottes neben der des Alisanus aufstellen lassen. Für das Ritual wurden beide mit einem Torques geschmückt, der so dick war wie zwei von Sironas Fingern und dessen Enden als Widderköpfe gestaltet waren.

Unter den ehrfürchtigen Blicken einer dicht gedrängten Menschenmenge durchtrennte der Druide fünf weißen Stieren die Kehle, fing ihr Blut in einem goldenen Kessel auf und besprengte die Abbilder der Gottheiten damit. Anschließend wurden die Kadaver der Opfertiere zerteilt und die besten Fleischstücke zu Füßen der beiden Standbilder niedergelegt.

Zum Abschluss der Zeremonie verkündete Segastes mit weithin tragender Stimme, dass die Unsterblichen das Opfer angenommen hätten.

Sirona hatte gemeinsam mit Aresa und Bellogenus dem Ritual beigewohnt. Nun wanderten ihre Gedanken zurück zu Ebunos, und einmal mehr bestürmten sie Zweifel. Was, wenn die Worte des weisen alten Druiden zutrafen und sich die keltischen Götter längst von den Menschen abgewandt hatten? War das der Grund dafür, dass das keltische Heer die jüngste Schlacht verloren hatte? Aber wie konnte Segastes dann behaupten, Teutates und Alisanus hätten die Opfergabe gutgeheißen? Irrte er?

Oder - ihr stockte der Atem - log er?

Kapitel 34

Der Tag, den der Oberbefehlshaber für die Ankunft des Entsatzheeres festgesetzt hatte, dämmerte mit einem grauen Himmel, der bedrohlich tief über der Stadt hing. Nach einer kurzen, unruhigen Nacht, in der Sirona ihn im Nebenraum rastlos auf- und abwandern hörte, legte Vercingetorix Helm und Kettenhemd an, gürtete sein Schwert und verließ lange vor Morgengrauen das Haus.

Auch Sirona hatte nur wenig Schlaf gefunden, denn in den dunkelsten Stunden der Nacht setzte ein schleimiger, von blutigen Schlieren durchzogener Ausfluss ein, die ersten Anzeichen der bevorstehenden Geburt. Würde sie ihr Kind wahrhaftig zur Welt bringen müssen, während um sie herum eine Schlacht tobte? Und was bedeutete dieses unheilvolle Omen für ihren Sohn? Hatte Teutates das Leben ihres ungeborenen Kindes bereits für sich gefordert?

Sie und der Oberbefehlshaber waren nicht die Einzigen, die in der Nacht vor der anberaumten Schlacht keinen Schlaf fanden. Schon lange vor Sonnenaufgang hörte Sirona Männer durch die Straßen zum Heerlager vor dem Tor strömen, um sich dort mit den Kriegern der Streitmacht zu vereinen. Sie schlugen mit den Waffen gegen ihre Schilde, wünschten sich gegenseitig Heil in der Schlacht und den Schutz der Götter, und einige stimmten einen rauen Kriegsgesang an. Sie alle fieberten darauf, auf Vercingetorix' Befehl die Flanke des Berges hinabzustürmen, sobald das angeforderte Heer auf den Hügeln ringsum Stellung beziehen würde.

Tausende von Einwohnern Alisiias erklommen im ersten Licht des Tages die Befestigungsmauer, um die heranrückende Armee zu empfangen, und starrten über die hölzerne Brustwehr hinweg gebannt in Richtung Südwesten, von wo sie sich nähern sollte. Jeder wollte derjenige sein, der die Rettung bringende Streitmacht entdeckte. Doch keine Staubwolke verkündete das Herannahen eines gewaltigen Heeres, keine wabernde Masse aus Abertausenden kampfbereiter Männer wälzte sich auf die Stadt zu. Der Horizont im Südwesten blieb öd und leer.

Eine blasse Sonnenscheibe schlich im Osten - beinah zögernd, dachte Sirona - in den grauen, wolkenverhangenen Himmel hinauf, schleppte sich hinüber in den Süden und erreichte ihren höchsten Stand. Aber noch immer gab es keinerlei Hinweise auf das Heranrücken einer Armee. Erste Zweifler taten ihre Bedenken kund, doch Vercingetorix verbot ihnen barsch das Wort. Zweifel zersetzten den Kampfgeist seiner Krieger, untergruben ihre Entschlossenheit und Zuversicht. Und das war etwas, was sich kein Befehlshaber erlauben konnte.

Als die Sonne schließlich hinter den Hügeln im Westen versank, ohne dass das Entsatzheer erschienen wäre, wurden die Zweifel zur fürchterlichen Gewissheit: Vercingetorix' Plan war fehlgeschlagen.

Am folgenden Tag, dem bislang heißesten dieses Sommers, berief der Oberbefehlshaber auf dem größten Platz Alisiias eine Versammlung der Könige, Druiden und Anführer der Stammesgaue ein. Die Nahrungsmittelvorräte waren so gut wie aufgebraucht. Und da nach wie vor keinerlei Nachrichten dazu vorlagen, warum die angeforderte Streitmacht nicht eingetroffen war, blieb ihnen keine andere Wahl, als das endgültige Scheitern ihrer Strategie in Betracht zu ziehen und darüber zu beraten, welche Möglichkeiten ihnen nun noch offenstanden.

In einem weiten Kreis um die Stammesoberhäupter herum drängten sich trotz der drückenden Hitze stumm die Einwohner des Dunom. Auch Sirona hatte sich, auf Aresa gestützt, dorthin geschleppt. Sie rechnete nun jederzeit mit dem Einsetzen der Wehen, doch sie wollte diese Versammlung, in der über ihrer aller Schicksal entschieden wurde, um keinen Preis versäumen. So biss sie die Zähne zusammen und ignorierte den ziehenden Schmerz in ihrem Rücken.

Wohin sie auch blickte, sah sie hagere, übernächtigte Gesichter, in denen sich ihre eigenen Sorgen und Ängste spiegelten. Sie war sich so sicher gewesen, dass das Entsatzheer zum verabredeten Zeitpunkt erscheinen würde. Was bei allen Göttern war geschehen? Sollte es Convictolitavis wahrhaftig gelungen sein, den Plan des Oberbefehlshabers zu vereiteln?

Dann begann die Beratung, und Sirona wandte ihre Aufmerksamkeit dem Rund der Würdenträger zu.

»Ich halte es für das Klügste, zu kapitulieren«, erklärte ein älterer König, dessen Akzent ihn als einem der im Norden beheimateten Stämme zugehörig auswies. »Ich bin des Kämpfens müde. Das Entsatzheer hat uns im Stich gelassen, und aus dem Todesstreifen, den die Legionen um Alisiia gelegt haben, werden wir ohnehin niemals lebend herauskommen. Anstatt elendiglich zu verhungern, sollten wir uns ergeben. Damit retten wir wenigstens unser Leben und das unserer Angehörigen.«

»Und was für ein Leben wäre das?« Selbst den Entbehrungen der zurückliegenden dreißig Tage war es nicht gelungen, Teutomatus' hitziges Temperament zu mäßigen. »Wir wären die Gefangenen der Römer, ihre Sklaven! Wir verlören unsere Würde und unsere Freiheit und würden den Rest unseres wertlosen Daseins wie Vieh dahinsiechen, abhängig vom Gutdünken unseres verhassten Herrn. Nein danke, eher sterbe ich!«

Beifälliges Gemurmel wurde laut.

Cotuatus, der König der Carnuten, trat vor. »Lasst uns einen Ausfall machen. Auch ohne das Entsatzheer sind wir den Legionen zahlenmäßig weit überlegen. Also sollten wir kämpfen, solange uns der Hunger noch nicht so geschwächt hat, dass wir keine Klinge mehr führen können.«

»Wahre Worte«, stimmte ihm Lugotorix zu, dem der Gedanke, seine Hauptstadt kampflos in die Hände des Feindes zu übergeben, aus tiefstem Herzen zuwider sein musste. »Lieber falle ich mit meinem Schwert in der Faust wie ein stolzer keltischer Krieger, als mich zu ergeben.«

Darauf ergriff Critognatus das Wort. Wie Vercingetorix stammte er aus Gergovia und führte den bedeutendsten Stammesgau der Arverner an. Sirona war ihm schon des Öfteren in der Gesellschaft des Oberbefehlshabers begegnet und wusste, dass er treu zu seinem jungen König stand.

»Unter keinen Umständen bin ich bereit, zu kapitulieren und mich den Römern auszuliefern«, begann der ältere, erfahrene Krieger, dessen linke Wange vom Hieb eines römischen Gladius entstellt war. »Doch von einem Ausfall rate ich ebenso ab. Ihr haltet Euch für tapfer, weil Ihr mit Eurer Waffe in der Hand sterben wollt, nur um eine Entscheidung herbeizuzwingen. Ich jedoch sage Euch: Wahre Tapferkeit zeigt sich darin, auch Entbehrungen zu ertragen! Und dies umso mehr, als nicht nur unser eigenes Schicksal auf dem Spiel steht, sondern das aller keltischen Stämme. Habt Ihr das schon vergessen?« Er trat in das Rund der Stammesoberhäupter, drehte sich langsam im Kreis und ließ seinen eindringlichen Blick über die Gesichter der Männer wandern. Diese erwiderten ihn stumm und voll gesammelter Aufmerksamkeit.

»Was ist unser Hunger gegen die Freiheit und Würde, in der wir leben werden, sobald diese Schlacht endgültig geschlagen ist und wir als Sieger hervorgegangen sind?«, fuhr er nach einer wohlbemessenen Pause fort. »Ich plädiere dafür, ein paar weitere Tage auszuharren und uns bereitzuhalten, um jederzeit kämpfen zu können. Ich bin überzeugt, dass das Entsatzheer kommen wird. Zweifelt nicht an der Treue und Zuverlässigkeit unserer Brüder, nur weil sie nicht am verabredeten Tag erschienen sind!« Mit einem letzten beschwörenden Blick in die Gesichter der versammelten Würdenträger trat er zurück in den Kreis.

Statt seiner ergriff nun Vercingetorix das Wort. Er wirkte übernächtigt, gleichzeitig aber entschlossen und auf eine Weise grimmig, die Sirona noch nicht an ihm kannte.

»Critognatus spricht mir aus dem Herzen. Seht Ihr denn nicht, mit welcher Furcht und Eile die Römer Tag für Tag daran arbeiten, ihre Befestigung nach außen hin zu verstärken? Täten sie das, wenn sie nicht Nachricht darüber erhalten hätten, dass ein gewaltiges Heer zu unserer Unterstützung heranrückt? Diejenigen, die sich ergeben wollen, lasse ich gerne ziehen, denn mit Feiglingen möchte ich die wenigen verbliebenen Lebensmittel nicht teilen. Den anderen aber rufe ich zu: Lasst uns noch einige weitere Tage ausharren und dann gemeinsam mit unseren Verbündeten den Sieg erringen!«

Am darauffolgenden Morgen wurde Sirona durch eine erregte Stimme aus dem Schlaf gerissen, die aus dem Nebenraum zu ihr drang. Der Mann, allem Anschein nach eine Wache von der Stadtmauer, sprach so laut, dass sie seine Worte trotz der geschlossenen Zwischentür verstand.

»Herr, wacht auf! Das Entsatzheer naht!«

Die Botschaft durchfuhr Sirona wie ein Blitz. Sie wälzte ihren unförmigen Körper schwerfällig auf die Seite, um Aresa zu wecken. Aber ihre Freundin saß bereits auf ihrem Strohsack und schaute sie mit weit aufgerissenen Augen an. »Den Göttern sei Dank!«, stammelte sie. »Sie sind da.«

Die beiden vermochten ihr Glück kaum zu fassen. Hatte sich ihr Schicksal über Nacht wahrhaftig gewendet? Konnte es sein, dass ihre endgültige Niederlage doch noch nicht besiegelt war?

Aresa sprang auf und half Sirona, ihren massigen Leib aus der Bettstatt zu wuchten. Als sie den Raum betraten, den Vercingetorix bewohnte, fanden sie ihn verlassen, und die Haustür stand weit offen.

Sulis, die ewige Reisende, lenkte Ihren goldenen Wagen bereits über den Osthimmel, als die beiden Frauen auf die Straße hinaustraten. Die Nacht hatte kaum Abkühlung gebracht, und der neue Tag begann beinah so heiß, wie der vergangene geendet hatte. Bis zur Umfriedung war es glücklicherweise nur ein kurzes Stück Weges, und auf ihre Freundin gestützt, kämpfte sich Sirona die steilen Treppenstufen zur Mauerkrone hinauf.

Der Blick, der sich ihnen von oben bot, entlohnte sie für ihre Mühen. Im ersten, bernsteinfarbenen Licht des Tages flimmerte über dem südwestlichen Horizont eine gigantische Staubwolke, die sich rasch näherte.

Die beiden Frauen fielen einander in die Arme und ließen ihren Tränen der Freude und Erleichterung freien Lauf. »Sie sind da«, schluchzte Aresa. »Sie sind tatsächlich gekommen. Nun wendet sich doch noch alles zum Guten.«

In Windeseile verbreitete sich die Ankunft des Entsatzheers unter den in Alisiia Eingeschlossenen, und Abertausende Einwohner drängten sich auf der Mauerkrone zusammen. Bald schon fanden keine weiteren Menschen mehr Platz, und diejenigen, die sich einen guten Standort erobert hatten, riefen denen, die auf den Treppen stecken geblieben waren oder sich am Fuß der Umfriedung hin- und herschoben, von oben hinab zu, was sich in der Ebene vor ihnen abspielte.

Einige panische Augenblicke lang befürchtete Sirona, zwischen der Brustwehr und den nachdrängenden Leibern zermalmt zu werden, und heiße Sorge um das ungeborene Leben in ihrem Bauch durchflutete sie. Schweiß rann ihr in dünnen Rinnsalen über Brust und Rücken, und verzweifelt erkämpfte sie sich mit den Ellbogen ein wenig Raum. Dann, endlich, wurde das große Tor geöffnet. Die Einwohner, die keinen Platz auf der Mauerkrone gefunden hatten, strömten hinaus und versammelten sich vor der Stadt, vergaßen ihren nagenden Hunger und lachten und sprachen durcheinander, als wäre der Sieg bereits der ihre.

Sirona schöpfte tief und erleichtert Atem, als der Druck der nachdrängenden Menschen in ihrem Rücken nachließ, und stützte sich schwer auf der Brustwehr ab. In der Entfernung, im Heerlager vor dem Tor, sah sie Vercingetorix' goldfarbenen Helm kurz in der Menge aufblitzen. Auch andere hatten ihn entdeckt, und sofort begannen die Krieger, sich um ihn zu drängen, den Schaft ihrer Lanze gegen den Schild zu schlagen und seinen Namen zu rufen.

Doch der Oberbefehlshaber wusste, dass es keine Zeit zu verlieren galt. Sirona sah, wie er einen Felsen erklomm und mit weit ausholenden Gesten Befehle erteilte. Um ungehindert bis zum feindlichen Befestigungsring vordringen und diesen angreifen zu können, war es zunächst erforderlich, die von den Legionären angelegten Fallen und Hindernisse des Todesstreifens zu entschärfen. Daher schickte Vercingetorix Trupps aus, um die mit angespitzten Eisenstangen und Pfählen versehenen Gruben und Gräben mit Erde aufzufüllen und damit unschädlich zu machen.

Schließlich erreichten die ersten Ausläufer der nahenden Staubwolke die Hügelkette, eine Reitereinheit schälte sich heraus und ergoss sich in die weite Ebene jenseits der römischen Umfriedung. Die nach und nach eintreffenden Fußtruppen stellten sich auf den Anhöhen im Südwesten auf, sodass diese unter der schier uferlosen Menge der Krieger vollständig verschwanden.

Heißer Stolz durchflutete Sirona beim Anblick ihres Volkes, das sich dort mutig und entschlossen dem Feind entgegenstellte. Zärtlich legte sie die Hände auf ihren gewölbten Bauch und fühlte die inzwischen so vertrauten Bewegungen ihres Kindes.

So, wie diese tapferen Männer mich und die anderen unschuldigen Menschen beschützen, so werde ich dich beschützen, was immer auch geschehen mag.

Caesars Reaktion ließ nicht lange auf sich warten. Sobald er bemerkte, dass die Kelten sich anschickten, seine Befestigung von innen und außen in die Zange zu nehmen, verteilte er seine Truppen auf beiden Seiten der Palisade. Sirona hörte den Klang einer Tuba, der in der Ferne aufgegriffen und weitergetragen wurde. Unmittelbar darauf schwappte die Reiterei gleich einer riesenhaften Woge aus einem der Lager.

Rom hatte die Herausforderung angenommen.

Das Dröhnen Abertausender Hufe erfüllte die Ebene wie Donnergrollen. Gebannt beobachtete Sirona, wie sich die gegnerischen Reiterscharen aufeinander zubewegten und mit der ungezügelten Kraft von Naturgewalten zusammenprallten. Innerhalb weniger Herzschläge vereinten sich die feindlichen Heere zu einem wabernden Knäuel aus Tieren und Menschen. Ein leichter Wind aus Westen trug das Klirren der Schwertklingen, das angstvolle Wiehern der Pferde und die heiseren

Kampfschreie der Männer bis hinauf auf den Bergrücken, auf dem Alisiia lag.

Über Stunden wogte der erbitterte Kampf hin und her, ohne dass eine Seite die Oberhand gewann. Sirona zwang sich, die stechenden Schmerzen in Rücken und Beinen zu ignorieren, denn sie vermochte ihren Blick nicht von dem grausamen Schauspiel abzuwenden, das dort unten, vor den Augen der in der Stadt Eingeschlossenen, unaufhaltsam und unerbittlich seinen Lauf nahm. Zu viel hing vom Ausgang dieser Schlacht ab.

Dann jedoch musste sie ohnmächtig und mit wachsendem Grauen erleben, wie eine unvorhergesehene Wendung eintrat. Ein Trupp germanischer Reiter, Verbündete der Römer, hatte sich unbemerkt formiert und unternahm nun einen Sturmangriff auf die Reiterei des Entsatzheers. Diese wurde von dem jähen, geballten Angriff aus einer unerwarteten Richtung vollkommen überrascht und wich zu den Anhöhen zurück. Auch an anderen Stellen gewann der Feind mit einem Mal die Oberhand und trieb die fliehenden Kelten hügelan vor sich her.

Sobald Vercingetorix die unheilvolle Entwicklung erkannte, stieß er in sein Horn und gab den Kriegern, die die Gräben und Fallen des Todesstreifens mit Erde verfüllten, den Befehl, sich in die Stadt zurückzuziehen.

Als die Sonne schließlich gleich einem glutroten Ball hinter den Hügeln im Westen versank, hatten die verbündeten Stämme eine weitere Niederlage erlitten.

Schweigen hatte sich über die Menschen gesenkt, die den ganzen Tag auf der Umfriedung Alisiias ausharrten. Viele vermochten ihren fassungslosen Blick nicht vom Schlachtfeld zu ihren Füßen abzuwenden, auf dem ihre Zuversicht und ihr Stolz gemeinsam mit Abertausenden ihrer Brüder gefallen waren. Andere starrten wie benommen zu Boden, unfähig zu glauben, was sie doch längst als schreckliche Gewissheit erkannt hatten.

War damit nun wahrhaftig alles verloren? Oder gab es noch einen letzten, schwachen Funken Hoffnung?

Kapitel 35

In der folgenden Nacht, die ihr als die dunkelste und hoffnungsloseste aller Nächte erschien, brachte Sirona ihren Sohn zur Welt.

Aus einem unruhigen, von Bildern der Schlacht durchzuckten Schlaf erwachte sie durch ein jähes Reißen im Unterleib, das sich in einem gequälten Schrei Bahn brach. Keuchend lag sie auf dem Stroh, als eine neue Wehe von ihr Besitz ergriff und sie sich vor Schmerz aufbäumte. Gleichzeitig fühlte sie, wie sich eine warme Nässe zwischen ihren Schenkeln ausbreitete.

Aresa war mit einem Schlag hellwach. »Ist es so weit?«

Sirona stöhnte. »Ja, ich glaube, das Kind kommt.«

Zunächst waren die Wehen unregelmäßig und selten. Aber schon bald wurden sie häufiger und regelmäßiger, als der Zeitpunkt der Niederkunft unaufhaltsam näherrückte. Zudem wurden sie nun auch immer kraftvoller, und binnen Kurzem war Sirona überzeugt, dass es ihr nicht vergönnt wäre, ihren Sohn in den Armen zu halten, weil der Schmerz sie zuvor zerreißen würde. Dabei hatte sie als Weise Frau genügend Geburten begleitet, um zu wissen, dass ihr das Schlimmste noch bevorstand.

Sie war dankbar für Aresas Anwesenheit, die einen Eimer frischen Wassers vom Brunnen geholt, sogar saubere Leintücher aufgetrieben hatte und nun in der Bettstatt neben ihr kniete, ihre Hand hielt und ihr immer wieder mit einem feuchten Tuch das verschwitzte Gesicht abtupfte. Warum musste sie ihren Sohn auch in einer der heißesten Nächte dieses Sommers zur Welt bringen?

Ebenso dankbar war sie dafür, dass sich Vercingetorix im Heerlager bei seinen Männern aufhielt und sie mit ihrer Freundin allein war.

Schon zwei Wochen zuvor hatte Aresa bei dem Druiden Segastes ein bronzenes Amulett erstanden. Es war Bergusia geweiht, der Göttin der Fruchtbarkeit, die gemeinsam mit Ihrem Gefährten Ucuetis, dem Gott des Handwerks, in Alisiia verehrt wurde. Dieses Amulett trug Sirona seitdem an einem Lederband um den Hals, zusammen mit dem Schutzanhänger, den Ebunos ihr zum Abschied überreicht hatte, und Marcus' Ring. Nun umkrampfte sie alle drei mit ihrer schweißnassen Rechten wie einen rettenden Anker.

Marcus, schoss es ihr plötzlich durch den Kopf.

Wo bist du?

War er dort draußen bei den Legionen, die die Stadt in ihrer tödlichen Umarmung aus Stützpunkten und Fallen hielten? Was würde er tun, wenn er wüsste, dass sie in diesem Augenblick sein Kind zur Welt brachte?

Eine weitere Wehe packte sie, riss sie mit sich fort und ließ sie nur wenige Herzschläge später keuchend auf ihr Lager zurücksinken.

Ach, was für unsinnige Gedanken, schalt sie sich, während sie allmählich wieder zu Atem kam. Marcus ahnte nicht einmal, dass er in jener Nacht ein neues Leben gezeugt hatte. Und er würde es auch nie erfahren, weil sie selbst und ihr Säugling schon bald unter einem römischen Schwert fallen würden.

Voll grimmiger Verzweiflung krallte sie ihre freie Hand in Aresas und ergab sich der nächsten Wehe.

Als im Osten ein neuer Tag heraufdämmerte, veränderten sich die Wehen erneut. Sie folgten nun in kurzen Abständen aufeinander, wie Wellen, die an einen Strand spülen. Sirona ließ sich in jede einzelne hineinfallen und unterstützte sie, indem sie nach Leibeskräften presste. Sobald die Wehe nachließ, sank sie schweißgebadet und schwer atmend auf den Strohsack zurück, umklammerte das Amulett der Bergusia mit ihren zitternden Händen und sandte ein stummes Gebet an die Göttin, sie von ihren Schmerzen zu erlösen und ihren Sohn gesund auf die Welt kommen zu lassen.

Aresa hatte sich unterdessen zwischen Sironas aufgestellte, gespreizte Beine gekniet. Bei einer besonders kraftvollen Wehe schrie sie plötzlich auf. »Da kommt es! Ich habe seinen Kopf gesehen!«

Sirona fiel keuchend zurück auf ihr Lager, zu atemlos, um zu antworten, zerrissen von einer Mischung aus Schmerz und Glück, die ihr fast die Sinne raubte. Bei der nächsten Wehe, die wie eine riesige Woge über sie hinwegschwappte und sie mit sich riss, hilflos, willenlos, war sie überzeugt, sterben zu müssen. Doch dann verkündete Aresa aufgeregt, der Kopf sei bereits draußen. Und bei der darauffolgenden Wehe, die so gewaltig war, dass Sirona sie mit einem ebenso gewaltigen Schrei unterstützte, glitten zunächst die Schultern und schließlich der restliche Körper des Kindes aus ihrem Unterleib.

»Du hast es geschafft!« Aresa fing das winzige rote Wesen geschickt auf. »Es ist ein gesunder, kräftiger Junge!«

Keuchend, verschwitzt und atemlos vor Glück und Schmerz lag Sirona auf dem durchnässten Stroh, während ihre Freundin die Nabelschnur mit dem Dolch durchtrennte und ihr dann ihren Sohn auf die Brust legte. Stumm dankte sie Bergusia für dieses Geschenk, dieses Wunder.

Doch in was für eine Welt gebäre ich dich?

Gegen Mittag riss ein zaghaftes Klopfen an der Tür ihrer Kammer Sirona aus einem leichten Schlummer. Aresa war in der Stadt unterwegs, um ihre Lebensmittelrationen abzuholen. Als Sirona nicht sofort antwortete, wurde die Tür nach einem Moment behutsam gerade so weit aufgedrückt, dass ein Mann hindurchschlüpfen konnte, und Vercingetorix schob sich in den Raum.

Er wirkte erschöpft von einer durchwachten Nacht, die er im Kreise der anderen Stammesoberhäupter mit Beratungen verbracht hatte, und zum ersten Mal fiel Sirona auf, wie hager er geworden war. In den zurückliegenden Wochen hatte er seine eigenen Lebensmittel ebenso rationiert wie die aller anderen und sich darüber hinaus noch so manchen Bissen vom Munde abgespart und ihr gegeben, die, wie er erklärte, für zwei essen müsse.

Als er sie nun mit ihrem friedlich schlummernden Sohn im Arm sah, stahl sich ein Lächeln auf seine müden Züge, und für einen Augenblick fiel die Verantwortung, die so schwer auf seinen Schultern lastete, von ihm ab. Zögernd trat er näher und sank neben Sironas Bettstatt auf die Knie. »Guten Morgen, kleine Schwester, und den Segen der Götter für Euch und Euren Sohn.«

Sirona erwiderte sein Lächeln. »Ich danke Euch, Vercingetorix. Ich hoffe, Ihr seid unverletzt?«

Er nickte geistesabwesend, während seine Augen über das winzige Gesicht des Säuglings wanderten. Mit einem Mal wirkte er verlegen. »Ob ich ihn wohl einmal halten darf? Ich habe mir immer eigene Söhne und Töchter gewünscht. Doch meine Frau ist bei der Geburt unseres ersten Kindes gestorben und unser Sohn nur wenige Tage später. So ist mir die Erfüllung dieses Wunsches versagt geblieben.«

»Das tut mir sehr leid.« Sirona senkte taktvoll den Blick, als sie sah, wie die Erinnerungen ihn überwältigten und es in seinen Zügen arbeitete. Sie hatte sich schon länger gefragt, warum er ihr gegenüber nie von seiner Familie sprach, obwohl er sich ihr sonst in so vielen Dingen anvertraute. Nun kannte sie den traurigen Grund.

Behutsam nahm sie ihren Sohn auf, der in ein Leinentuch gehüllt war, und reichte ihn ihm. Seine Hände, die eines Kriegers, empfingen ihn, als wäre er zerbrechlich. Dann bettete er den Kleinen in seine Armbeuge und strich ihm mit dem Zeigefinger sanft über die Wange. Der Junge bewegte sich leicht im Schlaf, wachte jedoch nicht auf.

»Ich sehne mich danach, eines Tages meinen eigenen Sohn in den Armen halten zu können«, sagte Vercingetorix leise. »Wenn all das hier vorüber ist.«

Sirona hob die Augen und sah seinen Blick, der voller Wärme auf ihrem Säugling ruhte. »Das wünsche ich Euch von ganzem Herzen«, erwiderte sie ebenso leise.

Vorsichtig, um den Kleinen nicht zu wecken, tastete seine Hand nach dem Heft des Dolches, den er in einer aufwendig verzierten Scheide am Gürtel trug, und zog ihn heraus. Es war eine prächtige Waffe mit einer fein ziselierten Klinge, deren Griff die Form einer menschlichen Gestalt aufwies.

»Nehmt diesen Dolch als mein Geschenk für Euren Sohn.« Er überreichte Sirona das wertvolle Stück. »Er gehörte meinem Vater Celtillus, der ihn von seinem Vater erhalten hat. Gebt ihn ihm, wenn er alt genug ist, ihn zu tragen. Und erzählt ihm von den Ereignissen, deren Zeugin Ihr geworden seid. Sagt ihm, ich habe dafür gekämpft, dass er als freier Mann in einem freien Land aufwachsen kann.«

Ein gewaltiger Kloß saß plötzlich in Sironas Kehle und raubte ihr den Atem. »Ich bete zu den Unsterblichen, dass Ihr selbst ihm eines Tages davon werdet erzählen können«, brachte sie mühsam hervor.

Kapitel 36

In der darauffolgenden Nacht wehten drei lang gezogene Hornstöße von der Befestigung aus über die Stadt. Sirona, die sich schlaflos auf ihrem Lager wälzte, wusste augenblicklich, dass es Vercingetorix war, der erneut das Signal zum Angriff gab.

Sofort brach in den Straßen Tumult aus, als diejenigen Krieger, die innerhalb der Umfriedung wohnten, zum Tor strömten, um sich dort mit denen zu vereinen, die sich außerhalb Alisiias im Heerlager aufhielten. Aresa erhob sich ebenfalls, um von der Mauerkrone aus den Verlauf der Schlacht zu verfolgen. Doch Sirona fühlte sich noch zu schwach, um sie zu begleiten, und blieb mit ihrem Sohn daheim.

Kurz nach Tagesanbruch kehrte Aresa zurück, und Sirona genügte ein Blick in ihre versteinerten Züge, um zu wissen, dass sie schlechte Nachrichten brachte.

»Das Entsatzheer hat die römische Befestigung angegriffen«, berichtete sie mit tonloser Stimme. »Gleichzeitig haben auch Vercingetorix und seine Männer von der Stadt her versucht, sie zu überwinden. Aber sie sind gescheitert. Viele unserer Krieger sind in den Fallen des Todesstreifens umgekommen. Andere wurden von den Feinden getötet. Am Ende mussten sie sich geschlagen zurückziehen.«

Vor Mutlosigkeit und Verzweiflung wie gelähmt, verbrachten die beiden Frauen den Tag in ihrer Kammer. Sie vermochten nicht einzuschätzen, was diese weitere Niederlage für den Ausgang des Krieges bedeutete. Doch der winzige Funke Hoffnung, der zuvor in ihren Herzen geglommen hatte, drohte nun für immer zu verlöschen. Sie brachten nicht länger die Zuversicht und den Glauben daran auf, dass die vereinten keltischen Heere imstande sein sollten, die Legionen endgültig zu besiegen.

Aber was würde dann aus ihnen und dem Kind?

Gegen Abend erschien Vercingetorix, um Sirona und ihrem Sohn einen Besuch abzustatten. Er brachte ihr einen kleinen Weidenkorb voll Äpfel mit; die Götter mochten wissen, wo er sie in der Not leidenden Stadt aufgetrieben hatte.

Er wirkte niedergeschlagen und grimmig zugleich. »Dieser Angriff war eine einzige Katastrophe«, schimpfte er, seine Stimme heiser von gebrüllten Kommandos und den Rufen, mit denen er seine Männer angefeuert hatte. »Der Mond ist zwar fast voll. Aber in der Nacht waren dichte Wolken aufgezogen, und viele Krieger des Entsatzheers sind in den Gräben auf der Außenseite des Belagerungsrings zu Tode gekommen, weil sie die Gefahr nicht rechtzeitig erkannt haben. Sie sind blind in ihr Verderben gelaufen und wurden von den zugespitzten Ästen und Pfählen aufgespießt.«

Sirona ballte die Fäuste, hin- und hergerissen zwischen Trauer um ihre gefallenen Brüder und heißem Zorn. So ist der grausame Plan Caesars also aufgegangen, dachte sie. Die menschenverachtenden Gruben und Fallen haben ihren tödlichen Zweck erfüllt.

Vercingetorix fuhr sich mit beiden Händen müde durch die Haare, eine Geste der Resignation und Hilflosigkeit. »Meine eigenen Truppen haben sich erneut darauf konzentriert, auf der Innenseite der feindlichen Befestigung einen Abschnitt des Todesstreifens unschädlich zu machen und eine Schneise zu schaffen, durch die unsere Männer sicheren Fußes die römische Palisade hätten erreichen können. Aber gegen Morgen zogen sich die Krieger des Entsatzheers plötzlich zurück.« Er schüttelte den Kopf in einer Mischung aus Fassungslosigkeit und Verzweiflung. »Dieser Angriff war ganz und gar unüberlegt. So werden wir die Legionen niemals schlagen. Wir haben nur dann Aussicht auf Erfolg, wenn wir unsere Kräfte bündeln und gleichzeitig an derselben Stelle angreifen, die einen von innen, die anderen von außen. Doch ich habe keine Möglichkeit, das weitere Vorgehen mit den Anführern des Entsatzheers abzusprechen, denn die feindlichen Linien sind nach wie vor vollkommen undurchdringlich.« Er seufzte schwer. »Jetzt können uns nur noch die Götter helfen.«

Sirona hatte Vercingetorix noch nie so niedergeschlagen und mutlos erlebt, und bei seinem Anblick zog sich ihr Herz schmerzhaft zusammen.

Ja, die Götter, dachte sie. Mögen die Götter uns beistehen.

Doch sie konnte sich des schrecklichen Gefühls nicht erwehren, dass die Unsterblichen ihres Volkes sich zurückgezogen hatten, besiegt und vertrieben von den umso vieles mächtigeren Gottheiten der Römer.

Und war es nicht genau das, was Ebunos ihr schon vor langer Zeit zu erklären versucht hatte?

Am Mittag des folgenden Tages trug der Westwind erneut Kriegslärm aus der Ebene herauf in die Stadt. Sirona fühlte sich noch sehr schwach, doch sie ahnte, dass diese Schlacht die Entscheidung bringen würde. Und so schleppte sie sich, ihren Säugling in einem Tragetuch vor der Brust und auf Aresa gestützt, die steilen Stufen der Befestigungsmauer hinauf, um die Kämpfe zu verfolgen. Um sie herum drängten sich Tausende anderer Frauen. In ihren ausgezehrten Gesichtern spiegelten sich die Entbehrungen der vergangenen Wochen, ihre Furcht und ein letzter Funke Hoffnung.

Vercingetorix hatte seine Krieger abermals ausrücken und gegen den Belagerungsring anstürmen lassen, während gleichzeitig eine große Abteilung des Entsatzheeres ein im Nordwesten Alisiias gelegenes Legionslager angriff. Zunächst schien es Sirona, als gewännen die Kelten dort wahrhaftig die Oberhand, denn die Römer gerieten angesichts der Übermacht der Feinde in arge Bedrängnis. Aber schon bald rückten weitere Legionäre an, und diesen zusätzlichen Einheiten hatten die Angreifer nichts entgegenzusetzen.

Auch Vercingetorix' Männer kämpften mit dem Mut der Verzweiflung und griffen die auf der Befestigung stehenden Verteidiger mit einem Hagel aus Pfeilen, Steinen und Lanzen an. Unter hohen Verlusten gelang es ihnen tatsächlich, die Palisade an einer Stelle auseinanderzureißen.

Selbst einem in der Kunst der Kriegführung unerfahrenen Menschen wie Sirona war vollkommen klar, dass dies der Ort war, an dem diese Schlacht, ja womöglich der ganze Krieg entschieden werden könnte, wenn die Kelten ihre Kräfte dort bündeln, wenn die Verbündeten von der Außenseite der feindlichen Befestigung her an dieser Bresche angreifen würden.

Doch das Entsatzheer hatte sich in der Ebene zerstreut, attackierte scheinbar planlos verschiedene Stellungen der Römer und traf keinerlei Anstalten, Vercingetorix zu Hilfe zu eilen und seinen Vorstoß von außen zu unterstützen. Sirona sah seinen goldfarbenen Helm im dichtesten Getümmel an der Bresche aufblitzen, wo er sich mit seinen Männern verzweifelt bemühte, den Durchbruch gegen den Strom der Legionäre zu verteidigen, die die Schwachstelle in ihrer Palisade ebenso verzweifelt zu schließen versuchten. Immer und immer wieder stieß er in sein Horn, um Verstärkung von der Ebene her an diesem Ort zusammenzuziehen. Aber seine Hilferufe verhallten ungehört. Er und seine Krieger standen auf verlorenem Posten.

Plötzlich lief ein Raunen durch die auf der Umfriedung versammelten Frauen. Als Sironas Blick ihren ausgestreckten

Armen folgte, sah sie einen einzelnen Reiter auf einem Schimmel, der an der Spitze einer feindlichen, berittenen Einheit auf das Schlachtfeld stürmte.

Aresa Hand fuhr an ihre Brust. »Bei allen Göttern«, stieß sie hervor. »Das ist er.«

Das Sonnenlicht brach sich auf Brustpanzer und Helm des Römers, und selbst aus der Entfernung, von der Mauerkrone Alisiias, war der purpurrote Umhang zu erkennen, der hinter ihm herwehte.

Sirona fühlte, wie sich trotz der drückenden Hitze ein Eisklumpen in ihrem Magen zu formen schien, als ihr mit einem Mal klar wurde, wer dieser Reiter war. Sie drückte ihren Sohn noch fester an sich und legte in einer beschützenden Geste die Rechte auf seinen kleinen Kopf, als sie den Mann vor sich sah, der all das Unheil über ihr Volk gebracht hatte, der einzige, der Vercingetorix gefährlich werden konnte: Gaius Iulius Caesar.

Der Mythos, der diesen Römer schon zu Lebzeiten umgab, war so machtvoll und Ehrfurcht gebietend, dass sich viele Krieger des Entsatzheeres augenblicklich kopflos vor Furcht zur Flucht wandten. Doch Caesars Reiterei setzte ihnen erbarmungslos nach, und von der Stadtmauer aus mussten die Frauen in sprachlosem Entsetzen mit ansehen, wie einer nach dem anderen von römischen Schwertern dahingemetzelt wurde.

Das Blutbad, das die Legionen dort, vor ihren Augen, anrichteten, war unbeschreiblich. Und dennoch konnte Sirona ihren Blick nicht abwenden.

Was für eine Verschwendung, dachte sie traurig und verzweifelt, als auch der letzte, schwache Funke Hoffnung in ihrem Herzen verlosch. Was für eine vieltausendfache Verschwendung des größten Geschenks, das die Götter uns machen: des Lebens.

Und letztlich, so wurde ihr mit einem Mal bewusst, waren auch die Legionäre, die dort unter einer keltischen Klinge fielen, Väter und Söhne, Brüder und Ehemänner, und im fernen Italia würden Frauen um sie trauern.

Sie leiden wie wir, sie bluten und sterben wie wir.

Und all das nur wegen des krankhaften Ehrgeizes eines einzigen Mannes, der es sich in den Kopf gesetzt hatte, die reichen keltischen Gebiete seinem Imperium einzuverleiben, und dem dafür kein Preis zu hoch war.

Als sich Vercingetorix eingestehen musste, dass seine Verbündeten in der Ebene vernichtend geschlagen wurden, stieß er erneut in sein Horn und erteilte seinen Kriegern damit den Befehl zum Rückzug.

Zum dritten Mal innerhalb von sechs Tagen waren die Kelten den Römern unterlegen, und eine innere Stimme sagte Sirona, dass es keine weitere Schlacht geben würde.

Vercingetorix' Plan war fehlgeschlagen.

Der keltische Aufstand war gescheitert.

Der Krieg war verloren.

Kapitel 37

Tief in der Nacht kehrte Vercingetorix zurück. Sirona lag wach, viel zu aufgewühlt, um Schlaf zu finden. Die grauenvollen Bilder der Schlacht hatten sich unauslöschlich in ihr Gedächtnis eingebrannt. Die Schreie der Verwundeten und Sterbenden, das Aufeinanderprallen von Klingen und Schilden und der schnarrende Klang der Carnyces hallten so klar und deutlich in ihren Ohren, als befände sie sich noch immer dort oben auf der Mauerkrone und beobachtete das entsetzliche Schauspiel.

Fragen wirbelten in ihrem Kopf durcheinander, eine Furcht einflößender als die anderen. Wie sollte es nun weitergehen? Was bedeutete die neuerliche Niederlage der verbündeten Stämme für das Schicksal der in der Stadt eingeschlossenen Menschen? Was würde aus ihr und ihrem Säugling werden? Doch sosehr sie sich auch quälte, sie fand keine Antworten, und schon allein die Fragen waren so furchtbar, so schreckenerregend, dass sie ihr beinah den Verstand raubten.

Als sie hörte, wie die Haustür geöffnet und wieder geschlossen wurde, erhob sie sich und schlich sich leise, um ihren Sohn und Aresa nicht zu wecken, hinüber in Vercingetorix' Kammer.

Er stand vor der Tafel und starrte auf die Landkarte. Plötzlich holte er aus und wischte mit einer zornigen Handbewegung darüber, sodass die geschnitzten Holzfiguren in hohem Bogen durch die Luft flogen, gegen die lehmverputzte Wand prallten und wild verstreut auf dem Boden landeten. Dann sackte er schwer auf einen Schemel und blickte auf die Karte, ohne sie jedoch wirklich wahrzunehmen.

Der Schein zweier Fackeln, die den Raum schwach erhellten, fiel auf seine hageren Züge, und Sirona las die Trauer und den Schmerz, die sich darin spiegelten. Nach der Schlacht hatte er seine Kleidung gewechselt, doch auf seiner Tunika malten sich bereits frische Blutflecke ab.

»Ihr seid verletzt«, sagte sie erschrocken und hörte im selben Augenblick, wie töricht ihre Worte klangen. Wie sollte jemand, zumal ein Anführer, einen Kampf wie diesen unverletzt überstehen?

Vercingetorix fuhr zusammen. Er war so tief in Gedanken versunken gewesen, dass er ihr Kommen nicht bemerkt hatte. Nun schien es, als kehrte er von einem weit entfernten Ort in die Wirklichkeit zurück.

»Ach, das ist nichts«, wehrte er müde ab, verzog jedoch schmerzerfüllt das Gesicht, als er sich ihr zuwandte. »Ich hatte noch keine Zeit, mich verbinden zu lassen. Es spielt jetzt aber auch keine Rolle mehr.«

Der nüchterne Klang seiner Stimme drang wie eine Schwertklinge in Sironas Herz. Aus dem Munde eines anderen Mannes hätten seine Worte vielleicht wehleidig geklungen, doch Vercingetorix scherte sich in diesem Augenblick am allerwenigsten darum, wie es ihm selbst gehen mochte. Er bemühte sich vielmehr verzweifelt, das Unmögliche, Undenkbare zu verarbeiten: die Tatsache, dass er nicht nur eine einzelne Schlacht, sondern einen ganzen Krieg verloren hatte.

»Lasst mich nach Euren Wunden sehen.« Es sollte eine Bitte sein, klang aber eher wie eine Anweisung. Nach einem Moment streifte Vercingetorix gehorsam seine Tunika über den Kopf, während Sirona aus dem angrenzenden Raum einen Krug mit Wasser, frisches Leinen und einen Tiegel Salbe holte. Als sie sich vorsichtig anschickte, seine Wunden auszuwaschen und zu verbinden, begann er, stockend zu sprechen.

»Wir hätten siegen können«, sagte er und schüttelte den Kopf, hilflos, fassungslos. »Wir waren gar nicht mal weit davon entfernt, aber wir wurden verraten. *Ich* wurde verraten.«

Sirona, die gerade behutsam einen tiefen Schnitt in seiner Brust auswusch, blickte überrascht auf. »Verraten? Von wem?«

»Nun, ich kann es nur vermuten. Doch ich denke, ich liege nicht allzu falsch, wenn ich den Aeduern unterstelle, dass sie dahinterstecken. Meine Arverner haben mich nach besten Kräften unterstützt, und ich bin stolz auf sie. Sie waren es, die das Lager im Nordwesten Alisiias angegriffen haben und erst nach langem, zähen Kampf und dem Eingreifen weiterer römischer Truppen zurückgeschlagen wurden. Ihnen ist nichts vorzuwerfen. Sie sind dem Eid treu geblieben, den sie mir einst geleistet haben.« Er rieb sich mit beiden Händen müde über das Gesicht, und Sirona sah die offenen Blasen, die das Heft seines Schwertes und die Schildfessel hinterlassen hatten.

»Es zerreißt mir das Herz, nicht zu wissen, was aus ihnen geworden ist, wer lebt und wer gefallen ist.« Er zuckte zusammen, als sich Sirona einem tiefen Schnitt in seiner linken Seite zuwandte. »Aber warum kam niemand zu meiner Verstärkung? Meine Männer hatten eine Bresche in die Palisade gerissen und die Legionäre so weit zurückgedrängt, dass wir die Befestigung hätten stürmen können, wenn gleichzeitig auch von außen ein Angriff erfolgt wäre. Immer und immer wieder habe ich das Signal gegeben, sich dort zu sammeln, mir Unterstützung zu bringen. Doch niemand kam. Weshalb hat keiner der Anführer des Entsatzheers seine Krieger dorthin geführt? Es gibt nur eine mögliche Erklärung: Verrat.«

Sirona, die gerade Salbe auf einem Stück Leinen verstrich, hielt jäh in der Bewegung inne, als das Gesicht eines Mannes vor ihrem geistigen Auge erschien, eines eitlen Mannes, der soeben die bitterste Niederlage seines Lebens erlitten hatte. »Convictolitavis?«

Vercingetorix nickte düster. »Convictolitavis.«

Sie ließ ihre Hände sinken. »Glaubt Ihr wirklich, dass er so weit gehen würde? Die Freiheit und Unabhängigkeit der Aeduer standen doch ebenso auf dem Spiel wie die unsere.«

Vercingetorix schüttelte entschieden den Kopf. »Nein, die Position der Aeduer war von vornherein eine andere. Sie waren lange die Verbündeten Roms, und im Gegensatz zu uns ging es ihnen in diesem Kampf nicht um Freiheit und Unabhängigkeit, denn die haben sie schon vor vielen Jahren verloren. Ihr Ziel war einzig und allein die Vorherrschaft über die keltischen Stämme, vor allem über meinen, die Arverner.« Er hob die Arme leicht an, damit Sirona einen Verband um seine Brust legen konnte.

»Hätte ich diesen Krieg gewonnen, wären die Arverner und die ihnen tributpflichtigen Stämme die mächtigste und einflussreichste Völkerschaft zwischen dem Renos im Osten und dem Atlanticus im Westen geworden und hätten die Aeduer endgültig auf den zweiten Rang verdrängt. Und das musste Convictolitavis um jeden Preis verhindern. Verliere ich nämlich den Krieg, so haben die Aeduer nicht nur gute Aussichten, wieder unter Roms Fittiche zu schlüpfen, sondern ihren Einfluss zusätzlich um diejenigen Stämme zu erweitern, die bislang den Arvernern unterstanden. Und das ist ihnen wichtiger als der gemeinsame keltische Sieg.« Plötzlich lachte er auf, ein freudloser, bitterer Laut. Sirona hob verwundert den Blick.

»Außerdem gelingt es ihnen auf diese Weise freilich auch, mich aus dem Weg zu räumen. Nun kann ein Aeduer das Amt des Oberhaupts dieses neuen Stammesverbandes bekleiden. Convictolitavis, vermute ich. Es würde mich nicht wundern, wenn er schon vor dieser Schlacht heimlich mit Caesar verhandelt hätte, um sich bereits im Vorfeld eine gute Position zu sichern.«

Sironas Finger zitterten mit einem Mal so stark, dass es ihr kaum gelang, die Enden des Verbandes zu verknoten. Als sie schließlich aufschaute, ruhten Vercingetorix' helle graue Augen auf ihrem Gesicht. Sie erwiderte seinen Blick, und für die Dauer einiger Herzschläge verharrten sie so, stumm, fassungslos angesichts der Erkenntnis, dass all seine Mühsal vergebens, sein verzweifelter Kampf von vornherein zum Scheitern verurteilt gewesen war, da ihm diejenigen, die ihm Unterstützung geschworen hatten, in den Rücken gefallen waren.

Am darauffolgenden Morgen waren die Hügel im Südwesten Alisiias verlassen. Das gewaltige Entsatzheer war verschwunden; es hatte sich so spurlos in Luft aufgelöst, als hätte es überhaupt nie existiert. Wer fliehen konnte, war geflohen und versuchte, sich in seine Heimat durchzuschlagen. Viele der Krieger waren jedoch getötet worden, eine noch größere Zahl in römische Gefangenschaft geraten.

Am Vormittag berief Vercingetorix zum letzten Mal eine Versammlung ein. Wie betäubt ließ Sirona ihren Blick über die Menschen wandern, die sich auf dem zentralen Platz zusammendrängten. Hoffnungslosigkeit und Verzweiflung lasteten schwer auf ihnen. Kaum jemand sprach ein Wort. Die Krieger standen mit hängenden Schultern und gesenkten Köpfen da. Ihre Kleidung war zerrissen und blutbefleckt. Viele von ihnen hatten Verletzungen davongetragen, die nur notdürftig verbunden worden waren. Die Augen der Frauen waren vom Weinen gerötet und verquollen. Kinder, die noch zu jung waren, um das Ausmaß der Tragödie zu erfassen, drängten sich verstört an ihre erschütterten Eltern, die ihnen jedoch keinen Trost zu spenden vermochten.

Viele Frauen hatte der Kampf um Alisiia zu Witwen gemacht. Es gab kaum jemanden in der Stadt, der nicht den Verlust eines Angehörigen zu beklagen hatte. Auch von Bellogenus und Segocondus fehlte jede Spur. Sie waren nach der letzten der drei Schlachten nicht ins Heerlager zurückgekehrt. Waren sie gefallen? Oder hatten sie überlebt und waren in römische Gefangenschaft geraten? Würde Sirona es je erfahren?

Besonders um den ruhigen und besonnenen Bellogenus, der ihr ans Herz gewachsen war, machte sie sich große Sorgen. Doch im Angesicht ihres gemeinsamen, grausamen Schicksals konnte sie selbst Segocondus verzeihen und wünschte ihm, mit dem Leben davongekommen zu sein. Sie hoffte lediglich, ihm nie wieder begegnen zu müssen, damit er ihr und ihrem Sohn nicht gefährlich werden könnte.

Valetiacus, der aufgrund seines verletzten Arms nicht an den Kämpfen teilgenommen hatte, stand nun neben Sirona und Aresa, ebenso erschüttert und erfüllt von Sorge, Furcht und Verzweiflung wie sie.

Vercingetorix erklomm die Tribüne an der nördlichen Stirnseite des Platzes. Seine Bewegungen hatten jede Geschmeidigkeit verloren, und Sirona sah, wie viel Kraft es ihn kostete, eine ruhige und gefasste Miene zur Schau zu tragen.

Sobald die versammelten Menschen seiner ansichtig wurden, streckte einer der Krieger sein Schwert in die Höhe und rief: »Lang lebe König Vercingetorix!« Augenblicklich fielen weitere in seinen Ruf ein, brüllten den Namen ihres Oberbefehlshabers und reckten ihre Waffen. Diese Männer waren ihrem Anführer nach wie vor treu ergeben. Sie hatten an der Schlacht teilgenommen und mit eigenen Augen gesehen, dass die Niederlage nicht ihm anzulasten war, sondern dem Einfluss einer anderen, höheren Macht. Und vielleicht hegten viele von ihnen gar denselben Verdacht wie er selbst: dass er verraten worden war.

Trotz ihrer Mutlosigkeit und Verzweiflung huschte ein Lächeln über Sironas Züge, denn sie wusste, dass die Unterstützung seiner Krieger Balsam für Vercingetorix' verwundete Seele war. Ihr Blick wanderte über die Köpfe der Menge hinweg zu ihm, und sie sah, dass sich sein Rücken ein wenig straffte.

Nach einer Weile hob der Oberbefehlshaber die Hände, um die versammelten Menschen um Ruhe zu bitten, und ganz allmählich verebbten die Rufe.

»Männer, ich danke Euch für Eure Treue und Euren Einsatz«, begann er, nachdem sich Schweigen über den Platz gesenkt hatte. »Ich bin stolz darauf, dass ich gemeinsam mit Euch kämpfen durfte. Wir müssen uns unserer Niederlage nicht schämen. Denn wir sind nicht unterlegen, weil wir die Schwächeren gewesen wären, sondern weil uns unsere Verbündeten nicht die Unterstützung gewährt haben, die sie uns geschworen hatten.«

Sirona fiel auf, dass er den Begriff Verrat vermied. Plötzlich sah sie, wie er kurz taumelte, einen raschen Schritt nach vorn machte und sich auf dem hölzernen Geländer abstützte. Dann hatte er sich wieder in der Gewalt.

»Nun ist es an der Zeit, unser endgültiges Scheitern einzugestehen. Der Krieg ist vorüber, und wir sind die Unterlegenen. Unsere Freiheit starb im Staub des Schlachtfelds. Unsere geliebte Heimat ist von heute an Teil des römischen Imperiums.«

Seine Worte fielen wie Felsbrocken in einen spiegelglatten See. Mit einem Mal herrschte auf dem Platz beinah vollkommene Stille. Lediglich das Pfeifen des Windes war zu hören, der auf der Bergkuppe Alisiias fast nie versiegte, und die Rufe der Mauersegler, die pfeilschnell durch die engen Gassen schossen, klangen schriller als gewöhnlich.

Dann brandete ein Aufschrei der Entrüstung durch die Männer.

»Niemals!«, rief ein junger Krieger wenige Schritte neben Sirona. Er trug einen Verband um den Kopf, der einen langen, blutigen Schnitt nur notdürftig verhüllte. Doch sein Kampfeswille war ungebrochen.

»Noch ist der Krieg nicht vorüber!«, brüllte ein anderer heiser. »Wir kämpfen weiter!«

Überall griffen Männer seinen Ruf auf und rissen ihn mit sich fort, bis der gesamte Platz davon widerhallte.

Vercingetorix ließ sie schweigend gewähren. Sirona wusste, was in diesem Augenblick in ihm vorging, wie schwer es ihm gefallen war, die endgültige Niederlage eingestehen zu müssen, und er konnte nur allzu gut nachempfinden, dass seine Anhänger nicht dazu bereit waren. Doch in der vergangenen Nacht hatte er die Lage, in der sie sich befanden, wieder und wieder durchdacht und war jedes Mal zum selben Ergebnis gekommen: Es würde keine weitere Schlacht geben.

Nach einer Weile hob er abermals die Hände. Nun dauerte es erheblich länger, bis sich die erregten Gemüter beruhigten und erneut Stille über den Platz fiel.

»Der Krieg ist verloren«, fuhr er schließlich fort, »und Ihr wisst es. Ohne Unterstützung von außen vermögen wir gegen die Römer nichts auszurichten. Wir sind am Ende unserer Kräfte, die Vorräte sind aufgebraucht. Das Entsatzheer, in das wir so viele Hoffnungen setzten, hat uns im Stich gelassen. Drei Mal sind wir den Legionen entgegengetreten, drei Mal sind wir unterlegen. Die Götter wünschen es so, und wer wären wir, uns Ihrem Wunsch zu widersetzen? Wir sind besiegt. Und wir werden diese Niederlage hinnehmen, wie es einem Kelten gebührt: tapfer, stolz und in Würde.«

Wieder erhoben sich Proteste, doch verhaltener als zuvor. Im Grunde ihres Herzens wussten die Männer, dass Vercingetorix recht hatte. Ohne Beistand von außen vermochten sie gegen Caesar nichts auszurichten, und ihre Verbündeten waren geflohen. Was konnte dies anderes sein als der Wille der Götter? Wenn die Unsterblichen auf ihrer Seite wären, hätten Sie ihnen dann nicht längst den Sieg geschenkt? Oder wenigstens ein Zeichen gegeben, dass Sie ihnen wohlgesinnt waren? Doch Sie hatten sie unterlegen sein lassen, ein ums andere Mal.

Für die Dauer eines langen, qualvollen Atemzugs senkte Vercingetorix den Kopf, um sich zu sammeln. Als er ihn wieder hob und seinen Blick über die Häupter der Menge wandern ließ, wirkte er entschlossen und vollkommen ruhig. »Ich bin bereit, mich für Euer Wohl hinzugeben«, erklärte er mit sicherer Stimme. »Ihr werdet leben, wenn Caesar bekommt, was er wünscht: mich. Daher lege ich mein Schicksal in Eure Hände. Es steht Euch frei, mich ihm auszuliefern, tot oder lebendig.«

Unmittelbar nach der Versammlung wählte Vercingetorix drei Männer aus, die dem Proconsul die Kapitulation überbringen und seine Bedingungen entgegennehmen sollten. Es waren Teutomatus, der König der Nitiobroger, Lucterius, das Stammesoberhaupt der Cadurcer, und Lugotorix, König der Mandubier.

Bereits eine Stunde später kehrten die Gesandten zurück. Caesars Antwort fiel klar, knapp und wie erwartet aus. Er war bereit, den in der Stadt eingeschlossenen Männern, Frauen und Kindern das Leben zu schenken. Der Preis, den er dafür forderte, war die Auslieferung seines erbittertsten Gegners: Vercingetorix.

»Es ist so weit.« Vercingetorix war durch die offen stehende Tür in Sironas Kammer getreten, wo diese gerade ihren Sohn wickelte. »Lasst mich ihn noch einmal halten, bitte.«

Behutsam reichte sie ihm den Säugling. Mit einem zufriedenen Ausdruck auf seinem kleinen Gesicht schmiegte sich der Junge in seine Armbeuge.

Vercingetorix hatte frische Kleidung angelegt, Tunika und Hose aus heller, ungefärbter Wolle. Weiß, zuckte es Sirona durch den Kopf. Die Farbe des Opfertiers.

»Hat er eigentlich schon einen Namen?«, wollte er wissen, während er zärtlich mit den winzigen Händchen spielte.

Ein Kloß saß in Sironas Kehle und schnürte ihr die Brust zu. Dieser friedvolle Anblick war mehr, als sie ertragen konnte. Hastig wandte sie den Blick ab.

Ah, Ihr Götter! Ich habe meine Familie, meine Heimat und den Vater meines Kindes verloren. Warum nehmt Ihr mir nun auch noch diesen Mann, der mir wie ein Bruder ist?

Sofort schämte sie sich für diesen selbstsüchtigen Gedanken. Doch der Woge der Verlassenheit, die plötzlich über sie hinwegbrandete, hatte sie nichts entgegenzusetzen. Tränen schossen ihr in die Augen. Aber sie wollte nicht, dass Vercingetorix sie sah, und wischte sie verstohlen mit dem Handrücken fort.

Dann räusperte sie sich. »Ja, er hat einen Namen«, antwortete sie mit brüchiger Stimme, die sie kaum als ihre eigene erkannte. Die Eingebung war ihr am Vortag gekommen, und sie hatte sie ohne zu zögern aufgegriffen. »Ich habe ihn Vercingetos genannt, Euch zu Ehren. Damit er eines Tages ein ebenso großer und tapferer Krieger wird, wie Ihr es seid.«

Ein verlegenes Lächeln erhellte kurz seine hageren, erschöpften Züge. »Das ist sehr freundlich von Euch.« Er hauchte ihrem Sohn einen Kuss auf die Stirn, ehe er ihn in ihre Arme zurücklegte. Sie bettete den Säugling behutsam auf ihren Strohsack, froh, sich für einen Moment abwenden zu können, als eine Träne ihre Wange hinabrann.

Nicht nur du verlierst jemanden, den du liebst, ermahnte sie sich. Vercingetorix war unser aller Glaube, er war unsere Hoffnung und unser Morgen. Er stirbt, damit wir leben.

Doch was für ein Leben wird das sein ohne ihn, ohne Glaube, ohne Hoffnung und ohne ein Morgen?

Als sie sich ihm wieder zuwandte, schaute er ihr geradewegs ins Gesicht. Der Blick seiner klaren grauen Augen war fest und entschlossen, seine Haltung aufrecht. »Nun heißt es Abschied nehmen, kleine Schwester«, sagte er, und seine beherrschte Stimme gab keinerlei Aufschluss über seine wahren Gefühle. »Ich danke Euch für alles, was Ihr für mich getan habt. Gebt auf Euch acht. Mögen die Götter mit Euch sein.«

Seit der letzten Niederlage des keltischen Heeres hatte Sirona gewusst, dass dieser Augenblick kommen würde, hatte ihn sich immer und immer wieder ausgemalt und sich vorgenommen, stark und tapfer zu bleiben. Doch nun, da er unausweichlich eintrat, war ihre Trauer so überwältigend, dass ihr die Worte fehlten. Und ganz entgegen ihrem Vorsatz brach sie in hemmungsloses Schluchzen aus.

Vercingetorix zog sie behutsam an sich. »Weint nicht, kleine Schwester«, bat er sanft. »Ich hadere nicht mit meinem Schicksal.«

Sie hielt sich an ihm fest, klammerte sich an ihn, weil sie fürchtete, ihre Beine könnten versagen. »Aber wieso nicht, wenn doch alles vergebens war?«, stieß sie hervor, und ihre Stimme drohte zu kippen. »Wozu all das Kämpfen, all das Leid, wenn man am Ende doch unterliegt?«

Vercingetorix strich ihr sacht über das Haar. »Ich habe das getan, was meine Bestimmung war und woran ich glaubte. Wenn man etwas beginnt, weiß man nie, wie es enden wird. Aber wenn man erst gar nicht beginnt, wenn man nicht kämpft und nicht bereit ist zu leiden, hat man schon verloren. Gleichgültig, ob es die Götter sind, die uns erwählen, oder ob es Dinge gibt, die nur wir zu tun vermögen - solange wir unserer Bestimmung folgen, können wir nicht fehlgehen. Und wie viel ärmer wäre unser Leben, wenn wir uns nicht wenigstens bemühen und kämpfen würden?« Er legte zwei Finger seiner Rechten unter ihr Kinn, und nach einem Moment des Zögerns hob sie das Gesicht und zwang sich, ihm in die Augen zu sehen.

»Eure Bestimmung, Sirona, ist es, zu heilen. Ohne Euch und Eure Gabe hätte ich all das gar nicht durchgestanden. Mein Weg endet hier, doch der eure geht weiter. Und ich bin mir gewiss, dass unsere Seelen einander eines Tages wiederfinden werden.«

Am Fuße der Anhöhe, auf der Alisiia lag, hatten die Römer ein hölzernes Podest errichtet, auf dem Caesar, gekleidet in eine weiße Tunika und seinen purpurnen Umhang, in einem reich verzierten Sessel Platz nahm. Zum Schutz vor der Sonne, die mit der letzten Kraft des scheidenden Sommers auf die Ebene hinabbrannte, hatte man einen Baldachin aus ungefärbtem Leinen über ihm aufgespannt. Hinter ihm standen, reglos wie Statuen, vier Angehörige seiner Leibwache. In einem weiten Halbkreis rings um ihn waren die Adlerstandarten seiner zehn Legionen und die Feldzeichen der einzelnen Truppenteile aufgereiht, ein undurchdringlich scheinender Wald von Insignien, der den Besiegten die uneingeschränkte Macht Roms vor Augen führen sollte.

Im Hintergrund, auf der Palisade, deren Bresche in großer Eile verschlossen worden war, drängten sich die Legionäre, um dem Schauspiel beizuwohnen, dem sie so lange entgegengefiebert hatten: Der bezwungene Vercingetorix, verhasster Erzfeind und fleischgewordener Albtraum Roms, unterwirft sich Caesar.

Sulis sank bereits dem Horizont im Westen entgegen, als Vercingetorix Alisiia verließ. Allein, auf seinem Schimmel Sallaco, dem er zu diesem Anlass ein mit goldenen Scheiben verziertes Zaumzeug und einen prachtvollen Sattel angelegt hatte, und angetan mit seinem erlesensten Schmuck und dem Schwert seines Vaters Celtillus, ritt er zum letzten Mal durch das große Tor. Im Heerlager erwarteten ihn seine Krieger und bildeten schweigend ein Spalier, durch das er seinen Hengst auf den steilen Fahrweg lenkte, der sich hinunter in die Ebene schlängelte. Auf der Mauerkrone drängten sich die Einwohner Alisiias, erfüllt von Trauer, stumm und gebrochen.

Auch Sirona befand sich unter ihnen, begleitet von Aresa und Valetiacus. Sie hatte sich geschworen, nicht dorthin zu gehen, dieser Tragödie nicht beizuwohnen. Doch Vercingetorix, der sich opferte, damit sie alle leben durften, hatte es verdient, dass sie ihm diesen letzten Dienst erwies. Wäre sie ferngeblieben, hätte sie das Gefühl gehabt, dass auch sie ihn im Stich ließe, dass auch sie ihn verriete.

Wie so oft in den vergangenen Tagen hatte sie sich in ihren trüben und trostlosen Gedanken verloren, als Aresa ihren Arm berührte. »Sieh, da ist er.«

Sironas Blick folgte ihrer ausgestreckten Hand. Vercingetorix hatte den Wald hinter sich gelassen und lenkte Sallaco über das letzte, felsige Stück Weges. Er ließ den jungen Schimmel im Schritt gehen, saß aufrecht im Sattel, und nichts in seiner stolzen, würdevollen Haltung verriet die Furcht, die er doch gewiss verspüren musste.

Mit Mühe riss Sirona ihren Blick von ihm los und fasste stattdessen seinen Todfeind ins Auge, der ihm von seinem Podest aus ruhig entgegenschaute, den Beherrscher nicht nur der römischen, sondern nun auch der keltischen Welt. Vercingetorix hatte ihn ihr beschrieben: ein Mann Ende vierzig, von durchschnittlicher Größe, schlank, fast hager. Caesars starrer, kalter Blick, so hatte er ihr erklärt, erinnere ihn an den eines Reptils. Seine scharf geschnittene Nase und die schmalen Lippen verrieten Strenge und Autorität, ein geborener Anführer, der es gewohnt sei, zu befehlen, und dessen Befehle befolgt wurden.

Das also war er, der Erzfeind, der es sich zu Beginn des nunmehr sieben Jahre währenden Krieges zum Ziel gesetzt hatte, die freien keltischen Gebiete zwischen dem Meeresarm im Norden und dem Mare internum im Süden, dem Atlanticus im Westen und dem Renos im Osten zu unterwerfen, und dem dies nun wahrhaftig gelungen war. Und wenn Vercingetorix' Verdacht zutraf, waren es Kelten gewesen, die ihm dabei in die Hände spielten. Welche Ironie!

Vercingetorix hatte das letzte Stück Weges zurückgelegt und lenkte Sallaco auf das Podest zu, auf dem sein Widersacher thronte. Obwohl Tränen ihren Blick verschleierten, hingen Sironas Augen wie gebannt an seiner Gestalt. Betäubt und wie durch dichten Nebel hörte sie Aresa neben sich laut aufschluchzen. Doch sie fühlte sich zu erschöpft und leer, um ihrer Freundin Trost zu spenden, und drückte ihren Sohn noch ein wenig fester an sich, beschützend und gleichzeitig selbst Halt suchend.

Um sie herum ließen viele Frauen ihrer Trauer und Verzweiflung freien Lauf, weinten und klagten hemmungslos. Auch den meisten Männern rannen stumme Tränen über die eingefallenen Wangen und versickerten in ihren Bärten. Sirona bemerkte kaum, dass Valetiacus ihr einen Arm um die Schultern legte, im vergeblichen Versuch, sie - und auch sich selbst - zu trösten.

Nun hatte Vercingetorix das Podest, auf dem ihn sein Todfeind erwartete, erreicht. Doch anstatt seinen Hengst zu verhalten, riss er Sallaco jäh zur Seite und lenkte ihn in einem Bogen um die hölzerne Plattform herum. Von ihrem entfernten Beobachtungspunkt auf der Mauerkrone Alisiias meinte Sirona zu sehen, wie Caesar zusammenzuckte und seine Rechte für einen Moment zum Heft seines Gladius fuhr, ehe er sie mit erzwungener Ruhe in seinen Schoß zurücklegte. Auch die Hände der Leibwachen waren zu den Griffen ihrer Schwerter gefahren, aber der Imperator bedeutete ihnen mit einer knappen Geste, sich zurückzuhalten.

Vercingetorix ließ sich mit der Umrundung des Podests sichtlich Zeit. Doch schließlich gelangte er wieder zum Ausgangspunkt zurück und zügelte Sallaco vor Caesar. Ohne den Blick von ihm zu wenden, schwang er sein rechtes Bein über den Hals seines Hengstes, glitt aus dem Sattel und machte zwei gemessene Schritte auf ihn zu. Einige Herzschläge lang verharrten sie so voreinander, der Sieger und der Besiegte, ehe Vercingetorix mit ruhigen, würdevollen Bewegungen sein Schwert aus der Scheide zog und es seinem Widersacher zu Füßen legte. Mit dieser Geste verwandelte er sich endgültig und unwiderruflich von einem König und Krieger in einen Gefangenen.

Dann trat er einen weiteren Schritt vor, sank auf ein Knie und streckte Caesar seine Fäuste entgegen.

Kapitel 38

Am nächsten Morgen wurde Sirona kurz nach Sonnenaufgang vom dumpfen Klang der Trommel geweckt, die die auf dem Bergrücken Alisiias eingeschlossenen Menschen auf dem Versammlungsplatz zusammenrief.

Erst in den frühen Morgenstunden war sie endlich in einen unruhigen Schlaf gefallen, durchsetzt von wirren Träumen, in denen wieder und wieder Bilder von Vercingetorix vor ihrem geistigen Auge auftauchten: Vercingetorix, der vor seinem Todfeind auf ein Knie sank und sich ihm auslieferte; Vercingetorix, der von zwei Leibwachen Caesars grob gepackt, in die Höhe gerissen und fortgezerrt wurde; Vercingetorix, eine immer kleiner werdende Gestalt, die sich durch den Todesstreifen auf die römische Palisade zubewegte.

Wie mochte es ihm in diesem Moment wohl gehen?, fragte sie sich und spürte wieder dieses schon vertraute Gefühl einer eisernen Faust, die sich um ihr Herz schloss und ohne Erbarmen zudrückte. Was hatten die Römer mit ihm gemacht? Lebte er noch? Saß er gut bewacht in einem der feindlichen Stützpunkte des Belagerungsrings, Roms wertvollste Trophäe, Caesars persönlicher Gefangener, fleischgewordenes Symbol seines Sieges? Folterten sie ihn? Oder hatten sie ihn auf der Stelle hingerichtet?

Obwohl ihr die Trauer um diesen Mann, den sie wie einen Bruder liebte, die Kehle zuschnürte, konnte sie nicht weinen. Sie hatte all ihre Tränen am Vortag, auf der Mauerkrone Alisiias, vergossen. Nun brannten ihre Augen und waren trocken wie der Staub des Schlachtfelds, auf dem die Hoffnungen ihres Volkes gefallen waren.

»Siro?«

Als sie den Kopf drehte, schaute sie in Aresas weit aufgerissene Augen, rot gerändert und verquollen wie ihre eigenen, und die Trommelschläge drangen erneut in ihr Bewusstsein.

»Jetzt werden wir erfahren, was sie mit uns vorhaben«, flüsterte ihre Freundin, heiser vor Furcht.

Schweigend wandte Sirona den Blick wieder ab und starrte an die schweren Eichenbalken, die das Dachstroh trugen. Seit der endgültigen Niederlage und Vercingetorix' Auslieferung hatte sie jeglichen Lebenswillen verloren. Welchen Sinn hatte ihr Dasein nun noch, da es nichts mehr gab, wofür es sich zu kämpfen und all die Mühsal zu erdulden lohnte? Und wie sollte es mit ihr und ihrem Sohn weitergehen? Caesar hatte zwar zugesichert, den in der Stadt Eingeschlossenen das Leben zu schenken, wenn Vercingetorix sich ihm ergäbe. Doch durfte man ihm glauben? Er war ein Römer und überdies der niederträchtigste und grausamste unter ihnen.

Und selbst wenn er Wort hielte - was für ein Leben wäre das? Würde sie die Gefangene und Sklavin irgendeines grobschlächtigen Legionärs werden, dem sie bis zum letzten ihrer freudlosen Tage auf Gedeih und Verderb ausgeliefert wäre und zu Diensten sein müsste? Sie wäre lieber tot, als zu solch einem Dasein verdammt.

Ja, der Gedanke, ihrem Leben ein Ende zu bereiten, war ihr wohl gekommen. Doch was würde dann aus ihrem Sohn? Für ihn trug sie die Verantwortung, seinetwegen war sie verpflichtet weiterzuleben. Und sie konnte nur die Götter anflehen, dass der Römer, dessen Eigentum sie zukünftig wäre, ein anständiger, gutherziger Mann war und keine Vorbehalte gegenüber einem Säugling hatte, der nicht der seine war.

Die Götter! Sie hätte um ein Haar laut aufgelacht. Wie konnte sie denn immer noch annehmen, die Unsterblichen stünden wie eh und je an der Seite derer, die an Sie glaubten, Sie verehrten und Ihnen opferten? Nein, inzwischen war sie zu der Überzeugung gelangt, dass Ebunos recht hatte: Die keltischen Götter waren den römischen unterlegen und verfügten über keinerlei Macht mehr.

Doch diese Erkenntnis steigerte das entsetzliche Gefühl der Einsamkeit und des Verlassenseins, das von ihr Besitz ergriffen hatte, ins Unerträgliche. Und das war mehr, als sie in diesem Augenblick zulassen konnte.

»Und wenn wir einfach nicht hingehen?« Aresas furchtsame Stimme riss Sirona erneut aus ihren verzweifelten Gedanken.

»Dann kommen sie uns holen«, entgegnete sie, den Blick unverwandt auf die rußgeschwärzten Balken des Daches gerichtet. »Es ist wie damals in Avariko. Sie werden jedes Haus durchsuchen.«

Neben ihr bewegte sich Vercingetos im Schlaf. Sie hob ihn auf und legte ihn an ihre Brust an. Ihr Milchfluss wurde von Tag zu Tag schwächer, weil ihr ausgezehrter Körper nicht genügend Milch hervorbrachte. Sie wusste, wenn sie nicht bald wieder ausreichend Nahrung zu sich nehmen könnte, würde er ganz versiegen. Ihr blieb nur die Hoffnung, dass die Römer ihre Gefangenen wenigstens gut ernährten.

Es kostete sie beinah übermenschliche Kraft und Überwindung, sich von ihrem Lager zu erheben. Mit Aresas Hilfe wickelte sie ihren Sohn in das Tragetuch, das ihn fest vor ihrer Brust hielt. Den Dolch, den Vercingetorix ihr geschenkt hatte, schlug sie in ein Stück Leinen und verbarg ihn ebenfalls in dem Tuch, denn eine Ahnung sagte ihr, dass sie nicht in dieses Haus zurückkehren würde. Schließlich durchquerten sie und Aresa den Nebenraum, der nun verlassen dalag und dennoch erfüllt war von Vercingetorix' Gegenwart, traten hinaus auf die Straße und schleppten sich die wenigen Schritte hinüber zum Versammlungsplatz.

Dort hatte sich bereits eine große Menschenmenge eingefunden, Einwohner Alisiias und Krieger aus dem Heerlager vor dem Tor. Der Rand der Fläche war gesäumt von einer undurchdringlichen Wand aus Legionären, die nur zur Hauptstraße hin einen Durchgang freiließ. An der nördlichen Stirnseite, zu Füßen der Tribüne, hatte ebenfalls ein Trupp bewaffneter Römer Stellung bezogen.

Während sich immer mehr Menschen auf dem Platz zusammendrängten, schob sich ein einzelner Mann hinter der Kette der Legionäre hervor und bestieg langsam und mit sichtlichem Widerstreben das Podium. Seinem Aussehen nach zu urteilen, war er ein Kelte, doch er trug den Gladius und den Dolch der römischen Soldaten. Vermutlich war er ein Angehöriger eines der mit Rom verbündeten Stämme und dazu auserkoren, den Besiegten eine Botschaft Caesars zu überbringen. Sein Unbehagen angesichts dieser zweifelhaften Ehre spiegelte sich deutlich in seinen Zügen. Immer wieder leckte er sich nervös die Lippen, und sein Blick zuckte unruhig über den Köpfen der versammelten Menschen hin und her.

Sirona und Aresa wurden von den nachrückenden Leibern immer weiter in Richtung der Tribüne geschoben und ließen es willenlos geschehen. Als Sirona in die Augen der Männer und Frauen ringsum schaute, las sie darin dieselbe stumme Resignation, die auch von ihr Besitz ergriffen hatte. Mit stumpfen, leeren Gesichtern warteten die Verlierer dieses Krieges auf das, was die Sieger ihnen zu verkünden hatten, ohne den Hauch einer Hoffnung, dass sich ihr Los noch einmal zum Guten wenden würde. Lediglich in den Blicken einiger Krieger glommen Hass und ein letzter Funke Widerstand.

Als sich die weite Fläche bis in die hintersten Winkel mit dicht gedrängt stehenden Menschen gefüllt hatte, riegelten die Legionäre den einzigen Zugang ab. Dann stieß einer von ihnen in eine Tuba, was den Gesandten auf der Tribüne sichtlich zusammenfahren ließ. Nachdem sich Schweigen über die Menge gesenkt hatte, rückte er mit fahrigen Bewegungen seinen Schwertgurt zurecht und räusperte sich mehrmals. »Bürger Alisiias!« Seine hohe, gepresste Stimme verriet seine Anspannung. »Hört, was der große Caesar euch zu sagen hat.«

»Welcher große Caesar?«, murmelte ein älterer Krieger zu Sironas Rechten aufsässig. »Ich kenne keinen großen Caesar.«

Trotz ihrer verzweifelten Lage fühlte Sirona für einen Moment Stolz in sich aufblitzen. Man mochte die Kelten im Kampf besiegen. Doch ihre trotzige Haltung, die Freiheit ihres Geistes, der stets dazu neigte, zu hinterfragen und zu widersprechen, ließen sie sich selbst dann nicht nehmen.

»Der große Caesar möchte euch einen Beweis seiner außerordentlichen Milde und Barmherzigkeit erbringen. Daher hat er beschlossen, euch allen das Leben zu schenken.« Der Mann sprudelte seine Botschaft förmlich hervor, um sich so rasch wie möglich wieder hinter die schützende Phalanx der Wachen zurückziehen zu können. »Jeder von euch wird einem Legionär als Kriegsbeute zugewiesen. Dieser ist von nun an euer Gebieter. Er verfügt über euer Leben und Wohlergehen, und ihr schuldet ihm Gehorsam bis in den Tod.«

Laute des Entsetzens stiegen rings um Sirona auf. Stumm drückte sie ihren Säugling noch ein wenig fester an sich. Obwohl dies das Urteil war, das die Menschen erwartet hatten, klang es doch so viel bedrohlicher, nun, da es ausdrücklich über sie verhängt wurde. Ein Ei flog über die Häupter der Menge hinweg und zerplatzte an der Brust des Gesandten Roms. Die besiegten Kelten hegten tiefen Widerwillen gegen Ihresgleichen, die sich mit dem Feind gemeinmachten und ihm dienten.

Während Sirona die bedeutungslose Frage durch den Kopf schoss, wo bei allen Göttern jemand in dieser Stadt der Not und des Mangels ein Ei aufgetrieben hatte, ließ sie ihre Augen über die versammelten Menschen wandern. Viele Frauen begannen zu weinen, nahmen ihre Kinder auf den Arm und pressten sie schützend an sich. Manche der Männer starrten trotzig zu Boden, andere fixierten den Gesandten mit Blicken, in denen Feindseligkeit und Abscheu loderten.

Alle Farbe war aus dem Gesicht des Boten gewichen. Von Panik erfüllt krampfte er seine Hände um das Geländer der Tribüne, als müsse er sich gegen die Verachtung und den mühsam unterdrückten Hass stemmen, die ihm wie ein Orkan entgegenbrandeten und jeden Augenblick überzuschäumen drohten. Einzig die dicht gedrängte Reihe der Legionäre am Fuße des Podiums verhinderte, dass er sich herumwarf und floh. Und nur diese undurchdringliche Kette aus Soldaten war es auch, die dafür sorgte, dass sich die Menge nicht auf ihn stürzte und ihn an einem der hölzernen Querbalken der Tribüne aufknüpfte.

Sirona forschte in ihrem Inneren nach einer Spur von Mitleid für den Mann, fand jedoch keines. In ihren Augen war er ein Verräter an ihrem Volk, an dessen Werten und Freiheit. Und Verrat war es, was Vercingetorix letztlich den Sieg gekostet hatte.

Der Gesandte leckte sich erneut nervös die Lippen. »Versammelt euch nun vor dem Tor der Stadt, und begebt euch hinunter in die Ebene. Dort gebt ihr eure Waffen ab, werdet gemustert und den Legionären zugewiesen. Je weniger Widerstand ihr leistet, desto besser ist es für euch.«

Nach diesen Worten wandte er sich eilig ab, hastete die Leiter hinab und verschwand zwischen den römischen Soldaten. Sofort setzten sich diese in Bewegung, den Boten in ihrer Mitte, und bahnten sich grob und rücksichtslos einen Weg durch die Menschen. Von allen Seiten hagelte es Beschimpfungen für den Mann, der nicht nur ein Verräter war, sondern überdies der Überbringer der schlechten Nachrichten. Nach der endgültigen Niederlage waren Helfershelfer der Römer unbeliebter denn je.

Dann begannen Legionäre an der Stirnseite des Platzes, die Menge in Richtung der Hauptstraße vor sich her zu drängen. Die Menschen reagierten zunächst nur widerstrebend. Doch sie wussten, dass sich zu wehren zwecklos wäre, und sie besaßen auch nicht mehr die Kraft dazu. Daher ließen sie sich wie eine riesige Herde Vieh vom Versammlungsplatz hinunter und die breite, gepflasterte Straße entlang zum Stadttor treiben, stumm, ohnmächtig und wie betäubt. Die römischen Soldaten, in Viererreihen nebeneinander, ihre Pila im Anschlag, bildeten den Schluss des geisterhaften Zuges.

Vor dem Tor begann der steile Fahrweg, der sich durch das Heerlager und den Wald in die Ebene hinunterschlängelte. Schweigend und mit gesenkten Köpfen trotteten die Menschen ihn hinab. Kurz vor seinem Ende, dort, wo er die Bäume hinter sich ließ, standen Ochsenkarren bereit, auf die die Besiegten ihre Waffen werfen mussten.

Auch Sirona und Aresa legten ihre Dolche auf einen der Wagen, auf dem sich schon Schwerter und Lanzen, Helme und Kettenhemden türmten. Lediglich von Vercingetorix' Dolch würde sich Sirona um keinen Preis trennen. Sie spürte, wie sein Heft durch das Leinentuch hindurch gegen ihre Rippen drückte, und hoffte inständig, dass die Römer nicht auf den Gedanken kämen, einen Säugling nach Waffen zu durchsuchen.

Nun trennte sie nur noch der letzte, felsige Abschnitt des Weges von der Ebene. Plötzlich brach einen Steinwurf unterhalb von ihnen ein junger Mann aus dem Strom der Menschen aus und rannte in Richtung der Gruben und Fallen des Todesstreifens davon. Doch er kam nur wenige Schritt weit, ehe sich das Pilum eines Legionärs in seinen Rücken bohrte und seinem Leben ein jähes Ende bereitete. Er landete mit dem Gesicht im Gras, zuckte einige Male und lag still.

Wie gebannt klebten Sironas Augen an dem leblosen Körper. Sie vermutete, dass der Mann nicht ernsthaft geglaubt hatte, den Römern entkommen zu können. Viel wahrscheinlicher war, dass er seinen Tod auf diese Weise heraufbeschworen hatte, weil er durch die Hand eines Feindes zu sterben einem schmachvollen Dasein in Gefangenschaft vorzog.

An der Einmündung des Fahrweges in die Ebene teilten Legionäre die Menschen in zwei Gruppen auf: Männer und Jungen wurden grob nach rechts gedrängt, Frauen und Mädchen nach links. Viele Familien wehrten sich verzweifelt dagegen, auseinandergerissen zu werden, und flehten die römischen Soldaten an, sie nicht zu trennen. Aber diese kannten kein Mitleid und setzten ihren Auftrag erbarmungslos durch.

Sironas Gedanken wanderten zu Valetiacus. Sie hatte ihn seit dem Vortag nicht mehr gesehen, denn er hatte die Nacht wie gewöhnlich gemeinsam mit den anderen Kriegern im Heerlager vor dem Tor verbracht. Sollten sich ihre Wege hier nun für immer trennen, ohne dass sie Gelegenheit erhielten, Abschied voneinander zu nehmen? Wieder und wieder ließ sie ihren Blick über die endlos scheinende Kolonne der Menschen schweifen, ständig in der Hoffnung, ihn irgendwo zu entdecken. Doch ohne Erfolg. Ihr Gefährte blieb verschwunden.

Von Bellogenus und Segocondus fehlte nach wie vor jede Spur. Waren sie gefallen? Oder befanden auch sie sich inmitten dieser gewaltigen Menschenherde? Würde sie sie jemals wiedersehen?

Sirona und Aresa standen dicht gedrängt in einem Pulk mit den anderen Frauen und warteten stumm und teilnahmslos ab, was die Legionäre mit ihnen zu tun gedachten. Aresas Hand stahl sich in Sironas Rechte, und sie drückte sie, eine hilflose Geste des Trostes, wo es keinen Trost geben konnte.

Bald darauf traten Römer in ziviler Kleidung hinzu und begannen, die Frauen ausführlich zu untersuchen. Es handelte sich um Beamte des Heeres, betraut mit dem Befehl, herauszufinden, welche Gefangenen für welche Aufgaben zu gebrauchen wären. Zunächst durchsuchten sie die Frauen nach versteckten Waffen, zwangen sie dann, den Mund zu öffnen, um ihre Zähne zu begutachten, und warfen schließlich einen Blick auf ihre Hände und Arme. Diejenigen, die sich als jung, gesund und kräftig erwiesen, drängten sie auf der rechten Seite zusammen, die älteren, die nicht mehr für schwere körperliche Arbeit taugten, auf der linken.

Während sich die Beamten mit schnellen, routinierten Bewegungen durch die Reihen der Frauen arbeiteten und langsam näherrückten, fühlte Sirona, wie sich ihr Herzschlag beschleunigte. Was, wenn der Mann den verborgenen Dolch entdeckte? Ihre größte Sorge in diesem Augenblick galt jedoch Vercingetos. Was würden die Feinde mit Säuglingen anstellen, die für sie ja wertlos waren, überflüssige zu stopfende Münder? Würden sie ihn ihr entreißen? Ihn töten?

Schon bald hatte einer der Beamten, ein älterer Römer mit schmierigen grauen Locken, sie erreicht. An seiner rechten Hand fehlten zwei Finger, weswegen er nicht mehr für den Kampfeinsatz taugte und seine restlichen Dienstjahre in der Verwaltung der Armee ableisten musste.

Sironas Herz flatterte nun wie ein kleiner, wilder Vogel. Doch der Mann streifte Vercingetos nur mit einem gleichgültigen Blick, ehe er sich ihr zuwandte.

Zuerst tastete er sie nach Waffen ab. Anschließend übte er mit gekonntem Griff Druck auf einen Punkt zu beiden Seiten ihres Oberkiefers aus, sodass sich ihr Mund wie von selbst öffnete. Mit schräg gehaltenem Kopf begutachtete er ihre Zähne, grunzte zufrieden und richtete sich wieder auf. Er hatte Sirona schon am Oberarm gepackt, um sie nach rechts, zu den gesunden, kräftigen Frauen zu stoßen, als sein Blick auf das dünne Lederband um ihren Hals fiel, an dem sie das Amulett der Bergusia, Ebunos' Schutz spendenden Anhänger und Marcus' Ring trug.

Sein Augenmerk galt dem Ring. Er grapschte danach, drehte den Reif, um die gravierte Platte betrachten zu können - und stutzte. Verwundert beobachtete Sirona, wie sich seine Miene von Neugier zu Erstaunen wandelte. Mit einem knappen Wink bedeutete er ihr, das Lederband abzunehmen und ihm auszuhändigen. Nachdem sie seinem Befehl zögernd nachgekommen war, hob er das Wappen näher an seine Augen und musterte es mit zusammengezogenen Brauen.

Der Ring! Aufgrund der schrecklichen Ereignisse, ihrer Mutlosigkeit und Verzweiflung hatte Sirona ihn völlig vergessen. Doch hatte Marcus ihr in seinem Abschiedsbrief nicht geschrieben, der Ring würde sie beschützen? Für diesen Römer, der gerade mit einem Ausdruck vollkommener Verblüffung zwischen dem Wappen und ihrem Gesicht hin- und herschaute, schien er jedenfalls irgendeine Bedeutung zu besitzen.

»Woher du haben Ring?«, fragte er in gebrochenem Keltisch.

Ihre Gedanken überschlugen sich. Wie viel sollte sie diesem Mann verraten? In der Dauer eines Lidschlags entschied sie, alles zu wagen. Zu verlieren hatte sie ohnehin nichts mehr.

»Diesen Ring hat mir der Vater meines Kindes geschenkt«, erklärte sie, bemüht, ihrer Stimme einen ruhigen, festen Klang zu verleihen. »Er ist Römer.«

»Wie heißen?«

Das wüsste ich selbst gern, dachte sie trocken. Der Mann, dessen Sohn sie gerade beschützend an ihre Brust gedrückt hielt, hatte ihr stets nur seinen Vornamen genannt. Und auch der war aller Wahrscheinlichkeit nach falsch.

»Marcus Iulius«, nannte sie den erstbesten römischen Familiennamen, der ihr in den Sinn kam.

Der Beamte überlegte einen Moment. »Komm«, befahl er dann, packte sie hart am Oberarm und zerrte sie mit sich fort. Aresa wollte sich ihnen anschließen, aber der Römer deutete mit dem Finger auf sie. »Bleiben.«

Sironas Beine zitterten so stark, dass sie stolperte, als der Mann sie mit raschen, entschlossenen Schritten von den anderen Frauen fortführte, woraufhin er seinen Griff noch ein wenig verstärkte. Über die Schulter erhaschte sie einen kurzen Blick auf Aresa, die ihr verwirrt und besorgt hinterherschaute. Doch sofort schüttelte der Beamte grob ihren Arm und zwang sie so, den Kopf wieder nach vorn zu wenden.

Was bei allen Göttern mochte es mit diesem Ring auf sich haben?, überlegte Sirona fiebrig. Was wusste dieser Römer über ihn, das sie nicht wusste? Und würde es ihr und Vercingetos nützen oder schaden, dass er ihn entdeckt hatte?

Der Mann führte sie quer durch den Todesstreifen auf die Befestigung zu. Sein Ziel schien eines der Zelte zu sein, die die Feinde nach ihrem Sieg in einer Ecke der Umfriedung errichtet hatten. Bald erreichten sie den Abschnitt, auf dem Vercingetorix' Krieger die tödlichen Fallen und Gräben zugeschüttet und die Bresche in die Palisade gerissen hatten. Hier war der Boden übersät mit den leblosen Körpern seiner Männer, die noch so dalagen, wie sie gefallen waren. Der Geruch von Verwesung erfüllte die Luft. Sirona fühlte Übelkeit in ihrer Kehle aufsteigen und presste sich den Ärmel ihrer Tunika vor Nase und Mund. Die Sieger hatten die Leichname geplündert und sie dann den wilden Tieren überlassen. Raben und Greifvögel hatten sich bereits über die Toten hergemacht und flogen unwillig auf, als Sirona und der Römer sich näherten.

Sie wandte den Blick ab. Wie sollten die Seelen all dieser armen, tapferen Krieger je in die Andere Welt gelangen und von dort aus in einen neuen menschlichen Körper übertreten, wenn ihre sterblichen Hüllen nicht verbrannt wurden?, fragte sie sich verzweifelt. Doch es gab niemanden mehr, der ihnen diesen letzten Dienst erweisen konnte.

Endlich hatten sie die Gruppe der Zelte erreicht und hielten vor dem größten von ihnen. Zwei Legionäre standen davor Wache und streiften Sirona und ihren Säugling mit einem gleichgültigen Blick.

Der Beamte entließ ihren Arm aus seinem eisernen Griff. »Du warten«, wies er sie kurz an und wechselte ein paar Worte mit den beiden Posten, ehe er sich durch den Eingang duckte und im Inneren des Zeltes verschwand.

Sironas Herz schlug nun so stürmisch, dass sie überzeugt war, die Legionäre müssten es hören. Vercingetos spürte die Furcht seiner Mutter, wand sich unruhig in seiner Decke und wimmerte. Hastig begann sie, beruhigend seinen Rücken zu streicheln und ihm leise ins Ohr zu flüstern, damit er sich bloß still verhielte und nicht die Aufmerksamkeit der Feinde auf sich zöge. Gleichzeitig hämmerte die Frage in ihrem Kopf, wem sie in wenigen Augenblicken gegenübertreten würde. Eine innere Stimme sagte ihr, dass der Besitzer dieses Zeltes, wer auch immer er sein mochte, die Macht besaß, über ihr weiteres Schicksal und das ihres Kindes zu entscheiden.

Die Zeit verrann zäh wie Kiefernharz. Aber schließlich tauchte der Beamte wieder auf, hielt die Zeltbahn, die den Eingang versperrte, beiseite und bedeutete Sirona mit einer knappen Geste einzutreten. Ihre Beine zitterten nun so stark, dass sie befürchtete, sie würden ihr den Dienst versagen. Doch irgendwie gelang es ihr, einen Fuß vor den anderen zu setzen, und plötzlich fand sie sich inmitten des Zeltes wieder.

Sein Inneres war überraschend hell. Durch eine Öffnung im erhöhten Zentrum des Daches fiel Licht hinein. Die Mitte nahm eine Tafel ein, ähnlich der, an der Vercingetorix seine Strategien entwickelt und Sirona dargelegt hatte. Um sie herum standen vier Römer über eine Landkarte gebeugt und in ein intensives Gespräch vertieft.

Bei Sironas Eintreten unterbrachen sie ihre Unterredung, und vier Augenpaare richteten sich gleichzeitig auf sie. Starr vor Angst ließ sie ihren Blick über die Männer wandern. Drei von ihnen waren ältere, erfahrene Haudegen, die Gesichter und Unterarme von zahlreichen Narben gezeichnet: Erinnerungen an Wunden, die ihnen ihre Gegner in den langen Jahren in Caesars Diensten geschlagen hatten. Ihre Brustpanzer und wertvollen Waffen wiesen sie als Offiziere aus.

Der vierte war deutlich jünger. Sironas Blick glitt über ihn hinweg, zuckte zu ihm zurück und blieb an ihm hängen, sog sich an ihm fest. Obwohl sein Auftreten darauf schließen ließ, dass er den höchsten Rang unter den vieren innehatte, trug er nur eine schlichte Tunika aus rotbraunem römischen Tuch und den Gürtel mit seinem Dolch. Dunkle Haare, die sich, wenn sie länger wachsen dürften, in Locken kringeln würden, umrahmten ebenmäßige Züge mit einer gerade geschnittenen Nase, über deren Rücken eine kleine, helle Narbe verlief. Die tiefbraunen Augen des Römers waren auf Sirona gerichtet, suchten die ihren und hielten sie fest.

Er hatte sie in demselben Herzschlag wiedererkannt, in dem sie das Zelt betrat, noch ehe ihr Blick über die Anwesenden zu wandern begann. Nun erkannte auch sie ihn.

Dieser Römer war niemand anderes als der Mann, den sie unter dem Namen Marcus kannte, der Vater ihres Kindes.

Kapitel 39

Marcus fasste sich als Erster wieder. Er gab den drei Offizieren eine knappe Anweisung, woraufhin diese salutierten und nacheinander das Zelt verließen.

Verdutzt stellte Sirona fest, dass Marcus innerhalb des römischen Militärs allem Anschein nach einen recht hohen Rang bekleidete.

Er zögerte kurz. Dann umrundete er mit wenigen langen Schritten die Tafel und blieb vor Sirona stehen, die wie festgewurzelt dastand, unfähig, sich zu rühren.

»Sirona.« Seine Stimme klang rau. »Was ...? Wie ...?« Seine Augen tasteten über ihr Gesicht, und er schüttelte fassungslos den Kopf, als könne er nicht glauben, was sie ihm vermittelten. Plötzlich glitt sein Blick von ihr zu Vercingetos, der sich beruhigt hatte und friedlich in seinem Tragetuch schlief. Sie sah förmlich, wie es hinter seiner Stirn arbeitete, als er auszurechnen versuchte, ob er selbst der Vater dieses Kindes sein konnte.

»Ist das ...?«, brachte er schließlich mühsam hervor.

Eigentlich hätte sie sich freuen sollen, schoss es Sirona durch den Kopf. Eigentlich hätte sie glücklich sein müssen, Marcus wiedergefunden zu haben, inmitten des riesigen, gesichtslosen Heeres ihrer Feinde einem vertrauten Menschen zu begegnen, jemandem, der ihr wohlgesinnt war, der ihr helfen würde, einen Ausweg aus diesem nicht enden wollenden Albtraum zu finden. Hatte sie sich in den zurückliegenden Monaten denn nicht genau das sehnlichst gewünscht: Marcus wiederzusehen, ihm voller Freude und Stolz den Sohn zu präsentieren, den sie ihm geboren hatte?

Ja, gab sie sich selbst zur Antwort. In den zurückliegenden Monaten schon. Doch diese Zeit war vorüber, und zu viel war seither geschehen. Die endgültige Niederlage ihres Volkes und Vercingetorix' Auslieferung an seinen Todfeind hatten einen so umfassenden Schmerz, eine Leere solchen Ausmaßes in ihrem Herzen hinterlassen, dass sie jedes andere Gefühl verdrängten. Ihre Seele war ein ebensolches Schlachtfeld wie die Ebene dort draußen, und die Gefallenen auf diesem Schlachtfeld hießen Freude, Vertrauen und Zuversicht.

Einen langen Moment schauten sie einander nur schweigend an, zu verwirrt und überwältigt für Worte. Sironas Blick ruhte auf Marcus' Zügen. In seinen dunklen Augen las sie die vertraute Wärme, aber auch noch etwas anderes: Unsicherheit. Und sie war froh um diese Unsicherheit, denn sie hielt ihn davon ab, Sirona in seine Arme zu schließen. Hätte er das getan, hätte sie ihn von sich gestoßen, und das wollte sie nicht. Doch auch seine Nähe wollte sie nicht. So standen sie nur stumm voreinander, Marcus mit hängenden Schultern, Sirona ihr gemeinsames Kind an ihre Brust drückend.

»Marcus.« Sein Name fühlte sich ungewohnt an, fremd.

Er versuchte, den Klang ihrer Stimme zu deuten, aber es gelang ihm nicht. Er war selbst viel zu überwältigt und aufgewühlt. Wieder zuckte sein Blick von ihrem Gesicht zu Vercingetos und zurück.

»Ja, er ist dein Sohn«, beantwortete sie endlich seine unausgesprochene Frage und sah im selben Augenblick, wie ein schweres Gewicht von ihm abzufallen schien. Warum freute er sich, dass dieses Kind das seine war?, fragte sie sich verständnislos. Immerhin hatte er sie verlassen. Konnte es ihm da nicht gleichgültig sein, wessen Kind sie auf dem Arm trug?

Ganz offensichtlich war es ihm nicht gleichgültig.

»Darf ich ihn einmal halten?«, bat er scheu.

Sirona zögerte einen Moment, dann reichte sie ihm den Kleinen. Ebenso behutsam wie nur wenige Tage zuvor Vercingetorix empfing Marcus den Säugling aus ihren Händen und bettete ihn vorsichtig in seine Armbeuge. Die schmerzliche Erinnerung trieb Sirona Tränen in die Augen. Sie wischte sie mit dem Ärmel ihrer Tunika fort, doch Marcus hatte sie ohnehin nicht bemerkt. Er war vollkommen hingerissen von seinem Sohn, von dessen zartem rosigen Gesicht er seinen Blick nicht losreißen konnte.

Sanft streichelte er ihm mit einem Finger über die Wange. Sirona stellte überrascht fest, dass seine Hand leicht zitterte.

»Wie heißt er?«, wollte er wissen, und seine Stimme war erfüllt von Liebe zu diesem winzigen Geschöpf, dessen bloße Existenz ihm wie ein Wunder erschien.

»Sein Name ist Vercingetos«, antwortete sie beinah trotzig.

Marcus' Kopf ruckte hoch, seine Augen tasteten unsicher über ihr Gesicht. Er schien einen Moment nachzudenken. Dann holte er tief Luft. »Ein schöner Name«, erklärte er ruhig. »Er kann sich glücklich schätzen, den Namen eines so bedeutenden Mannes zu tragen.«

Ganz allmählich fühlte Sirona, wie die Anspannung von ihr abfiel. Sie und ihr Säugling waren in Sicherheit. Marcus war bei ihnen, der Vater ihres Kindes, und er würde nicht zulassen, dass ihnen ein Leid geschähe.

Während Marcus weiterhin in den Anblick seines Sohnes versunken war, gestattete sie ihren Augen, über seinen Körper zu wandern. Er war hagerer geworden, seine Tunika hing lose um seine breiten Schultern, und blitzartig wurde Sirona klar, dass dieser Krieg auch in den Siegern seine Spuren hinterlassen hatte. An seinem Hals, der verwundbaren Stelle zwischen Brustpanzer und Helm, entdeckte sie eine frische, dünne Narbe, rosafarben auf seiner sonnengebräunten Haut, wo eine feindliche Klinge ihn gestreift hatte. Außerdem trug er einen Verband an seinem Schwertarm, dem ungeschützten, den der Schild nicht deckte. Doch davon abgesehen schien er unverletzt.

Mit einer gewissen Distanziertheit beobachtete Sirona, dass diese Feststellung sie erleichterte. Es war ihr letzter Gedanke, ehe ihr die Sinne schwanden.

Als sie wieder zu sich kam, war es dämmrig im Raum. Die Öffnung im Dach umrahmte einen Ausschnitt des klaren schwarzblauen Nachthimmels mit ein paar funkelnden Sternen. Sirona blinzelte benommen, doch dann kehrte die Erinnerung zurück. Sie und ihr Säugling waren in Sicherheit.

Sie wandte den Kopf. Das Innere des Zeltes wurde von zwei kleinen Feuern in eisernen Kohlebecken schwach erhellt. Marcus saß auf einem Stuhl mit reich verziertem, geschwungenen Sitz an der Tafel und war im Schein einer Öllampe in den Inhalt einer Pergamentrolle vertieft. Neben ihm auf dem Boden, gebettet auf ein großes, weiches Kissen, schlief Vercingetos.

Der Anblick ihres Sohnes mit seinem Vater strahlte eine solche Ruhe und Friedlichkeit aus, dass Sirona beinah vergessen konnte, wo sie sich befand: in einem römischen Zelt, auf einem Schlachtfeld, auf dem noch die Körper ihrer toten Brüder lagen, umgeben von Abertausenden Feinden, die ihr alles genommen hatten, was sie liebte.

Nein, korrigierte sie sich dann, nicht alles. Ihr Sohn lebte.

Und Marcus ebenfalls.

Vercingetos wimmerte im Schlaf, und sofort beugte sich sein Vater zu ihm hinab und flüsterte ihm etwas auf Lateinisch zu. Sein Ton war so liebevoll, dass seine Worte selbst in dieser harten, unmelodischen Sprache sanft klangen.

Kein Zweifel, schoss es Sirona durch den Kopf. Marcus liebte seinen Sohn. Er würde ihn beschützen, gleichgültig, was geschehen mochte. Erleichterung und Dankbarkeit durchströmten sie. Benommen richtete sie sich auf dem weichen Strohlager auf, auf das er sie gebettet hatte.

Marcus nahm ihre Bewegung in seinem Augenwinkel wahr und wandte sich zu ihr um. »Sirona!« Er sprang auf, durchmaß das Zelt mit wenigen Schritten und ging vor ihr in die Hocke. »Geht es dir besser?«

Sie nickte matt. Sie fühlte sich in der Tat besser, wenn auch fürchterlich schwach, und mit einem Mal bemerkte sie, dass sie bohrenden Hunger verspürte.

Marcus schien ihre Gedanken zu lesen. »Ich glaube, ich besorge dir erst einmal eine ordentliche Mahlzeit.« Er erhob sich, trat vor das Zelt und erteilte einer der Wachen einen kurzen Befehl. »Du bist entsetzlich dünn geworden«, befand er, als er wieder bei ihr war. »Komm, setz dich her zu mir.« Er zog einen zweiten Stuhl heran, half ihr auf und schob ihr das Möbelstück zurecht. Schwerfällig ließ sie sich darauf sinken.

Einen Augenblick später brachte ein Legionär eine Schale mit dampfendem Linseneintopf, ein Stück frischgebackenen Brotes und eine Amphore mit Wein. Marcus reichte Brot und Schale an Sirona weiter, und als ihr der würzige Geruch des Eintopfs in die Nase stieg, wurde der Hunger plötzlich so überwältigend, dass sie fürchtete, ihr würden erneut die Sinne schwinden. Jegliche Zurückhaltung vergessend fiel sie über die Mahlzeit her.

Marcus verdünnte Rotwein aus der Amphore mit Wasser aus einem tönernen Krug, platzierte ein niedriges Tischlein neben Sirona und rückte es umständlich zurecht, ehe er den Becher endlich darauf abstellte. Er war froh, dass diese banalen Tätigkeiten ihm erlaubten, den Augenblick der Wahrheit noch ein wenig hinauszuzögern. Aber schließlich gab es nichts mehr für ihn zu tun, er ließ sich ihr gegenüber nieder und beobachtete, wie sie den Eintopf und das Brot hinunterschlang. Er schwieg, doch seine Hände fochten in seinem Schoß einen stummen Zweikampf aus.

Nach einer Weile gab er sich einen Ruck und begann, stockend zu sprechen. »Sirona, ich weiß, ich schulde dir eine Erklärung. Mehrere Erklärungen.« Er fixierte die Spitzen seiner Caligae, während er nach den richtigen Worten suchte. »Als ich fortgegangen bin, muss es dir so vorgekommen sein, als liebte ich dich nicht mehr, als wärest du mir gleichgültig. Doch bitte glaube mir, das Gegenteil ist der Fall. Ich bin fortgegangen, *weil* ich dich liebe.« Er rieb sich über die Stirn und hob den Blick. »Das mag seltsam klingen, widersprüchlich, aber lass es mich dir erklären. Es hängt alles damit zusammen, wer ich bin, verstehst du?«

Nein, dachte Sirona. Ich habe es damals nicht verstanden, und ich verstehe es jetzt ebenso wenig. Doch da er keine Antwort zu erwarten schien, löffelte sie weiter schweigend ihren Linseneintopf.

»In der Nacht, als wir ... nun ja, beieinanderlagen«, fuhr er nach einem Moment fort, mit einem Mal verlegen wie ein kleiner Junge, »hast du mir deine Geschichte erzählt, erinnerst du dich?«

Sie nickte stumm.

»Du beschriebst mir den Überfall des römischen Trupps auf euer Gehöft, wie die Legionäre deine Familie erschlugen und ein Reiter mit einer silbernen Maske deinen Bruder Roveci entführte.« Er stockte und schöpfte mühevoll Atem. Seine Hände rangen nun so heftig miteinander, dass die Knöchel unter der sonnengebräunten Haut hell hervortraten.

Einige Herzschläge verstrichen, in denen nichts weiter zu hören war als das schabende Geräusch von Sironas Löffel in der bronzenen Schale.

Wenn sie sich später an diesen Augenblick zurückerinnerte, dachte sie oft, sie hätte etwas ahnen, eine innere Stimme hätte sie warnen müssen. Doch die Ereignisse der vergangenen Tage hatten sie so aufgewühlt, dass ihre Intuition sie im Stich ließ und seine Eröffnung sie mit der ungebremsten Gewalt eines Orkans traf.

Endlich nahm Marcus all seinen Mut zusammen. »Sirona«, setzte er erneut an, »dieser Trupp, das waren meine Männer. Und der Reiter, der deinen Bruder entführt hat, das war ich selbst.«

Sironas Rechte mit dem Löffel gefror auf halbem Weg zu ihrem Mund. Langsam hob sie den Blick und starrte Marcus ins Gesicht, als hoffe sie, irgendetwas in seinen Zügen würde seine verheerenden Worte Lügen strafen. Doch seine Miene war voller Kummer, seine dunklen Augen ruhten ernst und beinah flehend auf ihr.

Der Löffel entglitt ihren kraftlosen Fingern und landete klirrend in der Schale.

»Ich weiß nicht, wie ich dir das erklären soll.« Marcus hatte nun das Gefühl, um sein Leben zu reden. »Ich bin Soldat. Es war mein Auftrag, die Höfe und Siedlungen in der Umgebung Atuatucas zu plündern und niederzubrennen, und ich habe diesen Auftrag ausgeführt. Ja, und ich habe deinen Bruder entführt.« Mit einem Anflug von Verzweiflung legte er die Rechte über sein Herz. »Doch ich schwöre dir bei allen meinen Göttern: Ich habe kein Mitglied deiner Familie mit meinen eigenen Händen getötet.«

Als Sirona ihn nur weiterhin stumm und mit diesem verwundeten Blick anstarrte, rang er erneut nach Atem und fuhr sich mit gespreizten Fingern durch die Haare. »Du kannst dir nicht vorstellen, welches Grauen mich befiel, als du mir den Überfall auf euer Gehöft geschildert hast und mir mit einem Mal klar wurde, dass ich dafür verantwortlich bin. Danach konnte ich keinen weiteren Tag mit dir zusammenleben. Meine Schuldgefühle zermalmten mich förmlich. Ich wusste, ich könnte dir erst wieder unter die Augen treten, wenn ich wenigstens einen Teil dieser Schuld wiedergutgemacht hätte.«

Sironas Hand zitterte so sehr, dass sie die halb geleerte Schale mit vernehmlichem Klappern auf dem Tischlein abstellte. Der Appetit war ihr restlos vergangen und einem dumpfen Druck in der Magengegend gewichen. Sie fühlte sich, als hätte sich die Erde unter ihren Füßen aufgetan und ein tiefer, tückischer Strudel würde sie unerbittlich in sich hineinsaugen. Gerade noch war sie erleichtert und dankbar gewesen, Marcus wiedergefunden zu haben, und hatte sich zum ersten Mal nach langer Zeit wieder in Sicherheit gewiegt. Und nun sollte sie ihm doch nicht vertrauen dürfen? Weil er kein bisschen besser war als die anderen Römer. Weil ausgerechnet er das Unheil über sie und ihre Familie gebracht hatte.

Unzusammenhängende Gedanken und unausgesprochene Fragen schwirrten in ihrem Kopf herum wie ein aufgebrachter Wespenschwarm. Wahllos griff sie eine heraus. »Wie bei allen Göttern willst du diese Schuld je wiedergutmachen?«, stieß sie hervor.

Nun, da er Sirona seine Tat endlich gestanden hatte und zum praktischen Teil übergehen konnte, sackte eine Last vom Gewicht eines Mühlsteins von Marcus' Seele. Er straffte den Rücken. »Wir Römer sind ein äußerst methodisches und gründliches Volk«, erklärte er mit unüberhörbarem Sarkasmus. »Unsere Buchführung ist ebenso gewissenhaft und diszipliniert wie unsere Art, Krieg zu führen. Das bedeutet, dass jedes Kind, das wir auf gallischem Boden entführen, aufs Genaueste dokumentiert wird. So gelang es mir herauszufinden, was aus deinem Bruder geworden ist.«

Sironas Augen weiteten sich in ungläubigem Staunen. Sollte es wahrhaftig eine Möglichkeit geben, Roveci wiederzufinden? »Wo ist er?«, flüsterte sie kaum hörbar.

»Er wurde in die Gallia transalpina gebracht, nach Aquae Sextiae. Dort soll er bei einer römischen Familie aufwachsen, wie deren eigene Söhne erzogen werden und eines Tages in seine Heimat zurückkehren, um dazu beizutragen, unsere Lebensweise und Kultur unter den unterworf-, äh, den Galliern zu verbreiten.«

Mit einem Mal nahm seine Stimme einen flehentlichen Tonfall an. »Sirona, ich schwöre dir beim Iupiter, dass ich, sobald dieser unselige Krieg vorüber sein würde, nach Aquae Sextiae aufgebrochen wäre, um Roveci zu holen und zu dir zurückzubringen. Erst dann hätte ich dir wieder unter die Augen treten können.«

Von seinen Gefühlen überwältigt, lehnte er sich plötzlich vor, um ihre Hände in seine zu nehmen, doch sie zuckte zurück, als wollte er sie schlagen. Augenblicklich gab er den Versuch auf. Nach einem Moment rieb er sich müde über das Gesicht und seufzte, ein gequälter Laut, der dem Innersten seiner Seele zu entspringen schien. »Deine Familie kann ich nicht mehr lebendig machen, sosehr ich mir das auch wünsche. Aber ich verspreche dir, ich werde dir wenigstens deinen Bruder zurückgeben, den ich dir mit meinen eigenen Händen geraubt habe.«

Sirona hörte ihn kaum noch. In ihrem Inneren tobte ein Orkan, der sie blind und taub machte für alles, was um sie herum vorging. Es brauchte lange, bis der Aufruhr ihrer Gefühle allmählich abebbte und sie wieder einen klaren Gedanken zustande brachte. Für einen Augenblick zuckte ihr gar die wahnwitzige Idee durch den Kopf, sie hätte Marcus' Geständnis nur geträumt, so fassungslos war sie. Fassungslos über die schier unglaubliche Ironie des Schicksals, dass ausgerechnet der Römer, in den sie sich verliebt und mit dem sie einen Sohn gezeugt hatte, derjenige sein sollte, der all das Leid über sie und ihre Familie gebracht hatte.

Zugleich war sie tief berührt von der schonungslosen Offenheit, mit der Marcus ihr seine Taten gestand. Und sie glaubte ihm jedes einzelne Wort, sogar dass er nach dem Ende des Krieges in die römische Provinz aufgebrochen wäre, um Roveci zu holen und zu ihr zurückzubringen.

Erst ganz allmählich begann sie, das volle Ausmaß dessen, was Marcus ihr berichtet hatte, zu erfassen: Bedeutete das wahrhaftig, sie würde ihren Bruder wiedersehen, gemeinsam mit ihm in ihre Heimat zurückkehren können?

Diese Vorstellung war so überwältigend, dass sie zunächst nicht daran zu glauben wagte. Sie fürchtete, die Enttäuschung nicht zu ertragen, sollte sich seine Behauptung am Ende doch als Missverständnis herausstellen.

Marcus hatte eine Weile geschwiegen, um Sirona Gelegenheit zu geben, sein Geständnis zu verarbeiten. Nun hob er erneut an. »Da ist noch etwas, was ich dir sagen möchte.« Er war selbst überrascht, wie frei die Worte mit einem Mal über seine Lippen flossen, nun, da er endlich sein Gewissen erleichtert hatte. »Ich liebe dich. Schon als ich dich zum ersten Mal sah, am Ufer dieses Baches, habe ich gefühlt, dass etwas Besonderes mit mir geschah. Während ich unter euch lebte, war ich hin- und hergerissen. Ich wollte mir meine Gefühle zuerst nicht eingestehen, habe mich mit aller Kraft gegen sie gesträubt. Aber im Grunde wünschte ich mir nichts sehnlicher, als den Rest meiner Tage mit dir zu verbringen.«

Sein Blick tastete über ihr Gesicht, seine Augen waren dunkler, als Sirona sie je gesehen hatte, und flehten um Verständnis und Verzeihung. »Doch als ich zu meiner Einheit zurückkehrte, um herauszufinden, wohin man deinen Bruder gebracht hatte, kam der Marschbefehl. Mein Vater vertraute mir das Kommando über eine Legion an. Und da ich einen Eid geleistet habe, dem Imperium treu zu dienen, blieb mir keine andere Wahl, als zu gehorchen und mit meinen Männern nach Westen zu ziehen.«

Sironas Augen ruhten auf seinen Zügen, die ihr so vertraut waren und gleichzeitig so fremd erschienen. Nur allmählich sickerten seine Worte in ihr Bewusstsein. »Liebe« hatte er gesagt. Mit einer gewissen Verwunderung bemerkte sie, wie diese beiden Silben in ihr nachhallten und ein nicht unangenehmes Gefühl der Wärme hinterließen.

Aber da war noch etwas anderes. Sie runzelte die Stirn. »Wer ist denn dein Vater, dass er so viel Macht über dich besitzt?«

Marcus senkte den Blick, atmete einmal ein und wieder aus. Dann hob er das Gesicht und schaute ihr offen in die Augen. »Mein Vater ist Gaius Iulius Caesar.«

Ein heftiger Schwindel hatte Sirona gepackt, ähnlich dem, der sie während ihrer Schwangerschaft geplagt hatte. Marcus' Worte drangen wie aus weiter Ferne zu ihr.

»Mein richtiger Name lautet auch nicht Marcus«, erklärte er gerade stockend, »sondern Gaius Iulius Gallicus. Aber ich fürchtete, wenn ich dir von vornherein sage, wer ich bin, würdest du mich hassen.«

Damit hatte er vermutlich recht, musste Sirona einräumen.

»Trotz allem, was geschehen ist, habe ich all die Monate fest daran geglaubt, dass es eine Zukunft für uns gibt. Ich musste es einfach glauben, weil ich es nicht ertragen würde, dich für immer zu verlieren. Und nun, da die Götter uns wieder zusammengeführt haben, bin ich mir vollkommen gewiss.« Sirona hörte die tiefe Sehnsucht, die in seiner Stimme schwang. »Es liegt in deiner Hand. Daher habe ich mich entschieden, dir endlich die ganze Wahrheit zu gestehen, damit du eine freie Entscheidung treffen kannst.«

Sirona wusste seine Offenheit zu schätzen, doch im Augenblick war sie viel zu aufgewühlt, um einen klaren Gedanken zu fassen, geschweige denn, weitreichende Entscheidungen zu fällen. Auf der einen Seite empfand sie aufrichtige Dankbarkeit: dafür, Gaius wiederbegegnet zu sein, dafür, dass sie und Vercingetos sich nun in Sicherheit befanden, und dafür, dass sie ihren Bruder vielleicht wahrhaftig wiedersehen würde.

Aber da waren auch die ohnmächtige Trauer und Verzweiflung über die endgültige Niederlage ihres Volkes, da waren ihr Schmerz angesichts Vercingetorix' Schicksal, die Ungewissheit darüber, was aus ihren Gefährten geworden war. Und diese dumpfen, lähmenden Gefühle ließen keinen Raum in ihrem Herzen für Freude, Zuversicht und Pläne für die Zukunft.

Wie hätte diese Zukunft auch aussehen sollen? Würde sie an der Seite desjenigen Mannes leben wollen, der gemeinsam mit seinen Legionären das Gehöft ihrer Familie überfallen hatte? Der den Befehl gab, unschuldige Menschen kaltblütig zu ermorden? Der mit seinen eigenen Händen ihren Bruder entführte?

Der mir das Leben schenkte, als er es mir hätte nehmen können? Der Attius aus dem Abgrund rettete und sich so liebevoll um ihn kümmerte, dass der Junge seine Sprache wiederfand?

Sirona presste die Fäuste gegen ihre Schläfen und stöhnte leise. Sie hatte das Gefühl, den Verstand zu verlieren. Es wollte ihr einfach nicht gelingen, die beiden Seiten dieses widersprüchlichen Mannes zu einem stimmigen Bild zusammenzusetzen.

Was hatte Ebunos ihr seinerzeit erklärt?, erinnerte sie sich. Niemand war nur gut oder böse. Es waren die Umstände, die aus einem Menschen ein Opfer oder einen Täter machten. Sie hatte von Anfang an geahnt, dass Marcus - Gaius, korrigierte sie sich - Angehörige ihres Volkes auf dem Gewissen hatte. Aber sie hatte diesen Teil von ihm verdrängt, weil sie ihn nicht sehen wollte und weil Gaius ihr keinerlei Anlass gab, in ihm auch einen Täter zu vermuten.

Doch nun wusste sie es besser.

Und die entscheidende Frage war: Würde sie ihm verzeihen können?

Während Sirona von ihren widerstreitenden Gedanken und Gefühlen innerlich zerrissen wurde, zwang sich Gaius, seine Ungeduld zu zügeln und sie nicht zu bedrängen. Schweigend beobachtete er sie, sah, wie sie sich quälte, und widerstand tapfer der Versuchung, sie in seine Arme zu schließen und zu trösten.

Du Esel, schalt er sich stumm. Denkst du wirklich, ausgerechnet du könntest ihr Trost spenden? Sei froh und dankbar, dass sie dir nicht vor lauter Abscheu ins Gesicht spuckt. Verdient hättest du es ja, für all das, was du ihr und ihrer Familie angetan hast.

Zudem konnte er nur ahnen, was sie in den zurückliegenden Wochen in der eingeschlossenen Stadt durchlitten hatte und was es bedeutete, in einer Atmosphäre der allgegenwärtigen Angst und des unablässigen Hungers ein Kind zur Welt zu bringen.

Das war eine Seite des Krieges, die er sich bislang stets zu verdrängen bemüht hatte, die ihm nun gleichwohl in aller Deutlichkeit vor Augen geführt wurde: das Leid all der unschuldigen Menschen, der Frauen und Kinder, die nie selbst in die Kämpfe eingriffen, deshalb aber nicht weniger litten. Denn sie waren den Entscheidungen ihrer Anführer auf Gedeih und Verderb ausgeliefert, und ihr Schicksal war untrennbar mit dem der Krieger verbunden. Siegten diese, so durften auch die Frauen und Kinder neue Hoffnung schöpfen. Waren die Männer jedoch unterlegen, so gingen ihre Familien mit ihnen unter.

Schließlich ließ Sirona ihre Hände sinken und stieß einen tiefen Seufzer aus. »Ich brauche Zeit. Ich danke dir für deine Ehrlichkeit und dein Vertrauen. Aber was ich im Moment am dringendsten benötige, ist Zeit. Doch ich möchte dich um einen Gefallen bitten.«

»Jeden«, antwortete Gaius ohne Umschweife.

Sie schenkte ihm ein flüchtiges Lächeln. »Unter den Gefangenen befinden sich zwei, die mir sehr ans Herz gewachsen sind. Es sind meine Freundin Aresa, eine Biturigerin aus der Nähe Avarikos, sowie Valetiacus, den du ja bereits kennst. Ich bitte dich, ihnen die Freiheit zu schenken. Auch Segocondus und Bellogenus sind gemeinsam mit mir hierhergekommen, und ich weiß nicht, ob sie gefallen sind oder in Gefangenschaft geraten. Sollten sie noch leben, bitte ich dich, auch sie freizulassen.«

Und bitte lass mich niemals bereuen, dass ich mich für Segocondus eingesetzt habe.

Am nächsten Morgen erwachte Sirona vom Wiehern eines Pferdes ganz in der Nähe, in das sich das Klappern von Bronzegeschirr mischte. Die vertrauten Geräusche versetzten sie zurück in ihr Zelt im Heerlager der verbündeten Stämme.

Irgendwann in der Nacht hatte sie der tiefe Schlaf übermannt, der auf vollkommene Erschöpfung folgt. Und so starrte sie nun verwirrt durch die rechteckige Öffnung im Dach des Zeltes auf ein Stück hellblauen Himmels und brauchte einige Atemzüge, um sich zu entsinnen, was geschehen war.

Als die Erinnerung wieder einsetzte, wohnte ihr die Kraft einer Urgewalt inne. Gaius und seine Legionäre waren es gewesen, die das Gehöft ihrer Eltern überfallen, ihre Familie getötet und ihren Bruder entführt hatten. Und sofort begann die eine, alles beherrschende Frage, abermals in ihrem Kopf zu kreisen: Würde sie je imstande sein, ihm zu verzeihen?

Am liebsten wäre sie augenblicklich erneut in diesen erlösenden, todesähnlichen Schlaf gefallen, in dem sie nicht überlegen, keine Entscheidungen fällen musste. Doch sie wusste, dass dies nur eine Flucht vor der Wirklichkeit wäre, der sie sich früher oder später würde stellen müssen. Also konnte sie genauso gut gleich damit beginnen.

Sie drehte den Kopf. Neben ihr schlief Vercingetos friedlich auf seinem Kissen. Gaius saß bereits wieder an der Tafel, über Landkarten und andere Dokumente gebeugt. Der Feuerschein aus einem der Kohlebecken fiel auf sein Gesicht und tauchte seine ernsten, konzentrierten Züge in ein warmes Licht.

Für die Dauer einiger Herzschläge betrachtete Sirona diesen Mann, der ihr seit seinen Geständnissen in der vergangenen Nacht so fremd geworden war. Ihre Augen folgten der geraden Linie seiner Nase über seine sinnlichen Lippen hinab zu seinem Kinn. Sie forschte in ihrem Inneren nach Gefühlen für ihn, fand jedoch keine; keine Liebe und auch keinen Hass. Der Orkan, der nur wenige Stunden zuvor in ihrer Seele getobt hatte, hatte sie verwüstet und eine Ödnis hinterlassen, die alle anderen Empfindungen auslöschte.

Vorsichtig, um ihren Sohn nicht zu wecken, wickelte sie sich aus ihrer Decke, erhob sich von ihrem Lager und trat neben ihn.

Ein plötzliches Lächeln erhellte seine Züge, als er sich ihr zuwandte. »Guten Morgen, Sirona. Hast du gut geschlafen?« Seine Stimme war warm und voll unausgesprochener Zärtlichkeit.

Sirona erwiderte sein Lächeln zaghaft. »Ja, vielen Dank.«

Sie spürten beide, wie förmlich ihre Worte klangen, wie unsicher im Umgang miteinander sie geworden waren. Doch war das ein Wunder?

Mit einem Mal fiel Sironas Blick auf Gaius' Ring, der nun gemeinsam mit dem Amulett der Bergusia und Ebunos' Schutz spendendem Anhänger zwischen Karten und Pergamentrollen auf dem abgewetzten Holz der Tafel lag. Sie hob ihn auf und drehte ihn in ihren Fingern, bis sie das Wappenbild des Elefanten vor sich sah. »Was hat es eigentlich mit diesem Ring auf sich? Wie konnte dieser Mann gestern wissen, dass er dir gehört?«

»Nenn mich abergläubisch, aber mir ist wohler, wenn du ihn weiterhin trägst.« Er nahm ihn ihr behutsam aus der Hand und legte ihr das Lederband wieder um den Hals. »Der Elefant ist das Wappentier meiner Familie. Jedes römische Kind weiß das. Auch auf Münzen, die mein Vater prägen lässt, ist er abgebildet. Vor langer Zeit führte Rom Kriege gegen ein Volk, das sich Punier nannte. Dieses setzte in den Schlachten Elefanten ein, und die Legende will es, dass einer meiner Vorfahren ein solches Tier getötet hat. Seither ziert der Elefant unser Wappen.«

Sirona zog missbilligend die Augenbrauen zusammen. »Mir scheint, Rom führt ständig Kriege.«

Ein Schatten fiel auf Gaius' Gesicht. »Da magst du wohl recht haben«, entgegnete er düster. »Doch man kann sich nicht aussuchen, in welches Volk man hineingeboren wird.«

Während sie gemeinsam das Morgenmahl einnahmen, stellte Sirona Gaius endlich die Frage, die ihr bereits auf der Seele brannte, seit sie ihm keine vierundzwanzig Stunden zuvor wiederbegegnet war. Die Furcht vor dem, was sie erfahren mochte, hatte sie bislang zurückschrecken lassen.

»Wie geht es ...?« Sie räusperte sich. »Wie geht es Vercingetorix?« Sie konnte seinen Namen nicht aussprechen, ohne dass ihr Tränen in die Augen schossen und ein Kloß in ihrer Kehle ihre Stimme rau und brüchig klingen ließ. »Was habt ihr mit ihm gemacht?«

Wenn Gaius ihre sichtlich über das zu erwartende Maß hinausgehende Anteilnahme am Schicksal von Roms verhasstestem Widersacher irritierte, so ließ er es sich zumindest nicht anmerken. »Vercingetorix lebt«, erklärte er sachlich. »Mein Vater wird ihn auch nicht so bald töten lassen, denn er ist unser wertvollster Gefangener und kann sich als überaus nützliche Geisel erweisen, falls der gallische Widerstand erneut aufflackern und es zu weiteren Aufständen gegen Rom kommen sollte.«

Ebenfalls nicht zu übersehen war die Erleichterung, die Sirona bei diesen Worten überfiel und die beinah mit Händen zu greifen war. Doch Gaius war klug genug, sie nicht mit Fragen zu bedrängen, mochte es ihm auch noch so schwerfallen. »Ich kenne ihn übrigens persönlich«, fuhr er nach einem Moment fort.

Nun war es an Sirona, überrascht zu sein.

»Vercingetorix gehörte jahrelang zur Entourage meines Vaters. Wir haben unzählige Schlachten gemeinsam geschlagen und sind fast so etwas wie Freunde geworden.« Plötzlich waren sie da, Erinnerungen, die er lieber verdrängt hätte. »Einmal war ich von einem Trupp Germanen umringt, und er kam mit seinen Männern hinzu und hat mir das Leben gerettet.« Er seufzte. »Ich habe immer geahnt, dass ich eines Tages gegen ihn würde kämpfen müssen. Und auch wenn mein Vater mich dafür hassen würde: Ich wünschte, er hätte entkommen können.«

Gegen Mittag meldete die Wache die Ankunft einer Gallierin, die inständig darum ersuche, Gaius sprechen zu dürfen, und ein Dokument vorweisen könne, das seine Unterschrift trug.

Als er sie verwundert hereinführen ließ, glaubte Sirona, ihren Augen nicht zu trauen. »Aresa!« Sie eilte auf ihre Freundin zu und schloss sie in die Arme.

»Sirona! Den Göttern sei Dank, du lebst!« Nach einem Moment glitt Aresas Blick an ihr vorbei zu Gaius. Sie löste sich aus der Umarmung, trat auf ihn zu und fiel vor ihm auf die Knie. »Herr, ich danke Euch aus tiefstem Herzen dafür, dass Ihr meine Freilassung verfügt habt.«

Gaius war die Szene sichtlich peinlich. »Beim Iupiter, Weib, erhebe dich.« Er ergriff ihre Arme und half ihr auf. Dann wies er auf Sirona. »Danke nicht mir, sondern Sirona. Sie hat sich für dich eingesetzt.«

Aresa umarmte ihre Freundin abermals und dankte auch ihr, ehe sie sich noch einmal an Gaius wandte, die Augen starr zu Boden gerichtet. »Herr ...«, sie zögerte, suchte nach den richtigen Worten.

»Sprich nur«, forderte er sie freundlich auf.

»Mein Mann, Herr, ist der Bituriger Mattus. Wir besaßen ein Gehöft in der Nähe von Avariko. Aber ich habe keine Ahnung, ob er noch lebt.« Sie hob kurz den Blick, senkte ihn jedoch hastig wieder. »Ich flehe Euch an, bitte findet heraus, was aus ihm geworden ist. Und wenn er in Gefangenschaft geraten ist, schenkt auch ihm die Freiheit.« Sie wollte sich ihm erneut zu Füßen werfen, doch Gaius fing sie rechtzeitig auf.

»Ich werde tun, was in meiner Macht steht«, versprach er.

Mit einer innigen Umarmung verabschiedete sich Sirona von ihrer Freundin, mit der sie in den vergangenen Monaten so viel Leid, aber auch das Glück der Geburt ihres Sohnes geteilt hatte. Sie wünschte ihr von Herzen, dass sie ihren Mann wiederfinden und gemeinsam mit ihm in ihre Heimat würde zurückkehren können.

Alles im Leben hat seinen Preis, dachte sie, als sie Aresa ein letztes Mal an sich drückte. Ich habe so viel verloren und doch auch so viel gewonnen. Geliebte Menschen kamen und gingen. Werde ich auch einen Preis bezahlen müssen, um Roveci wiederzufinden?

Wenige Tage später beschloss Caesar, sein Quartier nach Bibracte zu verlegen und dort die Herbst- und Wintermonate zu verbringen. Da der Krieg vorüber war und er in diesem Jahr keine weiteren Aufstände befürchtete, schickte er seine Legionen vorzeitig in ihre Winterlager an verschiedene Standorte im unterworfenen keltischen Gebiet. Für Gaius bedeutete dies, dass nun die Zeit gekommen war, sein Versprechen einzulösen und nach Aquae Sextiae aufzubrechen, um Roveci zurückzuholen.

Sirona brannte darauf, ihn zu begleiten. Die Aussicht, die Schlachtfelder von Alisiia endlich hinter sich zu lassen und sich auf die Suche nach ihrem Bruder zu machen, erfüllte sie mit neuer Zuversicht, und sie konnte den Zeitpunkt ihrer Abreise kaum erwarten.

Am Tag vor Caesars Aufbruch nach Bibracte überraschte Gaius Sirona mit einer Eröffnung. »Ich muss meinen Vater um Erlaubnis bitten, mich von meiner Legion entfernen zu dürfen. Und ich hätte gern, dass du mich begleitest.«

Sirona, die gerade Vercingetos stillte, warf ihm einen Blick zu, in dem sich Verblüffung und Entsetzen mischten. »Ich soll dich begleiten? Warum bei allen Göttern?«

»Ja, du und Vercingetos.« Er trat auf sie zu, ging vor ihr in die Hocke und legte seine Hand sanft auf ihr Knie. Sie ließ es geschehen. »Warum? Weil ihr meine Familie seid. Und weil ich möchte, dass mein Vater diese Tatsache zur Kenntnis nimmt.«

Und so kam es, dass sich Sirona nur wenig später mit ihrem Sohn auf dem Arm neben Gaius vor dem Zelt des Imperators wiederfand. Unwillkürlich drückte sie Vercingetos fest an ihre Brust, als müsse sie ihn vor seinem Großvater beschützen.

»Richte meinem Vater aus, dass ich ihn zu sprechen wünsche«, wandte sich Gaius an eine der beiden Wachen, die rechts und links des Eingangs standen.

»Jawohl, Legat.« Der Legionär salutierte und verschwand im Inneren des Zeltes, während Sironas Herz ihr vor Aufregung bis zum Halse schlug. Obwohl ihr Verstand sie beruhigte, dass Caesar ihr und ihrem Kind nichts anhaben könne, fürchtete sie den Moment, in welchem sie dem Mann gegenübertreten sollte, der all das Leid über ihr Land, ihr Volk und ihre Familie gebracht hatte und für den sie lodernden Hass empfand.

Doch sie erhielt keine Gelegenheit, sich weiteren angstvollen Gedanken hinzugeben, denn schon wenige Augenblicke später kehrte die Wache zurück. »Der Proconsul ist bereit, Euch zu empfangen, Legat.«

Mit weichen Knien stolperte Sirona hinter Gaius in das Halbdunkel des Zelts.

Der Imperator saß an einem ausladenden, reich mit Schnitzereien verzierten Tisch, der wie der seines Sohnes bis in den letzten Winkel mit Karten und anderen Pergamenten bedeckt war. Vor lauter Anspannung bemerkte Sirona kaum, dass Gaius seinen Arm um ihre Schultern gelegt hatte und sie mit sanfter Gewalt an seine Seite zog. Sie hielt die Augen niedergeschlagen, denn sie scheute sich, dem mächtigsten Mann der Welt ins Gesicht zu schauen. Doch schließlich obsiegte ihre Neugier, und sie wagte einen raschen Blick.

Er sah wahrhaftig genau so aus, wie Vercingetorix ihn ihr beschrieben hatte: ein Mann Ende vierzig, schlank, fast hager. Seine kurzen grauen Haare wichen an den Schläfen bereits deutlich zurück. Der starre, reptilienhafte Blick seiner eng beieinanderstehenden Augen - vom gleichen dunklen Braun wie Gaius', jedoch ohne deren Wärme - bildete zusammen mit der scharf geschnittenen Nase und den schmalen Lippen ein Gesicht, das Strenge und Autorität ausstrahlte. Um seinen Mund spielte ein Zug, der von Geringschätzung und Zynismus zeugte. Mit einem Schaudern fragte sich Sirona, wie es wohl sein musste, diesen Mann zum Vater zu haben.

Gaius unterbrach ihre Gedanken. »Seid gegrüßt, Vater.«

Caesar erwiderte seinen Gruß mit einem angedeuteten Neigen des Kopfes. Nichts in seinem Verhalten deutete darauf hin, dass er seinem Sohn größere Wertschätzung entgegenbrachte als irgendeinem seiner übrigen Offiziere. Trotz ihrer Furcht fühlte Sirona eine Welle des Mitgefühls für den jungen Mann an ihrer Seite in sich aufsteigen.

Gaius trat einen Schritt näher, und Sirona hatte keine andere Wahl, als ihm zu folgen. »Ich möchte Euch jemanden vorstellen, Vater. Dies ist Sirona mit unserem gemeinsamen Sohn.«

Wenn Caesar diese Eröffnung überraschte, ließ er es sich zumindest nicht anmerken. Nach einem Moment des Zögerns, der gerade lang genug währte, um anzudeuten, dass ihm diese Unterbrechung lästig war, erhob er sich, kam um den Tisch herum und blieb vor ihnen stehen. Verblüfft stellte Sirona fest, dass der gefürchtete Herrscher des römischen Imperiums eine Handbreit kleiner als sie war.

Als er seine Reptilienaugen auf sie und ihr Kind richtete, las Sirona darin Kälte, Verachtung und noch etwas anderes - Spott. Es war offensichtlich, dass der Proconsul dieser Begegnung nicht die geringste Bedeutung beimaß. »Eine Gallierin?«, fragte er, doch es klang mehr wie eine Feststellung.

»Ja, Vater. Vom Stamm der Eburonen«, antwortete Gaius scheinbar ruhig. Bemerkte er die offenkundige Verachtung seines Vaters etwa nicht? Wollte er sie nicht bemerken?

»Ah, die Eburonen.« Der Ausdruck des Imperators wurde mit einem Mal grimmig. Zweifelsohne erinnerte er sich gerade der verheerenden Niederlagen, die ihm dieser Stamm zwei Jahre zuvor zugefügt hatte. »Wie überaus passend.«

»Vater -«, begann Gaius erneut, doch Caesar schnitt ihm mit einer solch herrischen Geste das Wort ab, dass Sirona zurückzuckte.

»Schon gut. Es hat keinerlei Bedeutung. Was ist dein Begehr?«

Gaius schluckte schwer.

Aber was hatte er denn erwartet?, fragte sich Sirona, die mit plötzlicher Hellsichtigkeit zu verstehen glaubte, was im Kopf des Imperators vor sich ging. Dieser hatte gewiss längst Pläne für die Zukunft seines Sohnes geschmiedet, die zweifellos auch die Heirat mit einer jungen Römerin aus einflussreichem Hause beinhalteten. Wenn Gaius ihm nun eine Keltin und ihrer beider Kind präsentierte, so waren diese für Caesar nichts weiter als eine Vertreterin eines feindlichen, unterworfenen Volkes mit ihrem Balg, die er seinem Sohn als vorübergehende Abwechslung durchaus gönnen mochte, denen er darüber hinaus jedoch keinerlei Wert beimaß. Seine kurz angebundene Art enthielt zudem den an Gaius gerichteten, unmissverständlichen Hinweis, dies ebenso zu handhaben.

Gaius straffte seinen Rücken. »Ich bitte Euch um die Erlaubnis, Vater, mich von meiner Legion entfernen zu dürfen, um in die Transalpina zu reiten. Es gibt dort eine Angelegenheit, die mein Eingreifen erfordert.«

Caesar wedelte mit der Rechten, als würde er eine lästige Fliege verscheuchen. »Was immer dir beliebt. Du kennst deine Pflichten. Solange du rechtzeitig zurückkehrst, um sie wahrzunehmen, steht einer vorübergehenden Abwesenheit nichts entgegen.«

Gaius deutete eine Verbeugung an. »Ich danke Euch, Vater.«

Darauf wandte der Imperator sich ab, kehrte hinter seinen Tisch zurück und vertiefte sich erneut in den Inhalt eines Pergaments. Die Unterredung war beendet.

Innerlich aufgewühlt und gleichzeitig wie betäubt bückte sich Sirona unter der Zeltplane hindurch, die Gaius für sie beiseiteschob. In diesem Moment traf sie eine Erkenntnis mit solcher Klarheit, dass sie ihr wie ein Stich ins Herz fuhr: So war es, und so würde es immer sein. In den Augen der römischen Welt waren sie und ihr Sohn nicht mehr als Abschaum, eine Angehörige eines armseligen, besiegten Volkes und ihr Balg, niemand, den man liebte und ehrte und mit dem man sein Leben teilte.

Der Spott in Caesars Blick, seine offenkundige Verachtung waren ebenso wirksame Waffen wie ein Schwert oder eine Lanze. Und die Wunde, die sie in Sironas Seele hinterließen, war von einer anderen Art, jedoch nicht minder tief.

Kapitel 40

Am darauffolgenden Morgen brachen Gaius und Sirona nach Aquae Sextiae auf. In der Ebene, in der Alisiia nun verlassen dalag, war der Spätsommer in einen frühen Herbst übergegangen. Sulis' Strahlen wärmten zwar noch, die Nächte hingegen trugen schon eine Ahnung des nahenden Winters in sich. Doch je weiter ihr Weg sie nach Süden führte, desto milder wurde die Luft und machte das Reiten angenehm, sodass sie gut vorankamen.

Bis zur Grenze der Gallia transalpina verlief ihre Reise quer durch jüngst unterworfene Gebiete, deren Bewohner mit einem einzelnen Römer kurzen Prozess gemacht hätten. Daher mieden sie die großen, viel befahrenen Straßen und hielten sich an die kleinen, abgelegenen.

Zudem hatte Gaius seine römische Kleidung gegen keltische eingetauscht und trug nun Hose und Tunika aus brauner Wolle und darüber ein Sagon. Seine Rüstung und die wertvollen Waffen führte er in Decken verborgen bei sich und hatte sich aus der Menge der erbeuteten Schwerter und Dolche brauchbaren Ersatz ausgewählt.

Am vierten Tag ihrer Reise stießen sie auf die Souconna, ein mattes, träge dahinfließendes Band, durch die Hitze des Sommers halb ausgetrocknet, dem sie stromabwärts folgten. Wenige Meilen hinter dem Zusammenfluss von Souconna und Rodanus überquerten sie die Grenze der Gallia transalpina und orientierten sich von da an am Lauf des Rodanus, später flussaufwärts an dem der Druentia, die, von Osten kommend, in den Rodanus mündete.

Nachdem sie die Territorien der keltischen Stämme hinter sich gelassen hatten, änderte sich das Aussehen der Städte. Viele Gebäude waren aus Stein erbaut oder zumindest auf einem steinernen Fundament, wohingegen die Kelten ihre Häuser hauptsächlich im Fachwerkstil errichteten. Außerdem besaßen die Gebäude in der Provinz große, viereckige Öffnungen in den Wänden, durch die das Licht hineinfiel und die Gaius »Fenster« nannte. Sie begeisterten Sirona besonders, denn die Räume wurden dadurch nicht nur bedeutend heller, sondern die Luft war zudem rauchfrei und brannte nicht in Augen und Lunge, wie sie es aus den Häusern ihrer Heimat gewohnt war.

»Die Transalpina gehört bereits seit gut siebzig Jahren zum römischen Imperium, sodass sich unsere Bauweise längst durchgesetzt hat«, erklärte Gaius ihr.

Doch nicht nur das. Es gab auch Bauwerke, die Sirona völlig fremd waren, mächtig und mit Säulen geschmückt. Die Römer bezeichneten sie als »Tempel« und verehrten darin ihre Götter. Dies erschien Sirona besonders befremdlich, da die Kelten ihren Gottheiten unter freiem Himmel zu huldigen pflegten und sie nicht nachvollziehen konnte, warum es den römischen Unsterblichen gefallen sollte, in einem Haus eingesperrt zu sein.

»Erzähl mir von Roma«, forderte sie Gaius auf, während sie ihre Pferde auf einer gepflasterten Straße nebeneinander gehen ließen. Diese breiten, mit einer obersten Schicht aus behauenen Steinen versehenen und schnurgerade über Land führenden Fahrwege waren Sirona bis dahin ebenfalls unbekannt gewesen, denn die einzigen mit einem Pflaster ausgestatteten Straßen, die sie bislang gesehen hatte, waren die in Avariko, Bibracte und Alisiia.

»Roma.« Gaius' Blick schweifte in die Ferne, wanderte über den Horizont, an dem sich eine Hügelkette erhob. Sirona las Stolz in seinen Augen, aber auch noch etwas anderes. Zweifel? Scham? Sie musste sich wohl täuschen.

»Unsere Hauptstadt liegt an einem Fluss mit Namen Tiber und erstreckt sich über sieben Hügel. Ich bin dort geboren und aufgewachsen, ehe ich anfing, meinen Vater auf seinen Feldzügen zu begleiten.

Als Kind habe ich die Stadt geliebt. Wenn man von einem der Hügel auf den Fluss blickt, denkt man, sein Wasser wäre von einem tiefen Blau. Doch wenn man am Ufer steht, stellt man fest, dass es schmutzig grau und trübe ist, weil so viele Menschen ihren Unrat hineinwerfen. Und so ist es mit der ganzen Stadt. Ihre Fassade ist schön, aber sobald man dahinter schaut, erkennt man, wie hässlich und grausam sie ist. Von Roma geht immer nur Krieg aus. Und ich bin schon viel zu lang ein Teil davon.«

Überrascht musterte Sirona sein Profil. Ein bitterer Zug lag um seinen Mund, und seine tiefbraunen Augen, die er gegen das Licht der niedrig stehenden Sonne halb zusammenkniff, schienen noch eine Spur dunkler als gewöhnlich.

Und mit einem Mal verstand sie, was in ihm vorging. Indem er sich zu ihr und ihrem gemeinsamen Sohn bekannte, brach er mit seinem Volk und dessen Werten und sah diese plötzlich in einem vollkommen anderen, ungeschönten Licht. Er zahlte den denkbar höchsten Preis, ohne sicher sein zu können, dass die Frau, für die er alles aufgab, ihn wahrhaftig eines Tages wieder so lieben würde, wie er es sich so sehnlich wünschte. Wie einsam er sich fühlen musste!

Einem spontanen Impuls folgend beugte sie sich hinüber zu ihm, ergriff seine Rechte, die auf seinem Oberschenkel ruhte, und drückte sie. Er riss den Blick vom Horizont los und wandte sich ihr zu. Fragend tasteten seine Augen über ihr Gesicht.

In diesem Moment verließ sie der Mut. Hastig gab sie seine Hand frei und setzte sich im Sattel zurecht. »Wie viele Menschen leben in Rom?« Es war das Erstbeste, was ihr in den Sinn kam.

Gaius holte tief Luft. Dann drehte er seinen Kopf nach vorn und schloss die Augen. Als er sie einige Herzschläge später öffnete, hatte er sich wieder in der Gewalt. Er zuckte die Schultern. Es sollte gleichmütig wirken. »Das weiß niemand so genau. Aber ungefähr eine Million dürften es schon sein.«

Eine Million? Sirona hatte keine Ahnung, was diese Zahl bedeutete, doch sie ahnte, dass es sich um eine unvorstellbar große Menge an Menschen handeln musste, wenn schon niemand zu sagen vermochte, wie hoch ihre genaue Anzahl war.

»Die Stadt kommt niemals zur Ruhe«, fuhr Gaius fort, plötzlich froh, über banale Dinge reden zu können. »Tag und Nacht sind die Straßen erfüllt von Lärm, Gedränge und den vielfältigsten Gerüchen. Viele Häuser besitzen mehrere Stockwerke, um all die Menschen auf möglichst wenig Raum unterzubringen. Aber täglich werden es mehr. Sie strömen von überallher nach Roma, weil sie denken, dort reich werden zu können. Doch die meisten scheitern, finden keine Arbeit und fristen auf den Straßen ein karges Dasein. Sie leiden Hunger, werden krank und sterben schließlich.«

Sirona fühlte, wie ihr das Entsetzen die Brust zuschnürte. Was Gaius über die Hauptstadt des Römischen Reiches berichtete, übertraf all ihre Vorstellungen und jagte ihr Furcht ein. Niemals hätte sie es ertragen, in einem solch gigantischen Dunom zu leben, nicht einmal mit Gaius an ihrer Seite. Und je mehr er ihr von dem allgegenwärtigen Lärm, der drangvollen Enge und dem Elend der Menschen erzählte, desto mehr sehnte sie sich nach den Weiten des Arduenna Waldes, seiner Abgeschiedenheit und Stille.

Mit jeder Meile, die sie sich von Alisiia entfernten, fühlte Sirona, wie gut ihr diese Reise tat. Sie genoss die Bewegung an der frischen Luft, die letzten milden Tage des Sommers und die ruhige, friedvolle Landschaft, durch die ihr Weg sie führte.

Ja, und auch Gaius' Gesellschaft konnte sie zunehmend genießen. Sie hatte ihn um Zeit gebeten, und er gab ihr alle Zeit der Welt. Er vermittelte ihr Nähe und Vertrautheit, ohne sich ihr aufzudrängen. Er kümmerte sich liebevoll um seinen Sohn, in den er vollkommen vernarrt war, und vermied sorgfältig alle Themen, die für Sirona schmerzvoll sein mochten.

Stattdessen ermöglichte er ihr behutsam, ihn besser kennenzulernen. Und nun, da er nicht länger vorgeben musste, jemand anders zu sein, gewährte er ihr tiefe Einblicke in seine Gedanken und Gefühle und half ihr auf diese Weise, zu verstehen, wie er der geworden war, der er war.

»Es war nicht leicht für mich, als unehelicher Sohn eines der mächtigsten und einflussreichsten Männer Roms aufzuwachsen. Ich bin zwar nur ein Bastard, für meinen Vater aber dennoch nicht ohne Bedeutung, da seine legitimen Frauen ihm bis heute keine männlichen Nachkommen geboren haben.«

Es war Abend, und sie saßen unter einem überhängenden Felsen am Feuer. Sironas Blick ruhte auf Gaius' ernsten, nachdenklichen Zügen, die der kupferfarbene Schein der Flammen in ein warmes Licht tauchte.

»Meine Mutter und ich wohnten in einem kleinen Haus, das mein Vater für uns gekauft hatte, ein wenig abseits gelegen und unweit seines eigenen Palastes, sodass er uns oft besuchen konnte. Er pflegte im Schutz der Dunkelheit zu kommen, stets begleitet von zwei Leibwachen, die ihm treu ergeben waren und über seine Liebschaften Stillschweigen bewahrten. Denn seine Ehe mit Cornelia, der Tochter des Consuls Lucius Cornelius Cinna, wollte er keinesfalls aufs Spiel setzen.

Mein Vater hatte viele Frauen, meist ehrgeizige, die sich seinen politischen Einfluss zunutze zu machen versuchten. Doch meine Mutter war anders, bescheiden und sanftmütig. Sie liebte ihn um seiner selbst willen, nicht wegen seines Amtes. Caesar spürte das und wusste es zu schätzen.« Er hob einen Zweig auf und stocherte damit in der Glut herum, tief in seine Erinnerungen versunken.

Ehe Sirona es verhindern konnte, schob sich das Bild des Proconsuls vor ihr inneres Auge, sein starrer, kalter Blick, seine scharf geschnittenen Züge. Dies war der Mann, der Gaius' Kindheit geprägt hatte. Was für ein Vater mochte er gewesen sein?

Als hätte er ihre Gedanken erraten, fuhr Gaius fort. »Schon als kleiner Junge verstand ich, dass mein Vater niemand war, der seine Liebe leicht und offenen Herzens verschenkte, sondern dass man sie sich erarbeiten musste. Auch ich als sein einziger Sohn bildete da keine Ausnahme. Ich sehnte mich nach seiner Liebe und Anerkennung und hätte alles getan, um sie zu erlangen.«

Sirona spürte den Schmerz, den er so tief in sich vergraben, sein ganzes Leben lang sorgsam vor der Welt verborgen hatte und ihr nun enthüllte, weil er sie liebte, ihr vertraute und sich wünschte, dass sie ihm ebenso vertraute. Sie fühlte Mitgefühl in sich aufwallen und noch etwas anderes, was sie sich nicht einzugestehen wagte.

Er lachte bitter. »Und ich *habe* alles getan. Mit dem untrüglichen Gespür eines Kindes erkannte ich früh, dass ich seine Liebe und Wertschätzung nur gewinnen könnte, wenn ich so würde, wie er mich haben wollte: ein Mann nach seinem Ebenbild, Soldat und Anführer, ehrgeizig, machtbesessen, ruhmreich. Ich dachte sogar, wenn ich so wäre, würde er Cornelia eines Tages verlassen und sich zu meiner Mutter und mir bekennen. Kannst du dir vorstellen, wie blauäugig ich war?« In seinen Zügen mischten sich Spott und Verachtung über seine eigene Gutgläubigkeit, seine naiven Hoffnungen, die sich nie erfüllen sollten.

»Sei nicht so streng zu dir selbst«, sagte Sirona leise.

Doch er schien sie nicht zu hören. Plötzlich zerbrach er den Zweig und warf die beiden Hälften in die Flammen. »Er hätte Cornelia niemals verlassen. Niemals. Aber sie starb mit nur sechsundzwanzig Jahren, und nach ihrem überraschenden Tod schöpfte ich erst recht Hoffnung. Bereits ein Jahr später heiratete Caesar jedoch Pompeia, wiederum aus einflussreichem Hause, was mein Gefühl der Nichtswürdigkeit noch vertiefte. Überdies fiel es mir unendlich schwer, den Ansprüchen meines Vaters gerecht zu werden, denn ich bin von Natur aus nicht so, wie er mich wünscht. Ich habe das ruhige, friedvolle Wesen meiner Mutter geerbt, Ehrgeiz und Grausamkeit sind mir fremd. Aber nun gab ich mir alle Mühe, seinen Erwartungen zu entsprechen, auch wenn ich mich selbst dafür verleugnen musste. Also trat ich den Legionen bei, zog mit meinem Vater von Schlachtfeld zu Schlachtfeld, überwand meinen Ekel, erstickte meine Zweifel und tötete so viele Feinde, wie ich nur eben vermochte. Kelten zumeist, die wir Römer Gallier nennen, was mir früh den Beinamen Gallicus eingebracht hat.« Er unterbrach sich und blickte auf seine Hände, die so meisterlich im Gebrauch tödlicher Waffen waren, als sähe er sie zum ersten Mal.

Sirona las die Reue in seinen dunklen Augen, spürte seine Trauer und seinen Schmerz beinah körperlich. Dies also war er, der Abgrund, den sie in seinen Zügen gesehen hatte, als er ihr im Traum erschienen war. Nun endlich verstand sie ihn, seinen inneren Zwiespalt, der sein Leben lang in ihm klaffte, ihn zerriss, und sie fühlte, wie ihr Herz sich ihm öffnete.

Doch er war noch nicht fertig. »Und was hat all das mir am Ende eingebracht? Habe ich mir damit Caesars Anerkennung verdient? Ja, vermutlich. Immerhin hat er mich zu Beginn der diesjährigen Feldzüge zum Legaten befördert. Habe ich seine Liebe errungen, nach der ich mich so sehne? Nein, habe ich nicht. Ich glaube inzwischen, dass mein Vater gar nicht fähig ist, zu lieben. Hat es mich zu einem glücklichen Mann gemacht? Nein, hat es nicht. Solang ich denken kann, bin ich einem Irrtum aufgesessen, der Hunderte unschuldiger Menschen das Leben gekostet hat.« Er beendete die Betrachtung seiner Hände, zwang sich, den Kopf zu heben und Sirona ins Gesicht zu schauen. »Und ich könnte sehr gut verstehen, wenn dir deswegen vor mir graut.«

Sie erwiderte seinen Blick schweigend. Nein, ihr graute nicht vor ihm. Ganz im Gegenteil. Je tiefer die Einblicke waren, die er ihr in seine Vergangenheit, seine Hoffnungen und Enttäuschungen gewährte, desto besser verstand sie ihn. Und außerdem wusste sie etwas über Gaius, was ihm selbst nicht bewusst zu sein schien: Er mochte sich als römischer Soldat grausam verhalten haben, doch er war darüber kein grausamer Mensch geworden. Er hatte sich trotz allem eine Sanftmut und innere Stärke bewahrt, die es ihm sogar erlaubten, seine Feinde zu lieben.

Ihre Gedanken wanderten zurück zu jenen Wochen im zurückliegenden Winter, in denen Gaius in ihrer Dorfgemeinschaft gelebt hatte. Nein, in seinem Herzen war er nicht grausam. Er war besser, als er selbst von sich dachte. Und je mehr sich Sirona von Alisiia und den Schlachtfeldern entfernte, desto klarer wurde ihr Blick für den Mann, der er in Wahrheit war.

Hast du vergessen, dass er den Befehl gab, euer Gehöft zu überfallen und deine Familie zu töten?, meldete sich eine wohlvertraute innere Stimme zu Wort.

Sirona schüttelte den Kopf. Nein, gab sie ihr zur Antwort. Das habe ich nicht vergessen und werde es auch nie vergessen. Wie könnte ich? Aber ich verstehe nun, warum er so gehandelt hat. Und deswegen kann ich ihm verzeihen.

»Verachtest du mich jetzt?«, unterbrach Gaius ihre Gedanken, während seine Augen scheu und beinah furchtsam über ihr Gesicht tasteten. »Ich würde versteh-«

Sie beugte sich zu ihm hinüber, legte ihm sanft einen Finger auf den Mund, und er verstummte überrascht. Dann bedeckte sie seine Lippen mit Küssen, die auch seine letzten Zweifel ausräumten.

Kapitel 41

»Das ist Aquae Sextiae.«

Sirona verhielt ihre Stute neben Gaius' Falben und ließ den Blick über die Stadt zu ihren Füßen wandern. Sie lag in einer von zwei Flüssen geformten Senke und war von einer imposanten Befestigungsmauer umgeben. Die Straße, der die beiden Reiter folgten, führte von Norden kommend in einer sanften Schleife auf ein hohes, von Türmen eingefasstes Tor zu.

Gaius hatte in Erfahrung gebracht, dass Roveci bei einem gewissen Gnaeus Tertinius und seiner Frau Vibia lebte. Dieser hatte als Legat unter Caesar gedient, bis ihm ein keltisches Schwert den linken Unterschenkel abtrennte und er seinen Dienst in der Armee nicht länger ausüben konnte. Daher hatte er sich in Aquae Sextiae niedergelassen und verdingte sich nun als Weinhändler. Er hatte zwei eigene Söhne ungefähr in Rovecis Alter.

Es beruhigte Gaius sehr, dass Sironas Bruder ausgerechnet bei Gnaeus untergekommen war, denn er kannte den ehemaligen Legaten persönlich. »Ich habe mehrere Jahre als Legionär und später als Centurio unter ihm gedient«, erklärte er Sirona. »Er war bei seinen Soldaten außerordentlich beliebt, weil er im Ruf stand, streng, aber gerecht und wohlwollend zu sein, weswegen wir ihn Papa Gnaeus nannten. Nur hinter seinem Rücken natürlich.« Er grinste jungenhaft. »Glaub mir, Roveci hat es bei ihm und seiner Familie gut getroffen.«

Sirona schenkte ihm ein dankbares Lächeln. Seine Worte trösteten sie und machten ihr den Verlust ihres Bruders ein klein wenig erträglicher. Dennoch konnte sie es kaum erwarten, ihn endlich wieder in die Arme zu schließen und gemeinsam mit ihm die Heimreise in den Arduenna Wald anzutreten.

Zärtlich ließ sie ihren Blick auf Gaius ruhen. Seit er wusste, dass sie ihm verziehen hatte, schien eine schwere Last von seinen Schultern genommen. Er hielt sich aufrechter und wirkte fröhlicher, als sie ihn je erlebt hatte, mitunter regelrecht ausgelassen. Und Sirona hatte verstanden: Ihre Vergebung war die Voraussetzung dafür gewesen, dass er sich selbst verzeihen konnte; nicht nur, ihre Familie und Heimat zerstört zu haben, sondern derjenige geworden zu sein, der er war. Indem sie ihn so liebte, wie er wahrhaftig war, hatte sie ihn von der selbst auferlegten Pflicht erlöst, der Sohn sein zu müssen, den sein Vater sich wünschte. Eine Pflicht, der er sein

Leben lang all seine Bedürfnisse untergeordnet hatte und von der er sich nun endlich zu befreien begann.

Und noch etwas anderes wurde ihr nun klar. Nach Catmelus' Tod hatte sie begonnen, am Sinn des Heilens zu zweifeln. Doch Vercingetorix hatte sie daran erinnert, dass es ihre Bestimmung sei, zu heilen, und nun erkannte sie: Indem sie Gaius verzieh, hatte sie die Wunde geheilt, die tief in seinem Inneren schwärte - und zugleich sich selbst. Denn ein wahrer Heiler ist der, der verzeiht. Und wer wahrhaft heilen will, muss zuerst sich selbst heilen.

Aquae Sextiae bildete den geschäftigen Mittelpunkt eines weiten, von Ackerbau und Viehzucht geprägten Umlands. Auf der Straße, die auf das Nordtor zuführte, herrschte reger Verkehr von Händlern und Bauern, die ihre Waren auf Wagen und Karren in die Stadt hineinbrachten oder diese mit leeren Gefährten wieder verließen. Voller Verwunderung ließ Sirona ihren Blick über die imposanten Grabdenkmäler wandern, die die Fahrbahn säumten. In leuchtenden Farben bildeten sie die Verstorbenen ab und lieferten Hinweise auf ihr Leben. Unter den Toten befanden sich anscheinend auch viele römische Legionäre, denn sie waren in Brustpanzer oder Kettenhemd dargestellt.

Gaius und Sirona reihten sich in die lange Kolonne der Fuhrwerke, Reiter und Fußgänger vor dem hohen, zweiflügeligen Tor ein und warteten mit erzwungener Geduld, bis sie schließlich zu den beiden Männern vorrückten, die dort Wache hielten.

»Sei gegrüßt«, wandte sich Gaius an den jüngeren. »Wir suchen den ehemaligen Legaten und Weinhändler Gnaeus Tertinius. Kannst du mir sagen, wo er wohnt?«

Der Angesprochene nickte. »Sein Haus liegt in der Nähe des Iupitertempels. Folgt der Via Praetoria bis zur ersten großen Kreuzung, und haltet Euch dann links.«

Gaius dankte ihm, und als sie ihre Pferde durch das imposante Tor lenkten, betrachtete Sirona staunend die mächtigen steinernen Türme.

»Aquae Sextiae ist die älteste römische Stadt Galliens«, erklärte Gaius ihr. »Sie hat sich aus einem Militärlager entwickelt, das um eine heiße Quelle herum errichtet wurde. Wenn du magst, zeige ich sie dir. Das Wasser ist wunderbar warm und besitzt zudem heilende Wirkung bei verschiedenen Krankheiten.«

Sirona verdrehte innerlich die Augen. »Ja, sehr gern«, gab sie dennoch höflich zur Antwort, da sie Gaius nicht vor den Kopf stoßen wollte. In Wahrheit jedoch scherte sie sich in diesem Moment um nichts weniger als um diese blöde Quelle und ihre möglichen Wirkungen, denn all ihre Gedanken kreisten um das Wiedersehen mit Roveci.

Ihre Aufregung war mit jeder Meile gewachsen, die sie sich der Stadt näherten. Und seit sie das Tor durchquert hatten, gelang es ihr nur noch mit Mühe, ihre Ungeduld zu zügeln. Immer und immer wieder versuchte sie sich vorzustellen, wie es wäre, ihren Bruder endlich wieder in die Arme zu schließen. Ob er sich verändert hatte? Wie lange war es nun her, seit Ga- ... seit er entführt worden war? Ein ganzes Jahr? Bei Arduinna! Er musste gewachsen sein in diesen vielen Monaten. Jungen in seinem Alter wuchsen doch so rasch.

Tief in Gedanken verloren lenkte sie ihre Stute hinter Gaius' Falben durch den dichten Verkehr auf der Via Praetoria, ohne die Geschäftigkeit um sich herum wahrzunehmen. Nach zweihundert Schritt kreuzte ein schmalerer Fahrweg die breite, gepflasterte Straße. Gaius wandte sich im Sattel zu ihr um. »Sieh, da vorn ist der Iupitertempel.«

Sirona schreckte auf. Als ihr Blick seinem ausgestreckten Arm folgte, erkannte sie in der Ferne den Giebel des hohen steinernen Gebäudes, das über den Dächern der niedrigeren Wohnhäuser aufragte.

Gaius erkundigte sich bei einem Gemüsehändler, der ihnen auf seinem von zwei Maultieren gezogenen Wagen entgegenkam, um welches Haus es sich handelte. Der Mann zeigte auf eine am Ende des Fahrwegs gelegene leuchtend weiße Fassade, die offenbar erst kürzlich mit einem frischen Anstrich versehen worden war. »Gnaeus Tertinius wohnt gleich da vorn.«

Das Haus des ehemaligen Legaten erwies sich als das größte Wohnhaus der Straße. Zum Fahrweg hin war es mit einem von Säulen gestützten Vordach geschmückt, unter dem sich die Eingangstür befand. Sirona und Gaius saßen ab und schlangen die Zügel ihrer Pferde durch eiserne Ringe, die in die Vorderfront eingelassen waren. Dann betätigte Gaius den Türklopfer an der mit Schnitzwerk reich verzierten Tür, einen massiven Reif, der aus dem Maul eines bronzenen Löwenkopfs baumelte.

Nur wenige Atemzüge später öffnete ein Sklave. Er erinnerte Sirona an den jüngeren der beiden griechischen Weinhändler, die im Frühjahr das Dorf besucht hatten.

»Mein Name ist Gaius Iulius Gallicus. Ich wünsche Gnaeus Tertinius zu sprechen.«

Der Mann deutete eine Verbeugung an. »Wenn Ihr einen Augenblick Geduld haben wollt, Herr.«

Nein!, durchzuckte es Sirona, die das lateinische Wort für »Geduld« verstanden hatte, weil es dem keltischen so ähnelte. Geduld war genau das, was sie in diesem Moment am allerwenigsten aufzubringen bereit war. Alles in ihr schrie danach, den Mann zur Seite zu drängen, ins Haus zu stürzen und laut Rovecis Namen zu rufen. Aber sie ballte die Fäuste, um ihre Ungeduld zu beherrschen, reckte sich auf die Zehenspitzen und versuchte, einen Blick über die Schulter des Griechen in das Innere des Gebäudes zu erhaschen.

Auf den Zügen des Sklaven zeichnete sich Irritation ob ihres seltsamen, unhöflichen Verhaltens ab, doch er wandte sich wortlos um und eilte davon.

Gaius spürte ihre Aufregung, ergriff ihre Linke und verschränkte seine Finger in ihren. »Nur die Ruhe«, raunte er ihr zu. »Nun dauert es nicht mehr lang.«

Kurz darauf kehrte der Grieche zurück. »Wenn Ihr mir bitte folgen wollt.«

Sie traten in den Flur, der sich nach wenigen Schritten in einen Innenhof weitete, dessen Dach eine große, rechteckige Öffnung aufwies. Überrascht blickte sich Sirona in dem lichtdurchfluteten Atrium um, dessen Mittelpunkt ein mit Wasser gefülltes Becken bildete. Der Gegensatz zu den fensterlosen keltischen Gebäuden, in denen stets nur dämmriges Licht herrschte und die erfüllt waren vom Rauch der Feuer und den Ausdünstungen ihrer Bewohner, hätte nicht krasser ausfallen können.

Roveci war jedoch nirgends zu sehen.

Dann trat der Herr des Hauses aus einem der an den Innenhof grenzenden Zimmer und kam mit ausgestreckten Armen auf Gaius zu. Sirona fiel auf, dass sein linkes Bein unterhalb des Knies fehlte und durch einen hölzernen Unterschenkel ersetzt worden war, weswegen der Mann stark hinkte.

»Gaius!« Er packte den Jüngeren bei den Schultern, hielt ihn auf Armeslänge von sich und ließ seinen Blick wohlwollend über den schlanken, muskulösen Körper gleiten. »Welche Freude, Euch wiederzusehen! Und was für ein stattlicher Bursche Ihr geworden seid!«

Sirona verstand die lateinischen Worte zwar nicht, bemerkte jedoch, dass die herzliche Begrüßung Gaius verlegen machte.

»Ich grüße Euch, Gnaeus. Ich freue mich ebenfalls, Euch zu sehen.«

Mit unverhohlenem Misstrauen musterte sie den Römer, dessen unfreiwilliger Gast ihr Bruder in den vergangenen Monaten gewesen war. Doch ihre Sorge wich rasch Erleichterung. Sie schätzte ihn auf Mitte oder Ende vierzig. In seine kurz geschnittenen Locken mischte sich erstes Grau. Seine wachen, dunklen Augen wirkten, als entgehe ihnen so leicht nichts, aber sie strahlten auch Warmherzigkeit aus, und die winzigen Fältchen in den Augenwinkeln deuteten auf ein humorvolles Wesen. Gaius hatte die Wahrheit gesprochen: Roveci hätte es schlimmer treffen können.

»Dies sind meine Frau Sirona und unser Sohn Publius.«

Sie waren übereingekommen, Sirona während ihres Aufenthalts in der Transalpina als seine Frau auszugeben. Ebenso hielt Gaius es für klüger, ihren Sohn vorübergehend Publius zu nennen, denn der Name Vercingetorix bedeutete für römische Bürger nun einmal den Inbegriff allen Übels.

»Ich freue mich, Eure Bekanntschaft zu machen«, wandte sich Gnaeus an Sirona. Sein Keltisch war gut, wenn auch durchdrungen vom harten Akzent der Römer. Und anders als bei ihrer Begegnung mit Caesar las sie in den Augen ihres Gegenüber weder Spott noch Verachtung.

Sie erwiderte den Gruß, während ihr Herz wild gegen ihre Rippen hämmerte und sich ihre Beine so weich anfühlten, als wollten sie jeden Moment unter ihr nachgeben. Wo in diesem riesigen Haus mochte Roveci wohl stecken? Hatte er die Stimme seiner Schwester erkannt und käme jeden Augenblick herbeigelaufen, um sich in ihre Arme zu werfen?

»Bitte tretet näher.« Gnaeus' Worte verankerten Sirona wieder in der Gegenwart. »Seid meine Gäste.«

Sie folgten ihm in eines der Zimmer, die sich auf den Innenhof öffneten. Licht fiel sowohl durch das Dach des Atrium als auch durch zwei Fenster, die auf eine Gasse hinausgingen, sodass der Raum wunderbar hell und luftig wirkte.

Doch nicht nur die andersartige Bauweise überraschte Sirona. Die Möbel waren ihr ebenfalls vollkommen unbekannt und schafften es für einen kurzen Augenblick, ihre Aufmerksamkeit zu fesseln und ihre Gedanken von Roveci abzulenken. Während die Kelten daheim im Arduenna Wald auf Fellen und

Decken um offene Feuer herum auf dem Boden saßen und Sirona schon die Tische und Bänke in Avariko als fortschrittlich empfunden hatte, genossen die Römer einen noch größeren Luxus. Verblüfft betrachtete sie drei Liegen, die um ein niedriges Tischlein angeordnet standen.

Gaius war ihr Erstaunen nicht entgangen. »Das sind Triclinia. Wir Römer nehmen unsere Speisen im Liegen ein.«

»Bitte nehmt Platz.« Gnaeus vollführte eine einladende Handbewegung in Richtung der ungewöhnlichen Möbelstücke. »Meine Frau und die Kinder sind im Tempel. Aber sie kehren gewiss bald zurück. Tasos!«

Sirona kämpfte einen Anflug von Enttäuschung nieder. Der Gedanke, dass Roveci nicht daheim sein könnte, war ihr nie gekommen. Sie hatte sich ihr Wiedersehen unzählige Male in den schillerndsten Farben ausgemalt, und in ihren Tagträumen erkannte ihr Bruder stets ihre Stimme wieder, stürmte auf sie zu und warf sich in ihre Arme. Nun zog sich jeder Augenblick, den sie noch länger warten musste, zäh wie Brotteig.

»Bring Wein und Früchte«, wies Gnaeus den Sklaven an, der lautlos hinzugetreten war.

»Sehr wohl, Herr.« Der Grieche verschwand in einem der angrenzenden Räume, während sich Sirona, Gaius und ihr Gastgeber auf den Triclinia niederließen. Sirona bettete Vercingetos, der in seine Decke eingewickelt schlief, behutsam neben sich. Nach dem langen Ritt erschien ihr das ungewohnte Möbelstück, das mit weichen Polstern und Kissen ausgestattet war, als wahre Wohltat. Im Liegen zu essen konnte sie sich jedoch nicht vorstellen.

»Darf ich fragen, welchem Stamm Ihr angehört?«, wandte sich Gnaeus an sie.

»Ich bin Eburonin.«

»Die Eburonen, ja«, wiederholte er nachdenklich. »Ich bin selbst nie im Arduenna Wald gewesen. Doch freilich weiß ich um die verheerende Niederlage, die Ambiorix den beiden Legionen unter Sabinus und Cotta zugefügt hat.«

In diesem Moment kam Tasos zurück und brachte einen bronzenen Krug mit Wasser verdünnten Weins, Becher und eine Schale mit Früchten.

Nachdem der Grieche gegangen war, schenkte der Hausherr Wein ein und verwickelte Gaius in ein Gespräch über die Ereignisse der vergangenen Monate. Er wollte wissen, welchen militärischen Rang dieser nun bekleidete, und stellte ausführliche Fragen zu den Schlachten von Avariko, Gergovia und

Alisiia. Die Männer sprachen Lateinisch, und Gaius verzichtete darauf, für Sirona zu übersetzen, da er wusste, dass die Erinnerungen für sie nur schmerzlich wären.

Als der Wissensdurst ihres Gastgebers gestillt war, fand Gaius es an der Zeit, die Rede auf den Anlass ihres Besuches zu lenken. Er wechselte ins Keltische und warf Sirona einen vielsagenden Blick zu. »Wir sind nicht ohne Grund nach Aquae Sextiae und zu Euch gekommen, Gnaeus.«

Der Herr des Hauses hob überrascht eine Augenbraue.

»Wie ich in Erfahrung bringen konnte, beherbergt Ihr unter Eurem Dach einen gallischen Jungen namens Roveci«, fuhr Gaius fort.

Gnaeus schob sich eine Traube in den Mund. »In der Tat. Zufälligerweise ebenfalls vom Stamm der Eburonen. Er heißt jetzt allerdings Tertius, weil er für mich wie ein dritter Sohn ist.«

Gaius suchte nach den richtigen Worten. »Nun, in Wahrheit ist es kein Zufall, dass sowohl Roveci - oder Tertius, wie Ihr ihn nennt - als auch meine Frau Eburonen sind. Der Junge ist Sironas Bruder, und wir sind gekommen, um ihn heimzuholen.«

Dann enthüllte er seinem verblüfften Gastgeber die gesamte Geschichte, vom Tag des Überfalls auf das Gehöft bis zu dem Moment, als er beschlossen hatte, einen Teil des durch ihn entstandenen Unrechts wiedergutzumachen und Roveci in seine Heimat zurückzubringen. Zu guter Letzt überreichte er Gnaeus die von der Heeresverwaltung ausgestellte Urkunde, die diesen aufforderte, ihm den Jungen zu übergeben.

Der Hausherr hatte Gaius' Worten mit wachsender Verwunderung gelauscht, unterbrach ihn jedoch nicht. Schließlich rieb er sich nachdenklich das Kinn. »Das ist die außergewöhnlichste Geschichte, die ich je gehört habe. Ich hänge an dem Kleinen, er ist ein netter, aufgeweckter Bursche und für mich wahrhaftig wie ein dritter Sohn. Aber freilich weiß ich auch, dass er sich nach seiner Heimat sehnt. Daher werde ich Eurem Glück nicht im Wege stehen und ihn freigeben.«

In diesem Augenblick hörte Sirona das Quietschen der Haustür in ihren Angeln, gefolgt vom Trappeln laufender Kinderfüße auf dem gefliesten Boden des Atrium. Jäh richtete sie sich auf ihrem Triclinium auf und blickte voll freudiger Erwartung zur Tür, als auch schon zwei Jungen von etwa zehn Jahren in den Raum stürmten. Sobald sie Sirona und Gaius sahen, blieben sie überrascht stehen.

»Das sind meine Söhne, Primus und Lucius«, stellte ihr Gastgeber sie vor.

Nun hielt Sirona nichts mehr auf ihrer Liege. Sie sprang auf, und während ihr das Herz bis zum Hals schlug und die Aufregung ihr beinah den Atem raubte, hingen ihre Augen wie gebannt am Durchgang zum Atrium. Und wahrhaftig, nur einen Moment später trat Roveci ein, deutlich langsamer als seine Pflegebrüder. Gleichgültig tastete sein Blick über die beiden Männer hinweg und blieb an der jungen Frau hängen, die mitten im Raum stand und ihm mit einem strahlenden Lächeln entgegenschaute. Sirona sah, wie sich seine kornblumenblauen Augen weiteten, als er sie erkannte, und sein Ausdruck von Erstaunen über Ungläubigkeit zu unbändiger Freude wechselte.

Schließlich vermochte sie sich nicht länger zurückzuhalten. Mit zwei schnellen Schritten war sie bei ihm. »Roveci!«

»Siro!« Er warf sich in ihre ausgebreiteten Arme.

Stumm drückte sie ihn an sich, zu aufgewühlt für Worte, versenkte ihr Gesicht in seinen weichen feuerroten Locken und hielt ihn fest, als wollte sie ihn erdrücken. Er erwiderte ihre Umarmung, klammerte sich an sie wie ein Ertrinkender in einem reißenden Fluss. Er war gewachsen, reichte ihr nun bis zu den Schultern. Aber er war immer noch ihr kleiner Bruder, der einzige Angehörige ihrer Familie, der ihr geblieben war.

»Ich hab gedacht, du wärst auch tot!« Seine Stimme klang gedämpft, weil er sein Gesicht an ihre Brust schmiegte, doch Sirona hörte den verzweifelten Unterton. Plötzlich schluchzte er laut auf, als Erleichterung und Freude ihn überwältigten. Roveci, der schon als Sechsjähriger zu stolz gewesen war, um zu weinen, vermochte seine Tränen nicht länger zurückzuhalten. Aber nun waren es Tränen des Glücks, und das war schließlich etwas ganz anderes, oder etwa nicht?

Gnaeus und seine Frau Vibia luden Sirona und Gaius ein, ein paar Tage in ihrem Haus zu verbringen, um ihren Pferden und sich selbst eine Erholung zu gönnen, ehe sie die weite Heimreise antraten. Sirona vermutete, dass sie auch ein wenig Zeit brauchten, um Abschied von Roveci zu nehmen, der ihnen sehr ans Herz gewachsen war.

Ihr Bruder wich keinen Schritt von Sironas Seite und berichtete ihr jede noch so unbedeutende Einzelheit seiner unfreiwilligen Reise vom Wald der Arduinna nach Aquae Sextiae.

Er schilderte ihr auch, wie es sich anfühlte, unter Fremden zu leben, deren Sprache er nicht verstand und von denen die meisten mit Verachtung auf ihn, den Angehörigen eines unterworfenen, feindlichen Volkes, hinabschauten. Seine leuchtend roten Haare ließen ihn aus all den dunkelhaarigen Kindern hervorstechen wie einen reifen Apfel aus einem Korb Kohlen und machten ihn zum Gespött der anderen Jungen. Umso mehr sehnte er sich danach, in seine Heimat zurückzukehren, wieder durch die vertrauten Wälder zu streifen und auf die Jagd zu gehen.

Natürlich wollte er auch wissen, wie es Sirona in den zurückliegenden Monaten ergangen war. Doch sie hatte entschieden, die grauenvollsten Erlebnisse für sich zu behalten, und gab ihm eine abgemilderte Fassung der Ereignisse.

Sehr bald musste sie gleichwohl feststellen, dass die Freude ihres Wiedersehens nicht ungetrübt war. Zu Beginn hatte sich ihr Bruder nur verschlossen, wenn sie auf Gaius zu sprechen kam. Aber rasch wurde deutlich, dass Roveci den Umstand, dass seine Schwester eine Liebesbeziehung zu einem Römer unterhielt und sogar einen gemeinsamen Sohn mit ihm hatte, aus tiefstem Herzen missbilligte.

Und er machte kein Hehl aus seinem Abscheu. Er ignorierte Gaius, wann immer es ging. Und wenn es einmal unvermeidlich war, das Wort an ihn zu richten, geschah dies so knapp wie möglich und in einem Ton, in den er seine gesamte Abneigung legte.

Auch Vercingetos gegenüber verhielt er sich ablehnend. Während er in seine Schwester Tassia vollkommen vernarrt gewesen war und ihr jeden Wunsch von den Augen abgelesen hatte, mied er den Säugling, in dessen Adern römisches Blut floss, als litte der Kleine an einer ansteckenden Krankheit.

Die Verachtung, mit der Roveci Gaius und ihrem gemeinsamen Sohn begegnete, traf Sirona tief. Und sie ahnte, dass ein langer, steiniger Weg sie von der glücklichen Zukunft trennte, die sie sich für ihre neue, kleine Familie so sehr erträumte.

Am dritten Tag ihres Aufenthalts in Aquae Sextiae war Sirona gerade dabei, ihren Sohn zu wickeln, als Roveci die Kammer betrat, die sie sich mit Gaius teilte. Dieser war mit Gnaeus zum Forum gegangen, und es war offensichtlich, dass der Junge den günstigen Zeitpunkt abgepasst hatte, um mit seiner Schwester eine ungestörte Stunde ohne seinen verhassten Rivalen zu verbringen. Schweigend schlenderte er hinüber zu einem Korbsessel und ließ sich auf das mit Gänsefedern gefüllte Kissen fallen.

Sirona beschloss, die Gelegenheit beim Schopf zu packen. Sie befestigte das Ende der Windel mit einer zierlichen bronzenen Fibel, die Vibia ihr geschenkt hatte, nahm Vercingetos auf und wandte sich an ihren Bruder. »Möchtest du ihn einmal halten?«

In diesem Augenblick entluden sich der Widerwille und die Feindseligkeit, die sich in den vergangenen Tagen in Roveci aufgestaut hatten. Er schnellte aus dem Sessel hoch. »Glaubst du wirklich, ich wollte mit diesem Balg etwas zu schaffen haben?«, schrie er. Seine Stimme überschlug sich vor Empörung und Abscheu. »Dem Bastard eines Römers?«

Seine Worte trafen Sirona wie eine Ohrfeige. Sie taumelte einen Schritt rückwärts, zu fassungslos, um zu antworten.

Doch ihr Bruder fuhr bereits fort, unfähig, seinen Zorn und seine Verachtung zu beherrschen. »Hast du vergessen, wofür Vater gekämpft hat? Hast du Uronertus vergessen, dem du zur Frau versprochen warst? Die Römer sind unsere Feinde, und dieser Gaius ist kein bisschen besser als die anderen. Kaum ist Uronertus tot, wirfst du dich ihm an den Hals. Du bist genau wie diese Prostitutae, die auf den Straßen jedem dahergelaufenen Kerl ihre Dienste anbieten!«

Sein letzter Satz riss Sirona aus ihrer Erstarrung. Während sie mit der Linken ihren Sohn an sich drückte, schlug sie ihrem Bruder mit der flachen Rechten ins Gesicht. Das Klatschen hallte in der fensterlosen Kammer wie ein Peitschenhieb. Rovecis Hand fuhr zu seiner Wange, auf der sich Sironas Finger rot abzuzeichnen begannen. Dann murmelte er etwas Unverständliches und stürzte an ihr vorbei zur Tür. Auf der Schwelle hielt er inne und wirbelte noch einmal zu ihr herum.

»Ich hasse dich«, zischte er.

Kapitel 42

Am nächsten Morgen traten Gaius und Sirona mit ihrem Sohn und Roveci die weite Heimreise an, denn sie wollten den Arduenna Wald vor den ersten Schneefällen des nahenden Winters erreichen.

In der Nacht zuvor war Sirona mit wild pochendem Herzen aufgeschreckt, als sie eine neue Furcht befiel. Was mochte sich seit ihrem Aufbruch vor mehr als einem halben Jahr in ihrer Heimat ereignet haben? Waren die Römer über das kleine Dorf hergefallen? Würden sie die lange, gefahrvolle Reise auf sich nehmen, um nur noch verbrannte Ruinen vorzufinden?

Gaius zog ihren Kopf an seine Brust und strich sanft über ihr Haar. »Mein Vater hat sämtliche Einheiten in Gallien zusammengezogen, um Vercin-, äh, um das Heer der verbündeten Stämme zu besiegen«, versuchte er sie zu beruhigen. »Im Arduenna Wald haben in den vergangenen Monaten keine Kämpfe stattgefunden, glaub mir, mein Herz.«

Was er unerwähnt ließ, war die Befürchtung, die ihn selbst umtrieb, seit der Tag ihrer Heimreise immer näher gerückt war: dass die Germanen lediglich den Zeitpunkt abgewartet hatten, an dem die Legionen endlich abzogen, um die fruchtbaren Landstriche westlich des Renos zu überfallen und ihren eigenen Stammesgebieten einzuverleiben.

Seit ihrem Streit hatte Roveci kein Wort mehr mit Sirona gewechselt. Sie hatte sich für die Ohrfeige entschuldigt, doch er blieb verstockt und abweisend, sodass sie schließlich schweren Herzens entschied, ihn in Ruhe zu lassen. Nun hielt er sich auf dem jungen braunen Hengst, den Gnaeus ihm zum Abschied geschenkt hatte, einige Pferdelängen hinter ihnen und hing seinen düsteren Gedanken nach.

Gaius, der neben Sirona ritt, schien zu ahnen, was in ihr vorging. Er lenkte seinen Falben näher an ihre Stute heran, ergriff ihre Linke und drückte sie. »Gib ihm Zeit. Er wird sich schon besinnen.«

Sie seufzte. Bei Arduinna, sie wünschte sich nichts sehnlicher, als dass er recht behielte und ihr Geliebter und ihr Bruder eine gute Beziehung zueinander entwickelten, sodass sie, gemeinsam mit Vercingetos, eine richtige kleine Familie würden. Und sie wusste, an Gaius würde es nicht scheitern. So bedingungslos, wie er seinen Sohn annahm, so bedingungslos war er nun bereit, sich mit Roveci auseinanderzusetzen, auch wenn dieser ihm nur mit Ablehnung und Verachtung begegnete. Sirona liebte ihn dafür nur umso mehr.

Widerstrebend sah sie ein, dass sie ihren Bruder nicht zwingen konnte, seinen Widerstand gegen Gaius aufzugeben, und dass all ihre gut gemeinten Bemühungen ihn nur noch bockiger und verschlossener werden ließen. So blieb ihr wohl tatsächlich nichts anderes übrig, als ihm mit Nachsicht und Geduld zu begegnen und zu hoffen, dass der Junge mit der Zeit ganz von allein seine Meinung über ihren Geliebten ändern würde. Und wenn dies geschähe, würde er auch seinen kleinen Neffen mit anderen Augen sehen, den schließlich keine Schuld daran traf, dass sein Vater ein Angehöriger eines verfeindeten Volkes war.

Was den prekären Umstand betraf, dass es ausgerechnet Gaius war, der Roveci entführt hatte, waren er und Sirona übereingekommen, dem Jungen dies fürs Erste zu verschweigen. Sie hofften darauf, dass sich später einmal, wenn er Gaius kennen- und schätzen gelernt hätte, eine Gelegenheit ergeben würde, ihm dies behutsam zu enthüllen.

Diese Gelegenheit sollte schneller kommen, als sie ahnten. Doch die Enthüllung würde sich alles andere als behutsam gestalten.

Knapp zwei Wochen waren seit ihrer Abreise aus Aquae Sextiae vergangen. Am Ende eines langen Rittes hatten sie am Nachmittag im Schutz eines dichten Waldstücks ihr Lager aufgeschlagen und ein Feuer entzündet. In einem der Gehöfte um eine Bleibe für die Nacht zu bitten, die lose in die Landschaft gesprenkelt den Rand der Straßen säumten, wagten sie nicht.

Die Römer mochten zwar die Sieger dieses Krieges sein. Das bedeutete gleichwohl nicht, dass sie sich in den eroberten Territorien gefahrlos bewegen konnten. In den Landstrichen, in denen die Legionen ihre Winterlager bezogen hatten, regierten sie mit strenger Hand. Diejenigen Kelten, die gegen sie aufbegehrten, wurden auf der Stelle hingerichtet und ihre Leichname entlang der Straßen und auf den Kuppen der Anhöhen weithin sichtbar zur Schau gestellt. Mit Grauen und tiefer Trauer im Herzen sah Sirona die geschundenen Körper der Männer, die von wilden Tieren zerfressen wurden und deren Seele in ihrer sterblichen Hülle gefangen bliebe und niemals die weite Reise in die Andere Welt würde antreten können.

Doch in den Gebieten, aus denen die verhassten Eroberer abgezogen waren, kehrte allmählich wieder Alltag ein. Die Menschen begannen, ihre verbrannten Gehöfte und Siedlungen wiederaufzubauen, und jeder Römer, der ihren Weg kreuzte, lief Gefahr, am nächsten Baum aufgeknüpft zu werden. Der keltische Widerstand war nur scheinbar besiegt. Unter der Oberfläche schwelten Unmut und Auflehnung gegen Rom weiter, und es bedurfte lediglich eines Funkens, um diese bedrohliche Mischung erneut zum Explodieren zu bringen.

Am Vormittag hatte Gaius zwei Hasen erlegt, die er nun häutete und ausweidete, um sie über dem Feuer zu garen. »Holst du mir mal die Bratspieße?«, wandte er sich über seine Schulter an Roveci. Auch wenn sich der Junge ihm gegenüber unverändert missmutig und unzugänglich verhielt, bemühte sich Gaius dennoch um ihn, richtete so oft wie möglich das Wort an ihn und band ihn in seine eigenen Tätigkeiten ein.

Roveci hatte gelangweilt an einem Stück Holz herumgeschnitzt. Nun erhob er sich mit gewohnt mürrischer Miene, schlenderte betont langsam hinüber zu der Satteltasche, die an einem Baumstamm lehnte, und schlug sie auf.

Plötzlich erstarrte er in der Bewegung. Seine Aufmerksamkeit wurde von einem glänzenden Gegenstand gefesselt, der ihm im gedämpften Licht, das durch das Blätterdach auf den Waldboden sickerte, entgegenschimmerte. Neugierig zog er ihn heraus und betrachtete ihn. Es war eine silberne Maske.

Einen der gehäuteten und ausgeweideten Hasen in der blutigen Linken wandte sich Gaius zu ihm um. »Roveci?« Dann bemerkte er das schimmernde Stück Metall in der Hand des Jungen.

Stumm und mit weit aufgerissenen Augen zuckte Rovecis Blick zwischen dem Geliebten seiner Schwester und der Maske hin und her.

»Beim Iupiter!«, entfuhr es Gaius. Die verfluchte Maske! Es war dieselbe, die er beim Überfall auf das Gehöft getragen hatte, ein Geschenk seines Vaters anlässlich seiner Beförderung zum Reiterpraefecten. Sie war ihm abhandengekommen, als Segocondus und die anderen Eburonen ihn und seine Männer am Ufer der Arnava angriffen und sein Pferd mit seiner gesamten Ausrüstung durchging. Das herrenlose Tier wurde jedoch von einem römischen Trupp aufgegriffen und mit ins Lager genommen, sodass er Maske und Waffen nach seiner Rückkehr in seinem Quartier vorfand.

Damals hatte er sich darüber gefreut. Doch in diesem Augenblick wünschte er nichts mehr, als dass das verdammte Ding auf immer verloren gewesen wäre.

Nach einigen Momenten fassungslosen Entsetzens richtete Roveci seinen Blick auf Gaius. »Du? ... Du hast mich ...?« Er brachte den Satz nicht zu Ende. Mit hasserfüllter Miene schleuderte er die Maske von sich, sprang auf und verschwand mit wenigen langen Schritten zwischen den Stämmen.

»Roveci, so warte doch!« Gaius ließ den Hasen fallen und setzte dem Jungen mit einem unterdrückten Fluch hinterher.

Auch Sirona war aufgesprungen. »Rove! Bleib stehen!«

Aber ihr Bruder hörte nicht auf sie. So schnell ihn seine Füße trugen, schlängelte er sich zwischen den dicht beieinanderstehenden Bäumen hindurch, sprang behände über umgefallene Stämme und rannte kopflos und ohne Ziel immer tiefer in den Wald hinein, nur fort von Gaius, dem verhassten Feind, der seine Familie getötet und ihn verschleppt hatte.

Hatte er es nicht immer geahnt? Alle Römer waren Feinde, auch wenn sie freundlich taten. Man konnte keinem von ihnen trauen, und er begriff nicht, warum seine Schwester das nicht einsehen wollte und diesen Kerl liebte.

Wusste sie am Ende gar Bescheid? Kannte sie die Wahrheit und verschwieg sie ihm absichtlich? Oder war sie, wie er selbst, ein ahnungsloses Opfer? Tränen der Enttäuschung und des Zorns brannten in seinen Augen und verschleierten seinen Blick. Er wollte nur fort, fort von Gaius und von seiner Schwester, die sich nur allzu bereitwillig mit diesem Römer gemeinmachte, ihr Lager mit ihm teilte und sogar ein Balg gezeugt hatte. Er wollte keinen von ihnen jemals wiedersehen.

Die Blätter der Bäume, die die warmen Farben des Herbstes trugen, bildeten ein dichtes Gewölbe, durch das das goldene Licht des späten Nachmittags wie gefiltert hindurchsickerte. Mehrmals stolperte Roveci über Wurzeln, die sich unter dem braunen Laub des Vorjahres dahinwanden, schlug hin, rappelte sich auf und lief weiter.

Hinter sich hörte er die schnellen Schritte seines Verfolgers und widerstand der Versuchung, sich umzudrehen. Er wusste, dass er sich Gaius gegenüber im Vorteil befand, denn aufgrund seiner geringeren Größe konnte er sich flink wie eine Eidechse zwischen den eng beisammenstehenden Stämmen hindurchschlängeln. Nach einer Weile ging sein Atem stoßweise, seine Lungen schienen in Flammen zu stehen, und er spürte ein Stechen in seinen Seiten. Zweige peitschten ihm ins Gesicht und hinterließen Striemen auf seiner Haut. Doch er ignorierte die Schmerzen und heftete den Blick fest auf den Weg vor seinen Füßen.

Unterdessen hatte die Dämmerung eingesetzt, und die Schatten zwischen den Bäumen wurden tiefer. Plötzlich bemerkte der Junge in zwanzig Schritt Entfernung einen rötlichen Schimmer. Keuchend hielt er im Schutz einer mächtigen Buche an, presste sich gegen ihre glatte graue Rinde und spähte vorsichtig um den Stamm. Er erkannte eine kleine Lichtung, in deren Mitte ein Feuer loderte, und um dieses herum mehrere schemenhafte Gestalten.

Roveci fluchte leise. Nun saß er in der Falle zwischen Gaius in seinem Rücken und diesen Fremden vor sich und war gezwungen, die Lichtung in einem weiten Bogen zu umgehen. Hastig wollte er sich vom Stamm der Buche abstoßen, doch es war bereits zu spät. Eine Hand schoss aus dem Zwielicht hervor und packte hart seinen Arm.

Er erstarrte. Wie bei allen Göttern war es Gaius gelungen, ihn so rasch einzuholen?

»Nanu, wen haben wir denn hier?« Die Stimme klang heiser und gewöhnlich. Und sie gehörte nicht dem Römer, mit dem seine Schwester das Lager teilte.

Der Mann, der nun hinter dem Baumstamm hervortrat, war Kelte, ein Hüne, der Roveci um mehr als zwei Hauptes längen überragte. Seine Kleidung war abgerissen und starrte vor Schmutz. Strähnige Haare hingen ihm wirr ins Gesicht, und sein struppiger Bart wucherte bis auf seine Brust hinab. Doch obwohl er demselben Volk angehörte wie Roveci und gemäß der schlichten Denkweise des Jungen demnach ein anständiger Mensch sein musste, schienen seine Absichten keineswegs freundlich. Seine Rechte umklammerte Rovecis Arm wie ein Schraubstock, während seine Linke blitzschnell den Dolch des Jungen aus der Scheide zog. »Na, Bürschchen, wo kommst du denn so plötzlich her?«

Angewidert bemerkte Roveci, dass der Atem des Fremden faulig und nach saurem Wein stank. »Lass mich los«, zischte er und versuchte, seinen Arm aus dem stählernen Griff des Mannes zu winden.

Doch der dachte gar nicht daran, ihn freizugeben. »Nicht so eilig, Kleiner«, spöttelte er. »Du trägst gute Kleidung, und dein Dolch ist fein gearbeitet. Ich denke, deine Familie wird ein hübsches Lösegeld für dich zahlen.«

Der Junge starrte trotzig zu Boden. »Ich bin allein unterwegs. Ich hab keine Familie mehr.«

Sein Angreifer schüttelte ihn grob. »Versuch nicht, mich für dumm zu verkaufen. Und jetzt komm.« Er zerrte Roveci mit sich die wenigen Schritte hinüber zu der Lichtung, auf der seine Gefährten lagerten. Sironas Bruder wehrte sich nach Leibeskräften, trat um sich, schlug mit seiner freien Hand auf den Fremden ein und versuchte, ihn in den Arm zu beißen. Schließlich wurde es dem Mann zu viel, und er verpasste ihm einen Faustschlag gegen die Schläfe, der ihn bewusstlos zusammenbrechen ließ. Daraufhin warf sich der Hüne sein Opfer über die Schulter wie einen Sack Mehl und trug es hinüber zum Feuer und seinen Kumpanen.

Auch Gaius hatte den Schein des Feuers bemerkt und angehalten. Während er die Fäuste in seine stechenden Seiten presste und herauszufinden versuchte, ob es sich bei den Männern auf der Lichtung um Gallier oder Römer handelte, trat ein wahrer Riese hinter einem Baum hervor und packte Roveci.

Hastig drückte sich Gaius flach gegen den Stamm einer Eiche. Er hatte nur einen kurzen Blick auf den Angreifer erhascht, doch der genügte, um ihm klarzumachen, dass er es mit Galliern zu tun hatte.

Bei Iupiter, Mars und Pluto! Und alles nur wegen dieser verdammten Maske!

Während der Hüne seine sich verbissen wehrende Beute in Richtung des Lagers schleppte, schlich sich Gaius im Schutz einiger dicker Buchenstämme vorsichtig näher an die Lichtung heran.

Drei weitere Männer saßen dort um das Feuer. Sie sahen ebenso verwahrlost aus wie der Hüne. Ihre Kleider waren schäbig und abgetragen, ihre Haare und Bärte struppig und ungepflegt. Es waren Opfer des Krieges, Verzweifelte, denen Roms Machthunger und Eroberungswille alles geraubt hatten, deren Heimat und Lebensgrundlage vernichtet waren und die sich nun als Gesetzlose ein mageres Dasein erstritten, indem sie Reisende überfielen und ausraubten.

Für einen kurzen Augenblick wurde Gaius schmerzlich bewusst, dass es sein eigener Vater war, der dieses Leid über Abertausende unschuldiger Menschen gebracht und dass er selbst sich jahrelang zu seinem gefügigen Werkzeug gemacht hatte. Entschlossen schob er diesen Gedanken beiseite und konzentrierte sich auf die vor ihm liegende Aufgabe: Sironas Bruder aus den Händen dieser Männer zu befreien.

Als Erstes überschlug er hastig die Lage. Sein Schwert hatte er zurückgelassen, als er aufgesprungen war, um Roveci nachzusetzen, und trug nun nur den Dolch. Doch der Gesetzlose, der ihm am nächsten saß, hatte seine Klinge in ihrer Scheide nachlässig neben sich abgelegt. Wenn es Gaius gelänge, diese Waffe in seinen Besitz zu bringen, stünden seine Aussichten gar nicht so schlecht, denn er hatte das Überraschungsmoment auf seiner Seite. Überdies schienen die drei am Feuer schon dem Inhalt der an einem Baumstamm lehnenden römischen Amphore reichlich zugesprochen zu haben. Nur der vierte Mann, der Roveci gerade von seiner Schulter und unsanft zu Boden gleiten ließ, machte einen nüchternen Eindruck. Er war der gefährlichste des Quartetts.

Zum ersten Mal war Gaius dankbar für die Erfahrung, die er während der Feldzüge an der Seite seines Vaters erworben und die aus ihm einen Soldaten gemacht hatte, der sich auf seine Fähigkeiten und Instinkte verlassen konnte. Sein Plan formte sich innerhalb weniger Herzschläge und scheinbar ohne sein Zutun. Ruhe überkam ihn, die Ruhe, die ihn vor einer Schlacht erfüllte und die es ihm ermöglichte, sich vollkommen auf den Kampf zu konzentrieren. Darauf, besser und schneller zu handeln als sein Gegner. Und zu überleben.

Zunächst galt es, an das Schwert zu gelangen, ehe die Gesetzlosen verstanden, wie ihnen geschah. Ganz in seiner Nähe, halb unter Laub vergraben, entdeckte Gaius einen faustgroßen Stein und hob ihn auf. Sein rasender Atem hatte sich nun so weit beruhigt, dass er ihn nicht verraten würde und er sich geräuschlos an die Lichtung heranschleichen konnte.

Schon bald trennten ihn nur noch wenige Schritt von dem Mann, der seine Waffe so nachlässig neben sich abgelegt hatte. Die Blicke der drei Gegner am Feuer waren auf den vierten und auf Roveci gerichtet, der wie leblos zu seinen Füßen lag.

Die Gelegenheit war günstig. Gaius wog den Stein in seiner Hand, holte aus und schleuderte ihn in hohem Bogen über die Feuerstelle und die Köpfe seiner Feinde hinweg, sodass er mit einem vernehmlichen Rascheln in einem Gebüsch am jenseitigen Rand der Lichtung landete.

Wie erhofft, zog das Geräusch augenblicklich die Aufmerksamkeit der vier Gesetzlosen auf sich. Der Hüne wirbelte herum, einer der Männer am Feuer sprang auf. Doch die beiden anderen hatten schon so viel Wein genossen, dass sie nur langsam und torkelnd auf die Füße kamen.

Gaius beobachtete die unterschiedliche Verfassung seiner Gegner mit Interesse. Sie lieferte ihm wertvolle Hinweise darauf, wie gefährlich sie ihm werden konnten. Er hatte wie ein zum Sprung bereites Raubtier hinter einem Baumstamm gelauert. Jetzt schnellte er in einem kraftvollen Satz nach vorn, packte das auf dem Boden liegende Schwert, riss es aus der Scheide und rammte es seinem Besitzer von unten in die linke Seite. Tödlich getroffen brach der Mann zusammen.

In diesem Moment wurde den drei anderen Gesetzlosen schlagartig klar, aus welcher Richtung das Unheil drohte. Sie wirbelten herum. Gaius nutzte ihre Verwirrung und stieß dem zunächst Stehenden die Klinge ins Herz. Doch inzwischen hatte auch der Hüne sein Schwert gezogen und sich seinem Angreifer zugewandt. Er war vollkommen nüchtern, und Gaius sah den Hass, der in seinen hellen grauen Augen loderte, als er seinen Gegner mit dem Blick eines erfahrenen Kriegers maß.

»Sieh an, ein Römer.« Ein drohender Unterton schwang in seiner Stimme. »Die Söhne der Wölfin töte ich besonders gern.«

Gaius überging die Provokation und konzentrierte sich auf sein Gegenüber, gleichzeitig bemüht, den vierten Mann nicht aus den Augen zu verlieren. Dieser hatte ebenfalls seine Waffe gezogen, dem Wein aber schon so ausgiebig zugesprochen, dass er kaum mehr fähig war, aufrecht zu stehen. Diesen Feind musste Gaius im Blick behalten; eine wirkliche Bedrohung schien von ihm jedoch nicht auszugehen. Dafür war der Hüne umso gefährlicher.

Gaius bemerkte, dass die Augen des Mannes immer wieder zwischen ihm und einer Stelle am Rande der Lichtung hin- und herzuckten. Als er für die Dauer eines Lidschlags hinüberschaute, erkannte er, dass die ovalen Holzschilde der Gesetzlosen dort nachlässig an einem Baumstamm lehnten. Es galt, um jeden Preis zu verhindern, dass der Hüne in den Besitz eines dieser Schilde gelangte, denn dann befände er sich Gaius gegenüber in einem Vorteil, den dieser kaum würde ausgleichen können.

Der Gallier begann nun, sein Gewicht abwechselnd von einem Bein aufs andere zu verlagern, um beweglich zu bleiben und seinem Gegner keinen Hinweis darauf zu liefern, was er beabsichtigte. Plötzlich warf er sich in einem gewaltigen Ausfallschritt nach vorn und stach zu.

Gaius reagierte bereits, als er das Aufblitzen in den Augen des Gesetzlosen sah, und wich geschickt zur Seite aus. Der Hüne hatte sein gesamtes Körpergewicht in diesen einen, kraftvollen Stich gelegt, der darauf abzielte, sein Gegenüber zu durchbohren. Nun, da der Stoß ins Leere lief, kam er für einen Moment ins Straucheln und musste sein rechtes Bein nach vorn setzen, um sein Gleichgewicht wiederzuerlangen. Gaius hatte diese Bewegung vorausberechnet und nutzte die vorübergehende Schwäche seines Gegners, um einen wohlgezielten, tiefen Stich in dessen Oberschenkel zu platzieren.

Der Gesetzlose heulte vor Schmerz und Überraschung auf, fing sich jedoch sogleich wieder. Feine Schweißperlen traten auf seine Stirn, die im Schein des Feuers verräterisch glitzerten. Befriedigt stellte Gaius fest, dass der Mann das verletzte Bein nicht mehr richtig belasten konnte.

Aber noch gab sich der Hüne nicht geschlagen. Ganz im Gegenteil, die Schmach seiner Verletzung und der Schmerz beflügelten den Hass auf seinen Gegner zusätzlich, und erneut machte er einen gewaltigen Ausfallschritt nach vorn. Abermals gelang es Gaius, zur Seite zu springen, doch dabei geschah es: Sein rechter Fuß verfing sich in der Kleidung des zuerst getöteten Galliers. Gaius verlor das Gleichgewicht und stürzte.

Jahrelange Erfahrung sorgte dafür, dass er auch im Fallen das Heft seines Schwerts fest umklammert hielt. Mit einem dumpfen Aufprall, der ihm die Luft aus den Lungen trieb, landete er auf dem Körper des toten Gesetzlosen, rollte sich zur Seite ab und kam augenblicklich wieder auf die Beine.

Keuchend standen sich die beiden Kontrahenten gegenüber. Blut rann aus der Wunde im Oberschenkel seines Gegners, sehr viel Blut. Gaius vermutete, dass seine Klinge eine der großen Adern getroffen hatte, und wusste, dass er nun darauf hinarbeiten musste, den Hünen so zu schwächen, dass dieser aufgrund des Blutverlusts zusammenbrach.

Auch der Gallier hatte erkannt, dass es um ihn geschehen wäre, wenn es ihm nicht gelänge, seinen Angreifer vorher zu töten. Und dieses Wissen ließ ihn unvorsichtig werden. Ein drittes Mal warf er sich nach vorn. Nun wich Gaius bloß knapp zur Seite aus, umfasste das Heft seines Schwertes mit beiden Fäusten und streckte es dem Mann entgegen. Die Wucht seines Ausfallschritts war so gewaltig, dass sich der Hüne die Klinge tief in die Brust bohrte.

Als der Gesetzlose seinen Fehler gewahrte, war es bereits zu spät. Die Augen weit aufgerissen und mit einem ungläubigen Ausdruck starrte er Gaius an. Dieser befreite seine Waffe mit einer kraftvollen Drehung und wirbelte nach links herum, weil er nun mit dem Angriff des vierten Galliers rechnete. Doch er sah nur noch, wie sich die Büsche am anderen Ende der Lichtung teilten, als der Mann Hals über Kopf floh.

Schwer atmend taumelte Gaius ein paar Schritte von dem sterbenden Hünen zurück und senkte die blutige Klinge. »Niemals ... drei Mal hintereinander ... dieselbe Bewegung«, keuchte er. »Es macht dich zu berechenbar.«

Ein Schwall Blut quoll aus dem Mund des Gesetzlosen. Mit einem Stöhnen sackte er in sich zusammen und kippte vornüber ins Gras. Ein Zucken durchlief seinen Körper, dann lag er still.

Gaius beugte sich vor, stützte die Hände auf seine Oberschenkel und wartete, bis sich sein stoßweiser Atem und sein rasender Herzschlag beruhigt hatten, ehe er hinüber zum Feuer schwankte und neben Roveci auf die Knie sank.

Der Junge hatte die Augen geschlossen und lag vollkommen reglos da, sodass Gaius die bange Frage durchzuckte, ob er überhaupt noch lebte. Hastig legte er seine Linke flach auf Rovecis Brust und stellte erleichtert fest, dass sein Herz ruhig und gleichmäßig schlug. Er war lediglich ohne Bewusstsein. Gaius rammte das blutige Schwert neben sich in die Erde, schob seine Unterarme vorsichtig unter den leblosen Körper und erhob sich ächzend.

Dann machte er sich auf den beschwerlichen Weg zurück zum Lager.

In den folgenden Tagen bemerkte Sirona eine allmähliche Veränderung im Verhalten des Jungen. Der Umstand, dass Gaius, der verhasste Römer, sein eigenes Leben aufs Spiel gesetzt hatte, um seines zu retten, schien Roveci nachdenklich zu machen.

Eine knappe Woche später wartete der Junge eines Morgens, bis Gaius ihr Lager verlassen hatte, um sich an einem nahen Bach zu waschen, und wandte sich an seine Schwester. »Wie habt ihr euch eigentlich kennengelernt, du und Gaius?«, fragte er unvermittelt.

Sirona, die gerade im Begriff war, ein Feuer zu entfachen, blickte überrascht auf. Seit ihrem Streit in Aquae Sextiae hatte sie keine weiteren Versuche unternommen, Roveci und ihren Geliebten einander näherzubringen. Umso mehr freute sie sich nun, dass ihr Bruder von sich aus auf dieses heikle Thema zu sprechen kam.

Behutsam legte sie Reisig auf die ersten, zaghaften Flammen. Dann erzählte sie Roveci die ganze Geschichte, angefangen bei ihrer Begegnung am Bachlauf bis zu ihrem Wiedersehen auf den Schlachtfeldern vor Alisiia. Der Junge hörte ihr zu, ohne sie zu unterbrechen, und seine anfänglich zur Schau gestellte Gleichgültigkeit wich schon bald echter Anteilnahme.

»Als er mir vor wenigen Wochen gestand, dass er und seine Männer es waren, die unser Gehöft überfallen, unsere Familie getötet und dich entführt hatten, brach für mich eine Welt zusammen«, bekannte sie schließlich freimütig. »Ich war nicht sicher, ob ich ihm das je würde verzeihen können, und ein Teil von mir wollte es auch gar nicht.«

Rovecis tiefblaue Augen ruhten eindringlich auf ihrem Gesicht, als sie den inneren Zwiespalt aussprach, in dem auch er sich gerade zu befinden schien.

Blitzartig erkannte Sirona, wie viel davon abhing, dass es ihr nun gelänge, ihm begreiflich zu machen, was sie letztlich bewogen hatte, Gaius zu vergeben. Denn wenn ihr Bruder ebenfalls lernen könnte, zu verzeihen, würde dies nicht nur Frieden zwischen ihm und ihrem Geliebten stiften und seine Haltung gegenüber Vercingetos verbessern, sondern es würde dem Jungen auch helfen, Frieden in sich selbst zu finden, seine innere Zerrissenheit zu überwinden und zu heilen.

Ihre Finger spielten mit ihrem bronzenen Torques, während sie fieberhaft nach den richtigen Worten suchte. »Aber ich kannte ja auch seine andere, liebevolle Seite«, fuhr sie schließlich fort. »Und er erklärte mir, dass er nur Soldat geworden war, weil es für ihn die einzige Möglichkeit darstellte, die Anerkennung und Liebe seines Vaters zu gewinnen. Plötzlich verstand ich ihn, und mir wurde klar, dass ich an seiner Stelle wahrscheinlich genauso gehandelt hätte. Weißt du, er ist kein schlechter Mensch, nur weil er Römer ist. Ebenso, wie nicht alle Kelten gut sind. Die Männer, die dich entführt haben, waren Kelten und trotzdem gewissenlose Verbrecher. Wir machen es uns zu leicht, wenn wir Menschen nur danach beurteilen, welchem Volk sie entstammen.«

Der Junge starrte nachdenklich in die Flammen. »Auch Gnaeus und Vibia sind keine schlechten Menschen, obwohl sie Römer sind«, räumte er nach einem Moment widerstrebend ein. »Anfangs wollte ich das nicht wahrhaben und habe sie gehasst, weil ich dachte, ich müsste sie hassen. Aber nach einiger Zeit habe ich eingesehen, dass das nicht gerecht ist. Sie haben mich behandelt wie ihre eigenen Söhne.«

Sirona fühlte, wie eine schwere Last von ihr genommen wurde. Endlich begann Roveci zu begreifen, was sie ihm schon in Aquae Sextiae erfolglos zu erklären versucht hatte. Sie rutschte um das Feuer herum und legte ihren Arm um seine Schultern. »Glaub mir, ich wünsche mir nichts sehnlicher, als dass du verstehst, warum ich Gaius verziehen habe, und ihm ebenfalls verzeihst. Ich war innerlich zerrissen zwischen meiner Liebe zu ihm und meinen Zweifeln. Doch am Ende war meine Liebe stärker. Außerdem«, eine plötzliche Wärme trat in ihre Augen, »kann man sich nicht aussuchen, wen man liebt. Es geschieht ganz einfach.«

Kapitel 43

An einem der ersten kalten Tage dieses Winters näherten sich die Reisenden endlich der kleinen Siedlung im Arduenna Wald. Sirona war so erfüllt von Vorfreude darauf, heimzukehren und die Menschen wiederzusehen, die ihr ans Herz gewachsen waren, dass sie in der Nacht zuvor kaum Schlaf gefunden hatte. Und sie war überglücklich, Roveci, Gaius und ihren gemeinsamen Sohn heimzubringen. Seit ihr Bruder ihr Gelegenheit gegeben hatte, ihm ihre Gefühle für Gaius zu erklären, besserte sich sein Verhalten gegenüber dem Geliebten seiner Schwester merklich. Und auch Vercingetos begegnete er nun mit einer Mischung aus Befangenheit und vorsichtiger Neugier.

Es schneite leicht, als sie ihre Pferde auf den steilen Fahrweg lenkten, der zum Dorf hinaufführte. Schon seit einigen Tagen hatte Gaius nach frischen Spuren von Kämpfen oder der Bewegung größerer Truppen Ausschau gehalten, denn er hegte noch immer die Befürchtung, dass nach dem Abzug der Legionen Germanen in die fruchtbaren Landstriche westlich des Renos eingefallen sein könnten. Doch die Landschaft lag friedlich und unberührt da. Und als die Reisenden um die letzte Biegung des Weges ritten und er sah, dass die beiden Flügel des Tores weit offen standen, fiel die Anspannung endgültig von ihm ab.

An einem der mächtigen Eichenpfosten lehnte, zum Schutz gegen den Schnee in ein Sagon gehüllt, die Silhouette eines Mannes. Als er die Reiter gewahrte, trat er aus den Schatten des Torhauses. »Halt! Wer seid ihr?«

Sirona hatte die Stimme sofort erkannt, und ihr Herz vollführte vor Freude einen Sprung. Mit einem Lächeln schob sie die Kapuze ihres warmen wollenen Umhangs zurück.

»Sirona!« Die Wache eilte auf sie zu und griff in das Zaumzeug der Stute.

»Valetiacus!« Sie glitt aus dem Sattel und schloss ihren Gefährten in die Arme. »Du bist heimgekehrt!«

»Ja, vor drei Wochen.« Seine Augen tasteten über ihr Gesicht, als könne er nicht glauben, was er sah. »Man hatte mich einem römischen Legionär als Gefangenen zugewiesen. Doch dann erschien plötzlich jemand mit einem Dokument, in dem stand, dass ich freizulassen sei. Und hier bin ich! Bellogenus ist gemeinsam mit mir zurückgekehrt. Auch ihm wurde überraschend die Freiheit geschenkt.«

Sirona deutete auf Gaius. »Das ist der Mann, dem ihr eure Freilassung zu verdanken habt.«

Valetiacus' Blick wanderte an ihr vorbei zu dem Reiter, dessen Gesicht halb von der Kapuze seines Sagon verdeckt wurde. Jetzt schob er sie ein Stück zurück, damit der andere ihn erkennen konnte.

Augenblicklich fiel ein Schatten auf Valetiacus' Züge, und Sirona ahnte, was in ihm vorging. Die Ereignisse, deren Zeuge er in den vergangenen Monaten geworden war, hatten tiefe Spuren in ihm hinterlassen und machten es ihm nun unmöglich, Gaius so offen zu begegnen, wie er es getan hatte, als dieser unter ihnen lebte.

Nach einem Moment besann er sich jedoch, trat auf Gaius zu und streckte ihm die Rechte entgegen. »Marcus.« Seine Stimme klang gepresst. »Hab Dank dafür, dass du dich für uns verwendet hast.«

Gaius lehnte sich aus dem Sattel und ergriff die dargebotene Hand. »Valetiacus.« Er hatte insgeheim damit gerechnet, dass die Kunde des römischen Sieges schon in diesen entlegenen Winkel des Arduenna Waldes gedrungen wäre, und daher nicht erwartet, dass die Dorfbewohner ihn mit offenen Armen empfangen würden. Und wie könnte er ihnen ihre Ablehnung verdenken?

Auch Sirona hatte befürchtet, dass ihre Stammesbrüder Gaius mit Zurückhaltung begegnen würden. Eine andere Sorge bedrückte sie gleichwohl mehr. Im Überschwang ihrer Erleichterung darüber, dem Grauen des Krieges entronnen und endlich in Sicherheit zu sein, hatte sie sich auch für Segocondus' Leben eingesetzt. Doch immer wieder beschlich sie seither die Furcht, dadurch eine neue Gefahr heraufbeschworen zu haben. »Ist Segocondus ebenfalls hier?«

Valetiacus schüttelte betrübt den Kopf. »Nein, ich habe keine Ahnung, was aus ihm geworden ist. Er ist nicht zurückgekehrt.«

Das Dorf war gewachsen, seit Sirona beinah ein Dreivierteljahr zuvor aufgebrochen war. Im Verlauf des Frühlings und Sommers hatten sich weitere Flüchtlinge eingefunden, sodass jetzt etwa hundertfünfzig Menschen auf der Anhöhe lebten. Zusätzliche Häuser waren errichtet worden, und weil einige der Neuankömmlinge ihr Vieh mitgebracht hatten, verfügte die Dorfgemeinschaft nun über eine beträchtliche Anzahl Rinder, an die zwanzig Schweine, eine große Schafherde, aus deren Fellen sich Wolle gewinnen ließ, Hühner und fast drei Dutzend Pferde.

Die massiven Stadtmauern der keltischen Städte hatten Valetiacus und Bellogenus tief beeindruckt, und sie hatten angeregt, auch ihr Dorf mit einer solchen Befestigung zu umgeben. Wer konnte schon ahnen, ob die Römer nicht noch einmal in den Arduenna Wald zurückkehren würden? Cassivalus, der nach Segocondus' Fortgang zum neuen Oberhaupt der Siedlung gewählt worden war, hatte den Vorschlag sogleich aufgegriffen und mit dem Umbau der vorhandenen Umfriedung beginnen lassen.

Sirona und Caratunna sanken einander in die Arme, und Sirona staunte darüber, wie sehr die Zwillinge gewachsen waren. Auch Ebunos freute sich, dass seine Schülerin gesund heimgekehrt war, und bat sie, ihm erneut bei der Heilung und Pflege seiner Patienten zur Hand zu gehen.

Zu Sironas großer Erleichterung wurde Gaius abermals in die Gemeinschaft aufgenommen, wenn auch erst nach einem langen Abend des Zögerns und misstrauischen Erörterns und Abwägens, zu dem sich die Dorfbewohner im Schein von Fackeln vor der Halle zusammenfanden. Valetiacus' und Bellogenus' Schilderung des Krieges hatte einen tiefen Eindruck in den Herzen der Menschen hinterlassen und ihrem lodernden Hass auf Rom zusätzliche Nahrung geliefert. Doch Sirona und Ebunos wurden nicht müde, ihnen die guten Erfahrungen in Erinnerung zu rufen, die sie mit diesem Mann gemacht hatten, der ein Römer war, aber kein Feind, und überdies so ganz anders als die meisten Angehörigen seines Volkes.

Als Sirona ihren versammelten Stammesbrüdern schließlich erklärte, dass es Gaius war, dem die beiden gefangenen Krieger ihre Freilassung verdankten, verstummten auch die letzten Zweifler. Attius wollte seinem Freund schon vom ersten Moment an nicht mehr von der Seite weichen und war glücklich, in Roveci einen gleichaltrigen Spielkameraden zu finden.

Behutsam brachte Sirona den Bewohnern der Siedlung bei, dass der Name ihres Geliebten nicht Marcus, sondern Gaius laute. Seine wahre Identität blieb jedoch ein Geheimnis zwischen ihnen.

Sironas Herz wurde leicht, als sie sah, wie gut es Gaius tat, sich unter den Dorfbewohnern zu bewegen. Erneut fügte er sich mühelos in die Gemeinschaft ein, ging den anderen Männern bei ihren Arbeiten zur Hand und teilte sich mit ihnen die Torwache. Diese alltäglichen Verrichtungen halfen ihm, das Grauen der vergangenen Monate, die Schlachten und die Eindrücke, die sie in ihm hinterlassen hatten, ganz allmählich zu bewältigen. Wie sehr ihn diese quälten, bewiesen die Albträume, aus denen er beinah jede Nacht aufschreckte und die Sirona vor Augen führten, dass dieser Krieg seine grausamen Spuren nicht nur in die Seelen der Besiegten gegraben hatte.

Die Wintersonnenwende kam und wurde andächtig begangen. Während die Sonnenwende des Sommers, von der an die Tage kürzer wurden, an die Vergänglichkeit des irdischen Lebens gemahnte, repräsentierte diejenige des Winters die Rückkehr des Lichts, nahmen die Stunden der Helligkeit doch nun allmählich wieder zu.

Die Feierlichkeiten begannen bereits in der Nacht vor dem kürzesten Tag des Jahres. In der Woche zuvor hatten die Bewohner des Dorfes übermannshohe hölzerne Räder gezimmert, mit Stroh umwunden und auf die Kuppe einer benachbarten, unbewaldeten Anhöhe geschafft. Nun, in der längsten Nacht des Jahres, führte Ebunos die Prozession auf den Gipfel dieses Hügels. Wie es das Ritual erforderte, legten die Menschen den Weg in vollkommener Dunkelheit und schweigend zurück. Auf der Kuppe angekommen, erwarteten sie voller Ehrfurcht den Moment, in dem Sulis auf Ihrem goldenen, von zwei Schimmeln gezogenen Wagen Ihren Weg über den Himmel antreten würde.

Endlich war es so weit. In dem Augenblick, als der oberste Rand der Sonnenscheibe gleich einer schmalen rotgoldenen Sichel über den Hügelkämmen im Osten erschien, gab Cassivalus dem blinden Druiden ein Zeichen, und dieser stimmte einen feierlichen Gesang an, in den die Dorfbewohner andächtig einfielen. In einem abgedeckten, geweihten Gefäß hatte Ebunos ein heiliges Feuer mitgeführt, an dem die Menschen nun einer nach dem anderen ihre Fackeln entzündeten, bis die Kuppe der Anhöhe übersät war mit feurigen Lichtpunkten.

Anschließend schritt der Druide, gestützt auf Cassivalus, die Reihe der hölzernen Räder ab und steckte das Stroh in Brand, worauf diejenigen der jungen Männer, die im vergangenen Jahr die Kriegerweihe erhalten hatten, sie in Bewegung versetzten und die Flanke des Hügels hinunterrollen ließen.

Der Anblick der in rotgoldene Flammen getauchten Räder, die Funken speiend den Hang hinabrollten, jagte Sirona einen

Schauer der Ehrfurcht über den Rücken. Diese Feuerräder verkörperten Sulis und Ihre Reise über den Himmel, die Sie seit Anbeginn der Zeiten jeden Morgen im Osten begann und jeden Abend im Westen vollendete. Und seit Tausenden von Jahren gab es Menschen, die Sie anbeteten und Rituale vollzogen, um der Göttin für das lebensspendende Licht zu danken und Sie zu bitten, es ihnen auch weiterhin zu schenken. Denn was wäre die Welt der Menschen ohne das Licht und die Wärme der Sonne?

Wie viel Kraft und Trost doch von diesen uralten, heiligen Bräuchen ausging, die schon ihre Ahnen in immer derselben Weise verrichtet hatten, dachte Sirona.

Sie riss sich vom Anblick der Feuerräder los und schaute zu Gaius auf, der neben ihr stand. Obwohl ihm das Sonnenritual fremd war, schien es ihn ebenso in seinen Bann zu ziehen wie sie selbst. Seine dunklen Augen funkelten, während sie den Weg der Räder hinunter ins Tal verfolgten. Als er ihren Blick bemerkte, wandte er lächelnd den Kopf, legte seinen Arm um ihre Schultern und zog sie an sich. Sie wagte nicht, die heilige Stille zu brechen, doch als sie ihr Gesicht an seine Brust bettete, fühlte sie, dass er sich in diesem Moment dieselbe Frage stellte wie sie: Würde auch ihr Sohn eines Tages auf dem Gipfel dieser Anhöhe stehen und gemeinsam mit anderen jungen Männern feierlich das Ritual der Feuerräder vollziehen?

In diesen friedlichen Tagen beschlich Sirona, wenn sie sich abends auf ihrem Lager an Gaius' warmen Körper schmiegte, oftmals die Sorge, ihr gegenwärtiges Leben sei zu gut, um von Dauer zu sein. Während der Zeit des unsteten Umherziehens mit dem Heer der verbündeten Stämme hatte sie oft daran gezweifelt, ob sie je in ihre Heimat zurückkehren und Frieden finden würde. Nun war dieser Traum wahrhaftig in Erfüllung gegangen, und sie wünschte sich nichts sehnlicher, als dass es auf ewig so bleiben würde. Doch sie ahnte, dass dieses Glück nur eine kleine Insel im weiten, sturmgepeitschten Ozean ihres irdischen Daseins war und jeder unbeschwerte Tag der letzte sein mochte.

Gaius schien ähnlich zu empfinden. Und wenn sie sich einander hingaben, liebten sie sich mit einer an Verzweiflung grenzenden Wildheit, der nicht nur Zärtlichkeit und Leidenschaft innewohnten, sondern auch eine unausgesprochene, tiefe Ahnung von der Begrenztheit aller Dinge.

Als sie der Ebene von Alisiia den Rücken kehrten, hatte Caesar über die Zukunft der neu eroberten Gebiete zwischen Renos und Atlanticus noch nicht entschieden. Gaius deutete lediglich an, dass sein Vater die ihm von Ambiorix zugefügten Niederlagen niemals verwunden habe und auf Rache sinne. Bedeutete das, dass seine Legionen in den Arduenna Wald zurückkehren würden?

Der Gedanke, dass ihre friedliche Siedlung vielleicht schon bald das Ziel eines römischen Angriffs werden könnte, raubte Sirona in vielen Nächten den Schlaf. Würden sie je vollkommen unbeschwert sein, lachen können, frei von Angst in die Zukunft schauen? Oder würde die Furcht vor dem übermächtigen Feind auf ewig ihr eigenes Leben, das ihrer kleinen Familie und der anderen Dorfbewohner überschatten?

Und sosehr sie Gaius liebte, so erfüllt ihre Beziehung in diesen Tagen war, und so verzweifelt sie sich wünschte, für immer an seiner Seite zu leben, so bewusst war ihr doch, dass auch dieses Glück bedroht war. Er hatte einen Eid geschworen, seinem Vaterland als Soldat treu zu dienen, und sie war selbst zugegen gewesen, als Caesar ihn an seine Pflichten erinnerte.

Der Tag, an dem er seine Entscheidung würde treffen müssen, rückte unerbittlich näher, und ihr bangte davor. Würde er dem Gelübde untreu werden und bei ihr bleiben, für immer mit seiner Geliebten und seinem Sohn als Römer unter Kelten leben? Und wenn ja, würde er es ertragen, gegenüber Caesar und Rom eidbrüchig zu werden, wohl wissend, dass er damit die Liebe und Anerkennung seines Vaters aufs Spiel setzte, für die er sein Leben lang gekämpft hatte?

Oder würde er, sobald der Schnee zu schmelzen begann, zu seinem Eid stehen, sie und Vercingetos verlassen und zu seiner Legion zurückkehren, um weiterhin gegen Roms Feinde zu kämpfen, wohin auch immer der Imperator ihn beorderte?

Unzählige Male war Sirona kurz davor, Gaius diese Frage zu stellen. Und wenn sie es doch stets unterließ, dann aus einem einzigen Grund: Sie wusste, dass er die Antwort selbst nicht kannte.

Kapitel 44

Wenige Tage nach der Wintersonnenwende sollten sich Sironas düstere Ahnungen schließlich bewahrheiten. Und sie musste dabei die traurige Erfahrung machen, dass sich Ereignisse, die man sich sehnlichst erträumt, dennoch eher als Fluch denn als Segen erweisen können.

Die Sonne hatte sich den Vormittag über hinter dichten Wolken verborgen und nun ihren höchsten Stand beinah erreicht. Immer wieder gingen kräftige Schauer nieder, die die erst kürzlich freigeräumten Wege der Siedlung aufs Neue unter einer dicken Schicht weichen, pulvrigen Schnees begruben.

Sirona war gerade dabei, einen Kräuterabsud gegen Husten für Caratunnas Zwillinge herzustellen, als jemand gegen die Tür des Hauses hämmerte, das sie mit Roveci, Gaius und ihrem Sohn bewohnte.

Nur einen Herzschlag später wurde die Tür aufgestoßen, und Bellogenus stolperte in den Raum. Der für gewöhnlich so ruhige Krieger wirkte erregt. »Wir haben Besuch bekommen, Siro«, stieß er hervor und wischte sich mit einem Zipfel seines Sagon nasse Schneeflocken aus dem Gesicht. »Zwei Fremde sind in der Halle, ein älterer Mann und ein Junge.«

Eilig trocknete sich Sirona die Hände an einem Leinentuch ab und erhob sich. »Sind sie verletzt?« Unwillkürlich nahm sie an, Bellogenus suche sie in ihrer Eigenschaft als Heilerin auf.

Doch der schüttelte den Kopf. »Nein, aber der Ältere ist dein Vater.«

Der Raum schien sich um sie zu drehen, als Bellogenus' Worte in ihr Bewusstsein tropften. Ihr Vater? Das Letzte, was sie von Dannovarus gehört hatte, war das, was Nantomaris ihr berichtete: dass er nach der Schlacht bei Nerviodunom in römische Gefangenschaft geraten sei.

»Bist du sicher?«, fragte sie nach einem langen Augenblick. Sie fürchtete sich davor, sich Hoffnungen hinzugeben, die bitter enttäuscht würden, wenn dieser Fremde doch nicht Dannovarus wäre.

Bellogenus nickte entschieden. »Es gibt keinen Zweifel. Der Mann sprach von einem Gehöft außerhalb Atuatucas, das nur noch eine verbrannte Ruine ist, und von seinen Kindern Sirona, Tassia und Roveci.«

Achtlos ließ Sirona das Leintuch fallen, schürzte den Saum ihres Kleides und stapfte hinüber zur Halle, so schnell es der frisch gefallene Schnee zuließ. Durch die halb offen stehende Tür schlugen ihr Stimmen und das Knurren zweier Jagdhunde entgegen, die sich in der Nähe des Eingangs um einen Knochen stritten.

Sie stieß die Tür ganz auf und lehnte sich schwer atmend gegen den Rahmen. Sie hätte nicht zu sagen vermocht, ob es die Bewegung an der eisigen Luft oder ihre Aufregung war, die ihr den Atem raubte. Ihre Augen brauchten einen Moment, um sich nach der gleißenden Helligkeit des Schnees an das Halbdunkel des rauchgeschwängerten Raums zu gewöhnen. Dann entdeckte sie die beiden Neuankömmlinge, einen Erwachsenen in einem zerschlissenen Sagon und einen mageren blonden Jungen von etwa zwölf Jahren, die am Feuer saßen und gierig Bohneneintopf aus tönernen Schalen löffelten.

Sirona konnte das Gesicht des Fremden nicht erkennen, weil er ihr den Rücken zuwandte. Doch etwas an seiner Haltung wirkte zutiefst vertraut, und plötzlich war sie sich vollkommen gewiss, dass dieser Mann der verschollene Dannovarus war.

Sie stürzte auf ihn zu. »Vater!«

Beim Klang ihrer Stimme zuckte der Angesprochene zusammen, und die halb geleerte Schale entglitt seinen Händen. Schwerfällig wandte er sich zu ihr um, und als Sironas Blick auf seine Züge fiel, erstarrte sie vor Schreck. Die obere Hälfte seines Gesichts war von einer großflächigen, schlecht verheilten Brandwunde entstellt, seine einst lebhaften grauen Augen waren trüb und schauten blicklos an ihr vorbei.

»V-Vater«, stammelte sie fassungslos. »Was hat man dir angetan?«

Dannovarus' Rechte tastete nach der Schulter des neben ihm sitzenden Jungen. Auf ihn gestützt, kam er schwankend auf die Füße. »Sirona?« Ungläubigkeit schwang in seiner Stimme und noch etwas anderes, ein Funken Hoffnung.

»Ja, Vater.« Tränen verschleierten ihren Blick und rannen ihre Wangen hinab. »Ich bin es. Ich bin hier.« Sie machte einen Schritt auf ihn zu und stolperte, weil ihre Beine mit einem Mal weich und kraftlos schienen. Dann war sie bei ihm, und sie sanken einander in die Arme. »Vater.« Sie barg ihr Gesicht an seiner Brust und schluchzte laut auf. »Du bist es wahrhaftig.«

»Mein Kind.« Seine Umarmung war noch immer kraftvoll. »Den Göttern sei Dank.«

Eine Weile schwiegen sie, zu überwältigt für Worte, hielten sich aneinander fest und weinten vor Glück.

»Ich dachte, du wärst tot«, brachte Dannovarus schließlich mühsam hervor und wischte sich mit dem Ärmel seiner Tunika die Tränen von den eingefallenen, mit hellen Bartstoppeln übersäten Wangen.

Wie gealtert er aussah!, erkannte Sirona erschrocken. Seine einst blonden Haare hingen grau und strähnig auf seine hageren Schultern hinab, und in seine wettergegerbte Haut hatten sich tiefe Falten eingegraben.

»Ich war daheim, bei unserem Gehöft. Doch als Iccius«, er nickte zu seinem jungen Begleiter hinüber, »mir berichtete, dass es nur noch eine verbrannte Ruine ist, fürchtete ich, ihr wärt alle tot oder von den Römern verschleppt.«

»Mutter und Tassia sind tot. Das Gesinde ebenfalls.« Sirona flüsterte, denn ihre Stimme drohte zu versagen. »Aber Rove lebt. Er ist auch hier.«

Widerstrebend ließ Dannovarus sie los und sank, von seinen Gefühlen überwältigt, neben dem Feuer zu Boden. Sirona kniete an seiner Seite nieder und reichte ihm die Schale mit dem Eintopf. »Hier, stärke dich erst einmal.«

Er tastete nach dem Gefäß, nahm es ihr behutsam aus der Hand und löffelte hungrig weiter. Eine Weile saßen sie stumm nebeneinander und gaben sich ganz dem überwältigenden Glück hin, endlich wieder vereint zu sein.

Schließlich brach Sirona das Schweigen. »Wo bist du all die Monate gewesen?« So viele Dinge wirbelten in ihrem Kopf herum, die sie ihn fragen und ihm erzählen wollte, dass sie kaum wusste, wo sie anfangen sollte.

Dannovarus schluckte und wischte sich mit dem Handrücken über den Mund. »Ich habe mit König Ambiorix gekämpft, zuletzt vor Nerviodunom. Nach der Schlacht geriet ich in römische Gefangenschaft und wurde einem Centurio als Sklave zugeteilt. Seither musste ich ihn auf seinen Kriegszügen begleiten. Im Frühjahr und Sommer hat es in den Gebieten zwischen Renos und Atlanticus mehrere große Schlachten gegeben. Während den letzten, die bei einem Dunom namens Alisiia stattfanden, haben die Legionäre so viele junge, kräftige Krieger gefangen genommen, dass sie uns älteren die Freiheit schenkten.«

Alisiia!, durchzuckte es Sirona. Ihr Vater war die ganze Zeit in ihrer Nähe gewesen, und sie hatte es nicht gewusst, nicht einmal geahnt.

»Gleichwohl nicht, ohne uns vorher zu blenden«, fuhr Dannovarus nach einem Moment fort, »damit wir nicht eines Tages abermals gegen Rom kämpfen können. Auch einige der Kinder haben sie laufen lassen.« Beinah liebevoll tätschelte er die Schulter des mageren Jungen, der gerade seine zweite Schale Bohneneintopf hinunterschlang. »Und dank Iccius' Hilfe bin ich nun hier.«

Sirona war so glücklich darüber, wieder mit ihrem Vater vereint zu sein, dass sie meinte, ihr Herz müsste vor Freude zerspringen. Sie konnte es kaum abwarten, ihm voller Stolz seinen Enkel zu präsentieren. Und da sie ihren Vater als großzügigen, lebensfrohen Mann kannte, der mit Milde und Wohlwollen über seinen Hof und die dort lebenden Menschen gewaltet hatte, hegte sie die Hoffnung, dass er ihre Beziehung zu Gaius gutheißen würde, auch wenn dieser Römer war.

Sirona ging ihren Bruder suchen, der sich mit Attius und anderen Jungen seines Alters eine ausgelassene Schneeballschlacht lieferte, und kehrte mit ihm und Vercingetos in die Halle zurück. Das Wiedersehen zwischen Roveci und Dannovarus fiel ebenso innig aus wie das zwischen Vater und Tochter, und beide schämten sich ihrer Tränen nicht.

Schließlich ergriff Sirona das Wort. »Unsere Familie hat sich vergrößert, Vater«, begann sie und hörte selbst, wie angespannt ihre Stimme klang. »Du hast einen Enkel bekommen. Er heißt Vercingetos.« Vorsichtig legte sie ihm ihren friedlich schlummernden Sohn in die Arme.

Dannovarus wandte ihr seine blicklosen Augen zu. In seinen hageren Zügen keimten Überraschung und Freude auf. »Ein schöner Name.« Er bettete den Säugling behutsam in seine Armbeuge und tastete mit den Fingerspitzen der Rechten sanft über sein Gesicht. Vercingetos war aufgewacht und musterte seinen Großvater neugierig und ohne Scheu. »Bedeutet das, dass Uronertus ebenfalls zurückgekehrt ist?«

Sirona schüttelte bekümmert den Kopf. Dann ging ihr auf, dass er sie ja nicht sehen konnte. »Nein, Vater. Uronertus ist tot. Er ist bei Nerviodunom gefallen.«

Ein Schatten senkte sich auf Dannovarus' Züge. Sirona erinnerte sich, dass er seinen zukünftigen Schwiegersohn sehr gemocht und der Verbindung mit seiner Tochter voller Freude zugestimmt hatte.

»Das tut mir leid«, murmelte er wie zu sich selbst. »In dieser entsetzlichen Schlacht sind so viele gute Männer gestorben.« Nach einem Moment wandte er sein Gesicht wieder Sirona zu. »Wer ist denn dann der Vater deines Kindes?«

Sie holte tief Luft und stählte sich innerlich. Sie wusste, dass es keine Möglichkeit gab, ihm die Wahrheit auf behutsame Weise beizubringen. »Sein Vater heißt Gaius. Er ist Römer«, erklärte sie knapp.

Augenblicklich versteinerten Dannovarus' Züge. »Ein Römer?«, wiederholte er ungläubig. »Sag mir, dass das nicht wahr ist.« Als sie schwieg, wechselte seine Miene von Fassungslosigkeit zu Entsetzen. »Du zeugst ein Kind mit einem Feind?«

Sirona straffte den Rücken, als sie ihre schlimmsten Befürchtungen bestätigt fand. »Gaius ist Römer, aber er ist nicht unser Feind, Vater.« Sie bemühte sich, trotz des Aufruhrs in ihrem Inneren ruhig und freundlich zu klingen. »Lass es mich dir erklä-«

»Schweig!« Er schnitt ihr mit einer herrischen Geste das Wort ab. »Ich will nichts weiter hören. Niemals werde ich gutheißen, dass meine Tochter ein Balg mit einem unserer Todfeinde hat.« Grob streckte er ihr Vercingetos entgegen. Der Kleine, der seinen Großvater eben noch angestrahlt und ihm voller Vertrauen seine Ärmchen entgegengestreckt hatte, fürchtete sich nun und begann, leise zu weinen. Sirona nahm ihn ihrem Vater aus den Händen und drückte ihn tröstend an ihre Brust.

»Bist du von Sinnen, Kind?«, herrschte Dannovarus sie plötzlich an. Der Hass und die Kälte in seiner Stimme trafen Sirona wie eine Ohrfeige und ließen sie zurücktaumeln. »Die Römer haben deine Mutter und deine Schwester getötet. Der Mann, dem du versprochen warst, fällt im Kampf gegen Caesars Legionen. Dein Vater wird versklavt und geblendet. Abertausende unserer Männer, Frauen und Kinder sind in diesem Krieg umgekommen oder in Gefangenschaft geraten. Und du buhlst ausgerechnet mit einem unserer ärgsten Feinde?«

»Vater, ich kann deine Verbitterung verstehen«, begann Sirona erneut, aber sie ahnte bereits, dass sie nichts würde ausrichten können. Den Dannovarus, den sie kannte, gab es nicht länger. Der Krieg hatte ihn bitter gemacht, er war gefangen in seinem blinden Hass auf alle Römer. Im Kampf gegen sie hatte er nicht nur sein Augenlicht verloren, sondern ebenso die Fähigkeit, klar zu sehen, dass nicht alle Menschen gleich waren, nur weil sie einem bestimmten Volk angehörten.

»Bitte versuch doch auch, mich zu verstehen.« Zögernd griff sie nach seiner Rechten, aber er schüttelte ihre Hand ab wie ein aufdringliches Insekt. »Ich würde dir gerne erklären, wie ich Gaius kennengelernt habe und warum ich ihn liebe. Und ich flehe dich an: Gib ihm die Möglichkeit, dir zu beweisen, dass er nicht unser Feind ist.«

Dannovarus verschränkte die Arme vor der Brust. »Niemals. Ich habe mit einem Römer nichts zu schaffen.«

Sirona seufzte schwer. »Vater, nicht alle Römer sind schlecht«, versuchte sie es ein letztes Mal, obwohl sie tief in ihrem Inneren längst erkannt hatte, dass es zwecklos war. »Es gibt unter ihnen auch anständige Menschen, so wie es unter uns Kelten böse gibt. Bitte schenk ihm etwas Zeit, und du wirst sehen, dass er ein gutes Herz hat. Tu es für mich.«

Doch Dannovarus schüttelte mit großer Bestimmtheit den Kopf. »Nein, Sirona.« In seiner Stimme schwang Endgültigkeit. »Du wirst dich entscheiden müssen. Wenn du die Buhlin dieses Römers bleibst, bist du nicht länger meine Tochter.«

Seine Worte stachen in Sironas Herz wie die Spitze einer Lanze. Wie betäubt presste sie ihren Sohn an sich, verließ die Halle und taumelte durch den hohen Schnee hinüber zu ihrem Haus. Gaius war früh am Morgen mit Cassivalus und zwei anderen Männern zur Jagd aufgebrochen und würde vor Sonnenuntergang nicht zurückkehren. Doch sie war froh darum. Im Moment wollte sie allein sein.

Erneut hatte dichtes Schneetreiben eingesetzt. Dicke Flocken wirbelten ihr ins Gesicht und zerschmolzen auf ihrer erhitzten Haut, aber sie bemerkte es kaum. Die Verachtung ihres Vaters traf sie tief. Als Buhlin eines Römers hatte er sie bezeichnet. Konnte es eine schlimmere Beleidigung geben?

Dabei verstand sie seinen Hass auf Rom ja. Einst war er ein stolzer keltischer Adeliger gewesen. Doch Caesar und seine Legionen hatten ihm seine Heimat genommen, seine Familie zerstört und das Augenlicht geraubt, sodass er nun ein Krüppel war, auf die Hilfe anderer angewiesen und verbittert.

Aber er kannte Gaius doch gar nicht. Warum wollte er ihm nicht wenigstens die Gelegenheit geben, zu beweisen, dass er ein anständiger, aufrechter Mensch war?

Selbst Roveci, ein Junge von elf Jahren, hatte seine Meinung über Gaius geändert, ihm verziehen und gelernt, ihn als Sironas Geliebten und eine Art Ersatzvater anzuerkennen. Wie konnte Dannovarus, ein erwachsener, gebildeter Mann, dann so strikt und voreingenommen ihm gegenüber sein? Würde die Zeit auch bei ihm eine Veränderung bewirken?

Nein, Sirona kannte ihren Vater zu gut, um darauf zu hoffen. Sein Urteil war endgültig. Er hatte beschlossen, Gaius abzulehnen, und dabei würde er bleiben, gleichgültig, was geschehen mochte. Und ihr blieb keine andere Wahl, als seine Entscheidung zu akzeptieren. Sie selbst hatte erfahren dürfen, wie gut es tat, zu verzeihen, und sie wusste, dass Vergebung Dannovarus helfen würde, seine Verbitterung zu überwinden und zu heilen. Doch er war nicht bereit, diesen Weg zu beschreiten, und niemand anderes konnte ihn für ihn gehen.

Und was bedeutete das für sie? Hatte sie ihren Vater wahrhaftig im selben Moment erneut verloren, in dem sie endlich wieder mit ihm vereint war? Sie würde sich zwischen ihm und Gaius entscheiden müssen; nichts Geringeres erwartete Dannovarus von ihr. Und wenn sie sich für ihren Geliebten entschied, würde er sie verstoßen, sie nicht länger seine Tochter nennen. Würde sie das ertragen?

Würde sie ein Leben ohne Gaius ertragen?

Hatte ihr Leben mit Gaius überhaupt eine Zukunft?

Innerlich aufgewühlt und gleichzeitig vollkommen erschöpft sank sie an der Feuerstelle nieder, neben der noch der Spitzwegerich lag, den sie für den Kräuterabsud zerkleinert hatte. Die Flammen waren unterdessen zu einem Häuflein bernsteinfarbener Glut zusammengefallen, und eine klamme Kälte erfüllte den Raum. Mit mechanischen Bewegungen bettete Sirona Vercingetos auf ein Kissen und legte Reisig auf das ersterbende Feuer. Dann hüllte sie sich fester in ihren Umhang und blies behutsam in die Glut, um sie erneut zum Leben zu erwecken.

Bald würde der Schnee schmelzen, nahm sie den fruchtlosen Faden ihrer Sorgen wieder auf. Und das bedeutete, dass Gaius sich endlich entscheiden musste, ob er zu seiner Legion zurückgehen und abermals in den Krieg ziehen oder hier, bei seiner Familie, bleiben würde. Wenn sie nachmittags von Ebunos zurückkehrte, dem sie bei der Behandlung der Kranken zur Hand ging, fand sie ihn immer häufiger an der Feuerstelle, wo er tief in Gedanken versunken in die Flammen starrte. Und wenn sie ihn in solchen Augenblicken ansprach, schien er wie aus weiter Ferne zu ihr zurückzukehren.

Gerade gestern hatte sie die Ungewissheit plötzlich nicht mehr ertragen, sich neben ihn ans Feuer gesetzt und ihm die Fragen gestellt, die ihr schon so lange auf der Seele brannten.

Aber wie sie befürchtet hatte, war er ihr ausgewichen, und sie hatte rasch aufgegeben, in ihn zu dringen und ihn mit Fragen zu quälen, auf die er selbst keine Antwort wusste. Ihr blieb nichts anderes übrig, als schweren Herzens abzuwarten, bis er bereit wäre, sich ihr mitzuteilen.

Und wenn er sich entschlösse, seinem Eid treu zu bleiben - was würde dann aus Vercingetos und ihr werden? Würden sie mit ihm gehen? Viele römische Soldaten wurden von ihren Familien begleitet. Doch was für ein Leben wäre das? Würde sie gemeinsam mit anderen Keltinnen, Germaninnen und Frauen aus all den übrigen von Rom unterworfenen Völkern ein tristes Dasein im Umfeld der Lager fristen und im Tross der Legionen von einer Schlacht zur nächsten ziehen? Wäre sie dazu verdammt, nirgends dazuzugehören, nicht zu den Eroberern, die sie verachteten, so, wie sie alle Angehörigen besiegter Völker verachteten; aber auch nicht zu den Kelten, weil sie die Buhlin eines Feindes war, eine Ausgestoßene?

Oder würde sie in dem kleinen, ihr vertrauten Dorf bleiben, wo man sie kannte und als Heilerin schätzte, und darauf warten, dass Gaius am Ende einer jeden Kriegssaison zu ihr zurückkehrte? Würde sie einsame Monate ohne eine Nachricht von ihm verbringen, nicht wissen, wie es ihm ging, ob er überhaupt noch lebte? Und würde er irgendwann nicht mehr heimkommen, ohne dass sie jemals erführe, was aus ihm geworden war, in welchem weit entfernten, fremden Land er die Reise in die Andere Welt angetreten hatte?

Und was war für ihren Sohn das Beste? Besaß er nicht ein Recht darauf, an der Seite seines Vaters aufzuwachsen?

Plötzlich brachen der Schmerz über die Zurückweisung durch Dannovarus und die Sorgen um ihre Zukunft über ihr zusammen wie eine Woge, rissen sie mit sich fort und sogen sie in einen sich immer schneller drehenden Strudel der Hoffnungslosigkeit und Verzweiflung. Sie schlug die Hände vor das Gesicht und ergab sich ihren Gefühlen. Sie weinte, bis sie glaubte, an ihrem Schluchzen zu ersticken. Vercingetos spürte die Qual seiner Mutter und begann, leise zu wimmern. Doch sie hatte keinen Trost für ihn. Sie hatte nicht einmal Trost für sich selbst.

Irgendwann ebbten Hoffnungslosigkeit und Verzweiflung allmählich ab, glitten hinüber in eine dumpfe Schmerzlosigkeit. Sirona trocknete ihre Tränen, hob Vercingetos auf und wiegte ihn sanft in ihren Armen, bis er sich beruhigte. Sie fühlte die Wärme seines kleinen Körpers an ihrer Brust, atmete seinen zarten Geruch ein, und ein winziger Funke Trost glomm in ihr auf. Gleichgültig, wohin ihr Weg sie führen würde und ob allein oder mit Gaius an ihrer Seite - sie hatte immer noch ihren Sohn, dieses wundervolle, einzigartige Wesen, das vom allerersten Augenblick seines Seins ein Teil von ihr gewesen war, auf ewig bleiben würde und jeden ihrer Tage aufs Neue mit unendlicher Freude erfüllte.

Ihr Blick fiel auf den bronzenen Kessel neben dem Feuer. Sie beugte sich darüber, sodass sich ihr Gesicht in der glatten Oberfläche des Wassers spiegelte. Aufmerksam betrachtete sie ihre Züge, als sähe sie sie zum ersten Mal. Die Entbehrungen des Krieges und die Schwangerschaft hatten ihre Spuren hinterlassen. Sie war hager geworden, und unter ihren Augen lagen tiefe Schatten, die sie älter erscheinen ließen. Die Haare über ihrem linken Ohr, die die römische Schwertklinge durchtrennt hatte, waren nachgewachsen, sodass die honigfarbenen Locken ihr Gesicht nun wieder weich und voll umrahmten.

Sirona suchte die Augen ihres Spiegelbilds und hielt sie fest. Und wie damals, als sie nach dem Überfall auf das Gehöft am Ufer des Baches gesessen und ihre Züge im Wasser betrachtet hatte, fand sie auch nun Trost und Stärke beim Anblick ihrer selbst.

Das bin immer noch ich, dachte sie. Damals war ich allein und hatte alles verloren, was ich liebte. Doch nun habe ich wieder eine Familie, und ich habe neue Gefährten gefunden. Ich habe einen Sohn, der in Liebe gezeugt wurde und in dessen Adern mein eigenes Blut und das eines wunderbaren Mannes fließt. Und ich habe Gaius, der mich liebt und dessen Liebe tief und ehrlich und nicht an Bedingungen geknüpft ist. Denn wahre Liebe stellt keine Bedingungen, und derjenige, der fordert, liebt nicht wahrhaftig.

Verwundert strich sie sich eine Strähne aus dem Gesicht. Dieser Gedanke war in einem verborgenen Winkel ihrer Seele aufgekeimt, und da er sie überraschte, hielt sie ihn fest, um ihn behutsam von allen Seiten zu betrachten.

Ihr Vater verlangte von ihr, sich zwischen ihm und Gaius zu entscheiden. Konnte eine solch grausame Forderung aus Liebe entspringen? Wenn er sie aus tiefstem Herzen liebte, würde er dann zulassen, dass Hass und Zorn seinen Blick trübten? Oder würde er Gaius nicht vielmehr die Gelegenheit geben, ihn zu überzeugen, dass er ein anständiger Mensch, ein liebevoller Mann und Vater war? Doch Dannovarus war verblendet und erfüllt von Bitterkeit. Und das Leben hatte ihm eine Erfahrung vorenthalten, die Sirona hatte machen dürfen: die Erfahrung, dass ein Mensch gut oder schlecht sein konnte, unabhängig davon, welchem Volk er entstammte.

Sie schöpfte tief Luft. Noch etwas war ihr soeben bewusst geworden, während sie dort saß und in die blauen Augen ihres Spiegelbilds blickte. Etwas, was Ebunos ihr schon vor langer Zeit zu erklären versucht hatte. Damals war sie noch nicht bereit gewesen, diese Erkenntnis zu ertragen. Nun jedoch hatte das Schicksal sie an einen Punkt in ihrem Leben geführt, an dem sie die tiefe Wahrheit seiner Worte zu erkennen vermochte: In einer Welt, in der die Götter keine Macht mehr besaßen, in der die alte Ordnung der Dinge sich aufgelöst hatte und die vertrauten Ansichten und Werte ihre Bedeutung verloren, waren die Menschen gezwungen, ihre eigenen Entscheidungen zu treffen.

Plötzlich wusste sie, was sie zu tun hatte. Sie würde dem Weg der Liebe folgen, die nicht an Bedingungen geknüpft ist, und sich für ihren Geliebten und ihren gemeinsamen Sohn entscheiden. Und sollte Gaius seinem Eid treu bleiben und zu seiner Legion zurückkehren, würde sie mit ihm gehen. Denn ihr Platz war an seiner Seite, und ihr Sohn hatte ein Recht darauf, bei seinem Vater aufzuwachsen. Dieses Leben würde zweifelsohne neue Entbehrungen mit sich bringen. Doch ihre Liebe und ihre Familie waren etwas, wofür es sich zu kämpfen lohnte.

Statt bei Sonnenuntergang kehrten Gaius und die anderen Jäger bereits am frühen Nachmittag zurück. Ohne Beute und mit ernster Miene stiegen sie vor der Halle von ihren Pferden und winkten ein paar Kinder herbei, die in der Nähe im Schnee spielten.

»Lauft von Haus zu Haus«, wies Cassivalus sie an, »und ruft alle Bewohner der Siedlung zu einer Versammlung hier, vor der Halle, zusammen. Schnell, beeilt euch.«

Eilig stoben die Kinder davon.

Seinen Falben am Zügel führend, stapfte Gaius zu dem Haus hinüber, das er mit seiner Familie bewohnte, schüttelte den Schnee von seinem Sagon und trat ein.

Sirona war gerade damit beschäftigt, getrocknete Kräuter in einem Mörser zu feinem Pulver zu zerreiben, und schaute überrascht auf. »Ihr seid früh zurück. Habt ihr gute Beute gemacht?« Dann bemerkte sie seinen finsteren Gesichtsausdruck, und eine böse Ahnung stieg in ihr auf. »Was ist geschehen?«

Gaius wich ihrem Blick aus, ging neben ihr am Feuer in die Hocke und streckte seine klammen Hände den wärmenden Flammen entgegen. »Wir haben Spuren römischer Pferde im Schnee gefunden. Ein Trupp von zehn Reitern. Wir sind ihnen gefolgt und haben sie nach einigen Meilen aufgespürt. Sie lagern am Ufer der Arnava.«

Ein flaues Gefühl breitete sich in Sironas Magen aus. »Römer? Hier? Was hat das zu bedeuten?«

Er schüttelte düster den Kopf. »Ich habe keine Ahnung. Die Männer sind Kundschafter, doch was sie in dieser Gegend erkunden sollen, weiß ich nicht. Möglicherweise sind sie auf der Suche nach Ambiorix. Mag sein, dass mein Vater nun, da die gallischen Territorien im Westen unterworfen sind, die Gelegenheit für gekommen hält, ihn aufzuspüren und zu bestrafen. Cassivalus lässt gerade alle Bewohner der Siedlung zu einer Versammlung zusammenrufen. Wir müssen gemeinsam überlegen, was jetzt zu tun ist.«

Sironas Gedanken rasten. Römer im Stammesgebiet der Eburonen? Hatte Caesar denn noch nicht genug Unheil über diesen Landstrich und seine Menschen gebracht? Würden er und seine Legionen wahrhaftig zurückkehren, um Jagd auf ein Phantom zu machen?

»Ambiorix ist schon lange nicht mehr hier«, stieß sie verzweifelt hervor. »Ich hab dir doch erzählt, dass er und die meisten Überlebenden unseres Stammes zu der großen Insel im Norden, jenseits des Meeresarms, aufgebrochen sind, um dort unbehelligt von euren Legionen zu leben. Kannst du das deinem Vater nicht klarmachen? Auf dich wird er doch hören.«

Da wäre ich mir nicht so sicher, dachte Gaius grimmig. Er nickte jedoch. »Ich werde tun, was in meiner Macht steht. Nun lass uns zu den anderen gehen.«

Mit zitternden Händen legte Sirona den granitenen Stößel nieder und überzeugte sich davon, dass Vercingetos friedlich schlief. Dann warf sie ihren Umhang über und kämpfte sich schweigend neben Gaius durch den tiefen Schnee hinüber zur Halle, vor der sich bereits eine beträchtliche Anzahl Menschen zusammengefunden hatte. Auch Sironas Vater befand sich unter ihnen. Sie entdeckte ihn in einigen Schritt Entfernung mit dem Jungen, Iccius, an seiner Seite und war dankbar dafür, dass er sie und Gaius nicht zu sehen vermochte. Eine weitere Auseinandersetzung mit ihm wäre mehr, als sie in diesem Augenblick hätte verkraften können.

Cassivalus wartete voller Ungeduld, bis sich sämtliche Bewohner der Siedlung eingefunden hatten. Dann zog er sich in den Sattel seines Braunen, um für alle sichtbar zu sein. Mit ernster Miene ließ er seinen Blick über die Köpfe der versammelten Menschen wandern. »Es gibt schlechte Nachrichten«, begann er ohne Umschweife. Sein Atem bildete weiße Wölkchen in der eisigen Luft des sich seinem Ende zuneigenden Wintertages. »Wir haben einen Trupp römischer Kundschafter entdeckt.«

Ein Aufschrei des Entsetzens lief durch die Menge. Mit einem Mal fühlte sich Sirona an jenen Tag in Avariko zurückversetzt, als Vercingetorix' Bote auf dem Versammlungsplatz das Heranrücken der Legionen vermeldet hatte. Dasselbe Entsetzen, dasselbe Gefühl hilflosen Ausgeliefertseins an einen Gegner, der so viel mächtiger war als man selbst.

Cassivalus' Stimme riss sie aus ihren trübsinnigen Erinnerungen. »Den Spuren nach zu urteilen, haben sie sich aus Nordwesten genähert. Das bedeutet, dass sie noch nicht in der Nähe unserer Siedlung waren. Doch es ist nur eine Frage der Zeit, bis sie sie entdecken. Wir wissen nicht, was sie auskundschaften sollen, aber wir müssen damit rechnen, dass Caesar seine Legionen hierherschickt.«

»Was wollen sie denn im Stammesgebiet der Eburonen?«, rief ein älterer Krieger, der in der Schlacht um Nerviodunom seine Schwerthand verloren hatte. »Hier ist nichts mehr zu holen. Sie haben doch letztes Jahr schon alles zerstört.«

Cassivalus nickte finster. »Gaius vermutet, dass sie auf der Suche nach König Ambiorix sind. Aber ganz gleich, welche ihre Gründe sind - uns bleibt keine andere Wahl, als uns auf einen Angriff vorzubereiten. Vor allem gilt es, den Umbau der Befestigung voranzutreiben und Pfeile und Lanzen herzustellen. Außerdem werden wir von nun an zusätzliche Wachen am Fuß der Anhöhe postieren und jeden Morgen Kundschafter ausschicken, um die Bewegungen der Römer zu verfolgen und ihnen keine Gelegenheit zu geben, uns zu überraschen.«

Bei Sonnenaufgang brach Gaius mit Cassivalus und einigen anderen Männern auf, um die Umgebung des Dorfes auf Spuren zu untersuchen, die die Anwesenheit des Feindes verrieten. Und dank des frisch gefallenen Schnees konnte es keinen Zweifel geben: Römische Kundschafter waren in der Nacht dort gewesen und hatten die Siedlung auf der Anhöhe entdeckt.

Kapitel 45

In den Tagen, die auf diese Entdeckung folgten, trieben die Bewohner des Dorfes den Umbau der alten Umfriedung fieberhaft voran. Da Gaius das Tor für den schwächsten Punkt der neu entstehenden Befestigung hielt, sollten die beiden hölzernen Türme zu seinen Seiten, dem Aufbau der gesamten Anlage folgend, durch solidere Bauwerke aus Balken und Bruchsteinen ersetzt werden.

Außerdem verließen jeden Morgen bei Anbruch der Dämmerung Kundschafter die Siedlung und schwärmten in alle vier Himmelsrichtungen aus, um rechtzeitig in Erfahrung zu bringen, ob der Feind nahte. Und wahrhaftig: Nur wenige Tage nachdem die Römer das Dorf entdeckt hatten, fanden Gaius und Bellogenus die Spuren einer gewaltigen, aus Menschen, Tieren und Wagen bestehenden Einheit, die sich wie eine breite Schneise durch die Landschaft zogen.

Gaius glitt aus dem Sattel, hockte sich in den niedergewalzten Schnee und untersuchte die Abdrücke mit gerunzelter Stirn. »Die Spuren der Männer stammen von genagelten Sohlen. Bei den Tieren handelt es sich um Pferde und Maultiere, von denen viele vor Karren gespannt sind. Kein Zweifel, hier ist eine ganze Legion durchgezogen.«

Alle Farbe war aus Bellogenus' Gesicht gewichen. »Sie können nicht weit vor uns sein. Wir müssen ihnen folgen, um herauszufinden, was sie vorhaben.«

Gaius saß wieder auf, und sie lenkten ihre Pferde in die Richtung, in die sich die Feinde bewegt hatten. Nach wenigen Meilen verhielt er plötzlich seinen Hengst. Bellogenus tat es ihm gleich und warf ihm einen fragenden Blick zu. Dann hörte er es ebenfalls.

In der Ferne erklang das Geräusch von Äxten. Die monotonen Schläge hatten bereits das Leben der in Avariko und später der in Alisiia Eingeschlossenen über Wochen hinweg begleitet, und er wusste, was sie bedeuteten: Die Legionäre fällten Baumstämme, um ein Lager zu errichten.

Nach ihrer Rückkehr ins Dorf berichteten Gaius und Bellogenus Cassivalus von ihrer besorgniserregenden Entdeckung, und dieser berief erneut eine Versammlung aller Dorfbewohner vor der Halle ein, um zu beraten, was zu tun sei.

Doch Gaius hatte seinen Plan längst gefasst. »Ich werde gleich morgen mit dem Legaten sprechen und herausfinden, wie seine Befehle lauten«, erklärte er, als sich die Menschen um ihn und Bellogenus zusammendrängten. »Vielleicht gelingt es mir, zu erreichen, dass dieses Dorf verschont wird.«

Und als ob Dannovarus' unverändert ablehnende Haltung gegenüber ihrem Geliebten und die erneute Bedrohung durch die Römer Sirona nicht schon genug Sorgen bereiteten, trat nun ein Ereignis ein, das eine weitere Gefahr für Gaius' und ihr gemeinsames Leben darstellte.

Früh am nächsten Morgen erreichte ein einzelner Reiter die Siedlung. Sein Pferd trug Zaumzeug und Sattel der Legionen, doch die langen blonden Haare, die unter der Kapuze des Sagon hervorschauten, verrieten, dass der Fremde kein Römer war.

Tag und Nacht arbeiteten die Bewohner des Dorfes am Umbau der beiden Türme. Auch nun war ein Trupp Männer im Schein von Fackeln damit beschäftigt, eine neu errichtete Lage Gefach mit Bruchsteinen auszufüllen.

Bellogenus bemerkte den Reiter zuerst und zog augenblicklich sein Schwert aus der Scheide, die griffbereit neben ihm an einem Felsbrocken lehnte. Er versuchte, das Gesicht des Fremden zu erkennen, das durch die Kapuze verschattet wurde, sah jedoch lediglich den Bart, der unterhalb des Kinns in zwei kurze Zöpfe geflochten war - ein Brauch, den er in Avariko kennengelernt hatte und den die Krieger mancher Stämme vor einer Schlacht übten. Bei der Erinnerung daran rieselte ihm ein eisiger Schauer über den Rücken. Etwas an der Haltung des Mannes kam ihm gleichwohl vertraut vor, und mit einem Mal ahnte er, wen er vor sich hatte. »Segocondus?«, fragte er ungläubig.

Der Reiter saß ab und packte seinen Freund bei den Oberarmen. »Bellogenus! Es tut gut, dich zu sehen. Ich bringe jedoch schlechte Nachrichten. Die Römer sind in unser Gebiet eingedrungen und errichten einige Meilen entfernt von hier ein Lager.«

Das freudige Lächeln wich aus Bellogenus' Zügen. »Ja, das wissen wir bereits. Wo bei allen Göttern bist du die ganze Zeit gewesen? Doch komm erst mal herein, und wärme dich auf.«

Die Kunde von Segocondus' Heimkehr verbreitete sich wie ein Lauffeuer in der Siedlung, und immer mehr Bewohner strömten in der Halle zusammen, um ihn zu begrüßen. Wie sich herausstellte, war auch er überraschend freigelassen worden und hatte sich auf verschlungenen Pfaden durch die von den Römern unterworfenen Gebiete in Richtung Heimat durchgeschlagen.

Es war Caratunna, die ihrer Freundin die Neuigkeit überbrachte. Sie wusste, dass Segocondus geschworen hatte, Gaius zu töten, und war sich der Tragweite ihrer Botschaft vollkommen bewusst.

Als sie klopfte, nahmen Gaius, Sirona und Roveci gerade das Morgenmahl ein. Bleich und schweigend betrat Caratunna das Haus.

Es bedurfte nur eines Blicks in ihr Gesicht, und Sirona ahnte, dass etwas Ernstes vorgefallen sein musste. »Cara! Was ist geschehen?«, fragte sie erschrocken.

Ihre Freundin sank neben ihr am Feuer nieder. »Segocondus ist zurück. Er ist eben eingetroffen. Im Augenblick ist er in der Halle, um sich zu stärken.«

»Bei Arduinna!« Bestürzt ließ Sirona ihre Schale Hirsebrei sinken.

Verwundert blickte Gaius zwischen den beiden Frauen hin und her. »Und warum beunruhigt dich das?«, wandte er sich schließlich an Sirona. »Ich dachte, ihr hättet einander nahegestanden. Hast du mich nicht sogar gebeten, für seine Freilassung zu sorgen?«

Sie holte tief Luft und nickte zerknirscht. »Das habe ich, aber ich ahnte ja nicht ...« Ihre Stimme verlor sich. »Große Götter, was hab ich bloß getan?«, murmelte sie dann fassungslos. Ihre Hände rangen in ihrem Schoß miteinander, bis die Haut über den Knöcheln spannte. »Es ist alles meine Schuld.« Sie hob den Blick, in ihrer Miene spiegelte sich Unbehagen. »Du kennst nicht die ganze Wahrheit, fürchte ich. Segocondus hat geschworen, dich zu töten.«

Gaius hob erstaunt die Augenbrauen. »Und warum sollte er das wollen? Gut, er war immer ein wenig eifersüchtig, aber dass er mich deswegen gleich töten will ...«

Sirona schüttelte nachdrücklich den Kopf. »Gaius, bitte, es ist mir ernst. Segocondus hat dich von dem Moment an gehasst, in dem ihm klar wurde, dass ich dich liebe und nicht ihn. Anscheinend erinnere ich ihn an seine verstorbene Frau, und er ist besessen von der Idee, wir wären füreinander bestimmt. Als er erfuhr, dass ich dein Kind unter dem Herzen trage, wurde er rasend vor Eifersucht und schwor, dich zu töten.«

»Nun, das ist gut zu wissen«, meinte Gaius trocken. »Doch ich denke, da habe ich auch noch ein Wörtchen mitzureden. Und im Augenblick plagen mich, offen gestanden, andere Sorgen als ein missgünstiger Rivale: Ich muss mit dem Legaten sprechen und herausfinden, wie sein Auftrag lautet.« Er erhob sich. »Wenn mich die Damen nun entschuldigen möchten.«

Sirona war ebenfalls aufgestanden, vertrat ihm den Weg und schlang ihre Arme um seinen Hals. »Gaius, ich flehe dich an, bitte nimm diese Drohung nicht auf die leichte Schulter. Ich kenne Segocondus besser als du. Und ich habe noch seine hassverzerrten Züge vor Augen, als er schwor, dich zu töten. Glaub mir, er meint es ernst. Und er ist gefährlich.«

Er schaute sie einen Moment nachdenklich an. Dann nickte er, strich mit dem Daumen über ihre Lippen und küsste sie zärtlich. »Ich glaube dir, mein Herz, aber ich bin nicht beunruhigt. Doch ich verspreche dir, mich in acht zu nehmen.«

Seit ihrer Abreise aus Aquae Sextiae trug Gaius wieder die praktische und bequeme Kleidung der Kelten, die er im Winter zuvor schätzen gelernt hatte: Tunika und Hose aus warmer, weicher Wolle. Nun jedoch wandte er sich der Truhe zu, in der er seine römische Ausrüstung aufbewahrte. »Und jetzt sei so gut und hilf mir, den Brustpanzer anzulegen. Wenn ich mich unter Römern bewege, sollte ich auch aussehen wie einer von ihnen.«

Der Bau des Castrum hatte eine klaffende Wunde in die Landschaft geschlagen. In einem weiten Umkreis hatten die Legionäre den Wald gerodet, und schon von Ferne begrüßten Gaius die monotonen Hiebe der Äxte, als immer mehr Baumstämme gefällt wurden, um Bauholz für Palisade und Baracken zu liefern.

Während er den breiten, kahlen Streifen überquerte, den man unmittelbar um die Anlage herum gezogen hatte, um das Nahen von Feinden rechtzeitig zu erkennen, schätzte er mit fachkundigem Blick den Fortschritt der Befestigungsarbeiten ab. Die äußere Grenze des Lagers bildete ein Graben, dessen Aushub man auf der Innenseite als Wall aufgeschüttet hatte. Auf diesem wurde Stamm für Stamm die Palisade mit ihren gleichmäßig verteilten hölzernen Türmen erbaut, durchbrochen von den vier auf die Himmelsrichtungen ausgerichteten Toren.

Gaius lenkte seinen Falben auf das zu, was einmal die Porta Praetoria, das Haupttor der Anlage, sein würde. Zu beiden

Seiten arbeiteten Legionäre an der Umfriedung, doch die Baustelle des großen Tors war unbesetzt. Keine Wache achtete darauf, wer das Castrum betrat oder verließ. Der gesamte Ort vermittelte den Eindruck, dass sich die Römer in diesem Gebiet vollkommen sicher fühlten. Offenkundig vertrauten sie darauf, den Widerstand der einheimischen Bevölkerung endgültig gebrochen zu haben, indem sie deren Hauptstadt Atuatuca dem Erdboden gleichmachten.

Doch was wollen sie dann hier?, fragte sich Gaius einmal mehr, als er unbehelligt den Rohbau des Torhauses passierte.

Da alle römischen Lager nach demselben Muster errichtet wurden, fiel es ihm nicht schwer, sich zurechtzufinden. Durchquerte man die Porta Praetoria, gelangte man auf die Via Praetoria, die sich im Zentrum der Anlage mit der Via Principalis kreuzte. Nahe dieser Kreuzung befand sich die Principia, das Stabsgebäude, in dem die Lagerverwaltung untergebracht war. Im Augenblick jedoch erhob sich an dieser Stelle nur ein großes Zelt, das dem Legaten als Wohn- und Arbeitsstätte diente. Ein Legionär hielt davor Wache. Die Feldzeichen und der Legionsadler, die neben dem Zelt in die Erde gerammt waren, deuteten darauf hin, dass es sich um die zwölfte Legion handelte.

Gaius saß ab, schlang die Zügel seines Falben um einen Pfahl und wandte sich an den Legionär. »Mein Name ist Gaius Iulius Gallicus. Ich wünsche den Legaten zu sprechen.«

Der Mann salutierte respektvoll. Der Name von Caesars Sohn war ihm selbstverständlich ein Begriff. »Sofort, Herr.« Er duckte sich unter der Zeltbahn hindurch, die den Eingang verhüllte, und kehrte nur wenige Herzschläge später zurück. »Der Legat ist bereit, Euch zu empfangen.«

Gaius nickte der Wache zu und betrat das Zelt. Der Rauchabzug im Dach war wegen der Kälte geschlossen, sodass der Innenraum nur durch zwei Feuer in eisernen Kohlebecken erhellt wurde. Hinter einem schweren Eichentisch saß, über ein Pergament gebeugt, der Legat, ein stämmiger Mann Ende vierzig mit kurzen grauen Haaren und dunklen, buschigen Augenbrauen. Beim Eintreten seines Besuchers blickte er auf. »Gaius!«

»Titus Labienus!« Gaius war überrascht, den engsten Vertrauten seines Vaters in diesem abgelegenen Winkel des Arduenna Waldes anzutreffen. »Befehligtet Ihr nicht zuletzt die Fünfzehnte?«

Der Legat erhob sich und kam um den großen Tisch herum. Die beiden Männer begrüßten sich herzlich. »Das ist richtig. Aber Euer Vater hat sie in die Gallia cisalpina beordert, während er mich hier, zwischen Renos und Mosa, einsetzen will.«

Was nichts Gutes für den Auftrag erahnen ließ, den Labienus dort ausführen sollte, überlegte Gaius. Für Caesar war dieser ältere und erfahrene Legat so etwas wie seine rechte Hand und ebenso unverzichtbar. Wenn er ihm ein Kommando mitten im Gebiet der Eburonen anvertraute, musste es sich um eine Mission handeln, der der Proconsul eine besondere Bedeutung beimaß.

»Einen Schluck Wein?« Labienus nahm einen Krug auf und goss die blassgoldene Flüssigkeit in einen bronzenen Becher.

»Sehr gern.«

Der Legat füllte einen zweiten Becher, die beiden Männer prosteten einander zu und tranken.

Falerner, erkannte Gaius, jedoch zu wässrig. Beim Iupiter, fuhr es ihm dann durch den Kopf. Ich habe mich schon so daran gewöhnt, Wein nach gallischer Sitte unverdünnt zu trinken, dass er mir mit Wasser versetzt nicht mehr schmeckt.

»Bitte, nehmt Platz.« Labienus wies auf zwei schlichte Scherenstühle mit ledernen Sitzflächen. »Auch wenn sich der Komfort, den ich zu bieten habe, zurzeit noch recht bescheiden ausnimmt.« Er wartete, bis sich sein Gast gesetzt hatte, ehe er sich selbst auf dem anderen der beiden Stühle niederließ. »Wie geht es Eurem Vater?«

»Nun ...« Gaius wurde ein wenig unbehaglich zumute. »Um ehrlich zu sein, ich habe keine Ahnung.«

Der Legat hob erstaunt die buschigen Augenbrauen, schwieg jedoch.

»Ich habe weder den Winter bei meiner Legion verbracht noch brieflich in Verbindung zu meinem Vater gestanden«, erläuterte Gaius widerstrebend. »Zuletzt sah ich ihn nach den Schlachten bei Alisiia.«

Labienus runzelte die Stirn. »Und was führt Euch dann hierher, in diesen trostlosen, von allen Göttern verlassenen Teil des Imperiums?«

Gaius starrte in seinen Becher. »Ich habe meine Familie heimgebracht.«

»Eure Familie?«, wiederholte der Legat verblüfft. »Ich wusste gar nicht, dass Ihr geheiratet habt.«

»Nun, das habe ich auch nicht.« Gaius begann, sich unter den forschenden Fragen des älteren Legaten zunehmend unwohl zu fühlen. »Es ist eine lange Geschichte. Die Frau, die ich liebe, ist Eburonin, und wir haben einen Sohn. Die beiden befanden sich unter den Eingeschlossenen in Alisiia, und ich habe sie in ihre Heimat zurückbegleitet.«

Labienus' Züge wurden mit einem Mal ernst. »Dann schwebt Eure Familie in höchster Gefahr. Euer Vater hat mich hierherbeordert, um jedes Gehöft und jede Siedlung, derer ich habhaft werden kann, zu zerstören und alle Bewohner gefangen zu nehmen oder zu töten.«

Gaius fühlte, wie sich die feinen Härchen in seinem Nacken aufrichteten. »Aber warum?«, fragte er heftiger als beabsichtigt. »Hier leben nur noch ein paar Bauern und andere einfache Menschen, von denen keine Bedrohung für Rom ausgeht.«

Der Legat schwieg einen Moment, und der eindringliche Blick seiner dunklen Augen ruhte auf seinem Gegenüber. »Muss ich Euch das wahrhaftig erklären, Gaius? Ihr wisst doch selbst, dass Euer Vater über die Niederlagen, die ihm dieser Hundsfott Ambiorix zugefügt hat, nie hinweggekommen ist. Er will Rache. Er hat geschworen, diesen Verbrecher aufzuspüren und zu töten. Und mir hat er den Auftrag erteilt, den Landstrich zwischen Renos und Mosa so gründlich zu verwüsten, dass Ambiorix dort nicht länger Unterschlupf findet. Er setzt darauf, dass die Eburonen ihren König ausliefern, damit wir im Gegenzug ihr Stammesgebiet verschonen.«

Gaius musste seine gesamte Beherrschung aufbieten, um sich sein wachsendes Entsetzen nicht anmerken zu lassen. »Dann werden Eure Bemühungen vergebens sein«, entgegnete er so ruhig wie möglich. »Nach meiner Kenntnis sind Ambiorix und der größte Teil seines Stammes bereits im vorletzten Sommer nach Britannia aufgebrochen, weil sie hoffen, dort unbehelligt von Rom leben zu können.«

Labienus schnaubte. »Ja, nach *Eurer* Kenntnis, Gaius«, gab er spöttisch zurück. »Aber glaubt Ihr ernsthaft, die Eburonen sagen Euch, einem Römer, die Wahrheit? Denkt Ihr, sie binden ausgerechnet Euch auf die Nase, wo sich ihr König versteckt hält? Dieses Märchen vom Aufbruch nach Britannia habe ich ebenfalls schon ungezählte Male von Gefangenen zu hören bekommen. Offenbar hat Ambiorix, der alte Fuchs, die Parole ausgegeben, uns genau das zu erzählen, während er gemütlich irgendwo an einem warmen Feuer sitzt, sich ins

Fäustchen lacht und insgeheim den nächsten Aufstand plant. Wir glauben übrigens zu wissen, wo er sich aufhält.«

Gaius schwante mit einem Mal Unheil. Er schluckte schwer. »Nämlich wo?«

Labienus zögerte einen Moment. »In einer kleinen Höhensiedlung, keine fünf Meilen von hier«, erklärte er schließlich.

Eine plötzliche Welle der Übelkeit stieg in Gaius auf. Es war unschwer zu erahnen, welche Siedlung der Legat meinte. »Nein, dort ist er nicht!«, brach es aus ihm hervor. »Das ist das Dorf, in dem meine Familie lebt und wo auch ich die vergangenen Wochen verbracht habe. Ich schwöre Euch bei allem, was mir heilig ist, dass sich Ambiorix nicht dort aufhält. Und es entspricht meiner tiefsten Überzeugung, dass er tatsächlich mit dem größten Teil des Stammes nach Britannia gegangen ist.«

Labienus war ob der Heftigkeit des Ausbruchs zurückgewichen, doch die Zweifel an Gaius' Beteuerungen standen ihm deutlich ins Gesicht geschrieben.

Gaius lehnte sich vor, aufgewühlt und gleichzeitig durchdrungen von einem wachsenden Gefühl der Ohnmacht. »Die Eburonen vertrauen mir, sie sagen mir die Wahrheit. In dieser Siedlung leben an die hundertfünfzig Menschen, überwiegend Frauen, Alte und Krüppel. Ich bitte Euch, sie zu verschonen. Sie können Eurem Imperium nicht gefährlich werden.«

Die Augen des Legaten weiteten sich, er verzog missbilligend den Mund. »›Eurem‹ Imperium?«, wiederholte er ungläubig. »Nicht ›unserem‹? Habt Ihr Euch schon so weit von Rom und seinen Werten entfernt, dass Ihr Euch als nicht länger zugehörig erachtet? Identifiziert Ihr Euch inzwischen mit diesem heruntergekommenen Haufen Gallier stärker als mit dem Land Eurer Vorväter, auf das Ihr einen heiligen Eid geschworen habt? Ihr redet Euch gerade um Kopf und Kragen, Gaius. Und je länger ich Euch zuhöre, desto sicherer bin ich mir, dass Ambiorix wahrhaftig in diesem verdammten Dorf untergekrochen ist.«

Plötzlich war Gaius dankbar für die strenge Disziplin, die man ihm während der Jahre in den Legionen eingebläut hatte und die es ihm nun erlaubte, vor dem Zorn des Legaten nicht zurückzuweichen.

Und Labienus war noch nicht fertig. Er hielt gerade lang genug inne, um ein Tröpfchen Speichel aus seinem Mundwinkel zu wischen und tief Luft zu holen. »Ich verspreche Euch eins: Ich werde diese Siedlung angreifen und dem Erdboden gleichmachen. Und sollte sich Ambiorix wider Erwarten nicht dort aufhalten, werde ich ihn woanders suchen, und zwar so lange, bis ich ihn gefunden habe. Und seid versichert, ich werde ihn finden, und wenn ich jeden Stein zwischen Renos und Mosa einzeln umdrehen muss.« Er stellte seinen Becher so heftig auf der Tischplatte ab, dass der Wein überschwappte und sich über seine Finger ergoss. Verärgert schüttelte er die Tropfen ab. »Ich habe Eurem Vater in die Hand geschworen, ihm Ambiorix zu bringen, tot oder lebendig. Und auch wenn Ihr Euch an Euren Eid anscheinend nicht mehr gebunden fühlt, so besitzt der meine für mich unverändert Gültigkeit.«

Ein Tröpfchen Speichel traf Gaius im Gesicht, und er blinzelte. Doch er widerstand der Versuchung, es fortzuwischen, und lehnte sich lediglich betont langsam auf seinem Scherenstuhl zurück.

Plötzlich beugte sich der Legat vor und stach mit dem Zeigefinger der Rechten in Gaius' Richtung. »Und noch eines lasst Euch gesagt sein: Wenn Ihr nicht der Sohn Caesars und mir im Range ebenbürtig wärt, würde ich Euch auf der Stelle als Landesverräter in Ketten werfen lassen. Und jetzt verschwindet, ehe ich es mir anders überlege.«

Noch nie in seinem Leben hatte sich Gaius so gedemütigt gefühlt. Nicht nur, dass es ihm nicht gelungen war, Labienus vom Angriff auf die Siedlung abzubringen; der ältere Legat war zudem der festen Überzeugung, Gaius hätte ihn angelogen, um deren Bewohner zu schützen. Als Landesverräter hatte er ihn beschimpft, ihn, den Sohn des Caesar.

Doch hatte Labienus damit so unrecht?, musste er einräumen, als er sein Pferd losband und sich schwerfällig in den Sattel zog. Sein Versprecher lieferte den besten Hinweis darauf, wie weit er sich von den römischen Werten bereits entfernt hatte und wie stark er sich den Galliern und ihrer Lebensweise verbunden fühlte.

Und stand er nicht in der Tat im Begriff, seinem Eid auf das Imperium untreu zu werden? Im vergangenen Sommer hatte er von seinem Vater die Genehmigung erhalten, Roveci ausfindig zu machen und in seine Heimat zurückzubringen. Dies war längst geschehen, und dennoch verstand er es, seine Abreise immer weiter hinauszuzögern.

Noch lag Schnee, und die meisten Legionen befänden sich nach wie vor in ihren Winterlagern. Aber als Legat einer von ihnen hätte er sich schon vor geraumer Zeit dort einfinden und neue Marschbefehle entgegennehmen müssen. Und doch hatte er wieder und wieder gezögert, wohl wissend, dass er damit über kurz oder lang eidbrüchig würde. Und nicht nur das; wenn er sich den Befehlen seines Vaters widersetzte, hätte er dessen Liebe und Anerkennung, nach denen er sein gesamtes Leben ausgerichtet hatte, ein für alle Mal verspielt.

Ja, Labienus' Vorwürfe trafen ganz und gar zu, musste er sich schließlich eingestehen. Und das war es, was Gaius am meisten schmerzte.

Am späten Nachmittag kehrte eine Gruppe Männer, unter ihnen Valetiacus, ins Dorf zurück. Seit die Legion ihr Lager errichtete, zogen Tag für Tag römische Trupps aus, um Fleisch für die gewaltige Anzahl der Soldaten zu beschaffen, was zur Folge hatte, dass das Wild stark dezimiert worden war und sich die überlebenden Tiere immer tiefer in die Wälder zurückzogen. Daher mussten die Jäger der Siedlung immer ausgedehntere Ritte unternehmen, um den Bedarf an frischem Fleisch zu decken, ohne die eigenen Herden schlachten zu müssen.

»Ungefähr zwanzig Meilen südlich von hier stießen wir auf eine Gruppe Pelzhändler«, erklärte Valetiacus auf einer eilends zusammengerufenen Versammlung atemlos. »Die Männer haben im Westen Spuren einer weiteren Legion entdeckt. Sie befindet sich auf dem Weg in unser Gebiet.«

Kapitel 46

Am darauffolgenden Morgen griff die zwölfte Legion die Siedlung an. Aus Sorge, Gaius könne Ambiorix warnen und der beizeiten die Flucht ergreifen, hatte sich Titus Labienus für eine sofortige Erstürmung entschieden.

Doch die Bewohner waren vorbereitet. Gaius hatte die Gedanken des älteren Legaten erraten und geahnt, dass dieser den Angriff vorverlegen würde, um dem König der Eburonen, den er innerhalb der Umfriedung wähnte, keine Gelegenheit zum Entkommen zu geben. Daher hatte er unmittelbar nach seiner Rückkehr eine Versammlung einberufen, um die Menschen auf den Kampf einzustimmen.

»Ihr alle, gleich ob Mann, Frau oder Kind, werdet dazu beitragen, unser Dorf zu verteidigen«, erklärte er ihnen, nicht ohne sich insgeheim darüber zu wundern, wie leicht ihm das »unser« über die Lippen kam. »Jeder von euch wird seinen Platz auf der Mauer einnehmen, um Pfeile abzuschießen, Lanzen zu schleudern oder die Angreifer mit Steinen zu bewerfen. Die Römer werden keine Gnade kennen, denn sie sind überzeugt, dass sich ihr Erzfeind Ambiorix hier aufhält. Also müssen wir ebenso entschlossen kämpfen.«

»Warum ergeben wir uns nicht?«, schlug Nantomaris vor, der des nicht enden wollenden Krieges müde war. »Gegen zwei Legionen können wir ohnehin nichts ausrichten. Lasst uns mit den Römern verhandeln. Sollen sie ruhig herkommen, das Dorf durchsuchen und sich mit eigenen Augen davon überzeugen, dass der König nicht hier ist.«

Gaius schüttelte den Kopf. »Für Verhandlungen ist es noch zu früh. Mein Va-, äh, Caesar hat den Befehl gegeben, alle Gehöfte und Siedlungen dem Erdboden gleichzumachen, um Ambiorix jede Rückzugsmöglichkeit zu nehmen. Wenn wir uns ergeben, geraten wir in Gefangenschaft oder werden getötet. Wenn wir uns jedoch zur Wehr setzen, haben wir zumindest eine kleine Aussicht auf Erfolg. Das Dorf ist durch seine neue Mauer bestens gesichert, und unsere Vorratskammern sind gut gefüllt. Wenn wir dem Angriff lange genug standhalten, wird Labienus einsehen, dass er die Siedlung nicht erstürmen kann. Dann hat er die Wahl zwischen einer Belagerung, die einen Großteil seiner Männer auf unbestimmte Zeit an diesem Ort bindet, oder Verhandlungen. Ich kenne Labienus sehr gut, und ich denke, dass er unter diesen Umständen verhandeln wird.«

In der Nacht nach seinem Gespräch mit dem Legaten übernahm Gaius zusammen mit Bellogenus die Wache am Rande der Straße, die am Fuß der Anhöhe entlangführte. Und wahrhaftig, gegen Mitternacht hörte er in der Ferne das Schnauben eines Maultiers.

Unmittelbar darauf pirschte Bellogenus, der einen Steinwurf zu seiner Rechten Position bezogen hatte, lautlos wie ein Schatten auf ihn zu. »Sie kommen«, flüsterte er.

Über Wildwechsel und schmale Pfade eilten sie auf dem kürzesten Wege die Flanke des Hügels hinauf, wo sie Valetiacus und Cassivalus alarmierten, die in der Nähe des Tores Wache hielten. Gemeinsam zogen sie sich in den Schutz der Befestigung zurück.

Nun wurde jede Hand zur Verteidigung der Mauer benötigt. In aller Eile liefen die Männer von Haus zu Haus, weckten die Menschen und riefen sie auf ihren Posten, der jedem Einzelnen von ihnen am Vortag zugewiesen worden war. Die Römer mochten kommen, doch sie würden die Bewohner der Siedlung wenigstens nicht im Schlaf überraschen.

Auch Sirona und Roveci bewaffneten sich mit Pfeil und Bogen und nahmen ihren Platz auf der Umfriedung, nahe dem Tor, ein. Zu ihren Füßen erstreckten sich schemenhaft die kahlen Wipfel der Bäume, die die Hänge der Anhöhe bedeckten, während sich über ihnen der majestätische, von zahllosen Sternen übersäte Nachthimmel wölbte. Die Luft war klar und kalt, der Wald lag schweigend und in undurchdringlichem Grau da. Selbst die Tiere, die des Nachts in der Umgebung des Dorfes nach Nahrung suchten, waren verstummt, und es schien Sirona, als hielte die Natur den Atem an.

Plötzlich hörte sie ganz in der Nähe das Knacken eines Zweiges, gefolgt von einem zweiten, etwas weiter entfernt. Und als sich nur wenige Herzschläge später das blasse Licht des Mondes in einem bronzenen Helm verfing, gab es keinen Zweifel mehr: Die Römer bezogen ihre Posten in der Flanke der Anhöhe.

Sironas Mund wurde trocken. Ihr Herz schlug nun so stürmisch, dass das Blut in ihren Ohren rauschte. Ehe sie es verhindern konnte, zuckten ihre Gedanken zurück zu den Schlachten von Avariko und Alisiia, und sie zwang sich, tief und gleichmäßig ein- und auszuatmen. Auch damals hatte sie auf der Mauerkrone gestanden, eine stumme Beobachterin. Doch jetzt würde es anders sein. Jetzt würde sie kämpfen.

Sie wischte ihre feuchten Handflächen an ihrem Sagon ab, packte den Griff ihres Bogens fester und zog entschlossen den ersten Pfeil aus dem Köcher über ihrer Schulter. Sie hatte etwas, wofür es sich zu kämpfen lohnte: ihre Liebe zu Gaius, ihren Sohn und ihre neue Heimat.

Mochten die Römer ruhig kommen. Sie war vorbereitet.

Sobald sich die schmale Sichel der Sonne über die östlichen Gipfel des Arduenna Waldes schob, gab Labienus das Zeichen zum Angriff. Der Klang einer Tuba hallte von den Hängen der Anhöhen wider. Nachdem er verklungen war, herrschte für die Dauer eines einzigen Herzschlages Stille.

Dann zerriss Kampfgeschrei aus Tausenden Kehlen die Morgenluft. Ein Schwarm Raben erhob sich, vom plötzlichen Lärm aufgeschreckt, laut protestierend aus den Wipfeln einiger hoher Kiefern und strich Richtung Westen ab. Sirona blickte ihnen nach, schwarze Punkte vor dem sich allmählich heller färbenden Himmel.

War das ein Omen?, schoss es ihr durch den Kopf, galt der Rabe im Glauben ihres Volkes doch als Vogel der Schlacht und Begleiter kriegerischer Unternehmungen. Und wenn ja, was bedeutete es?

Ihr blieb gleichwohl keine Zeit, weiter über die Bedeutung dieses Vorzeichens nachzudenken, denn jetzt brachen die ersten Legionäre aus der Deckung des Waldes hervor und stürmten auf die Mauer zu. Sie trugen lange Leitern, mit deren Hilfe sie die Befestigung überwinden wollten. Doch sie fielen augenblicklich unter den Pfeilen der Verteidiger, die sich mit zornigem Sirren ihr Ziel suchten.

Auch Sirona schoss einen Pfeil nach dem anderen auf die Angreifer ab, und es gelang ihr, zwei von ihnen zu töten. Es war das erste Mal, dass ein Mensch durch ihre Hand starb, und der seltsame, dumpfe Laut, mit dem sich die Pfeilspitzen in die Körper der Männer bohrten, verursachte ihr Übelkeit. Doch dies waren Feinde, und sie musste sie töten, um das zu schützen, was sie liebte und wofür sie lebte. Mit grimmiger Miene zog sie den nächsten Pfeil aus ihrem Köcher, legte ihn auf die Sehne und ließ ihn davonschnellen. Auch er traf sein Ziel.

Da also war sie, die Rache, die sie geschworen hatte, damals am Ufer des Baches, vor den Ruinen des verbrannten Gehöfts. Rache für ihre Mutter, für Tassia und das Gesinde. Sie horchte in sich nach einer Spur Genugtuung, doch sie fand keine. Sie hatte ihren Eid erfüllt, der Kreis hatte sich geschlossen. Aber am Ende behielt Ebunos recht: Befriedigung empfand sie nicht.

Sofort machte sich Verwirrung unter den Angreifern breit, die offenkundig nicht mit solch heftiger Gegenwehr gerechnet hatten. Doch ihre Verblüffung währte nur kurz. Rasch gewann ihre gefürchtete Disziplin die Oberhand, und schon bald brachen weitere Legionäre aus den Schatten zwischen den Bäumen hervor, ergriffen die Leitern, die ihre toten Kameraden hatten fallen lassen, und versuchten, sie an der Mauer aufzurichten. Aber auch sie starben unter den Pfeilen, Lanzen und Steinen der Verteidiger. Mit grimmiger Freude stellte Sirona fest, dass es den Angreifern erhebliche Mühe bereitete, in der steilen Flanke der Anhöhe Fuß zu fassen und die schweren Leitern in Stellung zu bringen.

Einige Schritt links von ihr behauptete Gaius entschlossen seinen Platz auf der Mauerkrone. Um Pfeile zu sparen, wartete er ab, bis ein Legionär die Leiter erklomm, die vor ihm an der Befestigung lehnte, und erstach ihn dann mit seiner Lanze. Seine Züge unter dem Helm waren verzerrt und blasser, als Sirona sie je gesehen hatte, und bei seinem Anblick zog sich ihr Herz schmerzhaft zusammen. Sie konnte nur erahnen, was in diesen Augenblicken in ihm vorging, denn indem er seine eigenen Kameraden tötete, bezog er endgültig Position. Danach gab es für ihn kein Zurück mehr.

In diesem Moment geschah etwas, was Sironas Aufmerksamkeit von den Kämpfen am Fuße der Mauer ablenkte. Aus dem Augenwinkel hatte sie eine Bewegung wahrgenommen, die sie irritierte, und eine innere Stimme warnte sie, dass irgendetwas nicht so war, wie es sein sollte.

Sie wirbelte herum. Auf der Innenseite der Befestigung stand jemand, nicht mehr als ein Schemen in den tiefschwarzen Schatten. Bevor er in den Schutz der Umfriedung eintauchte, hatte sein Helm für die Dauer eines Lidschlags das Licht der aufgehenden Sonne eingefangen und ihn verraten. Nun verharrte der Mann regungslos, mit dem Rücken zu Sirona, und starrte hinauf zur Mauerkrone.

Eine dunkle Vorahnung wallte in ihr auf. Was hatte derjenige dort unten verloren? Was hatte er am Fuße der Befestigung zu schaffen, wenn sich alle anderen Bewohner auf der Mauer befanden, um ihr Dorf zu verteidigen?

Und welches Ziel fixierte er so unverwandt?

Ihre Augen folgten der Blickrichtung des Mannes und stießen auf - Gaius!

In diesem Moment traf sie die Erkenntnis, eindringlich wie der Klang einer Carnyx. Segocondus! Er hatte geschworen, Gaius zu töten, und dieser Zeitpunkt, in dem die gesamte Aufmerksamkeit seines verhassten Rivalen auf die Legionäre vor ihm gerichtet war, erschien ihm günstig.

Ihr Blick zuckte zurück zu Segocondus. Er hatte einen Pfeil aus dem Köcher über seiner Schulter gezogen und auf die Sehne gelegt. Nun hob er Pfeil und Bogen und richtete sie auf Gaius' Rücken. Er schien sich Zeit zu lassen, um sein Ziel genau ins Auge zu fassen, denn natürlich wusste er, dass er nur diesen einen Versuch hatte, wenn er sein Opfer aus dem Hinterhalt töten wollte.

Sironas Muskeln erstarrten, und für die Dauer mehrerer Herzschläge fühlte sie sich wie gelähmt. Mit hängenden Armen stand sie auf der Mauerkrone, unfähig, sich zu rühren oder ein Wort der Warnung hervorzubringen. Hilflos musste sie mit ansehen, wie Segocondus die Sehne zurückzog, seinen Blick unverwandt auf Gaius' Rücken gerichtet.

In diesem Moment gelang es ihr endlich, sich aus ihrer Starre zu befreien. Sie stieß einen gellenden Schrei aus: »Gaius!« Gleichzeitig warf sie sich in seine Richtung und riss ihn mit sich zu Boden. Als sie hart auf den Bruchsteinen der Umfriedung aufschlugen, hörte sie das zornige Zischen des Pfeils, der über sie hinwegflog, ohne Schaden anzurichten.

»Was beim Iu- ?«, begann Gaius, doch Sirona fiel ihm ins Wort.

»Segocondus versucht dich zu töten«, keuchte sie. »Er hat einen Pfeil auf dich abgeschossen!«

Einen Augenblick lang schaute Gaius sie bloß verwirrt an, hin- und hergerissen zwischen Zweifeln und der dämmernden Erkenntnis, dass er die Gefährlichkeit seines Rivalen unterschätzt hatte. Dann rappelten sie sich auf und warfen einen Blick über den inneren Rand der Mauer hinab in die Schatten zu Füßen der Befestigung.

Segocondus stand noch genauso da wie zuvor. In ungläubigem Staunen starrte er zu ihnen hinauf, und seine von Hass verzerrte Miene überzeugte Gaius endgültig davon, dass Sirona die Wahrheit gesprochen hatte.

»Bei allen Göttern«, murmelte er wie zu sich selbst. »Ich hätte nie geglaubt -« Er ließ den Satz unvollendet. Plötzlich riss er sich von Sirona los, zog sein Schwert und lief die wenigen Schritte hinüber zu einer Stelle, wo Stufen hinunter in das Innere der Siedlung führten.

Segocondus hatte den Bogen fallen lassen und ebenfalls sein Schwert gezogen. Konzentriert blickte er Gaius entgegen, der die Treppe hinabstürmte und mit hoch erhobener Waffe auf ihn eindrang. Sirrend durchschnitten die Klingen die Luft und prallten aufeinander. Segocondus ging unter der Wucht des Aufpralls zu Boden. Gaius, durch seinen eigenen Schwung mitgerissen, verlor das Gleichgewicht und stürzte auf ihn. Hasserfüllt verkeilten sich die Rivalen ineinander, die Hefte ihrer Schwerter verbissen umklammernd.

Nach einigen Herzschlägen, in denen die Gegner stumm miteinander rangen, gelang es Segocondus, die Knie anzuziehen. Mit aller Kraft stieß er seinen Angreifer von sich. Gaius flog zur Seite, rollte sich jedoch geschickt ab und kam nur einen Augenblick später wieder auf die Beine. Auch Segocondus sprang auf; dann standen sie sich schwer atmend gegenüber und maßen sich gegenseitig mit den Blicken.

Die Todfeinde hatten gerade begonnen, einander vorsichtig zu umkreisen, als Sironas Aufmerksamkeit plötzlich von einem Geräusch in ihrem Rücken abgelenkt wurde. Holz schabte über Holz. Gleichzeitig gellte Roveci, der einige Schritt weiter rechts grimmig seinen Platz behauptete, ihren Namen. Als sie erschrocken herumfuhr, sah sie die Holme einer römischen Leiter, die sich über den oberen Rand der Brustwehr schoben.

Hastig hob sie die Lanze auf, die Gaius fallen gelassen hatte, umschloss ihren Schaft fest mit beiden Händen und lehnte sich über den hölzernen Abschluss der Mauerkrone. Der Legionär befand sich bereits auf halber Höhe und kam erschreckend schnell näher. Sie holte aus und rammte dem Mann die lange eiserne Lanzenspitze mit all ihrer Kraft in den Hals.

Mit einem grässlichen Röcheln ließ er die Sprossen los und griff sich an die Kehle. Für einen kurzen, grauenvollen Moment, der sich unauslöschlich in Sironas Gedächtnis einbrannte, begegneten sich ihre Blicke, und in den Augen des anderen las sie Überraschung, Furcht und die Erkenntnis, dass dies das Ende war.

Ihr Magen hob sich, doch sie zwang sich, den Würgereiz zu unterdrücken. Mit einer entschlossenen Drehung zog sie den hölzernen Schaft zurück. Der leblose Körper des Römers sackte nach unten, wo er einen weiteren Legionär mit sich riss, der sich eben anschickte, die untersten Sprossen zu ersteigen. Sirona ließ die Lanze fallen, packte die beiden Holme und schob sie mit all ihrer Kraft zur Seite, bis die schwere Leiter umstürzte und krachend auf den Felsen am Fuß der Umfriedung aufschlug.

Schwindelig vor Sorge um Gaius wirbelte sie herum. Soeben drang er erneut mit erhobenem Schwert auf Segocondus ein, aber der machte einen raschen Satz nach rechts und parierte den Angriff, nur um unmittelbar darauf selbst zu einem tödlichen Hieb auszuholen. Gaius gelang es mit knapper Not, beiseite zu springen, als die eiserne Klinge mit unheilvollem Sirren genau dort durch die Luft schnitt, wo er gerade noch gestanden hatte.

Dann griff Gaius zu einer Finte. Er wich scheinbar nach hinten aus, doch in dem Moment, in dem sein Gegner ihm mit einem gewaltigen Schritt nachsetzte, brachte er sein Schwert nach vorn. Mit einem Stoß, in den er seine gesamte Kraft und all seinen Zorn legte, rammte er Segocondus die Klinge mit beiden Fäusten tief in den Bauch.

Einen Ausdruck ungläubigen Erstaunens auf seinen Zügen sackte der Getroffene in sich zusammen. Schwer atmend zog Gaius seine Waffe zurück und wischte sich den Schweiß von der Stirn, der ihm trotz der Kälte in die Augen rann. Hellrotes Blut sickerte durch den klaffenden Riss in Segocondus' Kettenhemd und tropfte in den Schnee zu seinen Füßen. Das Heft des Schwerts entglitt seiner kraftlosen Rechten, seine Hände fuhren zu seinem Unterleib, als wollte er den Strom des Blutes aufhalten, der unaufhaltsam aus der Wunde quoll. Mit einem Stöhnen, das bis hinauf zu Sirona drang, sackte er in die Knie. Sie sah, wie er verzweifelt gegen die Schwäche ankämpfte, die ihn zu überwältigen drohte, doch vergebens. Ein Schauer lief durch seinen Körper; dann sank er zur Seite in den Schnee und lag still.

Gaius hielt sich nicht länger beim Leichnam seines Gegners auf, sondern warf sich herum und stürmte die Treppe hinauf zurück auf die Mauerkrone. Erst jetzt gelang es Sirona, ihren Blick von Segocondus' leblosem Körper loszureißen und sich erneut dem Geschehen auf der Außenseite der Befestigung zuzuwenden. Zu ihrer Rechten sah sie Roveci. Mit einem Ausdruck finsterer Entschlossenheit auf seinen jungen Zügen feuerte er einen Pfeil nach dem anderen auf die Legionäre ab, die sich anschickten, ihre Leitern an der Umfriedung in Stellung zu bringen.

Ihr blieb keine Zeit, Freude über Gaius' Sieg zu empfinden. In einer fließenden Bewegung zog sie einen Pfeil aus ihrem

Köcher, legte ihn auf die Sehne, spannte, zielte und ließ los. Ein weiterer Römer sank tödlich getroffen in den Schnee. Nur einen Herzschlag später erschien Gaius wieder neben ihr. Er packte die Lanze, die Sirona fallen gelassen hatte, und bohrte sie einem Angreifer in die Brust, der unterhalb von ihm auf einer der Leitern aufgetaucht war.

Plötzlich übertönte der Klang einer römischen Tuba den Kampflärm. Ein zweifaches Signal wehte bis hinauf auf die Mauerkrone. Die Legionäre am Fuße der Befestigung hielten inne und warfen einander ratlose Blicke zu.

»Rückzug!« In Gaius' Stimme schwangen Verwunderung und aufkeimende Erleichterung. »Das ist das Zeichen zum Rückzug!«

Und wahrhaftig, nach einem Augenblick der Unentschlossenheit ließen die Angreifer ihre Leitern im Stich und zogen sich in den Schutz der Bäume zurück.

»Ist das eine List?« Zögernd nahm Sirona einen weiteren Pfeil von der Sehne und senkte ihren Bogen.

Zwischen Gaius' Augenbrauen war eine steile Falte erschienen. »Vermutlich. Ich nehme an, sie wollen uns in Sicherheit wiegen, während sie einen neuen Plan aushecken.«

Bald darauf waren alle Römer in den Schatten des Waldes verschwunden. Nur die an die Mauer gelehnten Leitern und die vielen toten Legionäre, die sich im Schnee am Fuß der Befestigung türmten, zeugten von dem erbitterten Kampf, der dort soeben stattgefunden hatte.

Inzwischen hatte sich der Himmel zugezogen. Die blasse Scheibe der Sonne drang nur gefiltert durch den Dunst und verbreitete milchiges, trübes Licht. Leichter Schneefall hatte eingesetzt, und die ersten Flocken ließen sich auf den Leibern der Gefallenen nieder. Bald würden sie von nassem Weiß bedeckt sein und mit der Landschaft um sie herum verschmelzen.

Gaius trat auf Sirona zu, legte einen Arm um ihre Schultern und zog sie an sich. Erschöpft barg sie ihr Gesicht an seiner Brust, doch statt der vertrauten Wärme seines Körpers spürte sie das harte, kalte Metall der Rüstung. »O Gaius«, flüsterte sie. »Wird dieser Krieg denn niemals vorüber sein?« Plötzlich fühlte sie, wie er erstarrte, und hob den Kopf. »Was ist?«

Dann hörte sie es auch. Ein einzelnes Pferd sprengte den Fahrweg hinauf. Seine Hufschläge waren durch den Schnee gedämpft, aber dennoch deutlich zu vernehmen. Bald darauf blitzte das Tier zwischen den Baumstämmen auf, ein Fuchs, dessen Reiter die Uniform eines Legionärs trug.

Behutsam löste sich Gaius von Sirona. »Komm, lass uns hören, was er zu sagen hat.«

Sie folgten der Umfriedung bis zum rechten der beiden Türme und traten unter sein Dach. Cassivalus, der links des Tores gekämpft hatte, hastete durch den Innenhof und lief, zwei Stufen auf einmal nehmend, die Treppe zur Mauerkrone hinauf. »Hast du eine Ahnung, was sie von uns wollen?«, wandte er sich an Gaius, sobald er sie eingeholt hatte.

In diesem Moment kam der Fuchs um die letzte Biegung des Weges, und sein Reiter begann, ein an einem Ast befestigtes rotes Tuch zu schwenken.

»Er will reden«, erklärte Gaius.

Unmittelbar vor dem Tor verhielt der Römer sein Pferd. »Ave!«, rief er zu dem Turm hinauf, unter dessen Dach Gaius, Sirona und Cassivalus standen.

Gaius trat an die hölzerne Brüstung. »Ave! Was willst du?«

»Ich habe eine Nachricht für Gaius Iulius Gallicus«, gab der Mann zurück.

»Der steht vor dir.«

»Verzeiht, Legat, dass ich Euch nicht gleich erkannt habe.« Der Legionär riss seinen unruhig auf der Stelle tänzelnden Fuchs am Zügel. »Ich bringe Euch eine Botschaft von Eurem Vater, dem großen Caesar.«

Aus dem Augenwinkel bemerkte Sirona, dass Cassivalus' Kopf herumflog und er Gaius einen Blick zuwarf, in dem Überraschung und Erschrecken miteinander rangen.

Natürlich, ging es ihr auf. Die Bewohner des Dorfes kannten die wahre Identität ihres Geliebten ja nicht. Aber wie inzwischen auch sie selbst beherrschte Cassivalus ein paar Brocken Lateinisch und hatte in diesem Moment schlagartig verstanden, wer sein Freund in Wahrheit war.

Gaius zog überrascht die Augenbrauen hoch. »Lass hören«, forderte er den Boten knapp auf.

»Der Proconsul ist soeben eingetroffen und wünscht Euch zu sprechen, Legat. Er erwartet Euch am Fuß der Anhöhe.«

»Das ist eine Falle«, murmelte Cassivalus, der sich wieder in der Gewalt hatte.

Gaius ließ den Legionär nicht aus den Augen. »Schon möglich«, gab er ebenso leise zurück.

Sirona warf ihm einen flehenden Blick zu. »Geh nicht, Gaius, ich bitte dich.«

Er holte tief Luft und riss sich vom Anblick des Reiters los. Dann wandte er sich ihr zu, ergriff ihre Hände und umschloss sie mit seinen. »Ich muss gehen, mein Herz. Wenn der Mann die Wahrheit spricht, gelingt es mir vielleicht, mit meinem Vater und Labienus zu verhandeln. Und dies umso mehr, nachdem sie nun eingesehen haben dürften, dass unser Dorf nicht so leicht zu erobern ist, wie sie angenommen hatten.«

»Und wenn es doch eine Falle ist?«, beharrte Cassivalus.

»Es gibt nur eine Möglichkeit, das herauszufinden.« Gaius drehte sich wieder zu dem Boten um. »Richte Caesar aus, dass ich komme«, befahl er.

Der Reiter salutierte. »Sehr wohl, Legat.« Darauf wendete er seinen Fuchs und lenkte ihn zurück auf den Fahrweg.

Sirona wusste, dass es zwecklos war, Gaius von seinem Vorhaben abbringen zu wollen. Er hatte die Entscheidung getroffen, sein persönliches Wohlergehen hinter das des Dorfes zu stellen. Und dafür liebte sie ihn umso mehr, auch wenn ihre Sorge um ihn sie fast um den Verstand brachte. Sie biss sich auf die Unterlippe und senkte resigniert den Blick.

Gaius war ihr innerer Zwiespalt nicht entgangen. Sanft berührte er ihr Kinn und hob es an. »Sollte ich nicht zurückkehren -«, begann er, doch sie schüttelte hastig den Kopf, legte ihm einen Finger auf die Lippen und schaute ihm flehend in die Augen.

Nenn das Unheil nicht beim Namen, wenn du es nicht heraufbeschwören willst.

Er verstand und schwieg. Wortlos schlang er seine Arme um sie und zog sie so fest an sich, dass der harte Brustpanzer ihr beinah die Luft abschnürte. Nach einem Moment gab er sie frei, wandte sich abrupt ab und lief die Stufen hinunter, die in das Innere der Siedlung führten. Mit großen Schritten eilte er hinüber zum Stall und sattelte seinen Falben, ehe er aufsaß und ihn auf das Tor zulenkte, dessen rechten Flügel Cassivalus für ihn geöffnet hatte.

Als er ihn erreichte, legte sein Freund die Hand auf die Schulter des Hengstes. »Mögen die Götter mit dir sein, Sohn des Caesar. Und danke für alles.«

Gaius' Mundwinkel zuckten kurz, als ihm klar wurde, dass seine wahre Identität nun kein Geheimnis mehr war. Dann nickte er ihm schweigend zu, trieb sein Pferd mit einem leichten Schenkeldruck an und passierte das Tor. Wenige Herzschläge später tauchte er in die Schatten zwischen den Bäumen ein.

Nach dem Lärm der Schlacht erschien ihm der Wald besonders still. In einer kahlen Buche zu seiner Rechten saß ein Rotkehlchen, aufgeplustert gegen die Kälte, seine rostfarbene Brust das einzig Farbige in dem Schwarz-Weiß des Schnees und der dunklen Baumsilhouetten. Offenbar hatten Labienus' Männer den Fahrweg zum Aufstieg benutzt, ehe sie sich über die Flanken des Hügels verteilten, denn der Schnee war von Tausenden genagelter Sohlen niedergetreten, und mehr als einmal glitten die Hufe des Falben auf dem schlüpfrigen Untergrund aus.

Schließlich kam der Fuß der Anhöhe in Sicht, und Gaius erkannte, dass sich die Legionäre dorthin zurückgezogen hatten. Sein Herz schlug schneller. Was erwartete ihn dort unten? Hatte Labienus eine List ersonnen, als er einsehen musste, dass die Siedlung nicht so leicht zu erstürmen war? Oder hatte der Bote die Wahrheit gesprochen, und Caesar wünschte ihn tatsächlich zu sprechen?

Bald darauf erreichte er den Waldrand, und als er die Stämme hinter sich ließ, sah er ihn.

Sein Vater saß auf seinem Schimmel Incitatus, einem gewaltigen Schlachtross mit makellosem Fell und reich verziertem Sattel und Zaumzeug. Über der weißen Tunika des Imperators floss sein purpurroter Umhang bis auf die Kruppe des Hengstes hinab, und an seiner linken Seite steckte sein Gladius in einer prächtig gearbeiteten Scheide. Er blickte seinem Sohn mit unbewegter Miene entgegen. Und wenn ihn dessen Erscheinung irritierte - Gaius trug keltische Kleidung und darüber seinen römischen Brustpanzer sowie den Helm -, so ließ er es sich zumindest nicht anmerken. Neben ihm auf einem Braunen saß Titus Labienus.

Gaius bemühte sich, nach außen hin keinen der Gedanken preiszugeben, die sich gerade in seinem Kopf überschlugen. Sein Vater war also wahrhaftig hier. Er musste überraschend eingetroffen sein, denn am Vortag hatte Labienus noch nichts von seiner bevorstehenden Ankunft gewusst. Waren es die Spuren seiner Legion gewesen, von denen die Pelzhändler Valetiacus und den anderen Jägern berichtet hatten? Doch was bei allen Göttern wollte er hier? Und warum hatte er zum Rückzug blasen lassen?

Gaius stählte sich gegen das, was nun kommen würde. Er versuchte, das aufgeregte Hämmern seines Herzens zu ignorieren und sich innerlich zu sammeln, wie er es vor einer

Schlacht zu tun pflegte. Denn in gewisser Weise, dachte er grimmig, war dies eine Schlacht. Und auf dem Spiel stand das Wohl der Siedlung und ihrer Bewohner, die ihm so viel bedeuteten.

Schließlich verhielt er seinen Falben in gebührendem Abstand vor Incitatus. »Ich grüße Euch, Vater. - Labienus.« Er nickte dem älteren Legaten zu, der seinen Gruß mit einem knappen Neigen des Kopfes erwiderte. Wie viel mochte Labienus Caesar von ihrem Gespräch verraten haben?, fragte sich Gaius.

»Salve, mein Sohn.« Die Stimme des Proconsuls verriet keinerlei Regung. Das überraschte Gaius jedoch nicht weiter, denn sein Vater war wahrhaft meisterlich darin, seine Gefühle zu verbergen.

»Ich hätte nicht erwartet, dass unser Wiedersehen unter solch ungewöhnlichen Umständen stattfinden würde«, fuhr Caesar fort, gerade als das Schweigen unbehaglich zu werden drohte.

Gaius hörte den Tadel in den Worten seines Vaters, doch er verspürte nicht die geringste Neigung, dieses Gespräch in Labienus' Gegenwart fortzusetzen. »Vater, könnte ich Euch wohl unter vier Augen sprechen?«, bat er daher.

Statt einer Antwort drückte Caesar seinem Schlachtross leicht die Schenkel in die Flanken und bog auf einen Weg ein, der vom Fuß der Anhöhe fortführte.

Gaius folgte ihm und lenkte seinen Falben neben Incitatus. »Ich danke Euch.«

»Ich bin sehr gespannt auf deine Erklärung, Gaius«, bemerkte der Imperator, nachdem sie sich einige Schritt von dem älteren Legaten entfernt hatten. »Labienus hat mir vorhin eine recht ... nun ja, befremdliche Geschichte erzählt.«

Das war zu erwarten gewesen. Gaius schöpfte tief Luft und nahm all seinen Mut zusammen. »Ich fürchte, diese Geschichte ist wahr, Vater. Ich habe die zurückliegenden Wochen gemeinsam mit Sirona und unserem Sohn, die Ihr ja bereits kennengelernt habt, in dem Dorf verbracht, das Labienus heute Morgen hat angreifen lassen.«

»Und wann gedachtest du zu deiner Legion zurückzukehren und dein Amt als Legat wieder aufzunehmen, in das ich dich erst in diesem Jahr eingesetzt habe?«

In diesem Augenblick beschloss Gaius, alles auf einen Wurf zu setzen. »Vater, ich werde nicht zurückkehren.«

Der Proconsul war so überrascht, dass er seinen Hengst verhielt.

Gaius tat es ihm gleich. »Darf ich offen sprechen?«

»Ich bitte darum.«

»Vater, ich bin kein Soldat«, begann Gaius dann sein Plädoyer, das er im Kopf bereits ungezählte Male geprobt hatte. Aber nun, in der Gegenwart Caesars, des mächtigsten Mannes der Welt, fiel es ihm dennoch schwer, die richtigen Worte zu finden. Zu seinem Entsetzen fühlte er sich plötzlich wieder wie der kleine Junge, dessen einziges Streben darin bestand, seinem Vater zu Gefallen zu sein. »Nicht mit Leib und Seele«, setzte er nach einem Moment hinzu und hörte selbst, wie gepresst seine Stimme klang.

»Du bist ein hervorragender Krieger, Gaius.« Caesar hielt den Blick starr geradeaus gerichtet. »Dein Beiname Gallicus kommt ja nicht von ungefähr.«

Sein Sohn schüttelte den Kopf. »Ich habe nie gern getötet«, fuhr er fort, bemüht, jegliche Unsicherheit aus seiner Stimme zu verbannen und ihr einen festen Klang zu verleihen. »Nie aus Überzeugung. Um ehrlich zu sein, ich habe getötet, damit Ihr stolz auf mich seid, damit ich der Sohn bin, den Ihr Euch stets gewünscht habt. Und um Euch zu beweisen, dass mein Wert kein geringerer ist, nur weil ich ein Bastard bin.«

Der Proconsul hob erstaunt die Augenbrauen. »Ich bin in der Tat stolz auf dich. Und ich wünsche, dass du deinen Posten als Legat deiner Legion unverzüglich wieder einnimmst und weiterhin an meiner Seite Krieg gegen die Gallier führst, die anscheinend noch immer nicht gänzlich befriedet sind. Wie du sehr wohl weißt, könnte ich dir dies auch befehlen. Doch ich ziehe es vor, dich darum zu bitten, denn ich möchte, dass du aus freien Stücken handelst.«

Gaius holte so tief Luft, dass seine Rippen schmerzhaft gegen den Brustpanzer drückten. »Ich kann nicht, Vater.«

Caesar warf ihm einen überraschten Blick zu. »Wie bitte?«

»Ich kann nicht länger gegen Gallier kämpfen«, führte Gaius aus und wusste im selben Moment, dass er das Richtige tat. Sollte es vorher noch einen letzten Rest an Zweifel gegeben haben, so war dieser nun ausgeräumt, und die Worte strömten ihm leicht und mühelos von den Lippen. »Ich liebe eine Gallierin, in den Adern meines Sohnes fließt ebenso gallisches Blut wie römisches. Ich habe monatelang unter ihnen gelebt, und ich sehe keinen Sinn darin, sie zu bekämpfen. Und auch wenn Euch das schockieren sollte: Ich habe noch nie einen Sinn darin gesehen. Sie sind Menschen wie wir. Und wir haben nicht das Recht, in ihr Land einzudringen, ihnen ihre Freiheit und Würde zu rauben, sie zu töten oder zu versklaven.«

Trotz der Kälte spürte er, wie ihm der Schweiß in einem dünnen Rinnsal den Rücken hinabrann. Es war das erste Mal, dass er seinem Vater offen gegenübertrat, ihn kritisierte. Und er war alles andere als sicher, wie dieser darauf reagieren würde. Aus dem Augenwinkel warf er ihm einen verstohlenen Seitenblick zu. Doch Caesars Miene war unergründlich.

Und Gaius war noch nicht fertig. »Noch etwas ist mir in den zurückliegenden Wochen klar geworden. Sirona liebt mich so, wie ich bin. Ihre Liebe ist wahr und tief und nicht an Bedingungen geknüpft, wie die Eure es stets war. Sie liebt mich sogar, obwohl sie meine Vergangenheit kennt. Sie weiß, dass ich das Gehöft ihrer Eltern habe überfallen und ihre Familie töten lassen, doch sie hat mir verziehen. Ich glaube nicht, dass ich in diesem Leben ein größeres Glück finden werde als das, was mir die Götter unter unseren angeblichen Feinden geschenkt haben.«

Die Worte waren nur so aus ihm herausgesprudelt, und nun hielt er inne, erleichtert und erschöpft zugleich. Er bemerkte den Schnee, der leicht und lautlos zu Boden fiel, und ein fuchsfarbenes Eichhörnchen, das in einigen Schritten Entfernung vor ihren Pferden über den Weg huschte. Er folgte ihm mit den Augen, bis es im Unterholz verschwand.

»Vater«, hob er dann erneut an, »ich war Euch stets ein gehorsamer Sohn und habe Euch noch nie um etwas gebeten. Doch nun habe ich eine Bitte.«

Plötzlich fiel ihm auf, dass Caesar schon seit geraumer Zeit schwieg, und er erkannte, dass er ihn mit seinen Worten erreicht und sogar nachdenklich gemacht hatte. Vielleicht zum ersten Mal in seinem Leben.

»Sprich«, entgegnete der Imperator knapp.

Gaius schaute ihn von der Seite an, und nach einem Moment des Zögerns wandte sein Vater den Kopf, sodass sich ihre Blicke kreuzten. Dunkle Augen, seinen eigenen so ähnlich, bohrten sich in die seinen.

»Ich bitte Euch, gebt mich frei. Erspart mir, weiterhin für etwas zu kämpfen, woran ich nicht glaube. Erspart mir, weiterhin Menschen töten zu müssen, die vom selben Fleisch und Blut sind wie Sirona und all die anderen, die mich, einen Römer, freundlich in ihrer Mitte aufgenommen haben. Übertragt die Führung meiner Legion jemand anderem, jemandem, der dieses hohe Amt verdient. Denn ich verdiene es nicht. Und sollte ich durch mein Verhalten Schande über Euch und unser Geschlecht gebracht haben, so tut es mir von Herzen leid, und ich kann Euch nur um Verzeihung bitten. Doch ich bin der, der ich bin. Das ist es, was die Gallier mich gelehrt haben.«

Caesar schwieg. Ein leichter Wind wehte ihm eine Schneeflocke ins Auge, und er blinzelte sie fort. Dann wandte er den Kopf ab und fixierte den Weg vor ihnen.

Auch Gaius drehte das Gesicht wieder nach vorn. Die gleißende Helligkeit des Schnees blendete ihn, und er kniff die Augen halb zusammen. »Ich weiß, dass ich meinem Eid untreu geworden bin. Und ich weiß, dass darauf die unehrenhafte Entlassung aus der römischen Armee steht. Ich habe auch weitere Schuld auf mich geladen, denn ich habe heute Legionäre getötet. Doch ich habe lediglich das verteidigt, was ich liebe und woran ich glaube. Wenn Ihr das für ein Vergehen haltet, bestraft mich. Ich lege mein Leben in Eure Hände und bitte Euch um Gnade.«

Er hielt inne, suchte nach den richtigen Worten, um dem Mann an seiner Seite etwas begreiflich zu machen, was dieser nie selbst erfahren hatte. »Wisst Ihr, Vater, manchmal findet man die wahre Liebe dort, wo man sie nicht erwartet. Und dann muss man einen hohen Preis dafür zahlen. Ich bin bereit, diesen Preis zu zahlen.«

Ohne seinen Blick von dem verschneiten Weg vor ihnen zu wenden, setzte der Proconsul sein Pferd mit einem Schenkeldruck wieder in Bewegung. Gaius folgte ihm. Schweigend ritten sie nebeneinander, zwei dunkle Silhouetten in der unendlichen Weiße, die sie umgab.

Endlich ergriff Caesar das Wort. »Du erwartest sehr viel von mir, mein Sohn.« Seine Stimme schien nun nicht mehr so fest und sicher wie gewohnt. »Doch ehe ich auf deine Bitte zurückkomme, wäre da noch etwas anderes. Was weißt du über Ambiorix? Die Niederlagen, die er uns zugefügt hat, sind nach wie vor ungesühnt, und ich habe Labienus hierherbeordert, um ihn ein für alle Mal dingfest zu machen. Nachdem er mir mitteilte, er sei überzeugt, dass sich der Schurke in dieser Gegend herumtreibe, habe ich mich selbst herbegeben, um mir den Augenblick seiner Ergreifung nicht entgehen zu lassen. Hält er sich wahrhaftig in diesem Dorf auf?«

Der jähe Wechsel des Themas traf Gaius wie ein Schlag ins Gesicht. Doch plötzlich verstand er. Dieses Gespräch war auch für seinen Vater nicht leicht, und dieser hatte es vorgezogen, sich auf Grund zurückzuziehen, der sicher war, frei von Gefühlen.

Er schüttelte mit aller Entschiedenheit den Kopf. »Nein, Vater. In dieser Siedlung leben fast ausschließlich Frauen, Alte und Krüppel. Ambiorix ist nicht dort, und soviel ich weiß, ist er nie dort gewesen. Man hat mir berichtet, er sei nach der Zerstörung Atuatucas mit dem Großteil seines Stammes nach Britannia gezogen, und ich habe keinen Grund, daran zu zweifeln. Die Eburonen vertrauen mir, sie sagen mir die Wahrheit. Ich habe in den Monaten, die ich unter ihnen lebe, nicht den geringsten Hinweis darauf erhalten, dass sich Ambiorix noch in dieser Gegend aufhält.«

Caesar nickte nachdenklich. »Diese Geschichte vom Aufbruch nach Britannia habe ich inzwischen so oft gehört, dass ich beinah beginne, sie zu glauben. Ich denke, ich werde Kundschafter über das Mare britannicum schicken, um herauszufinden, ob sie wahr ist.« Plötzlich verstummte er. Einige Herzschläge verrannen, ehe er fortfuhr. »Was dich betrifft, Gaius, so ist das freilich nicht die Laufbahn, die ich mir für meinen einzigen Sohn vorstelle. Ich habe mir immer gewünscht, dass du im Militär Karriere machst und eine Frau aus einer alten und einflussreichen römischen Familie heiratest. Stattdessen buhlst du mit einer Gallierin und versagst mir deinen Gehorsam. Du hast in der Tat Schande über mich und unser Geschlecht gebracht.«

Der Wind hatte aufgefrischt, eine eisige Bö fuhr über die beiden Reiter hinweg und wirbelte den frisch gefallenen Schnee vor den Hufen der Pferde auf.

Caesar zog seinen Umhang enger um seine hageren Schultern. »Du bist gleichwohl alt genug, um zu wissen, was gut für dich ist. Daher werde ich Gnade vor Recht ergehen lassen und dich, wenn du es unbedingt wünschst, von deinem Eid entbinden. Und solltest du irgendwann zu der Einsicht gelangen, dass du ein Leben in Roma diesem hier vorziehst«, er machte eine vage Handbewegung, die die karge, in Schnee und Eis erstarrte Landschaft ringsum umfasste, »wird sich sicherlich eine politische Laufbahn für dich ergeben.«

Gaius fühlte sich, als sackte eine ganze Geröllawine von seiner Seele. Einen Augenblick lang war ihm schwindelig vor Erleichterung und Glück. Am liebsten hätte er seinen Vater in die Arme geschlossen, doch gegenüber dem mächtigsten Mann der Welt verboten sich derlei Gefühlsbekundungen, umso mehr, da dieser sie nicht schätzte.

»Ich danke Euch von ganzem Herzen, Vater«, erklärte er daher nur. »Und ich bitte Euch, mir zu verzeihen, dass ich nicht der Sohn bin, den Ihr Euch immer gewünscht habt.«

Der Imperator verhielt seinen Schimmel erneut. Er öffnete den Mund, schien etwas entgegnen zu wollen, überlegte es sich dann jedoch anders.

Sein Vater hatte ihn zwar von seinem Eid entbunden, aber Gaius wusste, dass er ihm niemals würde vergeben können. Und er wusste auch, dass er selbst ein Leben lang darunter leiden würde, ihn enttäuscht zu haben. Doch was war dieses Leid gegen Sironas Liebe und die zu seinem Sohn?

Ohne ein weiteres Wort wendete der Proconsul plötzlich Incitatus, hieb ihm die Fersen in die Flanken und galoppierte den Weg zurück, den sie gekommen waren. Gaius' Hengst wollte dem Schlachtross folgen, aber Gaius hielt ihn zurück. Er konnte nur erahnen, wie schwer Caesar diese Entscheidung gefallen sein musste, und dies war seine Art, sich von ihm zu verabschieden.

Seine Augen folgten der Silhouette seines Vaters, die sich langsam in der weißen Landschaft auflöste. Lediglich sein purpurroter Umhang, der vom Wind gebauscht hinter ihm herwehte, hob ihn noch einige Herzschläge länger aus der unendlichen Weiße hervor.

Dann ritt er um eine Biegung des Weges und entschwand Gaius' Blick.

Epilog

acht Jahre später

Trockenes Herbstlaub raschelte. Zweige knackten unter zierlichen Hufen. Dann trat der Rehbock zwischen den Haselnusssträuchern hervor und stand auf der Lichtung.

Vercingetos hielt vor Anspannung den Atem an, während er ihn betrachtete. Es war ein hübsches Tier, zwei oder drei Jahre alt. Sein rotbraunes Sommerfell wurde allmählich vom grauen Winterhaarkleid verdrängt. Der Bock trug noch sein Geweih, das er in den kommenden Wochen abwerfen würde. Er konnte die beiden Jäger nicht wittern, da ein leichter Wind ihren Geruch von ihm forttrug. Ahnungslos hatte er den Kopf gesenkt und knabberte an einem Farnwedel am gegenüberliegenden Rand der Lichtung.

Der Junge bemerkte, dass er den Atem anhielt, und ließ die Luft lautlos entweichen. Oft schon hatte er seinen Vater auf die Jagd begleitet, doch bislang nur Hasen schießen dürfen. Seit Monaten hatte er um die Erlaubnis gebettelt, auch einmal einen Rehbock zu erlegen, und heute hatte Gaius es ihm endlich erlaubt.

Er warf seinem Vater, der neben ihm kauerte, einen fragenden Blick zu. Der nickte aufmunternd.

Jetzt bloß alles richtig machen! Nie könnte er sich verzeihen, das in ihn gesetzte Vertrauen zu enttäuschen.

Langsam hob Vercingetos den Bogen auf, legte einen Pfeil auf die Sehne und zielte durch eine Lücke zwischen den Zweigen des Haselnussstrauchs. Geduldig wartete er, bis der Rehbock ihm seine linke Flanke darbot. Schließlich spannte er, richtete die Spitze des Pfeils auf die Stelle hinter dem Schulterblatt, ganz so, wie sein Vater es ihn gelehrt hatte, und ließ los.

Getroffen! Der Pfeil saß genau dort, wohin Vercingetos gezielt hatte. Das Tier vollführte einen Sprung und knickte mit den Vorderbeinen ein. Wenige Herzschläge lang verharrte es so; dann lief ein Beben durch seinen Körper, es sank zur Seite und lag still.

»Gut gemacht, mein Junge!« Gaius klopfte seinem Sohn anerkennend die Schulter. Vercingetos hörte den Stolz in der Stimme seines Vaters und fühlte, wie er vor Freude errötete.

Sie erhoben sich, umrundeten die Haselnusssträucher und traten neben den Bock. Hellroter Schaum troff aus seinem

Maul und versickerte zwischen den Grashalmen. Gaius zog den Pfeil aus dem leblosen Körper, wischte die blutige Spitze an einer Handvoll Blätter ab und reichte ihn Vercingetos. »Den hebst du auf. Er wird dir von nun an Glück bei der Jagd bringen.«

Sorgsam steckte der Junge den Pfeil zurück in seinen Köcher.

»Nun geh, und hol die Pferde. Ich bleibe so lange hier.« Gaius blickte seinem Sohn hinterher, der zwischen den Sträuchern verschwand, die die Lichtung einrahmten. Er war groß gewachsen für sein Alter und hatte die dunklen Locken und tiefbraunen Augen seines Vaters geerbt. Das herzförmige Gesicht mit den hohen Wangenknochen jedoch war das seiner Mutter.

Kurz darauf kam der Junge mit den drei Pferden am Zügel zurück. Gaius und er hoben den Rehbock auf und legten ihn über den Rücken des Packpferds. Dann saßen sie auf und lenkten die Tiere durch das Unterholz zur Straße, die am Fuße der Anhöhe verlief, und von dort aus auf den steilen Fahrweg, der zur Siedlung hinaufführte.

Vercingetos konnte es kaum erwarten, seiner Mutter von der Jagd zu berichten und ihr seine Beute zu zeigen. Er trieb seinen Braunen durch das Tor, das in Friedenszeiten weit offen stand, und hielt auf das Haus aus lehmverputztem Fachwerk zu, das Gaius und die anderen Männer im vergangenen Frühjahr neu errichtet hatten, nachdem Vercingetos noch ein zweites Schwesterchen bekommen hatte und ihr altes Zuhause zu klein geworden war.

Vor dem Haus angekommen, glitt er aus dem Sattel und rannte ins Innere. »Mutter! Ich hab einen Rehbock erlegt!« Seine Stimme überschlug sich vor Aufregung und Stolz.

Sirona kniete am Feuer, in die Zubereitung einer Heilsalbe vertieft. Ihre jüngste Tochter schlief in einer Wiege aus Weidenzweigen neben ihr. Als ihr Sohn auf sie zugestürmt kam, trocknete sie ihre Hände an einem Leintuch und erhob sich. »Das ist ja großartig, mein Schatz!«

Vercingetos ergriff ihre Rechte und zog sie mit sich vor die Tür. Gaius hatte den Rehbock gerade vom Rücken des Packpferds gehoben und trug ihn auf das Haus zu. Sie sah das Funkeln in seinen dunklen Augen und wusste, dass er mindestens ebenso stolz war wie sein Sohn. Das vertraute Gefühl der Wärme durchströmte sie bei seinem Anblick.

»Was für ein prächtiges Tier«, sagte sie und fuhr dem Jungen mit der freien Linken durch seine dicken braunen Locken. »Dann habe ich nun auch etwas für dich.«

Sie löste ihre Hand aus seiner und ging zurück ins Haus. Vercingetos folgte ihr auf den Fersen. Vor der Truhe aus Erlenholz, in der die Familie ihre Kleidung aufbewahrte, kniete sie nieder und entnahm ihr das Bündel, das seit acht Jahren auf ihrem Boden ruhte. Es war ein länglicher Gegenstand, eingeschlagen in helles Leinen.

Sirona wandte sich zu ihrem Sohn um. »Diesen Dolch hat mir ein Mann geschenkt, damit ich ihn dir gebe, wenn du alt genug bist, ihn zu tragen. Er war ein König, und mir war er wie ein Bruder.« Sie reichte dem Jungen das Bündel.

Verwundert nahm er es und schlug behutsam das Tuch zurück. Darunter kam eine prachtvolle Waffe zum Vorschein. Ihre Klinge war fein ziseliert, der Griff wies die Form einer menschlichen Gestalt auf.

Beim Anblick des Dolches zog sich Sironas Herz schmerzhaft zusammen, und ihre Gedanken wanderten zurück zu dem Tag, an dem sie ihn empfangen hatte. Ihre Liebe zu Gaius war über die Jahre noch gewachsen, doch ihre Liebe zu dem jungen König der Arverner war nie schwächer geworden, die Erinnerung an ihn nie verblasst.

Es gibt so viele Arten der Liebe. Und mir war es vergönnt, zwei besonderen Männern zu begegnen, sie zu lieben und von ihnen geliebt zu werden.

»Er hat sich gegen Rom aufgelehnt und sein Leben dafür geopfert, dass du in Frieden und Freiheit aufwachsen kannst. Ich habe dich nach ihm benannt.«

Vercingetos blickte erstaunt von der wertvollen Waffe auf. »Wer war dieser Mann, Mutter?«

In Sironas Zügen mischten sich Trauer und Stolz. »Dieser Mann war Vercingetorix.«

Nachwort

Ich habe bereits in meinem Roman »Die Priesterin der Kelten« ein ausführliches Nachwort zu einzelnen historischen Aspekten verfasst. Um diese hier nicht wiederholen zu müssen, stelle ich es auf meiner Website http://die-priesterin-der-kelten.jimdo.com/ unter »Downloads« zur Verfügung und widme mich im Folgenden nur den Themen, die das vorliegende Buch betreffen.

Sirona ist eigentlich der Name einer keltischen Göttin, nach einigen Quellen die der Sterne, nach anderen die der Heilung, was aber kein Widerspruch sein muss, da viele Götter verschiedene Funktionen umfassten. Zwar benannten die Kelten ihre Kinder nicht nach Gottheiten; meine weibliche Hauptfigur bestand jedoch von vornherein so energisch auf dem Namen Sirona, dass ich irgendwann nachgegeben habe.

Mehrere keltische Götter werden dahin gehend interpretiert, dass sie die Wege der Reisenden schützen sollten. Ich habe mich für Cissonius entschieden, weil ich auf die Theorie stieß, dass der Name des Ortes Niederzissen, der im ehemaligen Stammesgebiet der Eburonen liegt, auf diese Gottheit zurückzuführen sei. Es gibt Versuchungen, denen man als Autor/in einfach nicht widerstehen kann.

Sironas Handauflegen inspiriert sich vom Jin Shin Jyutsu, einer Technik, die mittels Harmonisierung der Lebensenergie darauf abzielt, Gesundheit und Wohlbefinden zu fördern und Krankheiten zu heilen. Diese Harmonisierung erfolgt durch das Auflegen der Fingerspitzen oder Handflächen auf bestimmte Punkte des menschlichen (bzw. tierischen) Körpers.

Die Siedlung, die Sirona eine neue Heimat wird, hat ein historisches Vorbild. Bei Euskirchen-Kreuzweingarten, nahe Bad Münstereifel (Eifel), in dessen Umgebung ich in meinem Roman »Die Priesterin der Kelten« Atuatuca angesiedelt habe, existierte in der Tat eine Höhensiedlung dieser Zeitstellung, die mit einem *Murus Gallicus* befestigt war, also dem keltischen Mauertyp, der auch Städte wie Avariko, Bibracte und Alisiia umgab.

Kenner von Caesars *De Bello Gallico* werden sich über die Ortsnamen wundern, die im vorliegenden Roman an einigen Stellen von seinem Text abweichen. Da ich die Handlung aus keltischer Sicht erzähle, verwende ich, wo ich den keltischen Namen ermitteln konnte, diesen. Daher heißt die Hauptstadt der Bituriger in meinem Roman »Avariko«, nicht »Avaricum«

wie bei Caesar. Statt »Alesia« habe ich »Alisiia« benutzt, statt »Liger« »Liga« etc. Nur dort, wo ich den keltischen Namen nicht herausfinden konnte, habe ich auf die lateinische Variante zurückgegriffen. Streng genommen müssten die Römer in meinem Roman den Namen »Rhenus« für den Rhein verwenden. Um unnötige Verwirrung zu vermeiden, lasse ich sie den keltischen Namen »Renos« benutzen.

Apropos Namen. Mancher Leserin, manchem Leser mag es modern anmuten, wenn sich Kelten vor mehr als zweitausend Jahren mit Kurzformen (z.B. »Sego« statt Segocondus) ansprechen. Kosenamen, und dazu gehören auch die Kurzformen, waren in der Antike jedoch durchaus üblich. Aus dem Mittelalter bzw. der Frühen Neuzeit sind sogar prominente Träger von Kosenamen bekannt, beispielsweise Robin Hood (13. Jahrhundert) und Robin Dudley, der Favorit Königin Elisabeths I. (16. Jahrhundert), wobei sich Robin aus der Kurzform »Rob« des Namens Robert ableitet. Ich habe mich daher entschieden, Kurzformen zu verwenden, sie aber auf die Bereiche beschränkt, wo sie am ehesten anzutreffen sind, nämlich die Familie und den engen Freundeskreis.

Ob Vercingetorix tatsächlich als junger Mann eine gewisse Zeit in Caesars Entourage verbracht hat, ist nicht gesichert. Viele Historiker gehen jedoch davon aus und berufen sich auf eine Textstelle in Cassius Dios *Römische Geschichte* (XL, 41), in der anlässlich von Vercingetorix' Kapitulation sowohl dieser als auch der Proconsul ihre frühere freundschaftliche Beziehung erwähnen. Es ist sehr gut möglich, dass sich Vercingetorix unter den keltischen Adeligen befand, die Caesar auf seinen ersten Feldzügen im Rahmen des Gallischen Krieges begleiteten, z.B. als Anführer einer Auxiliareinheit. Dies würde auch seine Vertrautheit mit der römischen Kriegführung erklären sowie sein Bestreben, seine Männer derselben Disziplin zu unterwerfen, die die römischen Legionen auszeichnete.

Tatsächlich waren die Ereignisse des Jahres 52 vor Christus wesentlich komplexer, als ich sie darstelle. Doch als Autor/in ist man gezwungen, Entscheidungen zu treffen, und so habe ich etliche kleinere Gefechte schlicht unerwähnt gelassen, weil sie die Handlung des Romans nicht vorangebracht hätten.

Allerdings habe ich auch eine bedeutende Veränderung vorgenommen. Nachdem das Entsatzheer nicht zum verabredeten Zeitpunkt vor Alisiia erschienen war, beschloss man, sämtliche kriegsuntauglichen Männer sowie alle Frauen und Kinder der Stadt zu verweisen, um die wenigen verbleibenden

Nahrungsvorräte nicht an Menschen »vergeuden« zu müssen, die nichts zum Krieg beitragen konnten. So wurden also die Mandubier gezwungen, ihre eigene Hauptstadt zu verlassen. In ihrer Not flehten sie die Römer an, sie als Sklaven aufzunehmen und mit Lebensmitteln zu versorgen. Doch Caesar verweigerte sich ihren Bitten, sodass sie schließlich zwischen den Fronten umkamen. Da dieses grausame Vorgehen nicht zu meinem Entwurf des Vercingetorix passt, habe ich es im Roman unerwähnt gelassen, greife es jedoch im Nachwort auf, da es auf einzigartige Weise die verzweifelte Lage der in Alisiia eingeschlossenen Menschen demonstriert.

Während derselben Beratung machte der Arverner Critognatus einen Vorschlag, der aus heutiger Sicht schier unglaublich anmutet: Er empfahl, sich vom Fleisch derer zu ernähren, die nicht zum Krieg taugten. Sein Rat wurde nicht sogleich umgesetzt, sondern zurückgestellt für den Fall, dass das Entsatzheer wahrhaftig ausbliebe. Auch dies unterstreicht die Verzweiflung, aber ebenso die Entschlossenheit der Kelten im Angesicht der römischen Bedrohung. Es ist jedoch ebenfalls vorstellbar, dass Caesar Critognatus diese Empfehlung in den Mund gelegt hat, um die Kelten als besonders barbarisch - und damit vernichtungswürdig - darzustellen.

Ob Vercingetorix tatsächlich verraten wurde, ist ungewiss. Caesar, unsere einzige zeitgenössische Quelle für den Gallischen Krieg (andere antike Autoren wie Cassius Dio und Plutarch lebten bedeutend später), äußert sich dazu nicht explizit. Da sein Werk als Propagandaschrift diente, ist es für ihn allerdings auch attraktiver, die Ereignisse so zu präsentieren, als hätte er die gewaltige keltische Streitmacht aus eigener Kraft besiegt. Fakt ist jedenfalls, dass das Entsatzheer von vier Männern angeführt wurde: dem Atrebaten Commius, Vercingetorix' Vetter Vercassivellaunus und zwei Aeduern, Viridomarus und Eporedorix. Von diesen beiden berichtet Caesar in VII, 63 seines *De Bello Gallico*, dass sie Vercingetorix nur widerwillig gehorchten und dass ihre Haltung insgesamt opportunistisch und wenig zuverlässig sei. Schon allein daher ist der Gedanke an einen Verrat nicht abwegig. Weitere Argumente habe ich Vercingetorix selbst in den Mund gelegt, wobei ich konkrete Bezüge zu Viridomarus und Eporedorix vermieden habe, denn da Vercingetorix keine Möglichkeit hatte, mit dem Entsatzheer zu kommunizieren, konnte er nicht wissen, dass diese beiden zu Anführern ernannt worden waren.

Was geschah nach den in meinem Roman geschilderten Ereignissen? Es gab durchaus noch vereinzelte Aufstände, jedoch keinen, der sich hinsichtlich Umfang und Grad der Organisiertheit mit der Erhebung des Jahres 52 vergleichen lässt. Das Gebiet der Eburonen wurde im folgenden Jahr nochmals verwüstet. Ob der Stamm tatsächlich völlig ausgerottet wurde oder in benachbarten Stammesgruppen aufging, ist unbekannt. Vercingetorix wurde nach Rom verschleppt und sechs Jahre als Gefangener gehalten. 46 vor Christus ließ Caesar ihn anlässlich seines Triumphzugs durch Rom führen und anschließend töten (Cassius Dio, *Römische Geschichte* (43, 19)). Der Proconsul überlebte ihn jedoch nur um weitere zwei Jahre.

Noch ein paar Zahlen, die die Dramatik der Ereignisse veranschaulichen: Vor Alisiia gebot Caesar - inklusive der Hilfstruppen - über 60.000 bis 70.000 Soldaten. Das Heer der verbündeten Stämme verfügte in der eingeschlossenen Stadt über 80.000 Krieger, während das Entsatzheer aus 258.000 Mann bestand. Die beiden letztgenannten Zahlen stammen gleichwohl aus der Feder des Proconsuls und sind aus den oben genannten Gründen mit Vorsicht zu bewerten. Ebenfalls gemäß Caesar sind in Avariko ungefähr 40.000 Menschen umgekommen; lediglich 800 seien entkommen. Schon Plutarch berichtet, dass der Gallische Krieg eine Million Todesopfer gefordert habe. Das entspricht nach heutigen Schätzungen etwa einem Viertel der damaligen Bevölkerung. Eine weitere Million sei in römische Gefangenschaft geraten. Demnach hätte sich die Zahl der Bewohner Galliens um die Hälfte dezimiert. Genozide sind keine Erfindung der jüngeren Geschichte.

Ein paar dichterische Freiheiten habe ich mir erlaubt. Dass es im Gallien des Jahres 52 vor Christus schon Hospitäler gab, ist wenig wahrscheinlich. Zumindest habe ich keine diesbezüglichen Hinweise gefunden.

Ob die Sonnenwenden bei den Kontinentalkelten zu jener Zeit tatsächlich gefeiert wurden, ist umstritten. Auszuschließen ist es gleichwohl nicht. Der Brauch der Feuerräder wird noch heute in manchen Gegenden Europas aus unterschiedlichen Anlässen gepflegt und geht mit Sicherheit auf ein altes Ritual zurück. Auf welches, ist jedoch unklar.

Incitatus war der Name des Lieblingspferdes des römischen Kaisers Caligula. Ich habe mir die Freiheit genommen, Caesars Schimmel so zu nennen.

Zu der Frage, in welcher Stellung Keltinnen ihre Kinder zur Welt brachten, habe ich keine schlüssigen Hinweise gefunden. In der Antike bevorzugten Frauen in der Regel eine sitzende bzw. hockende Position, meist mithilfe eines entsprechenden Hockers oder einer - neben der als Hebamme fungierenden - dritten Person. Sirona verfügt in Alisiia jedoch weder über einen solchen Hocker noch über eine dritte Person. Daher habe ich sie im Liegen gebären lassen, also in der Stellung, die vielen heutigen Frauen als die »normale« erscheint, auch wenn bereits seit einiger Zeit andere Positionen wieder an Bedeutung gewinnen.

Ob der geblendete Dannovarus tatsächlich noch Tränen weinen kann, hängt vom Grad der Verbrennung bzw. Vernarbung ab. Mir war es aber wichtig, dass er in dieser Szene wahrhaftig Tränen vergießt, und da ich seine und Sironas Gefühle nicht durch Erklärungen verwässern wollte, habe ich mir diese Freiheit genommen.

Gaius Iulius Gallicus ist keine historische Persönlichkeit. Gesichert ist, dass Caesars Ehefrauen ihm keinen leiblichen Sohn gebaren. Da dem Proconsul indes der Ruf anhaftet, dem weiblichen Geschlecht überaus zugetan gewesen zu sein, dürfte er auch den einen oder anderen illegitimen Sohn gezeugt haben. Offensichtlich stand ihm jedoch keiner davon wirklich nah, denn er adoptierte per Testament seinen Großneffen Gaius Octavius, später bekannt unter dem Namen Augustus.

Zu allerletzt noch ein Wort des Dankes an diejenigen, die in der einen oder anderen Weise zum Entstehen dieses Romans beigetragen haben: meine Erstleserin Bibi für wichtige Anregungen; Helmut für den medizinischen Check-up - und alles andere sowieso; Rainer für einige entscheidende Hinweise und ein Happy End; Gaby für sehr viel Lob; Karla Schmidt für die wundervolle textliche Beratung; Gisela für ihren einzigartigen Blick auf Details und ihren gesunden Menschenverstand, der auch beim Testlesen überaus hilfreich ist; Johannes dafür, immer dann die Übersicht zu behalten, wenn ich sie gerade zu verlieren drohe; und last but not at all least: CT dafür, zur rechten Zeit am rechten Ort gewesen zu sein und den Stein ins Rollen gebracht zu haben.

Etwaige Fehler gehen selbstverständlich auf mein Konto.

Bad Honnef, im Februar 2016

14433279R00271

Printed in Poland
by Amazon Fulfillment
Poland Sp. z o.o., Wrocław